BÜCHER 1-3

SIEBEN SÜNDEN

USA TODAY BESTSELLERAUTORIN

J.R. THORN

Anmerkung der Autorin

Es handelt sich hierbei um einen heißen Reverse-Harem-Roman. Die expliziten Szenen enthalten homosexuelle Handlungen zwischen Frauen, bisexuelle sowie heterosexuelle Handlungen. Drei der vier Männer des Harems werden im zweiten Buch vorgestellt.

Cover Art von Sanja Balan
Englische Fassung editiert von Kristen Breanne
Deutsche Übersetzung von Vanessa Gautschi
Deutsche Fassung editiert von Yanina Heuer

Haftungsausschluss

Bei diesem Werk handelt sich um eine fiktive Geschichte. Die Personen und die Handlung des Buches sind frei erfunden. Etwaige Ähnlichkeiten mit tatsächlichen Begebenheiten, Orten oder lebenden oder verstorbenen Personen wären rein zufällig.

ISBN: 978-1-953393-04-3

Erstellt mit Vellum

BAND EINS

Ich werde mir die Sieben Todsünden untertan machen.

Seht ihr diese Tätowierung auf meinem Bauch? Die mit den sieben abgefahrenen Runen. Die rosafarbene auf der rechten Seite könnt ihr ignorieren – die steht für Sarah. Ich liebe sie, aber sie ist keine meiner vier. Das war eine harte Lektion, die ich lernen musste.

Ich habe versucht, ihr treu zu sein. Bin sogar zu einer beschissenen Sukkuben-Höhle gegangen und habe mir einen – oder zwei – Happen gegönnt, nur um am Leben zu bleiben. Was soll ich sagen ... Es hat nichts gebracht. Und jetzt bleibt mir nichts anderes übrig, als zu versuchen, ein altes, staubiges Relikt zu finden, das mir meine Mutter hinterlassen hat. Wie es scheint, ist ein verrücktes Schicksal an meine Tätowierung gekoppelt: Sie ist ein Geburtsmal und sagt das Ende der Welt vorher. Klingt spaßig. Irgendwie. Na ja, nicht wirklich.

Die erste Rune habe ich bereits getroffen und er war überhaupt nicht das, was ich erwartet hatte. Es war keine Liebe auf den ersten Blick. Vielleicht eher Hass auf den ersten Blick. Ich bin mir ziemlich sicher, dass er mich nicht ausstehen kann. Aber das ist in Ordnung. Vielleicht wird die zweite Rune ihn umstimmen können

Diese ganze Sache von wegen Weltuntergang kommt eben erst in die Gänge und ich habe die böse Vorahnung, dass eine von mir begangene Sünde den Stein ins Rollen gebracht hat. Der Inkubus-König.

Was für eine Sünde könnte er gewesen sein? Wollust ... Meine Lieblingssünde. Immer her damit!

Anmerkung des Autors: Es handelt sich hierbei um eine heiße Reverse-Harem-Geschichte. Sie enthält explizite Sprache und sexuelle Handlungen. Der Inhalt ist daher für Minderjährige nicht geeignet und das Lesen nur Personen ab 18 Jahren gestattet. Da es sich um eine Buchreihe handelt, erwartet dich ein Cliffhanger.

Kapitel 1

Die Sieben Todsünden

Sonya

Das Böse hat mich schon mein ganzes Leben lang verfolgt. Es ist irgendwie nicht greifbar und Sarah glaubt, dass sich das alles nur in meinem Kopf abspielt. Aber die sieben schmerzhaften Runen auf meinem Bauch sind keine Einbildung. Vier von ihnen ranken sich kreisförmig um meinen Bauchnabel. Jede von ihnen hat ein bestimmtes Muster, das ein anderes Stück meiner Seele repräsentiert. Drei weitere Runen befinden sich außerhalb dieses Kreises. Nur eine von ihnen glimmt in einem zarten Rosa der Erfüllung und schenkt mir geradeso genug Kraft, um am Leben zu bleiben. Ich habe das Gefühl, dass ich gestorben wäre, wenn ich Sarah nicht getroffen hätte.

Sogar jetzt, wo ich wach im Bett liege und Sarah friedlich an meiner Seite schläft, lasse ich meine Finger über die leichten Erhebungen auf meiner Haut gleiten. Sie bergen ein Verlangen, das ich nicht zu erklären vermag. Jeder, der das Glück gehabt hat, sie zu sehen, glaubte, dass es sich um Tätowierungen handelt, aber in Wirklichkeit wurde ich mit ihnen geboren. Diejenige oberhalb meines Nabels juckt unaufhörlich und meine Finger nähern sich ihr, kratzen sie sanft – was mir jedoch keine Erleichterung verschafft. Ich will das Licht nicht anschalten und sie mir ansehen. Ich weiß, dass sie immer schlimmer – dunkler und röter – aussieht. Als sollte ich etwas tun, um das Böse davon abzuhalten, uns alle zu verschlingen. Sie versucht, mich zu etwas zu drängen. Aber zu was ... Das weiß ich nicht. Mein Puls beschleunigt sich angsterfüllt. Wenn ich nicht bald herausfinde, was das zu bedeuten hat, wird das Böse mich finden. Dessen bin ich mir sicher.

Die Rune. Ich habe das Gefühl, dass sie mir helfen soll. Aber gleichzeitig weiß ich, dass sie ein Leuchtfeuer einer Macht ist, die ich nicht annähernd zu beschreiben vermag. Ich habe sie in meinen Träumen gesehen. Ich traue mich nicht, meine Augen zu schließen und mich den Albträumen wieder zu stellen. Wenn ich es tue, wird sich das Böse in das Fundament meiner Träume krallen. Es ist eine furchterregende schwarze Wolke und sie verfolgt mich. Sie hat mich schon immer verfolgt, aber jetzt läuft mir die Zeit davon. Meine Sicht trübt sich zusehends und ganz egal, wie oft ich mir die Augen auch reibe, ich kann dieses Gefühl nicht abschütteln, dass ich langsam sterbe und die Welt mir in den dunklen Abgrund folgen wird.

Kapitel Zwei

SUKKUBEN-HÖHLE

Sonya

Schlaf blieb mir verwehrt und es gab etwas, das noch schlimmer war als das unaufhörliche Jucken an meinem Bauch – und das war der nagende Hunger, der mich rotsehen ließ. Ich wanderte die Straße hinab und zum einzigen Ort, der einem Sukkubus wie mir eine Art Erleichterung verschaffen konnte. Wenn ich sexuelle Nahrung, die ich bald brauchen würde, nicht bekam, *würde* ich sterben. Es war irgendwie ironisch. Ein Teil von mir hatte das Gefühl, dass ich einigen Auserwählten treu sein sollte, und doch brachte mich mein Instinkt dazu, nach Nahrung zu suchen. Er erfüllte mich mit einer lustvollen Begierde, die jeglicher vernünftige Gedanke beiseiteschob. Meine Finger glitten unter den langen Saum meines Oberteils und kratzten die verdammten Runen, die mich mit ihrem konstanten Jucken nicht in Ruhe ließen. Ich sah zum Himmel und erwartete beinahe die Krallen, die ich in meinen Albträumen gesehen hatte, durch die teigigen, tiefhängenden Wolken ragen zu sehen, um nach mir zu greifen. Aber nichts passierte.

Auch wenn es nur Albträume waren – ich war ein Sukkubus und der Hunger, dem ich mich ausgesetzt hatte, war äußerst real und ausgesprochen gefährlich. Sarah würde mich im Leben danach aufspüren und mich noch mal töten, wenn ich zuließ, dass ich verhungerte, wenn sie doch die ganze Zeit über dachte, diesen magischen Hunger nach Sex stillen zu können.

Der letzte Ort, an dem ich sein wollte, war ein Slum wie die Sukkuben-Höhle von Seattle. Die zerfetzte Markise war am vernebelten Horizont zu erkennen und von schiefen Gebäuden umgeben. Als ich darauf zuschritt, zog ich meine Kapuze fester in mein Gesicht, aber mein sinnlicher Gang verriet unmissverständlich, was ich war. Ich konnte mein Wesen nicht verleumden und ich hasste es, wie ich mich immer mehr daran gewöhnte, einem Sukkubus mit Mondgesicht, der sich über den polierten Tresen lehnte, einen Hundert-Dollar-Schein hinzuhalten.

Dafür zu bezahlen war so verdammt erniedrigend.

Sie hatte das Unternehmen gegründet, um Sukkuben und Inkuben zu helfen, die einzigartige Probleme mit ihrer lebensaussaugenden Magie hatten. Aber genügend Freiwillige zu finden, die ihre Lebenskraft spendeten, kostete. Sie dachte vermutlich, dass ich krank war, weil ich immer wieder zurückkam. Es kam vor, dass der magische Brunnen von Sukkuben trocken lag – ob aus magischen oder emotionalen Gründen. Wir brauchten Sex, um zu überleben, oder zumindest mussten wir uns von sexueller Energie ernähren.

Schmerz machte sich in meinen Fingerspitzen bemerkbar. Das war das erste Warnzeichen, dass ich nicht länger abstinent leben konnte.

„Wieso kommst du immer wieder zurück, Schätzchen?“, fragte der Sukkubus namens Lucy mich mit einer besorgten Miene und hochgezogener Augenbraue. Sie musterte mich und bemerkte, dass meine Finger noch immer unter meinem T-Shirt steckten und ich mich kratzte, als ob ich ein verdammter Junkie wäre. Nebst diesem Tick war ich der perfekte Sukkubus. Ihr Blick glitt hinab an meinen üppigen Brüsten, die mir immer nur im Weg waren, und bemerkte meine voluminösen Lippen. Sie seufzte. „Ich weiß, dass mit deiner Magie alles in Ordnung ist. Ich weiß nur nicht, warum du die Höhle brauchst.“

Ich funkelte sie an, bis sie einen goldenen Schlüssel zu dem mir zugeteilten Schlafzimmer hervorholte. Es ging sie nichts an. Aber als ich nach dem Schlüssel griff, beschloss ich, es ihr zu sagen. Vielleicht würde sie es verstehen. „Ich habe eine Freundin", murmelte ich.

Sie setze ein falsches Lächeln auf. Homosexualität war in der Sukkuben-Community weithin verpönt. Ein Gutmensch wie Lucy würde mich nicht verurteilen, aber ich konnte Mitleid in ihren Augen erkennen.

Von Natur aus konnten wir uns nur am anderen Geschlecht laben. Eine Beziehung mit einem gleichgeschlechtlichen Partner zu haben, war unfair und unbefriedigend für beide Beteiligten. Die meisten Sukkuben genossen die gelegentliche Orgie oder einen Dreier, aber eine monogame Beziehung mit einem gleichgeschlechtlichen Partner kam sozusagen nie vor. Sogar in einer Community, in der sich alles um Sex drehte.

„Schade", sagte sie, als ich weglief. „Wir haben da eine Therapie für."

Gereizt schoss ich zurück: „Ich muss nicht gerettet werden. Ich brauche nur Frühstück."

„Willkommen zurück, Schätzchen", begrüßte mich ein gutaussehender Inkubus und streckte sich anzüglich auf den Seidenlaken aus. Ich kannte seinen Namen nicht und wollte auch, dass es so blieb. Alles, was ich wissen musste, war, dass er genug Kraft hatte, um mich am Leben zu halten, ohne mein Versprechen gegenüber Sarah zu brechen.

Hundert Dollar ermöglichten mir zehn Minuten mit dem mächtigsten Inkubus der Höhle, und auch wenn zehn Minuten nicht viel waren, war das alles, was ich brauchte, um nicht umzukippen und mich in einen Sonya-förmigen Haufen Asche zu verwandeln.

Ohne Zeit zu verlieren, krabbelte ich auf ihn und biss ihm so fest in die Lippe, dass er zusammenzuckte. „Es wird nicht geredet", erinnerte ich ihn an unsere goldene Regel. Es war schlimm genug, dass ich das hier tun musste. Ich wollte mir nehmen, was ich brauchte, und dann abhauen, die Erinnerungen löschen, soweit ich konnte.

Seine Hände schlangen sich um meine Hüften und rieben mich an seine immer steifer werdende Erektion. Nur eine dünne Schicht von Laken und meine Klamotten lagen zwischen uns. Seine Finger krallten sich in meine Haut und ich begann, mein Mahl einzunehmen.

Die sanfte Magie seiner Lebenskraft drang in meinen Körper und ich atmete erleichtert ein. Ich legte meinen Kopf in den Nacken und schloss meine Augen, während er sich an meinem Nacken hinabküsste und mir mein T-Shirt auszog. Ich zuckte zusammen, als seine Finger über meine geschwollenen Runen wanderten, und stieß seine Hände weg. Es war ihm nicht erlaubt, mich dort zu berühren. Etwas tief in mir wusste, dass diese Runen nicht für ihn bestimmt waren. Er gehorchte und berührte und küsste die weiche Haut an meinem Hals und meine straffen Schenkel. Das taube Gefühl in meinen Extremitäten wich und ein zufriedenstellendes Gefühl der Wärme machte sich in meinem Bauch bemerkbar. Das Jucken meiner Rune blieb bestehen, aber wenigstens war es einfacher zu ertragen, wenn ich genug Kraft hatte, um es zu ignorieren.

„Seit Monaten bekomme ich nichts als Vorspiel“, beschwerte er sich. „Du quälst mich nur, Sukkubus.“

Ich zuckte zusammen und legte meine Hände um seinen Hals. Er grinste nur, als er meine Wut bemerkte. „Ich habe gesagt, es wird nicht geredet.“

Er nickte mir zustimmend zu und platzierte mich über ihm, rieb mich durch meine Jeans hindurch an seinem Steifen, der jetzt auf Vollmast stand.

Seine Erregung verschaffte mir zusätzliche Kraft und alles, was ich nicht erwischte, stieg mit einem Hauch von Schweiß und dem Geruch von Sex in die Luft. Ich wollte weitergehen, mich der Versuchung hingeben, ihn in mir aufnehmen und sein sehnsüchtiges Bedürfnis stillen. Ich konnte mit diesen Häppchen überleben, aber jedes Mal, wenn ich meinem Körper den Höhepunkt verwehrte, den er brauchte, wurde ich etwas schwächer.

„Ich kann es in deinen Augen sehen“, säuselte er und ein erneutes Grinsen zog auf seinem Gesicht auf, um mich zu ärgern. „Du wirst bald essen müssen. Und zwar richtig. Nicht nur diese kleinen Snacks. Und wenn du dich nicht hingibst, wirst du dir selbst schaden.“ Er hob mich mit einer Leichtigkeit in die Höhe, die mich nervte. Er legte mich auf meinen Rücken und küsste mich innig. Ein Teil von mir wollte ihn von mir schubsen, aber ich ermahnte mich, dass ich noch immer halbwegs angezogen war. Der Stoff, der sich schützend über meine Hüften zog, bildete eine Schranke und hielt ihn davon ab, mich dazu zu bringen, etwas zu tun, was ich bestimmt bereuen würde.

Als er nach meinem Reißverschluss griff, packte ich ihn mit dem stärksten Griff, zu dem ich fähig war. „Nein", sagte ich ihm. „Du kennst die Regeln."

Er seufzte. Denn obwohl er ein mächtiger Inkubus war, so war ich immer noch seine Kundin. „Na gut", sagte er und beugte sich hinunter, um seine Lippen an meinen Hals zu führen. „Wenn du bereit bist, werde ich hier sein. Und was du wirklich brauchst, geht dann aufs Haus."

Ich erschauderte, obwohl Seattle tagsüber feuchtheiß war, und legte meine Finger um meine Ellbogen. Dann entfernte ich mich von Seattles Sukkuben-Höhle, gerade als die Sonne den Großteil des Nebels wegfegte. Das war der Moment, in dem ich die Erinnerungen an die Küsse und das Necken eines Inkubus, den ich bezahlt hatte, auslöschte. Sarah wusste nichts – durfte nichts davon wissen, dass ich Zuflucht in einer Höhle suchen musste, um am Leben zu bleiben. Sie glaubte, dass ich mich an ihr laben konnte – und dass sie stark genug war, um mich zu überleben, weil sie eine Muse war.

Ich konnte ihr die Wahrheit nicht sagen. Noch nicht.

Aber dieses Mal war das Verlangen in mir nicht befriedigt worden. Ich hatte nur die schlimmsten Schmerzen, die von meiner Abstinenz herrührten, bekämpft. Aber obwohl ich noch immer den moschusartigen Geschmack eines Inkubus auf meinen Lippen schmecken konnte, hatte er recht gehabt. Ich konnte nicht mehr länger so weitermachen. Ich krümmte mich, als meine Rune bei der Erinnerung von Jucken zu stechendem Schmerz wechselte – als hätte man mir eine Klinge in den Bauch gejagt. Ich ächzte und zog mein T-Shirt hoch, fluchte, als ein Tropfen Blut aus der Mitte meiner Rune rann, die sich so verdunkelt hatte, dass sie gefährlich nahe dran war, eine Kruste zu bilden.

„Verdammt nochmal“, fluchte ich und lief zurück nach Hause zu Sarah.

Was zum Teufel sollte ich jetzt tun?

Kapitel Drei

TRAUTES HEIM, GLÜCK ALLEIN

Sonya

Sarah war nicht zu Hause, als ich gegen Abend ankam. Ich würde sie glauben lassen, dass ich zur Arbeit gegangen war. Das klang weniger erbärmlich als in Seattle herumzulaufen und zu versuchen, den Sexgeruch eines Inkubus von mir zu kriegen.

„Sonya!", kreischte Sarah, als sie zur Tür reinplatzte. Ein Sport-Tanktop klebte an ihrem schweißbedeckten Körper und sie schlang ihre Arme um meinen Hals. Ich lächelte, als sie mir einen Kuss aufdrückte. Sie lehnte sich zurück und schenkte mir ein selbstzufriedenes Grinsen. Sie wusste, dass die Wirkung, die sie auf mich hatte, mich um den Verstand brachte. „Was gibts zum Abendessen?", fragte sie.

Ich zog meine Augenbraue hoch. „Pizza?"

Sie lachte erfreut. „Perfekt!"

„Hast du nicht gerade Sport getrieben?", fragte ich und stupste in ihren perfekt durchtrainierten Bauch.

Sie grinste und löste sich von mir, bevor sie den Gang hinabschlenderte. „Ich treibe nur Sport, damit ich so viel Pizza essen kann, wie ich will.“ Sie zwinkerte mir über ihre Schulter hinweg zu, bevor sie ins Obergeschoss verschwand. Ich starrte ihr nach, bis das Geräusch der laufenden Dusche mit dem Pochen meines Herzens verschmolz.

Ich liebte es, mit Sarah zusammen zu leben – zumindest, wenn es so wie jetzt war. Sie war immer fröhlich und kicherte. Und ein kleiner Teil von mir fühlte sich schuldig, weil ich sie anlog. Wenn die Wahrheit ans Licht kommen würde, würde sie am Boden zerstört sein.

Dieses Schuldgefühl nagte an mir und ich ließ mich aufs Sofa sinken und klappte meinen Laptop auf, um Pizza zu bestellen.

Ich gab unsere übliche Bestellung auf: zwei mittelgroße Pizzen und einen Liter Mineralwasser. Gerade, als ich auf den ‚Bestellen‘-Knopf drückte, machten sich kleine Blitze in meinen Fingerspitzen breit. Ich zischte und versuchte, meine Faust zu ballen, aber ein erneuter Blitz von Schmerz durchfuhr meine Schläfe und ich zuckte zusammen, ließ den Laptop zu Boden fallen. „Verdammt!“, schrie ich, als weiße Streifen auf dem Bildschirm aufzogen und er dann schließlich gänzlich den Geist aufgab. Sarah und ich waren beide Barfrauen und obwohl wir beide die Rekordsumme für Trinkgelder pro Nacht in ganz Seattle hielten, war unser Budget knapp. Sarah wusste nicht, dass die Hälfte meines Trinkgelds in eine Sukkubus-Höhle die Straße runter floss. Ich konnte nicht erklären, wieso ich es mir nicht leisten konnte, meinen Laptop reparieren zu lassen.

Sarah rannte aus dem Badezimmer und kam oben auf der Treppe zum Stehen. Nasse Haarsträhnen klebten an ihrem Gesicht und ein Handtuch war um ihre Brust geschlungen. Es löste sich und drohte, runterzufallen. „Schatz, ist alles in Ordnung?“

Sie runzelte die Stirn, als ich taumelte. „Ich–“, versuchte ich zu sagen, aber alles um mich herum drehte sich und das Nächste, woran ich mich erinnerte, war, wie Sarah meinen Namen schrie, bevor ich in meine dunklen Albträume abdriftete.

Als ich wieder zu mir fand, war das Erste, was ich sah, Sarah besorgtes Gesicht. Sie beugte sich über mich und kleine Wassertropfen perlten von ihren Locken. Okay, das war ein gutes Zeichen. Ich war nicht lange bewusstlos gewesen. „Du hast mir einen Riesenschrecken eingejagt!", schnauzte sie.

Ich schenkte ihr ein trockenes Lächeln. „Wenn du weiterhin so ein Gesicht ziehst, wirst du noch Falten kriegen", krächzte ich.

Sie fand das ganz und gar nicht witzig und stupste mich an. „Was zum Teufel ist los mit dir?" Sie musterte mich eingehend, als würde sie nach dem Grund für meinen Anfall suchen. „Ich dachte, Sukkuben können nicht krank werden."

Ich richtete mich auf und hielt meinen pochenden Kopf, blendete den Drang aus, meine entzündete Rune am Oberbauch zu kratzen. Ich wollte nicht zugeben, was los war. Ich hatte seit sechs Monaten keinen Sex mehr mit einem Mann gehabt und mein Körper begann, zu rebellieren. Ich konnte nicht mehr lange so weitermachen. „Es ist nichts", murmelte ich.

Ihr Stirnrunzeln vertiefte sich verbittert. „Zwing mich nicht, deine Gedanken zu lesen. Denn das werde ich!"

Schwarze Punkte tanzten vor meinen Augen, als ich mich dazu zwang, aufzustehen. Sarah stand auf, um mich zu stützen, trug immer noch nicht mehr als ihr rosafarbenes Handtuch.

„Hör auf, mich mit deinen mächtige Muse-Kräften zu bedrohen", neckte ich und kniff ihr ins Kinn.

„Ich bin nur hungrig, das ist alles."

Sie kniff ihre Augen zusammen. „Aber wir hatten erst gestern Nacht Sex", sagte sie schmollend. „Langweile ich dich etwa?"

Ich schnaubte lachend und küsste ihre Wange. „Natürlich nicht, meine wunderschöne Freundin. Ich habe nur ein Problem mit meiner Ernährung. Morgen früh werde ich zum Arzt gehen."

Sie runzelte ihre Stirn. „Einem Arzt oder einem *richtigen* Arzt?"

Ich kicherte. „Gibt es einen richtigen Arzt?"

Sie runzelte die Stirn. „Es gibt Ärzte und dann gibt es da diese gruseligen Voodoo-Hexen, die sich Sukkuben-Ärzte nennen. Ich traue ihnen kein bisschen." Sie drehte ihre Handflächen zu sich und sah sie an, als könnte sie ihre eigene Zukunft darin lesen. Ihrem Gesichtsausdruck nach zu urteilen, mochte sie nicht, was sie sah. „Sie werden dir sagen, dass du einen Freund brauchst."

Ich ließ mich wieder neben sie sinken und nahm ihr Gesicht in meine Hände. „Das wird nicht passieren, okay? Ich würde lieber sterben, als dich zu betrügen."

Ihre funkelnden Augen sahen in meine, waren plötzlich glasig und emotionsgeladen. Als Muse konnte Sarah extrem leidenschaftlich sein, aber genau das war es, was ich so an ihr liebte. „Dann beweise ihnen das Gegenteil. Labe dich an mir und halt dich nicht zurück."

Sie presste ihre warmen Lippen an meine und die Süße ihrer Magie erfüllte meine Sinne. Ich konnte mich nicht von ihr ernähren – egal wie sehr ich es mir auch wünschte, dass ich es könnte. Aber ihre Präsenz war so mächtig, dass ich ganz beduselt davon war. Ich täuschte die Wirkung, die sie auf mich hatte, nicht vor.

„Wir müssen nicht–", begann ich einzuwenden.

Sarah ließ ihre Finger über meine Brüste gleiten und biss in meine Lippe, was mich erschaudern ließ. Sie leckte über die kleine Wunde. „Du musst essen. Ich bin immer geil auf dich, Schatz. Nimm dir, was du brauchst."

Ich musste essen – und so sehr Sarah mich auch anheizte und ich sie ... Der Sex mit ihr konnte mir mit meinem Problem nicht helfen. „Okay", sagte ich grinsend – obwohl ihr Angebot für die meisten Sukkuben wertlos war. „Aber der Pizzalieferant sollte bald hier sein und ich werde dich nicht schon wieder den ganzen Abend ficken und uns ums Abendessen bringen."

Sie seufzte und presste sich an mich. Ihre Kurven passten perfekt an meine. „Das werden wir ja sehen." Sie warf mir ein verschmitztes Lächeln zu und zog mich die Treppe hoch. „Ich muss mich noch fertig duschen."

Zögernd ließ ich mich von Sarah durch das Schlafzimmer und in unsere beengte Dusche ziehen. Sie ließ ihre Finger unter mein T-Shirt gleiten und ich hob meine Arme hoch, damit sie es mir ausziehen konnte. Sie blickte auf meine geschwollenen Runen und ließ einen Finger über die oberste, die sich schwarz verfärbt hatte, gleiten. „Ist das normal?"

Ich packte ihre Finger und führte sie an meine Lippen, um sie zu küssen. Ihr besorgter Gesichtsausdruck verfloss und sie lächelte. Sie wusste, dass ich es nicht mochte, darüber zu reden, und sie verstand, gab mir stattdessen, was wir beide wollten.

Genau das war es, was ich an Sarah so mochte. Sie war so stark und dominant. Mit Männern hatte ich das nie erlebt. Sie lagen mir schon in jenem Moment zu Füßen, in dem ich nur schon daran dachte, meine Beine zu spreizen. Aber Sarah? Ich konnte nie Nein zu ihr sagen und es fühlte sich gut an, dass mich jemand meinetwegen wollte und nicht wegen meiner Magie.

Nachdem ich mir meine Jeans ausgezogen hatte, schlüpfte ich in die Dusche mit Sarah und legte meine Arme um sie. Ich lächelte, während sie meinen Hals küsste. Ich kniff in ihre perfekten Pobacken. „Du trainierst zu viel", neckte ich sie. „Ich glaube, du könntest damit eine Bierflasche öffnen."

Sie grummelte und ließ ihre Finger in mich gleiten, was mir den Atem stocken ließ. „Führe mich nicht in Versuchung", sagte sie warnend. „Ich werde dich leiden lassen und dann werden wir wirklich nichts mehr zu Abend essen können."

Meine Augen rollten in meinen Hinterkopf, als die Lust mich überkam. Als ich nachgab und stöhnte, spreizte sie ihre Finger in mir und meine Knie knickten ein. „Du musst essen", sagte sie beharrlich.

Ich hatte ihr immer gesagt, dass meine eigene Erregung nicht genügte. Dass ich ihr Lust verschaffen musste. Wenn sie ein Mann gewesen wäre, wäre das auch wahr gewesen – teilweise, jedenfalls. Aber die Wahrheit war, dass ich mich schuldig fühlte und Sarah einen Orgasmus nach dem anderen zu bescheren meine Art war, es bei ihr wiedergutzumachen.

Sie nahm meine Hand und führte sie über ihre weiche Haut. Als meine Finger ihre harte Knospe streiften, rang sie nach Luft und ich übernahm, machte kreisförmige Bewegungen und presste sie gegen die Kachelwand.

Ich nahm ihre Brust in meinen Mund, passte meine Zungenbewegungen den Bewegungen meiner Finger an, und der süße Duft von Sarahs Magie und Erregung erfüllte die dampfhaltige Luft in der Duschkabine. Es klingelte an der Tür und ich ignorierte es, freundete mich damit an, dass wir heute Abend beide hungrig zu Bett gehen würden. Das sanfte Stöhnen von Sarah, die sich angesichts meiner

Berührungen ihrem Höhepunkt näherte, beflügelte mich jedoch. Es war nicht wegen meiner Magie oder dem, was ich war, sondern weil sie mich meinetwegen wollte. Dafür lohnte es sich fast, zu verhungern.

Sex mit meiner Muse war immer dynamisch – auch wenn die Wärme, die ich üblicherweise beim Konsumieren der sexuellen Kraft erfuhr, ausblieb. Dieses Mal aber war ich schwach und obwohl wir beide einander mehrmals einen Höhepunkt verschafft hatten, lag ich wach und hungrig im Bett, während sie neben mir wie ein Geschenk in die Bettlaken eingehüllt schlief. Und außerdem brannte die Rune an meinem Bauch wieder wie wild und begann sich zu häuten. Sie gab mir dieses Gefühl, dass ich etwas Wichtiges übersah und dass es an der Zeit war, es nicht mehr zu ignorieren.

Ich wollte im Moment nicht mit meinen Albträumen ringen und ich verschränkte meine Arme hinter meinem Kopf, ließ mich tiefer ins Kissen sinken. Sarahs sanftes Atmen zu hören, während sie schlief, gab mir eine Mischung aus Trost und Schuldgefühlen.

Ich hatte die Wahrheit gesagt, als ich ihr gesagt hatte, dass ich lieber sterben würde, als sie mit einem Mann zu betrügen – auch wenn ich essen musste. Das letzte Mal, als Sarah mich mit einem Typen erwischt hatte, war sie zwei Jahre lang abgetaucht. Es spielte keine Rolle, dass sie wusste, was ich brauchte – es hatte sie trotzdem verletzt. Dieser Kummer hatte sich wie ein Messer angefühlt, das stetig tiefer in mich sank – und zwar immer dann, wenn ich nach Hause gekommen und unsere Wohnung leer vorgefunden hatte.

Dann, eines Tages, war Sarah wieder da und ich hatte versprochen, keinen Sex mehr mit Typen zu haben. Ich hatte gedacht, dass ich mich an ihr laben konnte – für eine Weile. Da sie eine Muse war, besaß sie eine Magie, die man sogar schmecken konnte. Aber es bedurfte einer gefährlichen Nacht, in der ich beinahe gestorben wäre, um einzusehen, dass ich mich nicht von ihrer Magie ernähren konnte. Ich war zwei Blocks von der Sukkuben-Höhle entfernt gewesen und eine der Stammgäste hatte mich gefunden und für mich bezahlt, damit ich eine Nacht mit ihrem mächtigsten Inkubus verbringen konnte. Sogar damals hatte ich ihn meine Kleidung nicht ausziehen lassen, aber ich hatte mich an seinen Küssen, seinen Berührungen und daran gestärkt, dass sein Körper an meinen gepresst war. Es hatte geradeso genügt, um mich am Leben zu erhalten.

Jetzt, wo ich wieder wegzutreten begann, musste ich eine Entscheidung fällen. Entweder würde ich Sarah betrügen ... oder ich würde sterben.

Ich zwang mich, in einen unruhigen Schlaf zu fallen, und hoffte, dass ich meinen Problemen davonrennen konnte, indem ich mich etwas ausruhte. Ich wusste, dass es nicht so funktionierte, aber ich war gut darin, Tatsachen zu verleugnen.

Meine üblichen Albträume über das Ende der Welt und wie es Tod über den Horizont hinaus versprühte, traten in den Hintergrund und etwas anderes rückte an ihren Platz. Es gab nur eine Sache, die schlimmer war als ein Albtraum ... und das war eine Erinnerung an den Tod meiner Mutter.

Das war die einzige Erinnerung an meine Mutter, die ich in meinen Träumen hervorzurufen vermochte. Sie sprach mit einer tätowierten Frau, von der ich nur einen Umriss sah. Die Tätowierungen rankten sich um sie und schwarze Haarsträhnen verdeckten ihr Gesicht. Es war die Magie, die jene Erinnerung zurückbrachte und mich immer wieder an diesen Ort zog. Magie, die nicht wollte, dass ich mich daran erinnerte, was mir angetan worden war. Die Magie einer Hexe.

Meine Mutter packte mich, als wollte mich die Frau ihr wegnehmen. „Nein!“, schrie sie. Der scharfe Ton in ihrer Stimme ließ Tränen in meinen Augen aufsteigen. Sie hatte mir nie gesagt, was an meinem sechzehnten Geburtstag passieren würde.

„Wer ist das, Mama?“, hatte ich gefragt.

Die Stimme der Hexe war nie klar zu erkennen in meinen Träumen. Ihre Worte waren durcheinander und gebrochen wie Glasscherben, die in ein metallenes Rohr fallen.

„Du hast einen Handel abgeschlossen“, zischte sie und griff nach mir.

Stimmt. Ich schien diesen Teil immer zu vergessen, wenn ich aufwachte. Meine Mutter hatte ihre Erstgeborene für die Macht eines Blutsteins verkauft ... Für die Macht über die Hölle.

Dass sie zu so etwas Kaltherzigem in der Lage gewesen war, machte mich wütend. Aber wie sie mutig zwischen die Hexe und mich getreten war und gesagt hatte, dass sie die Abmachung bereute und dafür kämpfen würde, dass der Handel ungeschehen gemacht würde ...

Vielleicht hatte sie gedacht, dass sie nie schwanger werden würde. Vielleicht war ich ein Unfall gewesen und hätte das Licht der Welt nie erblicken sollen. Was auch immer ihre Absichten gewesen waren ... Hier war ich und die Zahlung war fällig, die Hexe der Schatten war gekommen, um zu holen, was ihr zustand.

„Ich verfluche dich, Hexe", schrie meine Mutter, als die Magie die Hexe wegzog.

Ich schrie, als eine unsichtbare Macht mich vor die Füße der Hexe brachte. Sogar in meinem Traum konnte ich ihre Gesichtszüge nicht erkennen. Tätowierungen und Schatten kreisten spiralförmig um sie, aber die Magie konnte den Geruch, der mir in die Nase stieg, nicht überdecken. Schwefel. Der Gestank der Hölle hüllte mich ein und brachte mich zum Würgen. Es war die Hexe des Schattenzirkels – eine der dunklen Mächte und mit alten Gebräuchen. Blutmagie war der dunkelste Brauch von allen und obwohl ich wusste, was mich erwartete, war ich entsetzt, als die brennende Magie durch meine Adern floss.

Ich drehte mich zu meiner Mutter um und sah sie an, meine Sicht war von Tränen getrübt. Ich hasste diesen Teil. Nicht wegen des Schmerzes, der als Nächstes kam, sondern, weil ich meine Mutter gerne noch einmal gesehen hätte. Obwohl ich nicht recht sehen konnte, wusste ich, dass sie unglaublich aussah. Kantige, hohe Wangenknochen auf einem ernsten Gesicht, in welchem wilde Entschlossenheit lag, die Kraft, die die Hexen ihr gegeben hatten, gegen sie zu verwenden.

Es gab nur Eines, was eine Hexe des Schattenzirkels mit einer Jungfrau wollte. Zu allem hin auch noch eine Sukkubus-Jungfrau.

Opfern, um eine Sünde abzubezahlen.

Ich sollte eine der Todsünden auflösen. Trägheit. Stolz. Wollust ... Ich wusste, für welche ich stand.

Die Hexe hob ihren Dolch in die Luft und das Mondlicht reflektierte von seiner gefährlichen Klinge. Ich öffnete meinen Mund, um zu schreien, brachte aber keinen Ton heraus.

„Du wirst mich reinwaschen", sagte die Hexe und Schatten legten sich über ihr Gesicht, formten ein bösartiges Grinsen.

Ich war die unschuldige Tochter eines Sukkubus. Ich konnte eine Hexensünde wiedergutmachen. Wollust, um genau zu sein.

Hexen, die dunkle Magie anwandten, landeten irgendwann in der Hölle. Aber es gab ein Schlupfloch. Eine Opfergabe konnte sie retten. Aber nicht irgendeine Opfergabe. Die Sieben Todsünden mussten reingewaschen werden.

Ich krümmte mich, als eine brennende Wärme sich auf meinem Bauch ausbreitete, genau bevor die Hexe zustach. Ihre Klinge prallte mit einem lauten Klirren, das durch meine Brust fuhr und meine Zähne klappern ließ, an einer unsichtbaren Mauer ab.

Ihre Augen weiteten sich, als meine Mutter sang. Sie war es gewesen, die einem Sukkubus Magie verliehen hatte, und jetzt wagte sie es, sie gegen sie zu verwenden. Meine Mutter breitete ihre Arme aus und ihre Mund bewegte sich, während sie Worte sprach, die ich nicht verstand. Eine Macht durchzog die Luft und ihre Halskette funkelte rubinrot.

Sie sah mir einen winzigen Augenblick lang in die Augen. Meine Sicht klärte sich gerade genug, um die Panik und Furcht in ihnen zu sehen, die mir das Herz so sehr zerrissen, dass ich jenen Moment nur in meinen schlimmsten Albträumen wiedererleben würde.

„Nimm die Macht", sagte meine Mutter eindringlich, als sie auf ihre Knie fiel. Meine Mutter schnipste mit ihren Fingern und die Hexe schrie, aber ich traute mich nicht, mich umzudrehen. Mein Blick verweilte auf meiner Mutter, die ihre Magie einsetzte. Nie zuvor hatte ich sie das tun sehen und ich bewunderte die glimmenden roten Funken, die umherwirbelten und die Distanz zwischen uns schlossen, bevor sie schließlich vor meinen Füßen landeten.

Der Prozess ging langsam vonstatten – genauso wie der Schmerz sich langsam in mich fraß. Es begann mit einem Zwicken tief in meinem Bauch. Dann ein Beben. Und dann drehte und wand es sich. Ich wirbelte herum und erblickte die Hexe, die getroffen wurde. Ihre Schatten räkelten sich um sie, als wären sie wütend, während die rubinrote Magie meiner Mutter an ihnen zerrte.

Jede Sünde, die sie einst reingewaschen hatte, entschwand in die Luft.

Die goldene Schuppe der Gier eines Drachens stach in die Stelle oberhalb meines Bauchnabels und brannte wie der Biss eines giftigen Insekts. Ich schrie, aber die Kraft ließ nicht von mir ab und vollendete ihr Werk.

Die nächste Sünde folgte. Der Neid. Eine grüne und verdrehte Rune, die sich rechts neben meinem Bauchnabel in meine Haut versenkte. Meine Mutter übertönte meine Schreie mit Rufen der Ermutigung – aber ich war nie auf so einen Grad von Schmerz vorbereitet worden.

Die dritte Sünde kam auf mich zu – mit gnadenloser Wut. Zorn. Er brannte sich zur Linken meines Bauchnabels in meine Haut.

Ich hatte keine Zeit, um mich zu erholen, zumal die vierte Sünde – Völlerei – tief an meinem Bauch hinabfloss. Dunkelrot und geschwollen. Blut, an dem sich ein Vampir tagelang hätte sattessen können, floss daraus.

Schwarze Punkte tanzten vor meinen Augen. Dies waren die Sünden gewesen, die die Hexe hatte reinwaschen können – und so waren sie mein einzig garantiertes Geschenk. Eines Tages würde ich Partner finden, die zu diesen Sünden passten. Der Stärkste seiner Art, der mir helfen würde, Rache zu üben. Rache für das, was der Schattenzirkel meiner Rasse angetan hatte. Dafür, dass sie meine Mutter dazu gezwungen hatten, mir so etwas anzutun.

Die letzten drei Sünden hinterließen ein Mal auf meinem Bauch und ich fiel zu Boden. Alles um mich herum ging in Flammen auf. Vier Sünden, die vergeben waren. Drei, die unbereinigt waren. Das musste reichen. Ich würde einen Weg finden müssen, damit es reichen würde.

Als mein Traum endete, brannte die Welt um mich herum und meine Mutter nahm die Hexe mit sich in die Hölle.

Die Erinnerungen an den Albtraum brannten und all meine Runen juckten. Ich hasste es, dass ich mich nicht daran erinnern konnte. Es war, als würde mein Kopf sich weigern, sich auch nur im Geringsten an den abscheulichen Traum zu erinnern – egal, wie sehr ich es auch versuchte.

Es spielte keine Rolle. Ich war wach und jetzt würde ich ganz bestimmt kein Auge mehr zu bekommen. Mehr denn je fraßen Schuldgefühle an mir, während ich mitten in der Nacht die Straßen hinabschlich. Wieder einmal führte mich mein Weg zurück zu dem einzigen Ort, der mir eine Art von Befriedigung bieten konnte.

Jeder Schritt machte mich nervös. Was, wenn Sarah aufwachen und bemerken würde, dass ich nicht da war? Was für eine Ausrede würde ich dieses Mal haben?

Egal, wie sehr mich Sarah zu hintergehen beängstigte, konnte ich nicht anders, als die unauffällige Sukkuben-Höhle, die zwischen zwei Gebäuden eingelassen und als Massagestudio getarnt war, anzustarren.

Der Sukkubus mit dem Mondgesicht schenkte mir ein strahlendes Lächeln, als ich mich durch das Foyer schleppte. „Oh Schätzchen. Du siehst aus, als würdest du mehr als nur einen Snack brauchen heute Nacht."

Ich knallte all mein Geld auf den Tresen. „Streu nicht auch noch Salz in die Wunde."

Sie schob all mein Erspartes wieder zurück zu mir. „Er sagte, dass es dieses Mal aufs Haus ginge."

Sie ließ den mir bestens bekannten goldenen Schlüssel vor meiner Nase baumeln und ich grummelte, während ich mein Geld wieder in meine Hosentasche schob. Ich funkelte sich an, bevor ich ihr den Schlüssel abnahm.

Sie führte mich nach drinnen und ließ mich dann allein den roten Samtteppich hinabgehen. Als ich die Suite am Ende des Ganges aufschloss und die Tür aufstieß, wartete *er* bereits auf mich und dieses Mal war sein Körper nicht mit Laken bedeckt.

Er lehnte sich gegen den Kopfteil des Bettes und verschränkte seine Arme hinterm Kopf. Sein Körper war muskelbepackt und die Dellen an seinen Hüften führten zu einem perfekten Schwanz, der bereits bei meiner Ankunft steif war. „Ich habe auf das hier gewartet“, sagte er.

Ich runzelte die Stirn. Ich wusste nicht, ob es der selbstgefällige Ton in seiner Stimme war oder wie gefangen ich mich in diesem Leben fühlte. Aber egal, wie hilflos ich mich auch fühlte – ich hatte immer eine Wahl.

Mit einem Grummeln schmiss ich den Schlüssel zu Boden. Er schepperte über den Marmorboden und ich sah rot. „Nein“, fauchte ich. „Ich weigere mich, so zu leben.“

Er stand auf. Begierde und Wut lagen in seinem Blick. Jetzt begriff ich, wieso er mir den Besuch aufs Haus gegeben hatte. Meine Kraft hatte genauso eine Wirkung auf ihn gehabt wie seine auf mich.

Er brauchte mich, wollte mich, so wie ich war. Das hielt mich nur dazu an, meinen Kiefer zu verspannen – entschlossen, dass ich es nicht tun würde.

„Nur ein besonderer Sukkubus hungert sich freiwillig zu Tode.“ Er legte seinen Kopf schief. „Madame hat gesagt, dass du eine Freundin hast. Würde sie es wirklich vorziehen, dass du stirbst, um ihr nicht untreu zu sein?“

Ich presste meine Lippen zusammen. Er hatte womöglich recht. Wenn Sarah wüsste, dass ich Sex mit einem Mann brauchte, um zu überleben, würde sie mir sagen, dass ich es tun sollte.

Aber ihr Herz wäre gebrochen. Und verdammt, ich wollte nicht diejenige sein, die das zarte Herz einer Muse brach.

„Das kann ich ihr nicht antun“, sagte ich mit zusammengebissenen Zähnen. Tränen brannten in meinen Augen. „Ich kann einfach nicht.“

Er durchquerte das Zimmer und packte mich mit so viel Kraft an den Schultern, dass meine Knie weich wurden. Er zog mich zu sich und ließ mich an seine muskulöse, warme Brust lehnen. „Madame hat gesagt, dass du nach heute Nacht hier nicht mehr willkommen bist.“

Ich erstarrte. „Was?“

Er strich eine Haarsträhne hinter mein Ohr. „Dieser Ort ist für jene, die Hilfe brauchen. Der König unterstützt nicht, was du tust. Und wenn es die Runde macht, wäre die Höhle gezwungen, zu schließen.“ Er nahm mein Kinn in seine Hände. „Dieser Schmerz, den du dir selbst zufügst, ist unnötig. Nach heute Nacht wirst du zum Weg zurückkehren, der die Natur vorgesehen hat.“ Er lehnte sich zu mir und ließ seine Lippen über meinen Hals gleiten. „Du wirst wieder Männer jagen müssen und tun, was du am besten tust. Wofür du gemacht wurdest.“

Schmerz durchfuhr mich und ich schrie. „Nein!“, rief ich. „Ich werde nicht töten, um zu überleben! Ich bin kein Monster! Nicht wie du.“

Mein Ausraster schien ihn nicht zu kränken. Stattdessen griff er nach dem Bettlaken und wickelte es um seine Hüfte. „Tut mir leid. Ich kann nur hoffen, dass du wieder zur Vernunft kommst und dich so akzeptierst, wie du bist. Auch wenn deine *Freundin* das nicht kann.“

Auch wenn der Inkubus mich rasend gemacht hatte, hatte er einen Nerv getroffen. Sarah liebte mich, aber sie war nie imstande gewesen, mich so zu akzeptieren, wie ich war. Die Runen auf meinem Bauch waren für sie nur eine Kuriosität, keine Prophezeiung. Das würde sich auch nicht mehr ändern. Nicht einmal, wenn ich jemals den Mut aufbringen würde, ihr die Wahrheit zu sagen.

Ich war eine Mörderin. Und wenn ich überleben wollte, würde ich wieder töten müssen. Die Runen auf meinem Bauch versuchten mir etwas Wichtiges mitzuteilen. Als ich zum Himmel sah, erblickte ich die Klauen des Bösen. Ich blinzelte zweimal und dann waren sie weg.

Vielleicht war es der Mangel an Nahrung, der mich Dinge sehen ließ, die nicht wirklich da waren. Oder vielleicht aber war es eine Prophezeiung, die ich besser ernst zu nehmen anfangen sollte.

Ich wusste, was ich tun musste, um zu überleben. Es war mir bestimmt, zu töten. Sarah würde es herausfinden und sehen, was für ein Monster ich wirklich war.

Ich ballte meine Hände zu Fäusten und grummelte den mich verspottenden Himmel an. „Lieber verhungere ich.“

Sobald ich zu Hause ankam, legte ich mich neben einer noch immer schlafenden Sarah ins Bett und ließ meine Tränen fließen.

Sie erwachte aus ihrem Tiefschlaf. In ihren Augen ruhte noch immer der Funken ihrer gestillten Lust. Das brachte mich nur noch mehr zum Heulen. „Schatz“, sagte sie und legte ihre warme und süße Magie um mich. „Ist schon gut. Ich bin hier.“

Ich weinte an ihrem wunderschönen Hals und war überrascht, dass sie nicht versuchte, in meinen Kopf vorzudringen, um herauszufinden, was mich bedrückte. Sie war eine mächtige Muse, die vollends im Stande war, meinen Kopf zu durchsuchen, wenn sie wollte.

Die Realität prasselte auf mich nieder. Vielleicht fürchtete sie sich davor, was sie finden würde. Ich zwang mich, mich aufzusetzen, und nahm ihre Hände in meine. „Sarah?“

„Ja?“

„Lass uns morgen in die Bar gehen. Wir müssen reden.“

Kapitel Vier

EINE GUTE NACHT ZUM STERBEN

Sonya

Als wir zur Bar liefen, bemerkte Sarah, dass etwas nicht stimmte. Sie legte ihre Finger in meine und drückte meine Hand sanft. „Gehts dir gut?"

Ich knirschte mit meinen Zähnen. Nein, es ging mir verdammt nochmal nicht gut. Die Rune auf meinem Bauch blutete wieder, aber dieses Mal trug ich ein Pflaster. Es war kein Rätsel, was das zu bedeuten hatte. Ich war drauf und dran, zu sterben.

„Mir gehts gut", sagte ich genervt und riss meine Hand aus ihrer.

Sie zog eine Schnute, bevor sie die Straße überquerte und sich ihren Weg in die Bar bahnte. Männer gingen zur Seite, sobald sie sich ihnen näherte – vermutlich unwissend, dass sie von einer Magie kontrolliert wurden, die sie sich nicht annähernd vorstellen konnten.

Ich verzog das Gesicht, mochte es nicht, wie freizügig Sarah ihre Kräfte benutzte, nur weil sie wütend war. Ich wollte nicht wissen, was sie tun würde, wenn ich mit ihr an einem öffentlichen Ort Schluss machte, aber ich beschloss, dass es so am besten wäre. Ich wollte sie glauben lassen, dass ich verhungern würde, weil ich sie verlassen hatte – und nicht, weil ich mich nicht an ihr laben konnte. Es war mir lieber, wenn sie *mich* hasste ... als sich selbst.

„Hey!“, schrie David und warf mir ein Lächeln zu, als ich unseren Lieblings-Sterblichen erblickte. Er winkte und hielt die Tür auf. „Kommst du, oder was?“

Ich grinste ihn an und wartete, bis ein Motorrad vorbeigefahren war, bevor ich die Straße überquerte und mich an Davids breiter Brust vorbeidrückte. „Danke, dass du gekommen bist“, sagte ich zu ihm und war wirklich froh, dass er aufgetaucht war.

David verging das Lächeln, als wir hineingingen und er sah, dass ich Sarah mitgebracht hatte. „Oh“, sagte er, offensichtlich enttäuscht.

Ich rollte mit meinen Augen. „Du wirst der Tröster sein, klar? Wir machen wieder Schluss.“

Seine Augen weiteten sich, dieses Mal lag Vorfreude in ihnen. Aber er hatte die Güte, mir mitfühlend auf die Schultern zu tätscheln. „Mach dir keine Sorgen. Ich werde dir den Rücken freihalten.“

Mein Bauch juckte und ich kratzte die Rune, frage mich, ob seine Berührung den Schmerz abgeschwächt hatte.

Mit Sarah Schluss zu machen, war eines der schwierigsten Dinge in meinem ganzen Leben gewesen. Nicht nur, weil ich es nicht tun wollte, sondern auch, weil mein ganzer Körper schmerzte und mir befahl, mich dem nächsten Mann zu nähern und mir zu nehmen, was ich brauchte. Die Unmenge an Penissen in dieser Bar ließ meinen Kiefer zucken.

In jenem Moment, in dem Sarah begriffen hatte, dass ich es ernst meinte, stürmte ich aus der Bar. Mehr, um dem ganzen Testosteron zu entkommen, als Sarahs traurigen Augen zu entgehen. Sie dachte vermutlich, dass ich einfach nur weg von ihr wollte, aber die Wahrheit war, dass alles um mich herum sich drehte und ich den Schmerz nicht länger verbergen konnte. Wenn ich drinnen geblieben wäre, hätte ich mir von irgendjemandem genommen, was ich brauchte – ob Sarah zugesehen hätte oder nicht.

Meine Uhr surrte und sagte mir, dass ich noch zehn Minuten zu leben hatte. Ich drehte mein Handgelenk um, um auf die Uhr zu sehen. Jepp. Das war echt beschissen.

In einer dunklen Gasse zu sterben, war nicht meine erste Wahl. Ich hatte mir immer vorgestellt, dass ich auf blutgetränkten Samtlaken liegen würde. Von einem Opfer erstochen, das es geschafft hatte, sich meinem Bann zu entziehen. Ich verabscheute, was ich war. Es war kein Leben.

Ich streckte mich auf dem kiesigen Asphalt aus und bemerkte, dass meine Bettgesellen nichts mehr als piepsende Mäuse und drei leere Bierdosen waren.

Ich starrte zum Mond und dachte darüber nach, ob ich etwas Monumentales mit meinen letzten Minuten anfangen sollte. Sarah war vermutlich noch immer in der Bar und fragte sich, wo ich war. Ich konnte sie vor mir sehen: wie sie schmollend und mit einem süßen, finsteren Blick mit einem Strohhalm in einem Erdbeer-Daiquiri rührte. Wir hatten jetzt – wie viele Male? – fünfmal Schluss gemacht. Kaufte sie mir überhaupt ab, dass ich es dieses Mal ernst gemeint hatte? Ich hatte es ernst gemeint. Ich würde sie für immer verlassen. Nicht, weil ich das wollte, sondern weil sie etwas Besseres verdiente als mich. Und ich verdiente, was mich erwartete, wenn ich Männer nicht buchstäblich zu Tode ficken würde.

Und David saß wohl neben ihr, sagte ihr, dass ich es nicht wert war. Obwohl ich wusste, was er für mich empfand, würde er Sarah nicht im Glauben lassen, dass sie es verdiente, ein gebrochenes Herz zu haben. So war er nun mal. Ich hatte ihn eingeladen, damit er Sarah trösten konnte, aber auch, um sie lange genug abzulenken, damit ich in Frieden sterben konnte.

Wie auf Stichwort wurde die Tür knarzend geöffnet und ich drehte meinen Kopf auf dem Asphalt, um zu sehen, ob mein Todesengel gekommen war, um mich zu holen.

„Was machst du denn da, Süße?" David schenkte mir ein bezauberndes Lächeln und erschien mir in jenem Moment wie ein Engel. Das Mondlicht schien auf ihn herab und ließen die dunklen Locken, die sein Gesicht einrahmten, glänzen. Die Runen an meinem Bauch zuckten schmerzerfüllt, als würden sie ihn als etwas erkennen, das ich brauchte. Vielleicht war es eine Sünde, mir von ihm zu nehmen, was ich brauchte – aber alle Sünden konnten wiedergutgemacht werden, oder?

Ich wandte meinen Blick ab. Das waren die Worte meiner Mutter gewesen. *Alle Sünden können reingewaschen werden.* War das nur eine Lüge gewesen, damit ich mich wegen dem, was ich war, besser fühlen würde? „Was ich hier mache?", murmelte ich und versuchte, mich auf die Gegenwart zu konzentrieren, bevor meine Erinnerungen meine letzten Minuten ruinieren würden.

„Ich warte auf den Tod."

Er lachte und hopste die drei Stufen zur Straße runter, bemerkte meine Qualen nicht. „Tun wir das nicht alle?"

Mein Herz machte einen Sprung, als er sich neben mich legte. Es schien ihn nicht zu stören, dass wir auf einer schmuddeligen Straße hinter einer noch schmuddeligeren Bar lagen. Ich blinzelte ein paarmal und dachte darüber nach, was meine letzten, wichtigen Worte sein würden. Die Welt um mich herum verschwamm bereits und wurde langsam grau. Das Atmen fiel mir schwer und ich krallte meine Fingernägel in den Boden, konnte den Schmerz kaum noch spüren. Ich hatte gehofft, dass ich ein Nahtoderlebnis haben würde – oder etwas anderes Erstaunliches, das mir eine bahnbrechende Sicht auf die Dinge und die Welt geben würde, bevor ich starb. Aber alles, woran ich denken konnte, war meine unschuldige Freundin, die ich zurücklassen würde. „Glaubst du, Sarah wird darüber hinwegkommen?"

„Sarah ..." Er sagte ihren Namen und zog eine abwertende Schnute. „Ich weiß, dass sie dir wichtig ist, aber ich habe das Gefühl, dass da noch mehr kommt." Er stützte sich auf seinen Ellbogen. „Hast du je darüber nachgedacht, dass deine Gefühle für Sarah vielleicht irregeleitet sind? Ich meine, etwas macht sie anders als die anderen, das jeden anzieht. Aber ihr beiden wart nie wirklich kompatibel."

Meine Augen weiteten sich. Die Runen auf meinem Bauch zuckten alle zustimmend, als hätte ich Sarah als Krücke benutzt, um mich einer Zukunft, die mich beängstigte, nicht zu stellen. „Was lässt dich das glauben?"

„Es scheint einfach irgendwie stimmig, aus irgendeinem Grund." Er setzte sich auf und zog mich mit ihm hoch. Seine starken Finger schlangen sich um meinen Arm und ließen mich vergessen, was ich beschlossen hatte, zu tun. Ich zwang mich, das Gesicht jedes Opfers in Erinnerung zu rufen. Beängstigende Erinnerungen waren immer mächtiger als gute. Ich konnte ihre blassen Gesichter noch immer in meines starren sehen. Dieser blanke Ausdruck von giftiger Begierde, der ihren entsetzlichen Tod maskierte.

Er streifte eine Haarsträhne hinter mein Ohr und zog mein Kinn zu sich hoch. „Weinst du etwa?"

Seine blauen Augen sahen in meine und ich schluckte meinen Stolz herunter. „Ja", flüsterte ich. Seine Finger glitten an meinem Hals entlang, hielten den letzten Funken meiner Magie dazu an, sich um seinen Schwanz zu legen und ihn dazu zu bringen, mir zu geben, was ich brauchte. Er erschauderte, als hätte ich ihn gestreichelt.

Ich schloss meine Augen und wünschte mir, dass alles vorbei wäre. Meine Uhr surrte erneut. Ich hatte noch eine Minute.

Sein Atem streifte meine Lippen. Ich konnte meine Augen nicht öffnen. Ich durfte ihn nicht in meinen Bann ziehen. David verdiente etwas Besseres als meine Sünden. Er war nett, süß und der einzige Sterbliche, der sich nicht direkt an mich rangemacht hatte. Ich wusste nicht, warum er seine Meinung geändert hatte, aber ich war nahe dran, sein Angebot anzunehmen. Ein Sukkubus hatte nur begrenzt Willensstärke.

„Sonya ...", flüsterte er. Seine Stimme klang sehnsüchtig und verzweifelt.

Meine Augen öffneten sich und ich konnte nirgendwo sonst hinsehen als in seine besorgten und liebevollen Augen. Meine Zunge leckte über meine trockenen Lippen und ich zögerte.

Er lehnte sich zu mir und Scheiße, ich entfernte mich nicht. Ich konnte nicht.

Seine Lippen trafen auf meine und ein Feuerwerk schoss durch meine Gliedmaßen. Sein Kuss vervollständigte mich und ich wollte mehr. Jegliche Zurückhaltung, die ich aus Anstand oder Schein-Treue gehabt hatte, wurde von der Magie, die mein Überleben forderte, überwältigt. Der Schmerz in meinen Knochen wich endlich – angesichts der sexuellen Nahrung, die meine Sinne flutete. Als wäre ich durch die Wüste gewandert und hätte einen Tropfen Wasser gefunden, ließ ich meine Hände unter sein T-Shirt gleiten und versenkte meine Nägel in seiner Haut, nahm alles auf.

Wie ich mir doch wünschte, dass ich eine Sterbliche sein und das elektrisierende Gefühl von Sex einfach erleben konnte, ohne mich davon ernähren zu müssen. Dann wiederum, wenn ich ein Mensch gewesen wäre, hätte ich meine Zunge nicht in Davids Mund gesteckt. Ich wäre bei Sarah, glücklich und nichtsahnend, wie es sich anfühlte, kurz vor dem Tod zu stehen, wenn ich keine Nahrung zu mir nahm.

Als Davids Erektion sich durch seine Jeans an meine Hüften presste, war es unmöglich, seine Lust nicht zu konsumieren. Ich brauchte meine Augen nicht zu öffnen, um zu wissen, dass sich meine Nägel von einem kränklichen Blau zu einem gesunden Rosa färbten. Zu wissen, dass David mir wortwörtlich das Leben schenkte, ließ mich ihn nur noch mehr wollen. Das war der Teil, den ich nicht bekämpfen konnte. An dieser Stelle nahmen die Instinkte eines Jägers überhand.

Er musste spüren, wie ich ihn aussaugte, denn sein Atem stockte und seine Augen weiteten sich. Er starrte mich an. Aus seinem lustvollen Blick wurde ein verwirrter. Meine Kräfte stellten sich reflexartig ein und versprühten einen unsichtbaren Dunst, der ihn zum Lächeln brachte, als hätte er vergessen, was ihn erschreckt hatte. Er ächzte lusterfüllt, konnte den Schmerz, den ich ihm zufügte, nicht mehr spüren. Ich wünschte, dass ich gewusst hätte, wie meine Kräfte funktionierten. Wie konnte etwas, das ihn dazu brachte, mich so anzusehen, ihn am Ende töten?

Er leckte seine Lippen, als könnte er den giftigen Nektar schmecken, und stöhnte, riss meinen dünnen Pulli von mir und beinahe in zwei Teile. Er bemerkte das Pflaster über meiner obersten Rune, die endlich aufgehört hatte zu schmerzen. Als wäre sie zufriedengestellt von der sexuellen Nahrung, die sich in meinen Adern verteilte. Auch ich spürte den Rausch. Diese unerklärliche Begierde danach, ihn hier, in dieser schmuddeligen Straße zu haben. Und das, obwohl Sarah jederzeit hinauskommen und uns zusammen sehen könnte.

Mein Herz pochte und ich riss an seinem Reißverschluss. Es war egal, wie oft ich schon magischen Sex gehabt hatte: Ich war die unbeholfenste, ungeschickteste Kreatur auf Erden. Er gab ein schnaubendes Lachen von sich und öffnete den Knopf seiner Jeans, öffnete den Reißverschluss mühelos und sein Schwanz schlüpfte aus seinem Gefängnis. Er war größer, als ich gedacht hatte, und mein Hunger hielt inne, um seinen bebenden Schwanz zu begutachten.

„Gefällt dir, was du siehst?", fragte er. Er sah mir nicht in die Augen, legte aber eine Hand auf meine Brust und drückte sie. Sein Gesicht erhellte sich und er lächelte.

„Ja, mir gefällt, was ich sehe, und ja, sie sind echt", sagte ich lachend.

„Ich wusste es!", rief er aus. Dann lachten wir zusammen, konnten es irgendwie nicht ganz glauben, dass wir des anderen nackte Haut berührten.

Eingenommen vom Moment und dem Vorgeschmack, den ich bekommen hatte, befreite ich mich aus meinen Jeans und er nahm meine Brüste in seine Hände, küsste sie. Ich legte die Kleider unter meinen entblößten Arsch und hoffte, dass er sanft sein würde, damit der steinige Boden sich nicht durch die Kleider und in meine Haut bohren würde.

David spreizte meine Beine und knabberte an meinem Hals. Er wartete nicht darauf, dass ich ihm Erlaubnis erteilte, und rammte in mich. Der Stoß ließ mich lusterfüllt aufschreien. Sein Schwanz war nicht das Einzige, was in mich drang. Die Kraft seiner Lust tat es ihm gleich. Die beiden Begierden rangen miteinander, bis sie sich vermischten und mir einen Höhepunkt verschafften – mir wieder Leben einhauchten.

Ich hatte mit vielen Männern Sex gehabt, aber mit David hinter dieser Bar Liebe zu machen, würde für immer einen speziellen Platz in meinem Herzen haben. Sex war immer magisch für mich – von Natur aus. Aber ich hatte mich viel zu lange selbst verleugnet. Außerdem hatte David mir widerstanden, bis mein Verlangen nicht weiter ignoriert werden konnte. Es war, als hätte eine höhere Macht ihn zu mir gesandt und sichergestellt, dass er da sein würde, wenn ich zu stur wäre, um mir zu nehmen, was ich zum Überleben brauchte. Ihn nach all dieser Zeit endlich zu haben, war ein heimliches Vergnügen. Aber wie bei jeder Sünde war alles, was am Ende übrigblieb, Reue.

Ich konnte spüren, wie Davids Lebenskräfte schwanden. Seine Haut war blasser, als das Mondlicht sie hätte erscheinen lassen sollen, und es bestand keinen Zweifel daran, dass der Zerfall bereits begonnen hatte.

Dennoch konnte er nicht spüren, wie seine Lebenskraft ihn verließ. Seine blauen Augen blieben klar und pur, als würde seine Seele darin ruhen und nie weichen.

Ich wünschte, dass es so gewesen wäre.

Ich lenkte meinen Blick ab und blickte auf die goldene Kette an seinem Hals. Das Einzige, was er noch trug.

Ich schlüpfte unter ihm hervor, verzog das Gesicht, als die Steinchen sich unter den Klamotten verteilten, die wir als Unterlage benutzt hatten. David war nicht sanft gewesen und mein Rücken und meine Schulterblätter waren zerkratzt. Ich ließ einen Finger über die Rune gleiten, dessen Pflaster abgefallen war. Sie war glatt, als hätte das Liebesspiel sie beruhigt. Ich sah sie mir an und obwohl sie noch immer gerötet war, hatte sie sich definitiv etwas besänftigt. Dann hörte ich eine Stimme in meinem Kopf. *Er ist keiner der sieben, aber jetzt wirst du überleben. Finde sie, Sonya. Finde die anderen Teile deines Herzens, die deine Mutter auf der ganzen Welt verteilt hat. Verbinde dich mit ihnen und erfülle dein Schicksal.*

Ich erstarrte und blickte verstört auf die Rune, die gerade verdammt nochmal zu mir gesprochen hatte. Okay, jetzt verlor ich wirklich den Verstand.

„Das war ...", sagte David und verstummte dann erstaunt. Er hatte die Stimme offenbar nicht gehört, was bedeutete, dass ich sie definitiv nicht mehr alle hatte.

Ich versuchte, meine Finger vom Zittern abzuhalten, und sah auf meine Uhr. Sie hatte über dreißig Minuten lang gesurrt und es war an der Zeit, sie zu richten. Auf siebenhundertdreißig Stunden – einen Monat, bevor ich mir wieder nehmen musste, was ich brauchte.

„Das war ein Fehler", beendete ich den Satz für ihn. David war nicht gewesen, wer ich gebraucht hatte – aber die Prophezeiung hatte sich mir gerade etwas mehr offenbart. Es gab Männer da draußen, die im Stande waren, Sex mit mir zu überleben und mit denen ich überleben konnte. Ich musste sie nur finden.

Er sah hoch und ich ignorierte ihn, zog meine Jeans an und rang mit dem Knopf, der zu groß für das Knopfloch schien.

„Ein Fehler? Das war atemberaubend."

Ich zog am Knopf und das verdammte Ding ging nicht durch. Ich riss nach links und der Faden verhedderte sich an meinem Nagel, ging in die falsche Richtung. „Verdammt noch mal!"

David stand stolpernd auf und stieg in ein Hosenbein. „Ist es wegen Sarah? Nach all den Dingen, die du zu ihr gesagt hast– was sie zu dir gesagt hat. Es ist vorbei. Für immer. Oder?" Er schien betrübt. „Ich habe euch zwei schon mal Schluss machen sehen. Dieses Mal war es anders. Es schien echt. Darum habe ich ..." Er verzog schmerzerfüllt sein Gesicht und starrte mich an. Ich wusste, er wartete darauf, dass ich ihm sagen würde, dass er richtig lag. Aber ich hatte vorgehabt, zu sterben. Er hatte mir eine zweite Chance verschafft und ich hatte nicht gewusst, was ich damit machen sollte.

Ich sah ihm nicht ihn die Augen und suchte nach meinem BH. Eine kalte Brise wehte durch die Gasse und verschaffte meinem schweißigen Haaransatz Erleichterung. Und brachte einen Schwall Müllgeruch.

Ich würde mich später um das Knopfloch kümmern. Wenigstens konnte ich meine Brüste bedecken. Ich sah auf sie hinab und seufzte, als ich die geröteten Stellen von Davids Zähnen darauf bemerkte.

Die Tür der Bar knarzte und öffnete sich. Ich bedeckte meine Brüste mit meinen Armen. Nicht, dass ich erwartet hatte, Privatsphäre in der Hintergasse einer Bar zu haben. Ich wollte nur nicht noch mehr potenzielle Opfer anziehen.

„Sonya? Bist du da draußen? Ich–" Sarah klang, als würde sie sich entschuldigen wollen. Dann aber sah sie sich um und sog einen Atem ein, als würde sie gleich losschreien.

Ich streckte meine Arme aus und wollte mich gegen jegliche Anschuldigungen, die sie gleich machen würde, verteidigen. Nicht, dass ich irgendeine Entschuldigung parat gehabt hätte. Ich konnte nicht zulassen, dass Sarah Zeugin meiner Tat sein würde.

David stieg mit seinem anderen Bein in die Hose und rang mit seinem Reißverschluss. „Sarah, es ist nicht, wonach es aussieht."

Ihr Kiefer klappte runter und schloss sich wieder wie derer eines gestrandeten Fisches. Ihr rosafarbener Rock wehte im Wind, flatterte um ihre Schenkel, bis sie ihr weißes Handtäschchen darüber presste. Sie sah zu Boden und trat auf der Stelle, sah aus dem Gleichgewicht aus, während sie in ihren elfenbeinfarbenen Plateau-Absätzen dastand.

Dann sah ich, worauf sie blickte. Einen schwarzen Spitzen-BH.

„Verdammt noch mal." Ich rannte zu den Stufen und hob ihn auf, legte ihn an und zog die Träger über meine Schulter.

„Es tut mir leid, David", flüsterte Sarah. „Du verdienst es nicht, zu sterben."

Ich stolperte. Wie konnte sie es wagen, ihn zu verängstigen? Auch wenn es die Wahrheit war. Er hatte noch Monate, wenn nicht sogar Jahre. Ich hatte nicht mehr genommen, als ich gebraucht hatte ... oder?

Sie umklammerte ihre Handtasche, als würde sie überlegen, ob sie noch etwas sagen sollte. Dann schüttelte sie ihren Kopf und huschte zurück in die Bar.

David rieb sich seinen Nacken und lachte nervös. „Ähm, habe ich da eben richtig gehört?"

Ich erstarrte und mein Blick ruhte eisern auf der geschlossenen Tür, als könnte ich damit Sarah dazu bringen, zurückzukommen. Nicht, dass meine Kräfte auf diese Weise wirkten – jedenfalls nicht bei Frauen.

Eine kalte Hand auf meiner Schulter ließ mich aufschrecken. „Mann, David!"

Er kicherte. „Mann? Du bist echt süß, wenn du wütend bist", sagte er grinsend.

„Hör zu, wir müssen sie finden, okay?"

Sein Gesicht verdüsterte sich. „Was? Warum?"

„Weil sie glaubt, dass ..."

Er zog eine Augenbraue hoch. „... dass du mich umbringen wirst?"

Ich schnaubte und befreite mich aus seinem Griff. Er durfte es nicht erfahren. Nicht so bald. Nicht in dieser Hintergasse einer Bar, voller Mäuse und leerer Bierdosen und – woher kam dieser widerwärtige Geruch?

Ich bemerkte einen Lichtblitz. Wenn ich auf die andere Seite geblickt hätte, wäre er mir komplett entgangen.

Ich erstarrte. *Nein, das kann nicht sein ...*

Ein weiterer Lichtblitz und dann ein unmissverständliches, hörbares *Klicken*.

„Was ist das?", fragte David.

Ich schubste ihn weg und hoffte, er würde nicht bemerken, dass meine Beine zitterten. „Du stehst auf meinem Pulli."

Er murmelte eine Entschuldigung und ich stülpte das schmutzige Oberteil über meinen Kopf.

Davids Geruch verweilte auf meiner Haut und irgendwie hatte Mr. Anderson es geschafft, mich auf frischer Tat zu ertappen.

VERURTEILUNG

Sonya

Normalerweise war ich überhaupt kein unentschlossenes Wesen. Aber das überwältigende Bedürfnis, David *mein* zu machen, rang mit der Hoffnung, dass Mr. Anderson ihn retten könnte. Mir war eine zweite Chance zuteil geworden und David verdiente auch eine.

Die Brise wehte eine Dose am anderen Ende der Gasse um und ich wusste, dass Mr. Anderson abwartete, was ich tun würde. Der widerliche Gestank deutete darauf hin, dass er sich im Müllcontainer versteckt hatte. Er hatte zweifellos zu viele Detektivfilme gesehen ...

Mit einem letzten trotzigen Funkeln in die dunkle Gasse hopste ich die drei Stufen hoch zur Bar und riss die Tür auf.

„Bleib bei mir", flehte David. Meine Haut kitzelte vor Begierde, ihn dazu zu bringen, sich mir komplett hinzugeben. Das Einzige, was ich tun müsste, wäre ...

Ich sah über meine Schulter zu ihm, täuschte Ekel vor. „Ich wollte nicht, dass das passiert. Lass uns so tun, als wäre es nie passiert, und lass mich meine Freundin suchen." Als ich die Worte aussprach, wusste ich, dass sie bedeutungslos waren. Die Rune an meinem Bauch, die zum Leben erwacht war, als wir uns das erste Mal begegnet waren, war inaktiv. Sie brannte nicht, stach nicht. Sie tat gar nichts.

Was auch immer meine Prophezeiung von ihr gewollt hatte, ich hatte es bereits bekommen.

Sie ist eine der sieben ... Aber sie ist keine der vier.

Sein hundeähnlicher, trauriger Blick folgte mir, als ich mich umdrehte. Ich flüchtete mich in das betrunkene Lachen der Gäste sowie die dröhnende Musik, die in meiner Brust pochte, und hielt inne, als die Tür sich hinter mir schloss. Ich sah mich nach Sarah um und ließ meinen Daumen über den Ring an meinem kleinen Finger gleiten, bevor ich durch die Menge hastete.

„Sarah!", schrie ich und ignorierte mein Spiegelbild, das mein zerzaustes Haar im Spiegel über der Bar zeigte. Ich sah aus wie eine Verrückte.

Wir mussten hier weg. Wir mussten uns von Mr. Anderson distanzieren, bevor er mich in die Enge treiben und mir die Handschellen anlegen konnte, die er so mochte. In jeder anderen Situation klangen Handschellen nach jede Menge Spaß, aber nicht, wenn es um Detective Anderson ging. Er war nicht nur immun gegen meine Kräfte, sondern hatte jetzt auch Beweise. Bilder von mir, wie ich David das Leben ausgesaugt hatte. Ich hätte genauso gut meine Hände in die Luft halten und sagen können: „Du hast mich erwischt!"

Davids verwirrtes Schreien drang durch die Tür und ich zuckte zusammen. Es bedurfte all meiner Willensstärke, nicht zu ihm zu gehen. Aber er war sicherer bei Mr. Anderson, oder? Wenn der Detective herausgefunden hatte, wie man meinen Fluch aufhob, bedeutete das vielleicht, dass es ein Heilmittel gegen den Verfall gab. Vielleicht müsste David nicht sterben.

Aber ich traute diesem Mistkerl nicht zu, dass er David aus eigenem Antriebhelfen würde. Auch wenn er die Mittel dazu hatte. Ich musste mir Rückendeckung verschaffen, um sicherzugehen, dass er seine Prioritäten aufrechterhielt.

„Sarah!", schrie ich erneut, dieses Mal verzweifelter.

Ein blonder Kopf wippte vor dem Ausgang und ich warf mich nach vorne, drückte meine Handflächen aneinander, als würde ich einen

Schwalbensprung ins Meer aus unrasierten Männern und Whisky machen. Meine Nase zwackte und ich fragte mich, wie ausgehungert ich gewesen sein musste, um mich zu irgendjemandem hier drinnen hingezogen gefühlt zu haben.

Sarah sah mir in die Augen und eine halbe Sekunde später rannte sie nach draußen. Ich kannte diesen Blick. Das war der Blick, den sie das letzte Mal gehabt hatte, als ich sie enttäuscht hatte. Das letzte Mal, als jemand sterben musste.

Und damals war sie für zwei Jahre verschwunden.

Ich bahnte mir meinen Weg zum Ausgang und ignorierte die Ellbogen, die mir in die Rippen gestoßen wurden. Dieses Mal hatte ich keine zwei Jahre. Mr. Anderson stand direkt vor der Tür und er hatte David. Jemand musste ihn überwachen. Jemand musste ihm einen Stoß in die richtige Richtung geben, ohne dass sie wussten, dass sie sich in einem Bann befanden. Jemand mit Fähigkeiten, die ich nicht hatte.

Als ich es auf die staubige Straße hinausgeschafft hatte, war Sarah verschwunden.

Ich war auf mich allein gestellt.

Fassungslosigkeit ließ mich wie angewachsen dastehen. Wie hatte Sarah mich im Stich lassen können? Nicht jetzt. Nicht, wenn ich sie am meisten brauchte.

„Aus dem Weg, Mädchen!“ Ein betrunkener Mann schubste mich von hinten und ich stolperte.

Ich drehte mich um und sah ihn böse an. Als er mir in die Augen sah, fiel er in meinen Bann. Ich verfiel so schnell in meine Magie. Ich konnte nicht widerstehen. Ich hatte eben erst gegessen und die sexuelle Spannung machte mich leichtfertig und spontan.

Er erstarrte und taumelte, als die Welle der Lust ihn ergriff. Seine Augen weiteten sich und sie sahen aus wie gelbe Himmelskörper, die aus seinem ledrigen Gesicht hervorstachen. Seine Zunge wanderte über seine trockenen, aufgerissenen Lippen.

Ich nahm einen bedrohlichen Schritt auf ihn zu und der Mann wich mit einer schützenden Hand in die Luft gestreckt zurück. Ein Goldring funkelte im neonfarbenen Licht der Bar.

Ich streckte ihm einen Finger ins Gesicht. „Du wirst nach Hause gehen, deiner Frau sagen, dass es dir leidtut, und für den Rest deines Lebens keinen Alkohol mehr anfassen. Verstanden?“

Er taumelte auf die eine, dann auf die andere Seite, kämpfte gegen meine Macht an.

Ich lächelte süß, lehnte mich zu ihm und ließ meinen Nagel an seiner Wange hinabwandern. „Hast du verstanden?“

Körperkontakt besiegelte die Verbindung. Sein erschütterter Gesichtsausdruck wich und an seine Stelle rückte ein albernes Grinsen. „Ja, aber meine Frau ist tot.“

„Hast du jemanden, der zu Hause auf dich wartet?“

Er dachte einen Moment lang nach. „Nein, aber mein Sohn in Texas hat es schwer. Er ist die einzige Familie, die ich noch habe.“

„Warum ist er in Texas?“

Er grinste und sein Blick musterte mich. „Du bist so schön.“

„Antworte mir.“

Er blinzelte, als könnte er sich nicht konzentrieren. Alkohol hatte einen Einfluss auf meine Fähigkeit, Leute zu verhören. Es hatte etwas damit zu tun, dass die Hirnsynapsen nicht schnell genug reagieren konnten. Jedenfalls hatte meine Mutter mir das so gesagt.

„Alkohol“, antwortete er einen Augenblick später. „Ich kann keinen Job behalten, weil ich trinke. Ich versaufe alles Geld, das er mir sendet. Texas ist weit genug entfernt, damit er mich nicht so sehen muss. Aber er schickt mir trotzdem Geld.“ Sein Blick driftete in die Ferne. „Vielleicht hofft er, dass ich es dazu benutze, um ihn eines Tages zu besuchen.“

Ich presste beide Hände an seine Wangen und versuchte nicht zu würgen, als sein säuerlicher, alkoholisierter Atem mir in die Nase stieg. „Dann geh nach Hause. Ruh dich aus. Und fahr morgen zu deinem Sohn. Arbeite hart und lass die Finger vom Alkohol. Zahl ihm das Geld zurück und verdiene dir seinen Respekt. Verstanden?“

Er nickte in meinem Griff. Ich ließ ihn los und er stolperte die Straße hinunter, murmelte: „Mein Junge, mein Junge.“

Ich atmete tief ein. Diese innere Stimme versuchte zu rechtfertigen, was ich war. *Siehst du? Du tust auch gute Dinge mit deinen Kräften. Du magst Leben nehmen, aber wie viele rettest du? Stell dir nur vor, was du imstande wärst zu tun mit deinen vier ...*

Ich stampfte auf den Boden. Es war keine mathematische Gleichung. Ich konnte Untreue, Vergewaltigung, Mord nicht legitimieren – egal wie viel Gutes ich tat. Und die vier? Wer waren diese vier, von denen diese bescheuerte Stimme immer wieder sprach?

Ich suchte die Straße ab. Geparkte Autos richteten über mich mit ihren missbilligenden Kühlergrillen und kaputten Scheinwerfern. Sogar ein paar zahnlose Prostituierte trugen ihr eigenes erdrückendes Starren zur Mischung bei.

Ich konzentrierte mich wieder und streifte die verurteilenden Blicke, den Selbsthass und die Schuldgefühle ab. Das würde David auch nicht helfen.

Ich schwankte, während ich meine Optionen durchging. Wenn ich Sarah nicht finden konnte, musste ich mich an die Nächstbeste wenden. Maxine.

Mit geballten Fäusten die Straße hinabzustampfen, ließ das Flattern in meiner Brust auch nicht vergehen. Maxine würde sich überhaupt nicht über den Besuch eines Sukkubus freuen. Vor allem nicht von einem, der von einem Detective verfolgt wurde. Aber ich hatte keine andere Wahl. Ich brauchte Hilfe. Auch wenn das hieß, dass ich mir Hilfe von einer Nonne holen musste.

Kapitel Sechs

ALLER GUTEN SÜNDEN SIND DREI

Sonya

Meine Sicht trübte sich und der Bordstein verschwamm immer wieder. Kaputte Straßenlaternen erlaubten es mir, mich wie ein Dieb bei Nacht für lange Abschnitte durch die Dunkelheit zu stehlen. Geld war nicht das Problem. Seattle hatte jede Menge Gelder. Leider war die von Verbrechen heimgesuchte Südseite Seattles – auch genannt ‚Weißes Zentrum' – bekannter für ihre Bars, Pornoläden und Verbrechen ... Nichts davon wollte im Rampenlicht stehen.

Ich rümpfte meine Nase, als ich zwei Männer mit haarigen Armen sah, die mich aus ihrem Auto gelehnt anzüglich anblickten. Sie taten so, als würde ihnen der Ort gehören.

Ich hatte jetzt keine Zeit dafür. Ich war auf dem Weg zu Schwester Maxine und nicht auf der Suche nach Streit.

Sie sahen mich mit kugelrunden Augen interessiert an und ich seufzte. Na gut. Sollen sie mich in einer Nacht wie dieser blöd anmachen. Mal sehen, wie das für sie ausgehen würde.

Das Klackern meiner Absatzschuhe war zu hören und ging meinen

Schritten voran. Ich hätte nicht hierherkommen sollen, aber ich war abgelenkt gewesen. Ich hatte meine Freundin verloren. Hatte sie blöderweise sitzen gelassen im Glauben, dass ich endlich loslassen und verhungern könnte. Dumm. Meine versuchende Aura musste stark gewesen sein. Stark genug, um David hinaus zu locken und mich auf der Straße zu ficken. Und ich hatte es zugelassen. Ich war ein verdammtes Monster.

„Wohin des Weges, Süße?", sagte ein dicklicher Mann, der aus dem alten Cadillac lehnte.

Sein Freund mit einem halb entblößten Bierbauch stellte sich neben mich und roch an mir. „Riecht nach Nachtisch." Er grinste und schenkte mir einen Frontalblick auf seine gelblichen, schrägen Zähne.

Nur weil ich ein Sukkubus war, bedeutete das nicht, dass ich blind war. Der betrunkene alte Mann war eine spontane Aktion gewesen. Mir war egal, wie hässlich sie waren, wenn ich mich spontan zu etwas entschloss. Aber das hier? Der dickliche Mann kratzte sich am Bart und ich hätte schwören können, dass getrocknete Fleischstückchen darin klebten. *Eklig.*

Ich schloss meine Augen und beugte mich zu ihnen, hielt meine Arme ausgestreckt und ließ sie über die beiden haarigen Nacken wandern. Es war, als würde ich räudige Hunde umarmen.

„Jungs", säuselte ich in meiner verführerischsten Stimme. Ich erinnerte mich an Davids Lippen an meinem Hals und Hitze strömte durch meine Brust. Ich ließ mich von jener Erinnerung einnehmen, bis Sehnsucht sich bemerkbar machte. Ich seufzte und stieß sie durch meine Handflächen in die Körper der Männer.

Um sie kontrollieren zu können, musste ich sie füttern.

Ich öffnete eines meiner Augen und ihre Zungen hingen bereits aus ihren Mündern. Ihre Augenlider flatterten und sie taumelten unter meinem leichten Gewicht. Vielleicht hatte ich etwas zu dick aufgetragen.

Dann sah ich frische Blutspritzer auf ihren Stiefeln.

Ich stolperte zurück und sie fielen zu Boden, bewegten sich wie überworfene Schildkröten. Während sie magietrunken und desorientiert waren, ging ich zu ihrem Auto und spähte hinein.

Zwei Frauen.

Tot.

Sobald diese Mistkerle sich erhoben, krabbelten sie zu meinen Füßen und ich zwang mich zu einem Lächeln, konzentrierte mich auf die Lust, die ich in meinem Atem wahrnahm. Die Lust eines Sukkubus nach einem Rachemord ...

Es war eine Macht, von der ich nicht oft Gebrauch machen konnte.

„Wisst ihr, was ich will?“, fragte ich mit zuckersüßer Stimme.

„Eine Tracht Prügel?“, rief der bärtige Mann.

Ich lachte. „Oh, ja! Was für eine großartige Idee. Es ist nur so ...“ Ich ließ meinen Finger an seinem Kinn entlanggleiten und hielt die Übelkeit zurück, die in mir aufstieg. „Warum verprügelst du nicht deinen Freund? Mit deiner Faust, versteht sich. Wieder und wieder, voll ins Gesicht. Tu es, bis er aufhört, sich zu bewegen. Das würde mir gefallen.“

Er blinzelte und ein widerwilliges Funkeln glänzte in seinen Augen. Ich näherte mich ihm und atmete aus.

Er atmete den feinen Staub meiner Magie ein und erzitterte. „Und dann?“, fragte er.

Der Mann war mir ergeben.

„Und dann will ich, dass du ihn–“, ich deutete auf den bierbauchigen Mann, „zur Polizeiwache bringst. Sag ihnen, was du getan hast. Alles, was du je getan hast. Würdest du das für mich tun?“

Der bierbauchige Mann klatschte sich in die Hände wie ein absoluter Idiot. „Und was soll ich tun?“

Ich strich mit meiner Hand über sein Gesicht und säuselte meine nächsten Worte. „Du stirbst.“

Die dumpfen Schläge einer Faust, die auf Haut traf, kamen im selben Rhythmus wie das Pochen meines Herzens und das Klackern meiner Absatzschuhe, als ich mich auf dem Weg zur West-Seattle-Brücke befand.

Bäm.

Bäm.

Ein Knirschen.

Ein Grinsen breitete sich auf meinem Gesicht aus.

Ich wollte es nicht genießen. Und doch liebte ich das Geräusch von aufeinander klatschender Haut. Eine Stimme sagte mir, dass ich meine gute Tat genießen sollte. Diese beiden Männer hatten verdient, was auf sie zukommen würde.

Ich drehte mein Handgelenk zu mir, um meine Uhr nachzustellen. Die violetten Nummern glühten angenehm, als sie sich neu berechneten. Es war mir egal, dass ich deswegen drei Stunden verloren hatte. Eine Stunde pro Mann, denen ich genug sexuelle Energie verabreicht hatte, um ihre Willenskraft zu überkommen. Zwei Mörder und ein Vater, der fix und fertig war, weniger. Das war es wert gewesen.

Der Gedanke an Schwester Maxines abwertenden, finsteren Blick tauchte vor meinem inneren Auge auf.

Ein kräftiges Kopfschütteln genügte und meine Gedanken verflogen so schnell, wie sie gekommen waren. Mich aufzubringen würde auch nichts nützen. Ich brauchte nur eine Sache von Schwester Maxine und dann würde sie mich nie wiedersehen.

Autos sausten über den nassen Asphalt und ich überquerte die Straße, die zum besseren Teil der Stadt führte. Diese Stadtseite hatte überall Straßenlaternen und ich kniff meine Augen zusammen. Oh nein, es waren keine Laternen. Die Sonne ging gerade auf.

Ein oranges Leuchten breitete sich über die Spitze der Kathedrale aus und ich legte einen Zahn zu. Die Morgenhitze und die Ereignisse der vorangegangenen Nacht brachten mich ins Schwitzen und ich freute mich auf die kühle Luft in der Kathedrale. Wer auch immer sich die Redewendung ‚wie ein Schwein schwitzen' ausgedacht hatte, hatte offenbar keine Ahnung, dass Kirchen die besten Klimaanlagen in Seattle hatten und die teuerste Isolierung, um die Kälte drinnen zu behalten. Nur das Beste für Gott.

Auch wenn ich froh war, der Hitze zu entkommen, wurden meine Schritte langsamer, als ich die roten Stücke im Kirchenfensterglas sah. Ich versuche verzweifelt, nicht an das Gesicht des dicklichen Mannes zu denken.

Indem ich mir meine Fähigkeit, Gefühle zu unterdrücken – die vermutlich alles andere als gesund war – zunutze machte, schob ich das unangenehme Gefühl tief in meine Brust und versicherte mir selbst, dass ich mich besser fühlen würde, wenn ich erstmal drinnen wäre. Meine Mutter hatte gesagt, dass eine Kirche der einzige Ort war, an dem man mit Sünden ins Reine kommen konnte. Und eines Tages würde ich meinen ins Auge blicken müssen, wenn ich überleben wollte. Allen sieben von ihnen. Ich hatte ihr damals nicht eifrig zugehört, aber als ich geistesabwesend über meine Runen unter meinem T-Shirt strich, fragte ich mich, ob sie das wortwörtlicher gemeint hatte, als ich angenommen hatte.

Der Daumen meiner anderen Hand spielte mit dem kleinen Ring an meinem Finger. Er erinnerte mich daran, dass meine Mutter tot war und alles, was ich noch von ihr hatte, dieses silberne Etwas war. Und eine verlassene Villa, die ich nicht bezog. Und viel zu viele Pornos – von denen sie felsenfest behauptet hatte, dass sie nur zu Recherchezwecken benutzt worden waren.

Der Schatten, den die Kirche warf, war bereits kühler als die schwüle Luft auf der Straße. Dankbar suchte ich Zuflucht und atmete erwartungsvoll aus. Wie würde Maxine darauf reagieren, mich nach all den Jahren wiederzusehen?

Die massive Eichenholztür voller Gravierungen war bereits angelehnt und ich schlüpfte hinein, erwartete, den rhythmischen Gesang eines Nonnen- oder Jungenchors zu hören, die ihre Lieder übten. Stattdessen hörte ich Zack aus voller Lunge schreien.

„Sonya ist gerade da draußen und tötet verdammt–“ Er räusperte sich und erinnerte sich daran, dass er mit einer Nonne sprach. „Sonya *tötet* Leute! Wirst du eine winzig kleine Formalität in die Quere kommen lassen?“

Schwester Maxines unverkennbare nüchterne Stimme klang durchs Foyer.

„Formalität?“, kreischte sie. „Das ist wohl kaum eine *Formalität*.“

Ich zog meine Schuhe aus, presste mich an die Wand und spähte um die Ecke.

Zack verschränkte seine Arme und starrte auf Schwester Maxine mit seinen Smokey Eyes. Ich schwöre, ich wünschte mir, dass er keinen Eyeliner mehr benutzen würde. Obwohl es irgendwie sexy an ihm aussah. Wie eine Art exotischer Rockstar.

„Sonya kann nicht einfach rumlaufen und Menschen umbringen.

Als sie sich irgendwelche Dummköpfe suchte, die sie aussaugen konnte, war das eine Sache. Wenigstens machte sie es unauffällig. Aber jetzt krallt sie sich irgendwelche Typen in der Bar? Nein. Es gibt nur eine Lösung."

Schwester Maxine klopfte ihren Rosenkranz gegen seine Brust. „Bedeutet dir das Wort Gottes gar nichts?"

Ich schreckte zurück. Er war doch nicht etwa hergekommen, um ...

Zack legte seine beiden Hände auf Maxines winzigen Körper. „Wenn es mir etwas bedeuten würde, glaubst du, meine erste Freundin wäre dann noch am Leben?"

Ich vergrub mein Gesicht in meinen Händen. Unzucht. Er sprach von Unzucht und noch wichtiger: von der ersten Unzucht, die ich jemals begangen hatte. Ein tolles Gesprächsthema mit einer Nonne.

Kapitel Sieben

DER ERSTE VON VIER

Luke

Es stießen so viele verschiedene Geräusche aus meinem Mund, dass ich mich wie ein geschlagenes Tier fühlte. Der Schmerz fuhr aus meinem Körper und wurde zu einer eigenständigen Kreatur.

„Halt die Fresse, du Freak! Oder ich werde da runterkommen und dir deine Zähne ausschlagen!“, brüllte Detective Anderson die modrige Treppe hinunter.

Wieso konnte er nie meinen Namen benutzen? Und es war nicht nur er: Die Kinder in der Schule, Fremde auf der Straße, Scheiße, sogar meine eigene Familie. Niemand nannte mich Luke. Na ja, außer meine Mutter. Obwohl immer, wenn sie meinen Namen gerufen hatte, auch mein zweiter Name – Mitchell – mitgeschwungen und auch ein zuckendes Auge dabei gewesen war.

Leider konnten nicht mal die Erinnerungen an meine Mutter mich von meinem Leid befreien. Ich wand mich auf dem schmutzigen Boden und meine Wange berührte getrockneten Dreck und ungeputzten Asphalt. Der Schmerz zog sich durch meinen Bauch und stieß mit einem animalischen Schmerzensschrei aus meinem Rachen.

Detective Anderson schrie erneut, aber ich verstand nicht, was er dieses Mal rief.

Er war vermutlich oben im Labor und studierte entweder das Blut, das er mir abgenommen hatte, oder putzte die Sauerei, die seine Machenschaften auf dem makellosen Boden hinterlassen hatten. Ich war mir nicht sicher, warum er es immer wieder aufwischte, wenn er mich eh nur wieder aufschneiden würde.

Der Gedanke ans Labor ließ mich die letzten fünf Stunden meiner Höllenqualen wiedererleben. Die Erinnerungen verschmolzen mit meinen wöchentlichen Qualen. Wie ich herausgefunden hatte, war Schmerz imstande, ein ganz selbständiges Gefühl zu sein. Es lebte und konnte den Körper auf Arten einnehmen, die man nie für möglich gehalten hätte. Schmerz brachte mich zum Schreien, Weinen und sogar zum Koten. Ein ganzes Jahr dieser Tortur hatte mich dazu gebracht, Schmerz so wahrzunehmen, wie er war. Mein Körper bestrafte mich dafür, dass ich unfähig war, mich vor Schaden zu schützen. Jeder Nerv, der unter meiner Haut brannte, als ob eine heiße Rasierklinge durch ihn schlitzte, war Strafe für meine eigene Dummheit. Jetzt konnte ich nichts mehr dagegen tun. Es war der Preis, den ich dafür bezahlen musste.

Meine Fingernägel in meine Handflächen zu versenken, steuerte eine unbeschreibliche Note zu meiner Leidenssymphonie bei. Ich ermahnte mich, dass ich mir alles aufsparen musste. All den Schmerz für mich behalten musste. Denn wenn ich endlich hier rauskommen würde, würde ich *alles* davon zurückgeben.

Für den Moment schloss ich meine Augen und driftete in die bittersüße Erlösung der Bewusstlosigkeit ab – wo nur meine Albträume mit der Realität konkurrieren konnten.

Als ich aufwachte, hatten sich die Qualen zu einem dumpfen Schmerz verringert und ich merkte nur, dass er noch da war, wenn ich versuchte, zu atmen. Leider ging es mir nicht anders als Sterblichen und ich brauchte ein gewisses Maß an Sauerstoff. Als ich also meinen Atem anhielt und so tat, als wäre alles wie sonst, suchte mich die Realität in der Form von einem tobenden, feuchten Hustenanfall heim.

Ein Ziepen zog sich durch meine Brust und erinnerte mich daran, wo Andersons Skalpell durch meine Rippen gedrungen war. Auf jeden Atemzug folgte ein weiterer gleißender Schmerz. Ich bewegte mich und versuchte eine bequemere Position zu finden. Mein Bein schmerzte. Die Knochen in meinem Bein verheilten noch immer, wuchsen langsam zusammen.

Ein so kaputter Körper brauchte acht Stunden, um zu heilen. Der Schmerzensgrad sagte mir, dass ich noch zwei, drei Stunden brauchen würde.

Ich begab mich in die Ecke der Zelle. Mich an den feuchten Zement zu lehnen, gab mir das Gefühl, dass ich mich wenigstens an etwas Beständigem festhalten konnte. In einem Albtraum zu verweilen, würde mich nicht bei Verstand halten. Ein Jahr ununterbrochener Dunkelheit konnte einen Mann verrückt machen. Aber meine Mutter hatte manchmal dasselbe mit mir gemacht. Vielleicht war ich es deshalb gewohnt. Nicht die Tortur, sondern die Isolation. Ein Mann brauchte kein Training, um Folter zu überstehen. Man wurde mit einer gewissen Schmerztoleranz geboren und entweder konnte man ihn aushalten oder nicht. Schmerz ist ganz einfach eine natürliche Antwort. Aber allein gelassen und seiner Sinne beraubt zu werden, konnte eine Person dazu bringen, zu denken, dass man bereits tot war. Die Isolation zu überleben, war nicht angeboren. Es war antrainiert.

Nur eine Hellseherin hätte wissen können, dass ich jemals ein so verrücktes Training brauchen würde. Leider – oder glücklicherweise, je nachdem, wie man es sah – war meine Mutter eine redliche Hellseherin gewesen.

Sie hatte mir versucht zu sagen, dass ihr Schicksal an drei gebunden war. Was bedeutete, dass ich der Nächste in der Linie war. Auch ich würde mich mit dreien verbinden, nur um ein Mädchen zu retten. Ich hatte nie verstanden, was sie damit gemeint hatte.

Bis Detective Anderson mich hier drinnen eingesperrt hatte, hatte ich gedacht, dass meine Mutter verrückt war. Sie begann mein ‚Training', als ich acht Jahre alt war. Sie hatte mich in den Keller geworfen und mich schreien lassen, bis ich einschlief, und holte mich einen ganzen Tag – manchmal sogar zwei Tage – nicht raus.

Sie weinte immer, wenn sie mich zurück an die Oberfläche holte. Ich erinnerte mich daran, wie sogar das sanfte Licht im Wohnzimmer in meinen Augen brannte und wie winzige Sonnen aussah, die ihre Strahlen im ganzen Raum ausbreiteten. Ich hatte gezittert und mich an sie geklammert, obwohl sie diejenige gewesen war, die mich allein gelassen hatte. Sie hatte mir einfach nur übers Haar gestreichelt und mir gesagt, dass ich das bräuchte und dass ich es eines Tages verstehen würde.

Als ich dreizehn wurde, war ich clever genug gewesen, um die Behörden zu alarmieren. Natürlich hatte sie das auch kommen sehen. Und während sie weinte, sagte sie mir, dass ich mir dafür vergeben sollte, dass ich es getan hatte. Sie hatte es verstanden und es war ein kleines Opfer für sie gewesen, um mich am Leben zu behalten.

Ich klammerte mich an die Hoffnung, dass ich mir eines Tages vergeben *würde*. Denn seitdem ich realisiert hatte, was sie für mich geopfert hatte – und noch immer in irgendeiner Zelle dahinrottete –, schien Vergebung unmöglich. Der einzige Trost, den ich hatte, war, dass auch ich in einer Zelle steckte und meine Strafe absitzen konnte wie sie ihre.

Sie hatte mit allem recht gehabt. Sobald ich die Wahrheit erfahren hatte, suchte ich verzweifelt nach einem Rat, den sie mir von ihren Visionen über die Jahre hinweg gegeben hatte. Was schwierig war, weil ich damals gedacht hatte, dass alles, was aus ihrem Mund kam, psychotischer Müll war. Alles, woran ich mich erinnerte, war die letzte Vision, von der sie mir erzählt hatte. Und ihre Rückversicherungen, dass ich zwar an meine Grenzen stoßen, aber überleben *würde*. Da meine Heilkräfte im Teenageralter immer stärker wurden, hatte ich kein Medium gebraucht, um das zu wissen.

Ich presste meine Hände gegen meine Augen und versuchte mich an irgendetwas Nützliches zu erinnern. Die Berührung sandte Schmerz durch meine Wange und Augenhöhle und ich spürte getrocknetes Blut. Ich kicherte kurz und konnte nicht glauben, dass ich vergessen hatte, dass er während der letzten Foltersession mir den Augapfel entfernt hatte.

Was glaubte er damit tun zu können? Gab es einen Schwarzmarkt für gruslige graue Augen? Natürlich war mein Auge nachgewachsen. Meine gebrochenen Knochen verheilten immer, meine entfernten Organe wuchsen nach – aber das hieß nicht, dass er irgendetwas erfahren würde, wenn er sie mir rausnahm. Meine Heilkraft war nicht *wissenschaftlich* zu erklären. Sie war übernatürlich und er wusste es.

Nachdem ich die Kruste aufgekratzt hatte, ließ ich meine Hände über den Boden gleiten und hoffte, eine Flasche Wasser zu finden. Wenn es Abend war, bekam ich oft kein Abendessen, aber Wasser. Ich konnte meine Flüssigkeitsversorgung nicht selbst regulieren und mein neues linkes Auge fühlte sich an wie ein unaufgeblasener, ausgetrockneter Ballon.

Meine Finger stießen gegen das weiche Plastik und das wunderbare Geräusch von schwappendem Wasser brachte mich zum Lächeln. Das war der Trick, um die Isolation zu überleben. Man musste sich kleine Ziele stecken und wenn man eines davon erreichte, musste man den Erfolg genießen, so sehr man konnte.

So langsam wie nur möglich genoss ich es, jeden einzelnen Finger um die Flasche zu wickeln. Das kalte Wasser kühlte mich ab, ohne noch mehr getrockneten Schmutz an meine Haut zu bekommen, und ich ermahnte mich daran, dass ich die kleinen Dinge schätzen sollte.

Ich stellte die Flasche aufrecht hin und ließ meine Finger um den Deckel streifen. Sie war mit einem Rand versehen und die Form des Randes verriet mir, dass es sich um eine Dasani-Flasche handelte. Verdammter Anderson. Wieso musste er Wasser kaufen, das mit Natrium angereichert war? Ich brauchte nicht mehr Salz, soviel stand fest.

Ich schloss meine Augen und tadelte mich dafür, dass ich mein Wasser nicht rundum schätzte. Es war Wasser ... mit *Mineralien* versetzt. *Denk nicht an das Natrium. Schätze, was du hast, Luke.*

Gerade, als ich einen Schluck nehmen wollte, fiel ein Lichtstrahl die Treppe hinunter und meine rechte Iris zog sich schmerzhaft zusammen. Mein linkes Auge funktionierte noch nicht richtig und sandte einen gleißenden Schmerz durch meinen Kopf, während es jedes bisschen Licht absorbierte, bevor es sich träge zusammenzog.

„Sieht aus, als hättest du einen neuen Mitbewohner, Freak. Ist das nicht schön?“, sagte Anderson höhnisch und hievte einen Körper die Treppe runter. „Es ist eine Weile her, seit du Gesellschaft hattest.“

Endlich gewöhnten sich meine Augen an das Licht und ich lehnte mich gegen die Eisenstangen. Anderson ließ den Körper die Stufen hinabplumpsen, während er mit einem ruppigen Gang die Treppe hinab kam.

„Was ist das Problem? Bist du nicht stark genug, um deine schmutzige Arbeit selbst zu verrichten?“, erwiderte ich. Meine Stimme war heiser von all meinen Schreien.

Anderson funkelte mich an. „Für jemanden in deiner Lage erstaunt mich deine durchgehend dreiste Art.“

Ich presste mein Gesicht an die Stäbe und versuchte gelangweilt auszusehen. In Wirklichkeit aber versuchte mein Magen verzweifelt, keine Magensäure hochzuwürgen.

Anderson ließ einen bewusstlosen Kerl die Treppe hinabrollen und ich hatte Mitleid mit der armen Seele, wenn er aufwachen würde. Ein blutiger Streifen zog sich über sein blasses Gesicht. Ihm war in die Schläfe geschlagen worden. Aber ich kannte diese Blässe. Sie stammte nicht vom Blutverlust. Seine Lippen waren weiß und seine Wangen eingefallen. Ein verdammter Sukkubus hatte diesen Typen ausgesaugt.

Kapitel Acht
UNZUCHT

Sonya

„Zack!“, rief ich und kam um die Ecke.

Schwester Maxine und Zack drehten erschrocken ihre Köpfe in meine Richtung. Dann wich die Anspannung aus ihren Schultern, als hätten sie erwartet, dass ich aufkreuzen würde.

Zack schenkte mir ein teuflisches Grinsen und zwinkerte mir kokett zu. „Seit wann gehst du in die Kirche?“

Ich verzog meine Lippen. „Sehr witzig. Sagt der Richtige.“

Wir sahen einander grimmig an, bis ich beschloss, dass ich dieses blöde Wettstarren nicht mitmachen wollte. Er gewann sowieso immer.

„Hat Sarah dich dazu angestiftet?“, fragte ich.

„Sie hat mich zu gar nichts angestiftet. Sie hat mir von David erzählt.“ Er rieb sich seinen Nacken und sein loses T-Shirt verrückte und schenkte mir einen Blick auf den perfekten Bogen, der sich über sein Schlüsselbein spannte.

„Wohin sonst würdest du nach so einer Aktion gehen?“

Ich seufzte und stellte mich an Maxines Seite. „Es ist lange her, Schwester.“

Schwester Maxine kniff ihre Augen zusammen und stemmte ihre

knochigen Hände in die Hüften. „Du kannst nicht einfach ins Haus Gottes kommen und verhandeln, deine Sünden rechtfertigen.“ Sie zeigte mit einem Finger auf den Beichtstuhl. „Du solltest deine Sünden beichten, anstatt sie mir vor die Nase zu halten!“

Ich stemmte meine Hände in die Hüften und versuchte verzweifelt auszublenden, dass Zack mich von oben bis unten musterte und zustimmend nickte, während er auf meinen enganliegenden Pulli glotzte. „Hör zu“, sagte ich. „Lass mich einfach ausreden.“

„Stimmt es? Diese ...“ Sie wedelte mit ihrer Hand, als würde sie nach den richtigen Worten suchen. „... Sache mit David?“

„Ja. Ja, ich habe mit David geschlafen.“

„Noch mehr Unzucht!“, brüllte Maxine und warf ihre Hände ungläubig in die Luft.

„Hey! Ich hatte nur noch eine Minute zu leben. Das sind sechzig Sekunden. Du kannst nicht erwarten, dass ich freiwillig sterbe.“

„Das ist deine eigene Schuld“, konterte sie. „Du bist imstande, einen Ehemann zu finden, so wie du aussiehst und ... mit deinen Fähigkeiten. Und die Gesetze Gottes nicht zu brechen. Wieso hast du die Zeit auslaufen lassen und dich der Sünde hingegeben?“

„Echt jetzt? Du wirst dastehen und es gutheißen, jemanden mit übernatürlichen Kräften zu verführen? Als wäre das nicht gegen diese sogenannten Gesetze.“

Maxine richtete sich auf. „Welches Recht habe ich, die Schöpfungen Gottes verurteilen? Wenn Er dich erschaffen hat, erfüllst du einen Zweck.“ Sie verzog ihre Augen zu Schlitzen. „Aber es liegt in deiner Verantwortung, deine Fähigkeiten unter Berücksichtigung der Gesetze anzuwenden.“

Zack schlang seinen Arm um meine Taille. „Sei nicht so hart zu ihr. Sie hat nur versucht, Sarah treu zu sein. Oder etwa nicht, Liebes?“

Maxine vergrub ihr Gesicht in ihren Händen. „Homosexualität? Das ist noch schlimmer!“ Sie ballte ihre Hände zu Fäusten und ließ sie an ihren Seiten hinabhängen. „Glaubst du nicht, dass es einen Grund gibt, weshalb deine Kräfte keine Wirkung auf Frauen haben?“

„Doch, sicher“, brachte ich zähneknirschend und bitter hervor. „Weil ich eine Beziehung brauche, in der mein Gefährte nicht *stirbt*“, spöttelte ich und befreite mich aus Zacks Griff.

„Genug gezankt, Ladies“, sagte Zack. „Lasst uns – hey, ist das Blut?“, fragte er und deutete auf meine Jeans. Dann zog er meinen Pulli hoch, entblößte die Rune, die wieder zu bluten angefangen hatte.

Aufmerksamkeitsspanne einer Fliege ...

Ich seufzte. „Meine Güte, auf welcher Seite stehst du eigentlich?“

Zack kicherte. „Du klingst wie deine Mutter, wenn du dich aufregst.“ Er streichelte mir mit einem Finger übers Kinn. „Süß.“

„Ist es Davids?“, fragte Maxine mit zitternder Stimme. Ihr Blick ruhte auf den Blutspritzern auf meinen Kleidern.

Ich rollte mit meinen Augen. „Ich bin kein Vampir. Das Blut auf meinen Stiefeln ist nur von ein paar Verbrechern. Leider ist es nicht ihr Blut. Sie haben diese Mädchen getötet und–“

Maxine erblasste.

Zack kicherte. „Komm schon. Reg sie nicht auf. Sie ist eine Nonne.“

„Dann hilf mir, die Halskette meiner Mutter zu finden, damit ich endlich hier rauskomme!“

Maxine blinzelte. „Wenn du glaubst, dass deine Mutter mir diese Halskette gegeben hat, nur damit du–“

Zack legte einen Arm auf Maxines Schulter. „Na, na. Darum bin ich ja hier, okay? Entweder gibst du Sonya die Halskette oder ich werde ihr auf andere Weise Macht verschaffen.“ Er grinste mich anzüglich an. „Ich glaube, du hast gesagt, dass es ein Gesetz im Heiligen Buch brechen würde? Ich kann sie überleben, weißt du. Eine Nacht mit mir und–“

„Ja“, bestätigte Maxine und unterbrach ihn. Dann seufzte sie und ließ ihre Arme geschlagen hängen.

„Na gut. Kommt mit.“

Maxine lief davon.

Bevor ich ihr folgen konnte, schlang Zack seine Arme um meine Taille und zog mich zu sich, presste seine Lippen an mein Ohr. „Sieht aus, als ob du diese verdammte Halskette dank mir endlich kriegen würdest.“ Er ließ seine Hände über meine Brüste wandern und drückte sie, woraufhin sich Lust und Demütigung zugleich in mir vermischten. Seine Stimme machte mich dennoch an und Hitze bildete sich zwischen meinen Schenkeln. „Ich glaube, ich habe mir eine Belohnung verdient“, säuselte er.

Wenn ich nicht kürzlich gegessen hätte, wäre ich Zack direkt verfallen. Ich mochte ein Sukkubus sein, aber er war ein Inkubus ... und weitaus besser in der Kunst der Verführung als ich. Als ich sechzehn war, hatte ich Probleme gehabt, meine Kräfte zu entfalten, und war beinahe verhungert. Ich konnte mich nicht an Menschen laben. Ich hatte es versucht. Mein Date für den Abschlussball hatte Glück gehabt und überlebt. Nur ein Inkubus konnte meine Kräfte dazu bringen, ihr volles Potential zu entfalten. Er war einer der Inkuben, der mit mir rumgehangen war, als ich aufwuchs. Er war mein Freund – nicht mein Liebhaber. Aber in jener Nacht brauchte ich ihn. Seither sehnte ich mich danach, was er anzubieten hatte. Aber außer meine Sukkubus-Rohre freizulegen, war da nichts. Ich konnte nicht für immer von ihm leben. Ihn zu ficken, war nur eine Notlösung. Es war nur Speichel austauschen. Irgendwie eklig und es hinterließ Bakterien in meinem Mund, die zwei Tage lang dablieben. Klingt eklig? Weil es das nämlich war.

Ich nahm seine Hände von mir. „Genug jetzt. Ich bin wegen der Halskette hier und ich werde David damit retten. Ich kann Sarah nicht glauben lassen, dass ich wollte, dass das passiert.“

Zack kicherte. „Wenn du meinst. Aber ...“ Er streckte mir einen Finger ins Gesicht und führte ihn dann an meinen Kragen, zog mich zu sich. „Eine Nacht mit mir und du wirst ein Jahr lang niemanden flachlegen müssen.“ Er legte seinen Kopf schief und sah mich amüsiert an. „Stell dir vor, was du in einem Jahr schaffen könntest, wenn du deine Zeit nicht damit verschwenden müsstest, dir einen armen Kerl zum Ficken zu suchen. Du könntest sogar für eine Weile zu Sarah zurückgehen.“

Wieso spielte er mit mir? Die Lust zwischen uns verdichtete sich und ich wusste, dass er sie förmlich schmecken konnte. Das machte es nur schlimmer.

Ich riss mich von ihm los und folgte Maxines steifer Form. Sie mochte alt sein, aber sie war nicht schwerhörig.

„Ich brauche dich nicht", sagte ich über meine Schulter zu ihm. „Sobald ich die Halskette meiner Mutter habe, werde ich alle Macht haben, die ich brauche."

„Du wirst schon sehen", rief er, als ich weglief. „Du wirst dieses Ding aufladen müssen. Und dann wirst du mich anflehen!"

Ich ballte meine Fäuste und drehte mich nicht um, hielt meinen Blick auf Maxines steten Gang gerichtet, während wir tiefer ins Innere des Kreuzgangs liefen.

Ich war froh, dass Zack uns nicht folgte und die Hitze auf meiner Haut sich legte, als ich mich auf die zwiebelförmige schwarze Kapuze, die hin und her baumelte, konzentrierte. Gab es etwas weniger Sinnliches auf der Welt als dieser Aufzug? Vielleicht ging es genau darum.

„Da wären wir", sagte sie, als wir am Ende des unglaublich langen Ganges ankamen.

Ich stellte mich hinter ihre Schulter und sah die antike Tür an. Ich hatte das Gefühl, dass ich in irgendeinem Merlin-Film war und gleich Zugang zum versteckten Schatz erhalten würde, den jeder in die Finger kriegen wollte. Auf der Holztür waren sogar hübsche Runen eingraviert, die sie mystisch und surreal erscheinen ließen.

Maxine zog einen rostigen Schlüssel aus ihrer Kutte und haderte mit dem Schloss. Der Mechanismus gab ein zögerliches Klicken von sich und die Tür öffnete sich quietschend.

Maxine trat hinein und schaltete das Licht an.

Der kleine Raum enttäuschte nicht. Dicke Samtvorhänge umrahmten massive Eichentruhen und ließen einen glauben, dass wir uns in einem Kloster befanden, das die wertvollsten religiösen Artefakte beheimatete. Die bescheidenen, mit Milchglas besetzten Leuchter glühten angenehm. Ihr Glanz ließ sie wie Kerzen aussehen und rundeten die Atmosphäre ab, sodass ich tatsächlich glaubte, in einen Merlin-Film eingetaucht zu sein.

„Wo ist die Halskette?", fragte ich ungeduldig. Jede verlorene Sekunde war eine Sekunde weniger, die David zu leben hatte.

„Was hat dich deine Meinung ändern lassen?", fragte Maxine und legte beide Hände auf die kleinste Truhe, die auf dem einzigen Tisch im Raum stand. „Deine Mutter hat sie mir aus einem Grund gegeben. Sie hat gesagt, dass es gefährlich wäre, bis du dein Schicksal, das dir vorbestimmt ist, annimmst."

Es war komisch, dass eine Nonne von den magischen Schicksalen von Sukkuben plapperte, aber sie war eine unserer Verbündeten. Sie wusste alles über die übernatürliche Community, und das wollte etwas heißen.

Nur wenige Sterbliche wurden in den Zirkel aufgenommen.

Mein Blick wanderte durch den Raum. Ich musterte die anderen verschlossenen Truhen, die übernatürliche Schätze beinhalteten. Heiliger Boden war der einzige Ort, an dem wir ein Relikt aufbewahrten, und es bedurfte einer starken Frau wie Maxine, um über sie zu wachen. Ich wusste, dass hinter dem Stirnrunzeln und dem ernsten Gesichtsausdruck mehr steckte, als auf den ersten Blick zu erkennen war.

Ich runzelte die Stirn und wehrte mich gegen den Instinkt, meine Runen zu kratzen, die jetzt wieder zu jucken angefangen hatten. „Es ist an der Zeit."

„Hat dich irgendetwas Bestimmtes hierher verschlagen?", fragte sie und suchte noch immer nach Antworten, die ich nicht hatte.

Ich hatte von der Halskette meiner Mutter gewusst. Und dass sie mir genau das geben könnte, was ich brauchte, um zu überleben. Mit der Kraft eines Blutsteins konnte ich Männern abschwören und ohne Probleme mit Sarah zusammen sein. Aber es musste einen Haken geben. Die dunkle Magie, die in meiner Brust lag, geriet nur schon in Aufruhr, wenn ich ihr nahe war. Ich würde einen Preis bezahlen müssen für so eine Gabe und ich war nie mutig genug gewesen, den Preis zu erfahren.

Ich drehte meine Uhr an meinem Handgelenk zu mir und ignorierte den Timer. „Weil es jetzt nicht mehr nur um mich geht", gab ich zu. „Ich habe mich von David ernährt. Er ist ein Sterblicher. Wenn es etwas gibt, das ich tun kann, um ihn zu retten, muss ich es tun."

Sie schenkte mir ein trauriges Lächeln und nickte. Sie griff nach einer Schachtel, der eine bekannte Kraft innewohnte, und öffnete sie. Darin lag die Halskette, die meine Mutter immer um ihren Hals getragen hatte. Die Kette war immer gerade so lang genug gewesen, damit sie sie in ihrem Ausschnitt verstecken konnte. Ein Medaillon aus Silber mit wunderschönen Wirbeln, das an den Kanten versiegelt war.

Maxine trat zur Seite und ich sah mir das mächtige Relikt an, ließ eine zitternde Hand über das Metall gleiten. Ich hätte die darin übrige, eingeschlossene sexuelle Energie noch immer spüren sollen. Mir stockte der Atem, als ich das kostbare Stück in die Hände nahm und mich zwang, es zu öffnen.

Ein einzelner roter Edelstein – ein verlorener, wertvoller Stein, der den Geschichtsbüchern fremd war – saß in der Fassung des Medaillons. Einige hätten ihn für einen Rubin gehalten, aber meine Mutter hatte mir gesagt, um was es sich dabei wirklich handelte. Ein Blutstein.

Eine Träne kullerte meine Wange hinab. Er hätte leuchtend rot sein sollen, aber der Blutstein hatte all seine Farbe verloren und war komplett weiß. Er sah aus wie ein trüber Diamant. Ein Sterblicher hätte ihn einen Mondstein genannt, unwissend, worum es sich wirklich handelte.

Der Blutstein war leer und wenn ich David retten wollte, musste ich ihn aufladen ...

Ich würde Zack ficken müssen.

Kapitel Neun

SPRACHLOS

Luke

Ich hatte mich an die Stille während der sich lange hinziehenden Stunden zwischen Andersons Folterspielchen gewöhnt, sodass es nervenaufreibend war, meinen Zellnachbarn atmen zu hören. Aber nach einer Weile wuchs es mir ans Herz. Das sanfte Ein- und Ausatmen zog mich magisch an und ich begann jeden Atemzug zu zählen – bemerkte die Minute Differenz zum letzten Atemzug. Seine Atemzüge waren lang und tief und er behielt die Luft ein paar Sekunden drinnen, bevor er sie wieder ausstieß. Er schien so ruhig und irgendwie gab mir das ein Gefühl der Sicherheit.

Als das Atmen aufhörte, klopfte mir das Herz bis in den Hals. Ich rannte zu den Stäben und knallte meine Handflächen gegen das dicke Metall. „Hey. Gehts dir gut, Kumpel?"

Sein scharfes Einatmen, auf welches ein wildes Husten folgte, sandte einen Schub der Erleichterung durch meine Brust. Es war nur ein menschlicher Atemstillstand während des Schlafs gewesen.

Meine Panik hatte diesen armen Kerl aus seinem Schlaf gerissen. Er ächzte und raufte sich auf. Es war stockdunkel und wenn ich er gewesen wäre, wäre ich in diesem Moment ausgetickt.

„Hey. Ist schon gut. Hier drüben“, sagte ich.

Ein zusammenhangsloses Grummeln folgte auf die Schritte in meine Richtung. Dann tastete sich eine klamme Hand an meine. Ich erstarrte, war mir Körperkontakt, auf den kein blendender Schmerz folgte, doch nicht gewohnt. Aber ich behielt meine Hand an Ort und Stelle. Zum ersten Mal brauchte mich jemand. Ein Unschuldiger, der es nicht verdiente, hier zu sein. Das Mindeste, was ich tun konnte, war, ihm etwas Trost zu spenden.

Seine Hand legte sich um meine, als würde auf meiner Haut in Blindenschrift stehen, wo zum Teufel wir waren. „Wer bist du?“, fragte er.

Ein Lächeln zog auf meinem Gesicht auf und obwohl er es nicht sehen konnte, schien die Geste in meine Worte zu fließen. „Mein Name ist Luke. Ich bin hier gefangen, genau wie du.“

Der Griff um meine Finger verfestigte sich. „Gefangen?“

„Ja.“ Ich trat unangenehm berührt auf der Stelle und meine Hand wurde schweißig unter seiner feuchtkalten Berührung.

Verdammt, die Haut dieses Kerls war eiskalt. „Was ist das Letzte, an das du dich erinnerst?“, fragte ich.

Ein Moment der Stille folgte. Dann sagte er: „Ich konnte endlich bei Sonya landen. Aber dann ging alles bergab und irgendein Kerl muss mich von hinten niedergeschlagen haben. Ich weiß nicht, wie ich hierhergekommen bin.“

Ich konnte es nicht mehr ertragen und zog mich von den Stäben zurück. „Sonya? Ist das der Sukkubus?“

Ein kurzes Kichern. „Warum nennst du sie so? Obwohl sie unwiderstehlich ist. Ich konnte meine Finger einfach nicht von ihr lassen.“

Scheiße. Ich hatte gehofft, dass sie sich nur an ihm genährt, vielleicht ein- oder zweimal an ihm geknabbert hatte. Aber wenn er es mit ihr getan hatte, war er ein toter Mann. Ich versuchte, nicht panisch zu klingen. „Hast du sie gevögelt?“

„Wie bitte? Was ist das denn für eine Frage?“

Ich verschränkte meine Arme, war langsam genervt. „Du steckst in einer stockdunklen Zelle fest und redest mit einem Mitgefangenen und du findest meine *Frage* merkwürdig?“

Als würde er realisieren, dass das alles kein Traum war, rannte er zu den Gitterstäben. Metallschmuck klimperte gegen den Stahl und das Geräusch schmerzte in meinen Ohren. „Wo zum Teufel bin ich? Wer bist du?"

„Das habe ich dir bereits gesagt. Ich bin ein Gefangener, genau wie du. Wenn du mit dieser Sonya geschlafen hast und sie ein Sukkubus ist, dann ist das der Grund, warum du hier bist. Anderson musst denken, dass er von dir etwas in Erfahrung bringen oder dich benutzen kann, um sie irgendwie dranzukriegen." Ich verlagerte mein Gewicht und grunzte. „Er ist besessen von übernatürlichen Wesen."

Ein Moment der Stille folgte, dann fragte er: „Was bist du?"

„Oh", sagte ich und spreizte meine Finger in der Dunkelheit. „Jetzt stellst du die richtigen Fragen. Zu schade, dass nicht mal ich weiß, was ich bin. Ich weiß nur, was ich nicht bin, und das ist menschlich."

Künstliches Licht flutete den Raum. Aus Reflex schloss ich meine Augen. Aber ich war zu langsam gewesen. Schwarze Punkte tanzten vor meinen Augen, als ich sie wieder aufmachte. Dann sah ich, in was für einem schäbigen Zustand sich meine Zelle befand. Ab und zu duschte Anderson sie mit einem Schlauch ab, aber mein Gott, ich begann mich langsam wie eine Katze zu fühlen, die in einem Katzenklo feststeckte, das nie geleert wurde. Außer, dass ich mehr als neun Leben hatte. Eine Tatsache, an die mich Anderson nur zu gerne erinnerte.

Ich erstarrte, rechnete fest damit, Anderson und seine Folterwerkzeuge zu erblicken. Er bevorzugte den guten alten Hammer und Meißel, aber um mein Auge herauszunehmen, hatte er nur einen Teelöffel benutzt. Wenn ich jemals hier rauskommen würde, würde ich nie wieder imstande sein, Tee zu trinken.

Als meine Augen sich an das Licht gewöhnten und ich eine kleine Blondine dastehen sah, blinzelte ich verwirrt. Ich war drauf und dran zu sagen: „Meine Güte, Anderson. Du hast dich ganz schön verändert", was ich ganz schön originell fand, und ich kicherte. Als ich meinen Mund jedoch öffnete, um die hübsche Frau mit meinen Witzen zu beeindrucken, kam nur Müll daraus.

Ich hustete, rieb mir mein Gesicht und versuchte es nochmal: „Blurg Mnagaravatah!"

Sie blinzelte und legte ihren Kopf schief. „Ähm, wie bitte?"

Was zum Teufel war das denn? Ich hatte davon gehört, dass eine attraktive Frau einen Mann dazu bringen konnte, dummes Zeug zu quasseln, aber das hier war lächerlich.

Mein Zellengenosse presste sein Gesicht gegen die Stäbe. „Sarah! Was machst du denn hier?“

Erleichterung zog auf ihrem Gesicht auf. „David!“

Ich sah die beiden abwechselnd an. „Humaga?“, stieß ich hervor, was mein Versuch gewesen war, zu fragen, ob die beiden sich kannten.

Die beiden drehten sich zu mir und sahen mich an. „Er hat gerade eben noch normal geredet. Vielleicht ist er zu lang eingesperrt gewesen.“ David erschauderte. „Wo zum Teufel sind wir hier?“

Nachdem sie einen Blick in meine Zelle geworfen hatte, schien Sarah mich als unwichtig abgestempelt zu haben und konzentrierte sich auf David. „Bist du verletzt?“

David rieb sich seinen Hinterkopf. „Ich habe mir einen üblen Schlag von einem Penner oder so eingefangen und bin in einer verdammten Zelle aufgewacht. Ich würde sagen, ich hatte schon bessere Tage.“

Sarah wich zurück und ließ ihren Finger über den Lichtschalter schweben. Davids Augen weiteten sich. „Hey, was machst du da?“ Er rannte wieder zu den Gitterstäben. „Hör zu, ich weiß, dass du und Sonya gerade eben erst Schluss gemacht hattet, und es tut mir leid, dass ich mich so schnell an sie rangemacht habe. Aber du hättest sie sehen sollen. Sie war am Boden zerstört. Sie *brauchte* mich.“

Sarah lachte abwertend. „Du hast recht. Sie hat dich gebraucht. Aber du hast keine Ahnung wofür.“

Die Lichter gingen aus.

Kapitel Zehn

ZEHNTAUSEND-DOLLAR-WHISKY

Sonya

Ich klappte das Medaillon zu und hastete zur Tür.

„Wohin gehst du?“, wollte Maxine wissen.

Ich hielt in der Tür inne, lehnte mich an den Türrahmen, um nicht umzufallen.

„Tut mir leid“, war alles, was ich sagen konnte, bevor ich losrannte und Maxine zurückließ.

Ich konnte es kaum erwarten, diesen Ort hinter mir zu lassen. Das Klackern meiner Absatzschuhe hallte von den Wänden wider, als wollten selbst die Klangwellen hier raus. Jeder Gang führte in einen weiteren und ich begann mir Sorgen zu machen, ob ich den Weg nach draußen allein finden würde.

Ich war an diesem verdammten Ort praktisch groß geworden. War es wirklich möglich, dass ich mich nicht daran erinnerte, wie ich hier rauskam?

Dann endlich schaffte ich es zurück zum fahl beleuchteten Eingangsbereich und raste mit einer Mischung aus Erschöpfung und Erleichterung durch die Tür.

Zack wartete auf der Treppe und sah auf sein Handy. Nachdem ich eine kurze Verschnaufpause eingelegt hatte, packte ich ihn an der Schulter. „Komm schon. Lass uns gehen."

Er stieß ein kurzes Lachen aus und schlang seinen Arm um meine Schulter. Zusammen liefen wir von der Kathedrale weg. „Also ist die Halskette leer?"

Ich nickte.

Er seufzte. „Hör zu. Ich wollte nicht richtig liegen."

„Doch, wolltest du", gab ich schnippisch zurück. Er hatte seit dem Abschlussball unentwegt versucht, es wieder mit mir zu treiben. Er kicherte und bedeutete mir, ihm die Straße hinabzufolgen. „Du gehst in die falsche Richtung."

„Hm? Aber ich wohne in dieser Richtung."

Er schüttelte seinen Kopf. „Wir gehen nicht zu dir", sagte er, steckte dann seine Hände in die Hosentaschen und ging den Bordstein hinab.

Ich hatte Zack noch nie so gesehen. Er ließ seine Schultern hängen und sah auf seine Füße. Sogar sein üblicher ‚Ich weiß, dass ich heiß bin'-Gang hatte sich in ein ernstes Schlurfen den Gehsteig hinab verwandelt.

„Also", fing ich an. „Wenn wir nicht zu mir gehen, wo es übrigens unbegrenzt Oreos und Bier gibt, wohin bringst du mich dann?"

Er kicherte. „Ich weiß nicht, ob ich das überbieten kann, aber ..." Er kramte in seiner Gesäßtasche herum. „Ich habe Derek kontaktiert, während du mit Maxine da drinnen warst. Glücklicherweise ist er gerade in der Stadt."

Ich blieb stehen. „*Der* Derek? Seit wann bist du mit dem ältesten Inkubus der Welt *in Kontakt*?"

„Seit er herausgefunden hat, dass du einen Blutstein hast."

Ich packte das Medaillon, das nun an meinem Hals hing. Es war kalt und leblos. „Na, er wird es nicht in die Finger kriegen."

„Entspann dich. So ist es nicht."

„Wie ist es dann?"

Er drehte sich zu mir und blickte mich an. „Vertrau mir dieses eine Mal, okay?" Er packte mein Medaillon und zog mich nahe zu sich. „Du weißt, was ich für dich empfinde", flüsterte er und drückte mir einen sanften Kuss auf die Stirn. Meine Ohren erwärmten sich. „Aber deine

Mutter hat mir von deinem Schicksal erzählt, lange bevor du es angenommen hast. Ich bin nicht einer deiner vier. Zum Teufel, ich bin nicht mal einer deiner Sünden." Er strich mit seinem Daumen über das kalte Metall meines Medaillons. „Ich bin nicht in der Lage, etwas daran zu ändern, aber ich glaube, ich weiß, wer es kann."

Er presste seine Lippen fest auf meine, ließ mich kurz die salzige Lust, die noch auf seinen Lippen klebte, schmecken. Dann drehte er sich um, stampfte die Straße hinunter und ich rang nach Atem.

Ich schnaubte und schloss meinen Mund, folgte ihm und schob die Schmetterlinge in meinem Bauch beiseite.

Nach ein paar Augenblicken, in denen ich nichts als Zacks Schritte und das Klackern meiner Schuhe vernahm, hielten wir endlich an.

„Da wären wir", sagte Zack.

Ich sah nichts als eine Limousine, deren Scheinwerfer an waren.

Moment mal.

„Willst du mich verarschen?"

Zack lächelte und überquerte die Straße. Ich versuchte, meinen Mund nicht offenstehen zu lassen, und folgte ihm, bestaunte die Lackierung, bevor er die Tür öffnete.

Wir waren wirklich auf dem Weg zum Inkubus-König.

Zack liebte Luxus, vor allem die übermäßige, teure Art. Sein strahlendes Lächeln erfüllte mich mit Wärme und als er die Tür öffnete und ich hineinschlüpfte, sah ich, wie protzig das Innere des Wagens war.

Vorhänge aus reiner Seide hinten an den getönten Scheiben. Champagner und Whisky-Flaschen waren in der Ablage oberhalb eingehakt und ein riesiger Fernseher hing an der Stelle, wo ein Sonnendach hätte sein sollen.

Ich schluckte trocken und setzte mich zwei gut angezogenen Wachen gegenüber, die perfekt zur luxuriösen Innenausstattung passten.

Ich hatte mein Leben immer wie ein Sterblicher gelebt und hatte meine Fähigkeiten nie dazu benutzt, um Männer um meinen Finger zu wickeln und von ihnen zu profitieren. Ich hatte ein- oder zweimal einen schwachen Moment gehabt, aber wie hätte ich selbstsüchtig sein können? Jeder schwache Moment führte zum Tod. *David …*

Ich rutschte die lange Sitzbank hinab und Zack schlüpfte neben mich.

„Also“, fragte ich die statuesken Wachen. „Was seid ihr. FBI-Agenten oder so?“

Der Mann, der mir am nächsten saß, nahm seine Sonnenbrille ab und legte einen Ellbogen auf sein Knie. Seine stechend blauen Augen bohrten sich in mich und ich fragte mich, ob er wirklich ein Sterblicher war. Mein Magen krümmte sich, als unsere Blicke sich trafen, und eine der vier Runen erwärmte sich, was mich dazu brachte, mich zu krümmen und sie anzufassen. Es war nicht Schmerz, den ich spürte, sondern eine intensive Lust, die mich völlig überraschte.

„Besser als das FBI“, sagte er mit heiserer Stimme, als würde er bemerken, was für eine Wirkung seine pure Anwesenheit auf mich hatte. „Wir sind die Wachen des Königs“, erwiderte er mit einem breiten Grinsen.

Ich rollte mit meinen Augen und das Gefühl verging. Meine Runen waren nur verwirrt. Dieser Typ war nicht einer der sieben, nach denen ich suchte.

Einer der königlichen Wachen, hm. Auch wenn es stimmte, brauchte er es nicht ins Lächerliche zu ziehen.

Der Mensch lehnte sich im Sitz zurück und spreizte seine Beine, wie Männer es eben taten, die dachten, dass ihre massiven Eier nicht zwischen ihren Schenkeln eingeklemmt sein sollten.

Zack räusperte sich und schob den Kerl ein paar Zentimeter weg, damit er sich mir gegenübersetzen konnte. „Wer ist hier der Inkubus? Du oder ich?“

Der Wachmann runzelte die Stirn und verschränkte seine Arme. „Mein Vater ist ein Inkubus“, murmelte er.

Zack kicherte. „Es vererbt sich nur vom weiblichen Geschlecht. Pech gehabt, Alter.“

Ich lächelte den Wachmann trotz seiner Offenbarung an. Wenigstens wusste ich jetzt, woher er das gute Aussehen hatte. Vielleicht hatte meine Prophezeiung ihn deswegen verwechselt. Abhängig von der Linie seines Vaters konnte es sein, dass er eine Verbindung zu jener dunklen Magie hatte, vor der ich davongerannt war.

Der Wachmann zwinkerte mir zu und tippte gegen das Fenster. Die Limousine setzte sich in Bewegung und Pop-Musik begann zu spielen. Der Fernseher über uns flackerte an und zeigte ein paar attraktive tanzende Mädchen, die sich in einem Klub aneinanderrieben.

Zack seufzte und lehnte sich hinüber, strich mit seinen Fingern über die Auslese an Flaschen.

„Was trinkst du?"

Ich lächelte. „Whisky, bitte."

Er nickte und nahm die größte Flasche aus der Selektion. Der andere Wachmann öffnete ein glänzendes schwarzes Fach, in dem funkelnde Diamantgläser, die ich bisher nur in Magazinen gesehen hatte, zum Vorschein kamen.

Während Zack mir ein Glas einschenkte, sah er auf mein Medaillon. Sein Blick verweilte einen Moment darauf.

Ich legte meine Hand darum und realisierte, dass das Medaillon in meinen Ausschnitt gerutscht war – ganz wie bei meiner Mutter immer.

„Es ist schlimm genug, dass du mich vögeln willst. Werde jetzt nicht geil auf mich, weil ich dich an meine Mutter erinnere", sagte ich.

Er lachte und reichte mir mein Getränk. „Entspann dich mal, okay? Ich habe nicht an sie gedacht und ich habe nie mit ihr geschlafen. Werd nicht eklig."

Ich prustete los. *Das* war also die Grenze, die er nicht überschreiten würde.

Der penetrante Geruch vom goldenen Whisky stieg mir in die Nase. *Oh Mann.* Ich führte das Glas an meine Lippen und nahm einen Schluck. Meine Augen flatterten zu und mir entfuhr ein genüssliches Stöhnen, als der köstliche Whisky meine Zunge berührte.

Die beiden Wachmänner rutschten auf ihren Sitzen herum, aber Zack saß zurückgelehnt im Sitz und lächelte, genoss seinen eigenen Whisky. „Also", sagte Zack. „Du magst also zehntausend Dollar teuren Whisky. Wieso überrascht mich das nicht?"

Ich funkelte ihn an und leerte mein Glas, genoss das warme Gefühl, das sich in meiner Brust bemerkbar machte.

Zack bot mir Nachschub an, aber ich winkte ab. Niemand war sexy, wenn er betrunken war – nicht einmal ich.

Ich lehnte meinen Kopf an die kühle Kopfstütze und sah mir die tanzenden Mädchen im Fernseher an. Der brennende Whisky in meinem Bauch gab mir das Gefühl, als ob sich alles drehte und ich mit ihnen tanzte, während ich meinen Kopf zum Rhythmus von der einen zur anderen Seite bewegte.

Ich wurde abrupt aus dem Moment gerissen, als Zacks Handy wie verrückt gegen den Sitz brummte und sich wie der Bohrer eines Zahnarztes in meinen Kopf hämmerte.

Ich hob meinen Kopf und sah ihn grimmig an. Er aber starrte auf den Bildschirm, als wäre er nicht sicher, ob er abheben sollte. Dann biss er sich auf die Unterlippe – Scheiße, war das süß – und tippte auf dem Bildschirm herum, hob den Hörer dann an sein Ohr.

„Ja, sie ist bei mir", sagte er und sah mich an.

„Wer ist es?", formte ich mit meinen Lippen.

Er schüttelte seinen Kopf und machte eine abwertende Geste.

„Wirklich?", fragte er den Anrufer mit geweiteten Augen.

Ich kniff ihm ins Knie und er schnippte meine Finger mit einem aufgebrachten Blick von sich.

„Soll ich es ihr sagen?", fragte er.

„Mir was sagen?", fauchte ich und Zack presste den Hörer an seine Brust, bedeutete mir, ruhig zu sein.

Er legte den Hörer wieder an sein Ohr. „Okay. Nein. Ich werde dir die Adresse senden. Ja, wir treffen uns morgen."

Er sperrte das Handy und es machte ein Klickgeräusch. Dann sah Zack auf sein Glas, nahm einen großen Schluck davon und ließ sich in den Sitz sinken.

Ich sah ihn mit zusammengekniffenen Augen an. „Wer war das?"

Er schmiss sein Handy von sich, ließ es sich überschlagen und fing es dann auf halbem Wege zum Boden auf. „Sarah", sagte er lässig.

Ich sprang in die Lücke zwischen den Sitzen und klammerte mich an seine Knie. „Was hat sie gesagt? Wo ist sie?"

Er kicherte. „Das würdest du wohl gerne wissen." Er spreizte seine Beine und ich fiel mit dem Gesicht voran dazwischen.

Ich richtete mich grummelnd wieder auf, während er grölte und seinen Whisky leerte. „Hey, lass mich den guten Tropfen nicht verschütten, Mädchen. Du hättest nur etwas sagen müssen, wenn du was davon abhaben willst." Er warf mir ein durchtriebenes Lächeln zu und auch die Wachmänner kicherten hinter vorgehaltener Hand.

„Das hier ist kein Spiel", sagte ich genervt und sah sie alle grimmig an.

Zack wischte sich die Tränen ab. „Entspann dich, okay? Sarah lässt ihre Magie spielen, bis du den Blutstein kriegst."

Ich verschränkte meine Arme und ließ mich zurücksinken. „Wenn Anderson sich mir widersetzen kann, warum glaubt sie dann, dass er ihr verfallen wird?"

Zack zuckte mit den Schultern. „Auf deine Fähigkeiten ist nicht immer Verlass." Ein verschmitztes Funkeln lag in seinen Augen. „Vielleicht muss ich dir wieder aushelfen."

Ich ignorierte das verführerische Angebot und ließ das leere Glas zwischen meinen Händen hin und her rollen. „Ich habe den Blutstein bereits", sagte ich und änderte das Thema. „Du hast ihr nicht gesagt, dass er aufgeladen werden muss?"

„Teufel, nein! Dann würde sie einfach davonrennen und David seinem Tod überlassen, anstatt dich das Ding aufladen zu lassen."

Ich schluckte aufsteigende Magensäure runter. „Ist sie so dagegen?" Ich würde nachgeben und mit einem Inkubus schlafen müssen, um den Stein zu laden, und ich nahm an, dass König Derek wissen würde, wer stark genug war, um mir zu helfen. Nicht, dass ich wusste, was er im Gegenzug dafür wollte. Aber eine Nacht wäre es wert, um David zu helfen und ohne schlechtes Gewissen mit Sarah zusammen sein zu können, oder?

Zacks Blick wurde sanfter. Dann blickte er auf sein halbvolles Glas. „Das ist eine Sache zwischen euch beiden."

Ich schob meine Unterlippe vor und schmollte, ließ mich tiefer in den Ledersitz sinken. Was dachte Sarah sich? Der einzige Grund, weshalb ich Mamas Medaillon überhaupt geholt hatte, war, weil ich dachte, dass sie mich verlassen hatte. Wenn meine Kräfte so sehr geschwunden waren, brauchte ich die zusätzliche Macht, um es ohne sie mit jemandem wie Anderson aufzunehmen.

Ich warf einen Blick auf Zack. „Wenn Sarah bei Mr. Anderson ist, ... bedeutet das, dass sie glaubt, dass sie David retten kann?"

Zack lachte höhnisch. „Weißt du was? Du und Sarah seid wie füreinander geschaffen. Ihr seid hoffnungslose Romantiker." Er schnalzte mit der Zunge. „Als gäbe es ein Heilmittel gegen körperlichen Verfall." Seine Augen sahen in meine. „Verstehst du denn nicht, was du tust, wenn du sie verschlingst? Deine Kräfte haben einen Preis."

Ich runzelte die Stirn. „Was, wenn ich diese blöden Kräfte gar nicht besitzen will?"

Er gab ein verzweifeltes Seufzen von sich. „Sonya. Akzeptiere endlich, was du bist. Schließe dich dem Team an und benutz einmal deine Kräfte. Du musst diesen Mistkerl Anderson ausschalten. Lass Sarah nicht deine schmutzigen Angelegenheiten für dich erledigen."

Ich runzelte die Stirn. „Glaubst du, sie kommt alleine klar? Sollten wir jemanden zu ihr senden?"

Er gluckste. „Wie immer traust du ihr in der einen Sache viel zu viel zu und in der anderen viel zu wenig. Sie ist eine Muse. Niemand wird sie anrühren, wenn sie das nicht will." Er kniff seine Augen zusammen. „Du solltest hoffen, dass das, was sie will, noch immer du bist. Nichts ist schlimmer als eine verärgerte Muse. So ist es zum Mittelalter gekommen."

Kapitel Elf

NEUN LEBEN

Luke

Diese Sarah war eine Muse, oder etwa nicht? Nebst einem Sukkubus gab es nur ein übernatürliches Geschöpf, das einen verrückt machen konnte. Und wenn die Streifzüge meiner Mutter mich etwas gelehrt hatten, dann war es, dass man sich einer Muse verdammt nochmal fernhalten sollte. Zu schade, dass ich in einer Gefängniszelle feststeckte und nirgendwohin gehen konnte. Ich saß keinen halben Meter von einer Muse entfernt, die einem das Hirn zermartern konnte.

„Sarah, bist du noch da?", drang Davids Stimme durch die Dunkelheit.

Die Tür zum Sicherheitsraum wurde krächzend geöffnet und ließ einen schwachen roten Lichtstrahl auf den Betonboden fallen. „Wirst du die Klappe halten?", zischte sie. „Ich versuche, dir zu helfen. Was tausendmal schwieriger sein wird, wenn du Anderson wissen lässt, dass ich hier bin."

Ich rieb meine Schläfen. Sie würde so schnell nirgendwohin gehen. Das stand fest. Und mit jeder Sekunde, die sie länger blieb, drang ihre Aura tiefer in mein Hirn wie eines dieser hirnzerfressenden Monster, die ich immer in Samstag-Cartoon-Filmen gesehen hatte. Mit dem Unterschied, dass sich ein wunderschönes Mädchen statt einer violetten Wolke mit Fangzähnen, die nach meinem Hirn schnappten, im Dunkeln versteckte und einfach ... nicht ... gehen wollte.

„Blargalargalarg!“

„Kannst du Luke bitte sagen, dass er auch die Klappe halten soll?“, fragte Sarah.

Wir alle verstummten, als die Tür zwei Stockwerke höher zufiel. Das war die Lobby und es gab nur zwei Arten von Leuten, die durch die Lobby kamen: geschmierte Polizeibeamte und der psychotische Detective.

Zu meinem Unglück war es Letzteres.

Ich erkannte seinen Gang mittlerweile. Die Art, wie er wie ein betrunkener Waschbär den Gang runterschlich. Das Rascheln seiner unechten Seidenhosen ließ mir die Haare zu Berge stehen. Es kam nicht wirklich darauf an, ob ich einen Tag oder eine ganze Woche hatte, um mich auf diesen Moment vorzubereiten. Das Versprechen auf Folter ließ meine Knie immer wieder weich werden.

Ich rollte mich zu einem Ball ein und die Lichter gingen an. Anderson lief hinüber und schien die Tatsache, dass seine kleine Sammlung von Gefangenen größer geworden war, zu genießen. „Mal sehen. Wer darf zuerst spielen?“

David warf seine Faust gegen die Stäbe. Seine Wangen waren eingefallen und seine Muskeln zitterten. Der Verfall war gering, aber er war zu erkennen. „Wer zum Teufel sind Sie?“, wollte David wissen.

Obwohl sein Körper alle Zeichen zeigte, haute mich die Intensität seiner eisblauen Augen und den Anschein um, dass er Anderson in Stücke reißen würde, wenn sich ihm die Möglichkeit bot.

Anderson ging zur Zelle. „Detective Anderson. Schön, dich kennen zu lernen.“ Er streckte seine Hand aus und kicherte dann. „Ah, genau, du bist mein Gefangener.“

„Und warum genau bin ich dein Gefangener?“

Anderson rieb sich sein stoppeliges Kinn und warf mir einen Blick zu. Er legte eine gute Show hin, aber er rasierte sich immer. Etwas verunsicherte ihn. „Du wirst mir helfen“, grummelte Anderson zu David. „Genau wie mein Freak hier.“

David zischte: „Wieso würde ich dir helfen? Du bist ein Verrückter!"

Anderson lächelte. „Es ist niedlich, dass du denkst, du hättest eine Wahl." Er steckte seine Hand in seine Manteltasche und zog eine kleine Waffe mit Plastikspitze daraus. Das Betäubungsgewehr. Ich hasste dieses Ding.

Ein lautloses *Plopp* und schon lag David auf dem Boden mit einem Pfeil in seiner Brust.

Anderson warf mir einen Blick zu, während er Davids Zelle öffnete. „Du bist so still. Keine dummen Sprüche heute?", sagte er grinsend. „Will die kleine Katze etwa nicht aus dem Sack?" Er liebte diesen Spruch. Katzen hatten neun Leben. Ha-ha. Zum Wegschmeißen. Der Spruch hatte jeglichen Humor, den er jemals gehabt hatte, verloren, nachdem ich mir genug tödliche Wunden zugezogen hatte, um bereits neunmal gestorben zu sein.

Ich runzelte die Stirn und sah zum Kontrollraum, wo Sarahs blaue Augen in der Dunkelheit leuchteten. Ich sah zurück zu Anderson.

Er zögerte und sah dann zum Kontrollraum.

Ich war mir nicht sicher, ob Sarah Freund oder Feind war. Die Geschichte hatte Musen nicht gerade als gutmütige Spezies hingestellt. Sie waren einfach zu stark, zu fähig, sich in die Köpfe der Leute zu stehlen und zu sehen, was immer sie sehen wollten – und Leute dazu zu bringen, zu tun, was sie wollten.

Obwohl sie zu sehen die Vision meiner Mutter hervorrief. Damals hatte ich gedacht, dass meine Mutter mir Drogen eingeflößt hatte und ich einfach nur high gewesen war. Die Vision hatte prophezeit, dass ich in dieser Zelle warten müsste, bis eine Frau vorbeikommen würde. Und nur ich konnte ihr dabei helfen, das Schicksal der vier zu akzeptieren. Wenn ich nicht eingriff, würden übernatürliche Wesen die Welt regieren. Und nicht die Guten, wenn es sowas überhaupt gab.

Aber Sarah konnte nicht die Frau sein, auf die ich gewartet hatte. Ich wartete auf jemanden mit einem reinen Herzen. Wenn Sarah mit dem Sukkubus befreundet war, war es ziemlich offensichtlich, dass sie mir gegenüber nicht freundlich gestimmt war.

Sarahs Augen weiteten sich, als Anderson auf den dunklen Eingang zuging. Sie wich in die Schatten zurück, aber es war zu spät.

Anderson riss die Tür auf. „Wer ist da?“, brüllte er.

Sarah entschied sich, anzugreifen, und machte einen Satz. Ihre Aura erleuchtete den Raum und sie bediente sich übernatürlicher Mächte, die ich nicht annähernd verstand. Ihre Wirkung ließ mich erzittern und meine Augenlider fühlten sich plötzlich schwer an. Ich stolperte und war überrascht, wie Anderson sich aufrichtete – gegen ihre Aura immun zu sein schien. Sarah keuchte und die Luft wurde zäh, Schockwellen erfüllten den Raum.

„Schlaf!“, schrie Sarah.

Anderson lachte. Verdammt, er stand einfach nur da und lachte eine Muse aus. „Wie nett von dir, dass du zu meinem Labor gekommen bist. Du warst nie mein Hauptziel, aber wo du schon mal da bist, kannst du mir auch dabei helfen, diese Sukkubus-Schlampe dranzukriegen.“

Sarah warf sich auf ihn wie ein wildes Tier. Anderson wich ihrem Angriff aus und sie landete mit dem Gesicht voran auf dem Boden. Ihre Lippe platzte auf und ihre Wange war von rotem, gleißendem Blut verschmiert.

Anderson holte ein Pack Betäubungspfeile hervor und nahm den kleinsten davon raus. Er kniete sich auf sie und stach ihn ihr in den Hals.

Sarah wimmerte und griff nach dem Pfeil, aber es war zu spät. Sie sackte zusammen und war gelähmt. Ihre Augen aber huschten hin und her, waren noch immer wach.

Anderson grinste und zielte mit der Waffe auf mich. Das Letzte, was ich sah, war, wie Anderson Sarah in meine Zelle hievte.

Kapitel Zwölf

VIERUNDZWANZIG STUNDEN, BIS ICH MICH WIEDER NACH LUST VERZEHRE

Sonya

Daran erinnert zu werden, dass Sarah nicht sterblich war, war nicht, was ich jetzt hören wollte. Nichts an meinem Leben war normal. Zack versuchte nur, mir zu versichern, dass sie auf sich selbst aufpassen konnte. Aber in meinem Leben verlief nie etwas nach Plan.

Ich seufzte und streckte mein leeres Glas aus. „Einmal vollmachen."

Zack lächelte, öffnete die Whisky-Flasche und schenkte nach. Der betörende Duft von alter Eiche und Orangenschale kitzelte meine Nase und ich setzte das Glas an, ließ den Tropfen hinunterfließen und die Schmetterlinge in meinem Bauch beruhigen.

Ich schnalzte mit der Zunge und sah den Wachmann an, der so tat, als würde er mir nicht zusehen. Diese Anziehung zwischen uns war noch immer da und ich tat mein Bestes, um sie abzutun. Wer auch immer eine Verbindung zu meinen Runen hatte, es war ganz bestimmt kein Sterblicher. „Sind wir bald da?", fragte ich den Sterblichen und hoffte, das würde sein unaufhörliches Starren unterbrechen.

Er räusperte sich und stieß seinem Kollegen dann einen Ellbogen in die Rippen, der zum Fenster rutschte und den Vorhang zur Seite schob. „Ja“, sagte er mit sanfter Stimme. „Wir biegen eben in die Einfahrt.“

Ich begab mich an das Fenster auf meiner Seite und spähte hinaus. Die Limousine rollte über die Schiene eines Tores und fuhr über Kies. Sogar durch die starke Tönung der Scheiben ließen die Flutlichter die Villa erstrahlen. Ein Haus im Queen-Anne-Stil erhob sich vor dem Mond und ich biss mir auf die Wange, verabscheute, dass ich wusste, wie der Stil hieß. Sarah hatte immer viel zu viel Zeit damit verbracht, sich ‚Million Dollar Homes‘ anzusehen.

Als die Limo anhielt, realisierte ich, dass ich mich schwach und benommen fühlte. Es war nicht der Alkohol, obschon er sicherlich nicht half. Das würde das erste Treffen mit einem Mann sein, über den ich nicht nur keine Kontrolle hatte, sondern der möglicherweise *mich* kontrollieren konnte. Sogar Zack konnte ich mich bis zu einem gewissen Grad widersetzen. Aber Derek war nicht einfach nur ein mächtiger Inkubus. Das hier war *der* Inkubus. Mich nicht auf meine Verführungskünste verlassen zu können, gab mir das Gefühl, nackter zu sein, als wenn ich meine Kleidung ausgezogen und am Strand entlanggelaufen wäre.

Zack zwackte mich in die Rippen und ich wimmerte. „Komm schon, Sukkubus. Es ist Zeit, diese Halskette aufzuladen und dein Mädchen zurückzugewinnen.“

Sobald ich die ersten drei Schritte über den kiesigen Weg gemacht hatte, hielt ich inne und bestaunte das moderne Schloss, dass sich vor mir erhob. Die Villa sah genauso aus wie all jene in ‚Million Dollar Homes‘ und sie war noch beeindruckender, wenn man davorstand. Die symmetrischen Wände ließen sie wie eine Burg aussehen, aber die sich windenden Eisenschienen ließen sie elegant wirken. Und kein Schloss wäre komplett ohne einen Graben. Der einzige Weg zum Haus war ein schmaler Weg, an dem sich auf jeder Seite ein Mosaik-Teich entlangstreckte. Als ich mir den Weg darüber bahnte, hatte ich das Gefühl, in einen absonderlichen japanischen Garten teleportiert worden zu sein.

Ein Schaudern der Freude lief mir den Rücken hinab und Zack schlang einen Arm um meine Taille, führte mich den Weg hinab, am Ufer vorbei. Ich war froh, seine Wärme zu spüren, und zu betrunken, um mich dagegen zu wehren – die Lust, die von ihm ausging, abzuwehren. Daraufhin zog er mich nur noch fester an sich, schien sich nicht daran zu stören, dass ich ihm seine Kraft stahl.

Zacks sexuelle Kraft ließ mich genug ernüchtern, um nicht auf die massive Eichenholztür zu zu stolpern.

„Glaubst du, er steht auf Blondinen?", fragte ich und hoffte, dass meine Frage laut ausgesprochen nicht so lächerlich klang wie in meinem Kopf.

Zack schenkte mir ein Lächeln und führte mich zum kleinen Bildschirm, der an der Seite des Gebäudes angebracht war.

„Warum fragen wir ihn nicht?"

Ich klammerte mich an seinen Arm. „Warte. Ich bin noch nicht bereit."

Er seufzte und legte seine Finger um meine Hand. „Warum bist du so nervös?"

Er legte meine Hand an meine Halskette und ich ließ ihn auf meinen Brüsten verweilen.

Sogar mit der Minute an Kraft, die ich ihm gestohlen hatte, war das Medaillon kalt und leblos. Ich wünschte, ich könnte es wieder brennen spüren – es voller Leben sehen wie an meiner Mutter.

Plötzlich realisierte ich, dass ich das alles nicht für David oder Sarah tat. So selbstsüchtig es war, es ging hier um die Möglichkeit, die Tatsache annehmen zu können, ein Sukkubus zu sein. Voll und ganz akzeptieren zu können, was ich war, und endlich die Schuldgefühle ablegen zu können, die mich quälten.

Ich sah auf meine Füße und starrte auf die Bodenlampen, deren Licht meine roten Schuhe streifte. Ich ignorierte die Blutspritzer auf meiner Jeans. Auch wenn ich nie wieder töten müsste ... Konnte ich wirklich akzeptieren, was ich war? Konnte Sarah es?

Ein Piepen erklang, während Zack auf der Tastatur rumtippte und ich angsterfüllt schrie. Der Bildschirm erwachte zum Leben und die wunderschönste Kreatur der Welt lächelte mich an.

Trotz der Barriere von Pixeln und der Funksprechanlage war ich augenblicklich in einem eisernen Netz von magnetischer Lust und Faszination gefangen. Ich konnte seine Wärme durch den Bildschirm hindurch spüren. Es spielte keine Rolle, dass er weit weg war. In jenem Moment hätte ich alles getan, worum er mich gebeten hätte.

„Hallo. Du musst Sonya sein", säuselte er und ich stolperte zu Zack, klammerte mich an ihn, um nicht umzufallen.

Das war also, was meine Opfer empfanden, wenn ich sie mit ihrer Lust kontrollierte.

„Würdest du bitte reinkommen?", fragte Derek und auf seine sexy Stimme folgte ein mechanisches Klicken an der Tür.

Ich starrte auf die bronzene Türklinke, stand wie angewurzelt da.

„Dieser Ort hat automatische Türschlösser. Wie cool ist das denn?", sagte Zack und verpasste mir einen festen Klaps auf den Hintern. Ich stolperte in den Bildschirm und realisierte einen Moment zu spät, dass ich meine Brüste gegen die Kamera drückte.

„Ach, du bist aber freundlich!", schallte Dereks Stimme zärtlich durch die Anlage.

„T-tut mir leid!" Ich hechtete vom Bildschirm zurück und warf Zack den grimmigsten Blick zu, zu dem ich fähig war.

„Fühlt euch wie zu Hause", fuhr Derek fort. „Ich bin gleich oben."

Der Bildschirm wurde schwarz und ich starrte darauf, bis Zack mir auf die Schulter tippte. „Du hast den Mann gehört. Lass uns gehen."

Zack zog die Tür auf und trat hinein, als würde er jeden Tag in das Haus eines mächtigen, überaus attraktiven Inkubus treten.

Aber da er auch ein Inkubus war, war er von Dereks Anziehung wohl nicht betroffen, oder?

Ich schluckte den Kloß in meinem Hals runter und wünschte mir, dass ich die Whisky-Flasche aus der Limo mitgehen lassen hätte und sie leeren könnte, bevor ich reinging. Stattdessen schüttelte ich mich, richtete meine Frisur und folgte Zack durch die Tür.

Die kühle Luft schmiegte sich an meine Wangen und ich seufzte, hatte ich doch nicht realisiert, wie warm es draußen gewesen war.

Außerdem war nach Dereks Spielereien und angesichts des verdunsteten Alkohols in meinem Körper alles unangenehm feucht ... und klebrig.

Ich zog an den Hosenbeinen meiner Jeans und Zack verschwand um eine Ecke.

„Hey, wo gehst du hin?", schrie ich ihm nach.

Seine Stimme hallte den breiten Gang hinunter. „Er hat uns gesagt, dass wir uns wie zu Hause fühlen sollen. Ich geh zur Bar!"

Ich kicherte und tänzelte voller Vorfreude über den kastanienbrauen Plüschteppich hinab, während ich die riesigen Gemälde im Eingangsbereich bewunderte. „Glaubst du, er hat mehr von diesem Whisky?“

Ein vielversprechendes Klirren zweier Gläser sagte mir, dass die Chancen gut standen. Ich lächelte und wollte gerade um die Ecke rennen, als mir das wohl wunderschönste Gemälde ins Auge fiel. Ich mochte Kunst genauso wie jeder andere, aber dieses Stück hier war besonders ansprechend.

Eine nackte Frau lag auf einem Sofa und die Szene schien altertümlich. Lange, beige Vorhänge schmiegten sich um einen Sessel im viktorianischen Stil. Die Frau, die darauf lag, war zeitlos. Die Pinselstriche waren so genau ausgeführt worden, dass ich sogar die Gänsehaut auf ihrer perfekten Haut sehen konnte. Sie stützte ihren Kopf mit ihrer Hand ab und blickte direkt in die Villa – starrte mich direkt an.

„Wie ich sehe, hast du Silvia gefunden“, säuselte eine Stimme hinter mir und ich piepste überrascht.

Derek lächelte mich an und Zack trat ins Zimmer. Sein fröhlicher Schritt verlangsamte sich und er rieb sich seinen Nacken. „Hey, Alter. Es sieht aus, als hättest du keinen–“

Derek schenkte Zack ein boshaftes Lächeln und zückte eine dickwandige Glasflasche, die er hinter seinem Rücken versteckt hatte. Sie war noch größer als jene, die wir in der Limousine gehabt hatten.

Zack lachte und streckte sein Glas aus, schenkte mir einen mitfühlenden Blick. „Sie sieht nicht allzu gut aus.“

Ich taumelte, war mir nicht sicher, was er damit meinte. Der Raum war etwas verschwommen und ich konnte mich nicht wirklich auf etwas anderes als Derek konzentrieren. Er stach wie ein eine Flamme der Klarheit hervor, als wäre er das Einzige im Raum, das meine Aufmerksamkeit verdiente.

Derek entkorkte die Whisky-Flasche mit seinen Zähnen und ich wurde beinahe bewusstlos angesichts der Tatsache, wie heiß *das* war. Bevor ich umkippte, schenkte er mir ein Glas ein und streckte es mir hin. „Nathan hat gesagt, dass du den hier magst.“

„N-Nathan?“, fragte ich. Wie konnte er mit seinem halb offenen

Oberteil und der riesigen Beule in seiner engen Jeans dastehen und von jemandem namens Nathan reden?

Sollte er nicht seine Arme um meine Taille schlingen? Mir sagen, dass ich die wunderschönste Kreatur auf Erden war und dass, wenn er mich nicht auf der Stelle haben könnte, er sterben würde?

Sein Lächeln wurde breiter. „Ja. Mein Sohn, den du auf der Fahrt hierhin getroffen hast. Er scheint angetan von dir, auch wenn er es nicht zugeben würde."

Ich stolperte gegen die Wand und presste mich gegen Silvia gemalte Brust. „Dein Sohn?"

„Ja. Silvia und ich hatten ein paar Söhne. Zu schade, dass wir noch kein Mädchen bekommen haben. Den Jungs kann sie nicht mehr als das gute Aussehen vermachen, aber", er lächelte und zog eine weiße Pille aus seiner Hemdtasche und ließ sie ins Whisky-Glas plumpsen, „sie sieht verdammt gut aus – findest du nicht auch?"

Ich blickte über meine Schulter und sah die Frau auf dem Gemälde lange an. Sogar sie schien vom Inkubus-König hingerissen. Eifersucht verschaffte mir einen sauren Geschmack im Mund und ich ballte meine Fäuste.

„Wenn du das hier getrunken hast, wird es dir besser gehen." Er streckte seinen Arm aus und hielt mir den mit Drogen versetzten Drink hin. Ich blinzelte verstohlen, haderte mit meinem Drang, ihm die Kleider vom Leib zu reißen, und dem, ihn zu fragen, was zum Teufel er in meinen Whisky geschüttet hatte.

Er hielt mir das Glas vor die Nase. „Nimm es."

Die Worte des Inkubus-Königs hatten eine solche Macht über mich, dass ich mich nicht widersetzen konnte und das Kristallglas aus seinen Händen nahm und es innerhalb von Sekunden leerte. Der Whisky brannte angenehm in meinem Rachen und spülte die klobige Pille hinunter.

Ich würgte, stolperte und lehnte mich an das Gemälde, sah Derek misstrauisch an und hielt das Glas fest an meine Brust gedrückt.

Zack sprang nach vorne. „Hey! Geht es ihr gut?"

Derek streckte eine Hand aus, um Zack zu beruhigen. „Gib ihr einfach eine Minute."

Zack grummelte. „Wenn du mit ihr spielst, schwöre ich–"

Derek funkelte Zack an und er verstummte.

Die Welt um mich herum drehte sich und die Tatsache, dass sogar Zack besorgt um mich war, machte mich nervös. Dass ich mich aber wieder auf ihn konzentrieren konnte, war ein gutes Zeichen.

Nach ein paar weiteren tiefen Atemzügen klärte sich meine Sicht. Die große Halle voller riesiger Gemälde. Die von der Decke hängenden Kerzenleuchter ... und eine schwarzhaarige Frau, die um die weiß gekalkte Ecke im Gang spähte und große Ähnlichkeit mit Silvia hatte.

Als hätte ich sie mir eingebildet, verschwand sie.

Was war in diesem Drink?

Ich schüttelte meinen Kopf. Die Hitze in meinen Genitalien erlosch und ich hörte auf, mir vorzustellen, was sich unter Dereks Hose verbarg.

Derek legte seinen Kopf mit einem attraktiven Lächeln auf dem Gesicht schief. „Fühlst du dich besser? Mehr ...“, seine Zunge glitt über seine Lippen, „wie du selbst?“

Ich seufzte und legte mein Gesicht in meine Hände, rieb mir sanft meine Schläfen. „Ich glaube schon.“ Ich erinnerte mich, hineingekommen zu sein. Aber ich hatte das Gefühl, als wäre ich gerade von einem Traum aufgewacht. Ich öffnete eines meiner Augen und sah ihn an. „Was hast du mir gegeben?“

„Etwas, dass dich gegen meine Wirkung resistent macht. Es wirkt vierundzwanzig Stunden.“

Ich sah auf und starrte ihn an. „Es gibt ein Medikament gegen unsere Kräfte?“ Ich blinzelte.

Nein, die weitaus wichtigere Frage ist: Wieso zum Teufel brauchte ich ein Medikament, um in deiner Anwesenheit klar denken zu können? Ich bin nicht sterblich. Ich richtete mich auf – war auf einmal empört, dass meine Abstammung mich in dieser Situation nicht speziell machte. „Ich mag erst zweiundzwanzig sein, aber meine Mutter war über fünfhundert Jahre alt, als sie mich geboren hat. Ich sollte einem Inkubus standhalten können.“

Zack lächelte und zog mich weg vom Gemälde und in seine Arme. „Er ist weitaus älter als fünfhundert Jahre. Er wird nicht nur Inkubus-König genannt, weil er gut aussieht.“

Mit einem Grummeln drehte ich meine Armbanduhr um und fingerte daran rum, um herauszufinden, wie man einen zweiten Timer stellte. Es erleichterte mich immer, wenn meine Lebensanzeige über Hundert war und siebenhundertvierundzwanzig Stunden und achtundzwanzig Minuten schienen im üblichen violetten Licht in mein Gesicht. Ich schaffte es, einen zweiten Timer zu stellen, und tippte vierundzwanzig Stunden ein, bevor ich Derek wieder zum Opfer fallen würde.

Derek spähte über meine Schulter. Er roch nach Rosen und Sex. Sogar mit dem Gegenmittel in meinem Körper hatte er alles, was ich begehrte.

Ich sah zu ihm. „Du hast keinen?“

Er summte nur. „Ich kann nicht sagen, dass ich meine Nahrungsaufnahme jemals habe messen müssen.“ Er legte eine warme Hand auf meine Schulter und wieder machten sich Schmetterlinge in meinem Bauch breit. „Nur diejenigen, die sich selbst verleumden, brauchen solche Geräte.“

Zack zog mich von Derek weg und an seine Brust. „Das hier ist eine gute Freundin von mir. Die Sterblichen liegen ihr am Herzen, weißt du.“ Er küsste meinen Hinterkopf. „Sie wartet, bis sie jemand finden kann, der bereitwillig für sie stirbt, anstatt einfach zu nehmen, was sie braucht.“

Derek lachte – nicht auf eine spöttelnde Art. „Ich bewundere das.“

Ich löste mich aus Zacks Umarmung, obwohl sie sich bekannt und sicher anfühlte. Ich musste mich auf meine Mission konzentrieren. Das Medaillon aufladen. David retten. Sarah zurückgewinnen.

Meine manikürte Hand schoss zum leblosen Silber an meinem Hals. „Ich bin hier, um das hier aufzuladen. Zack sagte, dass du einen Inkubus kennst, der mir helfen könnte.“

Zack gab ein gedämpftes Glucksen von sich und ich funkelte ihn an. Was war daran so verdammt witzig?

Dereks Wimpern senkten sich und er sah sich das Medaillon an. Er ließ seine Finger darüber gleiten und eine sanfte Wärme machte sich auf dem Metall bemerkbar, als er es berührte. „Ich glaube, ich kann dir damit helfen.“ Erst als ich das Glitzern in seinen Augen sah, realisierte ich, dass er damit meinte, dass *er* meine Halskette aufladen würde. Ein boshaftes Lächeln zog auf seinem Gesicht auf. „Aber zuerst musst du etwas für *mich* tun."

Ich sah Derek mit zusammengekniffenen Augen an. Ich musste das Medaillon aufladen. Ich musste David retten – wenn ich jemals wieder imstande sein wollte, mit mir selber leben zu können, oder Sarah wiedersehen wollte. „Was muss ich tun?"

Er beugte sich zu mir runter und führte seinen Mund an mein Ohr. „Fick meine Frau."

Kapitel Dreizehn

ANDERSONS WAHRHEIT

Luke

Als ich aufwachte, zischte Sarah in der Ecke. Anderson hatte das Licht angelassen und sah viel zu zufrieden mit sich selbst aus, während er einen Apfel in Stücke schnitt und in einem kotzgrünen Sessel saß.

Anderson sah seine neueste Gefangene finster an. „Ich bin noch nicht ganz sicher, was für eine Spezies du bist."

„Das spielt keine große Rolle." Sarah funkelte ihn an. „Du hast dich meiner Kraft widersetzen können. Das sollte gar nicht möglich sein."

Er zuckte mit den Achseln. „Ich habe Talent mit übernatürlichen Wesen. So, wie ich deiner Sukkubus-Freundin nicht zum Opfer falle, wahrscheinlich." Er stützte sich auf seinen Knien ab. „Hör zu. Ich glaube nicht, dass ich sterblich bin – aber anders als ihr beide", er deutete mit dem Messer auf uns, „habe ich keine schicken Superkräfte, der mich vom Rest abhebt. Ich bin nur ... resistent." Er streckte seine Handfläche aus, als handelte es sich dabei um nichts Besonderes. Sarah rollte mit ihren Augen. „Wenn du mich fragst, ist das eine ganz schön gute Superkraft. Was willst du von uns?"

Er sah mich an. „Ich brauche alle Kraft, die ich kriegen kann, um meine Tochter zu retten."

Seine Tochter? Dieser Psychopath hatte Nachkommen? Was für ein Verlust für die Welt. Ich hoffte, dass ich das weibliche Monster nie treffen musste.

„Du könntest uns auch einfach um Hilfe bitten", schlug Sarah vor.

Er runzelte die Stirn und stand dann auf. Er knöpfte seine Anzugsjacke auf und entledigte sich seines Hemdes, woraufhin wir vom Anblick seiner kreidebleichen Rippen geplagt wurden. Eine üble rötliche Narbe zog sich an seiner Seite entlang. „Das ist, was ich davon habe, um Hilfe gebeten zu haben." Er zog sein Hemd wieder an.

Ich hielt es nicht mehr aus und warf meine Fäuste gegen die Eisenstäbe. Eine kleine Narbe rechtfertigte, mich zu entführen und zu foltern? Nur weil keine Narbe auf meinem Körper bestehen blieb, hieß das nicht, dass ich mich früher oder später nicht auch auf einen Rachefeldzug begeben würde. Täglich schnitt er mich wie eine Zwiebel auf und eines Tages würde ich ihn umbringen. Langsam und genüsslich.

„Beruhig dich, Freak", brüllte Anderson. „Ich weiß, dass du kein Mitgefühl mit mir hast. Aber das brauche ich nicht. Sobald ich den Sukkubus drankriege, seid ihr frei."

Das war mir neu. Wenn er dachte, dass ich einfach seine Hand schütteln und gehen würde, hatte er sich geschnitten.

Sarah runzelte die Stirn. „Was hat Sonya damit zu tun?"

Er lächelte. „Weißt du ... Der Freak hier hat nie gefragt. Aber ich glaube, es würde dir gefallen, was ich versuche, zu tun." Er machte es sich in seinem Sessel gemütlich wie eine Legehenne. „Ein Sukkubus kann Kraft extrahieren, richtig? Und ich bin dagegen resistent." Er lehnte sich nach vorne, seine Augen weiteten sich und ein intensiver Blick lag in seinen Augen. „Sie hat mich einmal geküsst. Sie hat gedacht, ihre Macht wirkt auf mich. Weißt du, was dann passiert ist? Ich habe realisiert, dass ich nicht sterblich bin, weil ich am nächsten Tag aufwachte, zehn Jahre jünger, und meine Frau tot war." Wut zog für einen Augenblick auf seinem Gesicht auf. „Leider war der Sukkubus über alle Berge, als ich eins uns eins zusammenzählte. Und meine Tochter auch." Er kniff seine Augen zusammen. „Seither habe ich sie ununterbrochen verfolgt. Die Schwarze Witwe. So habe ich sie benannt, nachdem ich gesehen hatte, was sie Männern antat."

Anderson verstummte und sein Blick wanderte zu David.

Sarah wurde traurig, während wir seine sich langsam hebende und senkende Brust ansahen.

„Damit darf sie nicht durchkommen. Ich werde mir ihre Fähigkeiten aneignen und ich werde damit keine Leben nehmen. Ich werde damit Magie nehmen.“ Er sah mir in die Augen. „Ich werde jedem übernatürlichen Wesen die Macht wegnehmen, damit ich meine Tochter retten kann.“

Sarah schnaubte höhnisch. „Einem übernatürlichen Wesen die Macht stehlen? Sonya ist nicht imstande dazu.“

Er schmiss sich einen Apfelschnitz in den Mund. „Ich kann das. Ich brauche nur einen Antrieb.“ Er sah mich wie ein hungriges Biest an. „Sich immer wieder heilen zu können, wäre eine ziemlich nützliche Superkraft. Es würde mir sehr dabei helfen, meine Tochter zu retten, wenn ich mich von Messerstichen erholen könnte.“ Er zuckte mit den Schultern. „Ich bin nicht gerade der Beste in einem Messerkampf.“

Sarah sah mich an. „Heilungskräfte, hm?“ Sie sah mir in die Augen und dann weiteten sich die ihren, als erinnerte sie sich an etwas. *Scheiße. Sie weiß, was ich bin?*

Sie hüstelte höflich und drehte ihren Kopf weg. „Ich habe noch nie von einem übernatürlichen Wesen gehört, dass sich selbst heilen kann.“

Anderson wedelte mit seinem Messer. „Spielt keine Rolle. Ich muss den Sukkubus nur dazu bringen, dass sie sich selbst ausliefert, und dann können meine Experimente so richtig beginnen.“

Ich lachte höhnisch. Anderson funkelte mich an. „Ach, sei nicht eifersüchtig. Ich bin noch nicht fertig mit dir.“

Sein Grinsen wurde boshaft. „Du erfüllst immer noch einen Zweck.“

Anderson sah David an und runzelte die Stirn. Der körperliche Verfall des armen Kerls schritt schnell voran und in einer Zelle eingesperrt zu sein und kein Essen zu kriegen, half nicht. „Der Erste von euch, der mir sagt, wenn er endlich aufwacht, bekommt Abendessen.“

Mit diesen Worten schaltete er das Licht aus und verließ den Raum.

Ich erschauderte in der Dunkelheit. Ich hatte mich daran gewöhnt, aber jetzt waren zwei Leute im selben Raum. Ich mochte es nicht, dass ich sie nicht sehen konnte. Vor allem, weil eine von ihnen in derselben Zelle wie ich war.

Und zu allem hin war sie eine Muse.

Ich erschrak, als sie ihre Hand auf meine Schulter legte.

„Hey“, sagte sie. „Tut mir leid. Ich ...“ Sie wurde still. Ich drehte mich ab, aber sie griff erneut nach meiner Schulter. „Halt still. Ich spüre etwas.“

Mein ganzer Körper wurde starr und ich spürte, wie sich eine Kraft in meine Haut fraß. Dieses Miststück war mächtig. Das musste ich ihr lassen. Ihr Dunst breitete sich in mir aus und fühlte sich an wie ein kalter Eiszapfen. Ich hatte noch nie etwas Vergleichbares gespürt. Ich wollte sagen: „Lass mich los, Schlampe. Ich werde schon oft genug von Anderson aufgespießt.“ Aber außer einem jämmerlichen Ächzen konnte ich nichts von mir geben.

Die Klinge entfernte sich und sie wich von mir. „Heilige Scheiße.“

Ich lehnte mich gegen die Stäbe und sackte zusammen. Wenn sie mir sagen wollte, was sie gesehen hatte, würde sie das.

Sie keuchte schwer. „Ich weiß, wieso deine Mutter dir nicht gesagt hat, was du bist. Du warst noch nicht bereit.“ Sie seufzte. „Du bist noch immer nicht bereit. Aber wenn das hier vorbei ist, wirst du es sein.“

Da war es wieder. Jemand anderes schien so viel über mich zu wissen und doch wurde ich im Dunkeln gelassen. Andersons Zelle war nur eine Metapher für mein Leben. Wann würden die Lichter angehen? Was sollte dieses Versprechen von wegen ‚wenn das hier vorbei ist‘? Würde es wirklich eines Tages enden?

„Du hast einen Schlüssel zu dieser Zelle“, flüsterte sie. „Du kannst gehen, wann immer du willst.“

Ich erstarrte. Ja, ich hatte einen Schlüssel zu meiner Zelle. Ich versteckte ihn unter einem losen Stein in der hinteren Mauer. Einer der Polizeibeamten, der nicht so korrupt war, wie Anderson angenommen hatte, hatte ihn mir gegeben. Aber ich konnte nicht gehen. Nicht, bis ich die Vision meiner Mutter erfüllte. Ich musste es aushalten, bis die Frau zu mir kam.

Ich erwartete beinahe, dass Sarah zur Wand rennen und all meine Arbeit ungeschehen machen würde. Wenn sie den Schlüssel benutzte, um zu entkommen, würde Anderson es mitbekommen und ich würde keinen Fluchtplan mehr haben, wenn es an der Zeit war, zu gehen. Ich ging in die Hocke, war in Position, um sie aufzuhalten und zu tun, was immer ich tun musste. Ich hatte bereits mehr Folter ertragen als jeder lebendige Mann und ich würde nicht zulassen, dass eine Muse alles verdarb.

„Ich verstehe“, war alles, was Sarah sagte. Ich entspannte mich, aber ich misstraute ihr noch immer. Ich ließ meine Hände an den Gitterstäben entlanggleiten und bahnte mir meinen Weg zur Wand, lehnte mit gegen den losen Stein. Wenn sie versuchen würde, mich auszutricksen, würde sie erst meinen Körper wegschieben müssen. Aber sie startete keinen Versuch.

Stattdessen hörte ich, wie sie in die andere Ecke der Zelle ging und sich hinsetzte. Und dann fielen wir zu Davids langsamen Atemzügen in den Schlaf.

Kapitel Vierzehn

LECKER UND GEFÄHRLICH

Sonya

„Wie bitte?", fragte ich, etwas überrascht von seiner Bitte. Inkubus oder nicht, was für ein Mann bat jemanden darum, seine eigene Frau zu vögeln?

Er zog an meinem Ärmel und Zack ließ mich zögerlich los.

„Ach, schau mich nicht so mürrisch an, mein Freund. Ich werde Sonya nicht mitnehmen, ohne dir etwas im Gegenzug dazulassen." Derek klatschte zweimal in seine Hände.

Etwas regte sich am Ende des Korridors, wo ich Silvia zu sehen geglaubt hatte.

Drei Mädchen in Bikinis und grellpinken Kleidern kamen kichernd und gackernd von der Halle hergelaufen. „Derek!", quietschten die drei gleichzeitig.

Ich rollte mit meinen Augen. Ich hasste nichts mehr als hirnlose Sklavinnen.

Zacks Gesicht aber leuchtete auf. „Hey, Chicas!" Er breitete seine Arme aus, als erwartete er, dass die leicht bekleideten Mädchen sich an seine Brust werfen und ihre Brüste an ihn pressen würden.

Stattdessen gingen sie an Zack vorbei und schmissen sich auf

Derek, zogen an seinem bereits halb offenen Hemd, woraufhin sein Sixpack – das nicht aufzuhören schien – zum Vorschein kam.

Zack ließ seine Arme sinken und er zog eine Schnute.

Eine Rothaarige stand auf ihren Zehenspitzen und leckte Dereks Ohrläppchen.

„Was können wir für dich tun, Meister?"

Derek schob die Mädchen von sich, als wären sie eine Plage. „Ihr seid für Zack."

Sie zogen eine Grimasse und die Blondine, die Dereks Taille umschlungen hatte, rümpfte ihre Nase. „Aber wir wollen *dich*."

Zack seufzte. „Mann. Ich kann nicht mithalten, wenn du im selben Zimmer bist."

Derek lachte. „Sie werden artig sein, sobald ich gehe." Er schob die Mädchen von seiner Brust weg. „Okay, Ladies. Wartet hier und ich verspreche euch, dass ihr Zack viel attraktiver finden werdet, wenn ich weg bin." Derek zwinkerte mir zu und nahm meine Hand. „Ich habe heute Abend etwas anderes vor."

Ich schluckte trocken. Ich hatte noch nie zuvor einen Dreier gehabt. Nicht, dass ich von der Idee abgeneigt gewesen wäre – aber es war schlimm genug, eine Person zu töten. Ganz zu schweigen von zwei. Es versteht sich, dass ich niemals einen Inkubus-König und seine Frau zur Verfügung gehabt hatte, um so eine Möglichkeit wahrzunehmen.

Ich ließ Derek mich wegführen und die Mädchen warfen mir böse Blicke zu. Ihr Interesse schwand, als wir den Gang hinabgingen, und stattdessen inspizierten sie Zack mit immer lauter werdendem Kichern. Er winkte mir ermutigend zu und dann führte mich Derek um die Ecke.

„Ich nehme an, dass du so etwas noch nie zuvor gemacht hast", sagte Derek. Ich nickte und er drückte meine Hand. „Ich werde dich zu nichts zwingen, was du nicht tun willst. Darum habe ich dir eine Dosis von Silvias Blut gegeben." Er legte seinen Kopf schief, als ob er zugeben würde, dass das nur die halbe Wahrheit war. „Na ja, darum und weil du Silvia ansehen musst und nicht mich."

Ich blinzelte. „Silvias ... Blut?" Eine Welle der Übelkeit machte sich in meinem Magen bemerkbar. Ich hatte Maxine gesagt, dass ich kein Vampir war. Das war ich doch nicht, oder?

„Es ist nicht einfach, eine Dosis herzustellen. Aber ich werde dich nicht mit dem Herstellungsprozess langweilen." Er deutete auf eine Tür am Ende des langen Korridors, die mit Silber eingefasst war. „Das sind meine Schlafgemächer."

Ich blinzelte und ließ zögerlich von ihm ab. „Hör zu. Es tut mir leid, aber ich bin verwirrt." Ich legte meine Finger um das kalte Medaillon. „Ich muss das hier aufladen. Das Leben eines Unschuldigen steht auf dem Spiel, und das wegen mir. Ich kann, was immer du willst, später tun ... Aber bitte hilf mir zuerst, dieses Ding aufzuladen, damit ich meinen Fehler berichtigen kann."

Er kicherte und ließ einen Finger an meinem Kinn entlanggleiten. „Meine Liebe, du und deine Halskette können alle sexuelle Energie haben, die meine Frau zu bieten hat. Ich brauche sie nicht." Seine Finger wanderten an meinem Hals entlang und kreisten um das Medaillon über meinem Ausschnitt. „Meine Frau ist nicht sterblich. Ich weiß nicht genau, was sie ist, aber sie kann das hier mühelos aufladen." Er beugte sich runter, küsste das Medaillon und es erhitzte sich, wärmte meine Brust.

Trotz des Gegenmittels wurden meine Knie weich und ich konnte es mir nicht verkneifen, mir vorfreudig auf die Lippe zu beißen. Mein Blick ruhte auf seinen glatten Brustmuskeln.

Ich zwang mich, ihm in die Augen zu sehen, und er grinste. Wie konnte ein Grinsen so verdammt heiß sein?

Seine Haut glich einer Marmorskulptur, die in Seide eingehüllt war, und ich konnte es mir nicht verkneifen, meinen Finger über sein Schlüsselbein wandern zu lassen. Ich hatte niemals zuvor etwas so sehr gewollt und gleichzeitig wegrennen wollen.

Derek war eine exquisite Mischung: Lecker und gefährlich.

In was stürze ich mich hier verdammt nochmal rein?

„Ich weiß nicht, was ich erwarten soll", sagte ich.

„Komm mit mir mit. Dann kannst du es dir mit eigenen Augen ansehen."

Plötzlich war ich nervös und unsicher. Wollte ich sowas überhaupt tun?

„Wieso erzählst du mir nicht ein wenig mehr über deine Frau?" Ich lehnte mich an die Wand und verschränkte meine Arme. „Sie muss ganz schön besonders sein, wenn du ein riesiges Nacktgemälde von ihr im Wohnzimmer hängen hast, wo es jeder sehen kann."

Derek gluckste. „Sie ist alles andere als scheu." Er richtete sich auf, steckte seine Fingerspitzen in seinen Hosenbund. „Sie ist die Mutter meiner Kinder. Sie ist eine endlose Quelle der Liebe, des Lebens und sexueller Energie."

Ich legte meinen Kopf schief. Ein Gefühl der Hoffnung überkam mich. „Endlos? Sie verfällt nicht?"

„Nein. Ich habe in all meinen Jahren noch nie so etwas gesehen." Sein Blick wurde abwesend und meine Hoffnung schwand. Es war zu gut, um wahr zu sein. Ich würde weiterhin töten müssen, um zu überleben. Es sei denn, ich würde jemanden wie sie finden. Er hatte gesagt, dass sie den Blutstein aufladen konnte. Hieß das, dass ich mir an ihr laben konnte? Ich konnte nicht einfach eine Romanze mit der Frau des Inkubus-Königs anzetteln ... oder etwa doch?

Als würde er meine unangebrachten Gedanken lesen können, lehnte er sich grummelnd zu mir. „Lass uns eines klarstellen: Du bist nur hier, um zu tun, was du tun musst. Wenn die Nacht vorbei ist, gehört sie wieder mir."

Meine Knie wurden weich und ich schluckte den Kloß in meinem Hals runter. Ich wünschte, ich hätte mehr Whisky, um das Feuer in Dereks Augen zu ertragen. „Du bist ziemlich gut darin, Körpersprache zu deuten", sagte ich mit einem schwachen Lachen und hoffte, dass mir Komplimente ein paar Pluspunkte verschaffen würden. Sein Blick bohrte sich weiter in mich. „Wenn du so besitzergreifend bist, warum willst du dann, dass ich mit ihr schlafe? Ich verstehe es nicht."

Er seufzte und rieb sich seinen Nacken. Ich entspannte mich, hatte das Gefühl, dass er nicht mehr so angriffslustig war. „Sie ist irgendwie mehr ... an Frauen interessiert." Er wurde knallrot.

Ich blinzelte. „Was?"

Er sah mit langem Gesicht den Gang hinab zur Tür mit dem Silberrahmen. „Ich weiß, dass sie mich liebt. Und sie will Kinder, ganz wie ich. Was vermutlich der Grund ist, warum sie überhaupt bei mir bleibt." Sein Blick fiel auf die Halskette, die auf meinen Brüsten ruhte. „Aber sie kann nicht schwanger werden, wenn sie nicht erregt ist. Ich bin nicht sicher, warum oder wieso, aber so wurde ihr Körper nun mal geschaffen."

Mir entfuhr ein Lachen und ich legte eine Hand auf meinen Mund. „Tut mir leid", sagte ich entschuldigend und ernüchterte. „Du hast keine Wirkung auf sie?"

Er sah mich an, als wäre er es leid. „Das Gegenmittel ist aus ihrem Blut gemacht, schon vergessen? Und wenn sie im Herzen eine Lesbe ist, ist es kein Einfaches für mich, ihr Blut zum Brodeln zu bringen."

Ich summte. Ich mochte erst zweiundzwanzig Jahre alt sein, aber ich hatte noch nie von einer Kreatur gehört – ob sterblich oder übernatürlich –, die dem Inkubus-King widerstehen konnte.

„Also, wozu brauchst du mich?" Ich sah in den Gang, den wir hinuntergekommen waren. „Was ist mit diesen Sklavinnen?"

Sein Blick verfinsterte sich. „Glaubst du wirklich, dass ich mein Kind zeugen will, indem ich jemandem das Leben nehme? Nein, ich brauche einen Sukkubus. Und es sind nicht mehr viele deiner Art übrig – und auch nicht willens, das Risiko einzugehen."

Ich sah ihn erstaunt an. „Was für ein Risiko?"

Er winkte ab, als wäre meine Frage überflüssig. „Dein Medaillon wird dich davor beschützen."

Ich packte ihn am Kragen und hörte ein sanftes Reißen der Seide, als ihn zu mir zog und ihn zwang, mir in die Augen zu sehen. „Was für ein Risiko?"

Er lächelte und sein warmer Atem stieß mir ins Gesicht, als er kurz lachte. „Hast du jemals davon gehört, dass ein Sukkubus zu viel Kraft abgekriegt hat?"

Ich ließ seinen Kragen los. „Nein."

Er stemmte eine Hand gegen die Wand neben meinem Kopf und lehnte sich zu mir. Plötzlich wurde mir bewusst, wie nahe seine muskelbepackte Brust meiner war. „Ich habe es auf die harte Tour gelernt. Unser erster Versuch mit einem Sukkubus ... Sie ist wegen dem Überfluss an sexueller Energie verrückt geworden. Ich hatte so Angst gehabt, dass ich ihr nicht genug geben würde, dass ich ihr zu viel gegeben hatte und sie darin ertrunken ist. Ein bisschen ironisch, findest du nicht?"

Ich schluckte leer und wandte meinen Blick ab. Dann sah ich ihn wieder an, als ich begriff, was er eben gesagt hatte. „Was meinst du mit, *du* hast ihr zu viel gegeben? Es ist die sexuelle Energie deiner Frau – wie kannst du sie jemandem geben?“ Ich verlagerte mein Gewicht und versuchte Dereks warmen Atem zu ignorieren, der meinen Nacken kitzelte.

„Es ist eines, sexuelle Energie an Menschen weiterzugeben – aber etwas ganz anderes, sie einem Sukkubus zu geben. Ich muss es wissen. Von Zack zu trinken, ist in etwa so effektiv, wie drei Tropfen Wasser von einem Stein zu lecken. Ist das so ein Inkubus-König-Vorteil?“

Derek näherte sich mit einem ungeduldigen Grummeln und packte meinen flachen Bauch. Ich erstarrte, als seine Finger gnadenlos über meine Runen glitten. Sie erwachten unter seiner Berührung zum Leben, erhitzten sich, und er zuckte zusammen. Seine Hand wanderte an meinem Bauch herum, bis er zur Rune links außen an meiner Rippe kam, die auf seine Wärme zu reagieren schien.

Er versuchte, mein T-Shirt hochzuziehen, um sie sich genauer anzusehen, aber ich packte sein Handgelenk und sah ihn mit geweiteten Augen an. Er war einer der sieben – irgendwie. Wie Sarah. Ich spürte eine gleichartige Stärke und seine Verbundenheit zu meinem Schicksal. Aber er war keiner der *vier* – was auch immer zum Teufel das zu bedeuten hatte. Irgendetwas Dunkles verbarg sich darin. Ich musste herausfinden, warum er teil der Prophezeiung war. Ich musste wissen, warum mein Körper auf ihn reagierte. „Spürst du das?“, fragte ich zögerlich und gleichzeitig hoffnungsvoll.

Seine Finger streichelten mich weiter und er lehnte sich zu mir, bis sein Atem meine Haut kitzelte.

„Was ist das?“, fragte er neugierig.

„Du und ich ...“, gab ich keuchend von mir. „Uns verbindet ein Schicksal.“

Er lachte. Er lachte mich tatsächlich aus. Dann versenkte er seine Zähne in meinem Hals und ich verkniff mir ein lusterfülltes Stöhnen. „Ich glaube nicht ans Schicksal“, sagte er stöhnend.

Ich richtete mich auf, schubste ihn von mir und trat entschlossen auf die Schlafgemächer zu. „Okay. Lass uns die Sache angehen, was? Ich habe einen Menschen zu retten und du hast eine Ehefrau zu schwängern.“ Er mochte nicht ans Schicksal glauben, aber meine blöden Runen leuchteten nicht für jeden Dahergelaufenen auf.

Er warf mir ein verruchtes Lächeln zu und schien mit meiner Eifrigkeit zufrieden. „Irre ich mich oder bist du auch eher an Frauen interessiert?“

Ich schenkte ihm ein trockenes Lächeln und legte meine Finger um die Türklinke aus Silber. „Ich schätze, wir werden es herausfinden.“

Kapitel Fünfzehn

SILVIA

Sonya

Ich hatte das Gemälde in Dereks Foyer schon eindrücklich gefunden – aber Silvia in echt zu sehen, war wie ein 3D-Hologramm, dessen sexuelle Wirkung derjenigen von Steroiden gleichkam. Sie stand vom Bett auf und ihre makellose Haut war nur von einem knappen Nachthemd sowie Spitzenunterwäsche, die sich an ihre Brüste schmiegte, darunter bedeckt. Nur jemand mit einer perfekten Figur konnte so wenig Stoff tragen. Derek hatte gesagt, dass sie alles andere als scheu war – aber verdammt, ich war mir nicht mal sicher, ob ich so etwas tragen konnte.

Als sie herüberlief und ihr Schatten über den beigen Marmorboden huschte, fragte ich mich, ob sie jemals raus durfte. Der Mond formte einen Heiligenschein um ihren Kopf, was sie aussehen ließ wie Lilith – einen unsterblichen Sukkubus, von dem ich in Märchen gehört hatte. Wenn ich Silvia auf der Straße begegnet wäre, hätte ich gedacht, dass sie eine wiedergeborene Lilith wäre.

„Du musst Silvia sein." Ich streckte meine Hand aus. „Ich bin Sonya. Schön, dich kennenzulernen."

Ihre plumpen Lippen formten sich zu einem Lächeln. „Wie höflich du doch bist." Sie hatte einen mysteriösen Akzent, der mich dahinschmelzen ließ.

Sie wich meiner Hand aus und sauste an meine Brust, schlang ihre Arme um meinen Torso und presste ihre Lippen an meine Wange. Ich kicherte und legte meine Arme um ihren Körper, ließ meine Finger an den lockigen Strähnen ihres schwarzen Haars entlanggleiten, die bis an ihre Hüften fielen. Ihr Geruch hüllte mich ein und erinnerte mich an frische, geschälte Orangen und Orchideen.

Aber ich konnte das kalte Gefühl, das mein Herz einnahm, nicht ignorieren. Wie bei jeder anderen Frau auf diesem Planeten konnte ich ihre sexuelle Energie nicht spüren.

Ich wich zurück, fühlte mich nackt, obschon ich meine Kleider noch trug. Sie lächelte, ihre Wangen erröteten und ihre langen Wimpern über ihren smaragdgrünen Augen klimperten anzüglich.

„Wie gefällt sie dir, mein Schatz?", fragte Derek seine Frau lusterfüllt und hoffnungsvoll.

Silvia kicherte. Es war der schönste Klang, den ich je gehört hatte. „Sie ist perfekt."

Mein Daumen glitt aus Gewohnheit über den Ring an meinem kleinen Finger. Obwohl ihre Worte nett waren, so spürte ich keinen Funken Energie auf ihrer Haut. Sogar bei Sarah fühlte ich *etwas*. „Sie scheint mich nicht zu mögen."

Derek kicherte wissend, legte seine Arme um uns beide und zog mich an seine Brust ... und näher an Silvias Lippen.

„Ich versichere dir", sagte Derek, „du irrst dich."

Ich hatte sexuelle Energie noch nie als sichtbare Aura gesehen, aber mein Bauchgefühl sagte mir, dass Derek irgendetwas anstellte, das die Luft im Raum zu teilen schien. Seine rechte Hand glühte blau und er legte sie auf Silvias Schulter. Das Licht floss durch seine Adern, bis es auf der anderen Seite ankam ... und in mich drang.

Ich rang nach Atem, als ich die Lust von Silvia spürte. Silvia stöhnte und die sexuelle Energie brannte sich an der Stelle, wo Derek mich festhielt, durch meine Haut. Ich beugte mich zu ihr und presste meine Lippen auf ihre, genoss das Feuer ihrer Lust und ihre samtig weiche Haut. Jetzt verstand ich. Ich konnte mich niemals von einer Frau ernähren. Es war eine grausame Tatsache, die die Götter meiner

Spezies in ihrer Kreation eingesponnen hatten. Aber mit Derek als Leiter konnte ich die Regeln brechen.

Meine Haut und Knochen schienen der Leiter der sexuellen Energie zu sein, die dann in mein Medaillon vorpreschte und es füllte.

Meine Hände klammerten sich an die Spitze um ihren Bauch und zogen an dem Stoff. Das Korsett löste sich gerade genug, damit ich meine Hände zwischen ihre Schenkel gleiten lassen konnte. Noch immer in einem Kuss miteinander verbunden, grinste ich, als ich die feuchtwarme Begrüßung spürte.

Ein Beben durchfuhr Derek und er stolperte. Seine steife Erektion drückte sich an mein Bein und plötzlich war ich mir dem Umfang seiner Präsenz bewusst. Silvia war kein Sukkubus, aber ihre Verführungskraft war faszinierend. Dank Derek konnte ich sie am eigenen Leib spüren. Er hatte mir eine neue Welt eröffnet und meine Hände glitten zu seinem Schwanz, wollten ihm meine Dankbarkeit erweisen.

Derek gluckste und ließ von uns ab. Ohne Zugang zu Silvias Lust erkaltete mein Körper und ich schrie: „Nein, bitte. Nimm es nicht weg."

Derek schenkte Silvia ein warmes Lächeln. „Sie gehört ganz dir, mein Schatz."

Ihre Hände streichelten meine Brüste und wanderten am Saum meines T-Shirts entlang, zogen es mir aus. Ich gehorchte und wünschte mir nur, ihre Lust erneut spüren zu können. Sie hielt inne und sah sich meine Runen an. Ich bedeckte die Rune, die Derek aktiviert hatte, mit einer Hand. Ihre Hitze verbrannte mir beinahe die Hand, aber ich hielt sie bedeckt. Dann lächelte sie, schien besänftigt, dass es sich nur um Tätowierungen zu handeln schien. Dann zog sie meine Hosen nach unten. Jetzt, wo ich nackt war, zitterte ich in der kühlen Abendluft. Silvia führte mich zum Bett und Derek zog sich aus.

Sie legte sich auf ihren Rücken und zog mich über sich, sodass meine Runen von den Schatten unserer Körper verhüllt wurden. Während meine Zunge mit ihrer tanzte, spürte ich plötzlich eine Hitze hinter mir. Dereks Erektion lag zwischen meinen Pobacken und Silvia legte ihre Hände um meinen Hals. Nachdem Derek und Silvia ihre Hände ineinander verschränkten, entzündete sich bei jeglichem

Kontakt mit Derek ein Feuer in mir. Ich rang nach Luft und senkte meine Hüften, presste mich an Silvia. Ihr Stöhnen war berauschend.

Vorsichtig glitt Derek in mich, als wäre er besorgt, dass er die zerbrechliche Verbindung zwischen uns unterbrechen könnte. Ich führte meine Hüften zurück und er drang tiefer in mich ein. Ich rang erneut nach Luft, spürte Silvias Körper an meinen gedrückt und Derek, wie er mich ausfüllte. Wir bewegten uns alle zusammen, als wären wir eins. Meine Halskette brannte angesichts der rollenden Wellen von sexueller Lust, die durch meinen Körper wogten.

Das Schaukeln wurde ausgelassener und ich stand kurz vor meinem Höhepunkt, der drohte, mich vollends einzunehmen. Derek bewegte sich weiter, nahm meine Wellen hin und stieß gnadenlos in mich.

Silvia war drauf und dran, ihren Höhepunkt zu erreichen, was – wie ich durch unsere Verbindung wusste – eine Seltenheit war. Jeder Stoß brachte mich dazu, sie zu stimulieren. Und doch war es nicht nur die Berührung, sondern das Gefühl, eins miteinander zu sein. Es wurde von der Kraft meiner Rune an meiner Seite nur noch verstärkt. Sie erkannte Derek als Teil meines Schicksals – als einen der sieben – und eine Sünde, die mir helfen würde, der drohenden Dunkelheit zu entrinnen, die mich ein Leben lang schon verfolgt hatte.

Ihre Augen schlossen sich und Silvia biss sich auf ihre plumpe Unterlippe, bis sie die Lippen sanft stöhnend öffnete. Derek spürte es auch. Mit einer fließenden Bewegung glitt er aus mir und stieß in seine Frau. Ich wurde an ihre Brüste gedrückt und konnte das Niveau der sexuellen Energie, die durch Dereks Griff um meine Schulter erfolgte, kaum ertragen.

Als sie ihren Höhepunkt erreichte und schrie, entleerte er sich in ihr. Ich spürte die Explosion, als wäre ich es, die meinen Samen und meine Hoffnung auf einen Sprössling in ihr pflanzte. Ich fühlte ihren und seinen Wunsch, als wäre es mein eigener. Es würde ein Kind geboren werden. Zu wissen, was für eine Macht unsere Verbindung hatte, ließ Tränen in meinen Augen aufsteigen und ich ließ sie fließen, spürte die volle Wirkung ihrer Euphorie. Als ich mich beruhigt hatte, ließ ich mich auf Silvias keuchenden Körper sinken und Derek legte sich auf mich, ohne aus seiner Frau rauszugleiten. Ich wollte, dass dieser Moment für immer anhielt – genauso wie sie. Ich schaffte es, meine Augen zu öffnen, und sah nach unten. Silvias schweißbedeckte Brüste waren an meine gepresst und vom Glühen meines Blutsteins eingehüllt. Wir hatten es geschafft. Jetzt hatte ich genug Kraft, um David zu retten, meiner Prophezeiung ins Auge zu blicken und mein Leben zu führen, ohne von anderen zu trinken ... für den Moment, jedenfalls.

Kapitel Sechzehn

SARAHS AUFOPFERUNG

Luke

Davids ohrenbetäubender Schrei sandte ein Schaudern meinen Rücken hinab. Wo war sein Sukkubus jetzt? Kümmerte sie sich überhaupt darum, was er durchmachte, weil sie ihre Beine hatte spreizen müssen?

„Hör auf, dich zu bewegen", tadelte Anderson. „Freak, mach nicht so ein Theater."

Ich rollte mit meinen Augen und zog an den Gurten um meine Handgelenke. Ich lag flach auf dem guten alten Foltertisch. Eine Bahre, die man auch in einem Leichenschauhaus gesehen hätte. Es ließ mich einen Toten beneiden.

Anderson tätschelte mir auf die Schulter und seine Finger klebten an meiner Haut. Davids Blut fungierte wie Leim. Ich wich zurück, so sehr ich konnte, angesichts der Tatsache, dass ich an einer Bahre angekettet war.

„Hör auf!", kreischte Sarah. Sie war nicht auf eine Bahre gelegt worden wie ich und David. Anderson hatte sie an einen dieser kotzgrünen Sessel gefesselt. Angeblich, um ein Auge auf sie zu haben. Obwohl er es meiner Meinung nach einfach anregend fand, eine Zuschauerin zu haben.

Anderson wedelte mit dem Skalpell in ihre Richtung. „Er ist sowieso so gut wie tot. Es gibt keinen Grund, ihn dahinrotten zu lassen, wenn er der Welt so viel Gutes bringen könnte."

David ächzte. Jeglicher Verstand war gewichen, nachdem Anderson seine Brust aufgeschlitzt hatte. Er hätte mittlerweile das Bewusstsein verlieren müssen, aber er hatte Magie in seinen Adern, die den Schmerz betäubten. Ich konnte mir nicht vorstellen, wie sehr der Verfall ansonsten schmerzen würde. Ich hätte es geschätzt, dass der Sukkubus sein Opfer nicht leidend zurückgelassen hatte, wenn ich nicht so wütend darüber gewesen wäre, dass sie ihn überhaupt zu einem Opfer gemacht hatte.

Anderson holte den Rippenspreizer hervor. Da dieser Ort hier sowas wie eine Forschungsstätte für Biologie war, hatte er allerhand Werkzeuge zur Hand, um einen Körper zu öffnen. Er fummelte an der Kurbel herum, hielt sie ins Licht. Hatte er überhaupt eine Ahnung, wie man das Ding bediente?

„Du wirst ihn umbringen!", schrie Sarah und stieß gegen ihren Stuhl. Er fiel um und sie schrie.

Anderson lachte. „Nein. Es wird nicht *ich* sein, der ihn töten wird." Er drehte den Rippenspreizer herum und das Metall glänzte im künstlichen Licht. Ein boshaftes Grinsen zog auf seinem Gesicht auf, bevor er es an Davids offene Brust führte.

David rang angsterfüllt nach Luft und seine Finger zitterten, während er das Ding anstarrte. Ich wünschte mir, dass er endlich bewusstlos werden würde.

Andersons Gesichtsausdruck war eisern. Ich kannte diesen entschlossenen Blick. So sah er immer aus, wenn er mich verstümmelte. Meine übernatürlichen ‚Kräfte' erlaubten es mir auch nur selten, mein Bewusstsein zu verlieren.

Als ich das haarsträubende *Knacken* von Davids Rippen hörte, die auseinandergepresst wurden, wandte ich mein Gesicht ab und kotzte. Anderson konnte mir allerhand antun, aber ich würde mich erholen. Was er David antat, hinterließ permanente Spuren.

Sarah begann zu schluchzen und heiße Tränen brannten in meinen Augen. Ich kannte David nicht gut, aber er schien mir ein anständiger Kerl zu sein. So etwas verdiente er nicht. Als die Schreie verstummten, drehte ich mich um, um zu sehen, ob David tot war. Er hatte glücklicherweise sein Bewusstsein verloren und Andersons Hand war *in* Davids Brust vergraben. Aber das war nicht das Schlimmste.

Anderson leuchtete.

Zuerst dachte ich, dass es der Lichteinfall war. Aber seine Haut war in ein rotes Glühen getaucht und blaue Streifen rankten sich an seinen Adern hoch.

„Es funktioniert!", schrie Anderson.

Sobald die blaue Essenz bis in Andersons Schulter hochgestiegen war, zog er seine blutige Hand aus David. Der Verrückte hatte tatsächlich einen Fund gemacht. Die Quelle unserer Kräfte lag in unseren Herzen. Oder jedenfalls hatte sich der Fluch des Sukkubus an dieser Stelle in David eingenistet.

Er grinste und richtete seinen verrückten Blick auf mich. „Zeit für den echten Test."

Als er seine Hand machtgierig nach mir ausstreckte, schlug ihm Sarah von hinten auf den Kopf. Anderson schrie schmerzerfüllt auf. „Schlampe!"

Sarahs Handgelenke bluteten – das Resultat davon, dass sie sich von den Kabelbindern befreit hatte.

Sie ballte ihre Hände zu Fäusten und war kampfbereit. „Wenn du glaubst, dass ich dich Lukes Kräfte stehlen lasse, bist du schief gewickelt."

Anderson lachte. „Ach, er hat dir seinen Namen verraten, was? Redet ihr beide miteinander? Steht ihr euch nahe?"

Sarah verpasste ihm ächzend einen beeindruckenden rechten Haken und Anderson sprang aus dem Weg. Die Luft schimmerte, während sie sich ihrer Kräfte bediente.

Er lachte. „Deine Kräfte haben keine Wirkung auf mich."

Aber ihre Kräfte waren nicht auf Anderson ausgerichtet. Ich spürte, wie eine Kraft in meine Arme floss. Genug Kraft, um mich von meinen Fesseln zu befreien. Ich hätte nie gedacht, dass eine Muse zu so etwas fähig wäre.

Ich sprang von der Bahre und stampfte auf Anderson zu. Er drehte sich um und suchte in seiner Jackentasche nach dem Betäubungsgewehr, aber ich schmiss mich auf ihn und begann, ihm ins Gesicht zu schlagen. Blinde Wut ergriff mich. Die Vision meiner Mutter oder die Welt zu retten, war mir egal. Es war mir egal, ob ich überleben oder sterben würde. Alles, was ich tun wollte, war, diesem Kerl die Seele aus dem Leib zu prügeln.

Dann stieß Anderson eine kalte Eisenstange in meine Brust. Sie bohrte sich direkt durch mich hindurch und hätte beinahe mein Herz getroffen. Ich krümmte mich und kotzte Blut. Dann erfasste mich eine Kälte. Nicht wegen des Blutverlustes, sondern wegen Andersons gestohlener Magie, die mir unter die Haut ging und nach Kräften suchte, die sie auslöschen konnte.

Sarah griff ein und schubste mich von ihm. Die Eisenstange rutschte aus meiner Brust und ich rang nach Luft. Durch wässrige Augen sah ich entsetzt dabei zu, wie Anderson einen Dolch zückte und ihn in Sarahs Brust rammte. Anderson lächelte, als ihre eisblauen Augen erloschen und grau wurden. Sie schloss ihre Augen und ich wusste, dass er ihre Kräfte gestohlen hatte statt meine.

Anderson grinste und sah in meine Richtung. „Leg dich zurück auf den Tisch.“ Der Befehl nahm mich vollends ein. Und bevor ich wusste, wie mir geschah, tat ich, was er mir gesagt hatte.

Kapitel Siebzehn

EIN ESEL SCHIMPFT DEN ANDEREN LANGOHR

Sonya

Als ich im breiten Doppelbett, eingehüllt in kastanienbraunen Samtlaken, aufwachte, ergriff mich ein panisches Gefühl. So hatte ich mir meinen Tod vorgestellt. Ich erstarrte, war mir sicher, dass die warme Flüssigkeit an meinen Lippen mein eigenes Blut war. Ich lag in meinem eigenen Schweiß und alles fühlte sich heiß und feucht an. Mit einem Gefühl der Angst führte ich meine Hand an meinen Bauch, suchte nach dem Griff eines Messers, das mir von einem rachsüchtigen Liebhaber in den Bauch gerammt wurde. Stattdessen war es Silvias warme Hand, die sich um meine Taille und über die Rune schlang, die sich rosa verfärbt hatte. Was auch immer mir Derek gegeben hatte – meine Runen waren zufrieden.

Mit einem erleichterten Seufzen wischte ich mir meinen Speichel vom Mund und löste mich aus Silvias Umarmung, war überrascht, wie schwer ihre Hand war. Bis ich bemerkte, dass Dereks Arm über ihrem lag. Beide regten sich, lächelten mit halbgeschlossenen Augen, und ich krabbelte aus dem Bett.

Silvia, die sich mit ihren langen, wunderschönen Locken über das Kissen räkelte, war die schönste Kreatur, die mir je untergekommen war. Ihre Brüste ragten heraus, hochgepresst von einem Korsett, das aus Dereks Gewicht bestand. Die guten Stellen waren von seinem muskulösen Arm bedeckt. Sie war in der mystischen Aura des Blutsteins hübsch gewesen, aber ich wollte wissen, ob sie auch im barschen Licht am Morgen danach noch so perfekt aussah.

Derek schloss seine Augen und kuschelte sich mit einem zufriedenen Lächeln an seine Frau. Sein Arm rutschte von ihren Brüsten weg. Mein Herz machte einen Satz und ich biss mir auf die Lippe. Jepp. Sie war definitiv perfekt.

Silvia machte es nichts aus, dass ich sie beäugte. Sie schien meinen verweilenden Blick auf ihrem Körper zu genießen. Als ich ihr in die Augen sah, konnte ich nicht wegsehen. Ihre Augen waren so grau, dass sie silbern schienen, und sie sah kaum menschlich aus. Ihre Wangenknochen waren einfach etwas zu hoch. Sie wandte ihre wunderschönen Augen nicht von mir ab und ihre Lippen formten ein stummes ‚Danke'.

Ich errötete. Warum dankte sie mir? Aber als sie ihre Hand über ihren Bauch legte und sie dort verweilen ließ, verstand ich. Letzte Nacht war ich von ihrem Wunsch nach einem Kind überwältigt gewesen. Aber mit einer solchen Abstammung, was für eine Spezies würde es werden? Vor allem, wenn es ein Mädchen würde?

Silvia sah einen kurzen Augenblick auf mein Medaillon und auf ihrem Gesicht zog ein Ausdruck auf, den ich nicht entziffern konnte. Dann lehnte sie sich zum Nachttisch, zog die Schublade auf. Sie strahlte mich an und bedeutete mir, hinzugehen, bevor sie sich wieder zurücklegte. Sie legte den Arm ihres Ehemanns um ihren Körper, unter ihre Rippen – formte damit eine Decke für das Kind –, und schloss ihre Augen.

Jetzt, wo Silvias magnetisierender Blick mich nicht mehr einnahm und ich wieder voller Neugier steckte, spähte ich in die offene Schublade. Ein simples violettes Säckchen mit Kordel darum war das Einzige, was darin lag, und als ich es öffnete, erblickte ich eine einzelne weiße Pille darin.

Es war eine der Pillen aus Silvias Blut. Ein Mittel, das mich resistent machte, und aus irgendeinem Grund ... wollte sie, dass ich sie behielt.

Ich legte meine Finger um das Geschenk und warf dem schlafenden Paar einen letzten Blick zu. Die letzte Nacht war für beide erschöpfend gewesen. Und ich war die Einzige, die noch Energie hatte. Und verdammt, ich hatte so viel Energie! Meine Gliedmaßen prickelten und ich hätte am liebsten hundert Hampelmänner gemacht und wäre dann zwanzig Meilen gerannt. Und das kam nicht nur von der Unmenge an Energie, die mir eingeflößt worden war, sondern auch von der Einsicht, im Wissen aufgewacht zu sein, dass die Person neben mir nicht sterben müsste.

Ich widerstand dem Drang, wie ein erfreutes Kind in die Hände zu klatschen, das gelernt hatte, keine kleinen Tiere zu töten. Ich atmete tief ein und sah mich im luxuriösen Schlafzimmer um. Das Licht der Morgendämmerung erleuchtete eine Unmenge an Kristall, die das Sonnenlicht gierig aufsogen, nur um sie dann in weißem Licht wieder auszuspucken. Die Decke war voller Kristall, als befänden wir uns in einer Höhle voller Stalaktiten, an denen nichts als Diamanten und Juwelen wuchsen. Sogar die Wände glänzten und mir wurde von der Reichhaltigkeit schwindlig. Wer bitte hatte so viel Geld, um sein ganzes Zimmer auszuschmücken?

Vermutlich der Inkubus-König und seine sich an Sukkuben labenden Frau.

Ich erblickte meine Jeans über eine Eichenholzkommode gelegt, nahm sie in die Hand und verzog das Gesicht, als ich die getrockneten Blutflecken darauf erblickte. Ich musste nach Hause und mir ein paar andere Sachen anziehen. Hatte ich genug Waschmittel, um die einen Tag alten Blutflecken rauszukriegen?

Als ich an Wäschewaschen und meine Wohnung und normale Dinge dachte, holte mich die Realität ein. Sarah war da draußen ... und David konnte gerettet werden.

Meine Hand legte sich an mein Medaillon. Es war sengend heiß. Die Haut darum hatte sich daran gewöhnt, aber meine Fingerspitzen waren kalt und feuchtnass davon, dass sie über der Decke – unter der die Wärme von gestern Nacht verweilte – gelegen hatten. Ich warf das Medaillon von der einen Hand in die andere, bis meine Hände sich erwärmt hatten, und öffnete es dann.

Der Blutstein schimmerte, als wäre er ein Rubin, der in Flammen stand. Die Energie im Stein brodelte wie ein Whirlpool. Ich hatte einen Blutstein noch nie so aktiv gesehen.

Ich schloss das Medaillon und der Moment des Staunens verging. Übelkeit setzte ein, als ich daran dachte, was Derek mir letzte Nacht von einem Sukkubus erzählt hatte, der wegen Übersättigung gestorben war. Was wäre mit mir geschehen, wenn ich keinen leeren Blutstein zu meinem Schutz gehabt hätte? Hatte Derek Angst um sein eigenes Leben gehabt? War das der Grund gewesen, warum er sich nicht zurückgehalten und mir alle Kraft von Silvia gegeben hatte?

Fragen für einen anderen Tag. Ich hatte einen Mann zu retten und musste die Dinge mit Sarah wieder hinbiegen.

Ich zog meine Kleider vom vorherigen Tag an, schlüpfte in meine Schuhe und huschte aus dem Zimmer.

Als ich in meinen Absatzschuhen den leeren Gang hinabklackerte, fiel mir ein, dass ich nicht wirklich wusste, wo David sein würde. Natürlich wäre er in den Händen von Detective Anderson. Aber wo versteckte sich diese Plage?

Er wäre bestimmt nicht mehr in seinem alten, heruntergekommenen Büro. Ich hatte Zack mehr als nur einmal Kleinholz daraus machen lassen.

Ich bog um die Ecke und erblickte Zack, der nichts als seine Jeans trug. Er saß am Rand eines riesigen Ledersessels und wusste den teuren Komfort nicht einen Augenblick lang zu schätzen. Er stützte seinen Kopf mit der Hand ab und sah auf sein Handy. Er wippte auf seine Fersen und zurück auf seine Zehen, lenkte seinen Blick keine Sekunde vom Bildschirm ab.

„Solltest du nicht im Bett mit ein paar Sklavinnen sein oder so?“, fragte ich und biss mir auf die Wange.

Er sah mich an. „Über Tote spricht man nicht.“

Mir stockte der Atem. „Was?“

Er zuckte mit den Schultern und sah auf sein Handy. „Was soll ich sagen ... Ich war hungrig.“

Ich verspürte Zack gegenüber eine gewisse Zuneigung. Aber es waren Momente wie dieser, in denen ich daran erinnert wurde, wie sehr er unserer Spezies entsprach. Er sah Menschen als Nahrung.

Nichts mehr. Nichts weniger. Ich würde jemanden, der so dachte, nie aufrichtig lieben können.

Wie immer versuchte ich meine Gefühle mit Humor zu kaschieren. „Neben einer Leiche aufzuwachen, ist das Abtörnendste, das ich mir vorstellen kann. Ganz zu schweigen von drei."

Er funkelte mich an. „Du musst gerade reden." Er warf mir sein Handy zu.

Blinzelnd fing ich es ab und sah auf den Bildschirm.

Eine Nachricht von Sarah. Mein Herz wurde leicht, bis ich las, was darinstand.

Ich habe meinen Beweis. Und eine sonderbare Freundin.

Die Schwarze Witwe hat vierundzwanzig Stunden Zeit, um sich freiwillig zu ergeben – ansonsten ist die Freundin als Nächstes dran.

- *Detective A.*

Zwei Bilder waren angehängt und ich tippte auf den Bildschirm. Mein Herz schlug mir bis zum Hals.

Das erste Bild zeigte Sarah aus nächster Nähe. Sie war geknebelt, hatte ein blaues Auge und jede Menge Blut auf ihrer Brust verteilt. Sie hielt eine Notiz in der Hand, auf der stand ‚4112 Lance Street. Komm innerhalb von vierundzwanzig Stunden her oder ich sterbe.'

Das zweite Bild wurde heruntergeladen und mein Finger zitterte, als ich herunterscrollte, um zu sehen, was als Nächstes kam.

Gallensaft stieg in meinem Rachen auf, als ich sah, dass David vollumfänglich verfallen war. Seine käsige graue Haut an seinen Wangen war gestrafft und seine trüben Augen starrten mich an. In ihnen lagen Verurteilung und Angst.

David war tot.

Das Handy fiel zu Boden und Tränen stiegen mir in die Augen. „D-David. Wie kann er tot sein?“

Zack sah mich nicht an. Wut stieg in meine Brust und ich stampfte auf ihn zu, wedelte mit meiner Faust vor seinem Gesicht herum. „Sitz nicht einfach nur da und verurteile mich. Du hast gerade drei unschuldige Mädchen getötet. *Drei*!“

„Sklavinnen suchen sich ihr Schicksal aus. David hat das nicht.“

Es stimmte. Eine Handvoll Menschen wussten, was wir waren und was mit ihnen passieren würde, wenn sie mit einem von uns schliefen. Es war eine wahre Sekte, bestehend aus einem endlosen Vorrat an Männern und Frauen, die es für eine Ehre hielten, ihre Lebenskraft einem übernatürlichen Wesen zu geben. Sie redeten sich ein, dass sie als Sukkubus oder Inkubus wiedergeboren würden, aber so funktionierte der Fluch nicht. Es gab keine Wiedergeburt. Es gab nur den Tod.

Zack besaß die Frechheit, mit seinen Augen zu rollen, bevor er aufstand. Meine Faust verselbstständigte sich und landete in seinem Gesicht. Zack hätte ausweichen können, tat er aber nicht. Meine Knöchel trafen auf seinen Wangenknochen und eine Schockwelle erschütterte die Luft. Ich spürte Druck auf meinen Ohren und die Haare auf meinen Armen versengten angesichts der Hitze.

Wie dumm konnte ich sein? Ich hatte den Blutstein gerade bis zum Rand gefüllt. Mein Medaillon und mein Körper hatten mehr sexuelle Energie, als ich jemals in meinem Leben gehabt hatte. Und Zack hatte gerade drei Sklavinnen verschlungen. Wir konnten einander nicht verletzen.

Ich atmete tief ein und schüttelte meine Faust, als würde sie schmerzen – aber sie fühlte sich nur heiß an. Der Abdruck zweier meiner Knöchel tauchte kurz auf seiner Wange auf und verblasste dann. Zack sah mich mit geballten Fäusten und einer zurückgezogenen Lippe an. Sonst lachte er immer. Ich war es mir nicht gewohnt, ihn so zu sehen. Ich erstarrte, wartete darauf, dass er zurückschlagen würde. Stattdessen lockerte er seine Schultern und wartete, bis sich meine Atmung beruhigt hatte. Dann flüsterte er: „Sonya. Wie viel Zeit hattest du noch übrig, als du mit David geschlafen hast?“

„Was?“

Er sah auf meine Uhr. „Du berechnest deine Hungerphasen immer auf die Millisekunde. Wie knapp warst du dran?“

Ich schluckte trocken. Warum spielte das eine Rolle?

Seine Augen weiteten sich. „Wie knapp?“

„Sekunden“, schnaubte ich.

Er schnalzte mit der Zunge und sah weg. „Was zum Teufel, Sonya.“

„Das hätte keine Rolle spielen sollen. Ich war nicht einmal eine halbe Stunde mit ihm zusammen. Das war auf keinen Fall genug, um ihn zu töten – egal, wie hungrig ich war. Er sollte Monate überhaben.“

Ich ließ meine Finger durch mein verknotetes Haar gleiten und seufzte frustriert. „Wie kann er tot sein?“

Zacks Hand verblieb auf meinem Arm und ich schüttelte ihn ab. Ich wollte jetzt von niemandem berührt werden. Ich hätte David nicht allein mit diesem Verrückten lassen sollen. Während ich unglaublichen, übernatürlichen Sex gehabt hatte, ... war David ...

„Detective Anderson muss etwas getan haben“, stieß Zack hervor.

Ich sah in seine Augen und verweilte dort, suchte nach einem Funken Hoffnung, dass es nicht allein meine Schuld war.

Seine Hand schwebte über meinem Arm, dann aber zog er seine Hand zurück und ballte sie zu einer Faust. „Wenn er Sarah hat, liegen wir komplett falsch mit unserer Annahme. Deine Kräfte sind nicht schuld.“

Ich schluckte trocken. Sarah war noch immer in Gefahr. Aber sie war eine Muse. Sie sollte in der Lage sein, sich zu verteidigen. Meine Gedanken flogen zurück zum Bild von ihr mit einem blauen Auge und diesem blutigen Fleck an ihrer Brust. Es schien surreal.

„Hör zu“, sagte Zack und unterbrach meine Gedanken. „Es geht hier um mehr als Sarah. Wenn dieser Detective etwas in der Hand hat, um mit unseren Kräften zu spielen, müssen wir herausfinden, was es ist. Das gefährdet unsere gesamte Spezies. Verstehst du, was das bedeutet?“

Ich hatte noch nie davon gehört, dass jemand einen Weg gefunden hatte, um unsere Kräfte zu kontrollieren. Aber die wenigen Male, die ich diesem verdammten Detective begegnet war, war er immun gegen meine Berührung gewesen. Ich hatte bisher einfach angenommen, dass etwas mit mir nicht stimmte ...

Ich sah zu Boden. Das Handy lag noch immer da wie ein totes Tier auf der Straße. Die Gemälde an der Wand spiegelten sich im schwarzen Bildschirm. Silvias hing direkt vor uns und ich hatte nicht einmal bemerkt, dass die Schockwelle es mit glühender Asche besudelt hatte. *Derek wird mich umbringen …*

Zacks Hände legten sich um meine Schultern und ich schloss meine Augen.

„Krieg dich wieder ein. Du hast einen *Blutstein*. Wir können Sarah retten und diesen blöden Sterblichen aufhalten."

Ich befreite mich aus seinem Griff und stöhnte qualvoll. „*Wir*? Es gibt hier kein wir. Du gibst einen feuchten Dreck auf Sterbliche – und vermutlich auch auf Musen. Ich werde Sarah retten und ich werde es allein tun." Ich wirbelte herum und stampfte auf die massiven Doppeltüren zu. Ich legte meine beiden Hände ans Eichenholz und meine Wut drang durch meine Haut, hinterließ Brandmale auf dem Holz.

„Sonya." Zacks Stimme war kaum mehr als ein Flüstern.

„Was?", sagte ich genervt.

Ich spürte Zacks Wärme an meinem Rücken, aber er rührte mich nicht an. „Sei vorsichtig."

Ich würde nichts darauf erwidern. Wenn ich kein Sukkubus gewesen wäre, hätte er sich nicht dafür interessiert, was mit mir geschehen würde. Seine Liebe war bedeutungslos und *falsch*. Ich verdiente etwas Besseres als das.

Wut brodelte in meiner Brust, ließ mein Medaillon brennend heiß werden und sandte kleine Blitze durch meine Fingerspitzen. Die Tür bekam Risse und das Holz verfärbte sich schwarz, bevor es unter meiner Krafteinwirkung nachgab. Sonnenlicht strömte hinein, viel zu heiter für meine Stimmung. Ich grummelte und lief dann nach draußen, um mich auf zur 4112 Lance Street zu machen.

Kapitel Achtzehn

GEBROCHENE HERZEN

Luke

Ich konnte meine eigenen Schreie hören. Sarah schluchzte irgendwo im Hintergrund. Und doch war es, als ob sie direkt vor mir stünde.

Anderson balancierte das Skalpell in seinen Händen und schlitzte mich dann auf, steckte seine Finger in meine Brust. Der Schmerz strömte durch meinen ganzen Körper und brannte wie Feuer. Dann spürte ich, wovon ich hoffte, dass es nur Einbildung war. Anderson hatte Sarahs Kräfte. Sie hatten sich verändert und waren nicht mehr so mächtig, aber ich konnte ihre Magie noch spüren. Die magische Kraft flüsterte mir zu, drängte mich, meine Kraft an Anderson zu übergeben. Auch wenn ich wollte, hätte ich ihm nicht gehorchen können. Meine Kräfte konnten nicht an jemanden abgegeben werden. Sie waren ein fester Bestandteil von mir.

Anderson seufzte. „Verdammt!"

Ich rang nach Luft, als er seine Hand aus mir nahm und Blut an meinen Rippen hinabfloss.

Durch meine trübe Sicht konnte ich Anderson mit dem blutigen Skalpell in Sarahs Richtung wedeln sehen. „Ich hatte nur genug, um die

Kraft eines übersinnlichen Wesens aufzunehmen! Ich wollte nicht deine. Sie ist nutzlos!“

Sarah spuckte.

Anderson lachte boshaft und drehte sich wieder zu mir um. „Komm schon, Freak. Gib mir deine Kräfte.“

Ich hätte alles getan, damit der Schmerz aufhörte. Ich brabbelte wirres Zeug und Anderson versuchte gar nicht erst, mich zu verstehen. Er ging direkt dazu über, Teile meines Körpers zu entfernen und ihn damit zu zwingen, sich zu regenerieren. Ich zuckte zusammen und der Tropf, der in meiner Ader steckte, zog an meinem Handgelenk. Die kalte Flüssigkeit floss in meinen Körper, pumpte Blut hinein, von welchem ich Unmengen verlor.

Anderson gab mir eine kurze Pause, tauschte den Blutbeutel aus und schmiss ihn auf einen Stapel auf dem Boden. Dieser verdammte Kerl ließ mich einfach nicht sterben. Er würde diese Regeneration für immer aufrechterhalten.

Er führte seine Arbeit fort, schnitt mein Ohr ab und hielt seine Hand über das Fleisch, während es heilte. Magie kitzelte in meinen sich formenden Adern und steuerte sein eigenes Brennen zu meinem Überfluss an Schmerz bei. Trotzdem heilte ich immer wieder, was bedeutete, dass Anderson sich seinem Ziel, meine Kräfte zu absorbieren, kein Stück näherte.

Anderson schmiss das Skalpell auf den Boden. „Es muss einen Weg geben!“

Er stampfte mit seinem Fuß auf wie ein Kind, das einen Wutanfall hatte. „Ich muss in der Lage sein, die Kraft nachzuahmen! Ich kann nicht riskieren, dass diese Schlampe mich überwältigt. Nur ein Ausrutscher und ich bin geliefert.“ Zum ersten Mal zögerte er. Verzweiflung stieg in seine glasigen Augen und alle Farbe wich aus seinem Gesicht. Er trat zum Tisch mit den Instrumenten und zückte den Rippenspreizer erneut, an dem noch immer Davids Blut klebte.

Ich wehrte mich gegen meine Fesseln. Aber ich war so schwach und mir war so kalt. Anderson hatte mir meine Klamotten ausgezogen, nur damit er jeden Teil meines Körpers aufschneiden konnte. Die schmalen Schlitze hatten sich bereits geschlossen. Die große Wunde an meiner Brust verheilte angestrengt, war aber noch offen. Anderson stieß den Rippenspreizer hinein, bevor sie sich schließen konnte.

Er betätigte die Kurbel einmal und ein Knacken ging durch meine Brust. Ich schrie, aber mein Schreien konnte das Gefühl kaum beschreiben. Ich war noch nie zuvor in meinem Leben so schockiert gewesen. Er riss mich wortwörtlich auseinander.

Ein weiteres Kurbeln brachte mich dazu, unaufhörlich zu schreien, dass es aufhören sollte. Dass die süße Dunkelheit des Todes sich endlich über mich legen sollte.

Ich wünschte, ich wäre bewusstlos geworden – aber mein Körper schien zu wollen, dass ich Zeuge davon wurde, was für schockierende Ereignisse gleich folgen würden. Ich wollte nicht wissen, warum Anderson meine Brust aufreißen musste. Er hatte mir so viele Organe entfernt, aber es war immer eine Niere oder Teile meiner Leber gewesen. Nie etwas, ohne das ich nicht hätte leben können.

Jetzt aber verlor Anderson komplett den Verstand. Er steckte seine Hand in meine Brust und das Brennen wanderte an meine linke Seite. Sein Griff verfestigte sich und ich nahm einen Atemzug.

Nein. Soweit würde er nicht gehen.

Mein Herz pochte im Griff von Andersons Hand. Er beugte sich über mich, drückte zu und ein Zittern erfasste meinen Körper. „Vergib mir“, flüsterte er.

Meine Zunge rollte aus meinem Mund, als ich zu sprechen versuchte. Ich konnte nicht. Die Musen-Wirkung war zu stark und der Schmerz wanderte wie Blitze hoch und runter in meinen Gliedmaßen.

Anderson schloss seine Augen und riss mein schlagendes Herz aus meiner Brust.

Kapitel Neunzehn

SUKKUBUS AUF STEROIDEN

Sonya

Nie zuvor hatte ich mich so mächtig gefühlt und gleichzeitig stand ich kurz davor, die Kontrolle zu verlieren.

Gefühle übermannten meine Sinne und zuerst dachte ich, dass es Angst war. Das Bild von Davids bleichem Körper ging mir nicht aus dem Kopf und ich schüttelte mich, hatte Probleme damit, zu atmen. Als ich die Tränen zuließ, realisierte ich, dass es nicht Angst war, die mir die Kehle zuschnürte – sondern die Tatsache, dass ich gescheitert war.

Mit einem frustrierten Seufzen zog ich meine Absatzschuhe aus und schmiss sie auf die Straße. Lass sie doch zerstört werden, die abgetragenen Dinger. Meine nackten Füße schmerzten nicht, als ich die zerlöcherte Straße hinabrannte. Ich zog mein Handy aus meiner Jackentasche und machte eine scharfe Linkskurve, um der dicken grünen Linie zu folgen. Mir entging nicht, dass mein Männchen jetzt zu einem Fahrrad geworden war. Blödes Google. Hat keine ‚Sukkubus auf Steroiden'-Einstellung.

Anderson würde es bereuen, sich mit mir angelegt zu haben. Mir war egal, ob er etwas hatte, das meine Kräfte blockieren würde. Meine

Faust konnte er nicht stoppen. Auch wenn er nicht menschlich war, würde er sich von einem eingedroschenen Schädel nicht erholen.

Nachdem ich fünfzehn Minuten gejoggt war, atmete ich noch immer langsam und problemlos. Mein Herz kämpfte gegen meine brennenden Gefühle an und pochte ebenso. Die Kraft brodelte in meinem Medaillon und floss direkt in meine Seele, schenkte mir endlose Energie. Egal, wie traurig ich war, mein Körper wollte so tun, als ob ich am Strand sitzen und mich sonnen würde.

Je schneller ich rannte, desto mehr Aufmerksamkeit zog ich auf mich. Autos verlangsamten. Fremde, die die Straße hinabliefen, hielten erstaunt an und starrten. Männer voller Lust und Frauen bewundernd. Glühte ich? Vielleicht. Aber das spielte keine Rolle. Ich hatte David im Stich gelassen. Die ganze Zeit über hatte ich die Hoffnung gehabt, dass ich ihn mit einem aufgeladenen Blutstein retten könnte. Meine Mutter hatte mir von seinen heilenden Kräften erzählt. Obwohl sie nie genau gesagt hatte, ob diese Kräfte jemand anderem zuteilwerden konnten. Es war eine kleine Hoffnung, an die ich mich geklammert hatte, um zu entschuldigen, was ich David angetan hatte. Meine Selbstsucht war beinahe lähmend. Wieso war ich nicht einfach gestorben?

Tränen kullerten meine Wangen hinab und ein heiseres Schluchzen stieß aus meinem Rachen. Meine Beine bewegten sich und ich zwang mich in einen Sprint, während mein Gesicht sich vor Schmerz verzerrte und ich mit den Zähnen knirschte.

Wieso war ich so geboren worden? Ich hätte nicht auf diesem Planeten sein und Männer mit meinen giftigen Küssen quälen sollen. Sarah eine untreue Freundin sein, wo sie doch nur das Beste verdiente. Aber für das war es jetzt zu spät. Meine Mutter hatte mich nicht ertränkt, als ich geboren wurde – wie ich es an ihrer Stelle getan hätte. Stattdessen hatte sie mich im Wissen darüber, was ich war, großgezogen. Wie herzlos von ihr, dass sie mir den Unterschied von Gut und Böse erklärt hatte, wo ich doch dazu verdammt war, zu sündigen.

Ein altes Medizingebäude tauchte vor mir auf, als ich um die letzte Ecke gerannt war. Ich lachte schnaubend. Natürlich. Auf dem Schild stand:

Seattle Forschungscenter für Biologie

Ich hätte es wissen müssen. Man munkelte in Seattle, dass das unheimliche, heimgesuchte Forschungscenter alles andere als geschlossen war. Es hieß, es akzeptierte immer noch Kadaver und Patienten für Experimente. Und war der perfekte Ort für Andersons Versteck. Ich war mehr als nur einmal dazu angestachelt worden, bei Nacht ins mehrheitlich verlassene Gebäude zu gehen. Obschon diese Mutprobe immer von einem betörenden Fremden gekommen war, der mich gegen eine dunkle Wand pressen wollte. Sie hatten keine Ahnung, was für einen Gefallen ich ihnen getan hatte, indem ich nicht eingelenkt hatte.

Ich atmete tief ein und ging auf das Gebäude zu. Dieses Mal nicht aus Jux, sondern um jemanden zu retten. Und als ob sie mich ermutigen wollte, erwärmte sich meine Halskette – als würde sie mein Bedürfnis spüren und meinem Körper Energie zuhalten. Jetzt glühte ich zweifellos. Meine Haut brannte und leuchtete rot, spiegelte sich an den Lampenpfosten wie kleine Funken.

Vier makellose Kameras starrten mit toten, geierhaften Augen auf den verlassenen Parkplatz. Ich reckte meine Schultern und nahm drei weitere Schritte auf das Gebäude zu. Die Kameras richteten sich auf mein Gesicht und ich streckte meinen Mittelfinger in die Luft.

„Fick dich, Detective!“, ächzte ich. „Ich komme, um dich zu holen!“

Kapitel Zwanzig

SIE IST DA

Luke

Ich war am Leben. Was zwei Dinge zu bedeuten hatte: Anderson hatte mir meine Kräfte nicht stehlen können. Nicht einmal, als er sie dazu gezwungen hatte, auf Hochtouren zu laufen. Und zudem: Ich konnte sogar mein eigenes Herz regenerieren. Heilige Scheiße.

Ich krabbelte in der Dunkelheit auf ein schwach leuchtendes rotes Licht zu. Anderson befand sich im Kontrollraum. Das bedeutete, dass er jemanden erwartete.

„Luke? Bist du das?", flüsterte Sarah.

Ich krabbelte zu den Gitterstäben und sah sie an, ließ meine Augen sich an das schwache Licht gewöhnen. Eine üble Wunde zog sich über ihre Wange und sie war an einem Stuhl festgebunden. Ein merkwürdiges Zischen war zu hören, wann immer sie einen Atemzug nahm. Es ging ihr nicht gut.

Ihr Gesichtsausdruck wurde sanfter, als sie mich sah. „Du bist wirklich einer von ihnen." Ihrer Stimme wohnte Bewunderung und Ehrfurcht inne.

Einer von was? Was zum Teufel hatte das zu bedeuten?

Sarah lächelte. Es war ein freundliches Lächeln. Eines, das mir sagte, dass alles wieder gut werden würde – auch wenn ich es nicht verstand. Die Art Lächeln, das meine Mutter mir zugeworfen hatte, bevor sie abgeführt worden war.

„Luke“, sagte sie drängend.

Ich lehnte mich fester an die Gitterstäbe und lehnte meinen Kopf an das kühle Metall, steckte meine Nase in die andere Zelle wie ein Hund, der in einem Auto gefangen war.

„Sie wird bald hier sein. Diejenige, die du beschützen sollst.“

Ich war dieser Prophezeiung überdrüssig. Würde diese geheimnisvolle Frau wirklich in mein Leben treten?

Wie sollte ich sie beschützen? In der Sekunde, in der Anderson diesen Sukkubus in die Finger kriegen und sich ihre Fähigkeit, Seelen auszusaugen, aneignen würde, wäre er unaufhaltbar.

Dann hörte ich das Donnern. Es war genauso, wie meine Mutter es immer vorhergesagt hatte. Ihre Präsenz würde mich erfassen und der Drang, sie beschützen zu wollen, würde meine Sinne fluten.

Der Raum blieb dunkel, aber ein einzelner Lichtstrahl zog vor meinen Augen auf wie ein Band explodierender Sterne. Ich taumelte in den hinteren Bereich der Zelle und fummelte am losen Stein herum, holte den versteckten Schlüssel hervor.

Es war Zeit, diesem gottverdammten Ort zu entkommen und die Welt zu retten.

Kapitel Einundzwanzig

DER GEHEIMNISVOLLE MANN

Sonya

Die Kameras folgten mir, während ich durch die Doppeltüren trat. In voller Erwartung von Widerstand stieß ich die Türen so fest auf, dass die Türriegel daran entzweispringen würden. Aber die Türen waren nicht verriegelt und flogen quer durch den Raum, krachten in einen Stapel Stühle und verwandelten sie in nichts mehr als ein paar Holzsplitter. Ich konnte mir ein Grinsen nicht verkneifen. Es war verdammt schön, endlich einmal richtig Power zu haben.

Die Lobby sah genauso aus, wie ich sie mir vorgestellt hatte: voller Stühle, über welche Tücher gelegt worden waren – abgesehen vom Stapel, den ich eben zerstückelt hatte. Auch ein alter, verstaubter Rezeptionstisch in einem breiten Bogen, der den Großteil der Empfangshalle einnahm. Billige Gemälde hingen an den Wänden und besangen Forscher, die niemand kannte und an denen niemand interessiert war. Ich trat hinein und ignorierte das Knacksen der Splitter unter meinen Füßen.

Kein einziges Licht brannte. Nicht, dass das eine Rolle spielte. Ich glühte heller als je zuvor. Das Medaillon um meinen Hals war heiß und ich griff danach, um Rückhalt und Stärke daraus zu schöpfen. Es fühlte sich an wie ein Stück brennend heißer Kohle – aber eine, die mir ihre Wärme schenkte. Die gespeicherte Energie darin floss in meine Hand und in meine Haut, Muskeln und Knochen. Sie schenkte mir eine Kraft, die ich nie zuvor gekannt hatte.

„Vorsichtig", sagte eine Stimme durch den Lautsprecher. „Verschwende nicht all deine Magie. Ich werde sie noch brauchen."

Ich zuckte zusammen, als ich die Stimme hörte – aber es war niemand zu sehen. Das einzige Anzeichen von Bewegung war eine funkelnde Kamera, die an Spinnweben vorbeizog, während sie mir folgte.

„Echt jetzt?", rief ich. „Du redest nur über eine Funksprechanlage mit mir? Versteck dich nicht vor mir, du Feigling!"

„Ich verstecke mich nicht", hallte Detective Andersons ruhige Stimme durch den Flur. „Ich zeichne diesen Moment für den Richter auf." Er kicherte. „Danke, dass du glühst und jeglichen Zweifel darüber beseitigst, was du bist."

Ich lachte höhnisch. „Auch wenn die Sterblichen wissen, was ich bin ... Was für ein Richter würde sich auf deine Seite stellen? Was für ein Rechtssystem lässt dich frei laufen und sperrt mich hinter Gitter?" Seine Stimme erhob sich um eine Oktave, als wäre meine Aussage lächerlich gewesen. „Dämonen werden nicht hinter Gitter gesperrt. Sie werden in die Hölle zurückgeschickt."

Ich stampfte auf die Kamera zu und stöhnte. „Ich bin kein verdammter Dämon! Wenn hier jemand ein Dämon ist, dann du! Du hast David umgebracht!"

Er lachte. Dieses Mal, als würde er mich bemitleiden. „Wir beide wissen, dass du schuld an seinem Tod bist – und an unzähligen anderen. Und jetzt hast du Gelegenheit, es wiedergutzumachen. Komm rein."

Die Kamera schwenkte auf den Rezeptionstisch und ein Licht blinkte hinter dem beschlagenen Glas des Mitarbeitereingangs.

Ich sah hin. „Wieso zum Teufel sollte ich da reingehen?"

Sarahs verzweifelte Stimme drang durch die Sprechanlage. „Sonya? Hör nicht auf ihn. Mach, dass du rauskommst! Er hat–" Ihre Worte wurden mit einem sanften Rumms und einem gedämpften Schrei unterbrochen.

„Tausche dich gegen deine Freundin ein", sagte Detective Anderson. „Oder es wird noch mehr Blut an deinen Händen kleben."

Meine Augen weiteten sich. „Wer sagt mir, dass du sie nicht sowieso umbringst? Ich werde nicht in eine Falle tappen. Lass sie einfach gehen!"

Er lachte und Sarahs Wimmern verweilte im Hintergrund. Es war über die Funksprechanlage und irgendwo hinter einer Tür als Echo zu hören. „Was hast du für eine Wahl?", sagte Detective Anderson. „Entweder ergibst du dich und deine Freundin wird frei gelassen, oder du stiftest Chaos und ich werde meine Beweise an die Regierung übermitteln." Seine Stimme klang höhnisch. „Jeder Ochse mit Krawatte wird dann hinter dir her sein. Die Schwarze Witwe höchstpersönlich. Stell dir nur vor, was für ein Kopfgeld auf dich–"

Die Funksprechanlage rauschte und wurde dann ausgeschaltet. Ich ging in die Hocke und war vollends vorbereitet darauf, dass Anderson aus den Schatten hervorspringen würde. Aber nichts regte sich.

Ein Krachen ertönte irgendwo hinter der Tür und es klang beinahe so, als ob es aus dem unteren Stockwerk kam. Ich richtete mich auf und starrte das beschlagene Fenster an, wartete auf ein Lebenszeichen. Was als Nächstes folgte, war ein wütender Schrei. Der Schrei eines Mannes. Aber es war nicht Detective Anderson. Das Geräusch hallte durch den Raum, drang in meine Brust und verweilte dort donnernd. Ich griff mir ans Herz und schrie. Nicht aus Schmerz, sondern aus Schock über das Gefühl des Eindringens in meinen Körper. Was zum Teufel war das? Nein ... Wer war das?

Auf den Schrei folgte das Klatschen von nackten Füßen gegen den Boden und wer auch immer es war, kam direkt auf mich zu.

Ich ballte meine Hände zu Fäusten und bereitete mich auf das Monster vor, das Anderson auf mich angesetzt hatte. Vielleicht war das seine Geheimwaffe. Wie er meinen und Sarahs Kräften entronnen war. Was auch immer es war, es klang riesig.

Der wunderschöne nackte Mann, der aus dem Mitarbeitereingang stürzte, war überhaupt nicht, was ich erwartet hatte, und seine unbestreitbare Magie erfasste meinen Bauch direkt.

Ich stockte. Dieser ... *Mann* war einer der vier? Er hatte ein Stück meines Herzens und war ein Teil meiner Seele, die mein Schicksal bestimmen würde?

Er starrte mich an, war genauso schockiert über unsere Verbindung, die sich wie Feuer durch die Luft fraß. Er war voller Dreck und Blut, aber das tat seiner exotischen Schönheit keinen Abklang. Seine wilden Augen sahen in meine, bevor die versteckte Rune über meinem Bauchnabel zu reagieren begann.

Ich entspannte meine Schultern. „Ist mit dir alles in Ordnung?"

Ich war nicht sicher, warum ich eine solche alberne Frage stellte. Da stand er, mit freischwingendem Schwanz und seinem Sixpack, das übersaht von üblen Narben und getrocknetem Blut war. Was auch immer er durchgemacht hatte – er war alles andere als in Ordnung.

Er stand einfach nur da und starrte mich an. Seine Augen waren so blau, dass ich seinen Blick wieder zu mir zurückführen wollte.

Ich spreizte meine Finger und streckte meine Handflächen aus, hoffte, dass es sich dabei um eine unbedrohliche Haltung handelte. Dann ging ich langsam auf ihn zu. „Du bist jetzt in Sicherheit, okay?"

Er legte seinen Kopf schief und sah mir ins Gesicht, dann aber zuckte er zusammen, als er mein Amulett erblickte. Ohne Vorwarnung gab er ein Geräusch von sich, das ich noch nie zuvor von irgendeinem Menschen gehört hatte. Sein Schrei erfasste mich von allen Seiten und unsichtbare Splitter bohrten sich in meinen Kopf. Ich schrie und spürte wieder, wie *seine* Macht in mich drang. Dieses Mal aber richtete sich seine Wut gegen mich. Ich ging zu Boden, war nicht darauf vorbereitet gewesen, von jemandem angegriffen zu werden, der einer meiner vier sein sollte.

Mein Amulett begann zu leuchten wie Feuerwerk und eine Schockwelle raste durch die Halle. Als ich meine Fassung wiedererlangt hatte und aufstehen konnte, war er weg.

Meine Hände glitten an meine Seite und ich starrte die weit offenstehende Tür an. Das Einzige, das mich aus meinem Schockzustand riss, war ein weiteres Schreien ... Sarahs Schreien.

Ich raste den dunklen Gang hinunter in den Keller. Eine nach Kot riechende Duftwelle kam mir auf dem Weg nach unten entgegen, aber ich hielt nicht an, um zu würgen. Sarah schrie weiter.

„Ich komme!", schrie ich. Ihr herzzerreißendes Wimmern drehte mir den Magen um.

Panisch rannte ich die dunkle Treppe hinab und kam dabei an einem unglaublich blutigen Labor vorbei. Ich setzte meinen Abstieg fort, bis ich schließlich ein Zimmer erreichte, in dem meine Freundin mit einer freihängenden Glühbirne über ihrem Kopf an einen Stuhl gebunden war. Sie war nicht in Ketten gelegt, sondern mit Kabelbindern gefesselt worden. Der Raum war voller Krimskrams, unter anderem gab es graue Gläser voller eingelegter Körperteile und eine kleine Gefängniszelle, die nach Kot stank. Aber weit und breit kein Detective Anderson in Sicht. Der einzige Beweis dafür, dass er jemals hier gewesen war, war eine Blutspur, die zu einer angelehnten Tür am Ende des Ganges führte. Der Feigling war geflohen.

Sarah schrie unaufhörlich, als wäre sie abgestochen worden. Sie schloss ihre Augen und schüttelte ihren Kopf, warf ihre fallenden blonden Locken in ihr Gesicht und wehrte sich gegen ihre Fesseln. Es machte keinen Sinn. Eine Muse war stark genug, um sich daraus zu befreien, und auch wenn der Blutfleck auf ihrer Brust davon war, dass sie abgestochen worden war, hätte sie ihren Körper mittlerweile dazu anhalten sollen, sich zu heilen.

Ich rannte an ihre Seite und schüttelte sie. „Sarah! Ich bin hier! Wieso schreist du?"

Dann endlich hörte sie auf, sich zu wehren, und blinzelte. Ich erwartete, dass ihre bekannten stechend blauen Augen mich ansehen würden. Es war dieselbe Augenfarbe wie Davids, zu der ich mich hingezogen gefühlt hatte. Aber genau wie Davids starrten mich jetzt tote graue Augen an. Es war, als hätte man Sarah die Seele rausgerissen und nichts als eine leere Hülle, die noch atmete, zurückgelassen. „Meine Güte. Was hat dieser Mistkerl dir angetan?"

Ihre Unterlippe zitterte und Tränen kullerten ihre Wangen hinab. „Er hat mir meine Kräfte genommen!"

Ich erstarrte, konnte nicht begreifen, was sie da eben gesagt hatte. War das überhaupt möglich?

Sie schniefte und ihr Blick fiel auf mein Amulett, das noch immer rot glühte. „Aber es scheint, als hättest du genug Kraft für uns beide."

Ich nahm den Blutstein in meine Hand und trotz seiner niemals endenden Wärme hatte ich nicht das Gefühl, dass das die Antwort auf das Problem war. Sarah war jetzt sterblich.

Stirnrunzelnd legte ich meine Finger auf die Plastikfessel, die ihren Arm an den Stuhl fesselte. Sie schmolz und Sarah schrie auf. Ihre Haut rötete sich. „Tut mir leid", flüsterte ich. Sie biss sich auf die Unterlippe und hielt still, während ich die andere Fessel schmolz.

Sie ließ sich in den Stuhl sinken, rieb sich ihre Handgelenke und wimmerte. Ich war an Schmerz gewöhnt. Die Hungersleiden waren mittlerweile Gewohnheit für mich, aber Sarah war eine Muse. Sie war nicht daran gewöhnt, Schmerzen zu haben. Was sie wohl in diesem Moment durchmachen musste?

Sie wimmerte, hielt sich ihre Brust und keuchte. „Kannst du ... Ist es möglich, mich zu heilen?"

Ich hatte noch nie versucht, meine Kräfte so zu verwenden, aber verdammt, der Blutstein musste zu irgendetwas gut sein. Ich presste meine Handfläche auf ihre Brust und ermutigte meine Kraft dazu, in sie zu fließen. Sie floss problemlos, schien froh, einen Verwendungszweck gefunden zu haben. Sarah atmete tief ein und zitterte. Ihr blaues Auge wurde rosa und ihr Röcheln verschwand.

Einen Augenblick später schien sie sich zu fangen. Sie rollte ihre Schultern nach hinten und richtete sich auf. „Sonya", flüsterte sie.

„Ja? Ist alles in Ordnung?"

„Mir geht es gut." Sarah fuhr sich mit ihren Fingerspitzen über ihre leere Brust. „Dieser Mann. Hast du ihn gesehen?"

„Welchen? Den heißen Nackten?"

Sie grinste. „Ja, genau der."

Ich kniete mich hin. „Was ist mit ihm?"

Sie lehnte sich zu mir. „Er kann nicht sterben."

Mein Herz nach einen Satz. „Was meinst du mit ‚er kann nicht sterben'?"

„Ich meine es genauso, wie ich es gesagt habe. Ich habe Anderson ihm Dinge antun sehen, die jeden anderen getötet hätten. Aber was auch immer er ihm herausschnitt ... Es wuchs wieder nach." Sie rieb sich ihre Handgelenke und starrte zur dunklen Zelle. „Ich weiß nicht, wie lange er hier war, aber ich glaube, es war eine ganze Weile.

Anderson hat auch versucht, ihm seine Kräfte zu stehlen. Sein Geschenk der Regeneration ... Unsterblichkeit."

Ich schwankte, konnte an kein übernatürliches Wesen denken, dass sich regenerieren konnte – und noch weniger: für immer leben konnte. Sogar meine Spezies hatte eine begrenzte Lebensspanne. Klar, wir konnten hunderte von Jahre alt werden – aber wenn man uns das Herz rausriss, wuchs es nicht wieder nach ...

„Hat Anderson ihn da drinnen festgehalten?", fragte ich und folgte Sarahs Blick zu den eisernen Stäben.

Sarah nickte, atmete tief ein und fuhr dann fort, während ihr Blick auf dem Boden der Zelle verweilte. „Sein Name ist Luke. Er hatte die ganze Zeit über einen Schlüssel für seine Zelle. Er hätte jederzeit gehen können. Ich war mir nicht sicher, worauf er wartete, bis ich ihn berührte." Sie legte ihren Kopf schief und sah mir in die Augen. „Als du in der Lobby angekommen bist, hat er in der Luft gerochen wie ein Hund. Er drehte total durch, sprang aus der Zelle und griff Anderson an. Er hat ihm in den Hals gebissen wie irgendein Verrückter und rannte dann nach oben." Sie sah mich von oben bis unten an.

„Du bist diejenige, auf die er gewartet hat."

„Was meinst du mit ‚ich bin diejenige, auf die er gewartet hat'?"

Sarah lächelte mich schwach an. „Ich bin mir sicher, dass du es herausfinden wirst."

Ich rollte meine Halskette zwischen meinen Fingern hin und her, erinnerte mich daran, wie seine Verblüffung Angst gewichen war. „Ich glaube, das hier hat ihm Angst eingejagt."

Ich schüttelte meinen Kopf und stand auf, ermahnte mich daran, was meine Prioritäten waren. Das Geheimnis hinter dem heißen, nackten Mann würde warten müssen. Ich hatte Sarah gerettet und jetzt musste ich mich verteidigen. „Es muss einen Kontrollraum hier drinnen geben. Es klang, als ob Anderson es nicht mit den Bändern rausgeschafft hätte."

Sarah kam stolpernd auf ihre Beine und fiel in meine Arme. Sie war so leicht und winzig. Wie ein Fink, den ich versehentlich hätte zerdrücken können, wenn ich nicht vorsichtig war.

Sie deutete zum Ende des Ganges. „Dort. Dort war er, bevor Luke ihn davongejagt hat."

Ich stützte Sarah und wir bahnten und unseren Weg zur Tür. Im Zimmer standen zwei Monitore, die die Eingangshalle und das zeigte, was wohl der Hinterausgang sein musste, den Anderson für seine Flucht benutzt hatte. Aber er war nicht aus eigener Kraft geflüchtet. Eine Blutspur führte zum Bordstein, bevor sie von einer schwarzen Reifenspur abgelöst wurde. Er war längst über alle Berge.

Seufzend setzte ich Sarah in einen stechend grünen Bürostuhl und sah mir die staubige Ausrüstung an. Nur ein grünes Licht blinkte an einer Box und nach ein paarmal Drücken ploppte ein Band daraus. Das verdammte Ding war uralt, aber das hieß, dass es nur eine Aufzeichnung gab. Ich hielt das Stück Plastik in meinen Händen, bevor ich es zu Boden warf und es mit meinen nackten Füßen zerschmetterte. Detective Anderson hatte soeben seine Beweise verloren. Ich konnte nicht glauben, dass alles vorbei war. War ich in Sicherheit? Ich sah Sarah an und sie zitterte, als könnte sie sich nicht aufwärmen. Nein, es ging nicht mehr um mich. Vielleicht war es niemals nur um mich gegangen. Detective Anderson versuchte herauszufinden, wie er Kräfte extrahieren konnte ... Er versuchte nicht, mich davon abzuhalten, Männer zu töten. Ich schnaubte. Nichts an seiner Arbeit war ehrenhaft.

Obwohl Sarah diejenige von uns beiden war, die Trost brauchte, kannte sie mich besser als ich mich selbst und stolperte an meine Seite. Sie legte ihre Arme um mich, kümmerte sich nicht um ihre körperliche Verfassung. „Du musst dich an ihn dranhängen", flüsterte sie an meinen Hals. Meine Haut brannte und ich wusste, dass es ihr wehtun musste, mich zu berühren, aber sie wich nicht von mir.

Ich erstarrte. „Was ist mit dir?"

Sie zuckte mit den Schultern. „Ich bin jetzt ein Mensch. Ich kann nicht mehr deine Freundin sein."

Ich legte meine Arme um sie und umarmte sie fest. „Doch, kannst du."

Sie schüttelte ihren Kopf und wich zurück, aber ich ließ meine Arme um ihren Rücken geschlungen. „Nein. Sogar als Muse konnte ich dir nicht geben, was du brauchtest."

„Wie kannst du das sagen? Ich habe für dich gehungert. Ich bin beinahe gestorben. Darum ist David–"

Sie befreite sich aus meiner Umarmung. „Ich habe dich nicht darum gebeten, zu hungern."

Tränen stiegen in meine Augen. „Wie konnte ich dir sonst treu sein? Als du mich darum gebeten hast, monogam zu leben, hast du mich darum gebeten, zu sterben. Und trotzdem habe ich es versucht …"

Schmerz und Schuldgefühle ließen ihre bleichen Wangen erröten. „Ich dachte, du könntest dich von mir ernähren. Du hast so getan, als ob du es könntest." Tränen kullerten wieder ihre Wangen hinunter. „Du hast *gelogen*."

Wut erwärmte meine Brust und meine Haut loderte wie heiße Flammen. Sarah nahm einen Schritt zurück, als ich einen Finger vor ihrem Gesicht erhob. „Du weißt nicht, wie es ist, jemanden zu lieben und ihm nie treu sein zu können. Du hättest wissen müssen, was es kostete." Ich presste meine Hände an meine Brust. „Ich bin ein Sukkubus!"

Schmerz nahm ihre Gesichtszüge ein und egal, wie wütend ich auch war, ich wusste, dass ich ihr nicht wirklich böse war. Wie immer verabscheute ich mich dafür, jemals geboren worden zu sein.

„Sonya, ich habe mich selbst auch belogen, okay? Ich habe mich glauben lassen, dass ich genug für dich wäre. Aber das war ich nicht."

„Es tut mir leid", flüsterte ich und die Wut wich von mir. „Ich wollte dich nicht täuschen."

Ein Lächeln zog auf ihrem Gesicht auf und ihr Gesichtsausdruck milderte sich. „Hör zu, ich verstehe es jetzt, okay? Und dieser Mann da draußen", sie deutete auf die Tür, „ist jemand, mit dem es dir vorbestimmt ist, zusammen zu sein. Bevor ich meine Kräfte verloren habe, habe ich dich in ihm *gespürt* und jetzt spüre ich ihn in dir." Sie packte meinen Arm und sagte mit drängender Stimme: „Weißt du nicht, was das bedeutet? Er ist Teil deines Schicksals. Du musst ihn finden." Ihre Finger senkten sich und schwebten über meine Runen. „Ich wollte, dass deine Tätowierungen nichts zu bedeuten hatten. Ich habe ihre Bedeutung solange verleugnet, wie ich konnte. Genauso wie ich wusste, dass du nicht von mir trinken kannst. Es ist an der Zeit, mich nicht mehr selbst zu belügen und der Wahrheit ins Auge zu blicken.

Ich bin nicht diejenige, mit der du zusammen sein solltest, und das ist in Ordnung."

Ich stieß ein kurzes Lachen aus. „Echt jetzt? Und was habe ich mit diesem Kerl gemeinsam, von dem du sagst, er sei Teil meines Schicksals? Er kennt mich nicht so gut wie du."

Sarah schenkte mir ein trauriges Lächeln. „Vielleicht habt ihr mehr gemeinsam, als du denkst. Euch wurde beiden das Herz rausgerissen." Und dann lief sie aus der Tür, ohne zurückzublicken. Sie ließ mich allein im Schein der Computerbildschirme zurück. Ich griff mir an meine schmerzende Brust, die ihre Worte bestätigten.

Sarah hatte mir das Herz rausgerissen und mich blutend zurückgelassen. Ich hoffte, dass sie recht behalten würde und dass dieser Mann, den ich getroffen hatte, einer meiner vier war. Denn nur durch seine Kräfte würde mir ein neues Herz wachsen.

Kapitel Zweiundzwanzig

ÖFFENTLICHER VERKEHR

Sonya

Ich hatte Sarah gerettet und es fühlte sich nicht richtig an, in unsere winzige Wohnung zurückzukehren und so zu tun, als wäre nichts geschehen. Wir waren kein Paar mehr – egal, wie sehr ich mir auch wünschte, dass es anders gewesen wäre.

Es hatte sich eine Kluft zwischen uns aufgetan und ich konnte mich nicht darauf konzentrieren. Ein drängendes Bedürfnis zog mich in eine andere Richtung. Ich hatte zwei der Männer getroffen, die Teil meiner vier waren, aber es musste eine Art Missverständnis vorliegen.

Zack erwartete mich bereits, als ich zu Dereks Villa zurückkehrte. Es hätte mich erstaunen sollen, Sarah im Wohnzimmer vorzufinden und sie ihre Sorgen in Alkohol ertränken zu sehen. Jetzt wo sie ein Mensch war, war das ein effektiver Weg, um ihre Sorgen zu vergessen. Aber wohin hätte sie sonst gehen sollen?

Sie brauchte Hilfe und in Seattle fand man sie beim Inkubus-König.

Zack verschränkte seine Arme, als er eintrat. Das Zucken in seiner Wange sagte mir, dass er erleichtert darüber war, dass ich zurückgekehrt war, aber er war noch immer wütend auf mich. „Der König will mit euch beiden sprechen“, sagte er schnippisch und führte mich dann in etwas, das ich nur als Thronzimmer zu beschreiben vermochte.

Derek saß in einem roten, mit Spitzen und Juwelen besetzten Samtsessel. Er wollte sich nicht nur als König zur Schau stellen. Aber ich wusste, dass das eine Erinnerung daran war, wer ich war ... und wer er war. Ich war nur ein dahergelaufener Sukkubus, den er gefickt hatte. Und jetzt, wo er gekriegt hatte, was er von mir gewollt hatte, hielt er mein Schicksal in seinen Händen. Die Rune an meinen Rippen, die er aktiviert hatte, war kalt und regte sich nicht. Ich steckte eine Hand unter mein Oberteil und berührte sie, kratzte die ebene Haut.

Er mochte denken, dass er fertig mit mir war, aber ich war noch nicht fertig mit ihm.

Derek bedeutete Sarah, zu ihm zu kommen. Er würde sanft und höflich sein mit einer Muse im Zimmer – vor allem, wenn man bedachte, wer Sarahs Vater war. Mit einer der drei mächtigen männlichen Musen, die das Schicksal aller übernatürlichen Wesen in ihren Händen hielten, wollte man sich nicht anlegen. „Sag mir, was vor sich gegangen ist, Muse, und ich werde dir mit aller Macht helfen, die mir zur Verfügung steht.“

Sie zuckte zusammen, als sie das Wort hörte. Er hatte nicht bemerkt, dass sie ihre Kraft verloren hatte. „Sonya hat einem Wesen entgegengewirkt, das ich nie zuvor getroffen habe.“ Sie hielt inne, als würde sie darüber nachdenken, Detective Andersons spezielle Kraft zu enthüllen, fuhr dann aber fort. Kluges Mädchen. Man durfte dem Inkubus-König nie alles geben, war er brauchte. „Er hat einen Gefangenen gehalten“, sagte Sarah dann. „Ich will, dass Sonya den Flüchtigen findet, und ich werde zu meinem Vater zurückkehren und den Täter ausfindig machen.“

Derek rieb sich sein Kinn. „Ich verstehe. Klingt, als ob du bereits alles geplant hättest. Dann werde ich meine Hilfe nur zu gerne anbieten. Ich habe Airlines und Privatjets–“

„Ich komme allein zurecht“, sagte Sarah und stemmte eine Hand in ihre Hüften. Sie tat das immer, wenn sie wollte, dass alle dachten, sie wäre selbstbewusst, sie aber kurz davorstand, zusammenzubrechen. Ich wusste nicht, wie sie vorhatte, nach Miami zu kommen, aber sie würde Derek keine Chance bieten, herauszufinden, dass sie ihre Kräfte verloren hatte. „Lass Sonya mit den öffentlichen Verkehrsmitteln reisen“, ergänzte sie. Sie sah mich mit Entschlossenheit und Wut in ihren Augen an. „Er wird nach New York gehen, also ist es am besten, wenn du sie morgen früh in einen Flieger setzt. Wir wollen nicht, dass sie Aufmerksamkeit erregt. Das übernatürliche Wesen ist launisch, aber ich will, dass Sonya ihn findet und ihn so schnell wie möglich zu mir zurückbringt.“

Ich unterdrückte das Grollen, welches drohte, aus meinem Rachen zu stoßen. Öffentlicher Verkehr am Arsch. Sie wollte mich nur bestrafen.

„Na gut“, sagte Derek nickend. Er ließ seine Hand über die Lehne des Sessels gleiten und lehnte sich nach vorne. Sein Hemd öffnete sich gerade genug, um seine definierte Brust zu entblößen. Er sah mir in die Augen und grinste. „Ich werde sie von zwei meiner Männer begleiten lassen, wenn das erlaubt ist.“

Sarah sah zu mir und meine Augen weiteten sich. Nein. Komm schon, Sarah. Nein. Er will mich nur wie ein Spielzeug besitzen und wird seine Wachen senden, um mich schreiend und tretend zu ihm zurückzubringen.

„Ist gut“, stimmte sie zu.

Verdammt.

Kapitel Dreiundzwanzig

ERSTE KLASSE

Sonya

Der Erdbeer-Daiquiri hinterließ eine feuchte Spur an meiner Handfläche. Das Eis war beinahe geschmolzen, aber ich konnte mich nicht dazu bringen, das Getränk an meine Lippen zu führen. Die Kabine war drückend heiß und alles, was ich wollte, war aus diesem schwülen Flieger voller schwitzender Männer rauszukommen, die nichts tun konnten, als mich anzugaffen.

„Entschuldigen Sie, Miss?"

Müde sah ich zur herumzappelnden Flugbegleiterin hoch. Ihre Knöchel waren weiß und an die Kopfstützte geklammert. Ich nahm an, dass sie schon eine ganze Weile dagestanden und versucht hatte, meine Aufmerksamkeit zu erhaschen.

Sie schluckte leer. „Soll ich Ihnen einen frischen Daiquiri holen?"

Meine Finger klammerten sich an das Glas. „Nein. Ich bin zufrieden, danke."

Sie sah mit ihren langen Wimpern erneut auf den Eismatsch. Ihre Lippen verformten sich zu einem gezwungenen Lächeln und sie nickte, bevor sie den Gang hinab weiterlief.

Dieser blöde Drink war alles, was ich noch von Sarah hatte. Ich war wütend auf sie, aber gleichzeitig schmerzte mein Herz. Dank des Blutsteins, der sie gerettet hatte, verhielten sich Menschen mir gegenüber merkwürdig. Männer starrten mich freiheraus an und bewegten ihre Hüften in ihren Sitzen und ich seufzte deprimiert. Ich war eine wandelnde Kugel der Lust und ich konnte nichts daran ändern, wie ich sie fühlen ließ. Ich hatte nicht um diesen Fluch gebeten.

Die Frauen waren noch schlimmer. Sie blickten mir so gut es ging nicht in die Augen. Meine Kräfte hatten nie zuvor eine Wirkung auf Frauen gehabt, aber das schien sich jetzt geändert zu haben. Ich ertappte sie dabei, wie sie genauso wie die Männer starrten, wenn nicht sogar mehr. Oftmals fiel ihr Blick auf meine Brust. Meine Brüste drückten sich gegen die Lederjacke und meine Halskette hing in meinem Ausschnitt. Der Blutstein war ruhig, doch meine Umgebung war konstant von einem sexuellen Kraftfeld eingenommen. Ich verströmte seine Magie. Er war von dem, was ich Sarah davon abgegeben hatte, um sie zu heilen, kein bisschen betroffen.

Ein Stechen in meinen Rippen ließ mich zusammenzucken und mein Drink fiel von der Ablage. Pinker Matsch spritzte in alle Richtungen und ich fluchte, drehte mich um, um den Grund für die Störung zu auszumachen. Es war ein kleiner Junge, der seine Nase wie ein Hund zwischen die Sitze schob.

„Jeffrey!“, schrie seine Mutter. „Tut mir so leid. Ich weiß nicht, was in ihn gefahren ist.“ Sie zog den Jungen weg vom Sitz, warf mir ein entschuldigendes Lächeln zu und errötete leicht.

Die attraktive Flugbegleiterin kehrte zurück mit Cocktail-Servietten und begann, die Sauerei aufzuwischen. Das nutzlose Stück Papier saugte den Matsch gierig auf und schmierte die klebrige Eismischung nur über das Plastik. Sie wischte immer wieder über die Ablage und nutzte die Gelegenheit nicht einmal, um meine Jacke abzutrocknen und mal fühlen zu können, was ich irgendwie merkwürdig fand.

„Penny!“ Ein älterer Herr mit zurückgegeltem grauem Haar und dem größten Adamsapfel, den ich je gesehen hatte, schubste sie beiseite. „Ich werde mich darum kümmern.“

Penny sah betrübt auf die kleinen Servietten und ging ihm aus dem Weg.

Der Mann lächelte und ließ die Masse in einen Eimer verschwinden. „Es tut mir schrecklich leid, Miss. Lassen Sie uns Ihnen einen anderen Platz anbieten. Wir haben einen freien Sitz in der ersten Klasse. Bitte nehmen Sie Ihren Platz dort ein, als Entschuldigung."

Ich erstarrte. Es gab einen Grund, weshalb ich ein Ticket für die Holzklasse gekauft hatte. Wenn ich ein First-Class-Ticket hätte haben wollen, hätte ich ganz einfach um eines gebeten. Verdammt. Wenn ich jemandes Niere hätte haben wollen, würde er sie auf der Stelle jemandem rausschneiden, wenn ich ihm sagen würde, dass es ihn glücklich machte.

Aber als ich ihm in die Augen sah, vermochte ich Besorgnis darin zu vernehmen. Ich hatte unzähmbare Lust erwartet – was ich in letzter Zeit andauernd von Männern bekam. Aber dieser hier schien nicht betroffen. Ich kniff meine Augen zusammen und versuchte, irgendwelche übernatürlichen Kräfte zu entdecken. Außer den eisblauen Augen schien er nichts Besonderes. Sein freundliches Gesicht war von gepflegtem weißem Haar umgeben und seine ausgestreckte Hand – die darauf wartete, mich zu meinem besseren Platz zu führen – hatte Falten. Ein Inkubus alterte nicht. Also bedeutete das, dass er etwas war, das ich nicht kannte. Ich runzelte die Stirn. Ich mochte es nicht, etwas nicht zu kennen.

Ich presste meine Lippen aufeinander und wand mich aus meinem Stuhl, versuchte, den rosaroten Tropfen aus dem Weg zu gehen. Der ältere Herr lief hinter mir, während ich durch den engen Gang in Richtung vorderer Teil des Flugzeugs lief. Ich passierte mehrere Vorhänge und lief durch die Economy- und Business-Klasse, bis ich den vordersten Teil des Flugzeugs erreichte, wo ich eingestiegen war. Ich sah mich kurz um und musterte die übertriebenen Gardinen, die sich zum leichten Schwanken des Flugzeugs bewegten und mich zur ersten Klasse führten.

Ich sah über meine Schulter und der ältere Herr lächelte mich freundlich an und nickte. „Ihr neuer Sitzplatz ist 2B."

Ich schluckte trocken. Das war ihr einziger freier Sitzplatz? Das war direkt neben ...

Mit einem Seufzen öffnete ich den seichten Vorhang und die Metallringe klirrten gegen die Stange. Einige Passagiere drehten sich um und funkelten mich wegen der unangebrachten Störung an. Bis sie sahen, wer eingetreten war. Selbst ohne Blutstein war ich die Tochter meiner Mutter und konnte einen Raum mit Leichtigkeit kontrollieren. Oder in diesem Fall ein Abteil in einem Flugzeug. Aber die Kraft des Blutsteins drang durch meine Drüsen und verströmte das giftige Gas in der Menge. Schultern wurden zurückgerollt, Rücken gestreckt und alle Blicke lagen auf mir.

Alle Blicke ... Bis auf den des Kerls auf dem Sitzplatz 2A.

Nate, einer der vielen Söhne des Inkubus-Königs und mein ungewollter Wachmann, nahm einen großen Schluck Whisky, atmete zufrieden aus und ließ die gold-gefärbten Eiswürfel in seinem Glas klackern. Ich runzelte die Stirn. Nicht, weil er so tat, als hätte er nicht bemerkt, dass ich in die erste Klasse gezwungen worden war, sondern weil er Whisky wie ich trank. Wieso musste er alles Gute mit diesem Grinsen kaputt machen?

Dann endlich zeigte er sich überrascht darüber, dass ich dastand, während alle anderen mich unaufhörlich anstarrten. Er warf mir sein nerviges, jungenhaftes Lächeln zu und ich sandte ihm ein Funkeln auf sein schadenfreudiges Grinsen.

Wortlos stampfte ich zu meinem Platz und ließ mich mit so wenig Grazie wie möglich auf den Sitz plumpsen, verschränkte meine Arme und zog eine Schnute.

„Was ist los, Baby? Gehe ich dir unter die Haut?“, fragte er mit einem boshaften Lächeln, das dem seines Vaters unglaublich ähnlichsah. Ich hatte die Tatsache, dass Nate meine Prophezeiung in mir aufflackern ließ, bisher bekämpft. Er wusste nicht, dass eine Rune auf meinem Bauch sich jedes Mal voller Begierde meldete, wenn er in meiner Nähe war. Sie schrie mir zu, dass dieser unausstehliche Mensch einer meiner vier war ... Nein. Das würde ich auf keinen Fall akzeptieren.

Ich sah Nate böse an und richtete meine Wut dann auf den älteren Flugbegleiter, der ziemlich zufrieden mit seiner Leistung aussah.

Ich verschränkte meine Arme. „Sagen Sie mir jetzt nicht, dass Sie diesen Jungen dazu gebracht haben, mich in den Rücken zu piksen?“

Der ältere Herr beugte sich zu mir und bot mir ein Eiswasser in einem weitaus hübscheren Glas an als das, was ich in der Economy-Klasse gekriegt hatte.

„Natürlich nicht", sagte er. „Ich habe genauso wenig Kontrolle über Kinder wie jeden anderen." Seine Augen verzogen sich wiederholt zu einem freundlichen Grinsen. Dieses Mal schien er auf einen Insiderwitz hinzudeuten, den ich nicht verstand. Dann begab er sich zurück in den hinteren Bereich der Kabine und verschwand hinter dem Vorhang.

Ein erschöpftes Seufzen stieß aus meinem Rachen und ich schmiss meine Armlehne runter, sah den unnötig großen Becherhalter an, in dem noch immer etwas war. Ich fischte ein zusammengerolltes Stück Papier daraus heraus. Auf dem wohlriechenden Papier war mein Name in Schönschrift geschrieben. Das Innere lud mich bei der anonymen Schreibenden zum Abendessen ein. Darunter stand eine Adresse, die mir nur allzu bekannt war, seit ich die d'Ange-Villa geerbt hatte. Sie hatte einst meiner Großmutter, dann meiner Mutter gehört und war jetzt in meinem Besitz. Die Handschrift deutete darauf hin, dass jemand meiner Familie noch immer vorhanden war – aber wer?

Verdammt nochmal, jetzt musste ich es herausfinden.

Das ätzte. Nur, weil ich nach New York ging, hieß das nicht, dass ich Absichten hatte, mein geerbtes Haus zu besuchen. Wenn ich dahin ging, müsste ich mir endlich eingestehen, dass meine Mutter tot und ich bereit war, weiterzumachen. Das war ich aber nicht.

Ich sah Nate an und er zuckte mit den Schultern, bevor er sich wieder seinem Tablet zuwandte und schwarze Kopfhörer über sein zerzaustes Haar streifte.

Mit einem Grummeln zerknüllte ich die Notiz und stopfte sie in meine Hosentasche. Verdammt. Mein Plan war gewesen, direkt nach Queens zu gehen und nach Luke zu suchen. Luke, der einzige Grund, wieso ich nicht entzweigebrochen war, als Sarah mich und mein Leben endgültig verlassen hatte. Luke ... Einer meiner übernatürlichen vier, der einen Platz in meiner Seele verdiente.

Ich würgte bei diesem Gedanken. Wie erbärmlich war ich? Vielleicht wäre einer Party in meinem eigenen Haus beizuwohnen eine gute Idee. Ich sah Nate erneut an, versuchte ihn als das zu sehen, wie sein Vater mir gesagt hatte, ihn zu sehen.

Eine nötige Ablenkung, bis du findest, wonach du suchst.

Er war heiß – daran bestand kein Zweifel. Aber er riss die ganze

Zeit Witze und benahm sich, als wäre er zwölf Jahre alt. Nicht gerade meine Vorstellung von sexy. Aber in diesem Moment schien er beinahe ernst, als er sich auf den Film auf seinem Tablet konzentrierte. Sein Kiefer spannte sich an und seine bernsteinfarbenen Augen verweilten ununterbrochen auf dem Bildschirm, bis sie mich ansahen und ich scharf einatmete, bevor ich meinen Blick abwandte.

Vielleicht würde es doch nicht so schlecht werden.

Nate sagte kein Wort, während der ältere Flugbegleiter uns vom Gate folgte und sich mit uns und zwanzig anderen Leuten in einen mittelgroßen Aufzug quetschte.

Zu meiner Überraschung positionierten sich der Flugbegleiter und Nate wie eine Art Barriere zwischen mir und den nervösen Leuten um uns. Aufgrund der Tatsache, dass ich sexuelle Energie ausströmte, war das eine notwendige Vorsichtsmaßnahme. Obwohl die Sterblichen es nicht sehen konnten, strömte eine rote, dampfartige Essenz aus meiner Haut und kitzelte ihre Nasen. Sie zuckten zusammen und versuchten, etwas wegzuwedeln und ihre Augen zu reiben, ohne zu wissen, was genau sie plagte.

Drei Männer, die nahe bei mir standen, begannen ihre Hälse zu recken und versuchten, über die breiten Schultern meiner Beschützer zu spähen. Der Flugbegleiter hustete mit hörbarem Auswurf und der Mann vor ihm entfernte sich angewidert. Er bedeckte seinen Mund höflich und entschuldigte sich, während Nate sich fester an mich drückte.

Mir wurde plötzlich äußerst bewusst, dass Nates Körper sich an meine Brust drückte. Seine Wärme strömte durch unsere Kleider und vermischte sich mit der immerzu präsenten Kraft meines Blutsteins zwischen meinen Brüsten. Es fühlte sich richtig an, irgendwie, obwohl es das nicht hätte sollen. Nate war einer der Söhne des Königs und nicht Luke. Nicht der Mann, von dem Sarah gesagt hatte, dass er mein Seelenverwandter und ‚Grund zum Leben' war. Ich schüttelte meinen Kopf. Beide Männer passten so gar nicht zu mir.

Dann erkannte ich, was sich an diesem Moment anders anfühlte.

Nate war nicht sein übliches witzereißendes Selbst. Als die anderen im Aufzug in meine Richtung gafften, erstarrte sein Körper und er verschränkte seine Arme, versuchte sich so breit wie möglich zu machen – wie ein Pfau. Sein Kopf wirbelte von der einen zur anderen Seite und suchte den Aufzug nach irgendwelchen Gefahren ab.

Auch der Flugbegleiter spannte seinen Kiefer an, stellte sich breitbeiniger hin, als würde er sich darauf vorbereiten, in Aktion zu treten.

Trotz seines Alters machten die breiten Schultern und die noch breiteten Oberarme des alten Mannes klar, dass er stärker war, als er schien.

Meine Hand legte sich an meine Brust und presste sich unterbewusst gegen die Beule, die mein Medaillon unter dem Leder bildete. Ich suchte Zuflucht und Stärke. Wenn ich in Gefahr geraten würde, konnte ich mich verteidigen.

Der Aufzug gab ein lautes Quietschen von sich und Angst überkam mich. Klar, ich konnte mich gegen einen lustergriffenen Menschen durchsetzen, aber ich konnte einen Aufzug nicht davon abhalten, ins Freie zu fallen und uns in den Tod zu stürzen.

Die Lichter flackerten und ich erschrak, meine Brust zog sich angsterfüllt zusammen. Eine Frau stand ganz hinten im Aufzug und hatte ihre Augen auf mich gerichtet. Sie wandte ihren Blick nicht von mir ab und schien kein bisschen besorgt wegen dem Wackeln und Hoch und Runter des Aufzugs. Stattdessen wartete sie, bis ich sie bemerkte und ansah. Dann lächelte sie und *löste sich in Luft auf*.

WILLKOMMEN ZU HAUSE

Sonya

„Hast du das gesehen?“, zischte ich Nate ins Ohr.

Das Einzige, was darauf hindeutete, dass Nate mich gehört hatte, war das leichte Zucken in seinen Augen. Aber er blieb konzentriert, suchte den Aufzug nach Gefahren ab.

Obwohl ich keine Ahnung hatte, was er tun könnte, wenn wir tatsächlich in Gefahr gewesen wären. Wie konnten wir uns vor einer Frau schützen, die sich in Luft auflösen konnte?

Ich öffnete meine Jacke und ließ meine Hand unter das Material an den Blutstein gleiten, umschloss ihn fest. Die Hitze, die sich in meinen Fingern ausbreitete, war beruhigend, aber aus irgendeinem Grund hatte ich das Gefühl, dass es nicht genug war.

Die Passagiere murmelten und zappelten herum, warfen mir skeptische Blicke zu. Das Licht im Aufzug war schummrig und er kam zu einem Stopp im Erdgeschoss.

In der Sekunde, in der die Türen sich öffneten, packte Nate mein Handgelenk, als wäre ich ein Kind, das jeden Moment davonrennen könnte, und zog mich hinaus. Ich hielt ein Wimmern zurück und wehrte mich nicht. Was auch immer hier vor sich ging – ich war der Sache nicht gewachsen.

Nate zog mich hinter sich her und ich stolperte, während der ältere Flugbegleiter uns wortlos folgte. In einem schwermütigen Moment hoffte ich, dass wir unser Gepäck holen würden, aber Nate sprintete am Gepäckkarussell mit den blaue funkelnden Zahlen unserer Flugnummer vorbei und zog mich nach draußen. Was auch immer sie so erschreckt hatte, wir konnten nicht hierbleiben. Vor allem nicht wegen meinem Koffer, der randvoll mit meinen Lieblings-Heels und kleinen, traurigen Erinnerungen an Sarah war – die mehrheitlich aus dem Daiquiri-Schüttelbecher bestanden.

Nate rannte über den Fußgängerstreifen und in die Parkgarage. Er hielt erst an, als wir bei einem Auto ankamen, das wohl unser Beförderungsmittel war. Ich starrte es an. Echt jetzt? Ein Chevy? Einer der mächtigen Inkubus-Prinzen – so menschlich er auch war – würde nicht mal über seine Leiche in so einem schäbigen Gefährt rumfahren.

Zu meiner Überraschung schubste mich Nate in den Rücksitz wie ein Gepäckstück und nickte dem Flugbegleiter zu, bedeutete ihm, zu fahren. Nate setzte sich neben mich und sah durch die Fenster, als wäre er ein Wachhund in höchster Alarmbereitschaft.

Als der Motor zum Leben erwachte und wir vom Terminal wegfuhren, schienen sich alle zu entspannen.

„Würde mir bitte jemand sagen, was zum Teufel los ist?", stieß ich aus.

Das Auto rumpelte über eine Bodenwelle und Nate warf mir einen entschuldigenden Blick zu. „Ich bin mir nicht sicher, wie sie uns gefunden hat." Er sah auf seine Hände, die sich in seinem Schoß zu Fäusten ballten. „Du solltest nicht von ihr erfahren."

Ich kniff meine Augen zusammen. „Von wem?"

Er atmete tief ein und hielt den Atem an, als wäre das, was er zu sagen hatte, schwer zuzugeben. Dann stieß er es aus. „Deine Tochter."

Ich erstarrte. Hunderte von Gedanken flogen durch meinen Kopf, aber keiner von ihnen verlieh dem eben Gesagten einen Sinn. Ich hatte niemals ein Kind geboren und wenn ich das hätte, hätte ich mich bestimmt daran erinnert.

„Wovon zum Teufel redest du da?"

Der Flugbegleiter sah im Rückspiegel in meine weit aufgerissenen Augen. Riesige Gebäude warfen ihre Schatten über uns, blockierten das wenige Licht, das der bewölkte Himmel bot. „Es gibt einen Grund, warum ich so alt aussehe“, sagte er. Sein Blick verhärtete sich und ein wütender Ausdruck streifte über sein Gesicht. Dann schien er resigniert und sah wieder auf die Straße. „Der Preis für den Blutstein war nicht nur eine Nacht mit dem König. Die Sache hat auch das Leben anderer beeinflusst.“

Ich blinzelte. Meine Brust zog sich zusammen und mir stockte der Atem. Mein Blick folgte den Falten in seinem Gesicht. „Was meinst du damit?“

Nate winkte ab. „Du wirst bald genug davon erfahren. Für den Moment musst du nur wissen, dass ... Als du mit meinem Vater und meiner Mutter geschlafen hast“, sagte er mit überraschend ernstem Gesichtsausdruck, „hast du ihnen dabei geholfen, etwas zu kreieren, was sie schon eine lange Zeit haben wollten.“

Etwas. Nicht jemanden, sondern etwas.

Ich wusste, dass ich Silvia und Derek geholfen hatte, schwanger zu werden – aber das war erst ein paar Tage her. Und soweit ich wusste, dauerte es neun Monate, bis ein Kind zur Welt kam – und das Mädchen, das wir im Aufzug gesehen hatten, war mindestens sechzehn Jahre alt gewesen.

„Aber–“, begann ich, doch Nate unterbrach mich.

„Es handelt sich dabei um alles andere als eine *natürliche Geburt*. Du bist ihre Mutter, genauso wie Silvia.“

Wow. Das war zu viel. Ich schüttelte meinen Kopf und ächzte, lehnte mich in den nach Zigaretten müffelnden Sitz.

Das Auto hielt an und wartete an einem der vielen Rotlichter. Alle paar Meter schien eine weitere Ampel aus dem Boden zu schießen. Ich sah aus dem Fenster und hoffte, dass mich ein Baum oder ein freundliches Gesicht zu sehen, trösten würde – aber alles, was wir sahen, war ein Meer aus Gelb. Wir waren von unzähligen Taxis umgeben und ich fragte mich, wieso sie nicht eine schönere Farbe verwenden konnten.

„Wir werden es rechtzeitig schaffen“, verkündete der Flugbegleiter.

Ich bewegte mich in meinem Sitz und spähte über seine Schulter, versuchte, seinen Blick im Rückspiegel zu erhaschen. „Rechtzeitig wofür?“

Er grinste und als das Licht auf grün schaltete, bog er ab und eine Villa inmitten von Manhattan kam zum Vorschein. Sie türmte hoch über der Straße. Ich hatte die Statuen aus Bronze an jeder Säule komplett vergessen. Auf jeder der Säulen waren Statuen von Frauen angebracht, die an den Ecken des Daches tanzten und nur Stofffetzen und Blätter hielten, um ihre Körper zu bedecken. Ihre grauen Augen starrten nach unten auf die Straße und funkelten freudig, als könnten sie mich sehen. Ich sah in die Wolken und prüfte, ob es regnete – aber ich konnte keine Tropfen erkennen.

Nate stieß mich sanft mit seinem Ellbogen an. „Willkommen zu Hause.“

Kapitel Fünfundzwanzig

EINE ABLENKUNG

Sonya

In dem Moment, in dem ich die d'Ange-Villa betrat, stieg mir der Duft von Flieder in die Nase. Es roch nach dem Parfüm meiner Großmutter. Ich sog einen tiefen Atemzug ein und schwelgte in Erinnerungen daran, wie sie mich immer an der Tür begrüßt hatte und ich in ihre Arme gerannt war, meine Beine um ihre Taille und meine kleinen Arme um ihren Hals geschlungen hatte.

Als ich meine Augen öffnete, war diese Erinnerung Realität geworden. Meine Großmutter stand in all ihrer Pracht vor mir. Und obwohl sie über sechshundert Jahre alt war, hatte sie den Körper einer Einundzwanzigjährigen, trug ein knappes Seidenkleid mit einem Blumenmuster und einem Schlitz an ihrem Bein. Sie lächelte und breitete ihre Arme aus. „Meine Sonya", säuselte sie in ihrem britischen Akzent.

Tränen stiegen mir in die Augen, als ich realisierte, dass ich das alles nicht träumte und meine Großmutter nicht tragisch ums Leben gekommen war in diesem Feuer vor sechs Jahren, in dem sie und meine Mutter gestorben waren. Mein Atem stockte. Wenn meine Großmutter am Leben war, hieß das, dass meine Mutter es auch lebendig rausgeschafft hatte?

Ich stolperte auf sie zu und verkniff es mir, meinem Drang nachzugeben, mich in ihre Arme zu schmeißen, als wäre ich wieder ein Kind. Aber als ich ihren gesunden Teint und das ungezwungene Lächeln auf ihrem Gesicht sah, brodelte Wut in mir hoch und fand ihren Weg in meine Fäuste. Ich ballte sie und mein schockierter Schrei verwandelte sich in ein Grollen.

„Wo bist du gewesen?", zischte ich. „All die Jahre dachte ich, du seist tot!" Meine Stimme wurde schrill und meine Sicht trübte sich mit salzigen Tränen.

Der Gesichtsausdruck meiner Großmutter wurde sanft und eine Mischung aus Reue und Schmerz wusch über ihr Gesicht. „Es tut mir leid", war alles, was sie sagte.

Nate legte seine warme Hand auf meine Schulter. Ich riss mich aus seinem Griff. „Wo ist meine Mutter?", wollte ich wissen. Die unmögliche Hoffnung raubte mir den Atem und ich stolperte, wartete auf eine Antwort.

Meine Großmutter verschränkte ihre Arme vor der Brust, als wollte sie sich vor meinem Ärger schützen. Wegen des Blutsteins materialisierte sich meine Wut und sandte warme Wellen durch den Raum.

„Ihr Tod war keine Lüge", flüsterte sie. „Bitte, Sonya." Ihre Lippen verzogen sich zu einem gezwungenen Lächeln. „Komm rein. Wir haben eine Willkommensparty für dich organisiert." Ihr Lächeln wurde breiter und selbstbewusster. „Wir sollten unser Wiedersehen feiern, Sonya." Als ich nichts darauf erwiderte, ergänzte sie: „Deine Mutter hätte es so gewollt."

Jazzmusik spielte im Hintergrund und das Klimpern von Gläsern glich dem Geräusch von Regentropfen, die aufs Dach prasselten. Aber ich konnte nicht feiern. Nicht, wenn meine Hoffnung, dass meine Mutter überlebt hatte, kurz aufgeblüht und dann zerstört worden war. „Nein", sagte ich.

Meine Großmutter runzelte die Stirn und öffnete ihren Mund, um etwas zu sagen. Aber ich wollte ihre Ausreden nicht hören. Sie hatte mich angelogen und mich sechs Jahre lang glauben lassen, dass ich allein auf der Welt wäre. Sie verdiente keine Gelegenheit, um sich zu erklären. „Genug jetzt", sagte ich wütend. „Ich werde mich deiner blöden Party nicht anschließen. Tatsächlich werde ich nicht lange hierbleiben." Ohne zu zögern ging ich an ihr vorbei und widerstand der magischen Anziehungskraft ihres Flieder-Parfüms. Es ließ ein Gefühl des Trostes und der Wärme in meiner Brust aufwallen.

Zum Glück verfloss der Duft, als ich um die Ecke bog und den Gang hinabstampfte. Nates sanfte Schritte folgten mir und ich wandte nichts dagegen ein. Ich wollte nicht wirklich allein sein. Ich wollte nur nicht meiner Großmutter gegenübertreten. Nicht jetzt. Nicht so.

Als ich ihm nicht sagte, dass er weggehen sollte, beschleunigte Nate seinen Gang, sodass er nur einen Schritt hinter mir war. Ich führte uns an den einzigen Ort, an den ich hinzugehen wusste. Die Bibliothek.

Sobald wir angekommen waren, löste sich die Anspannung in meiner Brust und ich konnte endlich aufatmen. Die unzähligen Reihen von Regalen aus Eichenholz beheimateten hunderte von Büchern und reichten bis zur Decke. Kuppelartige Wölbungen, mit glänzendem dunklem Holz versehen, betonten den Fundus von muffigen Schätzen und ich konnte mir ein Lächeln nicht verkneifen. Ich zog meine Schuhe aus und krümmte meine Zehen in den flauschigen persischen Plüschteppich.

„Schönes Gestell", brach Nate die angenehme Stille mit einem geschmacklosen Witz.

Ich warf ihm einen schwermütigen Blick zu. „Nate, nicht jetzt."

Er warf mir ein Lächeln zu. „Ich habe nur versucht, die Stimmung etwas aufzuhellen."

Ich rollte mit meinen Augen, wusste seine Bemühungen aber zu schätzen. Ohne dass ich es wollte, fühlte ich mich bereits besser.

Ich ließ meine Hand über die Regale gleiten und tröstete mich mit den Erinnerungen an meine frühe Kindheit. Nate folgte mir wie ein Schatten. „Also", flüsterte er mit heiserer und attraktiverer Stimme als üblich. „Wieso bist du so daran interessiert, diesen Mann zu finden, über den du so wenig weißt?"

Mein Herz setzte einen Schlag aus. „Meine sogenannte tote Großmutter erwacht nach sechs Jahren wieder zum Leben und du fragst mich nach Luke?“ Das ergab Sinn. Auch wenn Nate es nicht spüren konnte – wenn er wirklich einer meiner vier war, dann musste er das Band zu Luke auch spüren.

Er glückte. „Ich will kein Familiendrama auskramen. Aber ich *würde* gerne wissen, warum du nach New York gekommen bist.“

Ich hätte ihm sagen sollen, dass er sich ins Knie ficken konnte. Dass ihn das nichts anging. Aber die aufrichtige Neugierde in seiner Stimme hielt mich dazu an, mich zu öffnen. „Luke und ich sind miteinander verbunden“, sagte ich. „Sarah hat mir gesagt, dass ich ihn finden soll, und als ich sie verloren habe, hatte es sich so angefühlt, als wäre sie gestorben. Es fühlte sich an, als ob ... das ihr letzter Wunsch war.“ Ich ließ den Teil, in dem meine Rune aufgehört hatte, auf sie zu reagieren, aus. Was auch immer wir beide für eine Verbindung zueinander gehabt hatten, war jetzt gekappt. Es war an der Zeit, dass ich meine vier finden würde, aber ich war nicht sicher, ob ich bereit war.

Er spöttelte und Ärger machte sich in mir breit. „Sie ist nicht gestorben“, sagte er mit Nachdruck. „Sie hat nur ihre Kräfte verloren. Das ist alles.“

„Du bist menschlich. Was weißt du schon darüber?“ Ich schloss meine Augen und lehnte meine Wange gegen die Regale, um Kraft zu tanken. „Menschlich zu werden, ist für eine Muse praktisch so, als würde sie sterben.“

Er seufzte und kam mir gefährlich nahe. Gerade als ich dachte, dass das hier ein weiterer Witz wäre, schlang sich seine Wärme um meinen Körper und er ließ seine Fingernägel an meiner Haut hinabgleiten. Ich bekam Gänsehaut, während er mit seinen Fingern über meine Haut strich und sie dann in meine Finger gleiten ließ. „Und was glaubst du wird passieren, wenn du den geheimnisvollen Mann finden wirst?“, fragte er mit einem herausfordernden Flüstern, was mich wohl dazu verleiten sollte zu sagen, dass das Ganze hier keine aussichtslose Aktion war. „Was wirst du dann tun?“

Was *würde* ich tun? Ich würde auf das Unmögliche hoffen. Ich würde hoffen, dass diese verfluchte Prophezeiung wahr war. Dass Luke ein Teil meiner Seele war und mich von meinen Schuldgefühlen und Qualen erlösen könnte. Nur wahre Liebe konnte jemanden wie mich schuldfrei machen. Und ich sehnte mich verzweifelt nach Absolution.

Nates Flüstern sandte Schauer an meinem Rücken hinab. „Ich kann nicht so tun, als wüsste ich, wie es ist, ein Sukkubus zu sein", sagte er, „aber ich glaube, du musst aufhören, so hart zu dir selbst zu sein."

Ich erschauderte und konnte mich nicht zu ihm umdrehen und ihn ansehen. Ich blendete die wachsende Anziehung zwischen uns aus und wand mich aus seinem Griff, zog ein Buch aus dem Regal. Ich tat so, als wäre ich fasziniert davon, obwohl ich mich nicht dazu bringen konnte, auch nur ein Wort davon zu lesen. Ich erstarrte, als Nates warme Hand auf meine Schulter fiel.

„Ich brauche nicht zu trinken", sagte ich. „Und auch wenn du denken magst, dass ich es wert wäre, versichere ich dir, dass ich den Tod nicht wert bin."

Er schlang seinen Arm um mein Schlüsselbein, ließ seine Finger über meine Brüste wandern und strich über den Blutstein. „Darum ist es ja auch so eine außergewöhnliche Möglichkeit. Du kannst genießen, was ich zu bieten habe, ohne mich zum Tode zu verdammen. Alles wegen diesem schönen roten Stein."

Ich blinzelte und sah in sein Gesicht. Er lächelte. Es war nicht das jungenhafte Lächeln, an das ich mich so gewöhnt hatte, sondern ein selbstbewusstes Lächeln mit perfekten Zügen, das nur daher rühren konnte, dass er der Sohn eines Inkubus-Königs war.

„Daran hatte ich nicht gedacht", gab ich zu.

Seine Finger strichen an meinem Hals entlang und über meine Lippen. „Nicht ein einziges Mal?"

Meine Lippen öffneten sich aus eigenem Antrieb und sein Atem in meinem Gesicht zu spüren, ließ meine Arme Gänsehaut bekommen. Er knabberte an meinem Hals und anstatt zurückzuweichen, drang ein sanftes Stöhnen aus meinem Rachen.

Seine Zunge berührte mein Ohrläppchen und dann flüsterte er: „Außen mag ich menschlich sein, aber ich habe übernatürliche Qualitäten von meinem Vater geerbt."

Meine Augen weiteten sich neugierig und eine Sehnsucht in mir reagierte auf sein Versprechen. Ich entfernte mich von ihm, war aber insgeheim froh, als er meine Taille umschlang und mich zu sich zog.

Seine steife Erektion presste sich an meine Hüfte und mein Atem stockte erwartungsvoll.

Er seufzte zufrieden und ließ seine Finger in meine gleiten, bevor er mich begierig küsste. Der süße Geschmack seiner Zunge sandte Blitze durch meine Brust und ich sehnte mich plötzlich nach mehr als nur seinem Mund.

Dann, im unpassendsten Moment, zog Lukes Gesicht vor meinem inneren Auge auf. Ich wich von Nate zurück und die Lust, die eben noch in der Luft gelegen hatte, verflog.

„Was ist los?", flüsterte er. Seine Augen sahen besorgt aus, aber als er mein Gesicht musterte, grinste er: „Du denkst an Luke, oder etwa nicht?"

Ich hatte erwartet, dass ihn das verletzen würde oder er sogar eifersüchtig wäre. Aber stattdessen schien er sich nur zu entspannen. „Was?", fragte ich.

Er grinste. „Es gibt da etwas ... Ich weiß auch nicht. Das klingt jetzt vielleicht merkwürdig, aber es ergibt Sinn. Ich meine, du bist ein Sukkubus. Es ist dir nicht bestimmt, nur mit einem Mann zusammen zu sein." Er zuckte mit den Achseln. „Vielleicht kann ich teilen – solange du mich zufriedenstellen kannst, wenn ich dran bin."

Während ich von seiner Ehrlichkeit etwas verblüfft war, legte sich sein Mund mit neuem Elan erneut auf meinen und ich quietschte überrascht. „Nein, Nate. Ich–" Meine Worte erstarben, als er seine Hand in meine Hose steckte und eine Welle der Lust durch jede Zelle meines Körpers sandte, als seine Finger in mich glitten. Ich hätte widerstehen sollen, aber mein ungehorsamer Körper presste sich an ihn und wollte mehr. Die Rune über meinem Bauchnabel, die auf ihn reagierte, brannte lusterfüllt. Er war einer meiner vier. Einer meiner Männer, die all meine Begierden stillen würden.

Ich schloss meine Augen und ergab mich den Wellen göttlicher Lust, die sich in mir ausbreiteten. Nate stöhnte heiser an meinem Nacken und spürte meine Akzeptanz. Dann versenkte er seine Zähne wieder in meiner Haut – dieses Mal fester als vorher. Der stechende Schmerz war eine willkommene Abwechslung zu der Lust, die ich verspürte, und vermischte sich damit in meinem Körper.

Ich hatte ihn nicht einmal berührt, aber meine Sinne konnten seine Erregung spüren. Mein Instinkt sagte mir, dass ich sie einsaugen sollte. Aber stattdessen fokussierte ich mich auf die Kraft meines Blutsteins.

Er begann auf meinen Befehl hin zu leuchten und sandte ein helles und warmes Leuchten durch den Raum. Mein eigener Triumphschrei ließ meinen Atem stocken und ich genoss es, die Sicherheit zu haben, das hier genießen zu können. Ich konnte ihn ohne Konsequenzen haben. Ohne Schuldgefühle.

Nate riss mir meine Hose vom Leib und drückte mich gegen ein Bücherregal. Mit meinen Händen hinter dem Rücken suchte ich nach etwas, woran ich mich festhalten konnte. Bücher stürzten von ihren Plätzen und flogen zu Boden, als Nate mich vom Boden abhob. Ich schlang meine Beine um seine Hüften und realisierte, wie sehr ich eine schuldfreie Nacht mit jemandem haben wollte, der mich meine Sorgen vergessen lassen würde.

Er zögerte nicht. Mein dünner Tanga gab unter seinem Reißen nach. Im Gegenzug dazu fummelte ich an seiner Jeans herum und war erfreut zu sehen, dass sie bereits offen war. Ein Ziehen am Reißverschluss und sein dicker, erigierter Schwanz zeigte sich kurz, bevor er sich zwischen meinen Schenkeln vergrub. Die geschmeidige Haut fand ihr Ziel und stieß in mich. Ich drückte meinen Rücken durch und knallte meinen Kopf am Regal an. Aber die Lust, die mich durchfuhr, übertünchte den Schmerz. Nates verzweifelte Stöße drangen in mich und hörten nicht auf. Es war, als ob er mich in diesem Moment genauso sehr brauchte wie ich ihn. Sogar als unsere Lust mich einnahm und ich meinen Orgasmus nicht weiter zurückhalten konnte, ich erschauderte und mich um ihn herum zusammenzog, hörte er nicht auf. Er machte weiter und warf mir ein zufriedenes Grinsen zu, als wäre das erst der Anfang. Ich sah ihn schockiert an. Sein Mund legte sich auf meinen und er rammte weiter in mich, während er meine Schreie mit seiner Zunge verstummen ließ.

Eine Erinnerung an seinen Vater, der meinen Orgasmus problemlos hingenommen hatte, ging mir durch den Kopf und ich bemerkte, dass es das war, was er gemeint hatte. Seine Abstammung. Er konnte mich solange ficken, wie er wollte – mir einen Höhepunkt verschaffen, bis ich laut schrie, ohne mit der Wimper zu zucken.

Er war zweifellos einer meiner vier.

Seine Lippen entfernten sich von meinen und er musterte mein

Gesicht, schien meinen lusterfüllten und schockierten, unkontrollierbaren Gesichtsausdruck zu genießen.

Ich klammerte mich mit einer Hand an ihn, als würde mein Leben davon abhängen, legte die andere an meinen Mund und biss fest darauf. Ich war bereits dreimal gekommen und er machte keine Anstalten, locker zu lassen. Ein Schmerz, den ich noch nie zuvor verspürt hatte, machte sich an meinem Bauch breit und drohte, mich zu überkommen. Ich biss fester auf meine Finger und hoffte, dass ich meine Schreie dämpfen konnte.

„Heute Nacht gehörst du mir“ flüsterte er selbstbewusst und zog meine Hand aus meinem Mund. „Sag mir, dass du mir gehörst.“

Als ich nichts erwiderte, verlangsamte er seine Stöße und drang sanft in mich und aus mir, schenkte mir eine dringend benötigte Verschnaufpause. Und dennoch stand ich immer noch kurz davor, meinen Verstand erneut zu verlieren.

Meine Lippen öffneten sich und ich realisierte, dass es stimmte. In diesem Moment hätte ich alles getan, was er wollte. „Ich gehöre dir“, keuchte ich. Die Rune an meinem Bauch stimmte mir bebend zu.

Er grinste und ließ seine Finger durch mein Haar gleiten. Gerade genug, um eine Handvoll zu packen und meinen Hals zu entblößen, als ich meinen Rücken durchdrückte und mich an ihn presste. Er wusste, wie er mich anfassen musste, ohne mir wehzutun, und das machte mich nur noch mehr an.

„Wie fühlt es sich mit mir an?“, wollte er wissen.

Ich schloss meine Augen und konzentrierte mich auf das sanfte Kreisen seiner Hüften. Meine sensiblen Stellen waren angeschwollen und mein Nektar floss an meinem Hintern hinab. Glücklicherweise wurde er von meinem T-Shirt aufgesogen und nicht von der armen Büchersammlung meiner Großmutter.

„Du bist überwältigend“, gab ich zu.

Ich zwang mich, ihn durch den roten Nebel meines Blutsteins anzusehen, und badete in seiner Ausdauer. Es erübrigt sich zu sagen, dass Männer einem Sukkubus wie mir nicht lange standhielten. Das hier war eine völlig neue Erfahrung.

Er verlangsamte seine Bewegungen noch mehr, regte sich kaum noch und brachte mich dazu, meine Hüften nach vorne zu drücken, um die Lust aufrechterhalten zu können. Ich war nie so an meine Grenzen getrieben worden und ich wollte nicht, dass es aufhörte.

Seine Zunge glitt an meinem Hals hoch, bis sie an meinem Ohrläppchen war. Ein Schaudern lief an meinen Armen hinab, als er seine Zunge kurz in mein Ohr steckte. „Willst du, dass ich weitermache?", fragte er.

Ich konnte nichts mehr sagen. Ich hielt mich an den Regalen fest und presste meine Schenkel gegen seine Hüften, bewegte mich an ihm hoch und runter. Ein erbärmliches Wimmern drang aus meinem Rachen, als ich die intensiven Stöße, die er mir eben verpasst hatte, mit meinen eigenen Bewegungen nicht nachahmen konnte.

Er strich mein Haar zurück und zwang mich, ihm in die Augen zu sehen. „Ich will dich betteln hören."

Dieser Mistkerl. Aber ich wollte ihn, also öffnete ich meinen Mund und zwang mich, es zu sagen. „Bitte", flüsterte ich.

Nate lehnte sich zu mir, ließ seine Hand an meinem Rücken hinabgleiten und zog mich an seine muskulöse Brust. „Wie bitte?"

„Fick mich so hart du kannst", flehte ich. „Vögle mir das Hirn raus."

Er lächelte. „Ja", sagte er. „Jetzt verstehst du es, armer Sukkubus. Du warst immer die Verführerin. Du hast Männer immer in die Knie gezwungen und ihnen gegeben, was sie brauchten, damit du etwas zwischen die Zähne gekriegt hast." Er legte seinen Kopf schief und sah mich mitfühlend an. Dann hob er mich problemlos hoch. „Aber was hast du jemals bekommen, außer zu überleben? Was ist mit überwältigender Lust? Was ist mit *genommen zu werden*? Willst du das nicht?"

Meine Augen sahen in seine, flehten darum, dass er mir geben würde, was er eben gesagt hatte. „Ja." Ich schlang meine Arme um seinen Hals und brachte meine Lippen nahe an seine. „Bitte, nimm mich."

Ein boshaftes Lächeln zog auf seinem Gesicht auf und er legte mich auf den Boden. Ich zitterte, als er mir mein T-Shirt auszog und nur kurz innehielt, um meine Runen anzusehen. Seine Augen weiteten sich, als er seine entdeckte. Diejenige, die auf die sexuelle Energie, die er in mich gehämmert hatte, reagierte. Er streckte seine Hand aus und streichelte sanft darüber, was mich erzittern ließ. „Was ist das?“, fragte er.

Ich lächelte. „Das ... ist eine lange Geschichte.“

Wir hatten keine Zeit für lange Geschichten. Wir beide keuchten und lechzten lusterfüllt. Er drehte mich auf alle Viere.

Nate stieß ohne Vorwarnung in mich und die Lust explodierte in mir. Ich schrie laut und es war mir egal, ob mich jemand hören konnte. Ich war ein Sukkubus. Ich hatte Sex. Meine Großmutter und ihre Gäste sollten sich nicht darüber wundern, oder?

Nate griff nach meinen Hüften und ich wusste, dass ich die Nacht meines Lebens vor mir hatte. Er rammte seinen Schwanz in mich, beschleunigte seine Stöße immer mehr. Das Klatschen meines Pos an seine Schenkel sagte mir, dass ich entweder wund sein oder blaue Flecken haben würde, wenn er mit mir fertig war. Jeder Stoß sandte einen schmerzhaften Blitz der Lust durch mich und ich vergrub meine Finger im Plüschteppich.

Dann lehnte er sich über meinen Körper und legte seine Finger über meinen flachen Bauch, ließ sie über die Runen gleiten, bevor er auf jener verweilte, die unter seiner Berührung bebte. Anstatt meine Brüste zu begrapschen, wanderten seine Finger an mir hinunter, bis sie bei meiner Klitoris ankamen. Er zog Kreise um meine angeschwollene Knospe und als er seine Hüften wieder zu bewegen anfing, überkam mich die Lust erneut. Dieses Mal war er sanfter und ließ mich seine Berührungen genießen.

„Lecker“, flüsterte er in mein Ohr. „Ich will davon kosten.“

Zu meinem Entsetzen zog er seinen Schwanz aus mir und drehte mich auf meinen Rücken. Seine Küsse folgten demselben Weg, den seine Finger zuvor genommen hatten, und ruhten dann an meiner angeschwollenen Ritze. Es fühlte sich so gut an, dass es schmerzte, und ich schrie, als er meine sensible Mitte küsste und seine Zunge darüber gleiten ließ.

Ich versuchte mich wegzudrehen, schämte mich dafür, wie angeschwollen ich war. So viel rohe Lust, so viel Blut an einem Ort. Es war unvorstellbar, dass er das attraktiv finden würde.

Seine Hände hielten meine Hüften fest und hielten mich an Ort und Stelle. Ich war ausgelaugt und konnte ihn nicht abwehren. Stattdessen ließ ich meinen Kopf geschlagen in den Teppich zurückfallen. Ich umschlang meinen Blutstein, um Kraft daraus zu schöpfen, um das lustvolle Spiel zu überleben. Er war so heiß auf mich. Ich konnte seine Erregung riechen und sie legte sich wie elektrische Funken auf meine Haut. Aber was mich am meisten faszinierte, war, wie viel sexuelle Energie *ich* aufnahm. Mein Medaillon saugte sie förmlich auf und versorgte mich damit, als wollte sie sie nicht verschwenden.

Wärme strömte über meine Haut und als ich bemerkte, dass der Raum blau zu glühen begann, sah ich nach unten zu Nate, der Unvorstellbares mit seiner Zunge machte. In seinen Augen leuchtete seine sexuelle Energie. Sie war azurblau, wie jene seines Vaters. Und sie verstärkte sich, als er mir einen Höhepunkt verschaffte. Es war so heiß, ihn dabei zu sehen, wie er mich beobachtete, während ich meinen Nektar in seinen Mund fließen ließ.

Er strich sich das Kinn ab und grinste, war mit seiner Arbeit zufrieden. Ich hingegen keuchte und konnte meinen Kopf kaum noch hochhalten.

„Du bist noch leckerer, als ich gedacht habe", flüsterte er und legte sich über mich. Sanft presste er seinen steifen Schwanz in mich und bemühte sich, meine unglaublich geschwollene Muschi nicht zu sehr zu stimulieren.

Er wandte seinen Blick nicht von mir ab, während er sich bewegte. Sein Gesichtsausdruck wurde sanfter und ich wusste, dass er sich jetzt erlaubte, seinen Höhepunkt zu haben. Es fühlte sich so intim an. Mehr als nur eine Romanze, die mich ablenken sollte. Ich konnte mich nicht von ihm losreißen, als er zu stöhnen anfing. Das Geräusch war wie Musik in meinen Ohren. Ich war so dankbar für alles, was er mir gegeben hatte, dass mein Herz klopfte, als ich sein Stöhnen hörte. Ich klammerte mich an seinen Bizeps und zog mich um seinen Schwanz herum zusammen, hoffte, dass ich seinen Orgasmus damit verstärken könnte. Ich war nicht sicher, ob ich ihn kommen spüren würde – alles war bereits so warm und feucht. Als er jedoch einen Zahn zulegte, wusste ich, dass ich ihn zweifellos spüren würde. Seine Augen schlossen sich voller Wonne, als er seinen Höhepunkt erreichte. Die Adern an seinem Hals traten hervor und etwas Warmes breitete sich in mir aus. Ich konnte es mir nicht verkneifen, mit ihm zu kommen. Das

Gefühl und der Anblick, der sich mir bot, verschafften mir neue Höhen der Lust.

Als der Moment endete, wusste ich, dass sich alles verändert hatte. Ich wollte, was ich in lusterfüllter Trance gesagt hatte. Ich wollte ihm gehören. Nicht nur heute Nacht. Für immer.

Kapitel Sechsundzwanzig

DER ZWEITE VON VIER

Nate

Sonya zu ficken war ganz schön anstrengend gewesen, aber nachdem ich meine Pflicht erfüllt hatte ..., verdammt, war sie mehr als nur ein Job für mich. Sie hatte etwas in mir berührt und ich war mir nicht sicher, ob ich damit klarkam.

Als Sohn eines Inkubus konnte ich solange Sex haben, wie ich wollte, meine Orgasmen präzise kontrollieren. Sonya war eine neue Herausforderung. Ein Sukkubus, der sonst daran gewöhnt war, zu verführen. Sie verletzlich und dieses *Bedürfnis* in ihren Augen zu sehen, hatte mich etwas fühlen lassen, das ich nie zuvor verspürt hatte. Ganz abgesehen davon: Was hatte diese verdammte Rune zu bedeuten? Als ich sie berührt hatte, ... war etwas in mir an seinen Platz gefallen.

„Und, was hast du herausgefunden?", fragte mein Vater ungeduldig und wollte mehr über den Triumph erfahren.

„Hör zu, sie ist im Moment verletzlich", sagte ich schnippisch. „Ich will das nicht mehr. Schick jemand anderen."

Das tiefe Lachen meines Vaters klang in meinen Ohren und ich hatte das Bedürfnis, die Kopfhörer an meinem Handy rauszuziehen.

Aber ich musste seine Zustimmung haben. Ich musste ihm klarmachen, dass ich nicht der Richtige war, um Sonyas Geheimnisse zu lüften ... Auch wenn ich bereits nah dran war, sie alle rauszufinden.

„Nathaniel“, sagte mein Vater gespielt berührt. „Hör ich da Reue in deiner Stimme? Oder Zufriedenheit?“ Er rang spöttelnd nach Luft. „Oder beides?“

Das Mondlicht fiel in mein Fenster und ich starrte die Motten an, die im Lichtstrahl tanzten. „Schick. Jemand. *Anderen*“, sagte ich zähneknirschend.

„Hör zu, Sohn. Du hast einen Job zu erledigen und du wirst deine Schwester über dein unglückliches menschliches Bewusstsein stellen. Finde heraus, ob Luke ist, wovon wir denken, dass er es ist, und dann sehen wir weiter. Verstanden?“

Genau, Luke. Er war ein weiterer. Einer wie ich, der mit Sonya und einer Macht, die stärker war als die Pläne des Inkubus-Königs, verbunden war. Ich stieß sanft mit meinem Kopf an die Wand und war frustriert. *Nein.*

„Sonya wird es verstehen“, fuhr er fort. „Es ist auch zu ihrem eigenen Besten, verstehst du? Sie wird dankbar sein, wenn das alles vorbei ist. Wenn sie dir etwas bedeutet, wirst du tun, was ich sage.“

„Ist das dein Ernst?“, sagte ich und blendete die Stimme in meinem Kopf aus, die sagte, dass ich die Klappe halten sollte. Mich daran ermahnte, dass mein Vater nicht *nur* mein Vater war, sondern der älteste Inkubus auf dem Planeten und der König einer Spezies, die ich nie erben konnte. In seiner Gesellschaft musste er mich nicht als seinen Sohn anerkennen. Er hätte mich ganz einfach bei der Geburt töten können, anstatt mir die Ehre zu erweisen, Dinge für ihn zu erledigen. Vor allem nicht Dinge, wie einen Sukkubus wie Sonya zu verführen.

„Sag mir, mein Sohn. Was hat einmal Sex mit ihr mit dir gemacht, um auf solche Ideen zu kommen?“ Seiner Stimme wohnte wieder dieser hänselnde Ton inne. „Hat sie dich ausgelacht? Oder ist es besser als das? Hat sie meinen Namen geschrien, gerade als die Dinge gut wurden?“

Ich verkniff mir ein Grollen und atmete tief ein. Es hatte mich nicht gestört, dass er Sonya vor mir gevögelt hatte. Aber verdammt nochmal, jetzt ging es mir unter die Haut. Ich hatte kein Problem damit, sie mit Männern zu teilen, die sie verdienten. Aber mein unheiliger Vater war keiner von ihnen. „Wohl kaum", sagte ich und versuchte lässig zu wirken. „Es ist nur–" Ich ballte meine Fäuste und unterdrückte meine innere Stimme, die jetzt quiekte, als würde ihr Leben davon abhängen.

Ich wusste, dass ich Sonya die Nacht ihres Lebens beschert hatte. Ich hatte es in ihren Augen gesehen. Das hatte mich überrascht, zumal mein Vater buchstäblich der Sexkönig war. Ich war menschlich und auch wenn meine Inkubus-Abstammung Wunder für meinen Schwanz vollbrachte, konnte es einfach nicht sein, dass es dasselbe gewesen war. Langsam realisierte ich, dass Sonya nicht einfach nur angetörnt von einem guten Fick war. Sie hatte meine Sehnsucht nach ihr, meine ehrliche Besorgnis gespürt. Das war, was sie gewollt hatte, und mein Vater hätte ihr das auf keinen verdammten Fall geben können.

Ich räusperte mich und versuchte meinem Vater etwas zu erzählen, das genug wahr war, damit er mich in Ruhe lassen würde. „Ich will nur nicht, dass Sonya verletzt wird."

„Wie rührend", sagte mein Vater. „Wieso legst du dich nicht etwas hin und wir reden darüber, wenn du deinen Kopf durchgelüftet hast. Einen deiner beiden, zumindest."

Ich sah kurz zur Tür, war darauf gefasst, dass Sonya jeden Moment durch die Tür kommen würde. Ich konnte sie im Gang nur drei Zimmer entfernt spüren. Ich hatte von ihr gekostet und ihr Blutstein hatte mich mit ihren Sehnsüchten verbunden. Jetzt konnte sie an nichts anderes mehr denken als mich. Mein Schwanz wurde nur schon beim Gedanken daran hart. Ich bemerkte, dass mein Vater noch immer am anderen Ende war, und errötete. „Klar, *Papa*", sagte ich und betonte das Wort auf eine Weise, die ihm klarmachte, dass er den Namen meines Erachtens nicht verdiente. „Schlaf hört sich nach einer guten Idee an."

Der Anruf endete mit einem *Klick*. Ein pochendes Herz kam den Gang hinab auf mich zugelaufen. Ich hielt den Atem an, wartete darauf, dass die Tür sich öffnete, und zu meiner Überraschung tat sie es. Sonya trat ins Mondlicht und legte ihre Seidenrobe ab. Ihre Haut lockte mich zu sich, war feucht von ihrer Lust, und ihre Zunge glitt über ihre Lippen.

Ich würde heute Nacht kein Auge zubekommen.

Kapitel Siebenundzwanzig

DER STERBENDE BLUTSTEIN

Sonya

Neben Nate aufzuwachen, war das beste Erwachen, das ich seit einer langen Zeit erfahren hatte. Seine nackte Brust hob und senkte sich sanft, während er tiefe Atemzüge nahm. Ich schmiegte mich in seine Arme und der starke, ebene Puls seines Herzens beruhigte mich. Es war anders, als neben seinem Vater und seiner Mutter aufzuwachen, und ein Teil von mir fühlte sich schuldig, dass ich überhaupt daran dachte. Aber als ich darüber hinwegkam, wie pervers die Sache war, musste ich zugeben, dass das hier sich viel besser anfühlte. Nate hatte Gefühl und Leidenschaft. Meine Nacht mit seinem Vater war pure Lust mit einer Prise Verzweiflung gewesen.

Ich strich über sein Nasenbein. Es sah genauso aus wie Silvias. Ich ließ einen Finger an seinem Kiefer entlanggleiten, der das perfekte Ebenbild dessen seines Vaters war. Seine Gesichtszüge waren aus dem Besten seiner Eltern geschnitzt und doch realisierte ich, dass er jemand komplett anderes war, als er schläfrig mit seinen Augen blinzelte. War das seine Menschlichkeit?

Seinem Blick wohnte eine Sanftheit inne, die ich nie zuvor in ihm gesehen hatte. Er machte aus allem immer einen Scherz und nahm mich nie ernst und schien ganz allgemein eine riesige Nervensäge zu sein. Aber jetzt, wo ich ihm mit einem liebevollen Lächeln in die Augen sah, realisierte ich, dass er sich hinter diesen Witzen versteckte, weil sein Vater seine Menschlichkeit nicht guthieß. Wie traurig, immer verstecken zu müssen, wer man war. Ich konnte es ihm nachfühlen.

„Guten Morgen", sagte er mit sanfter Stimme. Dann strich er mit seinem Daumen über meine Wange. „Du solltest nicht mit Make-up schlafen. Für einen Augenblick dachte ich, du seist ein Clown."

Ich funkelte ihn an und entfernte mich von ihm. Er hatte den Moment versaut. „Ich werde mich waschen", murmelte ich und hielt die Decke fest um mich geschlungen, lief mit ihr ins Badezimmer. Nates Gelächter folgte mir und ich knallte die Tür hinter mir zu, um es nicht mehr zu hören.

Sonnenstrahlen fielen durch das Fenster und warfen ein ganz anderes Licht auf die luxuriöse Ausstattung des riesigen Badezimmers. Die Strahlen ließen Flecken von stehendem Wasser auf dem edlen Marmorbecken, den tiefsitzenden Schmutz in den Fugen zwischen den Kacheln und mein von Make-up verschmiertes Gesicht im Badezimmerspiegel hervorstechen.

„Was guckst du?", sagte ich genervt zu meinem Spiegelbild und verzog das Gesicht. Ich schnappte mir ein sauberes Handtuch und begann, mein Gesicht abzurubbeln.

„Was hast du gesagt, Baby?" Nates gedämpfte Stimme war von der anderen Seite der Tür zu hören. Ich rollte mit meinen Augen. „Nichts!"

Als die schwarze Farbe unter meinen Augen nicht weggehen wollte, schmierte ich Seife auf das angefeuchtete Handtuch und rubbelte erneut. Was hatte ich mir dabei gedacht, Nate so nah an mich ranzulassen?

War ich wirklich so verzweifelt?

Ich seufzte und ließ das fleckige Handtuch sinken, nachdem ich meine Haut erfolgreich wundgeschrubbt hatte. Ein frisches Rosa zeigte sich im Spiegel und Zufriedenheit wärmte meine Brust. Dann sah ich auf meine Halskette. Die Kraft des Blutsteins waberte darin, schien sich jedoch verändert zu haben. Ich griff danach und zog die Kette über meinen Kopf, um mir das Medaillon genauer anzusehen. Ich öffnete es und rang nach Luft.

Der Stein hatte sich blau verfärbt.

„Was soll das?", wollte ich wissen, als ich aus dem Badezimmer sauste.

Ich hatte mir nicht die Mühe gemacht, mir den Morgenrock überzuziehen, der hinter der Tür hing, und anstatt mir zu antworten, grinste Nate und musterte meinen nackten Körper. „Sieht aus, als ob jemand ein zweites Mal ran will." Er legte seinen Kopf schief. „Oder wenn man es genau nimmt, ein siebtes Mal."

Ich zog ihn aus dem Weg und schubste ihn aufs Bett zurück. „Ich meine es verdammt nochmal ernst. Sieh dir das an." Ich ließ den Blutstein vor seinem Gesicht baumeln. „Was hast du damit gemacht?!"

Er blinzelte und sah überrascht aus. „Was habe *ich* gemacht?" Seine Augen weiteten sich und sahen mich an. „Meinst du das ernst? Du weißt, dass ich menschlich bin, oder?"

Ich ließ ihn los und er rieb sich seinen Arm, als hätte ich ihm wehgetan. Als ich die gelbe Verfärbung an seinem Arm sah, bemerkte ich, dass ich das hatte. „Tut mir leid", murmelte ich.

Er zuckte mit den Schultern. „Kommt davon, wenn man übernatürliche Kräfte hat, schätze ich."

Ich fühlte mich entblößt, begab mich zurück ins Badezimmer und griff nach dem Morgenrock und hüllte ihn um mich. Da ich an keinen anderen Ort gehen konnte, ging ich zum Bett und ließ mich neben ihn sinken.

Nate wrang seine Hände und sagte dann: „Also ... Was, glaubst du, hat das zu bedeuten?" Er sah auf seine Hände und klang, als fühlte er sich schuldig. „Glaubst du, dass es so viel Kraft braucht, um nicht von mir zu trinken?"

Ich erstarrte. Hatte ich wirklich die Kraft meines Blutsteins aufgebraucht, nur um eine Nacht mit einem Menschen zu verbringen? Meine Augen weiteten sich und ich hielt den Stein in meinen Händen. Sein Licht schwand tatsächlich. Das war alles meine Schuld.

„Ich hätte das hier gebrauchen können, um Sarah Lebewohl zu sagen", sagte ich, mehr zu mir selbst als zu Nate. „Das hatte ich sogar vor. Nachdem etwas Zeit vergangen wäre und sie sich daran gewöhnt hätte, dass sie ..."

„Menschlich ist?", beendete er den Satz für mich.

Ich nickte. Tränen stiegen mir in die Augen. „Ich wusste nicht, dass das geschehen würde. Ich habe meine Chance, Lebewohl zu sagen, verloren." Der Gedanke daran, nie wieder mit Sarah zusammen sein zu können, brach mir das Herz in tausend kleine Stücke.

Als mein Körper zu zittern anfing, legte Nate einen Arm um meine Schultern und zog mich zu sich. „Hey. Komm schon. Ist schon gut. Es ist wie diese besseren Batterien, die man an einem speziellen Ort kriegt. Es lädt sich wieder auf, oder?"

„Man kann wiederaufladbare Batterien auch in normalen Läden kaufen", murmelte ich.

Er gluckste. „Okay, dann war das eben ein blöder Vergleich. Aber trotzdem: Mach dir keine Sorgen, okay? Wenn es keinen Saft mehr hat, kannst du einfach mit meinem Vater sprechen und–"

Ich sah zu ihm hoch. Sogar er schien zu realisieren, was er da eben gesagt hatte, und schloss seinen Mund.

Ich wandte meinen Blick ab und meine Wangen brannten. „Ja", sagte ich. „Großartig."

Kapitel Achtundzwanzig

DÄMONISCHE TOCHTER

Sonya

Das einzig Schöne daran, wieder zu Hause zu sein, war, dass es Schränke voll mit süßen Outfits in meiner Größe gab. Alle Frauen in meiner Familie waren eins siebenundsechzig große, vollbusige blonde Schönheiten. Ich wusste nicht, ob unsere Spezies mit einer Art vorbestimmten DNA kam, die dem Vorbild für die attraktivste Form einer Frau entsprach, oder ob Hitlers Spinnereien in unsere Kreation eingeflossen waren. Ich wäre nicht überrascht gewesen, wenn dem so gewesen wäre. So oder so fühlte es sich verdammt gut an, heiß zu duschen und den Kleiderschrank in Nates Zimmer zu öffnen, einen roten Rock, der meine Hüften betonte, eine bauschige weiße Bluse, die meinen Ausschnitt gut herausstellte und rote Schuhe, um den Blick auf meine langen Beine zu ziehen, daraus zu kramen.

Nachdem ich in mein Outfit geschlüpft war, schenkte Nate mir ein zustimmendes Nicken, bevor ich aus der Tür ging.

„Baby", sagte er und rang verblüfft mit seinen Armen. Seine Aufmachung bestand aus zerzaustem Haar und der dünnen Decke, die ich ihm zugeworfen hatte und jetzt fest um seinen perfekten Körper geschlungen war. „Echt jetzt. Du kannst dich nicht so heiß anziehen und dann einfach abhauen."

Ich schenkte ihm ein trockenes Lächeln. „Echt jetzt? Du willst es nochmal tun?" Ich öffnete mein Medaillon und ließ ihn einen guten Blick auf den verglühenden Stein werfen. „Willst du wirklich testen, wie viel er noch aushalten kann? Ich bin dabei, wenn du es bist."

Er starrte mich an und einen Moment lang fragte ich mich, ob er wirklich gedachte, das Risiko in Kauf zu nehmen. Dann zog sein übliches Witzbold-Grinsen auf seinem Gesicht auf und er verschränkte seine Arme, ließ sich mit einem deprimierten Seufzen aufs Bett zurückfallen. „Es ätzt, menschlich zu sein. Du hast keine Ahnung."

Ich kicherte und griff nach dem Türknauf, verspürte eine Mischung aus Mitgefühl und Sehnsucht – was eine komische Kombination war. Als ich meine Augen schloss, sah ich Sarah, meine Vergangenheit, und Luke, meine Zukunft, vor meinem inneren Auge. Nate war nicht da, und sollte es auch nicht sein. Ich hatte keinen Platz für einen Menschen in meinem Leben. Vor allem nicht für einen, der der Sohn des Inkubus-Königs war – der einzigen Person, die ich kannte, die mir helfen konnte, den Blutstein wieder aufzuladen. Wenn das mal kein verrücktes Liebesdreieck war

Als ich hinaustrat, wandte Nate nichts weiter ein. Ein kurzer Blick zurück, bevor ich die Tür schloss, zeigte ihn mit geschlossenen Augen. Er sah aus, als schliefe er auf dem Bett. Ich fragte mich, ob es genauso hart für ihn war wie für mich. Aber als ich auf meinen Absätzen den Gang hinunterging, war es schwer zu glauben, dass es mehr als ein Glücksfall für ihn gewesen war. Wie viele Menschen konnten einen Sukkubus ficken und überlebten es? Er würde in seinen vielen zukünftigen betrunkenen Nächten wahrscheinlich nonstop mit mir angeben.

Der beste Weg, um über einen Kerl hinwegzukommen – vor allem über einen, der nichts mehr als ein One-Night-Stand sein sollte, aber irgendwie mehr war –, war Ablenkung. Ich kicherte, als ich daran dachte, dass Nate meine Ablenkung *hätte sein sollen*. Na, es hatte viel zu gut funktioniert.

Ich musste noch immer nach Queens, aber zuerst musste ich mich mit meiner Großmutter befassen. Ich ging um die Ecke und lief in den

Wintergarten im Wissen, dass sie ihren morgendlichen Tee dort zu sich nahm, wenn sie noch immer dieselbe Frau war, die ich gekannt hatte.

Und tatsächlich saß sie da und strahlte wie eine Orchidee, die mit Morgentau belegt war, und nippte an einer reizenden Porzellantasse. Ihre Augen sahen erfreut aus, als sie mich näherkommen sah. Nichts an ihr schien gealtert zu sein – nur ihre Augen. Sie waren blau und leuchteten, aber gleichzeitig sehr alt und kleine Fältchen zogen sich darum, wenn sie grinste. „Sonya, meine Liebste", sagte sie und stellte ihre Tasse mit einem sanften Klirren auf den Tisch und stand auf, um mich zu umarmen.

Ich konnte nicht anders, als ihr in die Arme zu fallen und mich von ihrem Fliedergeruch umhüllen zu lassen. Ich ließ mich in die Umarmung einer liebenden Person fallen. Ich hatte niemanden mehr außer ihr.

Sie hätschelte mein Gesicht wie ein Miezekätzchen. „Ich bin so froh, dass du die Stärke in deinem Herzen gefunden hast, um mir zu vergeben. Ich habe dich so sehr vermisst."

Ich drückte sie fest. „Wieso hast du es getan?" Ich wollte eine gute Antwort auf die Frage. Wieso hatte sie mich glauben lassen, dass sie tot war? Ich hatte nicht nur den Tod meiner Mutter, sondern auch den meiner Großmutter betrauern müssen, obwohl sie die ganze Zeit über am Leben gewesen war.

Sie entfernte sich von mir und hatte einen reumütigen Gesichtsausdruck auf. „Ich hasste es, dass ich es dir nicht habe sagen können. Aber ich hatte keine andere Wahl. Du hättest *ihn* nie getroffen, wenn ich dich nicht deinen eigenen Weg hätte finden lassen."

Es war schwer, den Kloß in meinem Hals hinunterzuschlucken. „Was meinst du?"

Sie lächelte und ging dann im Wintergarten herum, ließ ihre Finger über die Blumen gleiten. „Würdest du es mir glauben, wenn ich es dir sagte?"

Ich runzelte die Stirn. „Ich habe eine Menge gesehen. Nichts, was du sagst, wird mich noch überraschen."

Sie kicherte und schlang ihre Finger um eine Rose, die kurz davor war, zu erblühen. Ihre glänzenden Augen sahen mich an. „Deine Mutter hatte eine Vision. Sie hat sich selbst geopfert, um diese Vision Realität werden zu lassen. Und wenn ich auf dich zugekommen wäre, bevor du ihn getroffen hättest, wäre ihr Tod umsonst gewesen."

Tränen drohten, mein Gesicht hinunterzukullern, und brannten wie kleine Funken in meinen Augen. Ich schluckte trocken und verkniff sie mir. „Wie konnte meine Mutter eine Vision haben? Wir sind Sukkuben. Wir besitzen keine solchen Fähigkeiten."

Ihr Blick richtete sich auf das Medaillon um meinen Hals und sie sagte: „Es gibt Ausnahmen."

Meine Hand legte sich instinktiv um das Schmuckstück. Das Medaillon war nicht komplett kalt, was bedeutete, dass es immer noch etwas Kraft überhatte. Die Wärme, die ich an meinen Fingern spürte, gab mir das Gefühl, stark und in Kontrolle zu sein. „Du redest von Luke, oder?" Mein Kiefer spannte sich an. „Wieso glaubt jeder, dass er so verdammt wichtig ist? Ich habe versucht, ihn zu finden, und angeblich soll er irgendwo in Queens sein. Anstatt mich dorthin zu bringen, haben mich Nate und dieser Flugbegleiter hierhingebracht", grummelte ich und stampfte auf einen Korbstuhl zu und ignorierte das leise Knacken, als ich mich darauf fallen ließ. „Wieso *verhindert* man, dass ich mich einer so wichtigen Aufgabe widme?"

Sie zuckte mit den Achseln. „Die Vision deiner Mutter hat klar gesagt, dass – sobald ihr euch getroffen hättet – der Weg vorgezeichnet wäre. Danach ist es deine Aufgabe, die Vision Realität werden zu lassen. Nichts, was ich sage oder tue, könnte etwas daran ändern." Sie zeigte mit ihrem Zeigefinger in die Luft. „Wie auch immer. Ich werde nicht zulassen, dass eine Dämonenbrut deine Seele aussaugt, bevor du die Möglichkeit gehabt hast, dein Schicksal zu richten."

Ich spöttelte. „Das klingt ganz nach dir. Wen kümmert meine Sicherheit, solange man es wiedergutmacht?" Ich kniff meine Augen zusammen. „Dämonenbrut." Das Wort verließ meinen Mund. „Ich dachte, die wären ausgestorben."

Sie zuckte mit den Schultern. „Es war vorbestimmt, dass es wieder passieren würde. Sie erscheinen oft, nachdem der Blutstein wieder aufgeladen wird. Ich bin aber nicht sicher, warum. Es ist merkwürdig."

Ihre weisen Augen sahen in meine, als würde sie nach Antworten suchen. „Du weißt doch nicht zufällig etwas darüber, oder?"

Ich setzte mein bestmögliches Pokerface auf. Ich liebte meine Großmutter, versteht mich nicht falsch. Aber ich traute ihr keinen Zentimeter weiter als ich ... na ja, als ein Mensch einen Stein werfen konnte. Wenn sie von meiner Tochter sprach, würde ich ihr dieses Geheimnis ganz bestimmt nicht anvertrauen.

Stattdessen zuckte ich mit den Schultern und griff nach der Teekanne. Eine leere Tasse mit zwei Stück Zucker darin stand bereits da. Ich lächelte. So mochte ich es am liebsten.

Nachdem ich mir einen Schluck heißen Tee eingeschenkt hatte, rührte ich mit einem kleinen metallenen Rührstarb darin und nahm dann einen Schluck. Ich seufzte. Absolut himmlisch.

Meine Großmutter runzelte die Stirn. „Diese Monster in Seattle haben sich offensichtlich nicht gut um dich gekümmert. Wann hattest du das letzte Mal eine anständige Tasse Tee?"

Ich zuckte mit den Achseln. „Meine Launen verlangen mehr nach Oreos und Bier, um ehrlich zu sein."

Sie legte ihren Handrücken gespielt schockiert an ihre Stirn. „Mein armes Kleines. Was haben sie mit dir gemacht?"

Ich hielt die warme Tasse in meinen Händen und meine Stimmung verdüsterte sich. „Wenn Luke so wichtig ist, was passiert, wenn ich ihn finde? Wird er nicht einfach wieder vor mir davonrennen wie letztes Mal?"

„Ist das sein Name?" Sie lächelte, als hätte ich ihr mein dunkelstes Geheimnis verraten. „Ich habe mich immer gefragt, wie er heißt."

„Echt jetzt, Großmutter. Meine Kräfte schlagen bei ihm nicht an. Was soll ich tun?"

Ihr Blick fiel erneut auf mein Medaillon. „Es scheint, als würde die Quelle seiner Angst schwinden."

Ich legte meine von der Tasse erwärmten Hand an das Schmuckstück und stellte schockiert fest, dass das Metall sich kalt anfühlte. Ich sah nach unten und öffnete das Medaillon. Nichts als ein schwaches Glimmen war noch da und der Rand hatte sich weiß verfärbt wie eine Infektion.

Ich schluckte den Kloß in meinem Hals herunter.

Ein letzter Kraftschub und mein Blutstein würde komplett leer sein.

Ich hatte mich daran gewöhnt, wie einfach mich der Stein hatte vergessen lassen, welcher Preis Sukkubus zu sein hatte. Ich konnte meine Kräfte übermäßig benutzen, monatelang nichts zu mir nehmen und mein Leben einfach leben. Aber ohne ihn musste ich mich wieder an mein vorheriges Leben gewöhnen.

Bei diesem Gedanken drehte sich mir der Magen um. Mein Bauch war bereits kalt und fühlte sich schwer an, als ich durch die Straßen von New York zog. Die Sonne brutzelte hinunter, schien viel zu fröhlich, und die Unmengen von Leuten schienen viel zu viel Energie für meine melancholische Stimmung zu haben.

Mir wich immer mehr Farbe aus dem Gesicht und mir war schwindlig beim Gedanken daran, zurück zu meinem alten Leben zu kehren. Wie konnte ich wieder so leben? Unschuldige Männer zu töten, die schworen, dass sie für mich sterben würden? Egal, wie sehr ich es zu begründen und mir einzureden versuchte, dass sie willens waren, sich für mich zu opfern ... Meine Kräfte ließen ihnen keine andere Wahl. Sie waren nichts als Sklaven und ich war kein Stück besser als der Inkubus-König oder Zack, der Frauen wie leere Chipstüten wegschmiss.

Lusterfüllte Blicke kreuzten meinen Weg und mehr als nur ein paar Männer liefen absichtlich in mich. Ich fragte mich, ob ich den Rat meiner Großmutter befolgen sollte. Ihre Worte hallten in meinem Kopf wider: „Lebe, wie es dir vorbestimmt ist. Mittendrin und als die Einzige, die den süßen Nektar trinken kann.“ Sie verstand nicht, warum ich meine dürftig erfahrene menschliche Moral bewahrte. Sie versicherte mir, dass es meine Jugend war, die mich zurückhielt. Etwas, dem ich entwachsen würde. Sie hatte Moral immer hoch angepriesen, aber für sie bedeutete Moral, dass man sich an jenen labte, die sich freiwillig opferten. Alt genug, um zu wissen, was das zu bedeuten hatte, schien es mir nicht mehr so moralisch.

Als ich durch die Straßen wanderte, realisierte ich, dass ich mich einer bekannten Sehenswürdigkeit näherte. Während ich ziellos umhergewandert war, war ich zu einer Kirche gekommen wie jener in Seattle. Ich hatte einen Großteil meiner Kindheit darin verbracht.

Es gab einen Hauptgrund, weshalb ich einen Sinn für Moral hatte, wie ich mit einem trockenen Lächeln begriff. Diese verdammte Nonne, Maxine.

Trotzdem konnte ich mich vom tiefen Rot und Blau der Kirchenfenster nicht losreißen. Maxine war mehr eine Mutter für mich gewesen als meine eigene. Alles, was ich wollte, war, mich so sicher zu fühlen, wie ich mich bei ihr fühlte.

Ohne nachzudenken, ging ich die Treppen hoch und begab mich in die Schatten der Kirche.

Ein böses Knurren ließ meine Zähne klappern, als ich Fuß in die Kirche setzte. Darauf folgte ein schmerzerfülltes Kreischen hinter mir.

Ich wirbelte herum. Meine Haut erwärmte sich und ich hielt meinen Blutstein reflexartig fest. Das Mädchen, von dem Nate gesagt hatte, dass sie meine Tochter war, stand in der Tür und hielt sich ihre Hand, die bereits voller Blasen war.

„Verdammt nochmal, Mutter“, zischte sie. Ihre Stimme passte so gar nicht zu der eines Teenagers. Sie war rumpelnd, tief und wütend, als würde sie einer weitaus älteren Frau gehören, die stundenlang geschrien hatte. „Von allen Orten entscheidest du dich ausgerechnet für eine Kirche?“

Ich starrte sie an, wartete darauf, dass sie sich bewegte. Sie nahm ein paar Schritte zurück und die Blasen an ihrem Arm verblichen. Ihre Haut nahm einen frischen rosafarbenen Teint an. Die Wunden waren komplett verschwunden und ihr schmerzerfüllter Gesichtsausdruck wich.

„Wer bist du?“, sagte ich atemlos. Meine Sinne waren geschärft, alarmiert. Mein Instinkt sagte mir, dass es eine wilde, bösartige Kreatur war, der ich mich nicht nähern sollte. Ich sollte auf keinen Fall unachtsam werden oder mir einreden, dass ich in Sicherheit war. Ich griff nach meinem Medaillon und bereitete mich darauf vor, das letzte bisschen Kraft daraus zu schöpfen, wenn es sein musste.

Das silberne Glänzen ihrer Augen erinnerte mich an Silvia, aber ein roter Kreis glühte um ihre Iris herum, der nicht von Silvia, Derek oder mir stammte. Ich bemerkte, dass es nur einen Ort gab, woher sie die rote Flamme hätte bekommen können. Vom Blutstein selbst.

„Mutter", sagte sie erneut, als würde ich mich lächerlich aufführen. „Erkennst du mich nicht?" Sie richtete sich auf, als hätte sie zu lange gesessen, und rollte mit ihren Augen auf eine Art, wie es ein gelangweilter Teenager tun würde. Trotzdem verrieten diese roten Ringe in ihren Augen, dass sie alles andere als unschuldig war.

Als ich nichts erwiderte, deutete sie mit ihrem Kinn auf den Blutstein in meiner Hand. „Du hältst es, als hätte es mich nicht auch erschaffen. Glaubst du wirklich, dass es mir jemals wehtun würde?"

Mein Blut gefror in meinen Adern und sie lächelte. Es war nicht das Lächeln eines jungen Mädchens, das man auf einem Gesicht wie ihrem erwarten würde. Die spitze, etwas nach oben gerichtete Nase und die Grübchen in ihren Wangen ließen sie wie eine Puppe aussehen. Aber eine alte, boshafte Essenz drang aus jeder ihrer Poren. Ich schluckte trocken und nahm einen Schritt in die Kirche.

Sie rollte erneut mit ihren Augen. „Du kannst nicht für immer da drinnen bleiben."

„Was willst du?", fragte ich schnippisch. „Wieso folgst du mir?"

Sie setzte einen unechten, verletzten Blick auf und streckte ihre Unterlippe heraus. „Ich wollte meine Mami sehen."

„Nein", sagte ich und achtete darauf, dass meine Stimme nicht zitterte. „Du bist nicht menschlich. Ich wusste nicht, was ich in diese Welt setzen würde. Was Silvia wirklich ist."

Ich konnte nicht weiter abstreiten, was für eine Kreatur sie war. Das hier war eine Dämonenbrut. Ein Schaudern lief mir über den Rücken, als ich realisierte, was Silvia sein musste, um eine Dämonenbrut zu gebären. Wo Brut war, da gab es auch gefallene Engel.

„Scheiße", flüsterte ich leise. Ich hatte mit einem Engel geschlafen? Nein ... Nichts so Atemberaubendes. Ich hatte mit einem *gefallenen* Engel geschlafen.

Gerade als meine Dämonenbrut-Tochter etwas Originelles erwidern wollte, schritt sie mit einem Fauchen zurück, als wäre sie ein Vampir, der dem Sonnenlicht ausgesetzt war. Nicht, dass Vampire existierten. Das wäre lächerlich.

Mit einem Knurren floh sie und ihre Ärmel flatterten, als sie sich in Luft auflöste. Ich stemmte meine Hände in die Hüften und legte meinen Kopf verwirrt schief.

„Deine Tochter scheint reizend zu sein", sagte eine sanfte Stimme hinter mir.

Ich wirbelte herum und sah in das Antlitz des Objektes meiner Begierde der letzten drei Monate. Meine Augen weiteten sich und mir klappte der Mund auf. „Luke?"

Er grinste und sein Gesicht erhellte sich. Ich hätte am liebsten auch gelächelt. Sein Körper war dieses Mal bedeckt mit einem losen T-Shirt, aber die Muskeln darunter waren zu erkennen und eine leichte Brise streifte durch sein zerzaustes Haar. „Du kennst meinen Namen", sagte er und klang erfreut.

Ich nickte, fühlte mich wie gelähmt. „Natürlich. Ich habe dich im ganzen Land gesucht."

Einen Moment lang starrte ich ihn einfach nur an. Sein Gesicht war nicht makellos, wie ich es erwartet hatte. Er hatte kleine Narben unter seinen Augen und an seinen Lippen, als wäre er als Kind verletzt worden. Meine Finger fassten instinktiv hin. „Wieso bist du vor mir weggerannt?"

„Ich bin nicht weggerannt", sagte er und seine Augenlider schlossen sich. Seine Hand strich über meine Finger. „Ich habe meine Mutter besucht. Sie hat mir gesagt, dass ich dich hierhinführen soll. Also habe ich das getan." Sein Blick wurde abwesend und misstrauisch, starrte an die Stelle, wo meine Tochter gestanden hatte. „Jetzt verstehe ich, warum."

Ich blinzelte ein paarmal. „Das ergibt keinen Sinn."

Er schüttelte seinen Kopf und legte seine Finger um mein Handgelenk. „Wir sollten nicht hier darüber reden. Folge mir."

Meine Instinkte sagten mir, dass ich ihm nicht trauen sollte. Aber die Rune, die für so lange Zeit kalt gewesen war, war zum Leben erwacht und erinnerte mich daran, dass er einer meiner vier war. Ich konnte ihm mein Leben anvertrauen. Seufzend folgte ich ihm in die Schatten der Kirche.

Luke führte mich in einen hohen Gang hinab, der tief in die Erde reichte. Dann ging er weiter zur Krypta, wo ich erwartete, unheimliche Totenköpfe und Skelette zu erblicken. Es war New York, sie liebten solche Dinge.

Wir wurden von einer Wache auf unserem Weg nach unten angehalten, aber als er Lukes Gesicht erblickte, nickte er uns wissend zu und ließ uns passieren.

„Was ist hier unten?“ Ich flüsterte, als würden wir uns an einem heimgesuchten Ort befinden und ich die Geister nicht stören wollte. Es war eine Kirche, aber es fühlte sich nach etwas ganz anderem an. Es fühlte sich an, als wären wir der Realität entronnen und hätten eine völlig neue Welt betreten.

Luke hatte keine solchen Vorbehalte und seine Stimme war laut, echote den Gang hinunter, der verdächtig modern aussah. „Wir befinden uns auf heiligem Grund“, sagte er, als hätte er den Ort selbst erfunden, und streckte seine Arme aus.

Mir entfuhr ein Kichern und ich musste feststellen, dass ich ihn bereits jetzt mochte. „Ach wirklich?“

Er nickte nüchtern und führte mich zu einer stählernen Tür, die ebenfalls unglaublich modern aussah und die ganze unheimliche, altertümliche Atmosphäre des Ortes ruinierte, die anfangs über mich gekommen war. „Hast du nicht gesehen, wie das Dämonenmädchen nicht eintreten konnte?“

Ich kniff meine Augen zusammen. „Schon, aber ich habe auch gesehen, wie sie angsterfüllt davonrannte, als sie *dich* erblickte.“ Meine Stimme klang etwas misstrauisch. „Wieso?“

Er zuckte, als würden Frauen die ganze Zeit erschrocken von ihm davonrennen. „Keine Ahnung.“ Ohne ein weiteres Wort drehte er sich zum Pad neben der Tür um und presste seinen Daumen daran. Die Tür entriegelte sich und öffnete sich mit einem Zischen, als hätte der Raum unter Druck gestanden.

„Wo zum Teufel sind wir?“, wollte ich wissen und wehrte mich gegen sein Ziehen. Er schenkte mir ein seitliches Grinsen. „Es ist viel einfacher, es dir einfach zu zeigen.“

Neugierde rang mit der Angst vor dem Unbekannten. Mir kam plötzlich in den Sinn, dass niemand wusste, wo ich war. Ich hatte mein Handy nicht dabei. Ich war unter Tage mit meinem angeblichen Seelenverwandten und hier drinnen gefangen, weil meine Dämonenbrut-Tochter draußen warten könnte, um mir den Hals aufzuschlitzen, wenn ich zu gehen versuchte. Und jetzt war ich drauf und dran, in einen unter Druck gestellten, „heiligen“ Raum zu treten – mit Wer-weiß-schon-was darin gefangen.

Die Neugierde gewann und meine Schritte folgten Lukes und hallten von den Wänden. Der Raum roch nach Honig und Rosen.

Kapitel Neunundzwanzig

DER STEIN DER ENGEL

Sonya

Wir wurden von einer kleinen Truppe begrüßt, als wir tiefer in den Bunker liefen. Sie schienen Luke zu kennen und schenkten mir nicht mehr als einen neugierigen Blick. Die Hälfte von ihnen spielte Karten, während der Rest über die Ränder von alten Büchern Blicke austauschte. Ihre Handys waren nichts als leblose schwarze Klötze, die auf ihrer Granitunterlage lagen. Ich nahm an, dass Bunker keine guten WLAN-Spots waren.

Dann realisierte ich, was fehlte und mir komisch und *falsch* vorkam. Ich fühlte mich von Luke nicht sexuell angezogen und niemand war auch nur das kleinste bisschen interessiert an mir. Sie waren alle junge Männer mit dünnen T-Shirts über muskulösen Körpern, als würden sie an einem Fotoshooting für Adonisse teilnehmen. Es war merkwürdig. Denn je stärker ein Mann war, desto angezogener sollte er von mir sein. Aber nach nur einem Blick verloren sie alle ihr Interesse. Ich holte mein Medaillon unter meiner Bluse hervor und öffnete es. Der Stein war noch immer so blau wie zuvor. Er war nicht leer.

Ich schloss das Medaillon und war noch immer verwirrt. Auch

wenn der Stein leer wäre, war ich dennoch ein mächtiger Sukkubus. Diese Männer waren alle fällig. Was zum Teufel?

„Wir können hier drinnen reden", sagte Luke zu mir. Er winkte mich in einen fahl beleuchteten Raum und schien mein Dilemma überhaupt nicht zu bemerken.

Das Unbehagen ließ Magensäure in meinen Rachen steigen. Ich schlüpfte in den Raum und war irgendwie froh, als Luke die Tür schloss und wir allein waren. Es verunsicherte mich, von so vielen starken Männern umgeben zu sein, die ich nicht mit meinem kleinen Finger kontrollieren konnte.

Er deutete auf die Sitzecke, wo dekadente Früchte und Käsestücke bereitstanden. Ich steckte mir eine Traube in den Mund und versuchte mich zu entspannen.

„Ich weiß nicht, was ich bin", begann er, „aber ich bin nicht menschlich."

„Was du nicht sagst", murmelte ich. „Sarah hat gesagt, dass dir das Herz rausgerissen wurde und es dann wieder gewachsen ist. Ich will schwer hoffen, dass du nicht menschlich bist. Andernfalls bist du Frankensteins Monster."

Er nahm eine Traube und streckte sie mir hin, zeigte ein erstes Mal einen Funken Anziehung in seinen Augen. „Sehe ich aus wie ein Monster?"

Ich weigerte mich, seinen Köder zu schlucken, und nahm mir selbst eine Traube vom Teller, schmiss sie mir in den Mund und kaute trotzig darauf herum. „Nein. Aber ich habe eine Frage", sagte ich, nachdem ich die Frucht geschluckt hatte und seine Frage ignorierte. „Wieso hast du mich dich jagen lassen? Du wusstest, dass ich nach dir gesucht habe, oder?"

Er nickte. „Du und alle anderen. Ich konnte nicht darauf zählen, dass du mich nicht diesem Mistkerl, den du deinen König nennst, auslieferst." Er schnalzte abschätzig mit der Zunge. „Wenn du wüsstest, wie er wirklich aussieht, wärst du von dir selbst angewidert, dass du jemals mit ihm geschlafen hast."

„Woher weißt du, dass ich mit ihm geschlafen habe?", fragte ich defensiv.

Er grinste. „Das wusste ich nicht. Bis jetzt."

Ich lachte abschätzig und lehnte mich in meinem Stuhl zurück. „Wieso hast du mich hierhergebracht?", wollte ich nervös wissen.

„Wie ich schon sagte: Meine Mutter hat mir gesagt, dass ich dich hierherbringen soll. Ich verstand nicht, warum, bis jetzt. Deine Tochter hatte keine guten Absichten mit dir und es ist meine Aufgabe, dich vor ihr zu beschützen."

„Du hast mich nicht her gelotst. Ich bin aus eigenen Stücken gekommen."

Er lachte. „Ach wirklich? Tut mir leid, aber das stimmt nicht. Ich habe dich hiermit hergelockt." Er hielt eine silberne Kette hoch, die im Licht glänzte. „Sie ruft das Schicksal zu einem. Ich nahm an, dass die Muse es begreifen würde. Ich habe sichergestellt, dass die Kette wusste, dass ich nach New York gehen würde."

Ich wurde still. Also wusste er, dass unsere Schicksale miteinander verbunden waren. Ihn es laut sagen zu hören, war komisch und intim, aber er schien überhaupt nicht verstört. Seine Augen verweilten geduldig und freundlich auf mir. Es war nicht so, als ob er sich nicht zu mir hingezogen fühlte. Ich konnte etwas spüren. Aber ohne die Hilfe meiner Kräfte war mir alles ein Rätsel.

„Wieso funktionieren meine Kräfte nicht?"

Er zuckte mit den Achseln. „Es gibt keinen Sex im Himmel. Es ist das Geschenk eines Sterblichen. Es soll vergänglich und wertvoll sein – genau wie jede andere menschliche Freude." Er deutete mit dem Kopf auf die Wände. „Das hier ist ein Stück des Himmels. Ein sehr kleines, winziges Stück, aber genug, um die übernatürlichen Kräfte zu verändern, wenn man sich hier drinnen befindet."

Ich folgte seinem Blick und hinterfragte diese sogenannten himmlischen Wände, die von fugenlosen Spiegeln bedeckt waren. Ich sah nichts Unübliches, stand auf und ging zum Spiegel. Ich ließ meine Finger über die Oberfläche gleiten und rang nach Luft, als ich etwas realisierte. Es war kein Spiegel. Es war ein Stück purer Kristall – oder vielleicht ein Diamant?

„Was zur Hölle ist das?", fragte ich atemlos.

Er grinste. „Du hast ganz schön Nerven, in der Anwesenheit des Steins der Engel zu fluchen."

„Stein der Engel?", wiederholte ich, als würde mir das dabei helfen, es zu begreifen. Dann bemerkte ich, dass ich gerade beleidigt worden war. „Wen kümmerts, dass ich fluche? Es ist nur ein Wort. Nur ein Geräusch, dass Menschen erfunden haben, um Abneigung auszudrücken. Es hat keine Bedeutung."

Sein Kiefer spannte sich an. „Worte sind das Mächtigste im Universum. Der ganze Kosmos wurde aus Worten geschaffen. Die Sterne, das Meer, Leben und Tod, alle wurden aus *Worten* erschaffen."

Ich hatte keine Antwort auf so viel Philosophie parat. Was wusste ich schon über die Erschaffung von Leben und dem Universum? Was kümmerte es mich?

Meine Finger strichen über die kühle, geschmeidige Oberfläche des Engelsteins. Ich ließ meine Hand an meinen Rock sinken und griff nach dem Saum. Meine Finger waren kalt. Mir war nie kalt.

Ich drehte mich um und warf ihm einen verspielten Blick zu. „Ein Gentleman sollte einem Mädchen, dem kalt ist, seine Jacke anbieten."

Luke zog sich, ohne zu zögern, sein T-Shirt aus und streckte es mir hin. Ich kicherte. „Ich meinte nicht, dass du dir das T-Shirt ausziehen musst. Das ist ein weitaus größeres Opfer."

Er grinste und ließ das Kleidungsstück zwischen seinen Fingern baumeln. Sogar in unmittelbarer Nähe zum Engelstein ließ die erneute Sicht auf seinen Körper Lust durch meinen Körper fließen. Was auch immer die Luft zwischen uns hatte erkalten lassen, schmolz langsam dahin und hinterließ einen süßen, leckeren Geschmack auf meiner Zunge.

Ich ging auf ihn zu, um sein Angebot anzunehmen, und war dankbar, dass ich eine Ausrede hatte, um sein muskulöses Antlitz zu betrachten. Er war ein Musterstück. Die meisten übernatürlichen Männer waren beinahe zu perfekt. Sogar Nate. Ich hatte immer geglaubt, dass ich das mochte – bis zu diesem Moment. Lukes Haut war nicht porzellanähnlich wie die einer Puppe, sondern rau wie die eines Menschen. Die Haare an seinen Armen waren weiß, als hätte er sie gebleicht. Und kleine Narben zogen sich über seinen gesamten Körper. Ich konnte dem Drang nicht widerstehen, meine Finger über einige, die noch frisch waren und zu verheilen schienen, wandern zu lassen.

„Detective Andersons Werk", erwiderte Luke.

Ich zog meine Hand zurück und bemerkte nicht, dass ich meine Finger an seinen Muskeln hatte entlanggleiten lassen. „Ich dachte, dein Körper kann sich regenerieren?“

„Das stimmt auch. Aber eine kleine Narbe bleibt immer zurück.“ Seine Hand deutete auf eine rote Linie in der Mitte seiner Brust. „Ich mag es lieber so. Ich will niemals vergessen, warum ich ihn töten will.“

Plötzlich überkam mich ein Gedanke. „Wieso bist du auf dieser Mission, mich über deine prophetische Mutter auf heiligen Grund zu bringen? Du solltest diesen Mistkerl finden nach dem, was er dir angetan hat.“ *Und Sarah*, ergänzte ich in Gedanken.

Er lächelte. „Weil der Weltuntergang Vorrang hat.“

„Weltuntergang?“

Mein Gott. Ich klang wie ein blondes Dummchen. Was ich in diesem Fall auch war.

„Ja. Es ist wahr.“ Sein Blick fiel auf meinen Blutstein. „Und für den Anfang musst du den hier loswerden.“

Meine Hände fuhren verteidigend an meinen Stein. „Machst du Witze? Hast du eine Ahnung, was das ist?“

Er zog seine Wangen zusammen, als hätte er etwas Bitteres gegessen. „Ich weiß ganz genau, was es ist. Es ist das eingeschlossene Böse. Es muss zerstört werden.“

Ich schüttelte meinen Kopf. „Oh nein! Das hier ist das Einzige, was mich davon abhält, Leute zu töten. Ohne den Stein bin ich eine Mordwaffe auf zwei Beinen und ich kann nichts dagegen tun.“ Meine Wangen erröteten sich, als ich daran dachte, dass ich Nate ohne ihn niemals hätte haben können – und er hatte mir eine völlig neue Welt erschlossen. Eine, die mein Verlangen, mit meinem sogenannten Seelenverwandten zusammen sein zu wollen, infrage stellte.

Luke kniff seine Augen zusammen, aber er machte keine Anstalten, mir das Medaillon wegzunehmen. Stattdessen wich die Anspannung aus seinen Schultern. Aus irgendeinem Grund erschauderte ich, als er so tat, als ob es ihm egal wäre. Ich verschränkte meine Arme vor der Brust und verlagerte mein Gewicht auf meine Hüften. Jetzt sah ich vermutlich noch mehr nach dummer Blondine aus, aber es war mir egal.

Er prustete los. „Hör zu. Werde jetzt ja nicht zimperlich. Wir haben eine Menge zu erledigen.“

„Zum Beispiel?“, sagte ich genervt. „Alles, woran ich interessiert bin, ist sicherzustellen, dass ich keine Leute mehr töten muss. Entweder hilfst du mir oder ich werde zurück zu Derek und Silvia gehen.“

Ich war nicht sicher, was ich erwartet hatte, das geschehen würde, wenn ich meinen Seelenverwandten träfe – aber jedenfalls nicht das hier.

Er hätte sich unsterblich in mich verlieben sollen, mich in seine Arme heben und mit so viel sexueller Energie versorgen sollen, wie ich wollte. Es hätte nicht so sein sollen, dass ich wieder töten oder mit dem Inkubus-König verhandeln müsste, damit ich mit seiner Frau schlafen und Dämonenkinder zeugen konnte. Luke lachte freiheraus, was mein Blut zum Brodeln brachte. „Du hast Derek bereits gegeben, was er wollte. Du hast die Dinge in ein gefährliches, dunkles Ungleichgewicht gebracht, indem du eine Dämonenbrut in die Welt gesetzt hast. Jetzt wollen sie deinen Kopf aufgespießt sehen. Deine Tochter ist die Erste auf der Liste der Personen, die dich tot sehen wollen.“

Meinte er das wortwörtlich? Ich hoffte nicht. „Wieso würde meine eigene Tochter mich töten wollen?“ Meine Worte klangen verteidigend, obwohl ich das grausame Funkeln in den Augen der Dämonenbrut gesehen hatte. Sie hatte ausgesehen, als würde sie mir den Kopf abhacken, ohne mit der Wimper zu zucken.

Anstatt mir zu antworten, setzte Luke sich auf das Plüschsofa und griff unter den Tisch aus Ahornholz. Ein sanftes Rascheln war zu hören und dann zog er eine kleine Box hervor, hielt sie in seinem Schoß. Er sah hoch und blickte mir in die Augen. Sein Gesichtsausdruck besänftigte mich. In seinen Augen lag etwas, das ich nicht erwartet hatte. Da war Hoffnung, aber auch Angst und Furcht. „Es ist besser, wenn ich es dir zeige“, sagte er und schien die Worte hinauszuwürgen.

Misstrauisch, aber neugierig ließ ich mich neben ihn sinken. „Und das ist ...?“

Seine Hand fuhr über die silberne Box, als wäre es der größte Schatz auf Erden. „Einige würden es die Büchse der Pandora nennen.“

Er warf mir ein Grinsen zu. „Aber für mich ist es nur der Ort, an dem ich meine Seele aufbewahre."

Mein Blick löste sich von seinem. In seinen Augen lag jetzt definitiv Anziehung. Blitze erfüllten die Luft zwischen uns und meine Wangen brannten, zumal allerhand unangebrachte Gedanken in meinem Kopf wüteten. Aus irgendeinem Grund hatte ich das Gefühl, das Nate damit einverstanden sein würde. Ich konnte ihn beinahe sagen hören, dass ich es hinter mich bringen solle, damit ich wieder zu ihm ins Bett schlüpfen könnte. „Hört sich geheimnisvoll an", erwiderte ich.

Er öffnete die Truhe und sah gebannt auf den Deckel. Ich wollte wissen, wie jemandes Seele aussah. Zu meiner Überraschung lag ein Diamant darin. Ich kicherte. „Deine Seele ist mein neuer bester Freund."

Er griff nach mir und meine Neugierde ließ mich stillhalten. Er nahm meine Hand und führte sie zum Stein. Er schloss seine Augen, als meine Finger das Glas berührten. Gefühle und Erinnerungen durchfuhren mich nach einem Augenblick des Kontakts. Ich zuckte zusammen, aber sein Griff verstärkte sich und hielt meine Finger an Ort und Stelle.

Erinnerungen flossen durch mich wie hunderte von Geister, die meinen Kopf einnahmen. Bilder einer Frau, das Gefühl im Dunkeln eingesperrt zu sein. Weinen. Folter. Detective Anderson, der mein Herz rausriss, und dann sah ich in meine eigenen Augen. Ich fiel in eine Trance und sah in meine Augen, meine Augen, meine Augen ...

Ich fand zurück in die Realität, sobald meine Hand vom Diamanten weggezogen wurde. Ich rang nach Luft und krabbelte auf die andere Seite des Sofas. „Was zum Teufel war das denn?", kreischte ich.

Die Erinnerungen fluteten mich weiter. Sie waren zusammenhangslos und beunruhigend. Meine Augen flogen hin und her, während Schatten vor mir hin und her sprangen. Mein Kopf zuckte zusammen, wann immer eine neue Stimme in der Ferne erklang. Jeder laute Schmerzensschrei von Luke, der unter den von Detective Andersons Händen zugeführten Qualen.

Dann zog eine tiefsitzende Erinnerung auf. Eine, die kein Mensch haben könnte. Zuerst dachte ich, dass es eine Kindheitserinnerung von Luke war, der zu „Trainingszwecken" von seiner Mutter in den Keller gesperrt worden war. Aber Luke war viel jünger. Viel, *viel* jünger.

Ich war in einem Bauch, gerade von meinem Engelsvater gezeugt. Nein, nicht von einem ... Sondern drei. Zwei Engel und ein ... irgendein übernatürliches Wesen, dessen Name ich nicht kannte. Gezeugt durch die Kraft eines Segens der Prophezeiung, um die Welt von dem Schrecken und Leid zu befreien, das die Welt befallen würde. Um einen gefühlsmäßig im Streit liegenden Sukkubus vor der Dunkelheit zu retten. Um die Welt vor ihrem Untergang zu bewahren. Um *mich* zu retten.

Der kleine Raum zog wieder vor mir auf. Meine Augen sahen in Lukes. Tränen standen darin. „Du bist ..." Ich konnte das Wort nicht sagen. Es war unmöglich.

Seine Augen weiteten sich hoffnungsvoll. „Hat es funktioniert?", flüsterte er. „Nur du kannst sehen, was ich nicht sehen kann. Bitte, sag mir, was du gesehen hast."

Jetzt verstand ich, warum er gewollt hatte, dass ich mich mit seinem Schicksal verband. Es hatte nichts mit Romantik oder Liebe zu tun. Er wollte ganz einfach wissen, was für ein übernatürliches Wesen er war. Er hatte keine Ahnung. Engel, die nicht gefallen waren, vermehrten sich nicht. Woher hätte er wissen sollen, dass er einer von ihnen war? Woher hätte er wissen sollen, dass alle Naturgesetze gebrochen worden waren, um ihn zu zeugen, damit er die Welt retten konnte?

Wut erfüllte mich, als ich seine Selbstsucht bemerkte. „Wie kannst du es wagen!", brüllte ich und gab ihm eine so dolle Ohrfeige, wie ich konnte. Sein Gesicht schleuderte zur Seite und seine Lippe platzte auf, verspritzte Blut über den Boden. Angesichts der Tatsache, dass ich ein Sukkubus bei voller Macht war, hatte er Glück gehabt, dass ich ihm nicht das Genick gebrochen hatte.

Blut zu sehen beruhigte meine Wut nicht. Ich schlug ihm erneut ins Gesicht und er fiel zu Boden. „Wie kannst du es wagen, derartige Magie ohne mein Einverständnis auf mich loszulassen?!" Ich war wütend, dass er mir so etwas antun würde. Aber die Wahrheit war, dass ich verletzt war. Ich hatte gewollt, dass er mich liebte. Ich hatte gewollt, dass dieses Märchen von verbundenen Schicksalen mit Absolution und explosivem, magischem Sex endete. Ich hatte falsch gelegen.

Er ächzte und legte seine Finger sanft an seinen ausgerenkten Kiefer. Er schloss seine Augen und renkte ihn mit einem gedämpften Schrei wieder ein.

Ich schnaubte spöttelnd. Geschah ihm recht. Dieser engelshafte Mistkerl.

Ohne ihm eine Verschnaufpause einzuräumen, stürmte ich aus dem Raum und den Gang hinab, den wir runtergekommen waren.

Die Männer draußen standen von ihren Stühlen auf, als ich die letzte Tür aufwarf. Ich hätte vermutlich ohne Probleme rauslaufen können, wenn ich nicht so eine Szene gemacht hätte. Aber ich war genervt.

Ein kurzes Aufglimmen von Freude machte sich in meiner Brust breit, als sie sich auf ihre Waffen stürzten. Sie wollten auf mich loskommen? Gut, sollten sie es nur versuchen. Ich musste meinem Ärger Luft machen.

Ich sah rot, als ich Kraft aus dem Blutstein schöpfte. Er war fast leer, aber er hatte genug Kraft, um mit diesen Kerlen klarzukommen. Hitze breitete sich in meinen Gliedern aus und schenkte mir Kraft.

Die Augen der Menschen weiteten sich.

Einer streckte ungläubig seine Hand aus. „Das hier ist heiliger Boden", sagte er mehr zu sich selbst als zu mir.

„Na und?", sagte ich lächelnd und labte mich an ihrer schmackhaften Angst. „Ich bin kein Dämon. Nur ein Sukkubus."

Sie erholten sich von ihrem Schock und zückten ihre Waffen. Ich ging in die Hocke und stürzte mich dann auf sie wie eine Bowlingkugel, die ein paar Plastik-Pins umstieß. Sie stieben auseinander, als ich auf sie zurollte, aber sie waren nicht schnell genug. Ich erwischte zwei am Bauch und meine Fäuste drangen mit voller Schubkraft in sie. Sie krümmten sich und ich konzentrierte mich auf die verbleibenden vier.

Luke zog seine Lippen zurück und ein Eisenschläger erschien vor mir, bevor er mir über den Kopf gezogen und alles schwarz wurde. Der allmächtige Sukkubus, Besitzerin des Blutsteins, Seelenverwandte eines Engels – ausgeschaltet mit einem verdammten *Home-Run*.

Kapitel Dreißig

ES IST NICHT VORBEI

Nate

„Was meinst du mit ‚du weißt nicht, wo sie ist'?!", brüllte mein Vater am anderen Ende der Leitung. „Geh und such sie, du Idiot!"

Die Stille, die mich jetzt umgab, war schlimmer als das ohrenbetäubende Schreien des Königs. Ich wusste, dass ich seiner unbändigen Wut in ein paar Stunden persönlich gegenübertreten müsste. Ich konnte nichts tun, außer mein Handy weiter an mein Ohr zu pressen. Schweiß rann meinen Rücken hinab – noch lange nachdem der Anruf geendet hatte. Der König würde nach New York kommen? Was würde mit mir geschehen, wenn ich Sonya nicht bei mir hatte, wenn er ankam?

Panik surrte in meinem Bauch wie ein Schwarm Bienen und ich zwang mich, das Handy sinken und es in meiner Hosentasche verschwinden zu lassen. Der Raum war dunkel und leer ohne Sonya darin und ich verfluchte mich selbst, dass ich mich nach nur einer Nacht zu ihr hingezogen fühlte. Aber *verdammt*, was für eine Nacht es gewesen war.

Ich zog meine Hosen zurecht, dessen Reißverschluss nur schon beim Gedanken daran ziepte, und begann meine Ausrüstung zusammenzusuchen. Ich griff nach meiner Wärmesensorbrille, meinem GPS-Tracker und einem kleinen goldenen Kreuz. Denn man konnte nie vorsichtig genug sein, wenn eine Dämonenbrut frei herumlief.

Ein lautes Klopfen an der Tür ließ mich nach Atem ringen und ich fasste mir an die Brust. „Verdammt. Was?“

Die Tür wurde geöffnet und Sonyas Großmutter spähte hinein. Ich kniff meine Augen zusammen. Ich hätte lieber mit Pete geredet – dem Inkubus, der der Dämonenbrut zu nahegekommen war und jetzt wie ein Mensch alterte. Wenigstens wusste er, womit wir es zu tun hatten. Nicht dieser uralte Sukkubus, die sich vermutlich einen feuchten Dreck um ihre Enkelin scherte.

„Ich wollte nur fragen, ob du etwas von Sonya gehört hast?“, fragte sie. Sie war ein mächtiger Sukkubus – wie alle in der d’Ange-Familie – und ich schüttelte die Wirkung ihrer Kräfte mühsam ab. „Warum sollte ich? Sonya und ich stehen uns nicht so nahe.“

Sie schenkte mir ein wissendes Lächeln. „Meine zerstörte Bibliothek lässt anderes vermuten.“

Ein Schaudern rann meinen Rücken hinab. „Na, sie ist nicht hier.“

Sie schlüpfte ins Zimmer und schloss die Tür hinter sich. „Das sehe ich.“

Ich packte noch immer meine Ausrüstung und holte mein letztes, überaus wichtiges Werkzeug hervor. Meine Pistole.

Das kalte Metall glänzte in den Sonnenstrahlen, die durch die Vorhänge einfielen. Ich öffnete den Lauf und prüfte die Patronen.

Sonyas Großmutter schien unbeirrt. Wenn überhaupt war sie eher noch neugieriger. Ich verfluchte mich leise. Natürlich würde ein Sukkubus auf einen bösen Jungen mit Spielzeugen stehen.

„Beruhig dich“, sagte ich mit einem Grinsen und küsste die Pistole. „Wenn ein Sukkubus mir das Leben nimmt, wird es deine Enkelin sein.“

Sie zwinkerte. „Natürlich. Lass sie uns suchen.“

Kapitel Einunddreißig

UNGLÜCK

Lilith

Das war das erste Mal gewesen, dass ich meine Mutter gesehen hatte, und dieser Mistkerl von Engel hatte es ruiniert.

„Sie hasst mich“, sagte ich zu mir selbst und schlug meine Handfläche gegen meine Stirn.

„Sie hasst mich verdammt nochmal!“

Ich ließ einen Schrei der Angst los und versuchte dann, meine Gefühle zu ordnen. „Sei mal etwas nachsichtiger mit dir selbst“, sagte ich in den Spiegel. „Du bist erst drei Tage alt.“

Meine grünen Augen mit ihrem roten Rand starrten zurück. Ich würde auf keinen Fall als Mensch durchgehen – egal, wie sehr ich mein Äußeres zu verändern versuchte. Ich war eine Dämonenbrut. Wozu waren meine Kräfte gut, wenn ich mich in der Öffentlichkeit nicht halbwegs anständig bedeckt halten konnte?

Ich konnte meine Wut nicht kontrollieren, also schlug ich meine Knöchel gegen den Spiegel und er zerbrach in tausend Stücke.

„Das sind sieben Jahre Unglück“, sagte die Stimme meines Vaters.

Ich rollte mit meinen Augen. „Halt die Klappe, *Papa*.“ Ich drehte mich zu ihm um und funkelte ihn an. „Was zum Teufel hast du hier zu suchen?"

Er schnalzte mit der Zunge und betrat das Zimmer. „Was für eine Zunge. Sei nicht ungezogen."

Ich verschränkte meine Arme und funkelte ihn an. „Ich bin ein Dämon. Es ist mir gestattet, ungezogen zu sein."

Er streichelte meine Wange und lächelte. Die Liebe in seinen Augen ließ meine Wut vergehen. Ich wusste, dass er verzweifelt alles getan hatte, um mich zu zeugen. Meine Mutter bedeutete ihm alles und mein Vater hatte einige ziemlich üble Dinge getan, um sie sein zu machen. Ich wusste, dass er auch alles für mich tun würde. „Tut mir leid", sagte ich und ließ meine Schultern sinken „Ich bin nur frustriert."

Sein Daumen streichelte weiter über meine Wange, aber ich sah, wie sein Kiefer sich anspannte. „Ist es wegen Sonya?"

Ich nickte. „Der Engel hat sie."

Er ließ seine Hand sinken und seine Wut erfasste den Raum. Ich zuckte zusammen – dieses Mal aber aus Angst. Ich mochte eine mächtige und gefürchtete Dämonenbrut sein, aber ich war noch eine Neugeborene. Der Inkubus-König hatte mich erschaffen und konnte mich mit einem Schnipsen seines Fingers wieder aus der Welt schaffen.

Er musste sich wieder gefangen haben, denn das Zimmer kühlte sich ab und er warf mir einen entschuldigenden Blick zu. Ich entspannte mich. „Ist schon gut", versicherte er mir. Sein Blick wanderte zum Fenster und er sah über die Stadt. Ich hatte die perfekte Sicht auf die Kathedrale von hier aus. Dem Ort, wo der Engel meine Sukkubus-Mutter hingebracht hatte. Ich wollte sie treffen und ich war ihr bis hierhin gefolgt, um genau das zu tun, aber sie war nie allein.

Ich presste mich an seine Schulter und starrte mit ihm hinaus. „Glaubst du, sie wird rauskommen?"

Sein Arm legte sich um mich und ich fühlte mich sicher. „Das muss sie, Töchterchen."

Ich kannte seine Pläne nicht, aber ich konnte mir vorstellen, dass wir ziemlich verschiedene Gründe dafür hatten, Sonya wiedersehen zu wollen. Meine Wangen erhitzten sich und ich weigerte mich, ihn anzusehen. Er wollte etwas von ihr und ich fürchtete, dass es nichts Gutes war.

Kapitel Zweiunddreißig

HILFLOS

Luke

Ich fühlte mich wie das größte Arschloch der Welt. Sonyas schlaffer Körper lag auf dem weißen Marmorboden ausgestreckt und meine Onkel sahen mich alle erwartungsvoll an. Sie wussten, dass ich einen Sukkubus in ihr Gebiet bringen würde – weshalb sie darauf bestanden hatten, dass ich sie hierherbringen würde, in den verdammten Bunker von Engelstein. Aber jetzt, wo sich ein blauer Fleck über ihrer Braue bildete, wusste ich, dass es ein Fehler gewesen war. Sie bedeutete mir etwas, das ich nicht zu beschreiben vermochte. Eine Verbindung, die stärker als Himmel oder Hölle war, bestand zwischen uns und reckte ihre Finger in die Welt, die nach anderen Teilen meiner Seele riefen, die ich verloren geglaubt hatte. Ich konnte nicht zulassen, dass ihr etwas zustoßen würde, aber ich machte einen miserablen Job.

„Was?", sagte ich schnippisch und hielt den Schläger an mein Schlüsselbein. „Hätte ich zulassen sollen, dass sie euch alle zu Tode schlägt?" Die Wahrheit war, dass ich Angst um *sie* hatte. Ich hielt mein Kinn verteidigend gereckt und hoffte, dass meine Onkel die Wahrheit sehen würden. Sie war mächtig, aber Engelstein würde sie rasch aussaugen. Meine Onkel waren stärker, als sie aussahen. Auch wenn sie

sie überraschend angegriffen hätte, hätten sie am Ende gewonnen ... und dann wäre sie tot gewesen.

„Sie muss dir vertrauen“, sagte Onkel James und trat aus der Reihe seiner Brüder. Sie sahen alle gleichalt wie ich aus und wenn meine Mutter mir nicht gesagt hätte, dass sie nicht menschlich waren, hätte ich nicht geglaubt, dass wir miteinander verwandt waren.

„Ja“, sagte ich. „Daran hättet ihr denken sollen, bevor ihr mich dazu gebracht habt, sie hierherzubringen. Der Stein von Engelstein hat ihr übel mitgespielt.“

Onkel James stampfte auf mich zu und legte eine Hand auf meine Schulter, stellte sicher, dass ich ihm in die Augen sah, bevor er sprach. „Verstehst du, was auf dem Spiel steht, Neffe?“

Bevor ich etwas erwidern konnte, betrat der Teufel in Person den Raum.

„Sieh an, sieh an!“, sagte der Inkubus-König mit einem Grinsen auf dem Gesicht. „Sieht aus, als hättet ihr mir die Sache leicht gemacht.“ Meine Onkel reagierten, bevor ich es konnte. Sie griffen an und sogen die Kraft des Engelsteins in sich auf. Ich wusste noch immer nicht, was ich war und ob ich mehr Kräfte besaß, als nur meinen Körper zu regenerieren. Ich konnte nichts tun, außer sie in Ehrfurcht anzusehen, als sie taten, was sie mit Sonya nicht hatten tun können, und sich mit voller Wucht auf den Inkubus-König warfen. Sein Leben war nicht wichtig und tatsächlich war er der Feind.

Der Engelstein hatte eine Wirkung auf ihn gehabt, aber nicht genug, um ihn davon abzuhalten, sich so schnell zu bewegen, dass man ihn nur verschwommen wahrnehmen konnte. Er griff sich Sonya vom Boden und ein schmerzhaftes Knacksen folgte, als er mir das Handgelenk brach.

„Du kommst mit“, befahl er.

Ich kämpfte stöhnend zurück und versuchte, meinen schlaffen Arm aus seinem Griff zu befreien. Schmerz rankte sich zu meinem Ellbogen hoch, aber ich blendete ihn aus, war von Detective Andersons Folter bestens daran gewöhnt.

Meine Onkel folgten uns, aber sie waren nicht schnell genug. Schmerz verzerrte meine Sicht und ich wurde aus dem Bunker der Kathedrale und ans Tageslicht gezogen.

Außer Reichweite der alles unterdrückenden, heiligen Macht des Engelsteins verging der Schmerz und alles, was ich noch spüren konnte, war das intensive Verlangen, dem Mann zu dienen, der seinen tödlichen Griff um mein Handgelenk geschlungen hatte.

Er warf mir ein Lächeln zu und sah dann zu meinen Onkeln, die im Türrahmen der Kathedrale schwankten.

„Vergiss es nicht, Luke. Vergiss nicht, wer du bist!“, rief Onkel James.

Der Inkubus-König warf Sonya über seine Schulter und ich folgte ihm taub. Ein Teil von mir wünschte sich, dass ich wüsste, wer ich war, damit ich mich an etwas festhalten konnte. Stattdessen schien das Sonnenlicht der Stadt um den Inkubus-König zu ermatten und alles, was ich tun konnte, war ihm zu folgen. Irgendwie hatte ich das Gefühl, dass mein Leben sich auf eine schreckliche, verblüffende Weise verändern würde.

Kapitel Dreiunddreißig

HILFLOS

Sonya

Raue Lust holte mich aus meinem Koma, das durch eine Gehirnerschütterung herbeigeführt worden war. Luke, nackt und wunderschön, sah mich durch seine langen Wimpern hindurch an. Seine Lust traf mich wie ein Schlag und ich rollte mich auf die Seite, versuchte das Erwachen der zweiten Rune, die Luke als einen meiner vier erkannte, zu verhindern ... Aber etwas stimmte nicht.

Wir mussten außerhalb der Reichweite von Engelstein sein, denn seine machtvolle Lust ließ all meine anderen Gedanken verblassen. Ich war noch nie so lusterfüllt gewesen – außer vielleicht, als ich in der Nähe des Inkubus-Königs gewesen war.

Ich rollte mich weiter ein. Luke richtete mich auf und presste meine Schultern auf den Boden. Er presste sich gegen meine Unterwäsche. „Ich will dich", sagte er keuchend. Er bewegte sich und sein erigierter Schwanz presste sich an meine Mitte, sandte Lust durch meine Schenkel. „Ich brauche dich", korrigierte er.

Ein Teil von mir mochte es, so aufgeweckt zu werden, aber es war merkwürdig. Der Luke, den ich kennengelernt hatte – wenn auch nur kurz –, hatte seinen Körper fest im Griff. Dieser hier stöhnte wie ein

Verrückter und konnte an nichts anderes denken, als in mich einzudringen. Bilder zogen vor meinem inneren Auge auf – ein rares Aufblühen meiner Kräfte. Es passierte nur, wenn ein Mann fest davon überzeugt war, dass er mich haben wollte. Normalerweise dauerte es zwei Wochen, um einen Mann so tief in eine Fantasie eintauchen zu lassen, dass ich seine Gedanken lesen konnte.

Etwas stimmte überhaupt nicht.

Ich kämpfte gegen die mächtige Lust und sein Gewicht an. Er weigerte sich, sich von mir zu lösen und seine Finger zogen an meiner Unterwäsche. „Warte", sagte ich und zögerte, das unerwartete Lustspiel zu genießen.

Ich hatte Kontrolle über Männer und ihre Lust schenkte mir das Leben. Luke und ich waren füreinander bestimmt – es war uns vorherbestimmt, Sex zusammen zu haben, der die Sterne zum Erglühen brachte. Aber als sein Schwanz unter dem Stoff hervorkam und in meinen Körper glitt, wusste ich, dass es nicht so sein sollte.

Mein Kopf schmerzte vom metallenen Schlagstock, der mir über den Kopf gezogen worden war. Der Schlagstock, mit dem *Luke* mich geschlagen hatte. Aber ich erholte mich erstaunlich schnell von Verletzungen und Sex beschleunigte meine Heilung nur noch. Aber dieses Mal konnte ich seine Lust nicht aufnehmen. Die Süße davon hing in der Luft, aber sie verweilte dort, als wäre sie etwas Unbekanntes und als ob ich keine Ahnung hätte, wie man sie in sich aufnahm. Sie glitt im Raum herum, bis sie in mein Medaillon schlüpfte und die Wärme meine Brust verbrannte. Erleichterung überkam mich und ich war froh, dass wenigstens mein Medaillon aufnehmen konnte, was mir verwehrt blieb.

Luke bewegte sich vor und zurück, presste sich wiederholt an mich, und ich schloss meine Augen. Ich wusste nicht, was mit einem Engel, der mich vögelte, passieren würde. Aber warum nahm er mich? Wo waren wir, wenn nicht im Bunker voller Engelstein?

Ich zwang mich, meine Augen zu öffnen, und versuchte, meine Umgebung zu mustern. Luke ächzte weiter über mir, griff nach meinen Brüsten und drückte zu. Er war verloren in Ekstase und ein Teil von mir wollte sich ihm anschließen. Aber ich konnte dieses Gefühl, dass etwas faul an der Sache war, nicht abschütteln.

Dann realisierte ich, was es war. Wir waren nicht allein. Ich erblickte ihre Umrisse in der Dunkelheit und wusste ohne Zweifel, dass Derek – der Inkubus-König – hier war. Erst dachte ich, dass die Gestalt neben ihm Silvia oder sogar meine Dämonen-Tochter war. Aber als das Licht anders einfiel und ich Nate mit gerunzelter Stirn dort stehen sah, stockte mir der Atem.

Sie sahen wortlos zu, während Luke in mich stieß. Ich funkelte den Inkubus-König an, wusste, dass er Luke irgendwie dazu brachte, dass er das hier mit mir tat. Wieso würde er wollen, dass Luke Sex mit mir hatte? Und wieso sah er verdammt nochmal dabei zu?

Als der Inkubus-König grinste, sah ich zu Nate. Seine Wangen waren hochrot und er sah zu Boden, als würde er sich schämen. Er war einer meiner vier, ... der daneben stand, während Derek mich benutzte ... Uns benutzte. Wir hätten ein Team sein sollen. Ich wusste nicht, woher ich das wusste, aber eine Stimme in mir schrie, dass Nate nicht einfach tatenlos dastehen sollte.

Ich dachte, sie würden uns die ganze Zeit über zusehen, bis Luke fertig war. Aber dann verlangsamte Luke und seine Augen trübten sich, als wüsste er nicht mehr, wo er war.

Derek lachte spöttelnd und kam auf uns zu, legte seine Hand auf Lukes Schultern. „Hör auf, dich zu wehren. Bring es zu Ende“, befahl er.

Der blaue Rauch, der aus seinen Lippen quoll, stieg Luke in die Nase. Lukes ganzer Körper verkrampfte sich und sein Schwanz bebte in mir, wurde noch steifer als vorher.

Ich zischte und grollte den Inkubus-König an. „Was machst du mit ihm?“, wollte ich wissen. Derek ignorierte mich, ließ uns allein, und Luke stieß wieder in mich. Ich war wund und ächzte angesichts des Schmerzes. Ich war ganz und gar nicht angetörnt hiervon. Ich war genervt. Mein Körper lieferte die geschmeidige Feuchte, die ich sonst genoss, nicht.

„Es muss einen anderen Weg geben“, drängte Nate und nahm zum ersten Mal einen Schritt ins Licht, was mein Herz einen Schlag aussetzen ließ. Vielleicht würde er mich nicht komplett im Stich lassen.

„Du bist der Grund, warum es überhaupt nötig ist“, erwiderte Derek spöttelnd.

Ich blickte zu Nate und hoffte, dass er das Fragezeichen in meinem Gesicht sehen würde. Was meinte er mit ‚er war der Grund‘?

Die Antwort kam in Form einer brennenden Hitze auf meiner Brust. Lukes Begierde floss in mich und dieses Mal konnte ich nicht anders, als lusterfüllt zu stöhnen. Seine Lust, egal wie erzwungen sie auch war, fand ihren Weg dennoch in meinen Körper und füllte meinen Blutstein auf, ließ ihn in voller Kraft leuchten. Luke konnte mein Medaillon aufladen und aus irgendeinem Grund wollte der Inkubus-König, dass genau das geschah.

Nach einer Dusche und nachdem ich meine wunden Stellen mit meinem Blutstein heilte, wickelte ich ein Handtuch um meine Brust und ging zu Nate.

Er wartete im Schlafzimmer auf mich und sein Gesicht war vor Scham und Wut hochrot. Ich hatte ihn noch nie so gesehen und einen Augenblick lang vergaß ich, dass ich ihm den Arsch aufreißen wollte.

„Was zum Teufel sollte das?“, wollte ich wissen.

Nate sah mir nicht in die Augen. Er starrte auf eine Stelle an der Wand und die Muskeln in seinem Kiefer spannten sich an. Er knirschte mit den Zähnen.

Ich stampfte auf ihn zu und nahm sein Kinn in meine Hände, zwang ihn, mich anzusehen. Schmerz lag in seinen Augen und ich hatte Mühe damit, ihm in die Augen zu sehen. „Nate, ich muss wissen, was los ist.“

Zu meiner Überraschung kamen mir die Worte sanfter über die Lippen, als ich vorgehabt hatte. Er löste meine Hände von seinem Gesicht und legte seine Finger in meine. Er wandte seinen Blick auf mein Medaillon. „Der Engel hätte ohne unser Eingreifen den Blutstein nie geladen“, flüsterte er.

Ich erstarrte. „Du weißt, was er ist?“

Er nickte. „Derek hat es mir gesagt.“

Was bedeutete, dass er schon die ganze Zeit über gewusst hatte, wer und was Luke war.

Ich seufzte und verschränkte meine Arme vor der Brust, setzte mich neben ihn aufs Bett und starrte auf die Wand. „Warum hat Derek ihn nicht selbst geladen?"

Nate lachte abschätzig. „Dafür würde er Silvia brauchen. Und sie will nichts mit ihm zu tun haben, bis Lilith zurück ist."

Ich funkelte ihn aus meinen Augenwinkeln an. „Die Dämonenbrut?"

Er nickte. „Ja." Er blickte auf seine Hände. „Deine Tochter."

Ich seufzte. „Hör zu. Ich weiß nicht, warum er es für nötig empfunden hat, Luke dazu zu *zwingen*, mich zu vögeln. Das war einfach nur krank." Ich kniff meine Augen zusammen. „Er ist ... mir wichtig. Es ist mir vorbestimmt, mit ihm zu schlafen, aber nicht so. Ich mochte es nicht."

Er rieb sich die Stirn. „Es tut mir leid, Sonya. Wenn es einen anderen Weg gegeben hätte–"

Ich schlug ihm auf den Arm und er ächzte. „Einen anderen Weg? Es *gab* einen anderen Weg! Und wieso gibt er einen feuchten Dreck darauf, ob mein Blutstein geladen ist oder nicht?"

Er grummelte und stand auf. „Hör zu, du hast bewiesen, dass du ihm dabei helfen kannst, Dämonenbrut zu erschaffen. Er will mehr." Er erschauderte. „Er will eine ganze verdammte Armee."

Kapitel Vierunddreißig

DAS ENDE DER WELT

Luke

Stocksauer war kein Wort, das stark genug war, um meine Gefühle zu beschreiben. Nachdem ich endlich meine Onkel versammelt und Sonya in den Bunker gelockt hatte, hatte ich trotzdem alles verloren.

Ich schlug gegen die Kette meiner Handschelle, die am Bett befestigt war, und versuchte, mich nicht von der Panik übermannen zu lassen. Nach jahrelanger Folter und Gefangenschaft durch einen total Verrückten namens Detective Anderson hatten meine Gedanken ihren großen Tag und sandten Erinnerungen durch abgeflachte Narben. Ich konnte nichts dagegen tun und erlebte erneut, wie Andersons Skalpell mich aufschlitzte und seine Hände mir die Organe rausrissen ... Wie er mir das Herz entfernt hatte.

Eine sanfte Berührung brachte mich zurück in die Realität und ich schreckte auf. „Hey", flüsterte eine weibliche Stimme, die mich beruhigte.

Ich blinzelte und dachte, es wäre Sonya, die vor mir stand. Die sanfte, sinnliche Stimme war ihrer so ähnlich und ihre Berührungen aufrichtig und sanft. Aber als ich diese rot umrandeten grünen Augen mich anstarren sah, wehrte ich mich gegen meine Ketten.

Sie sprang vor mir zurück und Schmerz zog auf ihrem Gesicht auf. „Hey“, sagte sie erneut, dieses Mal jedoch verteidigend. „Ich werde dir nicht wehtun.“

Vor der Kirche hatte sie nicht so geklungen. Vielleicht hatte der heilige Boden ihre Stimmbänder genauso geschädigt wie ihre Haut, die Blasen gebildet hatte. Oder aber er hatte enthüllt, was sie wirklich war.

Ich ächzte und sie ging zum Fenster. „Deine Tricks werden mich nicht täuschen“, sagte ich wütend. Wollte sie einfach so tun, als wäre sie vollkommen unschuldig?

„Es gibt keinen Trick“, erwiderte sie eindringlich. Die Sonne unterstützte ihre Aussage und ließ ihre Strahlen das Grün überhand über das Rot in ihren Augen nehmen. Mit ihrem rundlichen Gesicht, den schwarzen Locken und den bombastischen Brüsten hätte man sich direkt in sie verlieben können und nicht geahnt, dass sie ein Dämon aus der Hölle war.

Mitleid zog in ihren Augen auf. „Es tut mir leid, was mein Vater dir antut. Ich hatte gehofft, dass ich Sonya von ihm wegkriegen würde, bevor er ankommt.“ Sie verzog das Gesicht. „Ich wusste nicht, dass ich dich auch hätte beschützen müssen.“

Ich wehrte mich gegen meine Fesseln und mein Handgelenk haderte mit der Blase, die sich bilden wollte. Mein Körper heilte sich konstant. Ich würde nicht hinterfragen, warum dieser Dämon auf unserer Seite zu stehen schien. Vielleicht war es eine Falle. Vielleicht auch nicht. So oder so, sie konnte mir Antworten liefern. „Was hat der Inkubus-König vor?“

Sie erschauderte, verließ ihren Platz am Fenster jedoch nicht, als eine kalte Brise ins Zimmer wehte. „Das Ende der Welt“, sagte sie freiheraus. Und ich glaubte ihr.

Kapitel Fünfunddreißig

ÜBERLEBEN

Nate

„Du hast dich als unzuverlässig erwiesen“, verkündete Derek.

Ich wollte es nicht hören. Das Ganze war erniedrigend genug gewesen und ich hasste, wie machtlos ich mich fühlte. Ich hatte die Runen auf Sonyas Bauch gesehen und hatte genug Zeit mit übernatürlichen Wesen verbracht, um eine Prophezeiung zu erkennen, wenn ich eine sah. Niemand wollte darüber sprechen, aber bevor ich geboren wurde, hatte es eine Störung gegeben, die mächtig genug gewesen war, um die übernatürliche Community zu erschüttern.

Engel waren in einer Legion angerückt, bekämpften eine große Dunkelheit und zogen dann von dannen, als wäre nichts geschehen. Die Geschichte machte in magischen Kreisen die Runde. Und Letztere waren mein Spezialgebiet. Ich hatte Dinge erfahren. Sogar als Mensch hatte ich mir einen Namen unter den Übernatürlichen geschaffen als jemand, der Dinge erledigte. Der Dinge wusste, die ich nicht hätte wissen sollen, und als jemanden, der ein Geheimnis hüten konnte, selbst wenn mein Leben in Gefahr war. Ich hatte mir nicht viele Gedanken darüber gemacht, bis ich die Kraftwelle auf Sonyas

Haut gespürt hatte ... Kraft, die ich nicht besitzen sollte. Ich war menschlich – oder zumindest hätte ich das sein sollen.

„Hörst du, *Junge*?“, fauchte Derek.

Ich hob meinen Kopf und sah ihm in die Augen. Ließ ihn denken, dass er mich am Kragen hatte. Obwohl der Inkubus-König mein Schicksal nicht ändern konnte, nachdem es aktiviert worden war. „Was zum Teufel willst du dann von mir?“, schnaubte ich. „Du hast den Engel. Du hast den Sukkubus. Wieso verschwendest du überhaupt deine Zeit damit, mich zu schelten?“

Derek grollte mich bedrohlich an und ich nahm unfreiwillig einen Schritt zurück. Ihn wütend zu machen war vermutlich eine schlechte Idee, aber ich war genauso wütend.

„Du, mein Sohn, hängst zu sehr am Sukkubus. Ich sehe die Verurteilung in deinen Augen. Weißt du nicht, dass die Dunkelheit kommen wird? Es gibt nur einen Weg, wie übernatürliche Wesen die bevorstehende Welle überleben werden.“

Ich wusste, wovon er sprach. Der Zyklus des Todes wiederholte sich alle tausend Jahre und es bedurfte einem Medium und seinen Beschützern, um ihn aufzuhalten. Dieses Mal war etwas anderes passiert. Eine Stimme war durch die Königreiche gedrungen und warnte davor, dass etwas Größeres und Schrecklicheres im Anmarsch war. Es gab mehr als nur die menschliche Welt. Es gab den Himmel, die Hölle und das Geisterreich. Überall hatten sich Abgründe aufgetan und ließen Kreaturen ein, die nicht hier sein sollten.

Derek wusste all das. Was er aber nicht wusste, war, dass Sonya die Prophetin war, die all das aufhalten sollte. Ihr Körper barg die sieben Runen der Macht ... und eine davon war mit mir verbunden – was bedeutete, dass ich besser am Leben blieb.

„Dessen bin ich mir bewusst“, sagte ich und ballte meine Fäuste, um die restlichen Worte, die mir im Kopf herumflogen, nicht auszuspucken. Ich hätte dem Inkubus-König am liebsten die Leviten gelesen.

Stattdessen zitterten meine Fäuste an der Seite. „Sag mir einfach, wie meine Strafe lautet, damit wir die Sache hinter uns bringen können.“

Derek grinste und es war nie ein gutes Zeichen, wenn er grinste.

Halte einfach durch ... Nur noch ein bisschen länger. Sonya hatte noch andere Runen auf ihrem Körper. Andere Seelen, die sie unbesiegbar machen würden, sobald die Vereinigung der vier vollzogen war.

Ich musste einfach durchhalten... und am Leben bleiben.

Fortsetzung folgt ...

BAND ZWEI

Sirenen ... lassen eine Sünde gut aussehen.

Ich habe meinen Dritten gefunden und er ist zweifellos die Sünde des Zorns. Jet ist verdammt jähzornig, aber ich schätze, von einem Drachen-Formwandler ist nichts anderes zu erwarten. Bin ich bereit, mit dem Feuer zu spielen? Darauf kannst du deinen Arsch verwetten.

Derek, einer meiner Sünden, bringt die Sache ganz schön in Bewegung. Er versucht, ein Loch in die Hölle aufzutun, und er hat Luke dazu gebracht, genau das zu tun. Keine Sorge, ich habe einen Plan. Ich hoffe nur, dass der Plan nicht alle umbringt.

In der Zwischenzeit hat Sarah sich Probleme eingebrockt. Als ich sie wiedersehe (immerhin muss man seine Sünden unter Kontrolle behalten), finde ich heraus, dass sie eine neue Freundin hat. Eine Muse und eine Sirene ... Riecht nach Ärger – jedenfalls für mich. Und ich beschließe, dass ich diese Vikki nicht mag – auch wenn etwas an ihr eine meiner Runen zum Jucken bringt ...

Anmerkung der Autorin: Es handelt sich hierbei um eine heiße Reverse-Harem-Geschichte. Sie enthält explizite Sprache und sexuelle Handlungen. Geeignet für

Leser über 18 Jahre. Da es sich um eine Reihe handelt, erwartet dich ein Cliffhanger.

Kapitel Eins

KEINE MUSE MEHR

Sarah

Das Leben ohne Superkräfte ätzte. Ich hatte mein ganzes Leben als Muse verbracht und hatte unter anderem Willen brechen können. Ich konnte alles und jeden dazu bringen, zu tun, was ich wollte – oder jedenfalls hatte ich das gekonnt.

„Tut mir leid, Miss", sagte mir die Angestellte und verzog ihr Gesicht, als würde ich schlimmer riechen als ihre Achseln. „Aber ein Flug nach Miami kostet fünfhundert Dollar." Als ich sie mit blankem Gesichtsausdruck ansah, ergänzte sie: „Das ist hier keine Wohltätigkeitsorganisation."

Von wegen Wohltätigkeitsorganisation. Wollte die mich verarschen? Wohltätigkeit war gewesen, was ich für Sonya getan hatte. Ich hatte sie mich verführen, mich anlügen, mich benutzen lassen und was hatte es mir gebracht? Eine liebevolle Beziehung? Eine Freundin, die mich endlich wegen meiner Selbst liebte? Nein, es hatte mich alles gekostet.

Anstatt meine Leidensgeschichte einem Menschen, der sich nicht dafür interessierte, zu erzählen, verfluchte ich die Tatsache, dass meine Kräfte weg waren, und versuchte, der Frau etwas Verstand einzureden. „Es geht nicht um Wohltätigkeit. Der Flug ist nicht voll besetzt und das Flugzeug fliegt in einer Stunde. Werden Sie wirklich ein Flugzeug mit freien Plätzen fliegen lassen, wenn Sie jemand um Hilfe bittet?"

Sie kniff ihre Augen zusammen und kaute auf dem Ende eines Kugelschreibers herum, der bereits voller kleiner Bissspuren war. „Wie wäre es damit", sagte sie und lehnte sich zu mir, sah sich im Zimmer um. Andere Passagiere blickten hoffnungsvoll und verlegten das Gewicht ihres Gepäcks auf die andere Schulter.

Ich lehnte mich über den Tresen und hoffte, dass der verschwörerische Ton bedeutete, dass ich ihr etwas Verstand hatte einreden können.

Stattdessen schlug sie mit ihrer Hand so fest auf den Tisch, dass ich kreischend zurückwich.

„Wie wäre es, wenn ich die Sicherheitsleute rufe, damit Sie aus meiner Schlange verschwinden und ich echten Kunden helfen kann?"

Fluchend zog ich das wenige Bargeld aus meiner Tasche. Der Flug würde mich das letzte bisschen erschwindeltes Geld kosten, zumal Sonya unsere Ersparnisse aufgebraucht hatte, um heimlich die Sukkuben-Höhle zu besuchen. Ich schob das Geld über den Tresen.

„Na gut. Hier. Geben Sie mir ein Ticket nach Miami."

Ich hatte gedacht, dass mein letztes Geld zu verlieren schlimm gewesen war. Aber der Flug war noch schlimmer. Eine attraktive Flugbegleiterin schenkte mir ein falsches Lächeln. Sie war so dünn, dass ich mich fragte, ob sie nicht schier verhungerte. Wenn ich mir ansah, was die anderen Passagiere aßen, musste ich mich nicht fragen, warum.

„Truthahn oder Caesar-Salat?", fragte sie und drehte ihren Körper weg von mir, als wollte sie mich und mein Mittagessen vergessen und sich zurück ans Ende des Flugzeugs teleportieren.

Ohne nachzudenken, rümpfte ich meine Nase, als ich die in Plastikfolie eingewickelten Dinger sah, und sagte: „Ich hätte gerne das

Spezialmenü der ersten Klasse." Sie hatten genug Mahlzeiten an Bord für den Fall, dass jemand Nachschub haben wollte.

Die Frau verkniff sich ein Lachen. „Tut mir leid, Miss, aber diese Mahlzeiten sind für die *erste* Klasse reserviert."

Ich legte die ausgeblichene Zeitschrift, die ich zusammengefaltet im Sitz vor mir gefunden hatte, runter. Dann sah ich erneut zum Esswagen und seufzte. „Okay. Na gut. Truthahn."

Sie händigte mir die am hässlichsten eingewickelte Box aus, die ich je gesehen hatte, und stöckelte zur nächsten Sitzreihe.

Ich haderte damit, die haftende Plastikfolie loszubekommen, und ich bereute es, sie weggenommen zu haben, sobald ich es geschafft hatte. Ein Gemisch aus heißer Bratensoße stieg mir ins Gesicht. Nachdem ich die Tränen weggeblinzelt hatte, sah ich, dass der ‚Truthahn' ein schwammiges Stück von komisch aussehendem Fleisch in brauner Flüssigkeit war – definitiv keine Bratensoße.

Ich verkniff mir ein Würgen und drehte mich zur Flugbegleiterin um, um ihr zu sagen, dass sie einen großen Fehler gemacht hatte. Aber sie rollte ihren Wagen bereits zu der nächsten Reihe, während die Passagiere vor mir an ihren eigenen Boxen herumfummelten, die in Folie eingewickelt waren.

Als Muse hatte ich immer bekommen, was ich gewollt hatte. Und niemand hatte mich je links liegen gelassen – es sei denn, ich wollte es so. Zu sehen, dass die Flugbegleiterin nichts von meiner Misere mitbekam, ließ mich der Tatsache ins Auge blicken, dass ich meine Kräfte verloren hatte. Aber das war noch nicht alles. Ich hatte alles Wissen darüber, wie die Welt funktionierte und wie ich darin leben sollte, verloren. Tränen brannten in meinen Augen und ich stach mit meiner Gabel in das merkwürdige Stück Fleisch, als mir bewusstwurde, wie real die Situation war.

„Reiß dich zusammen, Sarah", tadelte ich mich selbst und nahm einen entschlossenen Bissen von meinem Essen. Ich ignorierte die Tatsache, dass mein Magen sich krümmte, während ich kaute.

Ich war jetzt menschlich. Was bedeutete, dass jedes Mahl überlebensnotwendig war und ich nehmen müsste, was ich kriegen konnte. Ich hatte nur noch fünfzig Mäuse, nachdem ich für den Flug hatte bezahlen müssen. Die Tatsache, dass ich auf dem Weg war, um freiwillig tödliche Sirenen zu suchen, bedeutete, dass mein menschliches Leben ein kurzes sein könnte.

Ich schwor mir, zu überleben – aber ich schwor mir auch, dass ich mein letztes bisschen Geld in eine echte Mahlzeit investieren würde, wenn ich in Miami landete. Wenn ich durch eine miese Laune der Natur mit unberechenbaren magischen Fähigkeiten sterben würde, würde ich meine fünfzig Piepen für ein Hummer-Mittagessen ausgeben.

Obwohl ich den ganzen Truthahn runtergewürgt und es mit Ginger Ale aus einem Plastikbecher runtergespült hatte, konnte ich dem Essen im Flugzeug nicht die ganze Schuld an meiner Übelkeit geben.

Die Luftfeuchtigkeit in Miami haute mich um, als ich den Personensteg betrat, der so schmal war, dass selbst ich Platzangst hatte. Alle liebten die Vorstellung von Florida und das Leben auf den Inseln, die sich nahe an Miami befanden. Alle, außer mir.

Ich hasste tropisches Wetter. Als Muse florierte ich unter Bedingungen, die Leidenschaft und Kreativität förderten. Das bedeutete meistens, drinnen festzusitzen und nichts zu tun zu haben. Ich bevorzugte Kunst, Bücher, Musik und späte Nächte mit meiner Freundin.

Gedanken an Sonya ließen mich grummeln und ich stampfte an den Typen, die mich ignorierten, vorbei. Ich war nicht eine der vielen leicht bekleideten Schicksen, die in einem geschnürten Etwas namens Bikini herumliefen. Sonya hatte mir mit meiner zu schlichten Aufmachung geholfen. Ich trug noch immer die baumelnden Silberohrringe, die sie mir gekauft hatte. Sie waren mit kleinen roten Juwelen besetzt. Meine Finger glitten an das längliche, kalte Metall, wenn ich nur schon an sie dachte. Die kalte Berührung war eine willkommene Abkühlung in der brodelnden Hitze von Miami.

Aber Sonya war meine Vergangenheit und die Vergangenheit gehörte am besten vergessen. Sie war mein größter Fehler gewesen – auch wenn sie mir geholfen hatte, aus meinem Schneckenhaus zu kommen. Sie war so aufregend und witzig. Sie war die erste Beziehung gewesen, in der ich keine Gedanken gelesen hatte oder sie nicht dazu gezwungen hatte, etwas zu tun. Sie war ein eigenständiges, starkes übernatürliches Wesen und darum hatte ich naiverweise geglaubt, dass sie sich an mir laben konnte – obwohl Sukkuben sich nicht vom selben Geschlecht ernähren konnten.

Meine Fingernägel vergruben sich in meiner Handfläche, als ich darüber nachdachte, wie dumm ich gewesen war. Wann immer ich schlief oder bei der Arbeit war, war sie zur örtlichen Sukkuben-Höhle gegangen und hatte sich eine Zwischenmahlzeit bei einem ihrer Inkuben gegönnt. Wenn sie mir doch nur gesagt hätte, dass sie Männer brauchte, um zu überleben. Vielleicht hätten wir dann einen Weg finden können. Oder auch nicht. Ich hatte sie nur für mich allein gewollt. Aber ich hätte nie gewollt, dass sie sterben würde.

Völlig leer stand ich neben einem quietschenden Karussell, auf dem Koffer im Halbkreis auf rostiger Ausrüstung herumfuhren. Obwohl wir drinnen waren, schmeckte die Luft salzig und Sandkörner glitzerten in den Fugen zwischen den Kacheln. Leute warteten in Gruppen und alle waren aufgeregt, als wäre Miami der Ort der Träume.

Sonya war mein Traum gewesen und ohne sie war ich jetzt in einem Albtraum gefangen. Aber sie hatte David zum Tode verurteilt. Sein Tod war schrecklich gewesen und die Erinnerung daran würde für immer in mein Hirn eingebrannt sein. Wenn sie doch nur mit mir geredet hätte. Ich schüttelte mich. Es machte keinen Sinn, eine Beziehung wiederaufzuwärmen, die ich nie retten können würde. Sonya brauchte sexuelle Energie, um zu überleben, und sie konnte diese nur von Männern kriegen. Auch wenn sie bisexuell war und auf beide Seiten schwingen konnte – ich konnte es nicht. Mit Sonya zusammen zu sein, würde bedeuten, dass sie einen Kerl brauchen würde. Und wenn ich das zulassen würde, würde ich mitmachen wollen. Aber nur schon der Gedanke daran ließ mich erschaudern.

Nebst diesen Problemen war ich jetzt auch noch menschlich. Auch wenn Sonya sich nicht an Frauen sättigen konnte – ein Sukkubus konnte sie trotzdem umbringen. Es war zu gefährlich – auch wenn es nur wäre, um Lebewohl zu sagen.

„Entschuldigen Sie, Miss?“, sagte ein Mann mit freundlichen Augen.

Ich blinzelte. „Ja?“

Er kratzte sich am Hinterkopf, als würde er versuchen, sich an etwas zu erinnern. „Kennen wir uns?“

Ich zog eine Augenbraue hoch. Instinktiv sandte ich ihm einen Gedanken, dass er weg gehen sollte. Er war echt unheimlich und nervig – aber als er geduldig auf eine Antwort von mir wartete, seufzte ich.

„Nein, ich glaube nicht. Ich bin nicht mehr in Miami gewesen, seit ich ein kleines Kind war.“

Er runzelte die Stirn, schien nicht überzeugt. Er sah aus, als wäre er im Alter meiner Mutter, wenn sie noch am Leben gewesen wäre. Sie war im selben Feuer umgekommen, das auch Sonyas Mutter getötet hatte. So waren wir uns begegnet und vermutlich war das auch der Grund, warum wir so eine starke Bindung zueinander hatten. Niemand sonst hätte verstehen können, wie sehr es schmerzte, nicht nur eine Mutter zu verlieren, sondern auch die einzig andere Person in der Welt, die ganz genau wusste, wie es war, die spezifischen Superkräfte wie man selber zu besitzen. Jetzt wo ich menschlich war, vermisste ich sie sogar noch mehr. Sie hätte gewusst, was zu tun wäre.

Mein Koffer tauchte auf. Es war ein fröhlich aussehender rot-pink gestreifter Koffer, in dem sich jetzt alles befand, was ich noch besaß.

Ich drückte mich am Mann vorbei, der mich zwischen zwei Säulen eingekreist hatte, und winkte ihm zu. „Man sieht sich.“

Er rief mir nach, aber ich griff nur nach meinem Koffer und sah zu, dass ich verdammt nochmal da rauskam.

Mein kleines Bündel Bargeld war sicher in meiner Hosentasche verstaut. Ich lief in der Bombenhitze zum Taxistand und verzog das Gesicht. Ich würde mein letztes Geld bestimmt nicht in eine Taxifahrt investieren.

Der Mann tauchte erneut auf. Dieses Mal hatte er ein verlegenes Lächeln auf dem Gesicht. „Jetzt erinnere ich mich an Sie“, sagte er. „Sie sind die Tochter von Amelia.“

Ich erstarrte. Meine Mutter hatte nie einen Freund in Miami erwähnt. Als ich mich langsam umdrehte, um mir den attraktiven

Mann mit zerzaustem Haar genauer anzusehen, lächelte er und ein blaues Glitzern tauchte in seinen Augen auf.

Er war eine Muse. Und da nur drei männliche Musen existierten, war es äußerst wahrscheinlich, dass es sich hier um meinen Vater handelte.

SHANGHAI

Sonya

„Du nimmst mich mit nach Shanghai?“, kreischte ich. Nicht, dass eine Reise nach Shanghai sich nicht gut anhörte, aber komm schon. Das Letzte, was ich wollte, war vom Inkubus-König entführt und als Sexsklavin für seine Frau benutzt zu werden – unter Androhung, dass mein Seelenverwandter gefoltert würde, wenn ich nicht gehorchte. Wenn man den Teil der Entführung und der Folter wegließ, hörte es sich eigentlich ganz gut an.

„Du wirst es lieben“, versprach Derek mit einem Lächeln, das meine Knie weich werden ließ. Trotz allem, was er mir angetan hatte, wurde mein Hirn in seiner Anwesenheit immer noch zu Brei. Ohne die Pillen, die aus Silvias Blut gemacht wurden, war ich kein Stück besser dran als seine menschlichen Sklaven.

Meine Finger zuckten und wollten nach der letzten Pille, die mir seine Frau als Geschenk gegeben hatte, greifen. Die bauchige Pille lag in einer Schachtel in meiner Tasche und ich wollte sie rausziehen und den ekligen Inhalt runterwürgen – wenn auch nur, um Derek ins Gesicht zu spucken.

Ich ballte meine Hand zu einer Faust, ermahnte mich mit den

letzten paar Hirnzellen, die ich noch besaß, dass sich mir eine Möglichkeit bieten würde, um ihm zu entkommen. Ich würde die Pille brauchen, um es zu tun. Aber jetzt war nicht der richtige Zeitpunkt.

Ein glänzendes silbernes Flugzeug war Beweis dafür, dass jetzt nicht der richtige Zeitpunkt für eine Flucht war. Hinter den polierten Rädern lag ein weitläufiges, betoniertes Gebiet. Ich blickte über meine Schulter zum anderen Teil der menschengeschaffenen Wüste. Dieses Mal aber bemerkte ich, dass ich nicht allein war. Ein paar Frauen mit glasigen Augen beobachteten Derek und standen in einer Reihe. Sie waren nicht gefesselt, aber sie alle standen mit den Händen hinter ihren Rücken da.

„Ich brauche ein paar ... Mahlzeiten, bevor wir in Shanghai landen", informierte mich Derek.

Ich blinzelte und Überraschung befreite mich von der Lust nach ihm. Er würde diese Mädchen umbringen.

„Mahlzeiten?"

Sein Daumen strich über mein Kinn. „Ja, ich musste in die Engelshöhle gehen, um dich zu kriegen, Schätzchen. Das hat mich ganz schön Kraft gekostet. Meine Gelüste müssen gestillt werden." Sein Blick wanderte zu den Frauen und seine Lippe kräuselte sich angewidert. „Ich gebe zu, wir hatten nicht viel Zeit, um so viele zu kriegen. Sie sind nicht alle mein Typ, aber ich wollte nicht, dass die Polizei nach ihnen suchte, bevor wir auf dem Weg und außer Landes sind. Ein König muss sich für seine Leute aufopfern. Hie und da."

Meine Hand griff aus eigener Kraft nach ihm. Ich hasste mich dafür, dass ich meine Finger an seinen Kragen legte und ihn zu mir zog. „Ich hoffe, ich war es wert, *mein König*."

Er grinste und die wohl attraktivsten Grübchen breiteten sich auf seinem Gesicht aus.

Meine Zunge befeuchtete meine Lippen und ich wollte mich auf die Zehenspitzen stellen und ihn kosten. Er roch unwiderstehlich und es bedurfte all meiner Willensstärke, meinen Verstand zu behalten.

Meine Brust brannte unter dem Blutstein, aus dem ich Kraft schöpfte. Meine sexuelle Begierde verdreifachte sich in Dereks Anwesenheit und das Einzige, was mich davon abhielt, mich auf ihn zu werfen, war die Nahrung, die ich von meinem Medaillon erhielt. Und das Jucken meiner Runen, die mir sagten, dass ich nicht für ihn bestimmt war. Er hatte seinen Teil getan – jetzt war es an der Zeit, dass ich meine vier fand.

Sein Blick legte sich auf den leuchtenden roten Stein um meinen Hals, während ich die Kraft des Blutsteins in mir aufnahm. „Clever“, murmelte er und presste einen Finger in mein Kreuz. Ich drückte gegen meinen Willen meinen Rücken durch, als ich seine Berührung spürte. „Komm“, befahl er, „meine Frau ist ganz begierig darauf, dich wieder zu sehen.“

Unruhig saß ich auf meinem Sitz und sah die beiden Männer, die mich festhielten, finster an, versuchte das lauter werdende Stöhnen aus dem hinteren Bereich des Flugzeugs zu ignorieren.

Einer meiner Entführer war ein attraktiver schwarzhaariger Traummann und er lehnte sich mir graziöser Leichtigkeit gegen die gebogene Wand. Er beobachtete mich nicht und verschränkte stattdessen seine Arme vor der Brust, sah durch eines der winzigen Fenster. Die Sonne erleuchtete goldene Funken in seinen wunderschönen blauen Augen.

Der andere, ein Asiate, der farbige Tätowierungen um seinen muskulösen Bizeps hatte, sah nicht nach draußen, sondern furchtlos zu mir – als wollte er mich herausfordern, einen Fluchtversuch zu wagen.

Nicht, dass ich irgendwohin hätte fliehen können. Der Luftdruck in meinem Ohrkanal dämpfte mein Hörvermögen und weil meine Hände gefesselt waren, konnte ich nichts dagegen tun. Ich öffnete und schloss meinen Mund, bis der dumpfe Schmerz verging. Mein Magen rebellierte, als das Flugzeug seine Flughöhe erreichte.

Wenigstens war ich bei klarem Verstand. Derek hatte sich in sein privates Abteil im Flugzeug begeben, um zu essen und seine Kräfte aufzuladen. Während das Stöhnen leiser wurde – einige der Frauen hatten bereits still ihren Tod gefunden –, dachte ich darüber nach, wieso er nicht von mir aß.

Das letzte Mal, als ich mit dem Inkubus-König und seiner Frau ein Bett geteilt hatte, hatte ich dabei geholfen, die erste Dämonenbrut auf

Erden zu schaffen. Mein Blutstein war damals leer gewesen, was mir vermutlich das Leben gerettet hatte.

Ein weiterer ohrenbetäubender Schrei drang durch die Kabine, während eine Frau einen mächtigen Orgasmus erfuhr und dann urplötzlich still wurde.

„Er tötet diese Frauen“, sagte ich zum Entführer, der mir am nächsten saß.

Die Worte des asiatischen Wachen waren ein Gebrabbel aus Worten, die schön klangen, aber absolut keinen Sinn machten.

Er hielt inne und ich blinzelte ihn verwirrt an. „Echt jetzt? Ein Sukkubus, der kein Shanghaiesisch spricht? Wo hat Derek dich denn ausgegraben?“

Ich verzog das Gesicht. „Hast du gerade Shanghaiesisch gesagt? Ist das überhaupt ein Wort?“

Er funkelte mich an. „Ja, es ist ein Wort. Es ist die offizielle Sprache von Shanghai. Ein Dialekt, der dem Wu-Dialekt ähnelt.“

Ich blinzelte erneut. „Wu. Wie Deja-Wu?“

Er kräuselte seine Lippen. „Ich glaube, du meintest Déjà-vu. Shanghai hat auch ein großes französischsprachiges Quartier, also beleidige mich nicht mit deinem inkorrekten Französisch.“

Mein Französisch war schrecklich, aber es nervte mich trotzdem, dass ein Typ, der etwas namens ‚Shanghaiesisch‘ sprach, mir sagte, dass es schrecklich war. „Wu“, wiederholte ich das Wort. „Was zum Teufel ist Wu?“

„Es ist eine Sprache, die in China gesprochen wird“, informierte er mich kalt.

„Wie Mandarin?“

Er rollte mit seinen Augen. „Klar. Was auch immer. Nenne wir es einfach Chinesisch. Macht das für dich Sinn, Blondinchen?“

Ich grummelte und wehrte mich gegen meine Fesseln. Meine Handgelenke bebten gegen die eisernen Ketten, die meine Arme fest gegen die Armlehnen pressten. Ausgehend von der Kälte, die der Stuhl abgab, musste er durch und durch aus Metall gemacht gewesen sein. Derek ging keine Risiken ein.

„Vater hat gesagt, dass nur ich mit ihr sprechen darf“, erinnerte einer der Inkubus-Söhne meinen Chinesisch-Wu-Shanghaiesen-Entführer.

Er rollte erneut mit seinen Augen und schien genauso genervt vom Inkubus-Sohn wie von mir. „Er ist nicht *mein* Vater, *Piyan*."

„Hast du mich gerade einen Arbeitssklaven genannt?"

Der traumhafte asiatische Mann rollte seine Schultern. „Nein. Ich habe dich einen *Piyan* genannt. Offenbar bin ich von einsprachigen Idioten umgeben."

Anstatt ihn zu schlagen – wie ich es erwartet hatte –, kam der Inkubus-Sohn auf mich zu und packte meinen Arm fest.

Tätowierungen wölbten sich, als die Ader des asiatischen Mannes sich anspannte und ein wütender Blick in seinen Augen aufzog. „Hat er auch gesagt, dass du sie berühren darfst?"

Sein Lächeln ließ mich erschaudern. „Ich brauche keine Erlaubnis." Seine Finger glitten über mein Schlüsselbein. „Wenn mein Bruder sie antatschen darf, würde ich sagen, darf ich das auch."

Die Zeit, die ich mit Nate verbracht hatte, ging niemanden etwas an. Ich würde ihn und Luke finden und Shanghai dann hinter mir lassen. Niemand durfte mich anfassen. Wut ließ den Blutstein an meiner Brust rot aufglühen und er jaulte und riss seine Hand weg, auf der sich Blasen bildeten. „Was zum Teufel!"

Mein tätowierter Entführer lachte amüsiert. „Vorsicht, sie beißt, *Piyan*."

„Schlampe", murmelte der Sohn des Inkubus-Königs und verschwand dann durch einen Vorhang außer Sichtweite.

„Tut mir leid wegen ihm", sagte mein Entführer, als würde er jetzt plötzlich freundlich sein.

Ich kniff meine Augen zusammen. „Vorsicht, sonst könnte ich denken, dass ihr zwei ‚guter Bulle, böser Bulle' spielt."

Er grinste. „Hm. Vielleicht bist du doch nicht so blond."

Ich hätte mir ein Comeback überlegt, aber ich erstarrte, als die vielen farbigen Tätowierungen auf seiner Haut sich bewegten und von einem auf den anderen Moment verschwanden.

Er grinste, als er meine Reaktion sah. „Ich habe vermutet, dass, wenn du kein Shanghaiesisch sprichst, du auch noch nie einem Chen-Lung-Drachen begegnet bist."

Ich blickte in seine Augen und für eine Hundertstelsekunde verformte sich seine Iris zu einem reptilischen Schlitz, dann blinzelte er und seine Augen waren wieder menschlich. Ich erschauderte. „Heilige Scheiße. Nein, habe ich nicht. Und ich kann nicht behaupten, dass es schön ist, einen kennenzulernen."

Drachen. Ich hatte gewusst, dass sie echt waren – genauso wie viele andere mystische Kreaturen, die die Menschheit kannte. Aber niemals hätte ich gedacht, dass ich einen treffen würde. Sie waren selten und verließen ihre Höhle nur ungern.

Er hatte nicht ein einziges Mal aus dem Fenster geschaut – und jetzt begriff ich, warum. Wenn er ein Drache war, sehnte er sich vermutlich danach, sich zu verwandeln. Seine Flügel zu spreizen und nach Hause zu fliegen, sich von seinem Käfig und der abgestandenen Luft zu befreien. Stattdessen starrte er mich unaufhörlich an, fokussierte sein Ziel mit kalter Präzision.

„Also", sagte ich und konnte das Beben meiner Stimme nicht unterdrücken. „Ich schätze, ich sollte froh sein, dass ich keine Jungfrau bin."

Er blinzelte und schien etwas bestürzt.

„Weil", ergänzte ich, „du weißt schon. Drachen töten immer die Jungfrau, die ihnen als Opfer gebracht wird."

Er lachte. Es war ein ehrliches, wohlklingendes Lachen. Drachen waren Schmeichler und wurden nicht selten als Nebenzweig der Inkuben bezeichnet. Jedenfalls hatte meine Mutter das immer über sie gesagt. „Ich glaube, ich mag dich, Blondinchen", sagte er zwinkernd.

„Hör auf, mich so zu nennen."

Während er so dasaß und grinste, konnte ich seine Anziehungskraft nicht abstreiten. Ich hatte es satt, von Übernatürlichen umgeben zu sein, die Kontrolle über mich hatten. „Kannst du das abschalten?", sagte ich schnippisch.

Er blinzelte. „Was?"

Ich deutete mit dem Kinn auf ihn. „Dieser ... Drachen-Glamour.

Was auch immer du da machst. Hör auf damit. Davon kriege ich schon genug von Derek."

Er schenkte mir das breiteste Grinsen, das ich je gesehen hatte. „Oh, Schätzchen. Das ist keine meiner Fähigkeiten."

Meine Wangen erröteten und ich weigerte mich, die nächsten drei Stunden des Fluges mit ihm zu sprechen.

Er grinste mich die ganze Zeit über an.

Kapitel Drei

SONNENUNTERGANG

Sarah

Ich begann zu laufen. Trotz der Hitze und der unerbittlichen Sonne, die so stark auf mich hinabbrannte, dass ich am liebsten zu einer kleinen Pfütze zerschmolzen und gestorben wäre. Ich würde auf keinen Fall mit einer Muse sprechen.

„Warte!", rief er, als ich hastig von ihm weglief.

„Oh nein", sagte ich. „Ich bin nicht den ganzen Weg nach Miami gekommen, um von jemandem eine Gehirnwäsche verpasst zu kriegen, der denkt, dass er mein längst verloren geglaubter Vater ist, der einfach so zurück in mein Leben kommen kann." Die Tatsache, dass ich genau aus diesem Grund hierhergekommen war, ließ ich außen vor. Es war besser, ihm nicht das Gefühl zu geben, die Oberhand zu haben.

Er lachte. „Du klingst genau wie sie, weißt du. Sie rannte mir auch immerzu davon."

Ich zog meine Schultern hoch und lief schneller. Meine Mutter hatte sich nicht damit zurückgehalten, mich wissen zu lassen, was sie von meinem Versager-Vater dachte. Eine männliche Muse war eine seltene und mächtige Kreatur. Er war eine der drei, die meine Rasse am Leben erhielten. Eine Muse konnte sich nur mit derselben Spezies fortpflanzen und da es nur noch drei Männer gab, reisten sie in der Welt umher und ‚verteilten' die Liebe an andere weibliche Musen.

In meiner Eile hatte ich nicht bemerkt, dass der Bordstein endete. Mein Koffer geriet außer Kontrolle. Er knackte, als er hart auf dem dampfenden Asphalt landete. Als ich ihn wieder aufstellte, ließ er sich nicht mehr ziehen. Ich hatte das Rad kaputtgemacht. „Verdammt nochmal!"

Er holte mich ein und pfiff durch seine Zähne. „Na, dieses Ding geht nirgendwo mehr hin." Er sah mich mit hochgezogener Augenbraue an. „Was ich nicht verstehe, ist, warum du allein hier draußen rumläufst und dein Gepäck mit dir rumschleppst wie ein Sterblicher. Du hast niemanden dazu angehalten, dir zu helfen? Wieso hast du keine Mitfahrgelegenheit?"

Ich sah ihn grimmig an. „Du stellst zu viele Fragen."

Er näherte sich mir und ... schnüffelte.

Ich wich zurück und verzog das Gesicht. „Was zum Kuckuck machst du da?"

Er blinzelte ein paarmal. „Deine Kräfte ..." Er verstummte. Er richtete sich auf und deutete mit seinem Daumen über die Schulter. „Hör zu, ich habe ein Auto. Ich werde dich hinbringen, wo immer du hinwillst. Ich weiß nicht, was passiert ist, aber Amelia würde es nicht gutheißen, wenn du allein in Miami herumwanderst und niemand auf dich aufpasst. Vor allem nicht in ... deinem Zustand." Sein Blick richtete sich auf meinen Bauch.

Schweiß sammelte sich an Stellen, von denen ich nicht einmal gewusst hatte, dass sich Schweiß bilden konnte. Ich wünschte mir sehnlichst, dass ich eine andere Möglichkeit hätte. Eine Muse verlor ihre Kräfte, wenn sie schwanger war, und das war die perfekte Ausrede, um Mitleid von meinem guten alten Vater zu kriegen. Es war auch einiges einfacher, als zu versuchen, ihn davon zu überzeugen, dass ein Mensch die Kräfte eines Sukkubus manipuliert hatte, um mir meine zu nehmen, und ich jetzt nichts als eine leere Hülle war ... oder ein Mensch ... oder irgendetwas ganz anderes.

Ich streckte meine Handfläche aus und zuckte mit den Schultern. „Du hast mich erwischt. Ich wurde von einem deiner Freunde geschwängert."

Augenblicklich nahm er mir mein Gepäck ab und scheuchte mich zu seinem Auto. „Lass uns dich aus der heißen Sonne bringen. Armes Ding. Hast du Freunde hier? Haben sie dich im Stich gelassen? Sag mir ihre Namen. Ich werde sie fesseln und verprügeln lassen!"

Er stellte weitere Fragen und stieß weitere Drohungen gegen alle aus, die es wagen würden, mich hilflos und allein zurückzulassen. Kein einziges Mal hielt er inne, um irgendwelche Antworten zu kriegen. Ironischerweise schimpfte er nicht über seine Brüder, dass einer von ihnen mich ‚geschwängert' hatte. Offenbar war es normal, eine Muse, die sie geschwängert hatten, allein zurückzulassen.

Auch gut. Ich war keine gute Lügnerin. Ich hatte nie eine sein müssen. Also ließ ich ihn einfach machen und ließ mich von ihm zu einem komfortablen SUV führen.

Nachdem wir den Verkehr umgangen hatten und er begriffen hatte, dass ich nicht in Stimmung war, um zu reden, hielt er endlich die Klappe. Ich nutzte den Moment der Stille, um ein paar eigene Fragen zu stellen.

„Also, was hast du am Flughafen gemacht?", fragte ich und verschränkte meine Arme. „Ich bin mir ziemlich sicher, dass es kein Zufall ist, dass du bei der Gepäckausgabe rumgelaufen bist, just als ich angekommen bin. Außerdem hast du keine Koffer. Wie bist du überhaupt da reingekommen?"

Er grinste. „Ich bin eine Muse, Schätzchen. Und das Leben als männliche Muse ist komplett anders als das, das du gewöhnt bist. Ich brauche Sirenen, die mir dabei helfen, Partner zu finden. Fortpflanzung ist nicht nur von höchster Wichtigkeit für unsere Spezies, sondern auch ein magisches Bedürfnis, das ich nicht einfach abstreifen kann. Sie sind großartig darin, andere Musen hierherzulocken, damit ich nicht in der Welt umherreisen muss, um sie zu finden. Im Gegenzug bringe ich ihnen Opfer." Er sah mich an.

„Sie haben mir gesagt, dass heute eine leidende Seele eintreffen würde. Sie konnten dich meilenweit entfernt riechen. Und ich habe meine magischen Fähigkeiten aufgemotzt, damit ich das Leid auch orten kann. Der Geruch haftet an dir."

Ich verzog das Gesicht. Zu wissen, dass mein Leid für die übernatürliche Community so offensichtlich war, gab mir nicht gerade ein besseres Gefühl. Und ich mochte den Gedanken, dass ich für eine Sirene eine leckere Mahlzeit darstellte, ebenso wenig.

Als würde ich buchstäblich nach Kummer riechen, kurbelte er das Fenster runter und ließ die salzige Luft ein. Die Mischung aus Hitze und Rost ließ mich meine Nase rümpfen.

„Wie hältst du es hier aus?", fragte ich.

Er lachte und seine Musen-Magie funkelte wie blaue Diamanten in seinen Augen. Er hätte seine Kräfte benutzen können, um Antworten von mir zu kriegen, aber er schien nicht interessiert daran, mich in seinen Bann zu ziehen, um zu tun, was er verlangte. Stattdessen warf er mir ein charmantes Lächeln zu. „Deine Mutter hat es hier auch gehasst. Sie ist nur einmal auf Helens Song hereingefallen und danach ist sie nie wieder zurückgekommen. Ich musste bis nach Seattle reisen, um sie wiederzusehen."

Ich schnaubte. „Du tust so, als würdest du sie so gut kennen. Du hast sie – wie viel? – gesamthaft dreißig Stunden der Lust lang gekannt, bevor du Seattle verlassen hast und wieder Sirenen und Musen nachgejagt bist?" Ich war nicht naiv genug, um zu glauben, dass seine ‚Allianz' mit den Sirenen nur darauf beruhte, dass er Opfer gegen Partner tauschte. Er war eine Muse und wie er ebenso ekelhaft zugegeben hatte, wurde er von dem Drang, Sex zu haben, angetrieben.

Sirenen waren sexuelle Naturen und ich verzog das Gesicht, als ich daran dachte, wie mein Vater ein Harem von ihnen hielt. Sein Lächeln erlosch und er bog auf die andere Straße voller Palmen ab, die an diesem Ort wie Unkraut zu wachsen schienen. „So war es nicht. Deine Mutter lag mir sehr am Herzen." Er sah mich an und zögerte. „Hat Helen nie über mich gesprochen?"

Ich zuckte zusammen, als ich den Namen hörte. Meine Mutter hatte eine beste Freundin in der ganzen weiten Welt gehabt und das war eine Sirene namens Helen gewesen. Die Tatsache, dass sie meine Mutter nach Miami gelockt hatte, um mit einer männlichen Muse zu schlafen, war nie erwähnt worden. Aber das war Angelegenheit meiner Mutter. Ich konnte sie nicht verurteilen.

„Nein", fauchte ich, „aber Mama hat mir alles gesagt, was ich wissen muss. Du hast uns verlassen. Sie hat sich nie was aus der ‚Zukunft unserer Spezies' gemacht oder wie wichtig es für dich ist, andere zu schwängern. Kurz gesagt: Sie hat sich in dich verliebt und du hast sie sich selbst überlassen." Ich presste meine Lippen aufeinander, als ich die zermalmende Erinnerung an Schmerz hervorrief, wann immer meine Mutter über meinen Vater gesprochen hatte. Was ich ihm nicht sagte, war, dass ich einen Hass auf ihn hatte, weil er auch mich verlassen hatte.

Er seufzte und nahm seinen Fuß vom Gaspedal. Wir waren nicht in ein Wohnquartier gefahren, sondern kamen am Ende einer langen Reihe von Hütten vor einem Strand zu einem Halt.

„Was machen wir hier?", fragte ich und verschränkte meine Arme.

Er deutete auf die Hütte in unserer Nähe, vor der ein Kartonausschnitt eines Pin-up-Girls, das eine Angel hielt, stand. „Ich versuche nicht, deine Gedanken zu lesen, aber ich kann dennoch grundlegende Bedürfnisse spüren. Du hast die ganze Fahrt über an Hummer gedacht." Er warf mir ein Grinsen zu. „Sieht von außen vielleicht nicht so aus, aber sie haben den besten."

Ich verzog das Gesicht und versuchte meine Gedanken verstummen zu lassen, falls er sie heimlich doch las. Natürlich ließ mich dieser Gedanke nur lauter an meine Geheimnisse denken. Ich würde den größten Hummer, den ich finden konnte, runterschlingen und mich dann von einer Sirene gefangen nehmen lassen.

Seine Lippen zuckten. „Wenn du die Sirenen auch kosten willst, sei vorsichtig."

Ich machte die Tür auf. „Du hast gesagt, du würdest meine Gedanken nicht lesen."

Als ich mich zu ihm umdrehte und ihn böse ansah, winkte er fröhlich aus dem offenen Autofenster.

Ich schnaubte und stampfte zur Hütte. „Ich werde hier sein, wenn du wieder zu Verstand kommst!", schrie er. „Wenn dir jemand Probleme bereitet, sage ihnen, dass Apollo dein Papa ist und er draußen wartet."

Apollo. Meine Mutter hatte seinen Namen nie ausgesprochen. Und jetzt wusste ich, warum. Was für ein lächerlicher Name.

Als ich nach der gespaltenen Tür zur Hütte griff, in der es nach Fisch und Bier roch, sah ich ein letztes Mal zu meinem Vater. Er hatte es sich im Sitz gemütlich gemacht und seine Augen geschlossen. Es sah nicht so aus, als ob er mitkommen würde – aber auch nicht so, als ob er irgendwohin gehen würde. Ob ich es mochte oder nicht: Ich hatte jemanden, der auf mich aufpasste.

Ich betrat die belebte und populäre Bar, die mehr wie eine Hütte aussah als ein Wohngebäude, und tauchte in die aufgeregte Stimmung und das entspannte Gerede eines Ortes, wo Badekleider als Abendgarderobe galten und Hunde zu den nackten Füßen ihrer Halter lagen.

Ich suchte mir einen Platz in der schattigen Ecke, wo ich die Massen im Auge hatte. Schon immer hatte ich es gemocht, Leute zu beobachten. Als Muse war ich im Stande gewesen, mich den Schatten gleichzumachen und die Welt um mich herum zu kontrollieren, ohne dass es jemand merkte. Jetzt gab ich mich damit zufrieden, eine Fremde in einer fremden Stadt zu sein.

Ein Pärchen, das nahe bei mir saß, ließ das Eis in ihren Gläsern klackern. Der Kerl mit einem tätowierten Arm und aufgestellten Haaren flirtete mit der Kellnerin, während seine Freundin das Gesicht verzog. Wenn ich meine Kräfte noch gehabt hätte, hätte ich die Kellnerin ihr Tablett auf ihn fallen lassen – aber jetzt konnte ich nur mitleidig zusehen.

Als die Kellnerin mit einem scheuen Kichern davonging, erwartete ich beinahe, dass die Freundin mit üppigem blondem Haar sich beschweren würde. Aber ihr finsterer Blick verschwand. Offenbar war der Grund dafür ihr leeres Glas und nicht etwa Eifersucht gewesen. Der Freund schob sein Glas, das noch nicht ganz leer war, zu ihr rüber und sie warf ihm ein Lächeln zu. Zu meiner Überraschung rückte sie näher zu ihm und fragte: „Hast du ihre großen Brüste gesehen? Wir sollten sie fragen, ob sie mit uns ausgeht!"

Ich blinzelte ein paarmal, bevor ich mich wieder der Speisekarte zuwandte, auf der am oberen Ende ein tanzender Hummer zu sehen war. Wenn ich meine Kräfte noch gehabt hätte, hätte ich etwas repariert, das gar nicht kaputt war. Ich hätte die schöne Zeit, die dieses Pärchen geplant hatte, einfach so zerstören können. Dieses Erlebnis hatte mir gelinde gesagt die Augen geöffnet.

Als dieselbe Kellnerin zu mir kam, um meine Bestellung aufzunehmen, wollte ich ihre Gedanken nur zu gerne lesen und herausfinden, was sie dachte. Aber nachdem ich ihre Körpersprache musterte, wurde mir klar, dass sie sich zum Pärchen am Tisch nebenan hingezogen fühlte. Mein Verdacht wurde bestätigt, als die Blondine der Kellnerin ein verführerisches Zwinkern schenkte.

Nachdem mir mein Essen gebracht wurde – das sich tatsächlich als den besten Hummer, den ich jemals gegessen hatte, herausgestellte – belief sich die Summe auf bescheidene achtunddreißig Dollar. Mein Vater kannte vermutlich die trendigsten Restaurants, die importierte Krebstiere servierten und jede Menge dafür verrechneten – und jene, die ein Team aus Leuten hatten, die Fallen aufstellten und darum angemessene Preise hatten. Ich zog das letzte Bündel Bargeld, das ich noch hatte, hervor und legte die fünfzig Dollar auf den Tisch, bevor ich ging.

Ich ging nicht auf die Tür zu, durch die ich gekommen war, sondern zum offenen Balkon, der sich zum Strand hinabsenkte. Die Sonne ging unter und jetzt verfärbte sich der Himmel zu einem brillanten Rot und Rosa, als der Stern im Gold versank. In den Abendstunden war Miami erträglicher und sogar ich konnte den wunderschönen Sonnenuntergang genießen. Laternen am Strand entlang schalteten sich ein und die Nachtschwärmer versammelten sich um Strandfeuer. Ich brauchte meine Musen-Kräfte nicht, um die Sirenen unter ihnen zu erkennen – oder die sanfte Melodie ihrer Lieder, die in die salzige Luft stiegen. Sie waren die Frauen mit perfekten Körpern. Die meisten von ihnen hatten Tätowierungen und Piercings und schienen am Strand entlang zu schweben, während sie von Gruppe zu Gruppe gingen und nach Beute suchten.

Meine Mutter und ihre beste Freundin hatten mir genug über Sirenen beigebracht, um zu wissen, dass ich Abstand halten sollte. Helen war wie eine Tante für mich gewesen und wenn sie jemals herausfinden würde, dass ich nach Miami gekommen war oder was ich vorhatte, würde sie mich am Handgelenk packen und zurück nach Seattle bringen.

Meine Mutter hatte ihre Kräfte drei Jahre lang aufgegeben, um Helen zu geben, was sie brauchte, damit sie der Küste abschwören und die Welt bereisen konnte, ohne diesen ständigen Drang, sich von Sex und Kummer zu ernähren, zu haben.

Ich war nicht blind. Ich wusste, dass Helen die Liebhaberin meiner Mutter gewesen war – aber sie hatte mich immer respektiert und ihren Titel als ‚Tante' akzeptiert, als ich eines Tages ausgerutscht und sie (von da an) Tante Helen genannt hatte.

Aber diese Tage waren vorbei. Meine Mutter war tot und Helen und ich hatten eine zerrüttete Beziehung, die niemals wieder repariert werden konnte. Meine Mutter war das Fundament unserer Familie gewesen und ohne sie war alles auseinandergefallen. Nur Sonya hatte verstanden, wie es war, alles zu verlieren, das einen bei Verstand hielt und stark machte.

Ich ließ mir Zeit dabei, die Sirenen herauszupicken, bevor ich entschloss, welche von ihnen ich ansprechen würde. Ich würde meinen Plan nicht ändern, nur weil mein Vater draußen im Auto auf mich wartete. Und ich war auch nicht sehr zuversichtlich, dass sein Name mich beschützen würde, wenn ich heute Nacht in Schwierigkeiten geraten würde. Ich würde die Sache clever angehen. Na ja, so clever, wie man beim Spielen mit untoten Raubtieren der Tiefe sein konnte.

„Hallöchen, Schöne. Bist du allein?", sagte eine Sirene und trat aus den Schatten, tauchte vor mir auf. Ein Dunst rankte sich um ihre Beine wie Gischt und bedeckte das Glitzern ihrer Schuppen an ihren Waden. Ich war erleichtert, dass ich nicht auf ihre Illusion hereinfiel, obwohl ich technisch gesehen menschlich war. Sie stieß eine Welle der Magie in meine Richtung, die ungeschickt und neu schien. Zu meinem Glück war sie erst kürzlich geschaffen worden und ich schüttelte ihre Magie problemlos ab.

„Nein", sagte ich mit – angesichts ihrer Anwesenheit – zittriger Stimme. Ich wusste, was sie war, und der kluge Teil von mir war verängstigt – aber ich würde meinen Plan durchziehen. Trotzdem hatte ich angesichts ihres verführerischen Lieds, das sie leise sang, Angst, dass ich in ihre Falle tappen würde, bevor ich sie zu einem Handel überreden konnte.

„Apollo ist auf dem Parkplatz. Ich bin seine Tochter", stieß ich hervor. Nur, um mir etwas Zeit zu verschaffen. Ich hasste es, dass ich panisch geworden war und bereits jetzt den Namen meines Versager-

Vaters erwähnt hatte, aber wenn ich etwas übers Überleben gelernt hatte, dann war es, dass man die Werkzeuge benutzte, die man zur Verfügung hatte.

Ihre eisig blauen Augen weiteten sich und in ihnen schimmerte der Kuss des salzigen Ozeans und Geheimnisse. „Oh", sagte sie und wich zurück. „Ich habe nicht gewusst, dass einer seiner Sprösslinge vorbeikommen würde." Ich verzog mein Gesicht, als ich das Wort hörte. Sirenen hatten keine Nachkommen und fanden den ganzen Prozess der Schwangerschaft und Geburt widerwärtig. Ihre Existenz drehte sich um Schmerz, Leid und Tod. Neues Leben hatte keinen Platz in ihrer Welt. Ich verschränkte meine Arme vor der Brust und musterte sie eingehend. Ein meergrüner Bikini spannte sich über ihre plumpen Brüste und ihr Bikini-Höschen zog sich in einer attraktiver V-Form an ihren Innenschenkeln entlang. Sie trug ein durchsichtiges Umhängetuch um die Taille gebunden, das jeder ihrer Bewegungen ein Glitzern verlieh. Ihre Haut war von einem bisschen Salz bedeckt und sie hatte feste Schuppen auf ihrer Haut, die wie Diamanten aussahen. „Du hast dich noch nicht gehäutet", bemerkte ich. Sirenen stammten von Meerjungfrauen ab. Meerjungfrauen behielten ihre Flossen und brachen jegliche Verbindung zu ihrer Menschlichkeit komplett ab. Es war eine bessere Existenz als die einer Sirene. Diejenigen mit ungeklärten Verbindungen in ihrem Leben blieben am Ufer und so entstand eine Sirene.

Diese hier war jung und irrsinnig mutig. Sie näherte sich mir und hatte sich von der Bedrohung, die der Name meines Vaters barg, erholt. Ihre Hand glitt unter mein T-Shirt und streichelte meinen Bauch. „Du zeigst keine Anzeichen einer Schwangerschaft", bemerkte sie. „Da ist kein Leben. Nur Leere." Sie schien nicht interessiert daran, zu erfahren, warum ich eine Muse ohne Kräfte, aber nicht schwanger war. Stattdessen schien es, als wollte sie viel lieber erfahren, warum ich mir sie ausgesucht hatte. Sie sah mir in die Augen und leckte ihre Lippen erwartungsvoll. „Köstlicher Kummer. Bist du gekommen, um mich damit zu füttern?"

Mein Blick schweifte zu ihren Lippen, die voller Magie und Meersalz funkelten. Ich wollte sie kosten und obwohl ich ihre Magie abgewehrt hatte, war ich nicht immun gegen eine schöne Frau. Vor allem nicht eine, die beschädigte Ware war. Ich hatte schrecklichen Geschmack, wenn es um Partner ging.

Entschlossen packte ich ihr Handgelenk und hielt sie fest, stoppte ihre schmerzhaft schönen Berührungen, die sich meinen Brüsten zusehends näherten. „Ich bin hergekommen, um zu tauschen."

Ihr Blick wurde sanfter und erfreut und sie schlang ihre Finger in meine, die noch immer unter dem dünnen Stoff meines T-Shirts vergraben waren. „Ich bin ganz Ohr."

ANKUNFT

Sonya

Unsere Ankunft in Shanghai erfüllte mich mit mehreren Gefühlen: Wut, Angst, Nervosität und eine Prise Begeisterung. Ich liebte es, zu reisen, aber ich wünschte mir, dass ich nicht die Gefangene des Inkubus-Königs wäre. Vor allem nicht mit einem Haufen Toten an Bord.

Die Frauen wurden mitten in der Nacht aus dem hinteren Bereich des Flugzeugs herausgerollt. Eine einzelne Lampe beleuchtete Dereks Werk und ich erblickte Gesichter voller orgastischer Freude. Ihre Wangen waren erstarrt, nachdem das Blut ihren Adern gewichen war.

Ich hatte selbst viele menschliche Liebhaber getötet, aber ich war nicht stolz darauf. Und ich hatte nie so viele Opfer auf einmal gehabt. Ich zwang mich dazu, sie zu zählen. Vierunddreißig Frauen – deren Familien niemals wissen würden, was passiert war. Auch wenn es Derek gewesen war, der ihnen das Leben aus den bereitwilligen Knochen ausgesaugt hatte, so war doch ich die Schuldige.

„Dafür wirst du bezahlen", fauchte ich. Ich presste die Worte gezwungen hervor, aber sie waren wahr. Mein Blutstein brannte auf meiner Brust, während ich Kraft aus ihm schöpfte, um die Drohung auszusprechen. Aber als Derek mit seinen attraktiven, zufriedenen

Gesichtszügen und seiner leuchtenden blauen Kraft zu mir kam, verließ mich meine Widerstandskraft. Es würde mir nichts bringen, jetzt vom Blutstein Kraft zu schöpfen, nur um ihm mehr Beleidigungen an den Kopf zu schmeißen.

„Du wirst lernen, zu akzeptieren, was wir sind", sagte er und seine Finger glitten an meinem Nacken entlang.

Ich erschauderte, als ich seine Berührung spürte, und meine Augen schlossen sich. Ich lehnte mich an seine Wärme und meine Lippen öffneten sich.

Seine Finger wanderten an meinem Schlüsselbein entlang und verweilten auf dem Blutstein. „Vorsicht mit diesem Geschenk, mein Sukkubus. Wenn du ihn wieder leerst, werde ich gezwungen sein, ihn wieder aufzuladen. Ich brauche dich und das Geschenk deiner Mutter bei voller Kraft für das, was ich vorhabe."

Meine Hände ballten sich zu Fäusten, als ich seine Drohung hörte. Er hatte Luke gezwungen, mich zu vögeln. Er war ein Halb-Engel, der angeblich mein Seelenverwandter war. Wir hatten keinen guten Start miteinander gehabt, aber wenn es jemals zu Sex zwischen uns gekommen wäre, hätte ich ihn unter meinen Bedingungen haben wollen. Stattdessen war er rau, instrumentiert und unangenehm gewesen. Der Akt war nur dazu bestimmt gewesen, mein Medaillon mit sexueller Energie aufzufüllen, und es hatte sich mehr wie eine Pflicht als das Geschenk, das es hätte sein sollen, angefühlt.

Ich hatte mir geschworen, dass ich das Derek heimzahlen würde.

„Wo ist Luke?", fragte ich. „Und Nate?" Ich hatte zu beiden von ihnen eine Beziehung aufgebaut und ich war unvollständig, solange sie außerhalb meiner Reichweite waren. Von ihnen getrennt zu sein, stach mehr, als ich zugeben wollte.

Der Inkubus-König stand in all seiner Pracht vor mir, ignorierte mein Leiden. Er hatte sich in der Suite des Flugzeugs geduscht und sein feuchtes Haar war zurückgekämmt. Er trug ein seidenes schwarzes Hemd, das bis zu seinem Bauchnabel offen war. Seine Jeans lagen eng an seinen Hüften. Ich biss mir auf die Unterlippe und versuchte, meinen Blick nicht tiefer wandern zu lassen. Eine weitere Welle flutete meinen Körper und gab mir die Kraft, die ich gebraucht hatte, um die Worte auszuspucken und meinen Verstand zu behalten, während ich auf eine Antwort auf meine Frage wartete.

Derek verzog das Gesicht, entschied sich jedoch, mir eine ehrliche Antwort zu geben. Vermutlich war er besorgt, dass ich mehr von der Kraft des Blutsteins einsetzen würde, um ihn auszubremsen. „Dein Engel-Liebhaber ist bereits vor uns angekommen. Er wird unweit von uns festgehalten. Nur, falls du wieder dumm genug bist, deinen Blutstein zu leeren." Er seufzte. „Und mein Sohn war so eine Enttäuschung. Ich war so stolz, dass er dich verführen konnte und es überlebt hatte. Aber jetzt hängt er viel zu sehr an dir. Ich habe ihn gezwungen, die Hälfte der Frauen, an denen ich mich heute Nacht gelabt habe, zu beschaffen und jetzt tut er Buße, indem er meine anderen Sklavenhäuser auffüllt." Sein Kiefer spannte sich an. „Du wirst ihn nie wiedersehen."

Meine Augen weiteten sich, als die Wahrheit mich kalt erwischte. Luke war so stark und doch eine so geplagte Seele. Er hatte den Großteil seines Lebens in einem Käfig verbracht. Ich konnte mir nicht vorstellen, was er jetzt durchmachte. Wieder war er ein Gefangener und auch wenn ich nicht einmal sicher war, ob wir auf derselben Seite standen, hatte ich seine Erinnerungen gesehen. Ich hatte gesehen, wie sein Leben gewesen war, und wünschte ihm etwas Besseres. Er verdiente es nicht, ein Gefangener zu sein.

Und Nate, der Mensch, den ich liebgewonnen hatte und der unmissverständlich ein Teil meiner Seele war, litt ebenfalls wegen mir. Ich wusste, dass er nicht unterstützte, wie ein Inkubus lebte, um zu überleben. Obwohl er dank einem geboren worden war. Er hatte meinen Blutstein gut gefunden und meine Absicht, einen Weg zu finden, um mein Leben zu retten, ohne ein anderes zu nehmen, auch. Zwischen uns herrschte ein Verständnis und eine Verbindung, die eine Begierde tief in mir auslöste. Wir hatten Sex gehabt – was mutig und dumm von ihm gewesen war – und wir beide hatten Trost in den Armen des anderen gefunden. Es schmerzte mich, zu wissen, dass der Inkubus-König Nate dazu gezwungen hatte, ihm dabei zu helfen, Leben zu nehmen. Ich schwor mir, dass ich Nate finden und sicherstellen würde, dass der Inkubus-König keine Macht mehr über ihn haben würde, sobald ich hier raus war.

„Jet wird dich zum Turm bringen“, verkündete Derek und seine Stimme warf mich aus meinen Gedanken und in eine neblige Welt, wo ich das Einzige war, das zählte.

„Wirst du mit uns kommen?“, fragte ich und konnte den tätowierten Mann, der mein Handgelenk packte, nicht ansehen.

Derek warf mir ein teuflisches Grinsen zu. „Nein, Schätzchen. Ich muss mich um ein paar Dinge kümmern. Aber dir sei versichert, dass du mich bald genug wiedersehen wirst.“

Ich verfluchte mich selbst, als ich nicht mehr unter Dereks Kontrolle stand und mich in einem kleinen schwarzen Taxi befand. Es raste einen modernen Freeway zwischen Gebäuden, die in die Höhe ragten, hinab.

„Dieser Mistkerl ist zu mächtig“, grummelte ich.

Jet, mein tätowierter Drachen-Entführer, lachte amüsiert. „Ich habe noch niemanden getroffen, der ihm widerstehen konnte. Aber du hast es versucht, das muss ich dir lassen.“

Sein Blick wanderte zum Blutstein auf meiner Brust. Sein rotes Glühen war ermattet, als ich nicht mehr Kraft daraus zog, und jetzt sah er aus wie ein normales Medaillon. Ich schlang meine Finger beschützerisch um das warme Metall. Es war meine Rettungsleine. Damit konnte ich mich ernähren, ohne zu töten. Ich konnte mich dem Inkubus-König widersetzen, wenn auch nur genug, um ihn zu nerven und ein paar Fragen zu stellen.

„Wieso hilfst du ihm?“, wollte ich wissen.

Er sah zum Fahrer, dann wieder zu mir. „Wie wäre es mit einem Drink?“, fragte er und ignorierte meine Frage. „Du siehst durstig aus.“

Es war ein langer Flug gewesen und ich war die ganze Zeit über an einen Stuhl gebunden gewesen. Mein Rücken schmerzte und ein unerträgliches Jucken machte sich in meinem linken Fuß breit.

Jetzt war ich nicht mehr gefesselt. Aber ich war nicht dumm genug, um einen Fluchtversuch zu wagen. Nicht, wenn ein Drache neben mir saß. Er würde mich packen, bevor ich zweimal geblinzelt hätte.

Drachen waren für ihre Schnelligkeit bekannt – und für ihre Gnadenlosigkeit.

Ich nickte und er öffnete ein Fach mit Dereks berühmtem Whisky darin und ich fand, dass mein Entführer überhaupt nicht dieser Beschreibung entsprach. Muskeln umgaben seinen ansonsten zierlichen Körper – etwas, das Asiaten sehr attraktiv machte. Die Tätowierungen waren magisch und ich bemerkte plötzlich, wie ich meine Finger über sie gleiten lassen und ihre Bedeutung erfahren wollte.

„Bitte sehr", sagte er und hielt mir ein Glas hin, in dessen bernsteinfarbenem Inhalt sich die Lichter der Stadt spiegelten.

Ich leerte das Glas, ohne zu zögern. Ich hatte ein paar höllische Tage hinter mir und wenn ich eine Glücksspielerin gewesen wäre, hätte ich darauf gewettet, dass es nur noch schlimmer werden würde.

„Wow", sagte er lachend. „Immer langsam."

Ich streckte mein Glas hin und funkelte ihn an, bis er es wieder auffüllte. „Wieso?", fragte ich barsch. „Muss ich bei klarem Verstand sein dafür, was Derek mit mir vorhat? Er will, dass ich seine Frau nochmal schwängere. Ich bin nicht in Stimmung. Dann kann ich mich wenigstens betrinken."

Sein Lachen verstummte und er sah wieder zum Fahrer. Ich dachte, dass er etwas sagen würde, aber er saß still da, während ich an meinem Getränk nippte.

Kapitel Fünf

DER KUSS EINER SIRENE

Sarah

Mir standen die Haare zu Berge, als ich realisierte, dass wir beobachtet wurden. Die Sirenen, die sich unter die Leute mischten, waren verstummt. Sogar ihre Melodien entschwanden in weite Ferne – und jetzt starrten sie uns interessiert an.

„Lass dich nicht von ihnen stören", sagte die junge Sirene. Sie lächelte mich an und lehnte sich zu mir. „Sie sind nur interessiert, zu sehen, wie ich mich bei meinem ersten Mal schlage."

Ich hatte gewusst, dass sie jung war – aber dass ich ihr erstes Opfer war, bedeutete, dass sie erst vor Kurzem erschaffen worden war. Vielleicht in den letzten paar Tagen. „Na, Apollo wird nicht erfreut sein, wenn du versuchst, dich an mir zu laben."

Sie zuckte mit den Schultern. „Das müssen sie nicht wissen. Legen wir eine gute Show für sie hin, okay? Dann werde ich mir deine Bedingungen für den Handel anhören."

Ich presste meine Lippen aufeinander und nickte dann. Sie würde von mir essen und auch wenn eine ältere Sirene sich ohne Langzeiteffekte an jemandem laben konnte, so waren junge dazu imstande, zu töten. Aber sie sah mich so selbstsicher an. Sie wusste, dass ich etwas von ihr brauchte, und ich brauchte es dringend genug, um mein Leben zu riskieren.

„Wenn ich dich küsse, wirst du dem Handel zustimmen, egal was für Bedingungen ich stellen werde. Verstanden? Oder ich werde zusehen, dass Apollo jede wassergetränkte Hirnzelle in deinem hübschen Kopf zunichtemacht, bis du nichts weiter als eine Meeresschnecke bist."

Sie grinste, war sichtlich amüsiert von meinem Mumm. „Einverstanden." Ihr Blick wanderte zu meinen Lippen, aber sie wartete, bis ich den ersten Schritt machte. Eine Sirene nahm nicht, ihr wurde gegeben.

Mein Überlebensinstinkt schrie danach, zu flüchten, aber die Hitze, die sich zwischen meinen Schenkeln bildete, wollte ihre Berührung und meine Zunge wollte ihre Lippen kosten. Ich beugte mich und ließ ihre Finger los, damit sie ihre kalten Hände unter meinen BH stecken und meine Brüste drücken konnte. Es war ein angenehmer Schmerz, als hätte ich Fieber und sie mir die kühlende Erleichterung des Meeres verschaffen würde.

Ihre Zunge verwöhnte meine und ließ eine Spur von Magie zurück. Funken der Lust entzündeten sich in mir. Ihr Schenkel presste sich fester an mich und ließ ein sinnliches Vergnügen durch mich fließen. Ich vertiefte den Kuss und ließ ihre Hand zu meinem Arsch wandern, die mich fest an sie presste, während sie sich darauf vorbereitete, von mir zu essen.

Anders als ein Sukkubus konnte eine Sirene sich an beiden Geschlechtern stärken. Sie brauchten keine sexuelle Energie, um zu überleben – wie Sonya. Sie labten sich an Kummer und Sehnsüchten. Lust zertrümmerte die mentalen Mauern in meinem Kopf und öffneten das Tor zu meinen Gedanken für sie. Das machte es einfacher für sie, aus all den Sorgen auszuwählen, an denen sie sich laben wollte.

Sie ließ ihre Magie in mich fließen und brachte mich dazu, sie mehr und mehr zu wollen. Es lag in der Natur einer Sirene, dieses Bedürfnis nie zu stillen. Die sich bildende Lust brachte mich dazu, sie inniger zu küssen, und ich sehnte mich nach Erfüllung – obwohl ich wusste, dass es nur schlimmer werden würde, je mehr ich es versuchte. Man konnte dem Drang nicht widerstreben, sobald man in die Falle einer Sirene getappt war. Ein tiefes Summen tönte in ihrem Rachen, sandte ein mächtiges Lied durch meine Knochen. Es war eine Melodie, in der ich mich vergessen konnte. In der ich vergessen konnte, wer ich war und wieso ich mir geschworen hatte, dass ich niemals vollständig einlenken würde.

Nein, dachte ich mir. *Widersteh ihr. Lass sie nicht überhandnehmen.*

Als würde sie meine Widerspenstigkeit spüren, rieb sie mich an ihrem Schenkel. Die Reibung und die gleißende Hitze brannten durch jeden Nerv zwischen meinen Beinen und mein Verlangen steigerte sich. Das veranlasste mich nur dazu, noch mehr wollen. Ich stöhnte, während sie mich küsste, und wich dann zurück, um nach Luft zu schnappen.

So viele Augenpaare lagen auf uns. Jungs kniffen einander und wagten es, näherzukommen, um unserem Austausch von Lust und Begierde zuzusehen.

Was die Menschen nicht sehen konnten, war der schier unsichtbare Nebel von Kummer, der in der schwebenden Magie waberte, die die Sirene umgab. Sie rang lusterfüllt nach Atem, während ein Vorgeschmack meines Kummers wie Messer in sie drangen.

Eine Sirene blühte angesichts des Genusses von Schmerz auf. Es war derselbe lustvolle Schmerz, den man spürte, wenn Wachs in einen Nabel tropfte oder jemand einen lustvoll kniff, anstatt zu liebkosen.

Ich hatte genug Kummer, um eine ganze Bande Sirenen zu füttern. Aber meine Geiselnehmerin war überraschend vorsichtig, während sie den dunklen Kummer von meinen Lippen leckte. Sie labte sich an den blutenden, alten Wunden, die der Verlust meiner Mutter verursacht hatte. Die frischen Erinnerungen an Sonyas Betrug verblieben in der Luft, bevor sie zögernd wieder in mein Herz zurückfanden.

„Gebrochene Herzen können geheilt werden“, versprach sie mir und massierte dann weiter meine Brust. „Ich werde diese Wunden hier selbst verheilen lassen.“

Die anderen Sirenen nickten zustimmend, als wären sie zufrieden mit dem Austausch, und ihre Melodien erklangen erneut, als sie sich wieder unter die Leute mischten. Sie winkten mit ihren Händen, tanzten im Sand, ließen die Männer, die uns mit weit offenem Mund beobachtet hatten, in eine Trance fallen. Sie vergaßen, wieso sie so interessiert an uns gewesen waren, und folgten stattdessen den Sirenen zu den Strandfeuern und ihre Geiselnehmer bereiteten sich darauf vor, sich an ihnen zu laben.

„Also“, sagte die Sirene nach unserem Austausch von Schmerz und Lust mit geröteten Wangen. „Wie lautet dein Name?“

Ich grinste und löste mich von ihr, erschauderte, als ich versuchte, ihre Magie und ihren Geruch von meiner Haut zu reiben. Sie war hypnotisierend und wunderschön. Ich hätte nie erwartet, dass eine neugeborene Sirene von mir essen konnte und ich mich danach so ... entspannt fühlen würde.

„Sarah“, antwortete ich und fragte mich, wieso mich – obschon ich mich nicht vollkommen fühlte – diese gefährliche Begierde, die so manches Sirenen-Opfer in Depressionen und Wahnsinn stürzte, nicht überkam.

„Und wie heißt du?“

Sie strahlte. „Vikki.“

Ich lächelte. „Das passt zu dir.“ Für eine Sirene war sie überraschend keck und lebhaft. Ich stellte mir jemanden mit dem Namen Vikki als mutig, aufregend, dunkle Geheimnisse bergend vor – und als jemanden, der gut im Bett war. Ich hatte keinen Zweifel daran, dass diese Sirene diesen Kriterien entsprach und mehr.

Sie nahm meine Hand und zog mich näher zum Ufer. Wir entfernten uns von den Strandfeuern und weg vom Schutz durch Apollos Anwesenheit. Er war vermutlich immer noch in seinem SUV und hatte die Fenster runtergerollt. Wenn ich jetzt schreien würde, würde er mich hören. Aber wenn ich mich von Vikki näher zum Ufer führen lassen würde, würden die hereinfallenden Wellen meine Schreie dämpfen. Diese Tatsache ließ mich mit erneut aufflammender Angst erschaudern.

„Also, was für ein Handel schwebt dir vor?“, fragte sie und ihre eiskalten Finger spielten mit meinen, wischten das ansteigende Adrenalin mir ihrer sanften Berührung weg.

Sie fühlte sich bei mir wohl. Ich wollte dasselbe fühlen. Es war, als wären wir ein frisch verliebtes Paar im ersten Abschnitt einer aufregenden Beziehung. Es gab neue Vorlieben zu entdecken und Vikki würde mir all meinen Kummer nehmen.

Dann aber vernahm ich die sanfte Melodie, als sie ausatmete. Sie versuchte noch immer, mich zu kontrollieren.

Ich zog meine Hand weg und verzog mein Gesicht. „Hör auf. Du hast es versprochen."

Sie zuckte mit den Schultern, versuchte aber nicht wieder nach meiner Hand zu greifen. „Tut mir leid. Sirenen-Natur."

Sie setzte sich in den Sand. Ich hielt einen Moment inne und ließ ich mich dann neben sie sinken.

Ich befürchtete beinahe, dass Vikki mich ins Wasser ziehen und ertränken würde, aber stattdessen zeichnete sie nur Kreise im Sand. Ein Opfer zu ertränken, würde das ultimative Leiden freisetzen und ein vorzügliches Mahl für eine Sirene abgeben. Zudem wurden Sirenen durch Ertränken geschaffen und dadurch, wie sie litten. Ihr eigener Schmerz verging, wenn sie dieses bekannte Ringen nach Sauerstoff von einem anderen Lebewesen einsogen und ihr Leben auslöschten. Aber natürlich wären sie – wie es sich für eine Sirene gehört – nie wirklich erfüllt. Der Drang nach Nahrung und Ertrinken würde nie vergehen. Außer, sie befreundeten eine Muse, die bereit war, ihre Kraft einige Jahre abzugeben, um den übernatürlichen Bann zum Meer zu lösen. Das Meer war die Quelle ihrer Unfähigkeit, diesen Durst zu stillen. Das Meer war endlos und voller Geheimnisse und Dunkelheit. Es war eine Tiefe, die nie gefüllt werden konnte, und nur eine befreite Sirene konnte Erlösung finden.

„Ich kann dein Band zum Meer lösen", begann ich und fing mit dem vielversprechendsten Versprechen an. Obwohl Vikki erst kürzlich geschaffen worden war, kannte sie das Gewicht eines endlosen Lebens ohne Versprechen auf Erlösung, das sie erwartete. Sie war noch nicht gebrochen worden wie die älteren Sirenen, die bereits Männer und Frauen in Richtung Meer zogen. Das hier war ein begehrter Nistplatz für Sirenen und ich erschauderte, als ich realisierte, dass mein Vater mich vermutlich absichtlich hierhergebracht hatte. Wenn ich mir Probleme mit den Sirenen einbrocken wollte, dann war es eben so. Das zeigte mir, dass er mir vertraute, und ich war mir nicht sicher, was ich davon halten sollte.

Es hätte mich überraschen sollen, mit welcher Leichtigkeit sie ihre Opfer ins Wasser zogen, aber das tat es nicht. Ich wusste, dass mein Vater aus einem guten Grund in Miami verweilte. Er behielt ihre Geheimnisse für sich. Jede Seele, die ausgelöscht wurde, wurde aus den Gedächtnissen von allen, die sie kannten, ausradiert. Männliche Musen waren die mächtigsten unserer Art. Sie konnten einem Erinnerungsstrang aller folgen, die damit verbunden waren, und ihn zerstören. Es dauerte nur einen Moment und dann war es, als hätte die Person nie existiert. Niemand wurde vermisst. Niemand würde ihren Tod betrauern. Nur die Sirenen wussten, was sie getan hatten, und sie würden sich in den folgenden Tagen am Kummer ergötzen.

Vikki folgte meinem Blick und sah der Horror-Parade zu, die zum Ufer lief. Einige Sirenen trieben es zuerst mit ihren Opfern. Nackte Haut blitzte hervor und rosarote Nippel glitzerten magisch, ließen das Ganze aussehen wie eine Orgie, der man gerne beiwohnen würde. Aber sie spielten nur mit ihrem Essen. Zuerst würden sie allen Kummer und alles Elend aussaugen, die in den Herzen der Opfer lag. Dann würden sie sich an deren Tod ergötzen.

„Ich habe noch nicht getötet“, sagte sie. Da sie erst kürzlich geschaffen worden war, hatte sie noch einen Funken Menschlichkeit in ihrer Seele. Es würde nur ein paar Morde bedürfen, bevor sie die Fähigkeit verlor, sich schuldig zu fühlen. Sie sah mich hoffnungsvoll an und ich konnte ihre menschliche Seele, die ertrunken war, bevor sie geschaffen worden war, in ihren Augen sehen. „Wenn du mein Band mit dem Meer auflösen könntest, bevor ich dem Drang nachgebe, ein Leben zu nehmen, könntest du mich vielleicht bei klarem Verstand behalten. Ich will nicht wie meine Schwestern sein.“

Ihre Finger strichen über den Sand und legten sich dann auf meine. Ihr eiskalter Griff war voller Angst und Begierde. Die Berührung eines Mädchens, das Angst hatte und allein war. Wenn ich eine Muse gewesen wäre, hätte ich ihre Gedanken lesen können. Aber ihre Gefühle waren ihr ins Gesicht geschrieben, sodass ich keine Magie brauchte, um zu wissen, was in ihr vorging. Sie runzelte ihre Stirn besorgt und in ihren eisblauen Augen lagen Tränen. Ich hörte hin, aber sogar ihre Sirenen-Melodie war verstummt.

„Was willst du im Gegenzug für den Segen einer Muse?“, fragte sie. Sie löste ihren Blick von den Pärchen, die sich am Ufer wanden.

Ich atmete tief ein, bevor ich antwortete. „Wie du bereits gemerkt hast, habe ich derzeit meine Kräfte nicht und ich bin nicht schwanger. Mein Vater denkt, dass ein Kind in mir heranwächst und ich darum sterblich geworden bin. Aber das stimmt nicht.“ Mir gefror das Blut in den Adern, als ich mich daran erinnerte, wie Detective Anderson mir das Messer in die Brust gerammt hatte. „Meine Kräfte wurden mir von einem übernatürlichen Wesen genommen, das ich noch nicht ganz verstehe. Ich dachte, er wäre ein Sterblicher, aber er hat es geschafft, die Kräfte eines Sukkubus dazu zu benutzen, um sich andere Kräfte anzueignen. Er hat die Kraft einer Muse und hat mich wie eine leere Hülle zurückgelassen.“

Ihre Augen weiteten sich. „Du bist einem Chamäleon begegnet?“

Ich bewegte mich unruhig auf dem sanften Sand. „Du weißt, was er ist?“

Sie nickte. „Als ich erschaffen wurde, habe ich das Wissen meiner Schwestern geerbt. Sie haben allerhand übernatürliche Wesen getroffen. Wir verbünden uns mit Musen und hie und da mit einem Sukkubus, aber wir halten uns von Chamäleons fern.“ Ihr Griff um meine Finger verfestigte sich. „Diese Dinger sind die Schlimmsten. Sie sind noch leerer als eine Sirene. Sie bestehen aus einer endlosen Leere. Ihre wahre Natur kommt zum Vorschein, wenn sie herausfinden, wie sie sich an anderen Übernatürlichen laben können. Sie können nur kopieren und nachahmen. Sie haben keine eigenen Kräfte, sie haben nicht mal eine Seele.“

Ich erschauderte, bemerkte aber, wie ich immer näher zu Vikki rutschte, obwohl sie mich mit eiskalter Lust erfüllte. „Wurde eine deiner Schwestern jemals von einem ausgesaugt?“

Sie summte und lehnte ihren Kopf an meine Schulter. Ihre Melodie begann unter ihren Worten erneut zu spielen. „Es ist schon vorgekommen. Eine Sirene ist leer und nicht dazu bestimmt, dass man sich an ihr labt. Der Prozess ist tödlich.“ Ihre Melodie zog mich in ihren Bann und animierte mich dazu, mich auf den Sand zu legen. Sie schmiegte sich an meine Brust. „Du hast Glück, dass du überlebt hast. Aber das ist, weil du eine Muse bist und ein starkes Herz hast. Ich kann dir wiedergeben, was du verloren hast." Ihre Lippen drückten einen sanften Kuss an meinen Hals, der mich erschaudern ließ. „Du musst mir alles geben, wenn du deine Kräfte wieder zurückhaben willst."

Alles. Das Wort bedeutete etwas Unglaubliches und Schreckliches.

Meine Lippen öffneten sich mit erneuter Erregung, als Vikkis Hand über meine Brüste streifte. Ich wusste, dass ich drauf und dran war, den besten Sex meines Lebens zu haben – und dann würde ich sterben.

Kapitel Sechs

DIE TIEFEN VON LEID UND MEER

Sarah

Dieses Mal hatten wir kein Publikum und mein Vater stieg nicht aus, um mich zu retten. Wenn er wusste, was sich hier abspielte, respektierte er meine Entscheidung genug, um nicht einzugreifen.

Vikki dachte nicht lange darüber nach, an welchem Kummer sie sich diesmal nähren würde. Ich würde ihr erstes Opfer sein und bevor sie mich ertränken würde, musste sie jedes letzte bisschen Kummer, das ich in meinem Herzen hatte, aussaugen – wenn es klappen sollte. Ich musste leer sein, um den Prozess der Erschaffung einer Sirene nachzuahmen. Als geborene Muse würde ich mich nicht verwandeln, aber trotzdem war Magie im Spiel. Vielleicht genug, um mir meine Kräfte wiederzubeschaffen. Oder vielleicht würde es mich auch einfach töten und ich würde nie wieder lebendig sein.

Es war schwierig, sich Gedanken darüber zu machen, was mich erwartete, während Vikkis Melodie zum Leben erwachte und ihre Lippen sich auf meine legten. Ich trug eine Bluse und langsam streifte sie den Stoff beiseite, bis meine Haut der kühlen Brise ausgesetzt war. Miami war tagsüber unausstehlich heiß gewesen, aber jetzt erschauderte ich unter Vikkis Berührungen.

Ich presste meine Lippen auf ihre und genoss ihren Geschmack. Eine Mischung aus Meersalz und Tränen. Dann griff ich mit meiner

Hand an ihren Nacken und zog am Bändel, der ihr Bikini-Oberteil an Ort und Stelle hielt. Ein leichtes Ziehen und schon kam er runter, entblößte ihre plumpen Brüste, die im Mondlicht glänzten.

Sie rollte sich auf den Rücken und ließ mich die Führung übernehmen. Ihre Magie zeigte ihre Wirkung in mir und ließ meine Mitte anschwellen. Ich wurde feucht zwischen meinen Schenkeln. Aber da war noch mehr. Ich war seit der Trennung von Sonya enthaltsam gewesen. Wieder jemanden zu haben ... Jemanden, der so verloren wie Vikki war und meine Berührungen brauchte, erfüllte mich mit Lust. Ich nahm ihre Brüste in meine Hände und leckte über ihre Nippel. Sie rang nach Luft, als ich es erneut tat.

Ihre eisblauen Augen schlossen sich und sie stöhnte. Ich ließ eine Brust los, um einen Daumen über ihre Unterlippe gleiten zu lassen. Langsam öffnete sie ihre Augen, um mich anzusehen. „Du bist nicht, was ich erwartet hatte", sagte sie keuchend. Mein Herz schlug im Gleichtakt mit der bebenden Melodie ihrer Magie.

Sie hakte ihre Daumen in die Gürtelschnallen meiner Shorts und zog daran. Ich löste den Knopf und erlaubte ihr, den Stoff über meinen Arsch zu ziehen. Ich stand auf und ließ die Shorts zu Boden gleiten. Meine intimen Stellen waren noch immer von einem Tanga verdeckt. Meine Bluse war noch immer fest um meine Schultern geschlungen, aber sie war offen und zeigte meine Brüste. Sie lächelte, als sie das sah, und stellte sich auf ihre Knie. Sie rieb über die feste Knospe meiner Klitoris und drückte ihre Finger gegen den feuchten Stoff. Meine Knie wurden wabbelig, als sie ihre Zunge über dieselbe Stelle gleiten ließ, die sie eben berührt hatte.

„Nein", sagte ich atemlos und ließ mich in den Sand sinken. Die Sandkörner drangen in meine Haut und ich ließ meine Finger über ihre Brüste gleiten. „Ich muss dir geben und du musst es annehmen. Du musst mir alles nehmen."

Sie drückte mich auf meinen Rücken und zog an meinem Tanga, bis dieser sich gegen meinen Schenkel drückte und meine Mitte entblößt war. „Ich kann beides", neckte sie und zog ihr Bikini-Oberteil weg, beugte sich über mich.

Als ihre Klitoris sich auf meine senkte, rangen wir beide schockiert und lusterfüllt nach Atem. Sie presste sich an mich und unsere Haut glitt an der Feuchte der anderen entlang.

Sie bewegte ihre Hüften zur Melodie ihres Lieds, bewegte sich vor und zurück, während sie meine Brüste fest in ihren Händen hielt. Meine Finger folgten ihr. Sie bewegte sich mit der Anmut einer Welle, die mich überkam.

Dann begann sie sich an mir zu laben. Kälte ergriff mein Herz, als sie mir den frischesten Kummer nahm. Sie ließ Wellen der Lust durch mich fließen, damit sie noch mehr Leid aussaugen konnte. Es war ein Feuerwerk der Ekstase und des Schmerzes, während sie mein Bedürfnis, sie zu spüren, nur noch verstärkte. Ihre Haut rieb sich fest an meine und verschaffte mir beinahe einen Höhepunkt. Aber ich durfte nicht kommen. Noch nicht. Sie entfernte sich lange genug, damit ich mich von meiner Lust erholen konnte. Dann begann sie langsam wieder.

Als mein Kopf leer wurde und ich von dem Drang, sie haben zu müssen, eingenommen worden war, nahm sie mich ins Meer. Wir sanken in das wilde Wasser, bis es zu unseren Hüften hochreichten. „Ich werde für dich atmen", versprach sie.

So wurde eine Sirene geschaffen. Sie presste ihre Lippen auf meine und stürzte mich in die Tiefe.

Meine Lungen rebellierten, als ich mich anfänglich weigerte, ihren Atem anzunehmen. Ich wusste nicht, wie man etwas anderes als Sauerstoff einatmete.

Aber als sie sich um mich schlang und ihre Mitte an mich presste, vermischten sich Lust und Schmerz und ich sog einen tiefen Atemzug ein.

Mir wurde schwindlig, als sie ihren Atem in meine Lungen pustete. Es war kein Sauerstoff, sondern eine magische Mischung aus Nahrung, die mich lange genug am Leben erhalten würde, um den Akt zu vollbringen.

Jeder neue Atemzug, den ich nahm, zog mich tiefer in die dunklen, eisigen Tiefen. Ihre Magie presste uns aneinander und ihre Mitte drückte sich fest an meine. Sie bewegte sich unaufhörlich, verschaffte mir beinahe einen Höhepunkt. Aber sie ließ mich nicht kommen. Noch nicht. Jedes Mal, wenn sie sich bewegte, zog sie ein bisschen mehr Kummer aus meinem Herzen. Jedes Mal, wenn ich beinahe kam, ließ sie das angenehm schmerzhafte Zucken in weite Ferne wandern.

Bitte, flehte ich und sandte ihr meine Gedanken. *Mach schnell.* Ich konnte diesen Schmerz und die Lust nicht weiter ertragen.

Ihre Augen glühten jetzt, wo die Kraft meiner Leiden sie erfüllte. *Da ist so viel*, flüsterte ihr Lied. *Du musst loslassen. Gib mir alles.*

Ich realisierte, was sie meinte. Es war die Liebe zu Sonya, an der ich noch immer festhielt. Es war eine so starke Liebe, dass sie wehtat, und wenn ich den Fluch der Sirene verwirklichen wollte, musste ich ihr all meinen Kummer geben.

Ich schloss meine Augen und Tränen hingen in meinen Wimpern, verschmolzen mit dem Golf. *Okay*, versprach ich, und ließ von der letzten Sache ab, die ich zurückhielt.

Sie rieb sich erneut an mir und dieses Mal zog ihre Magie fest am letzten Leid, das noch in meinem Herzen steckte.

Als meine Liebe zu Sonya zu nichts als einer Erinnerung wurde, erreichte ich meinen Höhepunkt und Vikki legte ihren Kopf zurück, kam mit mir.

Der nächste Atemzug, füllt meine Lungen mit Wasser und meine Lust verwandelte sich rasch in Schmerz, der sich anfühlte, als würden tausend kleine Nadeln in meine Brust dringen. Ich verkrampfte mich, war aber zu leer, um Angst zu verspüren. Ich erschlaffte. Vikkis glühende blaue Augen erloschen und der Tod war alles, was blieb.

Kapitel Sieben

FAHRSTUHL

Sonya

Mein Plan nahm Gestalt an und Jet brachte mich ins luxuriöse Hotel. Der Ort stank nach Inkuben, die dem König dienten. Ich hatte von seinen ‚Höfen' gehört, mir aber nie träumen lassen, dass ich je einen besuchen würde.

Da, wo keine Inkuben waren, gab es Drachen. Das hier war der königliche Hof von Shanghai. Herumschlängelnde Tätowierungen und Reptilien-Augen machten mich nervös. Ich mochte es nicht, von Übernatürlichen umgeben zu sein, die ich nicht gut kannte. Verdammt, ich wusste nicht einmal, ob meine Kräfte Wirkung auf sie hatten.

Entschlossen, die Wahrheit zu erfahren, ließ ich Jet nicht aus den Augen. Meine erste Mission würde sein, ihn zu verführen und zu sehen, wie weit ich ihn mit meinen Kräften treiben konnte. Wenn sie bei ihm wirkten, vermutete ich, dass ich jeden Drachen rumkriegen könnte. Derek würde mir nur den stärksten und fähigsten Aufpasser stellen. Ich hatte das Gefühl, das nicht einmal meine Fähigkeiten stark genug sein würden, um ihn dazu zu bewegen, mich gehen zu lassen. Aber vielleicht konnte ich etwas weitaus Kostbareres kriegen: Informationen.

Frauen – ob Sukkubus oder nicht – besaßen alle die Gabe, um Informationen aus jemandem rauszukriegen. Männer nannten es Bettgeflüster, aber als Sukkubus kannte ich die Wahrheit hinter dem Phänomen. Einem Mann die sexuelle Energie zu entziehen, brach die Mauern in ihren Köpfen nieder. Es machte sie nachgiebiger und williger. Als Sukkubus konnte ich mehr mit sexueller Energie machen, als nur jemandes mentale Barrieren niederzureißen. Ich konnte mich in ihre Köpfe schleichen und den Willen eines Mannes beugen. Die Energie, die ich aussog, verdampfte nicht einfach in der Luft. Sie nährte mich und behielt mich am Leben – vorausgesetzt mein Kopf blieb an meinem Körper angebracht. Der Preis dafür aber war, dass ich nicht ohne leben konnte. Ich war nicht direkt unsterblich, aber in der Vorstellung eines Menschen nahe dran.

Leider war ich erst zweiundzwanzig Jahre alt und hatte die Tugend der Geduld noch nicht erlernt, für die die älteren Sukkuben bekannt waren. Es bedurfte Zeit, mächtige Männer in seinen Bann zu ziehen. Ich nahm an, dass Jet einer der mächtigsten Chen-Lung-Drachen war, wenn Derek ihn als meinen Bodyguard auserwählt hatte. Er hätte den Schlüssel zur Erfüllung seiner Pläne nicht einfach irgendjemandem überlassen, wie auch immer diese aussahen. Ich wusste nur, dass mein Blutstein und ich ein integraler Teil seiner Pläne waren, und wenn ich ein Wörtchen mitzureden hatte, würde ich seine Pläne durchkreuzen – ob sexy Chen-Lung-Drache oder nicht.

Ich stieß meine Wolke der Einflussnahme in Jets Richtung, während wir durch prachtvolle Hallen voller Luxus liefen. Einige der anderen Drachen hörten auf zu reden und drehten sich um, als wären sie Hunde, die Beute gerochen hatten. Jets Funkeln war genug, um sie auf Distanz zu halten. „Du wirst in den Gastgemächern in der Penthouse-Suite untergebracht", informierte mich Jet und sah mir absichtlich nicht in die Augen. „Du wirst deine eigene Schlüsselkarte kriegen, sobald wir dir vertrauen können."

Ich unterbrach ihn, als wir in den Fahrstuhl traten. „Wenn man mir vertrauen kann?", kreischte ich, als die Türen sich schlossen. „Ich wurde entführt, an einen Stuhl gekettet und um die halbe Welt geflogen und ihr erwartet, dass ich kooperiere?" Meine Wut schürte die Kraft des Blutsteins und ließ eine mächtige Dosis meiner Macht in den kleinen geschlossenen Raum entweichen.

Er drehte sich zu mir und seine Muskeln pressten mich gegen das kalte Metall der Fahrstuhlwand. Er knallte seine beiden Fäuste neben meinen Kopf – näher, als mir lieb war. Er hatte mich nicht berührt, aber eine mir bekannte Hitze loderte in der Luft zwischen uns ... Scheiße, nein. Das durfte nicht wahr sein ...

„Du musst das wirklich unterlassen", zischte er und seine Lippen waren nur wenige Zentimeter von meinen entfernt.

Jetzt roch ich die moschusartige Sehnsucht, die von ihm ausging, und zuckte zusammen, als eine meiner Runen zum Leben erwachte. Seine Arme zitterten, während er mir widerstand. Ich schenkte ihm ein verruchtes Lächeln. „Also wirken meine Kräfte bei dir."

Und er hatte keine Ahnung, dass er einer meiner vier war.

Ich genoss es, zu sehen, wie sehr Jet litt, weil er der Kraft, einer meiner vier zu sein, nicht widerstreben konnte. Eine seiner Fäuste öffnete sich und die Finger zielten auf meinen Bauch. Er spreizte seine Finger, als wollte er mich anfassen und sich mit der Rune, die unter meinem Nabel brannte, verbinden. Dann seufzte er und zog sich zurück. Der Fahrstuhl gab ein Ping von sich. Die Nummer über uns leuchtete blau auf, als die Türen sich öffneten und ein Zimmer enthüllten, das ich mir nie im Leben hätte leisten können.

„Geh rein", brüllte er mit heiserer und rauer Stimme. „Bevor du mich dazu bringst, mich zu verwandeln."

Ich grinste triumphierend. Die Informationen waren so gut wie mein.

„Also bist du mächtiger in deiner Drachenform?", fragte ich freiheraus und ging mit meinen Hüften schwingend ins Zimmer, ließ meine Finger an einem Balken aus Marmor entlanggleiten. Ich war etwas angeschickert gewesen von meinem Whisky-Gelage im Taxi, aber der Kraftschub meines Blutsteins hatte bereits die Effekte des Alkohols verschwinden lassen. Ich öffnete die schokoladenbraunen Schränke und suchte nach mehr.

„Natürlich", antwortete er und trat in den Raum. Die Türen zum Aufzug schlossen sich. „Aber ich verspreche dir, dass du das nicht sehen willst."

Ich grinste ihn über meine Schulter hinweg an und streckte mich, um nach einem Glas auf dem obersten Brett zu greifen. „Oh, ganz im Gegenteil. Schuppen und Fangzähne klingen sexy."

Er rollte mit seinen Augen, drückte mich zur Seite und zog das Glas, dass ich mittels erbärmlicher Versuche hatte zu schnappen versucht, vom obersten Fach im Regal. Er gab es mir mit einem Funkeln in den Augen. „Was auch immer, Blondinchen."

Ich verzog das Gesicht. Ich hatte erfahren, dass ich ihn tatsächlich verführen konnte. Aber seine Drohungen waren ernst gemeint. Die grünen Schlitzaugen, die ab und zu auftauchten, sagten mir, dass er sich in etwas verwandeln würde, das genauso angsteinflößend wäre, wenn ich ihn noch weiter herausforderte. Ein Drache war nicht einfach nur ein Biest, sondern ein Mörder, und ich war nicht sicher, ob unser Band bestehen bleiben würde, wenn er sich verwandelte. Meine Mutter hatte die Drachen immer ‚Shanghai-Mörder' genannt. Auch wenn Derek Jet damit beauftragt hatte, mich zu beschützen, hatte er dem Drachen vermutlich die Erlaubnis erteilt, mich zu bändigen, wenn sein freier Wille bedroht sein könnte. Ich wollte nicht testen, wie sehr Derek mich wirklich brauchte, um seine Pläne zu vervollständigen. Vielleicht war alles, was er brauchte, der Blutstein und ich war nur nützlich, weil ich wusste, wie man ihn benutzte.

„Wenn du meine Anwesenheit kaum erträgst, warum bist du dann noch hier?" Ich deutete auf den Aufzug, der den einzigen Ausgang zu meinem luxuriösen Gefängnis darstellte. „Kannst du nicht in die Lobby gehen und mit deinen Freunden spielen?" Ich lehnte mich über die Bar und nahm einen Schluck von meinem Glas. „Oder hat Papa Derek gesagt, dass du keine Pausen einlegen darfst?"

Er lief an mir vorbei. Seine Hüften berührten meinen Po für eine Hundertstelsekunde, als er die andere Seite des Schranks öffnete und eine frische Flasche des goldenen Genusses hervorholte. „Nein", sagte er und ignorierte den Funken Anziehung in der Luft, der durch unseren kurzen Körperkontakt entstanden war. „Wie ich schon gesagt habe: Sobald man dir trauen kann, darfst du tun und lassen, was du willst. Aber bis dahin werde ich dich überwachen und Derek wissen lassen, wie es mit deiner Kooperation aussieht."

Ich grummelte. „Echt jetzt. Ich verstehe es nicht. Wieso zum

Teufel würde ich mit diesem Mistkerl von König zusammenarbeiten, hm?“

Er erstarrte, als meine Wut wieder in die Luft drang. Seine Tätowierungen schienen sich zu verfestigen, sanfte Linien formten sich, die genauso gut hätten Schuppen sein können. „Ich habe dir gesagt“, warnte er, „dass du das lassen sollst.“

„Tut mir leid“, sagte ich aufrichtig und schwang das Glas leicht, bevor ich einen weiteren Schluck daraus nahm. Die Wärme floss in meinen Rachen und dämpfte die Krafteinwirkung des Blutsteins. Er hatte etwas zu heilen, etwas, auf das er sich konzentrieren konnte – außer dem mächtigen Drachen im Zimmer, den ich mir auf unanständige Weise unterwerfen wollte. „Ich kann ihn nicht wirklich kontrollieren. Das ganze Blutstein-Zeug ist noch etwas neu für mich.“

Er blinzelte mich überrascht an und seine Tätowierungen nahmen wieder ihre gewohnten Farben und Formen an. „Aber du bist die Herrin des Blutsteins. Du bist unsterblich und mächtig.“

Ich grinste. „Alter, ich bin zweiundzwanzig.“

Er blinzelte erneut und nahm dann einen Schluck aus seinem Glas. „Heilige Scheiße“, sagte er einen Moment später. „Na, das ändert die Dinge.“

„Was meinst du damit?“

Er sah mich an und in seinen Augen zogen Emotionen auf, die ich nicht zu deuten wusste. „Mein Bruder ist der Anführer der Chen-Lung-Drachen und der Handel, den er mit dem Inkubus-König hat, basiert darauf, dass die Herrin des Blutsteins seine Gemahlin wird.“ Er ignorierte mich, als ich in mein Whisky-Glas schnaubte. „Leider wurde uns nicht gesagt, dass du noch ein Kind bist. Mein Bruder wird ausrasten.“

Kapitel Acht

PETZE

Jet

„Sie ist *wie alt?!*", kreischte Jin in unserer Muttersprache, von der Sonya gedacht hatte, dass es keine echte Sprache war.

Als Anführer der Chen-Lung-Drachen hatte Jin ziemlich viele Ehefrauen und Gemahlinnen, aber er hatte sein Auge auf die Herrin des Blutsteins geworfen. Eine der berühmten Sukkuben-Linien, die Ekstase vom Feinsten versprach. Ich hatte zudem irgendwie das Gefühl, dass er wollte, was Derek ebenfalls begehrt hatte. Ein Kind, das die Geschenke des Blutsteins erben würde. Es war kein Geheimnis, dass der Inkubus-König eine neue Tochter hatte. Eine, deren Iriden rot umrandet waren und die eine Macht besaß, die niemand jemals zuvor gesehen hatte.

Ich konnte mir nicht erklären, wieso der Inkubus-König die Herrin des Blutsteins freigeben würde, aber was auch immer seine Gründe waren, mein Bruder hatte gewisse Ansprüche. Mein Bruder war über eintausend Jahre alt und er nahm sich keine Gemahlin, die unter fünfhundert war. Er nahm Alter sehr ernst – wie die meisten Drachen es taten. Die Macht eines Drachens stammte von ihrem materiellen Wohlstand. Je mehr Gold sie in ihrem Leben gesammelt hatten, desto stärker waren sie. Diese Tatsache bestimmte über all unsere Lebensbereiche, sogar die Fähigkeit, sich zu vermehren.

Bei Sukkuben sah das anders aus. Ihre Macht war vererbt und hie und da verstärkte ein Artefakt wie der Blutstein ihre Gaben. Aber ich kannte meinen Bruder. Jin kräuselte angewidert seine Lippe, als er darüber nachdachte, Sonya zu seiner Gemahlin zu nehmen. In seinen Augen war sie ein Kind und auch wenn die Regel nicht für sie galt, so machte sie das nicht gerade attraktiv. Jedenfalls nicht für Jin.

Sie hatte versucht, ihre Magie bei mir anzuwenden und obwohl ich sie so gut wie möglich abgewehrt hatte, konnte ich die verbleibende Spannung um meinen Schwanz herum spüren. Ich bewegte mich in meinem Sitz und hoffte, dass mein Bruder die Beule in meiner Hose nicht bemerken würde.

„Wir müssen den Handel abblasen", sagte Jin missmutig und zu meiner Erleichterung drehte er sich um und sah aus dem Fenster. Sein Spiegelbild im zweistöckigen Fenster funkelte mit einem roten Glühen zurück und verriet seine Wut, die ich nur zu gut kannte. Ich war erst einhundert Jahre alt und hatte mein ganzes Leben im Schatten meines Bruders verbracht. Wenn er wütend war, war ich der Erste, der seinen Zorn zu spüren bekam.

„Das können wir nicht", sagte ich mit sanfter Stimme und hielt Abstand zu meinem Bruder. Ich wusste, dass, wenn wir den Handel jetzt abblasen würden, der Inkubus-König Shanghai als Erstes die Macht seiner neuen Armee spüren lassen würde. Die Hälfte davon bestand aus unseren eigenen Drachen. Ich wollte ihre Loyalität nicht auf die Probe stellen, wenn es zu einem absoluten Krieg kommen würde. „Du weißt, was kommt, Bruder. Wir müssen auf der richtigen Seite stehen."

Jin schnaubte spöttelnd und ein Rauchkringel entschwand seiner Nase. Er war gefährlich nahe dran, seine Fassung zu verlieren, und dafür hatte ich keine Zeit. Der Anführer der Chen-Lung-Drachen verwandelte sich nicht in den Wänden des Hauptquartiers.

Ich wagte es, einen Schritt auf meinen Bruder zuzugehen, und legte eine Hand auf seine Schulter.

Jin entspannte sich und sein Starren wurde zu einem lodernden Funkeln. „Schlägst du vor, wir halten unseren Teil der Abmachung ein und kriegen im Gegenzug nichts?“, fragte er. „Wo bleibt unser Stolz?“

„Natürlich nicht“, sagte ich und ließ seine Schulter los, sah zum Turm, der im Herzen der Stadt stand. Er war der Traum eines jeden Drachen. Der Inkubus-König war nicht dumm. Er hatte den ganzen Turm mit Gold überziehen lassen, um die Drachen von Shanghai herzulocken. Er hielt seinen Hof bei Laune. Lichter funkelten in den dunstigen Fenstern, versprachen jedem Schaulustigen, dass er alles Vergnügen, das er sich ausmalen konnte, hinter den goldenen Wänden des Turms finden würde.

Der königliche Hof von Shanghai befand sich noch im Aufbau und seit Derek seine Finger im Spiel hatte, war die Stadt sehr viel reicher geworden. Jetzt feierte unsere Spezies den ganzen Tag und wir verloren immer mehr von ihnen an seine Pläne und ihn.

Ich runzelte die Stirn. „Wir stecken bis zum Hals drinnen“, warnte ich ihn. „Wir brauchen Derek genauso sehr, wie er uns braucht.“ Derek und sein Reichtum war zu einem Teil unserer Infrastruktur geworden. Wenn das nicht mehr gewährleistet wäre, würden die Drachen einander bekämpfen und einen blutigen Bürgerkrieg anzetteln. Ein Krieg mit einem Ausmaß, das die übernatürliche Community seit Jahrtausenden nicht mehr gesehen hatte.

Dieser Turm verkörperte unsere Versklavung an den Inkubus-König. Darüber hinaus hatte er Sonya als seine Trophäe: das meistbegehrte Vergnügen von allen. Ich schob die Finger in meine Hosentasche und suchte nach der Schlüsselkarte zu ihrem Zimmer, die außer mir niemand hatte. Derek hatte nur mich mit ihrer Sicherheit betraut.

„Ich könnte Sonya zur Gemahlin nehmen“, bot ich an und stellte sicher, dass ich meine Stimme eben hielt, um mein Interesse an Sonya nicht zu verraten. Etwas in mir hatte sich gerührt, als ich bei ihr war, und es drängte mich dazu, ein Band mit ihr zu knüpfen – mit einer Sehnsucht, die ich nie zuvor gespürt hatte. Ich räusperte mich und versuchte mir Gründe zu überlegen, warum ich sie zur Gemahlin haben sollte. „Sie würde trotzdem zur Erblinie unserer Familie beitragen und du würdest als großzügig angesehen werden, wenn du deinem Bruder eine derartige Trophäe überlassen würdest.“

Jin schnaubte, als wäre die Idee lächerlich, was mich mit Zorn erfüllte. „Ich weiß das zu schätzen, *Bruder*, aber es würde mich dumm aussehen lassen.“ Seine Augen verzogen sich zu reptilienähnlichen Schlitzen. „Eure Kinder wären mächtiger als meine und das darf ich nicht zulassen.“ Er seufzte und verschränkte seine Hände hinter seinem Rücken, kehrte zurück zu seiner ruhigen Ausstrahlung. „Nein, ich werde mir den besten Weg überlegen müssen, um die Sache zu handhaben.“ Er sah mich an. „Ich frage mich ... Willst du mir den Thron streitig machen? Oder hat dich die Kreatur bereits in ihren Bann gezogen?“

Ich drehte mich um, bevor mein Bruder mein Gesicht lesen konnte oder die Beule erblicken, die beim Gedanken daran, Sonya mein zu machen, gegen meinen Reißverschluss drückte. „Beleidige mich nicht“, sagte ich und ging auf die Tür zu. „Ich versuche nur zu helfen.“ Sonya hatte tatsächlich ihre Klauen in mir versenkt und ich konnte ihren Geruch nicht von meinen Schuppen abschütteln, die unsichtbar unter meiner Haut ruhten. Ich wollte mich verwandeln, nur um ihn rauszukriegen. Ich wollte die Stadt in Flammen stecken, bis sie niederbrannte, oder mich dem unnachgiebigen Drang, mich in ihr zu vergraben, hingeben.

„Wo gehst du hin?“, fauchte Jin.

Ich griff nach der Türklinke. „Derek hat gesagt, dass ich sie unentwegt bewachen soll, und ich bin bereits zu lange weg gewesen, um dir diese Nachrichten persönlich zu überbringen. Lass mich wissen, wofür du dich entscheidest, und ich werde bereit sein.“

„Na gut“, sagte er. Seine Stimme folgte mir, als ich den Gang hinabstürmte. „Aber rühr nicht an, was mir gehört, *Bruder*. Sie wird nicht für immer jung sein. Ich kann warten. Bis dahin will ich deinen Gestank nicht an ihr haben.“

Er hatte das Einzige gesagt, was mich dazu bringen würde, mein Versprechen zu brechen, die Herrin des Blutsteins nicht anzurühren.

Rühr nicht an, was mir gehört, Bruder.

Kapitel Neun

SEXBOMBE

Sonya

Ich machte es mir gemütlich, während ich darauf wartete, dass Jet zurückkam. Nachdem er mein Alter erfahren hatte, hatte er klar gemacht, dass er losrennen und es seinem Bruder petzen musste. Es freute mich, dass ich den Handel, den Derek mit den Drachen abgeschlossen hatte, bereits hatte bröckeln lassen. Wenn ich Jet dazu bringen konnte, seinen Bruder davon zu überzeugen, Derek den Rücken zuzuwenden, würde ihm das einen Strich durch die Rechnung machen.

Nur um sicherzugehen, dass er das richtige Gedankengut hatte, hatte ich ihm einen mächtigen Hauch meiner sexuellen Kraft eingeflößt, bevor er gegangen war. Ich hatte sichergestellt, dass sie langsam in ihn floss. Es war eine Fähigkeit, die ich nie zuvor angewandt hatte, aber mit dem Blutstein schien alles möglich. Ich hatte eine sexuelle Zeitbombe in ihm gepflanzt, die jede Sekunde hochgehen sollte.

Ich wusste, dass Jet dazu zu bringen, mir zu verfallen, seinen Bruder nur dazu bringen würde, seine Meinung über seine Regeln und Altersbegrenzungen zu ändern. Ich wollte nicht wirklich seine Gemahlin sein, aber ich würde mitspielen. Ich würde sie glauben lassen, dass ich eine schwache Frau und eine Trophäe war, über die sich zu streiten lohnte. Männer liebten ihre Trophäen und Pisswettbewerbe. Und wenn sie sich um mich stritten, würde ich die Chance ergreifen und sie beide platt machen.

Also würde ich Verwirrung zwischen den Brüdern im Drachenland stiften. Derek würde es ganz und gar nicht gefallen, wenn seine Allianz nicht mehr zur Verfügung stand – aber dabei konnte ich es nicht belassen. Ich musste zusehen, dass die Drachen auch aus dem Gleichgewicht gerieten. Das bedeutete, dass, wenn ich jemanden verführen würde, es der Anführer der Chen-Lung-Drachen sein müsste. Aber sein Bruder, der jetzt durch die Tür kam und in dessen Augen die volle Wirkung meiner Sexbombe zu sehen war ...

Seine Brust hievte. Seine Krawatte war gelöst und sein Hemd aufgerissen, als würde sein Körper sich überhitzen. Schweiß glitzerte auf seiner straffen Haut. Er stand in den Türen des Aufzugs und starrte mich an. Das Funkeln in seinen grünen Augen erschreckte mich nicht mehr, sondern faszinierte mich mit ihrem Versprechen auf Gefahr und Aufregung.

Ich stand mit einem Lächeln auf den Lippen auf. Meine Kraft war in ihn gedrungen. Der rote Hauch seiner Aura sagte mir, dass ich geduldig genug gewesen und der Magie genug Zeit gegeben hatte, um seinen Willen zu beugen. Es war ein neuer Trick, den ich in mein Arsenal aufnehmen würde.

„Ich hoffe, du hast an mich gedacht“, sagte ich mit verführerischer Stimme.

Er durchquerte den Raum innerhalb von Sekunden, umschlang meine Hüfte und zog mich fest an seine Erektion. Er ächzte, als mein Bauch die straffe Beule in seinen Hosen berührte.

„Ich habe dir gesagt, dass du das unterlassen sollst“, sagte er und sein heißer Atem wehte gegen meine Lippen.

Ich lächelte und schmiegte mich an ihn, genoss, wie er mir weiterhin widerstand. Es bestand keine Gefahr mehr, dass er sich in einen Drachen verwandelte. Seine Begierde war zu stark und sein Kopf zu konzentriert darauf, mich zu wollen. „Ich mache gar nichts“, flüsterte ich. Das war eine Lüge, aber ich lächelte und schlang meine Arme um seinen Nacken. „Ich mag dich einfach. Das ist alles.“

„Bist du dir da sicher?", fragte er und seine Hand schlang sich fester um meine Hüfte, presste mich an sich. „Hättest du nicht lieber meinen Bruder?"

Da war sie. Meine Chance, einen Keil zwischen die mächtigen Drachenbrüder zu treiben.

Ich bewegte mich absichtlich und er erschauderte, als ich Druck auf sein Gemächt ausübte. „Ich will *dich*." Das war nicht gelogen. Auch wenn ich versuchte, ihn zu manipulieren, so machte sich tief in mir eine Sehnsucht nach ihm breit, die ich nicht abstreifen können würde.

Das gab ihm den Rest. Er presste seine Lippen auf meine und drückte seine Zunge zwischen meine Zähne. Er roch nach roher Kraft und elektrisierender Lust. Ich nahm alles davon auf, ohne zu zögern, und seufzte, als ich die Süße schmeckte.

Nebst dem Inkubus-König und seiner Frau – die unnatürliche Kreatur – hatte ich nie einen anderen übernatürlichen Mann gehabt. Ich wusste nicht, ob Luke zählte – aber selbst wenn: Ich hatte zu sehr unter Dereks Kontrolle gestanden, um seine berauschende Magie zu bemerken.

Natürlich hatte ich auch eine Muse gehabt. Meine jetzige Ex-Freundin. Aber wegen ihres Geschlechts hatte ich mich nicht genug an ihr laben können, um zu erleben, wie ihre Magie sich anfühlte. Sie war eine meiner sieben Sünden und ich hatte beschlossen, dass sie die Gier gewesen war. Ihre Gier nach mir hatte mir dabei geholfen, meine Zurückhaltung darüber, dass ich ein Sukkubus war, zu akzeptieren und über Bord zu werfen. Sie hatte mir gezeigt, dass ich nie mit nur einer Person leben konnte. Ich war keine monogame Kreatur.

Aber Jet ... Nie hatte ich etwas Vergleichbares erlebt wie mit ihm. Ich lehnte mich in den Kuss, spürte das Kitzeln seiner Haut, die sich an neue Stellen meines Körpers presste und aufgeregte Funken durch meinen Körper sandte.

Ich streifte die Überbleibsel seines Hemds ab und war hocherfreut, als seine heiße Brust sich an meine presste.

Als ich nach seiner Hose griff, schenkte er mir ein wildes Grinsen. „Willst du mit Feuer spielen, kleiner Sukkubus?"

Kapitel Zehn

ICH SEHE WAS, WAS DU NICHT SIEHST, UND DAS IST ... SCHUPPIG?

Luke

Dieser Mistkerl von Inkubus-König zwang mich, zuzusehen. Er dachte, dass Eifersucht mich in den Wahnsinn treiben würde. Er hatte Sonyas Penthouse mit Kameras ausgestattet und es war aus fünf verschiedenen Winkeln zu sehen, wie hart Sonya geplündert wurde ... und es verdammt nochmal genoss. Eifersucht war nicht die erste Emotion, die sich in meiner Brust meldete. Besitzgier vielleicht, aber so war Sonya nun mal. Es war ihr nicht bestimmt, nur einer Person zu gehören. Ich war einer von vier. Ich war nur ein Teil davon, was sie brauchte, und sie bedeutete mir genug, um das zu begreifen.

Ich sah fasziniert dabei zu, als der Drache sich mit unglaublicher Schnelligkeit bewegte. Ihre Vereinigung ging so schnell vonstatten, dass die Kameras nicht mithalten konnten. Die Wahrheit zu kennen war das eine, aber den Beweis dafür zu sehen war definitiv etwas anderes. Es schenkte mir Klarheit. Sonya gehörte mir ... und auch ihm.

„Ich bin beeindruckt", sagte Derek. „Er lässt den Blutstein an seine Haut kommen, obwohl er der jüngere Bruder ist. Die Drachen haben wahrhaftig eine unglaubliche Kraft." Er grinste. „Und sie gehören alle mir."

In einer Sache hatte er recht. Der Drache verschaffte Sonya so viel Lust, dass sie schrie. Ihr Blutstein war eine rotglühende Kugel, der im Funken ihrer Leidenschaft glänzte. Es beängstigte mich zuzusehen und ich fragte mich, ob der Drache sie ficken oder verschlingen wollte ... Aber etwas in mir wusste, dass Sonya in Sicherheit wäre, solange er seine menschliche Form beibehielt. Tatsächlich spürte ich ein Band zu ihm, als könnten seine Hände an ihr meine eigenen sein. Ich konnte ihre seidige Haut an meiner spüren und erschauderte. Bildete ich mir das nur ein oder hatte ich es tatsächlich gespürt?

Die Tätowierungen des Drachen-Formwandlers hatten sich vor einiger Zeit schon in Flammen verwandelt und seine Augen glichen denen eines Reptils. Und ziemlich echtaussehende Schuppen bedeckten seine Haut. Als ihm Fangzähne wuchsen, atmete ich scharf ein und stürzte auf den Bildschirm zu, als er sich ihrem Hals näherte wie ein verdammter Vampir. Aber es folgte kein Blutskuss der Verdammten. Er war nun mal ein Raubtier und sich in seiner Beute festzubeißen, war natürlich. Er war nicht menschlich und jede Bewegung, jedes unnatürliche Detail erinnerte mich an diese Tatsache. Sogar sein Schwanz war nach Menschenstandards riesig. Irgendwie schaffte er es, zwischen Sonyas Schenkeln zu verschwinden, und Sonya schien es nichts auszumachen.

Sie zusammen zu sehen ließ die Wahrheit, die in mir schlummerte, sich richtig anfühlen. *Sie gehört zu vieren.*

Es hatte Tage gedauert, bis ich ihren Geruch aus meinen Poren gekriegt hatte. Sogar jetzt sehnte ich mich nach ihr – mit einer Begierde, die ich nicht beschreiben konnte. Ich wusste nicht, ob es mein Verlangen nach ihrer Sukkubus-Magie, Lust oder etwas anderes war.

„Ist sie nicht ein herrlicher Anblick?“, neckte Derek und verpasste mir einen deftigen Klaps auf den Rücken, was mich näher zum Bildschirm rücken ließ. Sonya nahm die tiefen Stöße des jüngsten Bruders der königlichen Familie der Chen-Lung-Dynastie in sich auf. Wusste sie, mit wem sie es zu tun hatte? Sie hätte die Gemahlin ihres Anführers, Jin, sein sollen. Und Derek hatte mir diese Tatsache richtig schön unter die Nase gerieben.

Aber als er gesehen hatte, wie Jet sie ansah, hatte er ihnen eine

Falle gestellt. Die arme Sonya hatte vermutlich das Gefühl, dass dieser Schachzug Dereks Handel mit den Drachen kaputt machen und nicht etwa ihm direkt in die Hände spielen würde.

Derek hatte mit den Drachen etwas vor und ein Bürgerkrieg schien genau das zu sein, was er brauchte, um seinen Plan zu verwirklichen.

Gab es einen besseren Weg, einen Krieg anzuzetteln, als zwei königliche Brüder sich um eine Frau streiten zu lassen? Helen aus Troja war ein ähnlicher Trick gewesen, um zwei Nationen auseinanderzureißen. Obwohl die Welt nicht wusste, dass das von übernatürlicher Natur gewesen war.

Und so hatte Derek Jet befohlen, Sonya nonstop zu bewachen. Sogar ich wusste, dass kein Mann ihr lange widerstehen konnte. Vor allem nicht, wenn man sich in ihrer Nähe aufhielt. Selbst als ich mit ihr von Engelstein umgeben gewesen war ... Er hätte ihre Magie abhalten sollen. Aber selbst dann hatte ich sie gewollt.

Jet hatte sie kurz allein gelassen, damit er sich mit Jin in der Drachenhöhle treffen konnte. Es war ein alter Wolkenkratzer, der neben dem goldenen Turm von Derek klein aussah. Er hatte Jin von ihrem Alter erzählen wollen. Natürlich wusste Derek, dass das ein Problem darstellen würde. Er *wollte*, dass die beiden Brüder sich wegen ihr stritten.

Es hatte funktioniert und Sonya hatte mit dieser Geschwister-Rivalität gespielt. Sie hatte Jet erfolgreich in eine blinde, lustvolle Wut getrieben. Zusammen glühten sie rot und grün, während der Drache wieder und wieder in sie stieß. Sogar durch die Pixel konnte ich sehen, dass der Raum vor Hitze und Magie bebte.

Sonya war mittlerweile unglaublich mächtig und Jet war nicht irgendein Drache. Er war das uneheliche Kind eines geächteten Ordens von Drachen, von dem die Welt nicht einmal wusste. Den Hugh Modali.

Derek hatte mir alles über sie erzählt. Ich hatte mit den Zähnen geknirscht, als er mir wertvolle Informationen gegeben hatte. Entweder wollte er mit seinem Wissen angeben oder ich würde nicht lange genug leben, um es weiterzugeben. Ich musste am Leben bleiben. Ich musste Sonya vor dem Chaos retten, das Derek für sie geplant hatte.

Die Hugh Modali hatten einst das Land geplündert, sich Jungfrauen gekrallt und sie öfter getötet, als sie zu ihren Ehefrauen zu machen. Es gab einen Grund, weshalb übernatürliche Wesen es vorzogen, unbemerkt zu bleiben. Auch wenn die Menschen als Einzelperson nicht mächtig waren – es gab Milliarden von ihnen. Bevor sie sich versahen, und nach Ewigkeiten des Jagens nach ihrer Rasse als Zeichen des Muts, standen die Modali kurz vor dem Aussterben. Sie wären beinahe ausgerottet geworden, bis sie ihre Lektion – nicht wieder vor Menschen umherzustolzieren – gelernt hatten.

Sie hatten Fuß in China gefasst, wo sie angebetet und nicht massakriert wurden. Aber selbst das hatte seine Schattenseiten.

Es war eine wertvolle Lektion: Menschen würden bei einem Frontalangriff gewinnen. Ich wäre stolz gewesen, mich als solcher zu brüsten – aber ich war nicht menschlich. Meine Mutter hatte Kräfte, die es ihr erlaubten, in die Zukunft zu sehen. Mein Vater, na ja, ich wusste noch immer nicht, wer oder was er war.

Aber Sonya wusste es. Aber anstatt mir zu offenbaren, was ich mein ganzes Leben hatte wissen wollen, fickte sie jetzt einen anderen Mann, bis die beiden lusterfüllt schrien. Ich war nicht sicher, was ich davon halten sollte, dass ich meine Hände über sie gleiten und ihre Lust verstärken, ihre Magie stärken wollte.

„Du bedeutest ihr gar nichts", sagte Derek und unterbrach meine Gedanken. „Du hast ihr die Kraft gegeben, um ihren Blutstein aufzuladen, und jetzt verschwendet sie sie, um sich mit einem Drachen wie Jet zu verbinden. Ihre Urteilskraft ist gelinde gesagt schlecht und berechenbar."

„Wenn es dir missfällt", grummelte ich, „warum hast du sie dann reingelegt?"

Derek lachte. Es war ein tiefes, arrogantes Geräusch. „Oh, ich bin sehr zufrieden. Ich will nur, dass du die Wahrheit siehst." Sein Lächeln erlosch und seine Augen weiteten sich, sahen bedrohlich aus. „Sonya ist der Schlüssel. Sie ist die Löwin, die gebändigt werden muss, bevor sie sich meinem Willen beugt."

Das rötliche Glühen wich aus seinen Augen und ich wartete wortlos. Wenn ich etwas aus meiner Zeit mit Detective Anderson gelernt hatte, dann, dass Psychopathen es liebten, sich selbst sprechen zu hören. Ich musste ihn nicht um Antworten bitten. Wenn ich einfach nur wartete, würde er mir alle Informationen geben, die ich brauchte, um ihn zu erledigen, wenn die Zeit reif war.

„Weißt du, warum ich wollte, dass du das hier siehst?", fragte er. Als ich nichts erwiderte, antwortete er mir trotzdem – wie erwartet. „Sonya muss lernen, ihre Fähigkeiten zu kontrollieren. Meine Magie ist ihrer zu ähnlich. Sie weiß, wie die Kraft eines Inkubus funktioniert. Aber sie muss so viel mehr erfahren, bevor sie werden kann, was sie sein soll." Er drehte sich zum Bildschirm um und strich über das verpixelte Bild ihrer Wange, während sie lusterfüllt stöhnte. „Sie hat dich gehabt und jetzt hat sie einen Drachen. Das ist erst der Anfang."

Ich weigerte mich, zu antworten, aber ein Grummeln rumpelte in meinem Rachen, obwohl ich mir geschworen hatte, still zu sein und den Soziopathen seine Geheimnisse ausplaudern zu lassen. Derek kicherte, als er meine Wut bemerkte. „Oh, du bist übernatürlich. Du bist etwas, das sie lernen wird, zu benutzen. Schicht für Schicht. Bis sie dir deine Kraft aus deiner Seele stehlen kann."

Ich blinzelte und sog einen Atemzug ein. Er sprach, als wüsste er, was ich war. Konnte ich ihn dazu bringen, es mir zu sagen, ohne preiszugeben, dass ich es selbst nicht wusste? „Gibt es keine anderen wie mich?", fragte ich.

Dereks Augen weiteten sich. „Natürlich nicht. Du bist ein Unikat." Er drehte sich wieder um und bewunderte Sonya, die sich von tiefer Lust packen ließ. „Wenn du sie erstmal hasst, wirst du bereit sein, zu erfahren, was du bist." Ich funkelte ihn an und er grinste mich über seine Schulter an. Der Mistkerl spielte mit mir.

„Es hat keinen Sinn, jemanden zu lieben, der dich nicht zurücklieben wird", sagte er. „Sie mag verknallt in dich sein, aber sie wird nie nur einem einzigen Mann gehören. Das widerspricht ihrer Natur. Man kann kein ewiges Leben mit so einer Tragödie in seiner Seele leben. Das würde einen verrückt machen."

Er sagte es, als wäre es eine Strafe. Aber er hatte keine Ahnung, dass ich kein Problem damit hatte, Sonya zu teilen. Sie brauchte andere, um ein uraltes Band zu vervollständigen, das ich nicht beschreiben konnte. Sie brauchte ihre vier und ich wollte eine der Säulen des Fundaments sein, das sie brauchte. Einen der anderen wegzunehmen, würde bedeuten, dass sie fallen würde, und das durfte nicht passieren.

In Dereks Worten lag jedoch noch etwas anderes, das mir Angst einjagte. Ich war ... unsterblich? Egal, wie oft ich mich geheilt hatte – ich hatte gehofft, dass die Zeit mich eines Tages töten würde. Zu hören, dass ich ein unsterblicher Gefangener in meinem eigenen Körper war, bestätigte meine größte Angst. Niemand war dazu bestimmt, die Zeit zu bezwingen. Nur Vampire und unnatürliche Kreaturen klammerten sich so lange an ihren Körper.

„Ich bin unsterblich?", fragte ich und hörte auf so zu tun, als wüsste ich irgendetwas.

Derek nickte. „Das bist du, mein Junge."

Ohne dass ich es wollte, wanderte mein Blick über seine Schulter und zu Sonya. Die Prophezeiung hatte jeden Beweggrund dominiert und gab mir jetzt Klarheit. Ich brauchte die Einsicht, um mich gegen den Inkubus-König zu wehren. Mein Wille wurde stärker, als ich ihren Kopf in den Nacken gelegt und ihre Finger sich ins Haar des Drachen krallen sah, während sie sich unter ihm bewegte. Ich schwor mir, dass ich sie beschützen würde ... Das würden wir alle.

Nachdem die Peepshow zwischen Sonya und Jet vorbei war, hätte ich erwartet, dass Derek mich in eine dunkle und schmutzige Zelle stecken würde. So war ich immer schon behandelt worden. Stattdessen schob er mich jedoch in den Aufzug und folgte mir mit zwei weiteren Männern. Einer zog einen Schlüssel hervor und bevor ich mich versah, fuhren wir runter.

Als wir zwanzig Stockwerke unter dem Erdboden ankamen, erschauderte ich und warf Derek einen misstrauischen Blick zu. „Hast du ein furchteinflößendes Verlies für mich?"

Derek verschränkte seine Arme, als wäre er gelangweilt. „Ich würde es nicht unbedingt ein Verlies nennen, aber ich schätze, das kommt darauf an, was du damit meinst."

Ich funkelte ihn an. „Einen Ort, den ich nicht verlassen kann, wenn mir danach ist."

Er zuckte mit den Achseln. „Dann könnte es ein Verlies sein – wenn du gehen willst, nachdem ich dir einen Teil deines Zuhauses gezeigt habe.“

Interessiert sah ich ihn mit aufgerissenen Augen an, als die Aufzugstür sich öffnete und uns gleißendes Licht empfing. Es war, als hätte man Engelstein zerbrochen, ihn zu feinem Pulver verarbeitet und dann angezündet, damit es sich mit der Luft verband.

Ich atmete tief ein und trat ins sanfte goldene Licht. „Was ist das?“, fragte ich begeistert. Er hatte mir gesagt, dass ich endlich Beweise dafür sehen würde, was ich war. Aber Engelstein war mir nicht unbekannt. Meine Onkel beschafften es zuhauf, gruben Ablagerungen tief unter den Kirchen und anderen heiligen Stätten davon aus. Meine Mutter, eine mächtige Seherin, wusste, dass es die einzige Zuflucht in der nahenden Notlage sein würde. „Wenn du meiner Familie wehgetan hast–“

„Entspann dich“, sagte Derek mit beruhigender Stimme. Er hatte einen selbstgefälligen *‚Ich weiß, dass ich genial bin‘*-Blick auf. Dieses Mal vielleicht verdient. „Amerika ist nicht der einzige Ort mit Engelstein.“ Er stemmte seine Hände in die Hüften und lächelte den Engelstein an. „Willkommen in einem meiner versteckten Schätze. Dem Heiligtum von Shanghai.“

Wir befanden uns zweifellos in untergründigen Tunneln, aber wo ich auch hinsah – Wände, Boden und Decke hatten einen polierten, feinen marmornen Goldschein, der unsere Umgebung erleuchtete, als würde Sonnenlicht eindringen. Von allen Seiten strömte Licht ein. Es war ein sanftes und angenehmes Glühen.

Als meine Augen sich daran gewöhnt hatten, erblickte ich die Möbel, die die länglichen Räume zierten, die sich in eine natürliche Biegung eines Tunnels bogen. Wir waren alles andere als allein. Auf den smaragdgrünen Samtsesseln saßen Paare, die in ihren privaten Liebesblasen schienen.

Ich kniff meine Augen zusammen, um die Einwohner des Tunnels zu mustern. Die Frauen hier waren menschlich, aber die Männer höchstwahrscheinlich nicht. Ihre Augen glichen denen eines Reptils und ihre Haut war von mir bestbekannten Tätowierungen überzogen, die darauf waberten. Ich trat näher, aber sie schienen sich an meiner Anwesenheit nicht zu stören. Der Mann, der mir am nächsten war, ließ seine Hand am nackten Bein seiner Frau hinabgleiten. Er berührte sie sanft und leicht. Ihre Augen verdrehten sich und sie ließ sich auf das Plüschsofa fallen.

„Können sie mich hören?", fragte ich flüsternd.

Derek hakte einen Arm um meinen Hals und tat so, als wäre er mein Freund. „Nein. Sie sind von ihrer Lust vollends eingenommen. Dank dem Engelstein geht es hier nicht um Sex. Es geht um etwas Intimeres als das."

Er deutete auf ein anderes Pärchen. Die smaragdgrünen Schuppen des Drachen bedeckten seine Haut, als seine Frau sich rittlings auf ihn setzte. Doch beide von ihnen waren vollständig angezogen und schienen uninteressiert daran, etwas Wilderes zu tun, als sie bereits taten. Sie ließ ihre Finger an seinen Armen hinabgleiten. Ihre Fingerspitzen berührten seine Schuppen nur fein. „Siehst du, was ich meine? Wie sie beide von ihrer Lust eingenommen sind und einander doch kaum berühren?"

Fasziniert trat ich näher zum Paar und beobachtete, wie sie sich kaum berührten. Und doch schienen sie tief versunken in ihrem Liebespiel. Als würden sie von Orgasmen eingenommen, waren ihre Lippen leicht geöffnet. Ich drehte mich zum Inkubus-König um. Er war buchstäblich der Sex-König. Ich wusste nicht, warum er so einen Ort schaffen würde, und vermochte den Zweck für ihn darin nicht zu sehen. „Hast du etwas mit ihnen gemacht?"

Er lächelte. Es war ein boshaftes Lächeln, das mir sagte, dass er genau das getan hatte. „Sieh sie als Sklaven – aber nicht für mich." Er streckte seine Arme aus. „Sie versorgen diesen Ort mit Leben. Es ist eine der vielen Reserven, auf die ich mich verlassen werde, wenn die Zeit reif ist." Er beugte sich zu mir und sprach verschwörerisch flüsternd weiter: „Deine Hilfe brauche ich mit etwas, das sich ein paar Stockwerke weiter unten befindet."

Ich runzelte die Stirn. „Du willst *meine* Hilfe?"

Er grinste und schlang seine Finger um meine Schulter. „Ja. Wie ich schon gesagt habe. Dieser Ort ist Teil deiner Herkunft. Wenn du wissen willst, wer du bist – wenn du überleben willst, was Sonya deiner zerbrochenen Seele antun wird –, dann ist es vorteilhaft für dich, wenn wir uns zusammentun."

Noch bevor seine Finger fest genug zudrückten, um einen blauen Fleck zu hinterlassen, schwor ich, dass ich nichts dergleichen tun würde. Der Inkubus-König war ein Charmeur, aber ich war nicht leicht zu entzücken. „Fick dich ins Knie."

Kapitel Elf

EINE ALLIANZ

Sonya

In den Armen eines Drachen genoss ich die Erfahrung, mit jemand Neuem und Mächtigem Sex gehabt zu haben. Ich brauchte mir keine Sorgen zu machen, dass ich ihm wehtun oder der verweilende Moment der Lust zwischen uns ihm alles aussaugen und ihn als leere Hülle zurücklassen würde. Sex mit einem Menschen wie Nate hatte seinen Preis und auch wenn ich ein bisschen mit meinem Blutstein getrickst hatte, so hatte ich mich nie so entspannt wie jetzt gefühlt. Jet war so warm und stark. Etwas in mir regte sich angesichts der weiter bestehenden Lust und Hitze in meinen erogenen Zonen.

Ich biss mir auf die Unterlippe und genoss die starke Wärme unter meiner Wange, die auf Jets Brust gelegt war. Ich zwang mich, mir in Erinnerung zu rufen, warum ich mit ihm geschlafen hatte. Er war nicht einfach nur aufregend und verlockend. Er war einer meiner vier und mein Ticket weg aus Shanghai. Ich bezweifelte, dass er unser altertümliches Band akzeptieren würde – vor allem, wenn ich nicht beschreiben konnte, was genau es war. Also hielt ich mich an meinen ursprünglichen Plan.

Wenn er nicht wegen mir gehen würde, dann vielleicht dem Stolz zuliebe.

„Also, wie ist er?“, fragte ich und zwang mich, Eifersucht aufflammen zu lassen. „Dein Bruder, meine ich.“

Jet lächelte höhnisch. „Er ist ein *Jiàn*.“

Ich grinste angesichts seines angewiderten Funkelns. „Was ist ein *Jiàn*?“, wollte ich wissen.

Er kräuselte seine Lippen und summte nachdenklich. „Man kann es auf mehrere Arten interpretieren. Lass es mich so sagen: Er ist ein Mistkerl.“

Ich schnaubte. „Verstehe.“ Meine Hand glitt an ihm herunter und ich spürte, dass sein Schwanz überraschenderweise noch immer steif war. Ich hätte erwartet, dass er mittlerweile erschlafft wäre. „Wenn sein Schwanz auch nur im Geringsten so ist wie deiner, ist der Handel mit Derek vielleicht gar nicht so schlecht.“

Er rollte mit seinen Augen und stieß mich von sich. Seine Abweisung stach, aber ich konnte nur mir selbst die Schuld geben. Ich versuchte, ihn eifersüchtig zu machen, und es funktionierte. „Seine Frauen beschweren sich nie“, gab Jet zu, „aber ihre Augen kriegen nach einer Weile diesen leeren Blick. Du würdest nicht seine Braut sein wollen, selbst wenn er dich wollte.“

Ich richtete mich auf, als ich das hörte. „*Wenn* er mich wollte?“

Er starrte mich an, doch mir entging das angedeutete Grinsen auf seinen Lippen nicht. „Du bist zu jung. Er hat beinahe alles abgeblasen, als er herausgefunden hat, dass du erst zweiundzwanzig bist.“

Ich erschauderte. „Was ist das Problem? Ich bin eine erwachsene Frau!“ Ich drückte meine Brüste mit meinen Ellbogen zusammen. „Nicht Frau genug?“

Jets Blick verweilte auf meiner nackten Brust und genoss den Anblick offensichtlich, bevor er antwortete: „Ich habe nicht gesagt, dass *ich* dich zu jung finde.“ Mit Mühe richtete er seinen Blick hoch und sah mir in die Augen. „Ich bin auch erst hundert.“

Blinzelnd versuchte ich die Nummer zu verdauen, während ich die alterslose Perfektion von Jets kantigem Gesicht bestaunte. Ich hatte das Alter von Übernatürlichen nie wirklich bedacht. Derek war technisch gesehen uralt – aber für mich sah er aus wie ein Mann in seinen

Dreißigern. Dasselbe konnte man über Jet sagen, aber ich war auf sein wahres Alter nicht vorbereitet gewesen. Als ich mich von meinem Schock erholt hatte, kicherte ich und bedeckte meinen Mund mit meiner Hand. „Heilige Scheiße. Du bist ein alter Sack."

Er funkelte mich an, war offensichtlich nicht amüsiert. „In der Welt der Drachen bin ich ein verdammter Teenager." Er nahm meine Brust in seine Hände und drückte sie. „Egal, was ich sehe, wenn ich dich anblicke ... Mein Bruder würde nur ein Kind in dir sehen."

Mit einem Schmollmund schmiegte ich mich an ihn. „Bedeutet das, dass euer Handel mit Derek ins Wasser fällt?"

Er erstarrte. „Was weißt du vom Handel?"

Ich kicherte und stemmte mich auf meinen Ellbogen, sank in die plüschige Matratze. Jets Finger fuhren automatisch meinen Kurven nach und glitten über die glühende Rune, die er aktiviert hatte. Er wusste nicht, was er da tat, aber seine Finger umkreisten sie dennoch, erkannten unsere Verbindung instinktiv.

„Ich mag entführt und wie ein Objekt herumgereicht worden sein, aber ich habe Augen im Kopf", erwiderte ich. „Derek glaubt, dass er sich mit den Drachen verbünden kann, indem er mich benutzt." Ich zuckte mit den Achseln. „Ich bin mir nicht sicher, was er davon hat. Ich hatte gehofft, du würdest mir sagen, wofür ich eingetauscht werde." Ich grinste und seine Finger glitten unter die Decke, streichelten meinen Po. „Das ist das Mindeste, was du tun könntest."

Sein Blick hatte sich wieder gesenkt. Seine Brauen zogen sich zusammen und er runzelte die Stirn. „Die Drachen sind seit einer langen Zeit keine Allianz mit jemandem eingegangen. Aber sie werden langsam unruhig." Er sah mir in die Augen und ich spürte, wie er diese Anspannung in ihm loswerden wollte. Er hatte Geheimnisse und sorgte sich um seinesgleichen – und er brauchte nur einen kleinen Anstoß, um mir davon zu erzählen.

Ich lehnte mich an seine Brust und fuhr an den Linien seiner Tätowierungen entlang. Ich versuchte, gelangweilt zu klingen, als ich fragte: „Ich nehme an, es gibt einen guten Grund, warum ich noch nie einem Drachen begegnet bin? Muss schwer sein, Shanghai nie verlassen zu können."

Ich hatte einfach wild drauflos geraten, dass ein Drache von altertümlichen Regeln in Shanghai festgehalten wurde. Aber meine Mutmaßung wurde mit einem frustrierten Grummeln bestätigt. „Du hast keine Ahnung, wie es ist“, sagte er und tappte in meine Falle. „Ich bin seit hundert Jahren in dieser Stadt gefangen und viele andere in meinem Clan sind schon weitaus länger hier. Die Regeln besagen, dass wir unsere Zahlen aufrechterhalten müssen. Aber das ist nur, weil wir so viele Feinde und so wenige Freunde haben. Mein Clan war in Sachen Territorium, Frauen und Gold sehr geizig.“ Er stieß einen tiefen Atemzug aus und die sanfte Wärme seiner Frustration berührte meine Haut. „Derek bietet uns die Möglichkeit, das zu ändern. Er ist ein alter und mächtiger Inkubus. Er bietet uns Gold, Mann ...“ Er nahm mein Gesicht in seine Hand. „Und dich.“

Ich runzelte die Stirn. „Wozu bin ich gut, wenn ich für einen Drachen so ‚jung‘ bin?“

Sein Blick wanderte zu meinem Medaillon. „Du beherrschst ein uraltes Relikt.“ Seine Augen verzogen sich zu den unheimlichen reptilienähnlichen Schlitzen, bevor sie sich zurück in ein Starren verwandelten. Seine Iriden waren goldig umrandet. „Das Einzige, was Drachen mehr lieben als Gold, ist alte Magie.“

Meine Finger fuhren instinktiv zu meinem Medaillon hoch und umklammerten es, um Wärme und Stärke daraus zu schöpfen. Ich konnte mir nicht vorstellen, wieder ohne es zu leben. „Alles, wozu mein Medaillon gut ist, ist, dass ich nicht essen muss.“ Ich zuckte mit den Achseln und hoffte, dass Jet mir glauben würde, dass der Blutstein ein irrelevantes Relikt für die Drachen war. „Es ist wie eine übernatürliche Batterie. Ich kann Kraft daraus schöpfen, anstatt mich von sexueller Energie zu nähren.“

Das war eine Untertreibung, aber zutreffend. Ich würde hunderte Männer benötigen, um die Art von Macht, die ich letzte Nacht benutzt hatte, zu imitieren. Meine Lippen verzogen sich zu einer dünnen Linie, als ich realisierte, dass mein Blutstein vor Jet von Luke aufgeladen worden war. Auch wenn unser Sex unangenehm und erzwungen gewesen war, so bedeutete es doch, dass er mehr Kraft besaß, als mir bewusst gewesen war.

Ich wollte nicht an den halbblütigen Engel denken, der zufällig auch ein Seelenverwandter von mir war. Und so schmiegte ich mich fester an Jet. „Auch wenn dein Bruder einen Weg finden würde, um den Blutstein zu benutzen – er würde ihm nicht viel bringen.“

Er legte sein Gesicht unter meines, streichelte weiterhin die Haut an meinem Hals, fuhr sanft daran entlang, bis sich Gänsehaut bis zu meiner Brust bemerkbar machte. „Ich glaube, du und das Medaillon gehört zueinander. Das Medaillon allein mag keine Stärke verleihen, aber wenn du es anzapfst ...“ Seine Finger glitten über meine Lippen und sie öffneten sich. „Derek weiß, dass du besonders bist. Ich weigere mich, zu glauben, dass er dich einfach so eintauschen würde – trotz dem, was mein Bruder ihm anbietet.“ Seine Lippen pressten sich an meinen Hals und ich stieß ein sanftes Stöhnen aus. „So blöd kann er nicht sein.“

„Dein Bruder auch nicht – es sei denn, er will mich nicht“, zwang ich mich, zu flüstern.

Jet stöhnte und knabberte an meinem Hals.

Während seine Finger hungrig und mit erneut aufflammender Lust an meinem Körper hinabglitten, schloss ich meine Augen und erschauderte. Ich wusste nicht, wie lange ich das gespielte Interesse an seinem Bruder noch aufrechterhalten konnte. Nicht, wo ich doch zusehends süchtig nach Jet wurde.

Kapitel Zwölf

AUFZUG NACH UNTEN ...

Luke

Als Derek um meine Hilfe gebeten hatte, hatte ich angenommen, dass seine Bitte irgendetwas mit meinen Heilungskräften zu tun hatte. Detective Anderson hatte mich studieren wollen, um meine Kräfte zu imitieren – und ich hatte keinen Zweifel daran, dass sogar ein so mächtiger Inkubus wie Derek an seine Grenzen kam. Unermüdliche Heilungskräfte konnten durchaus nützlich sein. Wenn Derek vorhatte, ein paar Drachen wütend zu machen, hatte ich keinen Zweifel daran, dass er einen Weg suchte, um sich von Drachenfeuer zu erholen.

Aber die Drachen, die ich erblickte, als wir eine neue Eben der Hölle erreichten, versuchten nicht einmal, Derek mit ihren Fähigkeiten anzugreifen. Wir hatten nicht den Aufzug genommen und ich vermutete, dass diese Tunnel nicht von Menschen, Inkuben oder Drachen erschaffen worden waren. Das hier waren natürliche Windungen unter der Erde.

Derek führte mich tiefer in die Tunnel und ließ seine Wachen zurück, um den einzigen Ausgang zu bewachen.

Ich schluckte leer und lief mit Derek an Drachen und ihren Frauen vorbei, die in ihrer schmerzhaften Lust gefangen waren. Es war schwierig, nicht klaustrophobisch zu werden, nachdem wir jene passiert hatten, die die Möbelstücke belegten, und in einen neuen, engeren Teil der Tunnel bogen. Neue Opfer kamen zum Vorschein, als wir um die Ecke gingen, und ich atmete scharf ein.

Aus dem goldenen Schein wurde ein roter Nebel. Drachen – einige von ihnen halbwegs in fauchende, gefährliche Reptilien verwandelt, hingen blutend an der Wand.

Es waren zu viele, um sie alle zu zählen. Mein Kiefer klappte herunter und ich starrte die Reihe von Männern an, die an gezackten Scherben hingen. Sie hatten sich noch nicht vollständig in ihre Drachenform verwandelt, aber ihre Tätowierungen wirbelten auf ihrer Haut herum, stolperten über halb hervorragende Schuppen. Sie schrien zwar nicht, aber sie fauchten durch ihre Fangzähne und ertrugen ihren Schmerz. Der Tunnel war ihr Gefängnis. Die Wände waren gezackt und spießten die Drachen, die daran hingen, auf.

Als Derek mir auf die Schulter tätschelte, zuckte ich jaulend zusammen. „Was zum Teufel ist das, Derek?“, zischte ich flüsternd, als würde ich ein ungesehenes Monster aufwecken, wenn ich zu laut sprach.

Derek funkelte mich an. „Für dich immer noch ‚Inkubus-König‘.“ Seine Unzufriedenheit verwandelte sich in Freude, als er die sterbenden Drachen beobachtete. „Ist das nicht unglaublich?“

Ich starrte ihn an und er trat mutig in den beengten Kanal aus Blut und Tod. „Unglaublich?“, wiederholte ich und holte ihn auf. „Bist du wahnsinnig? Die Drachen werden uns töten, wenn sie das herausfinden!“

Derek lachte schallend, war sich offenbar nicht bewusst, dass sich im roten Nebel des Kerkers ein schlafendes Monster befand. Ein heißer Schwall legte sich um unsere Beine. „Das würde mich doch eher überraschen. Vor allem, weil Jin mir doch diese Drachen als Teil unserer Abmachung gegeben hat.“

Ich runzelte die Stirn, konnte meinen Blick nicht von einem der unerschrockenen Drachen, der uns anfauchte, abwenden. Sein Blut floss an roten kristallenen Scherben, die ihn aufspießten, an der Wand hinab. „Was ...“ Mir fehlten die Worte und ich blinzelte. Mein Gesicht verzog sich und Abscheu wütete in meinem Bauch. Ich war hunderte

Male gefoltert worden, aber ich konnte mich davon erholen. Solches Leid zu sehen – unumkehrbares Leid –, drehte mir den Magen um. „Was hast du davon?“, schaffte ich, hervorzupressen. Eine weitere drängende Frage, die ich mich nicht zu stellen traute, war: *Wieso zeigst du mir das hier?*

Dereks Lachen sandte ein Schaudern an meinem Rücken hinab. „Oh, Jungchen. Du bist ja kreidebleich. Du glaubst doch nicht, dass ich vorhabe, dich an denen hier aufzuspießen, oder? Nein, du bist viel zu wertvoll, um so ein düsteres Ende zu finden.“

Mein Blick verweilte auf dem schrecklichen Anblick, der sich mir bot. Die Brust des Drachen hievte und ein gedämpftes Röcheln schwang mit seinem Grummeln mit. Mein Blick fiel auf die roten Flecken, die auf der Scherbe, die seine Lunge durchbohrte, tanzten. Ich kniff meine Augen zusammen und realisierte, dass ich diese Farbe schon mal irgendwo gesehen hatte. Dann weiteten sich meine Augen. „Du stellst mehr Blutsteine her.“

Dereks langsames Klatschen hallte von den Kristallen, die aus den Wänden drangen, wider. Die Drachen, die daran aufgespießt waren, ächzten, bewegten sich jedoch nicht. „Ich wusste, dass du darauf kommen würdest.“ Seine Gesichtszüge glichen dem eines Irren und er sah erfreut aus. Es war ein verstörender Wechsel seiner sonst so selbstgefälligen Art. Der Inkubus-König freute sich darüber und das beängstigte mich. „Errätst du auch, was das alles mit dir zu tun hat?“

Ich presste meine Lippen zusammen und suchte nach einem Grund, warum er mich hierherbringen würde, wenn er meine Kräfte nicht in die Steine einfließen lassen wollte. „Ich habe keinen blassen Schimmer.“

Dereks amüsiertes Lächeln jagte mir Angst ein. „Wirst du es mir sagen oder was?“, spöttelte ich und sprach etwas lauter, obwohl mir die Haare zu Berge standen. Derek mochte eiskalt sein, aber ich wusste, dass wir nicht allein mit diesen sterbenden Drachen waren. Ich spürte eine andere Kraft hier, und es war eine, die ich noch nie zuvor gespürt hatte.

„Es ist Zeit, dass du erfährst, was du bist“, sagte Derek und fuhr sich mit seinen Fingern durch das geschmeidige Haar. Er war der Inbegriff von sexueller Perfektion und ich blickte die glänzenden schwarzen Strähnen an, die er von seinen hinreißenden Augen wegstrich. Ich war durch und durch hetero, aber sogar ich bewunderte Dereks Schönheit. „Und was bin ich?“, murmelte ich. Ich war es leid, dass ich der Einzige in der großen weiten Welt war, der nicht wusste, was für ein übernatürliches Wesen ich war.

Er grinste mit seinen perfekten weißen Zähnen, die ihn dennoch irgendwie boshaft aussehen ließen. „Du bist wie meine Tochter. Darum habe ich dich hierhergebracht.“ Er deutete mit dem Kinn herüber. „Sie hat auf dich gewartet.“

Ich kniff meine Augen zusammen und erblickte Lilith erst, als sie aus dem dunklen Nebel hervortrat. Sie war die ganze Zeit über hier gewesen.

Sie schaffte es, wie ein sechzehnjähriges Mädchen auszusehen, aber ihre Augen verrieten, was sie war. Rot umrandete smaragdgrüne Iriden funkelten. Sie war eine Dämonenbrut. Ich sah ihn finster an. „Was meinst du mit ‚ich bin wie sie‘?“

Lilith schenkte mir ein scheues Lächeln. „Hat deine Mutter jemals über deinen Vater gesprochen?“

Ungeduldig überwand ich meinen Ekel gegenüber der Dämonenbrut und stampfte zu ihr. Ich packte ihre Handgelenke. „Nein, und ich habe immer geglaubt, dass es einen guten Grund dafür gab.“

Sie regte sich kein bisschen unter meiner Berührung, stattdessen legte sie ihren Kopf zurück und schloss ihre Augen, als würde sie eine Vision empfangen. „Deine Eltern haben dich zu dem gemacht, was du bist. Du bist imstande, dich unendlich zu regenerieren. Du bist unsterblich auf eine Art, wie keiner von uns es ist. Du kannst auch in die Zukunft sehen und das Schicksal ändern.“ Ihre Augen öffneten sich und sahen mich neugierig an. „Deine Mutter, eine mächtige Seherin, und dein Vater ... ein Engel.“

Alles begann sich zu drehen. Ich glaubte ihr. Derek mochte ein manipulativer Mistkerl sein, aber dieses Mädchen wollte, dass ich ihr vertraute. Andernfalls hätte sie mir damals in Seattle nicht von Dereks Plänen erzählt. Sie würde mich nicht anlügen.

Mein Griff verstärkte sich, aber sie zuckte noch immer nicht zusammen. „Was meinst du mit ‚Engel'?“, fauchte ich.

Dereks warnender Atem zog über meine Schulter. Ich ließ seine Tochter los. „Der Himmel weiß, dass ich Dinge manipuliere, die sie lieber den höheren Mächten überlassen würden.“ Er drehte mich herum und sah mich an. „Sie haben deinen Vater gesandt, um dich zu schaffen. Damit es einen gab, der stark genug war, um das vom Inkubus-König verfälschte Schicksal ändern zu können. Wo Dunkelheit ist, muss ein helles Licht emporsteigen, um sich mit ihr zu messen.“ Sein Gesicht verzog sich zu einem animalischen Grinsen. „Wie dumm, zu glauben, dass du dich denen anschließen würdest, die dir nur Schmerz zugefügt haben. Du solltest das Licht sein, aber sieh nur, wie viel Dunkelheit in dir herrscht! Nein, du wirst mir helfen, meine Pläne zu verwirklichen. Mit der Kraft der Blutsteine, die wir erschaffen werden, werden wir eine Armee aus Dämonenbruten in diese Welt bringen. Das Schicksal liegt in deinen Händen. Wir können es ändern, wie wir wollen.“

Ich erstarrte und behielt einen unberührten Gesichtsausdruck, um nichts zu verraten. Genau davor hatte mich meine Mutter gewarnt. Die Hölle auf Erden war drauf und dran loszubrechen und ich war die einzige Person in der Welt, die es verhindern konnte. Mit der Macht des Engelsteins wollte Derek am Schicksal herumschrauben.

Die Prophezeiung meiner Mutter ging mir wieder durch den Kopf und ich haderte damit, Lilith nicht anzublicken. Es war mir bestimmt, Sonya zu retten – die Kreatur, die die erste Dämonenbrut in Jahrhunderten erschaffen hatte. Eine Kreatur, die jetzt auf meiner Seite stand. Da Sonya wusste, wie man sie erschuf, wusste sie vielleicht auch, wie man sie zerstörte.

„Mir geht es nur um Sonya“, blaffte ich. „Was auch immer du von mir willst, ich werde es nicht tun, wenn Sonya den Drachen ausgehändigt wird.“

Derek schenkte mir ein trockenes Lächeln. „Hast dich in sie verliebt, was?“ Er rollte seine Schultern und seufzte. „Ich kann es dir nicht übelnehmen. Sie ist auserlesen. Aber leider hat sie ihre eigene Rolle in der ganzen Sache. Die Drachen werden ihr Dinge beibringen, die ich ihr nicht beibringen kann. Sie muss andere Magie von übernatürlichen Wesen ausprobieren, um die Kontrolle über ihren Blutstein zu verstärken. Ich habe ihr neues Schicksal in die Wege geleitet und jetzt kann es nicht mehr geändert werden."

Ich verschränkte meine Arme. Etwas in mir warnte mich davor, dass Derek wollte, dass sie eine Sklavin dieses Steins wurde. Er mochte die prophetischen Runen an ihrem Bauch gesehen haben und er mochte sogar wissen, was sie zu bedeuten hatten. Die Tatsache, dass er etwas mit ihr vorhatte, bedeutete, dass er wusste, dass sie Macht besaß ... Macht, die er für seine eigenen Zwecke nutzen wollte. „Dann nicht. Es ist nicht so, als ob ich dir wirklich dabei geholfen hätte, Dämonen in die Welt zu setzen. Du bist ein verrückter Mistkerl."

Dereks Augen leuchteten wütend auf. „Der Esel schilt den Gaul."

„Genug jetzt", zischte Lilith. „Du hast gesagt, dass er mir gehört. Zwing ihn, wenn er nicht freiwillig mitmacht."

Ich wirbelte herum und sah zur verräterischen Dämonenbrut. „Du kleine–" Mir blieben die Worte im Halse stecken, als Schmerz sich in meiner Schläfe ausbreitete. Liliths erhobene Hand und die funkelnden roten Augen waren alles, was ich sehen konnte. „Tu es", sagte sie zähneknirschend.

Derek seufzte. „Na gut. Ich hatte gehofft, dass er nachgeben würde. Ich habe keine Ahnung, was er an dieser Welt findet, dass er sie erhalten möchte. Sogar ein halbblütiger Engel hätte eine gute Allianz hergemacht." Beide Hände lagen auf meinen Schultern. „Ich kann dich nicht unterwerfen. Aber mit meiner Hilfe kann meine Tochter es." Dereks Magie – ein blauer Nebel – legte sich um meinen Hals und ließ Schmerz und Lust durch meinen Körper fließen. Ich schrie wütend auf und meine Seele wurde ihres freien Willens beraubt.

Plötzlich breitete sich ein Kitzeln in meinen Gliedmaßen aus. Ich blinzelte und sah Lilith an, fragte mich, warum ich sie jemals als den Feind angesehen hatte.

Sie war wunderschön und ich würde alles tun, worum sie mich bitten würde.

Kapitel Dreizehn

ENTSCHLUSS – SO IN DER ART

Jet

Sonya beim Schlafen zuzusehen, war therapeutisch, aber ich wusste, dass ich mich lange genug der Fantasie hingegeben hatte. Mir dieses unsichtbare Band einzubilden, war mein eigener Fehler gewesen. Ich musste einen kühlen Kopf bewahren.

Mit einem letzten Blick auf ihr Haar, das sich an ihre nackte Schulter schmiegte, erinnerte ich mich daran, dass mein Bruder nicht nur eine ernstzunehmende Macht, sondern auch die letzte Hoffnung auf einen neuen Lebensstil für die Drachen war.

Sonya wünschte sich zweifellos, aus ihrer Zwangslange befreit zu werden. Trotz ihren Bemerkungen, dass sie meinen Bruder kosten wollte. Ich hatte ihre Masche durchschaut. Sie wollte einen Streit herbeiführen und die Allianz, die mein Bruder mit dem Inkubus-König geschlossen hatte, zunichtemachen.

Als ich in den Aufzug trat und die Türen sich schlossen, spürte ich, wie sich eine weitere Tür – eine in meinem Herzen – schloss. Mein Spiegelbild starrte mich eisig im metallenen Fahrstuhl an. Mein Haar war zerzaust von ihren Berührungen und meine Lippen waren von ihren Küssen gerötet. Ich machte mir im Geiste eine Notiz, mich zu

Hause frisch zu machen, bevor ich zu meinem Bruder gehen würde. Andernfalls hätte meine Tat mir ins Gesicht geschrieben gestanden.

Ich hatte einen Riesenfehler gemacht. Ich war ein junger, widerspenstiger Drache, der im Schatten meines Bruders lebte. Aber als ich auf die nassen Straßen hinaustrat und in den neonfarbenen Lichtern von Shanghai stand, wusste ich, dass er ein notwendiges Übel war. Ich musste an mehr als nur an mich denken. Meine Drachen waren alle verlorene, meist wütende und elende Leute. Aber als ich sie jetzt sah, erkannte ich zum ersten Mal ein Leuchten und Aufregung in ihren Augen. Sie nickten mir zu, als ich an ihnen vorbeilief. Sie glaubten fest daran, dass wir bald stark genug sein würden, um eine Welt zu entdecken, die uns lange genug gemieden hatte.

Ich fasste einen eisernen Entschluss und blendete die Taxis aus. Stattdessen joggte ich den ganzen Weg zum Turm. Ich schwitzte jegliche Hoffnungen aus, die ich auf eine Zukunft mit einem Sukkubus, der nicht mir gehörte, hatte.

Kapitel Vierzehn

ZEIT ZUM SPIELEN

Sonya

„Es ist Zeit", informierte mich Jet. Ich hätte gedacht, dass unser fantastischer Sex nur ein unglaublicher feuchter Traum gewesen war, wenn er nicht diesen Knutschfleck am Kiefer gehabt hätte, während er mit den Zähnen knirschte. Aber sein Blick war eisern und hart.

Er war irgendwohin gegangen, während ich geschlafen hatte. Shanghais Geruch hing an ihm und er hatte sich während seiner Abwesenheit umgezogen.

Ich hatte geschlafen und war nach unserem Liebesspiel beinahe in ein Koma gefallen. Jetzt wachte ich widerwillig auf. Meine einzige Motivation war, ihn vielleicht wieder kosten zu können. Mein Körper schmerzte angenehm, wie so oft nach einer Nacht voller Leidenschaft. Jet hatte mich mit seinen Küssen und dem Drachenfeuer versengt. Mein Inneres beschwerte sich, als ich mich an den Rand des Betts begab und die Decke von meinem nackten Körper gleiten ließ.

Jet schmiss mir ein T-Shirt an den Kopf. Er war nicht in Stimmung, um den leidenschaftlichen Funken, den wir gehabt hatten, wieder zu entfachen. „Zieh dich an", blaffte er.

Ich zog das T-Shirt weg und funkelte ihn an. „Was ist los mit dir?"

Er zuckte nicht mal mit der Wimper, als er meinen zickigen Ton hörte. Ich bemerkte die Reptilienaugen. Er benutzte seinen Drachen, um unserem Band zu widerstehen. „Deine Einweihungsparty ist heute Abend. Jin erwartet dich sauber und gefüttert. Ich habe arrangiert, dass dein Frühstück nach oben gebracht wird. Wenn du gegessen hast, kannst du dich duschen und dich bereit machen. In drei Stunden kommen ein Friseur und eine Visagistin."

Ich blinzelte. „Was?"

Er wiederholte sich nicht, kniff nur seine Augen zusammen und wartete darauf, dass ich realisierte, dass er es ernst meinte. Nicht nur, dass ich auf irgendeine Feier gehen sollte, sondern auch, dass das, was wir geteilt hatten, vorbei war ... Für den Moment jedenfalls.

Er zog mir die Decke weg, die noch immer nach Sex und Lust roch. Ich grummelte ihn an. „Also bist du nichts weiter als die Marionette deines Bruders? Dereks zahme Echse? Was ist mit dir passiert?"

„Meine Leute –", begann er und seufzte dann. „Du würdest es nicht verstehen. Zieh dich einfach an."

Der restliche Morgen verlief in Stille und ich verdaute, wie sehr ich gescheitert war. Vielleicht hätte ich noch nicht mit Jet schlafen sollen. Ich war nicht wirklich gut im manipulativen Teil von Sex. Es war einfach nicht mein Stil. Ich hatte ihn besitzergreifend und eifersüchtig behalten wollen ... Als er mich jetzt aber ansah und mein Herz einen Sprung nahm, wusste ich, dass ich mehr wollte.

Jet spielte weiterhin den Part des Bodyguards, während ich meine morgendliche Routine hinter mich brachte. Nach einer Dusche sah ich ihn mich im Spiegel ansehen. Ein Hauch von dem, was wir gestern Nacht gehabt hatten, lag in seinen Augen – aber im nächsten Moment war es auch schon verschwunden, als hätte ich es mir nur eingebildet.

Jet glaubte, dass es seinen Leuten helfen würde, wenn er mich seinem Bruder gab. Und als ich über meine beschissene Situation hinausdachte, versuchte ich ihn zu verstehen. Für einen Drachen war er jung, aber er war in dieser Stadt eingepfercht gewesen, die mehr wie ein Gefängnis als ein Zuhause schien. Drachen waren dazu bestimmt, die Welt zu erkunden, und nicht etwa, an einem Ort festzustecken.

Also beschloss ich mitzuspielen. Mit feuchtem Haar, das an meinem Gesicht klebte, zeigte ich mit einer Bürste auf ihn. „Also, diese Friseure, kommen sie bald? Du willst nicht sehen, was ich unter Party-Frisur verstehe. Sie beinhaltet Haargel und einen Irokesen."

Er räusperte sich und zog sein Handy aus seiner Hosentasche, um seine Nachrichten zu prüfen. „Ja, sie sind soeben angekommen. Ich werde sie holen."

Das Zurecht- und Schönmachen war ein Luxus, den ich nie zuvor genossen hatte. Ich hatte mein Leben immer so wie das eines Menschen geführt. Soweit ich konnte, jedenfalls. Aber ich musste mich ermahnen, dass ich als Gemahlin an einen König verkauft wurde. Das Leben würde anders sein. Wer wusste, wie lange ich dieses Spiel mitspielen musste. Wenn ich Jet einfach dazu bringen könnte, mitzumachen, würde ich es nicht lange spielen müssen.

„Sag mir", fragte ich Jet, während eine Frau meine Haare lockte. „Was will Derek im Gegenzug für diese Allianz?"

Wie ich vermutet hatte, durften solche Gespräche nicht vor den Friseuren und der Frau, die mir einen Schönheitsfleck aufmalte, geführt werden. Sie warfen Jet nervöse Blicke zu und er blendete mich aus.

„Ich dachte, Derek braucht mich, um verrückte Babys zu zeugen", sagte ich mit etwas lauterer Stimme. „Dass er mich an deinen Bruder gibt, bedeutet, dass er einen anderen Weg gefunden hat." Ich wappnete mich, als Jet durch die Tür stampfte. „Was gibt dein Bruder ihm, dass ihn mehr–"

Jets Hände legten sich auf meinen Mund und er zischte: „Hör auf zu reden." Er deutete mit seinem Kinn zu den Frauen und sie kräuselten ihre Lippen, hasteten aus dem Zimmer. Er ließ mich nicht los, bis der Aufzug bimmelte und die Türen sich geschlossen hatten. „Versuchst du, dich umzubringen? Denn wenn die Pläne meines Bruders vor den Angestellten ausgeplaudert werden, dann ist es egal, wer du bist. Er wird dich höchstpersönlich töten."

Ich tupfte meine Lippen ab, wo Jet mein Make-up verschmiert hatte, und schenkte ihm ein triumphierendes Lächeln. „Also *bekommt* Derek etwas, das meine Kräfte nachahmt." Mein Magen verknotete sich angesichts der Realisation, dass Derek mich nicht länger brauchte, um Dämonenbruten in die Welt zu sehen. Aber ich ließ mir meine Angst nicht anmerken. „Was gibt Jin ihm?"

Er funkelte. „Das kann ich dir nicht sagen."

Ich stand auf und sah ihm in seine eisernen Augen. „Willst du, dass Dämonenbrut in den Straßen rumrennt? Versuchst du, die Hölle auf Erden herbeizuführen?" Ich packte sein Handgelenk. „Jet, du musst mir sagen, was Derek von diesem Handel hat."

Seine Schultern entspannten sich unter meiner Berührung. „Ich weiß es nicht."

„Du *weißt* es nicht?", fragte ich ungläubig. „Derek und dein wahnsinniger Bruder schließen eine Allianz, die in die Geschichte eingehen wird, und du weißt nicht einmal, was die Drachen dafür geben? Du weißt, was ich für ihn getan habe, oder?"

Er verzog das Gesicht. „Ich habe seine ‚Dämonenbrut' getroffen, vor der du dich so fürchtest. Sie ist gar nicht so übel. Sie hat mir alles erklärt. Ihre Leute sind auf der anderen Seite gefangen. Genau wie meine in Shanghai festsitzen."

Ich seufzte. Meine Tochter hatte es tatsächlich geschafft, dass ein Drache Mitgefühl mit Dämonen hatte. Ich durfte sie nicht weiter unterschätzen. „Ich weiß nicht, was sie dir erzählt hat, aber du willst keine Dämonenbrut in dieser Welt. Vor allem nicht solche, die Derek einen Gefallen schulden."

Er verschränkte seine Arme und löste sich von meiner Berührung. „Du verstehst nicht, wie es ist. Drachen sind seit Jahrhunderten in Shanghai gefangen. Mit dem Inkubus-König auf unserer Seite wird er jeden unterwerfen, der sich uns in den Weg stellt. Und seine Söhne werden diejenigen von uns, die die Welt erkunden, führen und uns beibringen, wie wir nicht bemerkt werden. Das ist unser einziger Ausweg."

Ich seufzte. „Hör zu. Ich verstehe das. Ich werde sogar mitspielen und eine gute Gemahlin abgeben, aber du musst mir etwas versprechen." Er kniff seine Augen zusammen, hörte mir aber zu. „Finde heraus, was dein Bruder ihnen im Gegenzug für Dereks Schutz gibt. Das ist alles. Du solltest es sowieso wissen, oder?" Er bewegte sich nicht, aber ich interpretierte sein Schweigen als Zustimmung. „Großartig!", rief ich aus und griff nach dem Lockenstab. „Also, wie benutzt man dieses Ding?"

Kapitel Fünfzehn

EINE GUTE PARTY ZUM STERBEN

Sonya

Die Einweihungsparty war viel zu übertrieben. Von eingepferchten Drachen, die zufällig auch reicher als der König von Timbuktu waren, hätte ich nichts anderes erwarten sollen. Drachen liebten offenbar ihr Gold. Goldene Kronleuchter hingen von der Decke der Kathedrale. Goldener Champagner blubberte in perfekten geriffelten Gläsern, die auf Tabletts von leicht bekleideten Frauen herumgetragen wurden. Sie alle hatten goldene Streifen im Gesicht.

Brunnen überliefen mit goldener Schokolade. Ich hatte nicht mal gewusst, dass es so etwas gab. Jet hielt ein metallfarbiges Gebäck darunter und streckte es mir hin. „Versuch eines."

Ich verzog das Gesicht, als ich das dekadente Gebäck ansah. Dieser ganze Ort hier war echt zu viel. „Zum Teufel", sagte ich und verzog meine Lippen zu einem höhnischen Grinsen. „Du erwartest von mir, dass ich das hier esse?"

„Wie du willst", sagte er und steckte sich das Gebäck in den Mund. Er schloss seine Augen und kaute.

Ich ignorierte Jet und zog am erstickenden Streifen Gold, der mir um den Hals hing. Ein langes Seidenkleid bedeckte meinen Körper und gab mir das Gefühl, nackt vor aller Augen zu sein. Der Schnitt des Kleides drückte meine Brüste hoch und schuf damit ein Podest für mein Medaillon mit dem Blutstein, als wäre es eine Kirsche auf einem der goldenen Gebäckstücke, das nur darauf wartete, verschlungen zu werden. Die anwesenden Drachen sahen mich an, aber ihre Blicke verweilten nicht auf mir. Sie kosteten die Mädchen in Gold freiheraus. Und doch lag Anspannung in der Luft, als würden sie auf etwas warten.

„Wo ist dein Bruder?", fragte ich und tippte mit meinem Fuß auf den Boden. Ich wollte dem Drachenkönig nicht wie eine verpackte Trophäe übergeben werden, aber zu warten, hasste ich noch mehr.

„Oh, er wartet darauf, dass der Spaß beginnt."

Ich kaute auf meiner Unterlippe herum. „Was denn, das übermäßige Gold entspricht nicht eurem Verständnis von Spaß?"

Er deutete mit dem Kinn auf die Türen, die sich öffneten. „Das Einzige, was Drachen mehr lieben als ihr Gold, ist ..."

Ich atmete tief ein, als eine Reihe Mädchen in Weiß den Raum betraten. Alles um die puren und reinen Wesen glitzerte und war voller Gold. Weißes Pulver bedeckte ihre Arme und ihre Gesichter, als wären sie Porzellanpuppen. Die langen weißen Wimpern, die bis über ihre Wangen reichten, trugen nur zum Look bei. Etwas Glitzer verlieh ihnen ein leuchtendes Glühen, während sie mit scheuem Lächeln und ihren anmutigen Drehungen in den Raum traten.

„Jungfrauen", beendete ich den Satz für Jet.

Er antwortete nicht, aber alle Fröhlichkeit wich aus seinen Augen. Als ich seinem Blick folgte, sah ich, wieso. Ich war dem Drachenkönig noch nie begegnet, aber er war unverkennbar. Seine Tätowierungen wirbelten in einem wütenden Rot und Fangzähne traten unter seinen Lippen hervor. Ich staunte, dass sie ihn nicht wie ein Vampir aussehen ließen. Er sah eher aus wie ein Säbelzahntiger. Vor allem, als er durch die Menge streifte und die Jungfrauen, die von ihm wegtanzten, hungrig ansah. Seine Erscheinung schien ein natürlicher Zustand, als hätte er vor langer Zeit vergessen, wie man menschlich war.

„Er ist nicht, was ich erwartet habe", sagte ich.

Jet brummte. Er hielt einen respektvollen Abstand zu mir. „Überkommen dich Zweifel, die Sache freiwillig durchzuziehen, kleiner Sukkubus?"

Seinen Reptilienaugen lag eine Warnung inne. Ich warf einen weiteren Blick auf seinen Bruder und versuchte herauszufinden, was die beiden verband, dass Jet mich so einfach aufgeben würde. Der Drachenkönig sah seinem Bruder nur im kantigen Kinn und dem welligen schwarzen Haar ähnlich. Alles andere an ihm war völlig anders – bis hin zum kalten Blick in seinen goldenen Augen und den leicht gebogenen Fangzähnen.

Jin hatte breitere Schultern und war nicht so schlank wie Jet. Das war der Moment, in dem ich die gefährliche Wahrheit erkannte. Sie waren zu verschieden, um vollblütige Brüder zu sein. Was bedeutete, dass Jet und Jin nur einen gemeinsamen Elternteil hatten.

Jet war ein uneheliches Kind.

Jet hatte nicht nur mit mir geschlafen, weil wir eine Verbindung zueinander hatten, die er noch immer nicht erkannt hatte, sondern auch, weil ich als Spielzeug für seinen Bruder gedacht war. Mir drehte sich der Magen um, als ich realisierte, wie falsch es gewesen war, ihn zu verführen. Auch wenn er einer meiner vier war – er konnte unserem Band widerstehen, weil er ein Drache war. Aber ich hatte dennoch einen Fehler gemacht. Ich hatte gehofft, einen Keil zwischen die beiden zu treiben und Chaos zu stiften, aber das war ein dummer Fehler gewesen. Die Brüder hassten einander sowieso schon. Alles Öl, das ich ins bereits brennende Feuer gießen würde, würde nichts bewirken. Jin hatte die Welt und Jet war eine Schachfigur, die benutzt wurde. Plötzlich machte es Sinn, dass er mein Bodyguard war. Jin wollte seinem unrechtmäßigen Bruder seine Trophäen unter die Nase reiben. Nur um ihn daran zu erinnern, wer das Sagen hatte.

Als hätte er den Wechsel der Atmosphäre gespürt, richtete der Drachenkönig seinen Blick auf mich und seine Nasenflügel blähten sich. Ich erschauderte, als seine Augen zu denen eines Reptils wurden. Seine Iriden waren von einem kränklichen Gold umrahmt, anders als das metallische Grün von Jet. Der Drachenkönig schnüffelte in der Luft und beobachtete dann die Menge, während seine Zunge ausfuhr, um die Luft zu kosten. Er schien hungrig und meine Muskeln entspannten sich, als er seinen Blick von mir abwandte ... Bis ich realisierte, wohin er sah.

„Ich dachte, du hättest gesagt, dass Drachen keine jungen Frauen mögen“, zischte ich Jet zu.

Er seufzte. „Oh, mein Bruder würde keine Jungfrau ficken, aber das ist nicht sein einziges Verlangen.“

Ich schluckte und versuchte einen festsitzenden, trockenen Kloß in meinem Hals runterzuschlucken, der einfach nicht weggehen wollte. „Und von was für einem Verlangen reden wir?“

Er verzog das Gesicht. „Erinnerst du dich daran, als du gesagt hattest, dass du froh bist, dass du keine Jungfrau bist?“

„Ja?“

„Du hast damit voll ins Schwarze getroffen.“

„Scheiße“, fauchte ich. Der Drachenkönig würde nicht mit diesen Mädchen schlafen.

Er würde sie fressen.

„Wir müssen etwas unternehmen!“, zischte ich leise.

Jet brachte mich zum Verstummen. „Es gibt nichts, das du tun kannst. Außerdem wird er nicht sofort fressen und den Spaß frühzeitig beenden. Er wird dich zuerst treffen wollen.“

Der Drachenkönig streifte durch die Menge, hielt kurz an, um mit Drachen, die mehr Gold trugen, als physisch möglich schien, Nettigkeiten auszutauschen. Als er endlich nahe genug gekommen war, um in Hörweite zu sein, packte Jet mich an der Schulter, um mich an Ort und Stelle zu behalten. „Wenn du willst, dass diese Mädchen überleben, benimm dich“, flüsterte er. „Mein Bruder labt sich nur an Fleisch, wenn er wütend ist.“

Ich fragte mich, ob das wirklich stimmte oder ob Jet glaubte, dass er mich so einfacher unter Kontrolle halten konnte. Ob es sein Ziel war oder nicht, ich blieb stehen, während der Drachenkönig näherkam und meine Hand in seinen schuppigen Griff nahm. Ich haderte damit, nicht angeekelt zu kreischen. Obwohl der Drachenkönig gutaussehend war – trotz seiner fürchterlichen Fangzähne –, konnte ich die Falschheit seiner Magie spüren. Er war nicht wie Jet – anziehend und süß wie

Honig. Jin war alt, bösartig und der Gestank von Blut haftete noch immer an ihm.

„Also, junger Sukkubus", säuselte er und zog meine Hand an seine Lippen. „Endlich begegnen wir uns." Er presste seine Lippen auf meine Finger. Ich erschauderte, als meine Knöchel seine Fangzähne streiften.

„Drachenkönig", erwiderte ich, zumal ich nichts Besseres zu sagen wusste.

Er ließ meine Hand los und schenkte mir ein Lächeln. Seine Lippen haderten damit, sich über seine Fangzähne zu strecken, und seine goldenen Augen glänzten unmenschlich. „Ich hoffe, dir gefällt meine Stadt, obwohl wir dank deines Herrschers bald frei von ihren Mauern sein sollten."

Er drehte sich um, um seinen Bruder zu mustern. „Sie scheint fügsam, mein Bruder. Hast du ihr von unserem Entschluss erzählt?"

„Fügsam?", zischte ich zähneknirschend. „Ich werde dir–"

Jet zwackte mich mit zwei Fingern in die Rippen. Er bewegte sich so schnell, dass ich seine Bewegung nicht mal sah, aber mir stockte augenblicklich der Atem, während er dem Drachenkönig antwortete. „Sie ist nicht in Kenntnis gesetzt worden. Ich hatte gehofft, dass du deine Meinung ändern würdest, wenn du sie kennengelernt hast."

„Welche ... Pläne?", sagte ich nach Atem ringend und versuchte, Luft in meine brennenden Lungen zu kriegen. Es hätte mich nicht überraschen sollen, dass Jet Drachenkunst-Judo konnte, aber sein Bruder schien seine Geschmeidigkeit und Schnelligkeit nicht zu teilen. Ich konnte mir vorstellen, dass ich die volle Kraft seines brutalen Zorns zu spüren bekäme, wenn ich jemals ein Streit mit ihm anzetteln würde.

„Komm, Schätzchen", sprach der Drachenkönig. „Mein Bruder glaubt, dass du mich so sehr faszinieren wirst, wie du ihn fasziniert hast." Er grinste, als er Jets Gesicht sah. „Sollen wir es herausfinden?"

Das Letzte, was ich vom rohen Drachenkönig erwartet hatte, war, dass er mich über die Samtböden ziehen und mit mir tanzen würde. Die

Musik änderte sich mit seinen Bewegungen, als würde er diese kleine goldene Blase, in der wir uns befanden, vollends kontrollieren.

Seine Grazie kam mit einer schlitternden, reptilischen Art, aber seine Schlitzaugen zogen mich magnetisch an. „Also", sagte ich gezwungen, als er mich herumdrehte und mein goldenes Kleid sich ausfächern ließ. „Drachen haben die Kraft, jemanden zu verzaubern."

Er grinste. „Nur der Drachenkönig, Schätzchen." Er zog mich näher und die scharfe Spitze seiner Klauen drückte sich an meinen Rücken. Es schien eine unklare, einfache Drohung, die Jin machte, um mich daran zu erinnern, dass er mich auf der Stelle in Stücke reißen konnte.

Jet war auf seine eigene Weise verlockend, aber sein Bruder war anders. Sein Charme war nicht angeboren. Meine Zuneigung zu ihm war von seiner Magie erzwungen. Alles, was ich brauchte, um seine Kontrolle über mich zu brechen, war ein winziges bisschen meines Blutsteins. Seine Augen weiteten sich, als er realisierte, was ich getan hatte, und ich grinste.

„Meine Güte", keuchte er. „Ich bin kein Inkubus, aber dieses kleine Medaillon an deinem Hals hat beeindruckende Fähigkeiten, wenn es meinen Zauber so einfach brechen kann." Eine Klaue legte sich an mein Medaillon und die Wärme seiner Berührung verweilte auf meinen Brüsten. „Ich bin geduldig, junger Sukkubus. Ich freue mich darauf, wenn du erwachsen bist." Sein Blick verweilte auf meinen Lippen. „Eine kleine Kostprobe kann nicht schaden."

Mein Körper erstarrte, als er sich zu mir beugte. Ich wusste nicht, wie man diese Kreatur mit Säbelzähnen küsste, und erschreckende Bilder zogen vor meinem inneren Auge auf. Mein zerkratztes Gesicht. Mein schockierter Gesichtsausdruck spiegelte sich in Jins goldenen Augen.

„Blamiere dich nicht, Bruder", erklang Jets Stimme. Jin zog sich zurück und ich war meinem Bodyguard, der den Drachenkönig anlächelte, dankbar. „Die Drachen würden dich nicht respektieren, wenn du sie vor allen Augen plündern würdest. Sie ist kaum zwei Jahrzehnte alt. Denk an deinen Familiennamen."

Jin verzog das Gesicht, aber offenbar hatte sein Bruder recht. Die

Menge starrte uns schockiert an. „Wie alt sind diese Drachen?", flüsterte ich.

Jet zwinkerte mir zu. „Das willst du nicht wissen."

Bevor Jin etwas erwidern konnte, wurden die Türen aufgerissen und Derek trat ein. Eine Gruppe Inkuben und seine gutaussehenden menschlichen Söhne folgten ihm. „Sieh einer an", brüllte Derek mit seinem charmanten Lächeln auf seinem Gesicht. Anders als der Drachenkönig hatte der Inkubus-König weitreichende Kontrolle über mich. Mein Blutstein konnte sich gegen den süßen Moschusgeruch seiner Kraft, als diese mich durchfuhr und meine Knie weich werden ließ, nicht wehren.

Jin verzog das Gesicht, als er meine Reaktion bemerkte, und ließ mich dann los. Er stürmte zum Inkubus-König. „Du warst nicht eingeladen", brüllte er. „Das hier ist die Einführung meiner Gemahlin in die Drachengesellschaft."

Derek verzog das Gesicht, hielt nur inne, um den errötenden Jungfrauen, die sich aneinander abstützten, zuzuwinkern. Ihr weißes Pulver an ihren Armen verstrich, als sie sich aneinanderklammerten, um nicht umzufallen. „Sieht aus, als hättest du ein paar menschliche Spielzeuge eingeladen. Sind die für mich?"

Jin fauchte. „Die jungfräulichen Schätze der Drachen waren nicht Teil der Abmachung. Du hast bekommen, worum du gebeten hast. Was mehr ist, als du verdienst."

„Du redest immer von Loyalität, wenn du über Drachen sprichst. Teilt ihr alle diese Gefühle?" Dereks Blick hatte sich auf mich gerichtet und ließ nicht von mir ab. „Lass uns an einen privaten Ort gehen, mein Freund. Ich will dir etwas Wichtiges mitteilen."

Jin verzog das Gesicht, doch Dereks Bitte schien ihn neugierig gemacht zu haben. „Na gut", blaffte er und deutete auf das Ende des Raumes. „Lass uns in der Suite reden."

Kapitel Sechzehn

MEIN BRUDER, DU AUCH?

Sonya

Jin knallte die Türen hinter uns zu und stemmte seine Hände gegen das polierte Eichenholz, das mit goldenen Bändern geschmückt war. Seine Tätowierungen wirbelten über seinen muskulösen Körper und waren so kraftvoll, dass sie durch die feine Lage seines Seidenhemdes schienen. Er drehte sich um und starrte Derek an – von König zu König. „Was ist so wichtig, dass du uns bei unseren Feierlichkeiten stören musst?“, fragte er knapp. Sein Blick richtete sich auf mich und Jet. „Und warum sie hier sein müssen.“

Ich wusste, dass der Drachenkönig nichts als eine Trophäe in mir sah, und sein Bruder war nur ein weiteres Spielzeug für ihn. Aber Derek führte etwas im Schilde und jeder Muskel in meinem Körper war bereit, meinen Blutstein zu leeren, um ihn zu bekämpfen. Für den Moment nahm ich mir nur genug Kraft, um ihm nicht zu verfallen.

Ich hatte eine letzte Zuflucht, wenn ich sie brauchen würde, und das war die bauchige weiße Pille, die ich mit dem Blutstein zusammen in mein Medaillon gesteckt hatte. Es war das Einzige, was gegen Dereks Kräfte wirkte, und war aus dem Blut von seiner Ehefrau gemacht worden. Sie war die einzige Frau auf diesem Planeten, die nicht in seinen magischen Bann gezogen wurde.

Im Stillen verfluchte ich mein Geheimversteck, als Derek auf mein Medaillon blickte. Dieses Kleid war unglaublich unpraktisch, also hatte ich keinen besseren Ort gehabt, um sie zu verstecken. Ich entspannte mich erst, als ich realisierte, dass er auf meine Brüste starrte.

„Es scheint, als hätte ich den Babysitter für Sonya schlecht gewählt“, sagte Derek mit einem abwesenden Blick, der nicht verlogener hätte sein können. Er seufzte und zückte sein Handy. „Ich glaube, es ist am besten, wenn du es dir selbst ansiehst.“

Jet erstarrte neben mir und sein Bruder nahm das Handy entgegen. Ich hatte keine Ahnung, was Derek damit andeuten wollte ... Bis das Video abgespielt wurde.

Mein aufgezeichnetes Stöhnen erfüllte den Raum und ich rang nach Luft, als ich begriff, dass Derek das Penthouse mit Kameras versehen hatte.

„Was ist das?“, grollte Jin und hielt seinem Bruder das Handy hin. Ein verdammendes Bild davon, wie Jet in mich stieß und sich gegen die Wand presste, war darauf zu sehen. Unsere Lust und Magie ließen das Bild einen Rotstich annehmen.

„Ich ...“, begann Jet, aber er verstummte und stand mit weit offenem Mund da.

Während Jet nach Worten rang, färbten sich die Augen des Drachenkönigs unglaublich rot. Die Magie in ihnen brodelte wie ein wilder Sturm. Er atmete schneller, bis ein sanfter Rauchschwall aus seiner Nase stieß. „Du, Bastard-Bruder, der sogar einer Höhle unwürdig ist, wagst es, dich mir zu widersetzen und dir zu nehmen, was mir gehört?“ Er schmiss das Handy zu Boden und es zerbrach in tausend Stücke. Derek grinste nur, während der Drachenkönig vor Wut kochte. Das war ganz genau das, was er gewollt hatte.

Jet schloss seinen Mund und obwohl ich Angst in den Reptilienaugen zu erkennen vermochte, so breiteten sich dennoch Schuppen auf seinen Schultern aus und ein feiner Nebel seiner Magie stieß aus seinen Poren. „Was dir gehört? Du hast immer Anspruch darauf erhoben, was du nicht verdienst. Vielleicht ist es an der Zeit, dass du dir deine Krone verdienst."

Ich war mir sicher, dass Jin sich auf der Stelle in einen angsteinflößenden Drachen verwandeln würde, aber Derek atmete einen Augenblick davor aus und seine Wut verschwand. Das wabernde Blau seiner Macht zwang uns alle dazu, runterzukommen. „Vom einen zum anderen König ... Ich habe eine Idee, wie dieser kleine Fehltritt beseitigt werden kann."

Jin sah den Inkubus-König mit hochgezogener Braue an. „Du stellst meine Geduld auf die Probe."

Derek verbeugte sich. „Vielleicht wäre ich gewillt, eure Freilassung aus Shanghai zu beschleunigen, wenn du deinen Bruder zu den anderen Drachen-Opfern bringst. Er würde uns dabei helfen, erhebliche Fortschritte in unserem Unterfangen zu machen, das versichere ich dir."

„Opfer?", kreischte ich und klammerte mich an Jets Arm. „Siehst du? Ich hatte recht. Dein Bruder tut schreckliche Dinge, um diesem Monster zu helfen. Du musst etwas tun!"

Derek lachte schallend und Jin riss mich von Jets Arm weg. „Sonya, jetzt reden die Männer." Er ließ einen Finger an meiner Wange hinabgleiten und stellte sicher, dass ich eine gute Portion Lust abbekam. Mein Knie wurden weich. „Sei ein gutes Mädchen und sprich nur, wenn du dazu aufgefordert wirst."

„Wage es nicht, sie anzu–", grollte Jet. Aber eine Handbewegung war genug, um ihn gegen die Wand klatschen zu lassen. So mächtig Jet auch war, er war dem Inkubus-König nicht gewachsen. Er ächzte und blaue Rauchschwaden schwirrten um ihn herum. Lust drückte Jet zu Boden und verunmöglichte eine Verwandlung.

Meine Kette brannte, als ich Kraft daraus schöpfte, um Derek standzuhalten. Meine Wut trübte meine Sicht, aber ich öffnete mein Medaillon und steckte mir die Pille in den Mund. In dem Moment, in dem ich die Tablette zerbiss, stand ich nicht mehr unter Dereks Kontrolle. Mein Blutstein erwachte zum Leben, als ich ihn rief und meine Fingerspitzen glühten rot. „Ich bin eine moderne Frau, schon vergessen? Ich spreche, wann immer ich verdammt nochmal will."

Derek stöhnte und Jin kam mit gefletschten Fangzähnen und fuchsteufelswild auf mich zu. Mittels meiner Kraft wich ich zurück.

Die berauschende Reichhaltigkeit, die nach Luke und Jet schmeckte, schenkte mir Kraft – jede Menge davon. Der Marmor unter meinen Absätzen hatte schwarze Brandspuren. Beiden Königen knickten die Knie ein und sie fassten sich an ihre Köpfe. Ich wollte ihr Blut zum Brodeln bringen. Ich wollte sie hier und jetzt alle machen.

Aber ich hatte keine Ahnung, wie mächtig ein Drache war. „Sonya, renn weg!", schrie Jet, aber es war zu spät. Der Drachenkönig wurde dreimal so groß, bis er die Suite mit seinem Reptiliengestank ausfüllte. Rostbraune Schuppen schabten gegen die Wände und sein Hals verlängerte sich, bis er kein bisschen menschlich mehr war. Er öffnete seine lange Schnauze, in der nun Fangzähne blitzten, und alles um mich herum wurde in Drachenfeuer gehüllt.

Mein Blutstein beschützte mich vor dem Schlimmsten, aber es war Derek, der mich mit seinem Körper beschützte, als die Welt um mich herum in tausend Stücke zerbrach und in Flammen aufging. Meine Fingerspitzen wurden taub und stechende Nadeln drangen in meine Brust. Als ich hochsah, erwartete ich beinahe Dereks wütendes Gesicht zu sehen, aber ich sah nur seinen Schmerz, den er verspürte, während Jins Wut ihn traf und er mich beschützte.

Meine Annahme, dass ich einfach so weggeschmissen worden war, war falsch gewesen. Der Inkubus-König hatte einen Plan und dieser erforderte, dass ich am Leben blieb. Ich weigerte mich, zu glauben, dass er mich aus irgendeinem anderen Grund beschützen würde.

„Dummes Mädchen", fauchte Derek. „Du weißt nicht, was du angerichtet hast."

Schmerz durchfuhr mich, als der Feuerstoß vorüber war, und als ich mein Medaillon berührte, wusste ich, warum.

Meine Kette hatte sich in Asche verwandelt und die Überreste meines Blutsteins fielen in winzigen Scherben von meinem Schlüsselbein.

„Meine Ehefrau scheint eine Spezialmischung für dich gemacht zu haben. Sie wollte nicht, dass du dich nach mir verzehrst." Er grinste. „Sie mag mich nicht begehren, aber sie liebt mich und sie ist der eifersüchtige Typ Frau.“ Er ließ seinen Finger über die Blase an meiner Brust gleiten. Seine Berührung hätte mich mit Lust erfüllen sollen, aber ich taumelte bloß und spürte nichts als die übelkeitserregende Welle von Schmerz, die von meiner Wunde herrührte. „Es war ihr egal, ob dich das den Blutstein kosten würde.“ Er sah mir in die Augen. „Jetzt bist du wie sie.“

Ich blinzelte. Er hatte recht. Das Gegenmittel war nicht von temporärer Natur – es wirkte permanent. Mein Blutstein war zerbrochen und seine Kraft in meine Brust geschossen. Mit zittrigen Händen bedeckte ich die Wunde. Ich würde nie wieder vom Inkubus-König kontrolliert werden oder mich zum ihm hingezogen fühlen.

Jin, der sich wieder in seine menschliche Form verwandelt hatte, grollte. „Meine Wut wurde besänftigt“, verkündete er und dann erblickte ich den bewusstlosen Jet auf dem Boden. „Von mir aus kannst du sie beide opfern. Aber sieh zu, dass wir Shanghai bald verlassen können.“ Er sah Derek finster an. „Und mit bald meine ich im Morgengrauen.“ Er stampfte zur Tür und öffnete sie. „Bis du soweit bist, habe ich ein paar Jungfrauen, die mich unterhalten werden.“ Ein letztes Funkeln und dann ergänzte er: „Ich hoffe, du kannst deine Versprechen halten. Andernfalls werde ich dich die wahre Macht meiner Kräfte spüren lassen.“ Er grinste. „Das eben war nur ein Vorgeschmack.“

Als er gegangen war, warf Derek Jet über seine Schulter. „Du hast den Drachen gehört“, sagte er. „Zeit, ein paar Dämonen zu entfesseln.“

„Was zum Teufel läuft denn bei dir falsch?“, kreischte ich. Ich war Derek in die Straßen gefolgt. Nicht, weil er es von mir erwartete, sondern weil ich nicht zulassen würde, dass er Jet opferte. Ohne meinen Blutstein war ich machtlos. Aber ihn zu verlieren, hatte mir permanente Resistenz gegen seine Magie verliehen. Nichts würde mich verstummen lassen. „Du bist ein Mistkerl, wenn du denkst, dass ich dich ‚Dämonen entfesseln‘ lassen werde. Erleuchte mich, oh mächtiger König, wie das den Drachen ermöglichen wird, Shanghai zu verlassen? Inwiefern hilft das irgendwem?“

Derek lachte. „Glaubst du, dass die Menschen sich Gedanken

darüber machen, dass ein paar Jungfrauen oder Unmengen an Gold verschwinden, wenn Dämonen frei herumlaufen? Nein. Genau diese Ablenkung wird es den Drachen erlauben, frei und ungehindert herumzuziehen." Er grinste, als er meinen Kiefer erschlaffen sah. „Es ist höchste Zeit, dass Übernatürliche frei herumlaufen, meine Liebe. Alle von uns."

Ich blinzelte. „Bist du wahnsinnig?"

Er zuckte mit den Achseln und justierte den bewusstlosen Jet über seiner Schulter und lief weiter. Seine Schlägertypen folgten ein paar Meter hinter uns, aber Derek schien nicht interessiert daran, um Hilfe zu bitten, obwohl noch immer glühende Asche an der Rückseite seiner zerrissenen Klamotten zu sehen waren. Wenn er etwas vom Drachenfeuer abgekriegt hatte, waren seine Verletzungen bereits wieder geheilt.

„Wenn man solange gelebt hat wie ich, dann lernt man, dass Menschen die Feinde sind." Er runzelte die Stirn. „Einzeln sind sie schwach und zerbrechlich, aber sie sind uns zahlenmäßig um Milliarden überlegen. Darum waren die Übernatürlichen seit Anbeginn der Zeit dazu gezwungen, sich in den Schatten zu verstecken." Er sah mir in die Augen und obwohl mich seine Magie nicht mehr in seinen Bann ziehen konnte, so bewunderte ich dennoch die attraktiven Züge seines Kiefers. Sie verhärteten sich und dann sagte er: „Es ist an der Zeit, die Chance pari zu stellen."

Ich schnaubte. „Dämonenbrut? Echt jetzt? Das ist deine Lösung dafür, dass Menschen Drachen jagen würden, wenn sie wüssten, dass sie existieren?"

„Die Drachen sind nicht die Einzigen", fauchte er. „Ich habe es satt, mich zu verstecken. Wir alle haben es satt. Dämonen sind übernatürliche Wesen, sie werden nur falsch verstanden. Wir alle haben Schattenseiten. Sie verdienen es, Teil dieser Welt zu sein – genauso wie du und ich. Wir sind nicht anders. Wir sind genauso hinter einem Schleier gefangen, während die Menschen frei herumlaufen." Er drehte sich um und marschierte weiter. „Wenn ich die Hölle auf Erden heraufbeschwören muss, um das zu ändern, dann werde ich das tun."

Kapitel Siebzehn

DIE BLUTKANÄLE

Sonya

„Du wirst ihn doch nicht etwa opfern, oder?“, fragte ich mit einem hysterischen Ton in meiner Stimme, während ich Derek in den Aufzug folgte. Zwei seiner Männer stellten sich mit uns hinein und gafften mich beide mit lüsternen Blicken an. Offenbar hatte meinen Blutstein zu verlieren, meine Verführungskünste nicht abgeschwächt. Ich grollte. „Sag deinen Söhnen, dass sie aufhören sollen, mich so anzuglotzen.“

Er grinste und nickte den unmöglich gutaussehenden Bodyguards zu. Beide wandten ihre Blicke augenblicklich ab. Einer von ihnen zog einen Schlüssel hervor und steckte ihn in einen Schlitz im Fahrstuhl. Derek lehnte sich an die kalten Wände und wir fuhren abwärts, in ein geheimes Stockwerk, das mit rot leuchtenden Nummern gekennzeichnet war. Jet hing noch immer bewusstlos über seine Schulter. „Du magst jetzt denken, dass ich ein Monster bin, Sonya, aber ich versichere dir, dass nicht ich das Monster bin. Ich versuche, das Richtige für die Welt zu tun.“ Er warf mir einen traurigen Blick zu. „Hätte ich gewusst, dass ich dadurch deine Zuneigung verliere, hätte ich vieles anders gemacht.“

„Ja, ein Mädchen liebt es, für politische Spielchen benutzt zu werden."

Er grinste. „Es war immer klar, dass ich dich vor dem großen bösen Drachen retten würde, nachdem er mir gegeben hatte, was ich wollte." Er sah zu Jet.

Ich rang nach Atem. „Heilige Scheiße, du hast geplant, dass ich Jet verführen würde?" Mein Mund stand weit offen, als ich realisierte, dass ich genau das getan hatte, was der Inkubus-König gewollt hatte. „Du wolltest von Anfang an, dass es so ausgehen würde."

Er seufzte. „Ja, obwohl ich nichts von der kleinen Verschwörung meiner Ehefrau gewusst habe. Schlaue Füchsin."

Als die Türen sich öffneten, bedeckte ich meine Augen angesichts des unerwarteten Lichtstrahls. „Was zum Teufel?", fragte ich.

„Aber bitte, meine Gute", tadelte Derek. „Vor Engelstein flucht man nicht."

Mit einem Grummeln folgte ich ihm in die luxuriösen Gänge. Ich haderte damit, mich an den Anblick zu gewöhnen. Schlaffe Körper lagen auf Sofas. „Was ist mit ihnen passiert?"

Derek verzog das Gesicht. „Es scheint, als ob die Dinge aus dem Ruder laufen. Wir müssen Jet zu den anderen Drachen bringen. Und zwar schnell."

Obwohl ich dem Inkubus-König misstraute – er hatte Jet. Und ich hatte die Macht meines Blutsteins verloren. Ich folgte ihm die Gänge hinab, in denen Lichter brannten, als stünde die Welt in Flammen. Hitze drang von allen Seiten zu uns und ich rümpfte die Nase, als ich riechen konnte, wie meine eigene Haut zu brutzeln begann.

„Wie weit rein müssen wir?", fragte ich.

Derek beschleunigte seinen Gang. Ich hatte den Inkubus-König noch nie hastig irgendwohin gehen sehen. „Luke muss mit seinem Teil fast fertig sein." Er sah zurück zu mir. „Wenn dir Jet oder Luke etwas bedeuten, bleibst du schön bei mir, verstanden?"

Ich schluckte und nickte. Für den Moment würde ich mitspielen.

Gerade als ich dachte, dass ich bei lebendigem Leibe frittiert würde, nahm das Licht einen zornigen roten Schimmer an. Die Tunnel wurden enger und ich verkniff mir ein Wimmern aufgrund meiner sich bildenden Platzangst. Ich mochte diesen Ort kein bisschen. Es fühlte sich auf so viele Arten falsch an, hier zu sein.

„Da", sagte Derek mit einem aufgeregten Ton in seiner Stimme.

Ich ging um ihn herum und erblickte die Quelle seiner Entzückung. Luke kniete vor einer durchsichtigen Glasscherbe, die aus dem Boden emporragte, und presste seine Hände daran. Rauch entschwand an der Stelle, wo seine Haut den Kristall berührte. Er sang.

Als ich nahe genug an ihm dran war, um ihn zu berühren, schwebte meine Hand über seiner Schulter. Aber meine Instinkte brachten mich dazu, meine Finger zu krümmen. Er war sich unser nicht gewahr und der zackige Kristall, über dem er lehnte, roch nach Blut und Tod.

Derek nahm den bewusstlosen Jet von seiner Schulter. Gleichzeitig zog er einen Dolch hervor und schnitt Jets Handgelenk auf.

„Was machst du da?!", kreischte ich.

Lukes Gesang verstummte kurz und seine Lippen bewegten sich. Er murmelte etwas. Derek sah mich finster an. „Lenk ihn nicht ab, wenn du leben willst." Er hielt Jets Arm über den Stein und ließ das Blut über die scharfen Kanten fließen. Anstatt dass die Tropfen zu Boden glitten, saugte der Kristall sie in sich auf. Ich atmete scharf ein, als ich realisierte, was ich vor mir sah.

Das hier war die Geburt eines neuen Blutsteins.

„Du wirst ihn töten!", kreischte ich und warf mich auf den Inkubus-König, der meinen neuesten Liebhaber über dem magischen Stein ausbluten ließ. Das hier war einer meiner vier. Ich konnte nicht zulassen, dass ihm etwas zustieß.

Derek hob eine Hand, um mich zurückzuhalten, und dachte, dass seine Macht der Lust und des Sexes mir etwas anhaben würde. Aber ich war immun. Ich rammte in ihn und riss Jet von ihm.

Derek blinzelte und dann sah er mich amüsiert an. „Krieg dich wieder ein. Ich brauchte nur das Blut des wahren Drachenkönigs, um das Ritual zu vollziehen."

Jet ächzte in meinen Armen und ich zog ihn in meinen Schoss. Ich hatte keine Zeit, um zu verdauen, was Derek eben von wegen ‚Jet sei der wahre Drachenkönig' gesagt hatte.

Ich wirbelte herum und sah Luke an. Seine Augen waren weiß geworden und er sang noch immer über den Kristall gelehnt, der jetzt einen eigenen Herzschlag hatte. Ich bekam Gänsehaut, als eine unsichtbare Spannung sich aufbaute.

Tausende Stimmen erfüllten die Kammern und ich wirbelte herum, um die Quelle der Schreie auszumachen. Mein Haar flog in mein Gesicht und ich keuchte panisch.

„Das ist unser Stichwort", sagte Derek und stand auf. „Zeit, um hier rauszukommen."

„Als würde ich dich verdammt nochmal davonkommen lassen!", kreischte ich. Er hatte, was auch immer für eine Hölle gleich losbrechen würde, heraufbeschworen. Ich würde nicht zulassen, dass er seine Opfer zurückließ.

Er zuckte mit den Achseln. „Du darfst gerne versuchen, mich aufzuhalten, kleiner Sukkubus. Aber ich glaube, du hast andere Seelen, um die du dich kümmern solltest." Sein Blick fiel auf Luke, dann auf Jet in meinen Armen. „Deine Liebhaber werden zahlreicher, meine Liebe. Und es sieht so aus, als wären sie die ersten auf der Speisekarte." Er grinste. „Ich werde wiederkommen, um unsere Trophäe abzuholen, wenn sie sich an ihrem Tod gelabt hat."

Ich sah ihn mit offenem Mund an. „Du lässt mich auch zurück? Ich dachte, du sagtest, dass du mich lebendig brauchst."

Er schnaubte lachend. „Oh, kleiner Sukkubus. Du bist ihre Mutter. Sie würden sich nie von dir ernähren. Du bist in Sicherheit und wenn du hierbleiben willst und die Konsequenzen deiner Liebesabenteuer mitansehen willst, dann nur zu. Es ist gut, wenn du einsiehst, dass du auf meine Seite gehörst, wenn das alles vorbei ist."

Mit diesen Worten verschwand Derek im roten Nebel und die Stimmen wurden lauter.

Panik drohte, alles um mich herum schwarz werden zu lassen, aber ich zwang mich, mich zu konzentrieren. Ich legte Jets Kopf zurück, damit er besser atmen konnte. „Jet", flüsterte ich und streichelte seine Wange. „Kannst du mich hören?"

Alles, was ich als Antwort bekam, war ein Ächzen.

„Okay, dann keine Rettung durch den betrogenen Drachenkönig, dem sein Thron genommen wurde. Wie steht es mit dir, Luke?“, fragte ich und legte Jet vorsichtig auf den brütend heißen Boden.

Lukes Augen schlossen sich langsam und er kreiste um den pulsierenden Edelstein. Die Stimmen wurden lauter. Ihr Kreischen und ihre Schreie hallten durch die Tunnel. Es fühlte sich an, als würden sie aus allen Richtungen kommen und als ob es dieser Stein war, der sie anzog.

Ich musste ihn irgendwie ruhigstellen. Ich schlang meine Finger um die gezackten Kanten und wimmerte, als sie in meine Haut drangen. „Das Ding ist unglaublich scharf“, fluchte ich.

Ein Prickeln durchfuhr meinen Körper und der Stein kostete mein Blut.

„Das würde ich nicht tun“, sagte Lilith. Ich grollte und sah sie über uns stehen. Ihre Arme waren vor ihrer Brust verschränkt. Sie stemmte einen Arm in ihre Hüfte wie ein verzogener Teenager. „Dein Blut ist zu mächtig. Meine Brüder und Schwestern sind bereits völlig wahnsinnig von all der Gewalt und der Wut, die in den geopferten Shanghai-Drachen schlummert.“ Sie legte ihren Kopf schief. „Deine Unmenge an Reue und Verführung wird sie nur noch gefährlicher und unberechenbarer machen.“

Egal, ob meine Tochter die Wahrheit sagte oder nicht, ich würde nichts tun, was sie von mir wollen würde. Ich umschloss den Stein fester und grollte schmerzerfüllt, während sich die Agonie bis in meine Knochen fraß. „Das wird keine Rolle spielen, wenn ich sie aufhalte.“

Ihr Blick richtete sich auf den roten Nebel, der sich um uns legte. „Dafür ist es zu spät, Mutter.“

Umrisse verweilten in den Schatten. Das Kreischen war jetzt echt und nicht nur Echos aus einer anderen Welt.

„Scheiße“, sagte ich leise und versuchte, den Stein hochzuheben – aber er war zu schwer.

„Hier, lass mich.“ Es war Jets Stimme. Ich verlor vor lauter Erleichterung beinahe mein Bewusstsein, als er seine schuppigen Finger um meine legte. „Es wird wehtun“, warnte er mich und half mir dann, den Stein anzuheben.

Ich knirschte mit den Zähnen. Alles um mich herum drehte sich angesichts des Schmerzes. „Wir müssen ihn zerstören!“, schrie ich lauter als die Unmengen an Stimmen. Die Dämonen waren jetzt auf freiem Fuß, aber ich wusste, dass sie an dieses Ding gekoppelt waren. Der rote Nebel um uns war Beweis dafür, dass ihre Welt mit unserer verschmolz. Was auch immer für ein Ritual Luke Lilith geholfen hatte, zu vollziehen, es war noch nicht vollendet. Wenn wir die Verbindung kappten, bestand vielleicht noch eine Chance.

Lilith rollte mit ihren Augen. „Glaubst du wirklich, dass er zerspringen wird, wenn du ihn fallen lässt? Komm schon.“

Jets Finger spannten sich um meine an. „Iss von mir“, flüsterte er.

Ich schloss meine Augen und konzentrierte mich auf das Gefühl von seinem Körper, der an meinen Rücken gepresst war. Ich erinnerte mich daran, wie er in mich gestoßen und wie ich nur den kleinsten Hauch seiner Macht gekostet hatte. Ich hatte gedacht, dass Jet wie jeder andere Drache war – aber jetzt realisierte ich, dass etwas in mir begriffen hatte, dass er etwas Besonderes war.

Er war ein ungekrönter König und ich würde seine Kraft benutzen, um den Weltuntergang zu verhindern.

Drachenfeuer waberte in meinem Magen, als ich aus Jets Brunnen schöpfte. Die Kraft konnte mich tendenziell töten, aber jetzt gab es ein ganzes Nest von Blutsteinen, die sie aufsaugen konnten. Ich würde den Kristall überfüllen und ihn in tausend Stücke zerbrechen lassen – wie es mit meinem Medaillon passiert war.

„Was machst du da?“, fragte Lilith mit einem zusehends besorgter werdenden Ton.

„Wage es nicht, näherzukommen“, fauchte ich, als Lilith einen Schritt auf uns zu machte. „Andernfalls werde ich sicherstellen, dass du mit diesem verdammten Ding stirbst.“ Ihr Blick fiel auf meine Fingerspitzen, die jetzt rot glühten. Ich kontrollierte das Drachenfeuer.

Die rubinroten Schatten lichteten sich wie ein Vorhang und die Dämonen brachen durch den Nebel. Sie fauchten und ihr Speichel tropfte von ihren Fangzähnen. Sie alle hatten die Erscheinung der Shanghai-Drachen, die geopfert worden waren, um sie in unsere Welt zu überführen. Ihre Augen hatten reptilienähnliche Schlitze, die rot umrandet waren.

„Konzentrier dich“, sagte Jet.

Ich atmete tief ein und schloss meine Augen. Es bedurfte Kraft, meine aufbrausende Angst runterzuschlucken. Ich sagte mir selber, dass ich alle Zeit der Welt hatte. Es gab keine Dämonen, die nur wenige Schritte entfernt und drauf und dran waren, Luke und Jet die Hälse aufzuschlitzen. Es existierte keine Dämonentochter, die nur Sekunden davon entfernt war, mir den Kristall aus den Händen zu reißen.

„Du schaffst das“, sagte Jet.

Als sein Griff um meine Hände sich verfestigte und seine Lippen über meinen Nacken glitten, riss ich die letzte Mauer nieder, die ich aufrechterhalten hatte, um mich vor Jets wahrer Kraft zu schützen.

Ich ließ alles in mich fließen.

Meine Welt ging in Flammen auf und ich schrie mit einer Mischung aus Ekstase und Schmerz der neuen Welle. Dass ich sterben könnte, ging mir nicht durch den Kopf. Alles, was wichtig war, war dieses intensive Gefühl der Magie, das ich mir verwehrt hatte, als ich mit Jet geschlafen hatte. Ich hatte meinem Blutstein erlaubt, die Kraft aufzusaugen. Aber jetzt war ich an der Reihe, in den Genuss der ganzen Macht zu kommen.

Kreischen der Dämonenbrut erfüllte die Tunnel und die Schreie meiner eigenen Tochter schlossen sich dem Tumult an. Ich genoss ihren Schmerz, bis ich Lukes Stimme zwischen den Schreien lauter werden hörte.

Meine Augen öffneten sich und ich bemerkte, dass er den Kristall nicht mehr berührte. „Luke!“, schrie ich und löste eine Hand, um nach ihm zu greifen.

Jet versuchte mich aufzuhalten, aber meine Fingerspitzen berührten Lukes. Er nahm meine Hand und hielt sie fest.

Ich sandte einen kühlenden Schutz durch ihn, während die Welt um uns brannte.

Kapitel Achtzehn

DER WAHRE DRACHENKÖNIG

Sonya

Als die Flammen sich in grauen Rauch verwandelten und erloschen, atmete ich tief ein und hustete angesichts der staubigen Luft.

„Sonya“, röchelte Luke. Sein Griff um meine Finger verfestigte sich und seine Knöchel wurden weiß, als er sie anspannte. „Was zur Hölle war das denn?“

Ich konnte Luke nicht abschütteln und drehte mich um. Jet lächelte. Fangzähne stachen hervor und seine wilden Augen leuchteten aufgeregt. „Das hat Spaß gemacht.“

Ich grinste. Man musste es einem Drachen lassen, dass er die Hölle auszulöschen als Spaß definierte.

Der Boden erzitterte, zerstörte unsere kurze Atempause. Ich wirbelte herum, konnte aber meine Tochter Lilith nirgendwo sehen. Auch von den Dämonen, die beinahe in unsere Welt marschiert waren, war keine Spur.

„Das ist unser Stichwort“, sagte ich und stand auf. Luke ließ mich endlich los und Nadelstiche kribbelten in meinen Fingern, als wieder Blut in sie floss.

Ich erwartete beinahe, dass Derek beim Aufzug auf uns warten würde – oder wenigstens, dass er ihn deaktiviert hatte. Aber die Schlüsselkarte wartete auf mich, war fein säuberlich auf die Ablage danebengelegt worden.

Stirnrunzelnd scheuchte ich Luke und Jet hinein und steckte die Karte ein, um in den oberen Stock zu fahren. Etwas ihn mir hatte die ungute Vorahnung, dass wir Derek – wieder einmal – in die Hände gespielt hatten.

Das ungute Gefühl in mir, das mich dazu trieb, davonzurennen, bestätigte sich in jenem Moment, als wir auf die Straße hinausliefen.

Jin und eine Horde Drachen erwarteten uns. Alle von ihnen standen mit angespannten, von Schuppen überzogenen Muskeln und warnenden, gefährlich aussehenden Reptilienaugen da.

„Also hast du endlich deine wirkliche Herkunft erfahren", schrie Jin.

Jet schob mich hinter ihn. „Es scheint, als hättest du mich angelogen, Bruder."

Jin grinste und seine Säbelzähne verzogen seine Lippen. „Deine Mutter war die Königin der Hugh Modali, dem letzten Clan, bevor unser Vater sie getötet hat", knurrte er. „Dein Clan war der Grund, warum wir für tausende von Jahren in Shanghai gefangen waren. Vater war wahnsinnig, dass er dich nicht direkt nach deiner Geburt getötet hat." Er kniff seine Augen zusammen. „Er konnte den Gedanken, dass er dir die Kraft der Hugh Modali aus den Knochen saugen konnte, nie aufgeben."

Ich hätte nie gedacht, dass Jet jemand mit Vaterkomplexen war. Aber die Atmosphäre um ihn herum brodelte, als würde eine Flamme sich gleich entzünden. Ich blieb, wo ich war, war nur eine Armlänge davon entfernt, seinen angespannten Körper zu berühren. Jet und ich waren eins geworden. Da, wo er Drachenfeuer hatte, wütete in mir ein Inferno. Auch ohne den Blutstein an meiner Brust konnte ich seine Hitze noch immer spüren.

Lukes Griff um mein Handgelenk ließ mich von der Bordsteinkante zurücktreten. „Sonya, wir sollten nicht hier sein."

In seiner Stimme lag keine Angst. Es war eine simple Bemerkung, dass wir nicht in die Drachenwelt gehörten.

„Dann geh", fauchte ich. „Ich gehöre genauso an Jets Seite wie an deine." Er mochte kein Drachenfeuer in sich tragen, ich aber schon – und das hier war jetzt auch mein Kampf.

Er zuckte zusammen, als hätte ich ihm eine runtergehauen. „Na gut", sagte er und drückte mir stur ein Handy in die Hand. „Ruf mich an, wenn du bereit bist. Ich werde am Flughafen sein und sicherstellen, dass du entkommen kannst." Er sah mir mit unverdeckter Hoffnung in die Augen. „Jet wird dich beschützen, aber du kannst nicht hierbleiben. Ich werde auf dich warten."

Bevor ich mir überlegen konnte, wie Luke ein Handy in die Finger gekriegt hatte – oder was er von mir wollte –, war er in den Schatten der Straßen von Shanghai verschwunden.

Das Straffen seiner Haut und ein monsterähnliches Knurren brachte mich zurück zum Problem vor mir. Jin verwandelte sich in seine wirkliche Form und jetzt stand ein ausgewachsener Drache mitten auf der Straße. Er spreizte seine ledernen Flügel und menschliche Schreie erfüllten die Luft.

Ich fluchte leise und berührte Jets Schulter. „Die Dämonenbrut war nur als Ablenkung gedacht. Jin glaubt, dass sie hier sind. Das Einzige, was heute Abend in den Nachrichten kommen wird, ist ein Säbelzahn-Drache."

Er grinste mich über seine Schulter hinweg an. „Dann haben wir einen Vorteil."

Schuppen und Hitze machten sich unter meiner Hand bemerkbar und ich zog sie weg, als Jet sich verwandelte. Ich stolperte zurück und mein Mund klappte auf, als Jet zu einem Drachen wurde. Seine Schuppen glitzerten in einem puren Smaragdgrün. Grünes Feuer züngelte um seine lange Schnauze und obwohl er ein schreckliches Monster geworden war, so lag noch immer eine Seele in seinen Reptilienaugen, die ich erkannte.

Er drehte sich von mir weg und die beeindruckenden Flügelschläge sandten einen warmen Schwall, der mir das Haar aus dem Gesicht pustete, durch die Luft.

Aus Instinkt hob ich meine Hände, um ihm zu helfen, und das bekannte Rubinrot schweifte durch meine Fingerspitzen.

„Was ist das?", fragte ich leise.

Die Antwort kam aus meinem Inneren.

Du hast mich freigesetzt.

Ich erstarrte.

Der Blutstein mochte zerbrochen sein, aber seine Kräfte ruhten nun in mir – und er hatte seinen eigenen Kopf.

Jin, ein elendes Biest mit verdrehten Hörnern, brüllte und sein Feuerstoß fraß sich durch die Luft. Jet zögerte nicht und flog in die Lüfte, während seine eigenen Flammen durch die Luft zogen.

Sobald Jet außer Schussweite war, sandte ich meine Kraft auf den knurrenden Drachen. Ein Schweif roter Magie erfasste ihn und schmiss ihn in seine schuppigen Wachen. Als Knochen unter seinem Gewicht knacksten und schmerzerfüllte Schreie durch die Luft drangen, realisierte ich, dass nur Mitglieder der königlichen Familie sich vollständig in die mystischen Wesen verwandeln konnten.

Ein Grinsen zog auf meinem Gesicht auf, als Jet zusammen mit meiner Magie einen Feuerstoß ausstieß. Jin schnappte scharf nach ihm und gezackte Zähne legten sich um Jets Hals. Er brüllte schmerzerfüllt auf und dampfendes Blut fiel in die Straßen.

„Nein!", schrie ich und stieß meine Magie erneut in die kämpfenden Drachen am Himmel. Meine Panik nahm die Form eines magischen Seils an und legte sich um Jins Bein, zog fest an ihm.

Die überraschende Attacke veranlasste ihn dazu, von Jet abzulassen. Jet brüllte und weitere Blutspritzer fielen zu Boden. Angst erfasste mich, als Jin seinen Angriff umleitete. Der abscheuliche Drache raste direkt auf mich zu.

Ich schrie und schützte mein Gesicht. Ich stellte mich darauf ein, dass ich verschlungen werden würde – aber der Boden bebte, als Jins Drachenkörper auf das Kraftfeld stieß, das ich um mich herum geschaffen hatte. Ich ließ meine zitternden Finger sinken und sah Jins gebrochene Schuppen und seinen Flügel, der in einem komischen Winkel abstand. Der Blutstein – oder was auch immer er jetzt geworden war – hatte mich soeben gerettet.

Gern geschehen, sagte er mit einem selbstgefälligen Ton. *Du wirst dich auf jemanden verlassen wollen.*

Jet brüllte und atmete ein. Ich schützte mein Gesicht erneut und hoffte, dass mein Schild halten würde, als ein smaragdgrüner Feuerstoß niederprasselte.

Alles ging in Flammen auf und ich fiel auf meine Knie. Als die Flammen sich lichteten, war Jin tot und die Überlebenden starrten ihren neuen König an.

Kapitel Neunzehn

ERINNERUNGEN AN EINE MUSE

Sonya

Das hat Spaß gemacht, hörte ich den Blutstein in meinem Kopf. Seine Worte waren eine Wiedergabe von Jets vorheriger Aussage.

„Wer bist du?", fragte ich und sah Jet dabei zu, wie er sanft landete. Seine Klauen drangen in den Leichnam seines Bruders. Seine Schnauze öffnete sich und er legte seinen Kopf ab, gab ein triumphierendes Brüllen von sich.

Fragen werden später beantwortet. Ich will dir einen Handel unterbreiten. Bring mich zu deiner Muse und ich werde ihr die Kräfte, die ihr genommen wurden, wiedergeben. Wir werden sie für das, was auf uns zukommt, brauchen.

Meine Augen weiteten sich. Wegen mir hatte Sarah ihre Kräfte als Muse verloren und war nichts weiter als eine Sterbliche. Es war schlimm genug gewesen, dass ich sie angelogen und ihr nicht gesagt hatte, dass ich mich an Männern laben musste, um zu überleben. Aber jetzt, mit dem Blutstein als neue Kraft in meiner Brust, fragte ich mich, ob ich mich überhaupt ernähren musste.

„Glaubst du, sie wird mich zurücknehmen?"

Ein höhnisches Lachen folgte. *Ich bezweifle es, aber du kannst es natürlich versuchen. Sie ist zwar keine deiner vier, aber dennoch eine deiner sieben.*

Jet sah mir in die Augen und Akzeptanz lag in seinem Reptilienblick. Er wusste, dass ich gehen würde. Ich wollte nicht, aber ich musste Sarah helfen und meinen Vierten finden.

„Jet“, flüsterte ich. „Hol mich, wenn die Zeit reif ist.“

Die Straßen waren von den lauter werdenden Schreien von Männern und ihren inneren Drachen erfüllt. Die Welt war drauf und dran kopfzustehen – jetzt, wo die übernatürlichen Wesen enthüllt worden waren. Wenn meine Ex-Freundin ihre Kräfte brauchte, dann jetzt.

„Halte durch, Sarah“, sagte ich zähneknirschend. „Ich komme.“

Kapitel Zwanzig

TRAUE NIE EINER SIRENE

Sarah

Mann, ich wünschte, ich hätte meine Kräfte nie verloren, damit ich das nicht durchstehen müsste. Ein flüchtiger Gedanke ging mir durch den Kopf und ich fragte mich, was Sonya jetzt gerade machte. Vermutlich sämtliche Typen, die sie finden konnte, ficken und mich vergessen.

Das hätte mich deprimieren sollen, aber alles hatte sich verändert.

Ich hätte es besser wissen und einer Sirene nicht vertrauen sollen. Als ich erwachte, hatte ich eine verdammte Flosse.

Tut mir leid, flüsterte Vikkis Lied. Ich blinzelte und erschauderte, als ich realisierte, dass ich ein drittes Augenlid zwischen meinen beiden Augen hatte. Meine Sicht klärte sich und wurde scharf, als ich das dritte Augenlid fokussierte.

Die Tiefen des Ozeans wirbelten um mich, aber meine Brust hob und senkte sich, während Wasser durch die frischen Schuppen an meinem Hals wusch. *Ich bin eine verdammte Meerjungfrau!* Ich kreischte. Meine Worte flossen durch den Ozean und kamen zu mir zurück, nachdem sie auf Felsen getroffen waren – was meinen Kopf mit der Kraft des Echos, das jetzt in ihn drang, schmerzen ließ.

Vikki hätte mich durch den Prozess führen sollen, der einen in eine

Sirene verwandelte. Das hätte mir die Magie verliehen, die ich brauchte, um meine Musen-Kräfte wiederzuerlangen. Aber anstatt während der Verwandlung bei mir zu bleiben, hatte sie losgelassen. Es hätte mich töten können, wenn ich ihr nicht alles gegeben hätte. Um eine Meerjungfrau zu werden, musste jegliche Verbindung zum Festland gekappt werden. Wenn ich mit auch nur einer winzigen Verbindung zum Festland und jedem dort allein zurückgelassen worden wäre, wäre ich ohne Frage umgekommen.

Es ist nur vorübergehend, versprach Vikki und erschien endlich als ein wabernder Schatten in den Wassern. Ich bewegte meine Flosse, *meine verdammte Flosse*, und schwamm zu ihr. Geschickt wich sie mir aus.

Du wirst deine Kräfte wiedererlangen, versprach sie. *Aber zuerst musst du etwas für mich finden*. Ich fauchte und Wut erfüllte mich. Ich hatte kein Interesse daran, eine Meerjungfrau zu sein – und noch weniger, herumkommandiert zu werden. Obwohl ich alle Verbindungen zum Festland gekappt hatte, so war ich nicht komplett verwandelt worden. Ich hatte vierundzwanzig Stunden, bis die Flosse permanent war und meine Erinnerungen an mein früheres Leben ausradiert wurden.

Lass mich dein Anker sein.

Die Stimme, die ich hörte, war jene meines Vaters und ich sah nach oben zur Wasseroberfläche. Ich konnte das Mondlicht nicht sehen, aber ich spürte den silbernen Kuss des Mondes auf den Wellen und wusste, dass mein Vater irgendwo da draußen war und nach mir Ausschau hielt.

Ich hielt mich an der Erinnerung fest, die er mir durch seine Magie – die tief ins Wasser und mein Herz griff – zuführte. Meine Mutter – jung und verliebt und glücklich.

Vikki mochte mir den Schmerz über ihren Tod genommen haben, aber meine Liebe zu ihr blieb bestehen. Es stimmte mich nicht traurig und schmerzte mich auch nicht. Ich war einfach nur glücklich, dass ich an den kleinen Funken an sie erinnert wurde, der tief in meiner Seele lag. Die Liebe zu meiner Mutter saß tief und unerschüttert. Mein Vater erinnerte mich daran und es verstärkte meine Bindung zum Festland.

Tu, was sie von dir verlangt, sagte er. *Sie kann dich von deiner Flosse erlösen und dann wirst du ganz zu mir zurückgebracht werden. Du hättest mir sagen sollen, dass du einem Chamäleon begegnet bist – aber du bist die Tochter deiner Mutter. Stur wie sonst was.*

Ich ignorierte ihn und sah in die blauen Flammen, in denen Vikki stand. *Was soll ich für dich finden?*

Vikkis Objekt der Begierde war etwas, das nicht einmal eine Muse beschaffen konnte. Sie wollte eine Träne des Ozeans – und nur eine Meerjungfrau hatte eine Chance darauf, eine zu finden.

Der Ozean war ein magischer und mystischer Ort. Wasser wusch alles fort und zog es in die tiefen, dunklen Schluchten des Meeres, die unerforscht von Menschen und übernatürlichen Wesen waren. Nur die Meerjungfrauen konnten dahin gehen, wo vergessene Magie sich sammelte.

Ich tauchte. Kraft trieb mich durch die Tiefen und meine Flosse bewegte sich hoch und runter. Meine Arme waren fest an meine nackte Brust gedrückt, als ich tief in den Abgrund schwamm.

Magie wusch durch mich und auch wenn ich keine Meerjungfrau sein wollte, genoss ich die Freiheit, die dieses Leben zu bieten hatte. Ich brauchte nicht aufzutauchen und ich konnte hingehen, wo kein anderes übernatürliches Wesen je gewesen war. Als das glänzende Blau der Meerjungfrauenstadt vor mir auftauchte, konnte ich nicht anders, als zu lächeln.

Sie hießen mich willkommen, als ich meinen Tauchgang verlangsamte. Ich war eine von ihnen und sie hatten keine Gefühle, die die Menschen oder Übernatürlichen plagten. Sie bedeuteten mir still zu sein und ließen ihre Finger durch mein treibendes Haar gleiten und versprachen mir, dass ich binnen eines Tages meine letzten Erinnerungen vergessen würde und für immer frei mit ihnen herumschwimmen und tanzen könnte.

Meerjungfrauen waren eine friedliche Rasse. Sie machten Liebe und streckten ihre langen Flossen auf Kissen aus Magie und Seegras aus. Es gab keinen Grund, sich fortzupflanzen, also war das Liebemachen nicht so, wie ich es kannte. Es war Lust durch Magie und Küsse, etwas Tiefergreifendes und Süßeres als das Lied einer Sirene, das durchs Wasser klimperte.

Ich rauschte an der Meerjungfrauen-Orgie vorbei. Ihr Ruf war stark, aber ich wusste, dass ich nie wieder das Tageslicht erblicken würde, wenn ich dem Lied der Meerjungfrauen und -männern nachgeben würde.

Als ich hinunterschwamm, ließen sie mich zögerlich los und ich sauste an den Wellen der magischen Wassergelüste vorbei. Dann schwamm ich in die Schluchten der Erdkruste.

Die Höhlen funkelten voller Energie und Magie. Der Boden glitzerte und glühte, war voll mit dem Schatz, nach dem ich suchte. Den Tränen des Ozeans.

Die blauen Perlen erleuchteten meine Umgebung und bebten mit alter Magie. Es war eine Mischung aller Magie in der Welt, in Vergessenheit geraten und in die Tiefen des Meeres hinabgesunken.

Reue überkam mich, als ich mir eine nahm. Das hier war so pure Magie, wie kein übernatürliches Wesen sie je in die Finger bekommen würde. Tränen des Ozeans waren eine Legende. Die Meerjungfrauen sammelten die Magie und lagerten sie hier sicher. Sie waren keine Hüter – denn niemand konnte diesen Ort, der von ihrer Magie getarnt war, erreichen. Aber sie wussten, wie man Dinge versteckte.

Ich dachte daran, mehr als nur eine zu nehmen – aber etwas in mir wusste, dass diese Perlen unglaublich wertvoll waren. Nur schon eine zu nehmen, war ein Verbrechen gegen die Magie und mein Herz schmerzte, als ich die einzelne Perle an meine Brust hielt und in Richtung des Soges der Erinnerungen meines Vaters an meine Mutter schwamm. Es war die einzige Verbindung, die ich zum Festland und zur Liebe hatte.

Kapitel Einundzwanzig

EINE MUSE WIRD WIEDERGEBOREN

Sarah

Je mehr ich mich dem Ufer näherte, desto mehr erinnerte ich mich daran, wer ich war und was ich durchgemacht hatte. Vikki hatte mir meinen Kummer genommen, aber das hatte meine Erinnerungen nicht ausgelöscht. Ich hielt an jeder fest, die von meinem Unterbewusstsein aufstieg, während mein Vater mir Bilder meiner Mutter und von mir als Baby in ihren Armen sandte.

Es war die letzte Erinnerung, die mich zurück in eine Landkreatur verwandelte. Ich zwang mich dazu, schneller durch die eisigen Schichten des Meeres zu schwimmen, während die Schuppen von meiner riesigen Flosse abfielen. Magische Fetzen verbrannten mich, als mein Vater mir zeigte, warum er gegangen war. Helen war kurz nach meiner Geburt ins Leben meiner Mutter getreten und hatte ihr gegeben, was mein Vater ihr nie hatte geben können. Sie hatte voller Liebe gelächelt und als mein Vater sie zusammen gesehen hatte, wusste er, dass es das Richtige wäre, zu gehen. Auch wenn sie ihn dafür hasste, ihm dafür nie vergab – sie liebte ihn nicht so, wie sie Helen liebte.

Und so hatte mein Vater das Richtige getan und uns verlassen, damit meine Mutter glücklich leben konnte – und damit ich eine

Sirene in meinem Leben haben konnte, die ich liebenswert Tante Helen nannte.

Diese Einsicht ließ Schmerz durch meinen unteren Körper jagen und meine Flosse splittete sich entzwei, verwandelte sich in Beine. Die Kiemen an meinem Hals begannen sich zu schließen und Panik ergriff mich. Ich hatte die Oberfläche noch immer nicht erreicht und wenn ich mich jetzt in einen Menschen zurückverwandelte, würde ich vom Meer zermalmt werden oder ertrinken.

Benutze die Perle!, ermutigte mich Vikkis Stimme. *Sie hat mehr als genug Kraft, um dich nach Hause zu bringen. Nutze sie!*

Die blaue Kugel in meiner Faust glühte hell, als wäre sie verärgert darüber, dass ich sie aus ihrem Nest geholt hatte. Aber als ich meine Gedanken in sie gleiten ließ, fand ich die wabernde Mischung von Magie tief in ihrem Kern.

Eis schimmerte blau durch meine Adern und die Perle schenkte mir ein kleines Stück ihrer Magie. Ich war jetzt ihre Herrin und hatte sie als Meerjungfrau rechtmäßig mein gemacht. Sie durfte mich nicht sterben lassen – nicht nach allem, was ich durchgemacht hatte, um sie zu kriegen.

Die schwarzen glitzernden Punkte vor meinen Augen verschwanden, als mein Körper mit Sauerstoff versorgt wurde. Wasser war voller Sauerstoff und die Perle extrahierte ihn mit Leichtigkeit, um den Schmerz in meiner Brust zu lindern.

Jetzt wo ich wieder Beine hatte, strampelte ich und die letzten Schuppen drifteten in die dunklen Tiefen unter mir. Ich erblickte einen Lichtschimmer über mir und schwamm so schnell ich konnte auf ihn zu, ignorierte das Gefühl von Nadelstichen in meinen Gliedern. Der Kampf zur Oberfläche hatte mich geschafft.

Vikki sah mich in jenem Moment, als ich drauf und dran war, aufzugeben und mich in die Tiefen sinken zu lassen. Ihre blauen Augen leuchteten erfreut. Ihre Augen zuckten kurz, als sie die alte Magie an meine Brust gedrückt sah. Aber ihre Hand schlang sich um meine Arme und zog mich aufwärts durch die Strömung und Fischschwärme. Sie hatte keine Flosse, aber eine schattige Wolke der Macht umgab sie wie ein Unterwassernebel. Sie bewegte sich anmutig und stark. Vermutlich davon, dass sie sich an meinem Leid und meinem Tod gelabt hatte. Schuppen zierten ihre Arme und ihr nackter Körper funkelte. Ihre blaue Magie spann Fäden.

Als wir an die Oberfläche kamen, nahm ich meinen ersten Atemzug, war wiedergeboren. Dann streckte ich mich gen Himmel, während die Transformation vollzogen wurde.

Der Ozean mochte die Geheimnisse der Tiefe bergen. Doch die Kräfte einer Muse überstiegen Zeit und Raum. Eine Muse nährte sich an Leidenschaft und den sehnsüchtigen Wundern, die die Welt zusammenfügten. Ein Lächeln breitete sich auf meinen Lippen aus. Ich wurde wiedergeboren und die Gaben einer Muse verschmolzen mit meinem sterblichen Fleisch. Ich war zurück, Baby.

Kapitel Zweiundzwanzig

WIEDER MUSE

Sarah

Ich war wieder eine Muse, aber das hatte seinen Preis gehabt. Ich war gestorben und hatte all meine Liebe für diese Welt verloren. Nur die frischen Erinnerungen an meine Mutter, die mir eingeflößt worden waren und die Verbindung zum Festland wiederherstellen sollten, hatten mich zurückgebracht. Aber ich hatte trotzdem nichts mehr in mir. Vikki hatte mir alles genommen und obwohl sie dank der Kraft, die ich ihr geschenkt hatte, glühte, so hatte sie einen reuigen Ausdruck im Gesicht. Sie ließ die glühende blaue Perle in ihren Händen hin und her rollen. Die mystische alte Kraft, bekannt als eine Träne des Ozeans, hätte sie begeistern sollen. Stattdessen aber schien sie gedankenabwesend, während sie damit spielte.

Ich setzte mich auf ein Sofa. Mein Vater hatte uns beide bei sich aufgenommen, wollte nicht, dass ich in meinem derzeitigen Zustand in der Nähe von Sirenen war. Ich war wiedergeboren worden, aber ich fühlte mich, als würde eine Hälfte von mir fehlen. Ich haderte damit, mich daran zu erinnern, warum mir diese Welt am Herzen lag.

Ich saß neben dem Fenster, von welchem man zum Strand sah. Das

Meer versprach Erlösung. Ich würde mir keine Sorgen machen müssen. Wenn ich einfach wieder ins Wasser gehen und die erhabenen Wellen über meinen Kopf ziehen würde, könnte ich schlafen und mich in ihrer Umarmung ausruhen.

„Hör auf“, tadelte Vikki. Sie kniff ihre Augen zusammen und gab mir die Träne des Ozeans zurück. „Du brauchst die hier mehr als ich. Es wird mit dem Ruf des Meeres helfen. Nimm sie.“

Ich blinzelte überrascht und nahm die Perle, hielt sie an meine Brust. Eine Spannung, der ich mir nicht einmal gewahr gewesen war, löste sich.

Mein Vater stand gegen den Türrahmen gelehnt und grinste Vikki an. „Ich wusste, dass ich dich mag.“ Er deutete mit dem Kinn auf mich. „Ich glaube, du schuldest Vikki was.“

Ich verzog mein Gesicht. Ich befand mich in keinem Zustand, um meine Kräfte für drei Jahre aufzugeben. Bereits jetzt fühlte ich mich in Stücke gerissen und verloren. Meine Musen-Kräfte waberten in mir und fühlten sich bekannt und doch fremd an. Es war, als hätte ich vergessen, zu sein, als was ich geboren worden war. Ich sah zu Vikki und ließ meine Magie in ihre Richtung fließen. Sie grinste. „Wenn du willst, dass ich mich neben dich setze, hättest du nur fragen müssen.“ Sie stand abrupt auf und quetschte sich neben mich aufs Sofa, schlang ihre Arme um meine Taille.

Mit einem liebevollen Lächeln auf den Lippen nickte mein Vater. „Ich werde euch zwei Turteltauben mal allein lassen. Bleibt solange ihr wollt.“ Und im nächsten Moment war er verschwunden.

Vikki drückte mir einen süßen Kuss auf die Wange. „Ich kann warten. Wir können hierbleiben, bis du wieder du selbst bist.“

Ich sah in ihre eisblauen Augen und fragte mich, ob ich je wieder zu mir zurückfinden würde. „Bleibst du bei mir?“

Sie nickte und ließ ihren Daumen über meine Unterlippe gleiten. „Ich werde nirgendwohin gehen.“

Ich nahm ihr Gesicht in meine Hände und küsste sie. Sie zu küssen erdete mich und gab mir etwas, woran ich mich in dieser Welt festhalten konnte.

Als ihre Magie sich mit meiner vermischte und meine Musen-

Kräfte mir sagten, dass das hier mehr als nur Lust war – dass ich Vikki am Herzen lag –, spürte ich etwas, das ich von einer Sirene nie erwartet hatte.

Ich war erfüllt.

Kapitel Dreiundzwanzig

DICH HAT DER HIMMEL GESCHICKT, BABY

Sonya

Die Stimme eines Blutsteins war jetzt Teil meines Körpers und versprach mir das Unmögliche.

Ich konnte Sarah ihre Kräfte zurückgeben.

Obwohl das keine große Rolle spielen würde, wenn ich meinem derzeitigen Dilemma nicht entrinnen konnte. Die Welt war vor die Hunde gegangen. Wir würden niemals lebendig aus Shanghai kommen.

Die Drachen waren zu lange eingesperrt worden. Jet war ihr wahrer König und auch wenn er seinen eigenen Bruder getötet hatte, um seinen Platz als ihr Anführer einzunehmen, hatten sich zu viele schon abgewandt. Jetzt mehr denn je wollte ich an seiner Seite sein. Ich hatte endlich das dritte Stück meines Herzens gefunden. Es war kein Zufall gewesen, dass er es gewesen war, der mich nach Shanghai eskortiert hatte. Das Schicksal brachte uns alle zusammen und ich hoffte, dass ich meinen Vierten bald finden würde. Aber im Moment musste Jet seinen Drachen helfen. Ohne seine Führung waren sie nichts weiter als Dereks Sklaven.

Jet hatte jetzt seine eigene Aufgabe zu bewältigen. Drachen flogen am Himmelszelt und ich bedeckte meine Augen angesichts des brennenden Drachenfeuers.

„Komm schon!“, schrie Luke und packte mein Handgelenk, riss mich mit sich.

Ich hatte die Kraft eines neugeborenen Blutsteins in mir und er war verdammt nochmal echt gesprächig.

Wieso rennen wir?, beschwerte er sich.

Ich schnaubte. „Weil diese Stadt gerade von Drachen zerstört wird und es an der Zeit ist, uns aus dem Staub zu machen.“ Luke sah mich mit hochgezogener Augenbraue an, aber ich hatte keine Zeit, es ihm zu erklären. Ich hatte einen Blutstein in meiner Brust, dessen Stimme sich mit jener meiner Runen vermischte, und beide Kräfte wollten Antworten.

„Hast du einen Plan?“, fragte ich Luke stattdessen.

Er schenkte mir ein verruchtes Lächeln. Er hatte diese schaurigen blauen Augen, die mich dazu brachten, anhalten zu wollen und ihn anzusehen. Nur um den Umriss seiner Seele, die hinter dem glasigen Äußeren weilte, zu sehen.

„Darauf kannst du deinen Arsch verwetten.“

Luke führte uns zum Flughafen. Zu Fuß dauerte es eine Weile und ich war schweißgebadet, als wir dort ankamen. Meine Kleider hingen lose von meinem Körper. Ich hatte Glück, dass ich überhaupt noch etwas anhatte. Ich zog an den Enden, die vom Drachenfeuer versengt worden waren. Ein Teil davon hatte es durch das Kraftfeld geschafft, das ich um mich herum erschaffen hatte, als Jet seinen Bruder getötet hatte.

„Da.“ Luke deutete auf einen Privatjet in den Schatten.

Das Flugzeug war im Mondlicht kaum zu erkennen. Nur ein gelegentlicher Feuerball erleuchtete das verrostete Teil. Es war definitiv nicht wie Dereks Flugzeug mit allem Drum und Dran. Ich war nicht einmal sicher, ob es Sitze hatte. Ich verzog das Gesicht.

Luke schlug mir auf den Rücken. „Ach, komm schon. Sieh es als Abenteuer.“

„Dieses Schrottding wird uns nicht bis nach Amerika bringen.“

Seine Augen leuchteten erfreut auf. „Nein, aber etwas Magie vielleicht schon.“

Scheiße. Das war das Wort, das mir wieder und wieder durch den Kopf ging, als ich mich im Sitz anschnallte. Immerhin: Die Schrottkiste hatte Sicherheitsgurte.

„Okay. Also, ich werde es anschalten und dann wirst du deine raffinierten Kräfte dazu benutzen, uns nach Hause zu bringen."

Ich sah auf die Unmengen an Knöpfen und Hebeln. Ich wusste auf keinen Fall, wie man ein Flugzeug lenkte. Und noch weniger, wie man Magie einsetzte, um das Flugzeug anzutreiben, um uns bis nach Hause zu bringen, bevor es vom Himmel stürzte.

„Wir gehen nicht nach Hause", informierte ich ihn und zog den Sicherheitsgurt fester um meine Taille. „Wir gehen nach Miami."

Er drückte ein paar Knöpfe, bis das Flugzeug unglaublich langsam reagierte und ansprang. „Ich verstehe, dass du die Schnauze voll von der übernatürlichen Community hast, aber bist du sicher, dass du auf eine paradiesische Insel flüchten willst?"

„Es ist keine Insel", fauchte ich. „Und vor allem kein Paradies." Er wusste nicht, dass Miami das Zuhause der gefährlichsten Spezies unter den Übernatürlichen war, die es jemals gegeben hatte. Luke zog an einem Hebel und wir begannen uns zu bewegen. Oder eher: Wir ruckelten auf der Stelle. Ein schreckliches Gequietsche von Metall war zu hören und Luke fluchte. Dann endlich fand er den Hebel, der die Bremsen löste. *Sarah hasst Miami. Was glaubst du, macht sie dort?*, fragte der Blutstein.

Ich runzelte die Stirn. Ich würde auf keinen Fall wie eine verdammte Verrückte mit einer Stimme in meinem Kopf sprechen.

Na gut. Ignorier mich. Mal sehen, wie viel dir das bringt, wenn du versuchst, dieses Schrottteil zu fliegen.

Ich seufzte. „Okay, in Ordnung."

Luke sah mich erneut mit hochgezogener Augenbraue an. „Wirst du mir sagen, warum du mit dir selbst sprichst?"

Ich funkelte ihn an. „Es ist der Blutstein, okay? Er spricht mit mir."

Seine Augen weiteten sich. „Verdammt. Was sagt er denn?"

Sag ihm, dass er nervtötend ist.

„Er sagt, dass er dich mag“, erwiderte ich. Meine Mundwinkel zuckten, machten es offensichtlich, dass ich gelogen hatte.

Er kniff seine Augen zusammen. „Schon klar.“

Schreie erklangen, als wir die Startbahn hinabholperten. Ich war mir ziemlich sicher, dass das Flugzeug, das wir uns ausgesucht hatten, einen Platten hatte. „Das ist eine schreckliche Idee.“

Luke drückte den Hebel und das Flugzeug stotterte, aber wir beschleunigten. „Wenn dieser sprechende Blutstein in dir mich so mag, warum bittest du ihn dann nicht um etwas Hilfe?“

Na gut, sagte die Stimme in meinem Kopf. *Aber ich tue es für dich, Schätzchen. Nicht für ihn.*

Bevor ich die Gelegenheit hatte, meinem schnöseligen Blutstein etwas Schnippisches oder Fieses zu entgegnen, drang ein rotes Licht aus meinen Fingerspitzen und ich kreischte. Rote Funken rasten auf die Konsole zu und ließ jeden Knopf rot und orange aufleuchten. Alarme plärrten, aber wir wurden schneller und rasten die Startbahn hinunter. Die Stimmen verblassten.

„Es funktioniert!“, schrie Luke. Er polterte mit seinen Fäusten gegen die Konsole. „Weiter so!“

Mein Magen verknotete sich, als das Flugzeug sich in die Lüfte erhob, und dann flogen wir. Luke jubelte aufgeregt, als wären wir nicht drauf und dran zu sterben.

„Hör auf zu schreien und steuere dieses Ding!“ Ich hielt mich an meinen Armlehnen fest und biss mir auf die Zähne. Hitze erfasste mich. Mein Blutstein brannte in meiner Brust und sandte so viel Kraft durch meinen Körper, dass ich nichts weiter tun konnte, als es über mich ergehen zu lassen.

Zum Glück tat Luke, was ich ihm gesagt hatte, und legte seine Finger um den Steuerknüppel und zog daran. Wir flogen ruckartig nach links, aber es reichte, um unseren unausgeglichenen Aufstieg zu richten.

Ich schloss meine Augen, als der Blutstein mir einen weiteren heißen Stoß verabreichte. Ich wusste, dass es nur ein Donnerhall war und der nächste Schlag kommen würde.

Schmerz machte sich in meinen Schläfen breit und ein Schrei stieß aus meinem Rachen, als meine Welt nichts als rote Adern war. Elektrizität knisterte und hüllte uns ein. Ein Portal öffnete sich am Bug des Flugzeugs.

„Heilige Scheiße", sagte Luke.

Da konnte ich ihm nur zustimmen.

Kapitel Vierundzwanzig

HALLO MIAMI

Sonya

Wie sich herausstellte, tat es ganz schön weh, durch magische Portale zu reisen. Echt weh.

Mein Kopf wusste, dass nur ein kurzer Augenblick vergangen war. Elektrische Funken zuckten durch den Tunnel, der uns vom einen Teil der Welt in den anderen beförderte, aber Schmerz ließ einen die Zeit anders wahrnehmen. Ich knirschte mit meinen Zähnen und verkniff mir einen Schmerzensschrei. Ich konnte kaum klar denken, als wir aus einem riesigen roten Ball katapultiert wurden, der das Ende unserer hyperschnellen Reise von Shanghai nach Miami darstellte. Der Schmerz zog seine Klauen aus meiner Brust und endlich konnte ich frei atmen. Die salzige Luft von Miami blies ins Cockpit.

Wir hatten keine Zeit, uns auszuruhen. Ein Radio knisterte und angesichts des brausenden Windes waren die Geräusche, die es machte, kaum hörbar. Meine Finger waren noch immer taub, aber ich griff nach dem Headset und ächzte, als ein Gefühl der Nutzlosigkeit über mich kam. Mein Blutstein summte als kleine Macht im Hintergrund und das Portal schloss sich hinter uns. Ich hatte das Gefühl, dass so viel Kraft zu brauchen seinen Preis haben würde. Was oder wer auch immer diese Stimme meines Blutsteins war – sie würde für einige Zeit still sein.

Luke überwand den Schock unserer magischen Reise, bevor ich es tat, und legte das Headset an. Er drückte das Plastikteil fest an seinen Kopf und versuchte, zu lauschen. Seine Augen weiteten sich. „Schießen Sie nicht!", rief er ins Mikrofon.

Meine Knöchel waren von meinem festen Griff um meine Armlehnen weiß und ich versuchte, das bisschen Nahrung, das ich in mir hatte, drinnen zu behalten. „Wer schießt?"

Luke lehnte sich über das Panel und sah zum Himmel, aber es war zu dunkel, um etwas erkennen zu können. Dann sah er nach unten. „Wir müssen nahe am Ozean sein. Ich kann ein Spiegelbild erkennen." Seine wilden blauen Augen sahen in meine. „Wir müssen springen."

Ein verrücktes Lachen schlüpfte aus meinem Mund, gefolgt von einem Hicksen. „Willst du mich verarschen? Ich kann nicht–"

Luke löste meinen Sicherheitsgurt und zog mich aus dem Sitz. „Sie werden *schießen*, okay? Die Menschen sind wegen dem, was in Shanghai vor sich geht, sonst schon total von der Rolle. Und jetzt taucht ein Flugzeug aus einer roten elektrisierten Kugel auf? Ich kann es ihnen nicht übelnehmen. Ich würde auch schießen."

Das Pfeifen von Kampfjets, die an uns vorbeizogen, ließ mich erschaudern.

„Das war eine Warnung", schrie er. „Vertrau mir." Er streckte mir seine Hand hin und ich atmete tief ein, bevor ich sie nahm.

Der Ozean sah von unserem Standpunkt aus weit entfernt aus. Auf der Kante eines Flugzeugs, das sich jetzt ohne Pilot, der den rostigen Steuerknüppel betätigte, im Sinkflug befand. „Auf drei", sagte Luke.

Ich schloss meine Augen. „Eins", begann ich.

„Zwei", sagte Luke.

Drei.

Ich schrie, während wir fielen. Meine Augen hatten mich nicht hintergangen. Wir waren viel zu hoch gewesen, um einen Sturz ins Wasser von so hoch oben zu überleben. Es dauerte eine Hundertstelsekunde, bis ich realisierte, dass ich sterben würde.

Sei nicht so dramatisch, tadelte die Stimme und eisiger Wind sog mein Keuchen auf. Ich klammerte mich an Lukes Hand, während wir weiterfielen.

Eine rote Aura umgab uns, verlangsamte unseren Fall ein bisschen. Mein Blutstein hätte nicht in der Lage sein sollen, zu sprechen. Ich spürte seinen geschwächten Zustand und dass er sich ausruhen wollte. Aber dennoch hüllte uns eine Kraft ein, die unseren Fall abschwächte.

Ein Aufprall folgte und ich dachte, dass wir die Wasseroberfläche erreicht hatten. Dann aber realisierte ich, dass wir noch immer in der Luft waren. Ich sah hoch und unser Flugzeug war ein einziger Feuerball, der vom Himmel fiel.

Verdammte Menschen, sagte der Blutstein.

Ich schluckte leer und die rote Aura wärmte meine Beine, bis wir in die dunklen Gewässer drifteten, anstatt zu fallen.

Luke lachte und zog mich in seine Arme. Der rote Nebel aus Magie legte sich um unsere Handgelenke. „Wer braucht Flügel, wenn ich dich habe?"

Luke war ein halber Engel und Flügel wären jetzt echt nützlich gewesen. Aber als ich meine Finger in den Falten seines T-Shirts versenkte, war ich froh, dass ich dieses Mal die Retterin in Not hatte sein können.

Wir landeten mit einem sanften Platsch im Wasser und unser romantischer Moment war vorbei. Ich spuckte Wasser aus und hustete, als mir das stechende Salzwasser in die Nase stieg.

Ich blinzelte und spuckte. Das eisige Wasser sog mich aus Lukes Umarmung. Das nächste Problem war offensichtlich: Wir waren alles andere als in Ufernähe.

Luke spuckte Wasser und begann mit langen Zügen durch die Wellen zu schwimmen.

„Woher weißt du, dass das die richtige Richtung ist?", fragte ich.

„Intuition", sagte er lächelnd und schwamm dann weiter.

Ich seufzte. Verdammte Intuition würde uns noch umbringen.

Ich hasste Wasser und Wasser hasste mich. Salz trieb in meine Nase und immer, wenn ich es auszuhusten versuchte, schien ich mehr von diesem verdammten Zeug zu schlucken. Gerade als ich das Gefühl hatte, dass meine Arme erfrieren und abfallen würden, verlangsamte Luke und sah mich besorgt an. Seine Bewegungen waren natürlich, als würde er in den Ozean gehören. Es war nicht gerade das, was ich von einem halben Engel, der für den Himmel gemacht war, erwartet hatte. Der letzte Kraftstoß, um unseren Fall zu stoppen, schien einen schädlichen Effekt auf meine unsichtbare Allianz gehabt zu haben. Der Blutstein wurde still und versorgte mich nur mit einer steten Wärme in meiner Brust. Genug, um mich am Leben zu erhalten – aber meine Gliedmaßen wurden in der bissigen Kälte des Wassers schnell taub. Luke schwamm, ohne auch nur zu erschaudern, weiter. Er konnte sich auf seine Heilkräfte verlassen, um der Kälte zu trotzen.

Ich grummelte und versuchte mit ihm mitzuhalten. Obwohl wir uns irgendwo in der Nähe von Miami befanden – ein Ort, der unverschämt heiß sein sollte –, brauste die Brise über die tosenden Wellen und ich fror in der mitternächtlichen Luft, die über meine Schultern fegte. Das kalte Mondlicht schien die Dinge nur noch schlimmer zu machen.

„Wir sind fast da", versicherte Luke mir.

Ich hatte keine Energie, um mit ihm zu streiten. Meine Zähne klapperten sowieso zu sehr, um eine Antwort zu geben. Ich kämpfte weiter gegen das Salzwasser und die Wellen mit zuckenden Armzügen.

„Hör auf", sagte er beharrlich und griff nach meiner Schulter. „Lass uns eine Pause einlegen."

Er zeigte mir, wie ich mich auf meinen Rücken drehen und mich vom Salz im Wasser tragen lassen konnte. Wasser rauschte in meine Ohren und ich starrte zu den Sternen. Aber ich war zu müde, um mich nochmal aufzurichten. Sobald ich aufhörte, mich zu bewegen, fühlte ich mich wie ein Hai, der bereit war, zu sterben. „Das war eine schlechte Idee", sagte ich und meine Stimme echote vom Wasser zurück.

Ich war mir nicht sicher, ob ich damit meinte, ein verrostetes Flugzeug zu stehlen, durch ein magisches Portal nach Miami zu reisen oder aus einem Flugzeug zu springen. Aber ich war mir ziemlich sicher, dass alle drei dieser Dinge eine schreckliche Idee gewesen waren.

„Hörst du das?", fragte Luke.

Seine Stimme drang wie ein gedämpftes Echo zu mir durch die vielen Schichten des Wassers, das in meine Ohren trat. „Nein."

Er richtete sich auf und trat leicht im Wasser. „Pst. Hör hin."

Ich rollte mit meinen Augen. „Wenn du versuchst, mir Angst einzujagen–"

Er packte mein Handgelenk und zog mich aufrecht hin. Die Angst in seinen blauen Augen sagte mir, dass er keine Scherze machte.

Dann hörte ich es. Ein Lied. Fern und mysteriös im Wind. Es rief nach mir und sagte mir, dass – wenn ich ihm folgen würde – ich es warm hätte und in Sicherheit wäre.

Meine Augen weiteten sich. „Sirenen."

Kapitel Fünfundzwanzig

EISKÖNIGIN

Sonya

Ich wusste, warum Sarah in Miami war – und es war nicht aus Reiselust. Sie hasste die Sonne und die Palmen und all die rosaroten Hawaii-Shirts, die nichts mit Miami zu tun hatten. Sie hatte mir immer gesagt, dass Musen in schlechtem Wetter florierten. Sie konnte sich das Potenzial für Leidenschaft und Kreativität von Menschen zunutze machen, wenn sie alle drinnen festsaßen und nichts zu tun hatten.

Nein, es gab nur einen Grund, weshalb Sarah an den für Übernatürliche gefährlichsten Ort der ganzen Welt gekommen war: Sie glaubte, dass sie ihre Kräfte zurückgewinnen konnte.

Die Sirenen würden einer kraftlosen Muse wie Sarah vielleicht helfen. Ich fühlte mich dumm, dass ich nicht früher daran gedacht hatte. Natürlich würde sie zu ihnen gehen – egal, wie gefährlich dieses Unterfangen sein könnte. Es war Sarah nicht bestimmt, menschlich zu sein. Sie hätte keinen Tag durchgehalten, ohne Leute nach ihrer Nase tanzen zu lassen. Ich fragte mich, was sie dazu gebracht hatte, zu glauben, dass sie die Dinge unter Kontrolle hatte. Vielleicht einen unfreundlichen Kunden in der Bar, in der sie arbeitete, oder einfach nur die Tatsache, dass sie keine Fahrgelegenheit nach Hause finden konnte, ohne für ein Taxi zu bezahlen.

„Sie sind überall“, sagte Luke mit einer Nervosität in seiner Stimme, die ich noch nie gehört hatte. „Was sind sie?“

„Sirenen“, fauchte ich. „Bleib nahe bei mir. Männer sind anfälliger auf sie.“

Er zischte. „Wenn du mich nicht verführen konntest, dann mache ich mir wegen ein paar Sirenen keine Sorgen.“

Ich rollte meine Augen und zog ihn nahe zu mir. „Ich *habe* dich verführen können – sogar als wir von Engelstein umgeben waren“, erinnerte ich ihn.

Er schnaubte.

Die rote Wärme meines Blutsteins bebte, als unsere Körper sich berührten. Ich hoffte, dass seine Kraft hervorkommen und uns beschützen würde, aber nichts geschah. „Wo bist du?“, fauchte ich zu meinem Blutstein. Wir konnten nicht einfach machtlos im Ozean herumtreiben, während Sirenen uns umzingelten.

Aber der Blutstein regte sich nicht, als würde er auf etwas warten. Umrisse bewegten sich unter unseren Füßen im tiefen Wasser und ich erschauderte. Gänsehaut machte sich auf meiner Haut breit. Ich hatte Albträume davon gehabt. Haie und unheimliche Dinge, die in der Tiefe lauerten, während ich im Ozean herumtrieb – wo mich niemand schreien hören konnte.

Einer der Umrisse kam näher, bis er eine schwarze Gestalt unter uns war, und ich trat wild um mich, um wegzukommen. Luke packte mich fest. „Was auch immer passiert, wir bleiben zusammen.“

„Na gut“, sagte ich zähneknirschend. „Aber das heißt nicht, dass wir zusammen verspeist werden müssen.“

Blondes Haar glitzerte im Mondlicht, als die Figur nahe genug war, um sie zu erkennen. Was ich für eine Sirene gehalten hatte, war keine. Sie sah mich mit ihren wunderschönen bernsteinfarbenen Augen an, die nur eine Person in der Welt hatte.

Es war Sarah.

„Was zum Teufel?“, kreischte ich, als Sarah auftauchte und mir Wasser ins Gesicht spuckte. Ich hustete und schlug ihr auf die Schulter. „Ich dachte, du wärst eine fleischfressende Sirene!“

Sie lächelte und ich war überrascht, die Freude und die Verschmitztheit in ihren Augen zu sehen. „Ach komm schon. Du hast es verdient, etwas Angst zu haben.“ Sie sah zu Luke. „Oh, du hast den Stummen mitgebracht.“

Er sah sie finster an, versuchte aber nicht, sie zu korrigieren, indem er etwas sagte.

Ich sah ihn mit zusammengekniffenen Augen an. „Luke ist kein Stummer.“

Sie spritzte mir wieder Wasser ins Gesicht. „Wen interessierts? Du bist zurück! Wettschwimmen zum Ufer!“

Bevor ich Gelegenheit hatte, Sarah zu sagen, dass ich keine Ahnung hatte, in welche Richtung das Ufer lag, raste sie mit einem kräftigen Brustzug davon, der Wellen auslöste. Ich glotzte ihr nach und sie hinterließ eine Spur im Wasser wie ein Rennboot.

Sobald Sarah im Nebel verschwunden war, hustete Luke. „Verdammte Musen. Ich kann in ihrer Anwesenheit nicht sprechen. Sie bringen mein Hirn total durcheinander.“ Er deutete mit seinem Kopf in die Richtung, in die Sarah geschwommen war. „Komm schon. Offenbar liegt das Ufer in der Richtung.“

Luke platschte durch die schaumigen Überreste von Sarahs Spur und ich folgte ihm, versuchte angesichts des Salzwassers, das in meine Nase drang, nicht zu spucken. Ich konnte Dämonen bekämpfen, Drachen verführen oder Menschen retten – aber wenn man mich ins Meer schmiss, war ich völlig unbrauchbar.

Sobald wir endlich am sandigen Ufer ankamen, stand ich auf und fuhr mit meinen Fingern durch mein klebriges Haar. Luke grinste, als er mein Gesicht sah. „Du siehst gut aus.“

Ich funkelte ihn an. Männer sagten einem immer, dass man gut aussah, wenn es überhaupt nicht der Fall war. „Lauf einfach weiter, Engelsarsch.“ Lukes blaue Augen schimmerten im silbernen Mondlicht und jetzt, wo ich wusste, wo ich suchen musste, erkannte ich die übernatürlichen Elemente in ihm. Sein schwarzes Haar war perfekt und lag glatt an seinem Nacken. Seine Muskeln spannten sich unter dem klebenden Shirt an und seine nackten Füße hinterließen tiefe Fußspuren, als er auf die Frauen, die auf uns warteten, zumarschierte. Sein Gang sagte, dass er furchtlos war, aber die Anspannung in seinen Schultern machte klar, dass er wusste, er marschierte in ein Nest von gefährlichen Übernatürlichen. Es war egal, wie neu die Welt der Übernatürlichen für Luke war. Alle wussten instinktiv, dass sie sich von einer Sirene fernhalten sollten.

Ich widersetzte mich meinen Instinkten und folgte Luke zur Gruppe. Die Frauen versteckten ihr Naturell nicht. Die jüngeren Sirenen hakten ihre Arme ein und Schuppen glänzten an ihren Beinen. Das war Beweis dafür, dass sie ihre Transformation in eine menschlichere Kreatur noch nicht abgeschlossen hatten.

Die älteren Sirenen erkannte man an dem tiefliegenden Wahnsinn in ihren Augen. Ich blieb nahe an Lukes Seite, während wir auf sie zugingen und sie anstarrten. Meine Finger schlangen sich instinktiv um den Blutstein an meinem Hals – aber er war kein Medaillon mehr, und so berührten meine Finger nur nasse Haut. Ich ballte eine Faust. Die Kraft eines Blutsteins ruhte jetzt in mir. Es fühlte sich merkwürdig an, sich an nichts Physischem festhalten zu können.

Die Mehrheit der Sirenen, die uns anstarrten, war älter. Ich erwartete tiefe Leere und Kummer in ihren Augen zu sehen. Was ich aber nicht erwartet hatte, war, dieselbe Leere in Sarahs zu sehen. Im Wasser war sie glücklich gewesen. Aber jetzt, wo sie wieder an Land war, schien sie verloren. Der Lichtschimmer in ihren Augen war erloschen und mein Herz schmerzte, als sie mich ansah und ihrem toten Blick keine Gefühle inne lagen.

„Ich habe meine Kräfte wiedererlangt“, verkündete sie ausdruckslos.

Ich blinzelte und griff nach ihren Fingern. Ihre kalte Haut sog die Wärme gierig aus meiner und ich erschauderte. „Was hat es dich gekostet?“ Ich hätte sie am liebsten erwürgt. „Wieso hast du nicht auf mich gewartet? Ich bin jetzt stärker. Ich hätte dir helfen können.“

Sie legte ihren Kopf schief, als wäre sie verwirrt. Sie zog ihre Augenbrauen zusammen. „Auf dich warten? Wo warst du? Ich bin allein und verzweifelt in Seattle herumgewandert und hatte gehofft, dass du zurückkommen würdest – wie ein liebeskranker Depp.“

Ich seufzte. „Ich musste Luke finden, erinnerst du dich? Du hast mir gesagt, dass ich meinen Seelenverwandten suchen sollte, damit ich keine Leute mehr *umbringen* müsste, weißt du noch? Also habe ich ihn aufgespürt. Und bevor ich herausfinden konnte, was ich als Nächstes tun sollte, wurde ich entführt und nach Shanghai gebracht und ..." Ich verstummte, als ich realisierte, dass Sarah gelangweilt aussah. „Hörst du überhaupt zu?"

Sie seufzte. „Tut mir leid. Es ist nur ... Jetzt wo du und ich kein Paar mehr sind ..., ist es einfach nicht so wichtig." Sie richtete sich auf. „Hast du gerade gesagt, du warst in Shanghai? Hast du gesehen, was mit den Drachen passiert ist?" Sie funkelte mich an. „Sag mir nicht, dass du deine Hände im Spiel hattest."

Meine Fingernägel krallten sich in meine Handflächen. „Was ist los mit dir? Wie kannst du so tun, als hätte dir alles, was zwischen uns gewesen ist, nichts bedeutet?"

Sie zuckte mit den Achseln. „Unser Band bestand nur aus Kummer. Ich bin froh, dass du nicht zurückgekommen bist. Alles, was du für mich hättest tun können, wäre mir mehr Kummer zu bereiten. Ich habe meine Musen-Kräfte allein, aus eigener Stärke, wiedererlangt. Der einzige Preis, den ich bezahlt habe, ist der Kummer, den du mir auferlegt hast. Und jetzt ist er weg."

Ich hielt mich an Lukes ausgestrecktem Arm fest. „Du meinst, dass deine Gefühle für mich fort sind." Tränen brannten in meinen Augen und mein Magen verknotete sich. Ich sah zu den Sirenen und suchte Antworten in ihren Augen. Mein Blick landete auf einer, die sich hinter Sarah regte. Jung, eisblaue Augen und mit reuigem Gesichtsausdruck. „Du!", sagte ich und schubste Luke weg, presste mich an Sarah vorbei und stupste sie anklagend mit meinem Finger an.

„Lass Vikki in Ruhe", fauchte Sarah mit messerscharfem Ton.

Ich blinzelte und ließ meine Hand an meine Seite fallen. Meine Handfläche klatschte fest gegen meine nasse Jeans. „Vikki?" Ich sah die beiden abwechselnd an. „Du hast mich bereits ersetzt?"

Vikki, eine Sirene mit kurzem Haar, die atemberaubend schön war, richtete sich angesichts meiner Fassungslosigkeit und Wut auf. „Ich verstehe, warum sie dich verlassen wollte", sagte sie mit einem zufriedenen Lächeln. „Ich habe noch nie so viel Leid in einer Person gesehen. Dein Kummer ist von brennendem Zorn ummantelt.“ Sie rümpfte ihre Nase. „Nicht mal ich will davon essen.“

Luke presste seine Finger in meine Schulter, bevor ich mich auf sie stürzte.

Ich grollte, benutzte Luke nur zu gerne als Gesprächsstoff für einen Themenwechsel. „Sarah. Luke kann in deiner Anwesenheit nicht sprechen. Es hat damit zu tun, dass du eine Muse bist. Es bringt seinen Kopf durcheinander.“

Sie blickte zu ihm, sah ihn von oben bis unten an. „Ich habe dich ohne all das Blut und den Dreck fast nicht erkannt. Du warst dieser Kerl, der im Kerker von Detective Anderson eingeschlossen war.“ Sie kniff ihre Augen zusammen. „Sieht aus, als hätte Sonya ihren Seelenverwandten gefunden.“ Sein Kiefer spannte sich an, als wollte er diese Aussage kontern, aber er sagte nichts. Sarah seufzte. „Okay, na gut. Ich werde gehen. Wenn du wegen mir hergekommen bist, verschwendest du nur deine Zeit. Aber mein Vater wird mit dir sprechen wollen. Die übernatürliche Community wird auseinandergerissen und er wird derjenige sein, der die Erinnerungen der ganzen Welt auslöschen müssen wird. Er könnte deine Hilfe brauchen, wenn du in Shanghai warst und ihn auf den neuesten Stand bringen kannst.“

Ich blinzelte. „Dein *Vater?*“ Ich taumelte. Wir waren hierhergekommen, um eine männliche Muse zu treffen. Sie waren die Einzigen, die das Chaos in Shanghai beseitigen konnten. Ich schätze, es war dumm von mir, nicht zu realisieren, dass Apollo Sarahs Vater sein könnte. Immerhin gab es nur drei mögliche Kandidaten.

Misstrauisch sah ich die Sirenen an, die uns beobachteten. „Ich nehme an, deine Sirenen-Freunde haben kein Problem damit, dass seine Tochter unter ihnen weilt?“

Sarah richtete sich auf und starrte mich mit ihrer perfekten Nase an, die ich nachts zu küssen gepflegt hatte. „Mein Vater hat sich mit den Sirenen angefreundet und sie arbeiten für ihn. Sie sind keine Spezies, die du von oben herab betrachten solltest. Ich habe sie auch kennengelernt und sie mögen verlorene Seelen sein, aber sie haben mir dabei geholfen, meinen Weg wiederzufinden.“ Ihre Hand drückte Vikkis und ich erschauderte eifersüchtig. „Wenn du hergekommen bist, um wieder aufzuwärmen, was wir einst hatten: Es ist zu spät. Ich habe meine Leute gefunden."

Wut und Stolz brodelten in meinem Bauch. Ich mochte es nicht, dass eine männliche Muse einen Weg gefunden hatte, die Sirenen zu kontrollieren. Und noch weniger, dass Sarah bis zum Halse im Seegras mit ihnen steckte. „Ich bin nicht wegen dir hierhergekommen. Nimm dich nicht so wichtig", sagte ich schnippisch. „Ich bin hergekommen, weil ich mit deinem Vater sprechen muss. Ich habe gehört, dass es eine männliche Muse in Miami gibt. Einer der Drachen ist mein Liebhaber und ich werde nicht zulassen, dass er verletzt wird. Ich bin bereit, Informationen gegen Sicherheit zu tauschen." Ich ließ den Teil, dass die gesamte übernatürliche Gesellschaft in Gefahr schwebte, enthüllt zu werden, aus. Sie würde es sowieso bald genug erfahren.

Wenn Sarah von dieser Aussage erschüttert war, war es ihr nicht anzusehen. „Ein Drache passt besser zu dir, als ich es jemals gekonnt hätte."

Ich funkelte sie an. „Sei nicht so kleinkariert. Was wir hatten, war besonders und du warst es, die alles hinschmeißen wollte."

Sie zuckte mit den Schultern. „Ich werde dich mit den Sirenen allein lassen, damit du deine Angelegenheit mit ihnen besprechen kannst. Sie beraten sich mit meinem Vater über solche Dinge." Sie drehte sich in Vikkis Umarmung und küsste sie lang und innig. Sarah sah mich mit einem kaum merklichen triumphierenden Lächeln in ihren Mundwinkeln an, bevor sie davonlief.

Lukes Hand ruhte weiter auf meiner Schulter – selbst dann, als ich mit der Kraft meiner Wut rot zu glühen begann und gegen den Drang ankämpfte, ihr nachzurennen und sie zu Boden zu werfen. Der Blutstein lebte in mir und reagierte auf meine emotionalen Launen. Ich hasste es, dass jeder sehen konnte, was für einen Einfluss Sarah auf mich hatte. Ich war so lange mit ihr zusammen gewesen. Obwohl sie keine meiner vier war, so war sie eine meiner sieben. Sie war eine meiner Sünden und darum würde das Band, das ich zu ihr hatte, sich nie auflösen.

Die Sirenen schienen von meiner Magie nicht beunruhigt, sondern eher fasziniert. Sie kamen näher und ließen ihre Finger über das rote

Glühen meiner Haut gleiten und stießen sanfte, sinnliche Geräusche der Anerkennung aus.

Es waren so viele von ihnen, dass ihr magischer Ruf durch die Barriere, die ich um mich herum geschaffen hatte, drang. Ich taumelte angesichts der Verlockung, die sie wie ein Netz über mich warfen. Die Magie einer Sirene hatte auf jede Kreatur Einfluss und es überraschte mich nicht zu sehen, dass Luke interessiert war.

„Jetzt, wo ich sprechen kann", sagte er mit tiefer und heiserer Stimme. Er nahm Vikkis Gesicht in seine Hand. „Kann ich es sagen." Er lehnte sich zu ihr und kniff dann fest in ihr Kinn. „Verschwindet, verdammt nochmal."

Vikki kreischte überrascht und wand sich aus seinem Griff. Die anderen entfernten sich mit missbilligenden Blicken.

„Gehört ganz dir, Vikki", sagte eine ältere Sirene mit einer Melodie, die ihren Worten inne lag und die Wellen brechen ließ. „Wir sind nicht auf der Suche nach derartigem Essen." Sie rümpfte ihre Nase in meine Richtung und blickte Luke finster an, dann trat sie zurück.

Vikki seufzte und wir wurden allein gelassen. „Endlich. Ich dachte, sie würden nie gehen."

Ich sah Vikki mit hochgezogener Augenbraue an. „Echt jetzt?"

Sie nickte. „Ich bin so froh, dass ihr hier seid. Mir ist bei Sarah ein Fehler unterlaufen und jetzt ist sie ..." Sie sah über ihre Schulter. „Anders."

Luke runzelte die Stirn. „Wie meinst du das? Dass sie sich im Wasser wie ein Fisch bewegt? Oder dass sie eine komplett andere Person an Land ist?" Er grinste. „Du meinst, sie war nicht immer so?"

Ich schlug ihm auf die Schulter. „Hör auf, nervtötend zu sein."

Er zuckte mit den Achseln.

Vikki packte mein Handgelenk und ein verzweifelter Ton lag in ihrer Stimme. „Du verstehst nicht. Das ist alles meine Schuld. Ich habe ihr gesagt, dass sie eine Träne des Ozeans für mich finden soll, und jetzt geht es ihr immer schlechter. Sie hat Macht über sie."

Meine Augen weiteten sich. „Du hast sie in eine verdammte Meerjungfrau verwandelt?"

Luke sah mich mit hochgezogener Augenbraue an. „Ich glaube, dieses Thema habe ich in der Schule der Übernatürlichen verpasst.

Was ist eine Träne des Ozeans?“ Er sah in die Richtung, die Sarah genommen hatte. „Und sie ist eine Meerjungfrau? Für mich sah es so aus, als hätte sie Beine.“

Vikki seufzte. „Tränen des Ozeans sind miteinander verschmolzene übernatürliche Kräfte, die an den Meeresgrund gesunken sind. Die Meerjungfrauen schaffen und bewachen sie. Als ich Sarahs Kräfte wiederbeschafft habe, war sie für ein paar Stunden eine Meerjungfrau – und sie hat mir eine der Meeresperlen geholt.“

„Wofür wolltest du sie?“, fauchte ich. „Sie hätte für immer im Meer verloren sein können. Niemand wird eine Meerjungfrau und wird wieder wie vorher.“

Vikki schluckte trocken. „Eine Muse schon. Ihr Vater hat mir gesagt, dass–“

Meine Hand fuhr aus, bevor ich nachdenken konnte, und schlang sich um ihren Hals. „Sie hat gesagt, dass du für ihren Vater arbeitest. Vertraue nie einer männlichen Muse. Was wollte er mit der Träne des Ozeans, hm? Es war alles seine Idee, die Seele seiner Tochter aufs Spiel zu setzen, was?“

Luke löste meine Finger von Vikkis Hals. „Entspann dich, Sonya“, tadelte er. „Sie ist nur die Überbringerin der Nachrichten.“

„Nein“, sagte ich und funkelte die Sirene an, die im Sand stolperte und die sich bildenden violetten Flecken an ihrem Hals rieb. „Sie ist diejenige, die Sarah das angetan hat.“ Ich stupste sie mit meinem Fuß an. „Was hat ihr Vater vor?“

Vikki verzog das Gesicht. „Wenn ich dir das sage, wird er mich töten.“

Ich kniete mich hin und schlug meine Fäuste gegen den Sand. Sandkörner flogen in die Luft und die Kraft meiner Wut rauschte in Form einer roten Welle durch uns. „Du solltest dir mehr Gedanken darüber machen, was ich mit dir machen werde, wenn du mir nicht sagst, was los ist.“

Sie zitterte. „Apollo ist nicht wie die beiden anderen männlichen Musen. Er will nicht, dass sich Übernatürliche für immer verstecken müssen. Er hat Sarah gesagt, dass er sich mit ihnen beraten gegangen ist, wie sie den Drachenaufstand in Shanghai angehen sollen. Tatsächlich ist er aber losgezogen, um das Chamäleon aufzuspüren.“

Stille herrschte zwischen uns und ich kniff meine Augen zusammen. „Was ist ein Chamäleon?"

Sie sah Luke an. „Wie es klingt, handelt es sich dabei um den Kerl, der deinen Freund eingesperrt hat. Man munkelte, dass das Chamäleon einen Gefangenen hatte, der Apollo etwas Mächtiges geben könnte. Es ist bedauernswert, dass Sarah dich erkannt hat. Jetzt, wo die anderen Sirenen wissen, dass du hier bist, werden sie Sarahs Vater sagen, dass er auf dem Holzweg ist." Sie erschauderte. „Es könnte sein, dass er früher zurückkehrt, als ich angenommen habe."

Luke erschauderte und seine Haut errötete sich, als würde die Erwähnung von Detective Anderson sein Blut zum Brodeln bringen. Er fluchte. „Ich wusste, dass dieses Monster nicht sterblich war."

Vikki zog eine Schnute und ich hätte schwören können, dass Mitgefühl in ihrem Gesicht lag. Ich grollte. „Für wen hältst du dich, dass du ihn bemitleidest? Du bist eine verdammte seelenfressende Sirene. Du kennst nur Kummer und Tod." Ich funkelte sie an. „Und er ist nicht mein Freund." Nein, war er nicht ... Er war nur ein Liebhaber, der mit mir durch das Schicksal verbunden war. Und ich würde jeden töten, der versuchte, ihn mir wegzunehmen.

Vikki seufzte verärgert. „Wie auch immer. Und für wen hältst du dich, mich zu verurteilen, hm? Sukkubus? Du tötest jeden, der dir zu nahekommt. Was auch der Grund sein wird, warum dein Nicht-Freund am Leben ist?"

Ich griff wieder nach dem Blutstein, aber meine Faust griff ins Leere. Meine Finger legten sich an mein Schlüsselbein. Die Kraft des Blutsteins pulsierte in meinen Adern, aber ich hatte seine Stimme verloren, als hätte meine Wut all seine Gedanken weggefegt. „Daran arbeite ich noch", erwiderte ich ehrlich. „Also", begann ich, „wozu will Apollo Luke?"

Vikki erschauderte. „Er braucht den letzten Kraftstein, um den Satz zu vervollständigen. Die anderen beiden hat er bereits. Die Träne des Meeres, die ich bereits habe, und der Inkubus-König hat ihm einen Blutstein versprochen."

Meine Augen weiteten sich und ich sah Luke besorgt an. „Du hast nur diesen einen gemacht, oder?"

Vikkis Gesicht wurde blass. „Ihr habt tatsächlich einen *Blutstein* geschaffen? Ich hatte gehofft, dass das alles nur Schwindel war. Heilige Scheiße."

Luke schüttelte seinen Kopf. „Derek hätte mich nicht gehen lassen, wenn er gedacht hätte, dass der Blutstein, den wir geschaffen haben, ein Unikat ist. Er führt etwas im Schilde."

„Und der dritte Stein?", fragte ich.

Vikki schüttelte ihren Kopf. „Ich weiß es nicht. Der Himmelsstein ist der letzte und man sagt, es handle sich dabei um die Seele eines Engels." Sie lachte. „Lächerlich, oder?"

Luke und ich sahen einander mit einem verängstigten Blick an. „Scheiße."

Wir begaben uns nach drinnen und setzten uns um einen Holztisch in der Strandbar der Sirenen. Wir hatten unser Essen bestellt und meine Kleider waren beinahe wieder trocken. Trotzdem konnte ich das Gefühl nicht abschütteln, dass alles vor die Hunde gehen würde.

Der magische Ruf der Sirenen umgab uns, aber sogar die verlockende Melodie war nicht genug, um mir die Anspannung in meinen Knochen zu nehmen.

„Derek ist nicht nur in meinen Bunker in New York gekommen, um mich zu entführen", sagte Luke. „Dieser Inkubus-Mistkerl muss den Himmelsstein in die Finger gekriegt haben", fuhr Luke mit fieberhafter Stimme fort. Seine blauen Augen bohrten sich in meine. Sie waren voller quälender Erinnerungen der endlosen Folter, die er ertragen hatte. „Darum hatte ich keine Kontrolle in seiner Anwesenheit. Ich dachte, es war, weil er der Inkubus-König war. Aber es ist, weil er meine Seele hat."

Mein Magen verknotete sich und ich schob eine Garnele auf meinem Teller herum. „Nehmen wir an, dass Derek es geschafft hat, einen weiteren Blutstein zu schaffen, und er deine Seele hat. Wenn er mit Sarahs Vater zusammenarbeitet, bedeutet das, dass Apollo zwei der Objekte hat, die er braucht, um die anderen Musen zu stürzen."

„Er wird sie nicht nur stürzen", sagte Vikki und hielt einen Erdbeer-Cocktail in ihren Händen. Ich erschauderte angesichts der

Tatsache, dass sie mir Sarahs Lieblingsdrink vor die Nase hielt. Sie nahm einen großen Schluck und ließ einen manikürten Finger über ihre Lippen gleiten. „Er wird sie töten."

„Aber das würde bedeuten, dass er die einzige männliche Muse auf der Welt wäre", sagte ich. Die Idee klang absurd. „Er würde die ganze Spezies bedrohen." Wenn Apollo etwas zustoßen würde, gäbe es keine Musen mehr. Nichts würde das Chaos aufhalten, das aufziehen würde, wenn Übernatürliche frei herumliefen. Ich dachte daran, wie Derek die Dinge anzuleiten pflegte, und stellte mir vor, dass, wenn Übernatürliche sich outen würden, er sich als unseren Anführer sehen würde. Er würde erwarten, dass die Menschen sich ihm beugen würden. Ich erschauderte. „Das alles gefällt mir ganz und gar nicht. Dämonenbrut ist erst der Anfang. Derek wird weitaus Schlimmeres anrichten, als die Hölle auf Erden ausbrechen zu lassen. Er wird zu einem Gott werden."

Luke presste seine Lippen aufeinander. „Das Einzige, was ihn davon abhält, ist Sarahs Träne des Ozeans. Das ist der einzige Kraftstein, den weder er noch Derek hat." Er packte Vikkis Handgelenk. „Du musst Sarah davon überzeugen, sie den Meerjungfrauen zurückzugeben."

Vikki verzog das Gesicht. „Das kann ich nicht tun. Das ist das Einzige, was sie am Leben erhält. Und auch wenn sie sich davon trennen könnte, nähern sich die Meerjungfrauen niemandem. Sie leben in den Untiefen des Meeres, die vollends unerforscht sind, wo niemand hingehen kann. Und auch wenn sie die Perle einfach ins Meer werfen würde, so würde sie zurück zu ihr kommen. Sie ist jetzt ihre Herrin."

Ich lehnte mich im Stuhl zurück und er krächzte protestierend. „Ich werde mit ihr reden. Vielleicht kann ich etwas an der Sache rütteln." Meine Hand breitete sich über meine Brust aus. „Oder diese Kraft. Für etwas muss sie ja gut sein."

Vikki sah mich mit hochgezogener Augenbraue an. „Was ist diese rote Magie? Hast du übermäßig gegessen oder so? Sie scheint so wütend und merkwürdig."

Ich zuckte mit den Schultern. „Ich bin einfach ein mächtiger Sukkubus." Ich lächelte sie an. „Schätze, du siehst dich lieber vor."

Kapitel Sechsundzwanzig

UMWERBE MICH

Sonya

Es fühlte sich merkwürdig an, mich in Apollos Strandhaus wie zu Hause zu fühlen. Aber mein Haar stand zu allen Seiten ab und mein Atem stank nach Krustentieren. Sarah ignorierte mich, als ich im Wohnzimmer an ihr vorbeiging und ins Gästezimmer schritt. Aber es war ein gutes Zeichen, dass sie mich nicht rausschmiss. Immerhin hatte Vikki uns eingeladen. Auch wenn das nur war, weil sie hoffte, dass ich sie nicht an Apollo verraten würde. Dennoch war es schön, dass jemand mal nett zu mir war.

Ich hielt im Schlafzimmer inne und wünschte mir, dass ich mein Handy hätte. Ein Tablet lag auf der Kommode und ich dachte darüber nach, ob ich Jet kontaktieren sollte. Nicht, dass ich seine Kontaktdaten hatte. Ich nahm an, ich könnte im Internet nach ‚verrückter Drachenanführer' suchen, aber das würde vermutlich auch nicht gut enden.

Ich würde mich einfach später mit ihm treffen müssen. Er musste eine ganze Nation von hitzköpfigen Drachen unter Kontrolle bekommen und ich musste mich um eine durchgeknallte Muse, die von Sirenen umzingelt war, kümmern. Ganz abgesehen davon, dass Nate noch immer irgendwo da draußen war und meine Runen Blasen bildeten, mich dafür bestraften, dass ich ihn enttäuschte.

Eins nach dem anderen. Ich beschloss, dass ich mir als Erstes eine schöne, lange Dusche unter heißem, frischem Wasser gönnen würde, das nicht an meinem Gesicht kleben würde. Danach fühlte ich mich weitaus besser und ging die Gästeausstattung auf dem marmornen Tresen durch. Apollo schien ohne Frage jede Menge Sirenen über Nacht hier zu haben und es schien, als wäre er vernarrt in sie. Er hatte alles da, was man sich hätte wünschen können: Elegante Zahnbürsten, Haaraufheller, wasserfeste Wimperntusche und teure Rasierklingen. Nicht, dass ich Letztere brauchte. Sirenen waren einst Menschen gewesen, also blieben die sterblichen Züge, wie zum Beispiel Haarwuchs an den Beinen, bestehen. Ich als Sukkubus war eine sinnliche Kreatur. Die einzigen Haare, die an meinem Körper wuchsen, waren Wimpern, Augenbrauen und üppige Locken auf meinem Kopf. Sarah hatte mich immer damit geneckt, dass mein Körper eines Tages das genetisch bedingte Make-up verlieren würde und mir dann alle Haare ausfallen würden. Ich fuhr mit meinen Fingern durch die neuen Locken an meinen Schläfen und seufzte. Ihr so nahe zu sein, aber sie nicht anrühren zu können, brachte mich um.

Ihr Geruch war überall. Flieder und ihr Lieblingsparfüm. Ich öffnete den Schrank und erblickte eine Sammlung von Outfits, die nur darauf warteten, getragen zu werden. Ich wählte ein rotes Kleid. Es war vielleicht etwas zu viel des Guten, aber ich wollte Sarah daran erinnern, was sie verpasste. Ich mochte es, mich herauszuputzen, wenn ich jemanden damit beeindrucken konnte.

„Wow", keuchte Luke, als er in mein Zimmer kam und nicht einmal angeklopft hatte. Er hing an der Tür und sah mich von oben bis unten an. „Was trägst du denn da?"

Ich funkelte ihn an. „Warum stürzt du einfach in mein Zimmer? Ich war nur wenige Sekunden zuvor noch nackt."

Er grinste und es war schwer, die männlichen Züge seines Kiefers nicht zu bewundern. „Dann bin ich ein paar Sekunden zu spät", sagte er, ohne zu zögern. Er kam auf mich zu und schlang seine Hand mit so einer Selbstverständlichkeit um meine Taille, dass ich dastand und ihn wie ein Idiot blinzelnd anstarrte. „Du scheinst angespannt und ich glaube nicht, dass es nur an der Nahtod-Erfahrung eines magischen Portals und Drachenfeuer liegt."

Er streichelte meine Wange. „Machst du dir Sorgen um die anderen?"

Er musste nicht detaillierter werden. Auch wenn er nichts von Nate wusste, so glitt seine Hand an meinen Bauch und presste wissend gegen meine Rune. Ich versuchte einen ebenen Gesichtsausdruck zu behalten. „Was weißt du über sie?", fragte ich.

Seine Lippen verzogen sich zu einem Lächeln. „Ich weiß, dass Jet dich so hart kommen lässt, dass du buchstäblich Feuerbälle von dir gibst. Und ich weiß, dass es jemanden da draußen gibt, ohne den du nicht leben kannst. Du machst dir Sorgen um sie. Erzähl mir von ihnen. Rede mit mir."

Ich taumelte. „Ich ... Sie sind nicht die Einzigen, um die ich mich sorge." Ich war nicht bereit dafür, über meine vier zu sprechen. Denn das würde bedeuten, dass dieses mystische Band tiefer rührte, als ich zugeben wollte. Mein Blick richtete sich auf die Tür. Auch wenn Sarah keine meiner vier war, war sie eine meiner äußeren Runen, die noch immer zwickten. Die sanfte, rosafarbene Haut erinnerte sich an ihre Liebe und ihre Berührungen.

Er folgte meinem Blick. „Ich weiß, dass dir Sarah etwas bedeutet, aber das ist nur, weil ihr eine Vergangenheit zusammen habt." Er schloss die Tür und kam zurück zu mir, nahm mich in seine Arme und mein Gesicht in seine Hände. „Vielleicht wirst du ihr dabei helfen, sich daran zu erinnern, was ihr zusammen hattet, aber das wird nichts daran ändern, wie ich für dich fühle." Ich erstarrte angesichts der Sanftheit seiner Berührung. „Wir sind durch das Schicksal verbunden, schon vergessen? Ich weiß, dass du ein Sukkubus bist. Ich weiß, dass ich dich immer teilen werden muss. Ich kann mich damit abfinden, aber nur, wenn es Leute sind, die dich verdienen."

Niemand hatte je so mit mir gesprochen. Meine Beziehungen waren immer explosiv gewesen und dann von unbändiger Eifersucht begleitet worden. Ob die Gefühle gerechtfertigt waren oder nicht. Sarah hatte nicht gewollt, dass ich mit irgendjemand anderem schlief, und sie hatte mich mit einem Blick, der so voller Verrat geschienen hatte, angesehen, als sie mich mit einem neuen Opfer gesehen hatte.

Egal, wie oft ich aus Reue beinahe gestorben war. Ich konnte nicht ändern, was ich war. Ich konnte nicht ändern, dass ich essen musste. Auch mit dem Blutstein waren meine Gelüste so stark wie noch nie. Das Einzige, was er änderte, war, dass ich meine Liebhaber nicht töten musste. Er war das Einzige, was mich bei Verstand hielt.

Ich schloss meine Augen, als Luke einen Kuss auf meine Stirn drückte. „Ich muss mit Sarah sprechen", wandte ich ein, konnte mich aber aus seiner warmen Umarmung nicht lösen.

„Bleib ein bisschen bei mir", flüsterte er.

Meine Finger krallten sich ins weiche Hemd, das er in seinem eigenen geheimen Schrank gefunden hatte. Es schien, als ob Apollo auch öfters mal männliche Gäste hatte. „Willst du mich wirklich?", fragte ich und zwang mich, mich von ihm zu entfernen. „Oder stehst du noch immer unter Dereks Einfluss?"

Der Inkubus-König hatte Luke dazu gezwungen, mich zu wollen. Davor hatte er nur minimal interessiert geschienen – obwohl Luke und ich vom Schicksal aneinandergebunden waren. Ich kannte die dunkle Wahrheit seiner Gefühle. Luke wollte nur die Geheimnisse, die sich um sein Leben rankten, lüften und ich konnte ihm dabei helfen. Am Ende waren Antworten wichtiger für Luke als alles, was er für mich fühlte ... Jedenfalls hatte ich das geglaubt.

Ich erschauderte, als er sich von mir entfernte und mein Gesicht in seine Hände nahm. Seine Berührung schien gegen meine Gedanken zu rebellieren. „Sonya, ich weiß nicht, warum ich fühle, was ich fühle. Du magst denken, dass es Dereks Kontrolle über mich ist. Ich werde ehrlich mit dir sein. Er will, dass ich deinen Blutstein auflade." Er ließ seine Fingerspitzen langsam an meinem Hals hinabgleiten und hielt über meinem Herzen inne. Meine Brüste schienen anzuschwellen, jetzt wo seine Hand so nahe an meinen härter werdenden Nippeln war. Ich biss mir auf die Unterlippe. „Das erklärt nicht, was ich zuvor gefühlt habe", sagte er eindringlich. Seine blauen Augen sahen in meine und der Sturm, der in ihnen wütete, war nicht zu übersehen. Er hatte so viel durchgemacht, aber was er am meisten fürchtete, war, allein gelassen zu werden. Ich kannte dieses Gefühl nur zu gut, weil das meine eigene größte Angst war. „Bleib einfach ein bisschen bei mir. Ich werde dich zu nichts drängen. Ich verbiete dir nicht, mit jemand anderem zusammen zu sein. Ich will dir in diesem Moment einfach nur nahe sein."

Es war so ehrlich, dass ich meine Finger um seine Handgelenke schlang und ihn zum Bett zog. Meine Schenkel brannten und mein Puls pochte in meinen Ohren. Aber ich widerstrebte den tierischen Impulsen, ihn zu nehmen. Luke war zu sensibel und emotional. Ihn für meine eigene Lust zu benutzen, war falsch. Ich hatte immer nur gegessen, wenn ich keine andere Wahl gehabt hatte. Mit der Macht des Blutsteins in meiner Brust verspürte ich nicht den schrecklichen Hunger, der drohte, mein Leben zu beenden, wenn er nicht gestillt wurde. Ich spürte nur die Gelüste, die Teil davon waren, was ich war, und ich unterdrückte sie ... bis zu einem gewissen Grad. Wir legten uns nebeneinander aufs Bett und ließen unsere Hände den Körper des anderen erforschen. Es fühlte sich merkwürdig an, Kleidung zu tragen, aber ich spürte so viel Leidenschaft in seinen Streicheleinheiten. Seine Fingerspitzen sandten Blitze durch meinen Körper und ich kriegte Gänsehaut. Meine Sinnesorgane bebten erfreut, als unsere Atemzüge miteinander verschmolzen. Ich schloss meine Augen und genoss das Gefühl, ihm so nahe zu sein. Erst als seine Brust sich unter meiner Hand rhythmisch hob und wieder sank, realisierte ich, dass er eingeschlafen war.

Ich wollte nicht schlafen. Ich driftete in einen Halbschlaf, während ich ihn beobachtete und mir jeden Gesichtszug, der vom hereinfallenden Mondlicht erleuchtet wurde, einprägte. Das Rauschen der Wellen in der Ferne zusammen mit dem Lied der Sirenen verstärkten meine Sehnsucht nach ihm, aber ich sagte mir selbst, dass ich diesen Moment genießen sollte. Als er aus seinem Tiefschlaf erwachte und seine Augen öffnete, lächelte er und strich mir übers Gesicht. „Du bist wunderschön", flüsterte er, bevor er wieder einschlief.

Es war die romantischste Nacht meines Lebens.

Kapitel Siebenundzwanzig

FISCHMÄNNER UND FISCH ... TEILE

Sonya

Luke schlief noch immer, als ich am nächsten Morgen aufstand. Er hatte so viel durchgemacht. Er war Detective Anderson endlich entkommen, hatte nicht einmal sterben können, als ihm das Herz rausgerissen worden war. Wegen mir war er kaum ein paar Monate auf freiem Fuß gewesen, bevor Derek ihn gefangen genommen hatte. Ich wusste nicht, zu was Derek ihn in Shanghai gezwungen hatte, aber ich konnte mir vorstellen, dass es nichts Gutes gewesen war. Reue machte sich in meinem Herzen bemerkbar und ich zog mein Kleid gerade. Ich war intim mit dem wahren Drachenkönig gewesen, während Luke ein Gefangener gewesen war. Als ich ihn in Dereks Tunneln wiedergefunden hatte, hatte er unter einem Bann gestanden und war dazu gezwungen worden, seine Kraft für die Erschaffung eines Blutsteins zu benutzen. Nicht nur das: Er war auch Teil von etwas gewesen, dass die Grenze zwischen dieser und seiner Welt eingerissen hatte. Wo auch immer die Dämonenbrut gefangen gehalten wurde, Luke war die Klinge gewesen, die alles aufgeschlitzt hatte, und ich fürchtete mich davor, zu was er imstande war, wenn er jemals herausfinden würde, wie er seine Kräfte kontrollieren konnte. Sein Vater war ein Engel, was bedeutete, dass Luke der Einzige seiner Art auf der ganzen Welt war. Engel waren nicht dazu bestimmt, auf der Erde umherzuwandern. Wenn sie es taten, waren sie als Dämonen bekannt – eine reduzierte, dunkle Form der Herrlichkeit, die sie einst waren.

Ich schloss die Tür sanft hinter mir. Es war noch früh am Morgen und ich ging den Gang hinab. Das Anwesen war vom Rauschen der Wellen erfüllt, das durchs Fenster hineinströmte, wo auch immer ich hinging. Ich folgte dem Geruch von Flieder, bis ich Sarah ihren morgendlichen Tee schlürfen sah. Sie war von pinken und weißen Hibiskus-Blüten umgeben. Als ich eintrat, blickte sie zu mir.

Sie sah zurück aufs Tablet, auf dem sie etwas las, und scrollte weiter. Also würde sie mich nicht wegschicken. Es war ein Anfang.

Dann musterte ich das Tee-Set. Es war ein äußerst britisches Service mit den winzigen Tassen, die meine Großmutter so mochte. Ich runzelte die Stirn und ließ mich in einen Korbstuhl sinken. Meine Großmutter war spurlos verschwunden, ganz so wie Nate. Gemäß Derek tat Nate Buße, indem er seine vielen Harem-Häuser auffüllte. Ich wusste, dass meine Großmutter auf sich aufpassen konnte, aber die Tatsache, dass ich noch immer nichts von ihr gehört hatte, besorgte mich.

„Dir scheint eine Menge durch den Kopf zu gehen“, sagte Sarah mit ihrer gewohnten melodischen Stimme, die meine Schenkel sich anspannen ließen. Eine ganze Nacht des Vorspiels mit Luke hatte mein Blut zum Brodeln gebracht und es bedurfte jedem bisschen Willenskraft, das ich besaß, um mich nicht auf der Stelle rittlings auf Sarah zu setzen und sie zu verschlingen.

Ich schenkte ihr mein süßestes Lächeln und goss mir eine Tasse dampfenden Tee ein. „Du scheinst friedlich gestimmt. Ich dachte, du hasst mich seit Neustem.“

Sie lehnte sich im Stuhl zurück und griff nach ihrer Tasse. Sie sah aus dem Fenster zum Meer und eine Sehnsucht danach, sich wieder in die Wellen zu schmeißen, lag in ihren Augen. „Ich hasse dich nicht. Ich spüre nichts. Das war Teil des Prozesses, um mich wieder zurückzubringen. Ich habe alle Liebe, die ich für jemanden auf dieser Welt empfunden habe, verloren.“ Sie verzog das Gesicht. „Es fühlt sich so komisch an. Ich war so wütend auf dich.“ Sie sah mir in die Augen und ich kriegte angesichts der Leere in ihren Augen Gänsehaut. „Aber jetzt fühle ich nichts mehr, wenn ich dich ansehe. Ich habe gedacht, ich würde etwas fühlen. Auch wenn es nur eine Erinnerung an das gewesen wäre, was wir einst hatten und was für ein Gefühl du mir gegeben hast. Aber es ist, als wäre dieser Teil von mir gestorben. Es ist einfach alles weg."

Ich verkniff mir ein Grummeln. „Deine neue Freundin hat dich ganz schön böse reingelegt." Ich stellte meine Tasse auf den Glastisch. Sie klirrte fester als beabsichtigt und ich verzog das Gesicht, als ich den feinen Spalt im Porzellan erblickte.

Sarah seufzte. „Ich weiß, dass du eifersüchtig bist. Wenn ich meine Gefühle noch hätte, wäre ich das vermutlich auch. Jetzt, wo du deinen Seelenverwandten gefunden hast. Wie ich sehe, habt ihr euch ein Zimmer geteilt." Sie zwang sich zu einem Lächeln. „Ich hoffe, dass du glücklich bist."

„Das bin ich nicht", fauchte ich. Ich hatte keine Sekunde gezögert, ihr zu eröffnen, dass ich unglücklich war. Alles an dieser Sache war falsch. Was auch immer zwischen mir und Luke war, war ein Resultat von Derek oder dem Kosmos oder meinen eigenen übernatürlichen Instinkten. Es war nicht natürlich entstanden. Nicht, wie es mit mir und Sarah gewesen war. Ich lehnte mich zu ihr und nahm ihre Hand, versuchte auszublenden, wie kalt sie sich anfühlte. „Was wir hatten, war eine echte Beziehung. Luke und ich sind nur – ich weiß nicht, was wir sind. Aber es ist nicht wie das, was du und ich gehabt haben."

„Nein", sagte sie und löste ihre Hand. „Du glaubst, dass unsere Beziehung echt war, aber sie war genauso fabriziert wie alles andere. Was wir hatten, war nur das Resultat von geteiltem Kummer. Wir beide haben in jener Nacht unsere Mütter verloren. Wir verspürten einen ähnlichen Schmerz. Es ergibt Sinn, dass wir Trost beieinander finden würden." Sie ließ ihre Hand an ihrer Tasse hinabgleiten. Eine Frostschicht legte sich über ihren Tee, aber sie schien die krasse Zurschaustellung ihrer Magie nicht zu bemerken. „Ich weiß nicht mehr, wer ich bin", sagte sie gedankenabwesend. „Der einzige Ort, wo ich mich wieder glücklich fühle, ist das Meer." Ihr leerer Blick richtete sich auf mich, dieses Mal aber wohnte ihren Augen eine Emotion inne:

Angst. „Wenn ich einlenke, wenn ich tief in den Ozean hinabtauche, werde ich nie wieder zurückkommen."

Ich rutschte unangenehm berührt in meinem Sitz herum. Der Ursprung dieses Gedankenguts war die Perle, die sie als Meerjungfrau bekommen hatte. „Kann ich sie sehen?", fragte ich. „Die Träne des Ozeans."

Sie schloss ihre Augen kurz, öffnete sie wieder und ein Ring glitzerte an ihrem Finger, der vor einer Sekunde noch nicht da gewesen war. „Ich habe gelernt, wie man sie mit der Illusion einer Sirene maskiert", sagte sie. „Sieht aus, als hätte ich mir ein paar neue Tricks angeeignet."

Ich runzelte die Stirn, sah mir jedoch den Ring an, den sie mir hinstreckte. „Weiß dein Vater, dass du sie hast?", wollte ich wissen.

Sie lachte. „Ja, natürlich. Wenn er nicht gewesen wäre, hätte ich gar nicht erst überlebt. Er hat mir geholfen, sie zu holen – und dabei, mir wieder Beine wachsen zu lassen und meine Musen-Kräfte wiederzuerlangen."

„Was, wenn er die Träne für seine eigenen Zwecke nutzen will?"

Sie schnaubte abwertend. „Was würde er schon damit anfangen? Sie reagiert nur auf Sirenen und andere Meereskreaturen. Da ich eine Meerjungfrau war, scheint es ein Band zu mir haben."

Ich grinste. „Ich kann mir dich noch immer nicht als Meerjungfrau vorstellen." Ich stützte mein Kinn auf meiner Hand ab. „Hast du dir Zöpfe geflochten und deine Nippel mit Muscheln bedeckt?"

Sie kicherte. „Nein." Sie schüttelte ihre Hand und der Ring verschwand. „Obwohl das Leben als Meerjungfrau nicht schlecht geschienen hat. Sie schienen ihre Freizeit mehrheitlich mit Orgien zu verbringen."

Meine Augen weiteten sich. „Was? Wie?" Verstörende Bilder von Fischmännern mit Penissen, die aus ihren Flossen wuchsen, zogen vor meinem inneren Auge auf.

Sie lächelte und ihr Blick schweifte in die Ferne. Sie lehnte sich zum Fenster hin. „Es war nicht Sex, wie wir ihn kennen", sagte sie und ließ meine Angst vor Fisch-Schwänzen vergehen. „Es war etwas anderes. Sie berührten sich kaum und doch war es das Sinnlichste und Erotischste, was ich jemals gesehen habe. Es war hart, zu widerstehen."

Ich summte und konnte die Bilder, die in meinem Kopf aufzogen, nicht verdrängen. „Interessant." Sie schob die Erinnerungen beiseite. „Also, warum fragst du nach meinem Vater?"

Ich seufzte. Das würde schwierig werden. „Wie gut kennst du den Typen wirklich?" Ich erwog, ihre neue Freundin zu verpfeifen, aber das würde mich nur wie die eifersüchtige Ex aussehen lassen. Vikki hatte Sarah aus einem guten Grund nicht gesagt, dass Apollo vorhatte, die männlichen Musen zu stürzen. Wenn ich wollte, dass Sarah auf mich hörte, musste ich herausfinden, wieso sie ihrem lange verschollenen Vater vertraute. „Du hast gesagt, dass Apollo geholfen hat, dich zurückzubringen – aber ich verstehe es nicht. Du würdest dem Ruf einer so mächtigen Magie nicht widerstehen, nur weil dein verloren geglaubter Vater dich darum bittet. Wieso bist du zurückgekommen, Sarah? Wenn es nicht wegen mir war, warum dann?"

Ihre Augen weiteten sich. „Ich habe nur", stammelte sie. „Meine Mutter hätte es so gewollt."

Ich presste meine Lippen aufeinander. Wir beide hatten unsere Mütter geliebt. Sie beide waren starke Frauen gewesen, die uns den Weg gewiesen und uns erzogen hatten. Und genauso wie ihr Tod uns verband, so taten dies auch die Erinnerungen. „Ich vermiss meine Mutter auch." Meine Finger spreizten sich über mein Schlüsselbein, wo die Kraft meines Blutsteins weilte. „Ich schätze, das hat mich auch weitermachen lassen. Sie würde nicht wollen, dass ich mich wegen Kummer oder Trauer aufgeben würde." Ich spürte den Bruch in Sarahs Mauern und ließ meine Kraft sich um uns legen wie ein Nebel. Sie kratzte ihre Nase, reagierte jedoch nicht auf die Wirkung meiner Magie, die sich um ihre Handgelenke schlang.

Nach ein paar Minuten der Stille seufzte Sarah und schien sich in der Wolke meiner Magie endlich zu entspannen. „Unsere Mütter sind gute Freundinnen gewesen. Es ist hart, zu akzeptieren, dass sie tot ist."

Ich lehnte mich seufzend zurück. „Sie sind jetzt nichts als eine Erinnerung. Und wenn du nur wegen einer Erinnerung zurückgekommen bist, wirst du dir etwas Neues suchen müssen, das dich ans Festland bindet. Du bist leer, Sarah. Ich kann es sehen." Ich legte meine Magie weiter über sie, kitzelte ihre Nase mit meiner Berauschung. Sie leckte ihre Lippen. „Wenn du deine Seele nicht mit einem

Zweck füllst, wirst du dich im Fluch der Sirenen verlieren. Mir ist egal, dass du eine Muse bist. Du bist nicht *nur* eine Muse." Ich deutete auf den Frost, der sich in ihrer Tasse ausgebreitet hatte. „Du bist jetzt etwas anderes."

Sarah runzelte ihre Stirn. „Ich schätze, du hast recht." Sie zog ihren Rock gerade und verdrängte meine Magie mit blauen Nebelschwaden, ohne es zu bemerken. „Wenn mein Vater zurückkehrt, werden wir die Sache mit ihm besprechen. Er wird wissen, was zu tun ist."

Ich verzog das Gesicht, als sich das letzte bisschen meines roten Nebels in Staub verwandelte. Sie war mächtig und die Träne des Ozeans schützte sie vor meiner Magie. Sogar ein Blutstein konnte nicht ändern, was sie geworden war.

Mit einem Seufzen ließ ich sie allein. Ich würde nie zu ihr durchdringen, wenn sie so drauf war. Ich musste etwas anderes als ihre Eltern finden, dass sie an die sterbliche Welt binden würde. Apollo war eine männliche Muse und ein verlogener Mistkerl. Irgendwie hatte Sarah vergessen, dass er sie und ihre Mutter verlassen hatte, als sie noch ein Kind gewesen war. Wenn er zurück nach Miami kommen würde, würde ich sicherstellen, dass sie sähe, wer er wirklich war.

Als ich ins Schlafzimmer zurückkehrte, war Luke bereits wach und hatte sich geduscht. Er war über den marmornen Badezimmertisch gelehnt und hatte nur ein loses Handtuch um seine Taille hängen.

Dampf vernebelte den Spiegel, blockierte mein Spiegelbild, und ich schlich mich leise hinter ihn. Er erstarrte, als ich meine Finger um seinen Hals gleiten ließ und mich an seinen nackten Rücken presste, die glatte Kante seines Kinns streichelte. „Engel müssen sich rasieren?", fragte ich.

Er lächelte. „Es ist ein Fluch, wie es scheint. Alles in mir scheint zu schnell zu gehen. Mein Haar wächst zu schnell. Sich regenerieren zu können, hat seine Schattenseiten."

Ich ließ meine Finger an seiner Kopfhaut hinabwandern und genoss die seidene Beschaffenheit seines Haares. Er schloss seine Augen und stöhnte leise. „Ich weiß nicht. Ich finde es gut", sagte ich säuselnd.

„Du solltest mich nicht so anfassen", sagte er und packte mein Handgelenk.

Ich verzog das Gesicht. „Wir sind Seelenverwandte oder was auch immer. Warum sollte ich nicht mir dir flirten?“

Er strich über den Spiegel und sah in mein Spiegelbild. Die harten Züge in seinem Kiefer waren zurückgekehrt. „Derek hat mir das gesagt. Er hat mir gesagt, dass du mich ‚benutzen‘ würdest, sobald du genug Übernatürliche gehabt hast. Du hast bereits mit ihm und dem Drachen geschlafen.“

Ich versenkte meine Finger in seinen Schultern und wirbelte ihn herum. „Was hast du da eben gesagt?“

Er presste seine Lippen aufeinander, bevor er antwortete. „Glaubst du wirklich, dass Derek keine Kameras in der Suite in Shanghai aufhängen würde?“

Mir wich alle Farbe aus dem Gesicht. „Ja, ich habe herausgefunden, dass er es aufgenommen hat, aber“, ich schluckte leer, „du hast es gesehen?“

Er schnaubte und sein feuchtes Haar fiel in sein Gesicht. „Ich hatte einen Sitz in der ersten Reihe für die Liveshow.“

„Scheiße. Luke, es tut mir leid.“

Er grinste und ließ seine Finger an meinem Arm hochgleiten. „Ist schon gut. Ich habe dir gesagt, dass ich dich teilen kann.“ Er ließ seine Hand sinken. „Du bist ein Sukkubus. Sex ist Teil deiner Welt. Ich kann nicht von dir erwarten, etwas zu sein, das du nicht bist.“ Er sah zur Tür. „Du hast bestimmt Hunger. Hat Sarah offen dafür geschienen, die alten Flammen wieder aufleben zu lassen?“

Ich kniff meine Augen zusammen. „Nein, und ich will sowieso nichts wiederaufleben lassen.“

Er lachte und küsste meine Wange, dann ging er ins Schlafzimmer. „Du magst unverschämt sexy sein, aber du bist eine schreckliche Lügnerin. Täuschung ist keine deiner Sukkubus-Fähigkeiten.“

Ich starrte ihm nach. „Ist das ein Angebot?“

Er grinste. „Nur Vorspiel. Das nächste Mal, wenn wir Sex haben, dann zu meinen Bedingungen.“

Ich biss mir auf die Unterlippe. „Was beinhaltet Vorspiel?“ Ich folgte ihm ins Schlafzimmer und ließ meine Finger über seine nackte Brust an seiner langen Narbe vorbei gleiten, bis ich an die Stelle, wo das Handtuch befestigt worden war, kam.

Er packte mein Handgelenk. „Vorspiel bedeutet, dass du mich haben wollen kannst.“ Sein Atem stieß gegen meine Lippen und ich lehnte mich zu ihm, um ihn zu kosten. Er presste mich so fest an sich, dass seine Erektion sich an meinen Schenkel presste. Aber er wich meinen Lippen aus. „Vorspiel bedeutet, dass du mich nicht haben kannst.“

Ein roter Nebel machte sich um uns bemerkbar, als meine Lust erwachte. Niemals hatte mich jemand abgewiesen oder mich so geneckt. Mein Blick fiel auf seine Lippen. „Aber du hast gesehen, wie viel Macht ich gebraucht habe, um uns hierhinzubringen. Mein Blutstein ist geschwächt. Er hat seine letzte Kraft darauf verwendet, unseren Sturz ins Meer zu bremsen.“

Ich sah in seine Augen und hoffte, dass ich nicht zu verzweifelt klang. „Apollo kommt bald zurück nach Miami und er wird hinter Sarahs Träne des Ozeans her sein. Ich muss stark genug sein, um ihn aufzuhalten.“

Er ließ seinen Daumen über meine Unterlippe gleiten. „Sex zwischen uns kann sich nicht um Macht oder Politik drehen. Wenn wir zusammen schlafen, dann weil du mich willst und aus keinem anderen Grund.“

Ich verzog das Gesicht. Ich wollte ihn – aber er hatte recht. Ich hatte noch anderweitige Motive. „Dann nehme ich an, liegt eine Pattsituation vor“, sagte ich etwas verachtend und zwang mich dann, mich von ihm zu entfernen. Hüftenschwenkend verließ ich das Zimmer. Sein heiseres Lachen folgte mir den Gang hinunter und ließ mich weiche Knie kriegen.

Verdammt, ich hatte Hunger.

Kapitel Achtundzwanzig

AUF DER JAGD

Sonya

Dass mich Luke abgewiesen hatte, war eine aufregende und zugleich frustrierende Erfahrung. Aber ich war ein mächtiger Sukkubus und ich würde nicht verhungern. Mein Blutstein wehrte sich, als ich ihn rief und nach Stärke und sexueller Energie suchte. *Such dir eine Sirene*, neckte er. *Alles, was ich dir zu geben habe, ist ein Snack. Es ist Zeit für eine Mahlzeit und ein paar Antworten.*

Ich grummelte frustriert, aber der Blutstein hatte recht. Die anderen Sirenen würden mehr über Apollo und seine Pläne wissen. Ich musste wissen, ob er wirklich mit Derek zusammenarbeitete und was der Inkubus-König ihm versprochen hatte, bevor er zurück in die Stadt kam.

Sich eine Sirene zu suchen und zu verführen, war gefährlich, aber ich musste zugeben, dass die Idee mich irgendwie anmachte. Ich nährte mich von sexueller Energie und eine Sirene labte sich an Kummer, der sich im Bann von Sex löste. Wir würden uns aneinander nähren können, aber es war riskant. Wenn die Sirene mir zu sehr unter die Haut ginge, würde sie mich ins Meer führen können. Unterwasser konnte ich nicht atmen.

Ich verließ das Haus entschlossen und stampfte durch den Sand zu den Sirenen, die am Ufer weilten. Ohne Apollo, der hinter ihnen herräumte, lagen noch immer ein paar Opfer im Sand. Aber ihre Umrisse schienen wie eine Fata Morgana in der Wüste. Menschen liefen vorbei und genossen den Morgen am Strand, waren sich der Körper um sie herum nicht bewusst. Ich dachte darüber nach, was Sarah gesagt hatte. *Ich habe mir ein paar Sirenen-Tricks angeeignet.*

Sirenen konnten ihre Opfer mit Hilfe einer Illusion verstecken, sodass man sie nicht sehen konnte. Ich bewunderte, dass sie keine Reue für ihre Taten verspürten. Auch wenn es ums Überleben ging: Einen Unschuldigen zu töten, löste Schuldgefühle in mir aus. Die Sirenen jedoch schienen überhaupt nicht beunruhigt darüber. Die meisten von ihnen schienen gesättigt und schliefen gemütlich im Sand mit Handtüchern und leckeren Drinks. In der Nacht würden sie wieder läufig sein, aber im Moment ruhten sie sich aus und genossen den kurzen Schub von Frieden, den sie vom Essen der Leids kriegten.

Ich verzog das Gesicht und entschied, die Sirenen nicht anzusprechen. Außerdem zerstörte der Anblick von leblosen Körpern die Stimmung.

Ich steuerte vom Ufer weg und begab mich in die Sirenen-Bar. Bei Tageslicht würde ich nicht finden, wonach ich suchte. Aber Apollos Bar war voller Leute. Vielleicht konnte ich ein oder zwei Dinge herausfinden – und vielleicht sogar eine Zwischenmahlzeit bekommen.

Ich setzte mich in eine Ecke und winkte der Kellnerin, die herumging. „Etwas zu essen, Süße?“, fragte sie. Die jüngeren Mitarbeiter schienen nur am Abend zu arbeiten und die ältere Frau, die mich anlächelte, hielt mir ein Glas Orangensaft hin.

Ich lächelte und nahm das Glas. „Nur Kaffee, bitte. Danke.“

Ich versuchte den Gesprächen um mich herum zu lauschen, die von den Liedern der Sirenen durchtränkt waren. Aber ich fühlte mich abgelenkt. Meine Schenkel taten weh und meine Gedanken waren irgendwie trüb.

Du brauchst es echt dringend, witzelte mein Blutstein.

Ich verzog das Gesicht und rührte den schäumenden Orangensaft mit einem Strohhalm. „Geh weg“, fauchte ich. „Ich versuche, zuzuhören.“

Das hier war eine Sirenen-Bar und ich hatte das üble Gefühl, dass sie Apollo gehörte. Die Sirenen waren zu entspannt und ließen sich mit geschwollenen Brüsten unter ihren Bikinis in die Stühle zurücksinken. Ihre Wangen waren lusterfüllt gerötet.

Die Kellnerin kam mit meinem Kaffee zurück und ließ mich dann allein mit meinen Gedanken. Sie schien menschlich und ich wunderte mich, warum eine Sirenen-Bar eine sterbliche Mitarbeiterin beschäftigen würde, während die Gespräche weitergingen.

„Freust du dich auf die Party?", fragte eine junge Sirene ihre Schwester und die Kellnerin brachte ihnen frischen Orangensaft.

Ich lehnte mich über meinen Kaffee und atmete den Dampf ein, während ich auf die Antwort wartete. „Natürlich! Hast du nicht gehört? Apollo hat Derek eingeladen."

Sie rang nach Atem. „Den Inkubus-König? Meinst du das ernst? Heilige Meerjungfrau. Stell dir nur vor, wie köstlich er sein wird."

„Bist du wahnsinnig?!", kreischte die andere Sirene. „Ich werde ihn begutachten, aber nicht anfassen. Er ist gefährlich." Sie lehnte sich zu ihrer Schwester und sah sich dann in der Bar um. Mithilfe meines Blutsteins stärkte ich meinen Hörsinn, um zu verstehen, was sie flüsterte. „Ich habe gehört, dass er sogar einen Sukkubus leergesaugt hat. Ich will mein Glück nicht auf die Probe stellen."

Das andere Mädchen lachte fies und ich zuckte zusammen, als ich das scharfe Geräusch hörte. „Dein Pech! Ich habe keine Angst davor, Risiken einzugehen." Ihre Augen funkelten. „Wir sind Sirenen. Wir tanzen jeden Tag mit dem Tod. Wenn ich zusammenbreche, dann werde ich auf ihm zusammenbrechen."

Das andere Mädchen kicherte. „Tu es. Ich werde mit dir mitleiden."

Ich erschauderte und nahm einen Schluck von meinem Kaffee. Das heiße Getränk reichte nicht, um das kalte Gefühl in meinem Bauch zu beseitigen. Wenn Apollo wollte, dass Derek nach Miami kam, war klar, dass sie zusammenarbeiteten. Etwas würde passieren und ich musste wissen, was.

Die Sirenen tratschten weiter, aber die Nachricht über Dereks Besuch war das heißeste Thema. Es war, als hätten sie eben erst davon gehört. Ich würde die Information, nach der ich suchte, nicht hier finden.

Ich hinterließ ein gutes Trinkgeld und verließ die Bar. Dann lief ich durch Miami, besuchte Läden und suchte nach Anhaltspunkten. Erst als ich in einem Tauchshop war, fand ich etwas Interessantes. Zwischen Schnorcheln und Tauchausrüstungen hing ein Flyer, der ein verschwommenes Bild zeigte. Ich hätte ihn nicht gesehen, wenn mein Blutstein mir nicht zugeflüstert hätte: *Schau*. Er drängte darauf, ihn mir anzusehen, und führte mich näher zum Bild. *Ist das ...?*

Ich nahm den Flyer von der Wand. Die Überschrift war von Hand geschrieben. ‚Meerjungfrau gesichtet. Finderlohn garantiert."

Es schien lächerlich, aber das Bild war tief im Wasser aufgenommen worden und ein einzelner Lichtstrahl erleuchtete einen Fisch. Erst, als ich genauer hinsah, erkannte ich eine Frau oben ohne mit großen Brüsten und wunderschönen bernsteinfarbenen Augen, die im Licht glänzten.

Das war Sarah als Meerjungfrau.

„Oh, wie ich sehe, hast du den örtlichen Jux entdeckt", sagte ein Mann mit strandblondem, zottigem Haar. Erschrocken starrte ich ihn an und konnte meinen Blick nicht von seinem offenen Hemd abwenden. Darunter war ein Sixpack zu sehen, das mir das Wasser im Munde zusammenfließen ließ.

Er lachte, als er meinen Gesichtsausdruck sah. „Du bist wohl nicht von hier." Er presste seine Hand gegen die Wand und lehnte sich zu mir. „Mein Name ist Nick. Mir gehört der Laden hier." Er deutete auf das Bild. „Was meinst du? Ist das Bild echt?"

Ich errötete und sah erneut auf das Bild, das ganz klar Sarah zeigte. „Wer hat das geschossen?", fragte ich und sah ihn sein Gesicht, ignorierte, wie nahe er mir kam. Meine Sukkubus-Kräfte bezirzten Männer selbst dann, wenn es nicht meine Absicht war, und ich konnte es ihm nicht übelnehmen, dass er in meiner Anwesenheit erregt wurde. Ich hatte Hunger. Das konnte ich nicht bestreiten. Und als er noch näherkam und an meinem Haar roch, versuchte ich erpicht, ihn auszublenden. Ich war keine Mörderin, nicht mehr. Ich würde mir das, was ich brauchte, von einer Sirene holen ... oder von Luke, wenn er mich lassen würde.

„Ich“, sagte er mit tiefer und heiserer Stimme. Seine Finger legten sich um meine und ich umklammerte das Foto. „Ich habe es in der Hoffnung aufgehängt, dass jemand vorbeikommen und mir sagen würde, dass er sie auch gesehen hat. Ich habe allen gesagt, dass es nur ein Jux ist, aber du siehst aus, als hättest du ein Gespenst gesehen. Vielleicht bist du die Person, nach der ich gesucht habe.“ Er schloss seine Augen und seine Lippen berührten meine Wange. „Wieso riechst du so gut?“

Ich schüttelte ihn ab und er öffnete seine Augen wieder. Er schüttelte sich und seine Wangen erröteten. Er rieb sich seinen Nacken. „Tut mir leid. Ich wollte nicht ...“

Ich ignorierte seine betretene Entschuldigung dafür, dass er heiß auf mich war. Es war nicht seine Schuld.

„Ist schon gut“, sagte ich und kniff dann meine Augen zusammen. „Wieso bist du so überzeugt davon, dass du eine Meerjungfrau gesehen hast?“

Sein Blick richtete sich wieder auf das Foto in meiner Hand. „Ich weiß, was ich gesehen habe. Ich werde die Sache nicht einfach auf sich beruhen lassen.“ Er sah mich an und runzelte die Stirn. „Weißt du etwas darüber? Du siehst aus, als wüsstest du etwas.“

Ich seufzte. Auch wenn er Sarah gesehen hatte, änderte das nichts. Sie stand trotzdem noch im Bann der Träne des Ozeans und Derek plante noch immer, die Weltherrschaft zu übernehmen. Einen Menschen in dieses Chaos reinzuziehen, wäre nur eine Ablenkung. „Wenn ich du wäre, würde ich damit hinterm Zaun halten und mich dem Strand fernhalten.“ Als er seine Stirn runzelte, ergänzte ich: „Es sei denn, du willst sterben.“

Ich hatte gehofft, dass meine Warnung ihn genügend erschreckt hatte, dass der Tauchshop-Besitzer davongejagt würde. Aber er war ein Mensch. Menschen waren unverschämt gut darin, sich Kopf voran in Gefahr zu stürzen.

Ich verweilte vor dem Tauchshop lange nachdem er geschlossen worden war und die Nacht sich über die Stadt gelegt hatte.

Straßenlaternen türmten über glitzerndem Asphalt und eine feuchtwarme Brise kühlte den Schweiß an meinem Nacken.

Wie ich erwartet hatte, stieg Nick, nachdem er den Shop geschlossen hatte, nicht auf sein Motorrad und ging nach Hause. Stattdessen lief er zum Strand und ich folgte ihm in den Schatten.

Er sah über seine Schulter, als würde er spüren, dass ich ihm auf den Fersen war.

Mein Blutstein meldete sich mit verärgertem Ton. *Wenn der Mensch sich umbringen will, lass ihn. Tatsächlich solltest du zuerst von ihm essen. Du hast ihn gefunden. Eine Sirene ist seiner nicht würdig.*

Ich verzog das Gesicht. „Ich bin keine Mörderin. Menschen sind neugierig. Darum löschen Musen ihre Erinnerungen. Wenn sie einen Hauch des Übernatürlichen gewittert haben, lassen sie nicht locker“, flüsterte ich leise.

Vorbeigehende Passanten sahen mich an, während ich mit mir selbst sprach – aber ich schob sie mit dem roten Nebel meiner Magie beiseite.

Ich folgte Nick bis zum Unkraut bewachsenen, körnigen Eingang, der zum Strand führte, aber ich hatte seine Spur bereits verloren. „Verdammt“, fauchte ich.

Ich begrub den plötzlichen Panikanflug und zog meine Flip-Flops aus, stapfte durch den Sand am Strand, der voller Sirenen war. Sie kreischten amüsiert und jagten einander. Einige von ihnen hatten bereits an ihre Opfer angedockt und machten, was ich nur als ‚mit ihrem Essen spielen‘ bezeichnen konnte. Sie ließen ihre Lieder gerade genug verstummen, dass ihre menschlichen Spielzeuge zu Sinnen kamen. Sie schüttelten ihren Kopf. Verstandeskraft und Angst funkelten in ihren Augen. Gerade, als ich dachte, dass sie davonrennen würden, setzten die Sirenen ihr Lied fort und lullten ihre Opfer wieder in ein falsches Gefühl der Sicherheit ein.

Ich mochte es überhaupt nicht. Ich ballte meine Fäuste und ging an ihnen vorbei.

„Hey!“, beschwerte sich eine, als ich durch die Menge raste.

Ich ignorierte sie. Meine Haut war angesichts meiner Wut von rotem Nebel umhüllt und genügte, um die Sirenen davon abzuhalten, ihre Lieder in meine Richtung zu schicken.

Ich wollte die Opfer retten, aber es wäre hoffnungslos gewesen. Sirenen aßen. Das taten sie nun mal, genau wie Sukkuben. Der einzige Unterschied war, dass ich eines der baldigen Opfer getroffen hatte, und wenn ich nur ein Leben retten konnte, dann wäre es seines.

Er erinnert dich an David, bemerkte der Blutstein.

„Halt den Mund", fauchte ich und stürmte weiter den Strand hinab. „David hatte dunkelschwarzes Haar und sah aus wie ein nasser Hund."

Ein heißer nasser Hund, konterte der Blutstein.

Ich seufzte.

Gerade als ich aufgeben wollte, erblickte ich mein Zielobjekt mit einer einsamen Sirene am Ufer. Anders als ihre Schwestern ließ sie sich keine Zeit. Die kurzhaarige Sirene schien verzweifelt und ihr Lied driftete durch die Luft. Sie zog ihn ins Meer, als wollte sie ihn so schnell wie möglich ertränken und ihm den Kummer aus den Knochen saugen.

„Warte!", schrie ich und begann zu rennen. Meine Augen weiteten sich, als ich realisierte, dass die Sirene, die sich Nick gegriffen hatte, Sarahs neue Freundin war. „Vikki?", kreischte ich.

Nick stolperte, war in Vikkis betörendem Lied versunken. Seine Beine gaben unter ihm nach und er stürzte ins seichte Wasser, ächzte.

Ich grollte und zog ihn an seinem T-Shirt hoch. „Was soll das?!", schrie ich Vikki an. „Du solltest dich an Sarah laben. Du musst keine unschuldigen Menschen töten!"

Alle Farbe wich aus Vikkis bereits blassem Gesicht. Tränen kullerten an ihren Wangen hinunter und erleuchteten smaragdgrüne Schuppen um ihre Augen, die ich zuvor nie bemerkt hatte. „Du verstehst das nicht. Ich *muss* das tun."

„Du *musst* gar nichts!", zischte ich. „Du musst nicht töten. Du labst dich an Leid, aber jetzt hast du Sarah. Du solltest die glücklichste Sirene auf Erden sein."

„Ich tue das für Sarah." Sie deutete mit dem Finger auf Apollos Villa, die in der Ferne wie eine leuchtende Perle aussah. „Sie ist jetzt nicht nur einfach eine Muse. Sie ist etwas anderes. Sie nährt sich von Sirenen und wenn sie das herausfindet, wird sie darauf bestehen, ins Meer zurückzukehren."

Sie redete weiter und ihre Worte kamen zwischen Hicksen und Schluchzen. „Ich muss meine Stärke behalten, um Sarah an Land zu behalten. Wenn sie sich nicht an mir labt, wird sie nicht weiter hierbleiben können.“ Ihre Augen weiteten sich und sie flehte: „Das willst du doch nicht, oder? Sarah liegt dir am Herzen.“

Mit einem Ziehen stieß ich Nick zum Ufer. Er ächzte. Ich drehte mein Handgelenk, legte meine Magie um ihn und befahl ihm, zu gehen.

Er sah uns schockiert an und kam dann stolpernd auf seine Beine, machte sich aus dem Staub. Ich drehte mich zu Vikki zurück und verschränkte meine Arme vor der Brust, funkelte sie an. „Okay, rede. Was meinst du mit ‚du tust das für Sarah‘? Sie ist eine Muse. Sie braucht keine Nahrung. Ist es die Träne des Ozeans? Du solltest sie ihr wegnehmen. Das würde all deine Probleme lösen.“

Vikki schüttelte ihren Kopf und ihre glitzernden Tränen kullerten an ihrem Gesicht hinunter. „Sie hat ein Band zu Sarah. Sie hält sie am Leben. Ich habe dir gesagt, dass sie nicht nur eine Muse ist. Sie mag ihre Kräfte wiedererlangt haben – und ihre Beine –, aber sie ist etwas, das diese Welt noch nicht gesehen hat.“ Ihre Unterlippe zitterte und sie legte ihre Arme um sich selbst. „Ich hätte nicht auf Apollo hören sollen. Ich wusste nicht, wie Sarah ist. Ich konnte nur daran denken, wie schlecht ich mich fühle wegen dem, was ich bin. Ich wollte nicht zu einem Monster wie sie werden.“ Sie schniefte und deutete mit ihrem Kinn auf die anderen Sirenen, die mit ihrem Essen spielten. Eine lockte ihr Opfer zum Ufer und ich erstarrte. „Aber jetzt bin ich noch schlimmer. Nur wenige von ihnen ertränken sie. Einige laben sich nur am Kummer und lassen sie gehen. Aber jetzt muss ich Sarah helfen und ich kann nicht mehr mithalten. Ich muss töten, um ihr zu geben, was sie braucht.“ Sie zog an meinem Arm und drückte ihn. „Ich *muss*.“

Die eisige Magie legte sich um meinen Arm und blockierte meine Lungen. Ich war mir nicht sicher, ob ich ihr glauben sollte. Dann aber begann ich nach Atem zu ringen. Mein Blutstein reagierte augenblicklich und sandte Wärme durch meinen Körper, um die Invasion abzuschirmen.

Vikkis Augen weiteten sich und ihr Griff um meinen Arm löste sich. „Wow“, keuchte sie und näherte sich mir instinktiv. Ihr Blick wurde glasig, als meine Macht sie einnahm. „Du bist so warm.“

Ich war einer Sirene nie nahe genug gekommen, um ihre Macht zu spüren. Aber die Wirkung von Vikkis Berührung war wie ein eisiger Blitz. Und dann spürte ich ein Zwicken, das mir nur allzu bekannt war.

Scheiße, sie ist eines der sieben Schicksale, die mit mir verbunden sind? Eine verdammte Sirene?

Die Rune im äußeren Kreis auf meinem Bauch bebte kalt. Es war ein anderes Gefühl, als das, was ich vorher verspürt hatte. Es war die Art Kälte, die zu einem angenehmen Schmerz führte, und ich lehnte mich an sie. Bevor ich wusste, wie mir geschah, ummantelte mich ihr Lied wie ein sanftes Schnurren und meine Augen schlossen sich.

Das ist gefährlich, warnte mein Blutstein. *Auch wenn sie eine deiner sieben ist.*

Das war mir bereits bewusst. Sieben Seelen waren an mein Schicksal geknüpft. Vier davon waren meine Beschützer und die anderen drei waren Joker. Sarah war meine Erste – eine Rune, die ich nicht aus meinem Leben verbannen konnte. Dann war da Derek gewesen – der Schlüssel zum Aufladen meines Blutsteins und eine gefährliche Quelle des Chaos, die mein Untergang sein könnte. Jetzt hatte ich die Letzte getroffen ... Eine Sirene, die Sarah einfach nur helfen wollte.

Ich wusste, dass Vikki versuchte, sich von mir zu nähren, aber es war mir egal. Wenn sie wirklich essen musste, um Sarah an Land und am Leben zu behalten, dann konnte ich sie nicht aufhalten. Ich hatte Sarah bereits auf mehr Arten verletzt, als mir bewusst war. Sie war ertrunken, in eine Meerjungfrau verwandelt worden und jetzt war sie eine Hülle ihres einstigen Selbst, die sich gerade so noch am Leben festklammerte. Ich musste ihr dabei helfen, das Problem zu beheben und sie zurück in ihren Normalzustand zu versetzen.

Vikkis Lippen berührten meinen Hals und ich erschauderte. Gänsehaut breitete sich auf meinen Armen aus. Sie war kleiner als ich, aber als sie ihren Kopf zurücklegte, konnte ich dem unausgesprochenen Befehl, sie zu küssen, nicht widerstreben.

Frost bildete sich auf meiner Zunge, als ich die Sirene kostete. Ihre Magie war vorzüglich und kraftvoll, aber was mich am meisten faszinierte, war, dass der Teil ihrer Magie, der mich in ihre Falle lockte, sexueller Natur war.

Alles, was mit Sex zu tun hatte, wusste ich zu beherrschen und ich begann mich augenblicklich an ihr zu nähren. Sie tat es mir gleich.

Der Austausch brachte uns beide dazu, uns zu entspannen und den Kuss zu vertiefen. Ich atmete tief durch meine Nase ein und griff nach ihren Armen, zog sie näher zu mir. Ihre Brüste pressten sich gegen meine und ihr sanftes Wimmern der Lust ließ mich meine Schenkel anspannen.

Als ich mich zurückzog, blinzelte Vikki mich an und ihre Augen waren voller Magie und Staunen. „Ich kann von dir essen", hauchte sie, als wäre ihr das vorher nie in den Sinn gekommen. Ihr Blick fiel wieder auf meine Lippen und ich wusste, dass sie perfekt, plump und pink von meiner Erregung waren. „Kannst du von mir essen?"

Mit einem langsamen Nicken streichelte ich ihren Nacken mit meinen Fingern und griff nach ihrem Haar, bis sie ihren Kopf zurücklegte. Ich knabberte an ihrem Hals. „Es scheint, wir sind füreinander von Nutzen."

Sie biss sich erwartungsvoll auf die Unterlippe. „Also wirst du mich von dir essen lassen?"

„Ja", versprach ich. Wellen klatschten gegen meine Knöchel und kühlten meine brennende Haut ab. Ich zog sie ans Ufer. „Aber ich werde nicht zulassen, dass du mich ertränkst."

Sie lächelte und begegnete der erneuten Welle der Lust mit einer eisigen Mischung ihrer eigenen. Ihre Lippen legten sich auf meine und ihre geschickten Finger zogen an meinem T-Shirt. Ich ließ sie mir es über den Kopf ziehen und meinen BH losmachen, löste mich gerade lange genug von ihrem Mund, um mich von der einengenden Kleidung zu befreien.

Als sie mich in den Sand legte, erwartete ich scharfe Sandkörper an sensiblen Stellen zu spüren. Ich war überrascht, als ihre Magie das Ufer in eine samtweiche Unterlage verwandelte. Sie lächelte, als ich sie mit geweiteten Augen ansah. „Du bist nicht die Einzige mit magischen Fähigkeiten." Ihre Finger legten sich um meinen Nippel und er erhärtete sich. „Sind alle Sukkuben so?"

Ich wusste, was sie meinte. Jeder Kuss schenkte mir große, leckere Schlucke an sexueller Energie, die die meisten Leute auf der Stelle umgebracht hätten. Aber das hier war eine Sirene. Jeden Bissen, den ich von ihr nahm, erhielt sie in Kummer zurück. Es war nicht schmerzhaft, wie ich es erwartet hatte. Die Erregung und die Kälte betäubten die Ausbreitung ihrer Magie, als sie meine Seele aufbrach und die frischesten Wunden fand, an denen sie sich ergötzen konnte.

Ihre Lippen öffneten sich und ein verdeckter, dunkler Teil von mir waberte in der Luft wie Rauch und verschwand dann auf ihrer Zunge. Ich kicherte nervös. „Ich weiß nicht. Sind alle Sirenen so?"

Ihre Finger glitten an meinen Schenkeln hinab und ließen meine Muskeln sich vorfreudig anspannen. „Du hast so viel Kummer, so viel Reue in dir. Du würdest jede Sirene glücklich machen." Sie lächelte und neckte mich. Ihre Finger wanderten über den Saum meiner Jeans. Stöhnend nahm ich ihre Hand und presste sie an mich. Begierde durchfuhr meinen Körper und sie seufzte lange und erfreut aus. „Sex ist Gift für dein Herz", beobachtete sie. Anstatt davon abgetörnt zu sein, wie ich üblicherweise zu meinem Höhepunkt kam, öffnete sie meinen Knopf und den Reißverschluss. Ich gehorchte ihrem unausgesprochenen Befehl und zog meine Jeans aus. Als das Material an meinen Knöcheln unten war, krabbelte sie über mich und neckte mich weiter mit ihren Fingern.

Ich fühlte mich unglaublich angeschwollen und ließ meinen Kopf in den Nacken auf das sanfte Sandkissen fallen. „Ich habe einen Seelenverwandten", erklärte ich. „Und eine Ex-Freundin, der ich zu helfen versuche. Sogar jetzt, indem ich dich ficke."

Ihre Zunge neckte mein Ohrläppchen, was mich erschaudern ließ. „Aber du hasst, was du bist." Sie biss zu und ich zuckte angesichts des plötzlichen Schmerzes zusammen. Sie leckte über die kleine Wunde. „Nimm dir den Rat einer Sirene zu Herzen." Ihre Hände wanderten zur dünnen Schicht meines Höschens und ich rang nach Atem, als ihre Finger über meine feuchte Muschi glitten. „Akzeptiere, was du bist. Sonst wird dich der Kummer auffressen."

„Nein", konterte ich und überkam meine lähmende Lust, indem ich Vikkis Bikini beiseiteschob und meine Zunge über ihren Nippel gleiten ließ. Sie holte Luft und ich nährte mich am langen Atem ihrer Erregung. Ihre sexuelle Energie floss in meinen Blutstein und ließ meine Brust mit meiner Kraft erglühen. Ich blies auf ihren Nippel, der jetzt feucht von meinem Kuss war, und beobachtete ihn erfreut, als er noch härter wurde. „Mein Kummer ist, was Sarah am Leben behalten wird. Egal, wie viel Reue ich verspüre. Ich nehme mir, was ich brauche. Ich werde diese Kraft brauchen, um bereit zu sein, wenn Apollo zurückkehrt. Wir werden Sarah aus diesem Schlamassel rauskriegen, auch wenn ich dafür ihre Freundin ficken muss."

Vikki stöhnte und ich zog ihr Bikinihöschen weg, steckte meine Finger in ihre Ritze. Sie stöhnte, als ich gegen ihre inneren Muskeln drückte.

Sie packte mein Höschen und riss es weg. Ich zog meine Finger aus ihr, damit sie sich senken konnte. Schmerz und Lust rollten durch mich, als sie ihre Mitte gegen meine drückte. „Hör auf zu reden", beschwerte sie sich und küsste mich.

Sie rollte sich über mich und ich umschlang ihre Hüften, um sie in einem langsamen und bedachten Rhythmus zu behalten. Mit jeder neuen Welle der Lust nahm ich die Kraft in mir auf. Ich wollte meinen Körper nähren, der sich angesichts ihres Trinkens an meinem Herzen so kalt anfühlte. Aber ich widerstand und ließ alle Kraft in den roten Stein in mir fließen. Meine Brust brannte und auch wenn meine Finger langsam taub wurden, wusste ich, dass ich die Energie brauchen würde, wenn die Zeit reif war.

Vikki drückte meine Brüste und ritt mich, bewegte sich vor und zurück, während Lust sich in angenehmen Schmerz verwandelte. „Erzähl mir von Luke", befahl sie.

Schuldgefühle machten sich in mir breit und ihre Klitoris rieb sich an meiner. Ich wusste, dass, wenn Luke mich jetzt sehen würde, ihn das verletzen würde. Er hatte mir zwar gesagt, dass er wisse, was ich war, und dass er es akzeptieren konnte – aber ich hatte den Schmerz und die Verratsgefühle in seinen Augen gesehen. Er wollte, dass ich etwas tat, das ich nicht konnte. Er wollte, dass ich treu war.

Vikki legte ihre Finger um meinen Hals. „Erzähl mir von ihm."

Ich schloss meine Augen und ließ mich vom Kummer, der mich überkam, weil sie mir Lust verschaffte, einnehmen. Gerade, als ich die Welle eines mächtigen Höhepunkts ritt, zwang ich mich, die Worte auszuspucken: „Ich werde seiner Liebe nie würdig sein", keuchte ich. „Ich werde nie so sein, wie er mich gern hätte."

Vikki kam mit mir, als der Kummer dieses Eingeständnisses die

Luft erfüllte. Ich erlaubte mir, von meinem Höhepunkt mitgerissen zu werden, und ließ zu, dass sie sich weiter auf mir bewegte, während meine Hände sich zu Fäusten ballten.

Sie drückte sich an mich. Ihr Haar war schweißgetränkt und fiel langsam vor und zurück, während die letzten zitternden Schauer unsere Körper einnahmen. Ihr Atem wurde zu Frost, als sie ihn ausstieß. „Voilà“, sagte sie und ließ sich auf mich fallen. „Es ist vollbracht.“

Kapitel Neunundzwanzig

DIE SÜNDE EINER SIRENE

Luke

Sonya dachte, dass ich nicht zusehen würde. Ich hatte erwartet, Eifersucht zu verspüren, aber mich störte nur etwas: Sie war keine der vier. Ich spürte keine Verbindung zu ihr. Keine angedeutete Berührung ihrer Haut an meiner. Dieses Mal war es eine Sirene und von all den Sirenen, die sie sich hätte aussuchen können, war es Sarahs Freundin.

Ich verschränkte meine Arme vor der Brust und lehnte mich in meinem Möchtegern-Versteck zurück. Es war ein Baldachin aus Unkraut, der sich an einem der vielen Auslässe des Strandes entlang zog. Der Boden war kratzig und ich war mir ziemlich sicher, dass ich zig Ameisen anlockte. Aber ich bewegte mich nicht. Mein Blick verweilte auf dem sich windenden Paar an der Grenze zu den züngelnden Wellen.

Die Sirenen schenkten dem Spektakel keine Aufmerksamkeit, zumal sie ihre eigenen Opfer zu genießen hatten. Ich konnte nicht verstehen, wie Sonya eine von ihnen ficken konnte. Aber ich hatte so eine Ahnung, warum sie es tat. Sie hatte eines von Vikkis Opfern gerettet. Irgendein Typ, der aussah, als wäre er aus einem ‚Surfer Dude'-Magazin gestiegen, war, kurz nachdem Sonya ihn gefunden hatte, davongestolpert. Zuerst dachte ich, dass sie auf der Suche nach einem Opfer für sich war und wütend war, dass die Sirene sich genommen hatte, was ihr gehörte. Sie hatte eine ganze Weile vor dem Tauchshop gestanden und war viel zu beschäftigt damit gewesen, die Türen zu beobachten, sodass ihr total entging, dass ich in einem Café nebenan gesessen hatte.

Jetzt beobachtete ich sie mit offenem Mund, während Magie das Paar einnahm. Sonyas tödliches Aschrot und Vikkis lebhaftes Blau trafen aufeinander, während sie voneinander aßen. Ich hatte nicht einmal gewusst, dass so ein Austausch möglich war. Eine Sirene labte sich an Kummer und man musste kein Genie sein, um zu sehen, dass Sonya gefühlsmäßig mit sich im Streit lag und es ihr elend ging. Sie hasste sich für das, was sie war. Ich hatte versucht, sie zu akzeptieren, wie sie ist. Hatte versucht, ihr zu zeigen, dass es okay war. Ich wusste, dass sie es nicht kontrollieren konnte – aber jetzt zu sehen, wie sie jemand anderen fickte, nachdem sie mich Momente zuvor mit Versprechen und süßen Worten verführt hatte, ließ mich meine Fäuste ballen und meinen Schwanz hart werden.

Ein krankes Vergnügen überkam mich beim Gedanken daran, dass Vikki die Reue, die Sonya so fertig machte, aus ihr saugte, während sie sich nackt unter ihr bewegte und ich zusah. Diese Reue verspürte sie wegen mir – oder jedenfalls hoffte ich das. Sonya wollte mich. Ich hatte es in ihren Augen gesehen. Es war nicht nur der Drang eines Sukkubus, sich zu laben. Sie hatte mich immer schon gewollt.

Aber ich würde nicht einlenken – nicht, solange sie nicht bereit für mich war. Mein Schwanz presste sich gegen meine Jeans, während ich die Sirene dabei beobachtete, wie sie Sonya einen Höhepunkt verschaffte. Sie erzitterte und Magie explodierte in heftigen, wilden Wellen um sie herum. Niemand sonst wusste, was wirklich geschah. Das hier war bereits eine einzigartige Verbindung: eine Sirene und ein Sukkubus. Aber ich spürte eine weitere Magie in der Luft. Eine der Runen auf Sonyas Bauch loderte auf und machte sich als sanftes Pochen in mir bemerkbar. Ich rutschte unangenehm berührt herum. Ich war nahe genug, um die Verbindung einer der sieben zu spüren ... Eine der Sünden, die meinen Sukkubus quälten. Dieses Wissen erreichte mich als eine ferne Vision meiner Mutter, die sie in mir gelassen hatte. Ich war auch einer der sieben. Ich war der Stolz. Ich war froh, dass ich auch einer der vier war, die an ihr Schicksal und ihr Herz gebunden waren, und nicht nur jemand, der im äußeren Kreis verweilte wie diese Sirene, die immer nach dem einfachen Ausweg suchte. Ich erkannte die Sünde der Trägheit in Vikki, als sie gähnte und die Kraft gemächlich verschlang, während sie in der Luft schwebte.

Einige der Sirenen hatten das Spektakel endlich bemerkt. Sie hörten auf zu essen und starrten zu den beiden. Vikki ließ sich auf ihr Opfer fallen und mir stockte der Atem, als Sonya sich nicht bewegte. Eine Sirene konnte eine Person nicht einfach töten – sie musste sie ertränken, oder?

Dann ächzte Sonya, rollte Vikki von sich und griff nach ihren Kleidern.

Ich zog mich in den Schatten, der das Unkraut warf, zurück und knirschte mit den Zähnen, während Ameisen sich an meinen Knöcheln zu schaffen machten. Ich bewegte mich kein bisschen, während Sonya ihre Kleider anzog und auf die Villa zustampfte.

Ich dachte daran, ihr zu folgen – aber die Neugierde überkam mich und ich blieb zurück, um zu sehen, was Vikki als Nächstes tun würde. Noch immer floss ein Glühen durch ihre Adern und als sie den Strand hinab zu den anderen starrenden Sirenen blickte, flackerte kurz ein roter Funke in ihren Augen auf. „Was glotzt ihr so blöd?“, fauchte sie. Sie machte eine Handbewegung. „Geht zurück zu euren Opfern, solange ihr könnt. Apollo wird wegen dem Saustall, den ihr hinterlassen habt, fuchsteufelswild sein.“

Kapitel Dreißig

PAPA IST ZU HAUSE

Sonya

Apollo türmte sich über den versammelten Sirenen auf. Tote Menschen lagen hinter ihnen verteilt wie eine fleischige Decke. „Ich bin zwei Wochen weg und das nennt ihr ‚euch benehmen'?!", brüllte er.

Die Sirenen, die ihm am nächsten standen, zogen ihren Kopf ein, als er auf sie zustürmte. „Tut uns leid", murmelte eine von ihnen. „Es wird nicht wieder vorkommen."

Er packte eines der Mädchen fest. Ihre Schuppen glitzerten und sie sah ihn mit angsterfülltem Blick an. Hitze loderte in mir und ich vergrub meine Fingernägel in meinen Handflächen. Ich ermahnte mich, dass die ängstliche Sirene, die ich beschützen wollte, gerade zu einem Massaker beigetragen hatte.

„Unterbrich ihn nicht", murmelte Luke in mein Ohr. Seine Wärme war nur wenige Zentimeter von meinem Rücken entfernt, als er sich zu mir lehnte und mir die Warnung ins Ohr flüsterte. „Du wirst deine Kraft brauchen, wenn Derek in der Stadt eintrifft."

Verdammt. Ich wusste, dass er recht hatte.

Während Apollo die Sirenen für ihre fehlende Selbstkontrolle ausschimpfte, stand Sarah mit ihren Händen vor der Brust verschränkt da. Ihr mir bestens bekannter rosafarbener Rock tanzte im Wind, während dieser ihr um die Schenkel streifte. Aber es ging kein Wind. Es war ein Wirbel ihrer eiskalten Magie, die ihr Haar und ihre Kleidung aufzuwallen schien.

Die Sirenen hatten Angst vor Apollo, aber sie schienen noch größere Panik vor Sarahs immer stärker werdenden Kräfte zu haben. „Es ist wegen ihr!“, schaffte eine von ihnen hervorzubringen und zeigte mit einem zitternden Finger anschuldigend auf sie. „Sie bringt uns total durcheinander!“

Apollo sah seine Tochter mit zusammengekniffenen Augen zusammen. „Stimmt das?“

Sarah erwiderte nichts auf die Anschuldigung. Stattdessen starrte sie mit blankem Blick zum Meer, als hätte sie nichts gehört.

Vikki legte ihre Finger sanft um Sarahs Arm und schüttelte sie leicht. „Sarah, geht es dir gut?“

Eifersucht ergriff mich angesichts der Tatsache, dass Vikkis sanfte Stimme es war, die zu Sarah durchdrang. Der unsichtbare Wind legte sich und sie sah ihre Freundin mit einem ehrlichen Lächeln an. „Mir geht es gut.“

Apollo sah zu mir. „Und wer sind der Sukkubus und ihr Freund?“

Ich schluckte den Drang herunter, meinen Kopf einzuziehen, als die männliche Muse seine Aufmerksamkeit auf mich richtete. Stattdessen richtete ich mich auf und schöpfte von der Kraft meines Blutsteins. Seine Augen weiteten sich etwas überrascht, als ich mich seinem Befehl, ihn zu fürchten, widersetzte. „Ich bin eine von Dereks Liebhaberinnen“, sagte ich ehrlich. Apollo war eine mächtige Muse und ich wusste, dass ich gar nicht erst versuchen sollte, zu lügen. Obwohl ich ihm nicht sagen würde, warum ich wirklich hier war, so konnte ich genug Wahrheiten erzählen, um ein Gespräch zu überstehen. „Ich habe gehört, es würde eine Party stattfinden. Stimmt das?“ Ich zog eine Schnute. „Derek hat mich nicht eingeladen.“ Ich grinste. „Aber ich weiß, dass er hocherfreut sein wird, mich dort zu sehen.“

Apollo musterte mich mit der brennenden bernsteinfarbenen Kraft in seinen Augen. Ich hasste, dass ich Sarah darin wiedererkannte – mysteriös und verführerisch. Eine Muse war eine beeindruckende Kreatur. Ihre Schönheit lag im sanften Flüstern ihrer Kräfte verborgen. Sogar Apollos wahre Fähigkeiten – obschon er ein gutaussehender, aber ziemlich durchschnittlicher Mann war – kamen erst zum Vorschein, als er mich mit diesen Augen ansah.

Er blickte zu Sarah. „Geht es in Ordnung für dich, wenn deine Ex mit auf die Fete kommt?“

Sie zuckte mit den Schultern. „Wenn sie hingehen will, habe ich nichts dagegen einzuwenden.“ Sie tätschelte Vikkis Hand, die noch immer auf ihrem Arm ruhte. „Solange Vikki dabei sein kann. Sie will auch gehen.“

Die anderen Sirenen wurden von Eifersucht gepackt. Die Party, oder wie Apollo sie nannte, *Fete*, schien eine geladene Gästeliste zu haben. Ich hätte zu gerne gewusst, was der Inkubus-König und die ehrgeizige männliche Muse im Schilde führten. Aber ich würde einfach auf die Party gehen und es herausfinden müssen. Was auch immer es war, es würde nichts Gutes sein. Apollo streckte sich und sein Hemd rutschte hoch, entblößte die harten Muskeln, die sich bis zu seinen Jeans hinabzogen. „Na gut“, sagte er. „Ich kann meiner wunderschönen Tochter keinen Wunsch abschlagen.“ Mit einem Lächeln auf seinem schönen Gesicht nahm er ihr Gesicht in seine Hände. „Derek wird wissen, wie man dir helfen kann“, flüsterte er mit einem merkwürdig hoffnungsvollen Ton in seiner Stimme. „Wir biegen das wieder hin.“

Als ich allein mit Luke im Schlafzimmer war, brannten meine Wangen. Zum einen, weil Apollo Sarah anscheinend wirklich helfen wollte, und zum anderen, weil ich Luke nicht gegenübergetreten war, seit ich Vikki gevögelt hatte.

Ich sah ihn an, während er auf einem der langen Sofas saß und ein Messer schliff. „Woher hast du dieses Ding?“, sagte ich schnippisch.

Er grinste. „Apollo hat es mir gegeben. Ziemlich cool, was?“ Er hob die Klinge hoch, damit ich sie sehen konnte. Ich verzog das Gesicht, als ich bemerkte, dass ein Drachen sich um den schmalen Griff rankte.

„Solltest du Drachen nicht hassen?“, fragte ich und lehnte mich aufs Bett zurück, verschränkte die Arme hinter meinem Kopf. „Wieso würdest so etwas wollen?“

Er zuckte mit den Achseln und widmete sich wieder dem lästigen Knirschen des Schleifsteins am Metall, das meine Zähne kribbeln ließ. „Ich finde, Apollo ist gar nicht so übel“, sagte er und beantwortete meine Frage nicht. Er bewegte seine Hand erneut und das schreckliche Geräusch, das meinen Körper durchfuhr, rollte mir die Zehennägel hoch.

„Vielleicht bringen wir auf der Party mehr in Erfahrung, bevor wir irgendwelche übereilten Entscheidungen treffen.“

„Übereilte Entscheidungen?“, sagte ich und richtete mich auf. „Du weißt, über wen wir hier sprechen, oder? Derek, der Inkubus-König, der dich dazu gezwungen hat, meinen Blutstein aufzuladen. Derek, der Mistkerl, der mich entführt und versucht hat, mich als Gemahlin an die Drachen zu verkaufen.“ Ich klopfte mit meiner Faust gegen meine Brust. „Derek, der Wahnsinnige, der versucht hat, Dämonen auf die Erde loszulassen, indem er uns benutzt und gezwungen hat, den Blutstein zu erschaffen, der jetzt in meiner Brust weilt.“ Ich deutete auf die geschlossene Tür. „Apollo steckt mit Derek unter einer Decke. Was bedeutet, dass Apollo unser Feind ist und wir herausfinden müssen, was er im Schilde führt – und ihn aufhalten.“

Als hätte er gerade jeden logischen Grund dafür, warum wir Apollo aus dem Verkehr ziehen mussten, überhört, schliff Luke den Stein wieder an der Klinge hinab und meine Schultern fuhren irritiert hoch. „Wir haben ihn beide gehört. Apollo versucht, seiner Tochter zu helfen. Vielleicht glaubt er, dass das der einzige Weg ist.“

Ich stand vom Bett auf, griff nach dem Schleifstein und warf ihn quer durch den Raum. „Sarah steckt überhaupt nur wegen Apollo in Schwierigkeiten!“

Luke runzelte die Stirn. „Ich glaube, wir beide wissen, wer Schuld daran hat, dass Sarah hier ist.“

Meine Augen weiteten sich und Zorn machte sich in meiner Brust breit. Rote Funken flackerten über meine Arme. „Was hast du gerade gesagt?!“

Er seufzte und stand auf. Sein Messer hing lose in seiner Hand. „Du verstehst mich falsch, Sonya. Ich meine nur, dass es okay ist, sich dafür schuldig zu fühlen. Für alles–“

Ich schlug ihm so fest ich konnte in den Bauch. Tränen stiegen in seine Augen und er krümmte sich. Er blickte zu mir, erholte sich unglaublich schnell und richtete sich auf. „Schlag mich nochmal."

Er wollte mich damit nicht foppen. Er konnte sich von jeder Wunde erholen und wir beide wussten, dass ich drauf und dran war, meine Kontrolle zu verlieren.

„Nein, Luke. Ich wollte nicht–"

Er bewegte sich so schnell, dass sich meine Kräfte aus Reflex einschalteten. Sein Messer kam auf meinen Hals zu und ich blockte es mit einem roten metallenen Nebel ab. Meine Finger ballten sich zu Fäusten und ich schlug ihm ins Gesicht. Er ging zu Boden und ein blauer Fleck machte sich auf seiner Wange breit. Noch immer mit dem Messer in der Hand ging er erneut auf mich los.

Ich wehrte mich. Bevor ich mich versah, befanden wir uns in einem Tanz von unglaublicher Schnelligkeit und das Schlafzimmer drehte sich. Ich ließ meiner Wut und meinem Zorn freien Lauf. Ich schlug ihn so fest ich konnte. Ich schrie und ließ ihm keine Zeit, sich zu erholen, rammte meine Fäuste wieder und wieder in ihn. Ich verlor mich in der Reue und dem Hass, der mich erfüllte. Ich hasste, was ich war. Ich hasste alles, was ich getan hatte. Ich hasste mich selbst, denn Luke hatte recht. Wenn ich nicht gewesen wäre, wäre Sarah gar nicht hier gewesen.

Das Zimmer war von den rubinroten Funken meiner Macht erfüllt und Tränen kullerten mein Gesicht hinab. Ich hatte nicht mehr genug Energie, um ihn mir vorzuknöpfen. Er schmiss das Messer zu Boden und schlang seine Hände um meine Taille. Er zog mich an sich und ich starrte auf seine aufgeplatzte Lippe, die vor meinen Augen verheilte.

Er ließ seinen Daumen über das glänzende Blut gleiten und strich dann über meine Lippen. „Akzeptierte, was du bist", befahl er mit heiserer und bedrohlicher Stimme. „Denn ich habe entschlossen, dich zu nehmen, wie du bist. Ob du es magst oder nicht."

Ich starrte ihn an und war drauf und dran, zu entgegnen, dass er nicht wusste, was ich getan hatte. Dass ich Vikki gefickt hatte und mich dafür hasste. Bevor die Worte meinen Mund verlassen konnten, zog er mich zu sich und küsste mich innig.

Mein Körper erstarrte, als die elektrisierende Macht seiner Lust mich ergriff. Es war mehr als die übliche Lust, die ich auf der Zunge eines Mannes schmeckte. Das hier war etwas Tieferes, etwas weitaus Mächtigeres. Als ich es schaffte, mich von ihm loszulösen, rang ich nach Atem.

Er sah mich geduldig an und seine Hand war noch immer besitzergreifend um meine Taille geschlungen. Erst, als ich realisierte, dass er darauf wartete, sprach ich die Worte aus. „Beweise mir, dass du mich akzeptierst. Beweise mir, dass ich dir etwas bedeute. Egal, was ich getan habe."

Mit einem Grinsen nahm er die Herausforderung an und küsste mich wieder. Wärme breitete sich in meiner Brust aus und meine Kräfte setzten ein. Aber ich konnte ihn nicht verletzen. Sexuelle Energie ging in üppigen Wellen von ihm aus. Seine Kraft war schmackhafter Nektar, der mich ewig sättigen würde.

„Luke", flüsterte ich, „bitte."

Es war ein einfaches Wort. Aber dass ein Sukkubus wie ich um Sex flehte, zeigte ihm mehr, als alles andere es je könnte. Ich musste wissen, dass er mir für all die schrecklichen Dinge, die ich getan hatte, verzeihen konnte. Wenn er mir vergeben konnte, dann könnte ich das vielleicht auch.

Er setzte sich aufs Bett und zog mich über sich, bis ich rittlings auf ihm saß. Seine Hände wanderten an meinem Rücken hoch, fuhren unter mein T-Shirt und erforschten meine Haut. Dann strich er über die Rune, die sich unter seiner Berührung erhellte. „Sag mir alles, was du bereust."

Frische Tränen stachen in meinen Augen und Bilder von vergangenen Opfern kamen mir in den Sinn. „Das kann ich nicht."

Er zog mich fest an sich und presste seine Wange an meine Brüste. „Dein Herz klopft so schnell, aber es ist stark. Ich fühle die Hitze deiner Magie, aber auch die Leidenschaft, die in dir lebt." Er drehte sich ab und küsste meine linke Brust. „Dein Herz ist wunderschön. Lass es nicht brechen. Lass es heilen."

Als ich in die Tiefen seiner unglaublich blauen Augen starrte, ermahnte ich mich daran, was Luke war. Sein Vater war ein Engel und seine Mutter eine mächtige Seherin. In ihm ruhte so viel alte Kraft und Magie, dass ich den Sturm davon hinter seinen glasigen Augen erkennen konnte, wenn ich genau hinsah. „Hast du vor, mich zu heilen, mein süßer Engel?“

Luke lächelte. Es war ein bezauberndes Lächeln. „Ich habe vor, dir zu zeigen, dass du nicht geheilt werden brauchst.“

Ich hasste seine Beharrlichkeit, also beschloss ich mitzuspielen und ihm zu beweisen, dass das vergebliche Mühe war. „Ich habe sechs Männer getötet. Nicht alle von ihnen waren unschuldig, aber ich habe ihnen dennoch das Leben genommen. Aber die Unschuldigen–“ Ich verstummte und meine Stimme brach. Ich versuchte es erneut und flüsterte: „David.“

Luke runzelte die Stirn. „Anderson hat ihn getötet. Er hat ihn ausgesaugt.“

Ich schüttelte meinen Kopf und schloss meine Augen. Das Einzige, was mich davon abhielt, wieder in diese abscheulichen Erinnerungen zu tauchen, war Lukes fester Griff um meinen Körper. „Detective Anderson ist ein Chamäleon. Ich habe ihm die Kraft geschenkt, Leben auszulöschen, und er hat meine Fähigkeiten gegen David verwendet.“ Mein Hals schnürte sich vor Trauer zu. „Und davor habe ich mich an ihm gelabt, obwohl ich eigentlich hätte sterben sollen.“

Luke zog mich näher zu sich und sein heißer Atem stieß mir ins Gesicht. „Was meinst du mit ‚hätte sterben sollen‘?“

Ich erschauderte in seinen Armen. „Ich habe versucht, mich zu Tode zu hungern. Wegen dem, was ich bin. Ich konnte Sarah nicht treu sein. Ich konnte kein normales Leben führen. Alles, was ich weiß, ist, wie man isst und Lebenskraft raubt, die mir nicht gehört.“ Meine Fingernägel vergruben sich in seinem Arm. „Luke, bitte hör damit auf. Ich kann nicht.“

Er ließ mich verstummen und rollte mich aufs Bett. Er löschte die Lichter aus und das Rascheln von Stoff sagte mir, dass er sich auszog.

„Luke?“, fragte ich mit kratziger Stimme in die Dunkelheit.

„Ich will, dass du dich sicher fühlst. Es ist einfacher für mich, mich zu widersetzen, wenn ich dich nicht sehen kann. Du musst einfach wissen, dass deine Kraft keine Wirkung auf mich hat – nicht, wenn ich die Kontrolle habe.“

Ich erschauderte, als er meinen BH auszog. Er hob meine Hüften hoch, bis ich ihm zögernd erlaubte, mir die Jeans auszuziehen. Ich seufzte, als feuchtwarme Luft meine nackte Haut küsste.

„Entspann dich“, befahl er und krabbelte dann über mich.

Ich dachte, dass er mich nehmen würde – ob er nun glaubte, die Kontrolle zu haben, oder nicht. Obwohl mein Herz in tausend winzige Stücke zerbarst, konnte ich den Instinkt, all meine Probleme mit Sex zu lösen, nicht abschütteln. Luke war Teil meines Schicksals und Sex mit ihm würde mir so viel Kraft verschaffen, dass ich im Rausch ertrinken könnte. Ich würde vergessen können, warum ich es nicht verdiente, zu leben. Wenn auch nur für ein paar Augenblicke.

Seine harte Erektion drückte sich an mein Bein und er bewegte sich. Aber er massierte nicht meine geschwollene Mitte. Stattdessen lehnte er sich über mich, öffnete die Schublade des Nachttisches und zog eine Flasche daraus. Der Duft von Flieder und Kräutern erfüllte den Raum, als er die Flasche öffnete und ich realisierte, dass er Massageöle hervorgeholt hatte. „Was ist–“

Er bedeutete mir, leise zu sein, und rieb seine Hände aneinander. „Ich weiß, dass du ein Sukkubus bist und Sex brauchst, aber ich habe eine Idee. Lass es mich einfach versuchen.“

Ich presste meine Lippen aufeinander und versuchte mich nicht zu krümmen, als er seine Hände an meine Arme legte und sie zu massieren begann. Er ließ seine warmen, graziösen Hände an meine Fingerspitzen gleiten, über meine Knöchel und zurück nach oben. Mich überkam Gänsehaut, als er sich zu mir runterbeugte und mich sanft küsste. Ich konnte nicht von ihm essen. Nicht, wenn er mich nur verführte. Aber meine Kräfte kannten den Unterschied nicht und legten sich um ihn, verführten seinen Schwanz. Er konnte dem Druck meiner Magie nicht widerstehen und drückte sich gegen meine Hüfte. „Nicht schummeln“, sagte er lächelnd gegen meinen Mund gelehnt.

Er zog sich zurück und erforschte meinen Körper weiter, während der warme moschusartige Geruch seiner Begierde sich mit den Ölen vermischte. „Willst du mich nicht?“, fragte ich atemlos, während seine Finger an meinen Rippen hochwanderten und meine Brüste drückten.

„Natürlich will ich dich“, sagte er.

Er knetete langsam meinen Körper und ich gab ein leises Stöhnen von mir. „Warum neckst du mich dann?“, beschwerte ich mich.

Er wischte mit seinen Lippen über meinen Nippel und wiederholte das unerträgliche Vergnügen am anderen. „Ich will herausfinden, ob du Kontrolle über deine Kräfte nehmen kannst, wenn du dazu gezwungen wirst, Sex zu haben, ohne Sex zu haben. Was bedeutet, dass du essen musst, ohne zu essen."

Ich runzelte die Stirn. „Ich verstehe nicht." Seine Erektion presste sich an meine Mitte und meinen Schenkel, legte sich zwischen meine Beine und presste Hitze und Lust an mich. Ich wand mich, aber sein Gewicht hielt mich an Ort und Stelle. „Du hasst, was du bist, weil du Sex mit deinen Fähigkeiten verbindest. Ich will dir die Möglichkeit geben, Leidenschaft zu verspüren, ohne zu essen. Ich glaube, das wird dir helfen."

Ich ächzte frustriert. Egal, wie sehr ich meine Kräfte um seinen Schwanz schlang und ihn unglaublich hart machte, fand er irgendwie den Willen, mir zu widerstehen. „Ich glaube, du wirst mich bloß wütend machen."

Er küsste meinen Hals und grinste. „Roll dich einfach herum. Vertrau mir."

Seufzend gehorchte ich ihm und ließ seine Hände an meinen Armen hinabgleiten, bis unsere Finger unter den Kissen ineinanderglitten. Sein Schwanz lag zwischen meinen Pobacken und ließ mich so feucht werden, dass die Bettlaken unter mir nass waren. „Du bist zu nahe", beschwerte ich mich. „Ich kann an nichts anderes denken."

Seine Finger wanderten an meinem Rücken hinab. „Stell dich auf deine Knie."

Errötend wollte ich fragen, ob er seine Meinung geändert hatte, aber stattdessen gehorchte ich einfach, um es herauszufinden. Mein Atem stockte, als seine Finger an meiner feuchten Mitte hinabfuhren. „Luke?", fragte ich zitternd.

Er antwortete nicht. Stattdessen rollte er sich auf seinen Rücken und legte seinen Kopf zwischen meine Schenkel. Dann packte er mich und zog mich an seinen Mund.

Mir entfuhr ein Schrei, als die Lust mich wie eine Schockwelle erfasste. Seine Zunge stieß in meine Ritze. Mein ganzer Körper spannte sich an, als ein Orgasmus mich ohne Vorwarnung überkam. Und zu meinem Entsetzen war die Lust so überraschend gekommen, dass meine Magie nicht hatte mithalten können. Ich bewegte meine Hüften vor und zurück und presste meine bebende Mitte an seinen Mund. Meine Finger vergruben sich in den Bettlaken, während ich eine Welle der Lust mit langen, vorzüglichen Stößen ritt. Als ich mich von ihm entfernte, krabbelte er gemächlich über mich und leckte sich seine Finger ab. „Du bist so schön."

Ich lachte. Es war ein freies Lachen, zumal der Knoten in meinem Magen sich löste. „Du kannst mich nicht einmal sehen. Es ist zu dunkel." Ein sanfter blauer Funke sagte etwas anderes und ich rang nach Luft. „Heilige Scheiße. Glühen deine Augen etwa?!" Ein heißes Gefühl machte sich in meinem Nacken bemerkbar, als ich realisierte, dass Luke mich die ganze Zeit über hatte sehen können. „Du hast gesagt ‚nicht schummeln'!"

Er lachte und das tiefe, erfreute Geräusch ließ mich erzittern. „Aber es hat funktioniert."

Mein Gesicht brannte, als ich realisierte, dass er noch immer über mir war und sein Schwanz nur wenige Zentimeter von der Stelle entfernt war, wo ich ihn haben wollte. „Du hast mich befriedigt, ohne dass ich gegessen habe", gab ich erstaunt von mir.

„Das ist noch nie passiert."

Er positionierte sich vor meiner Spalte und ich hielt den Atem an. „Wie war es? Lust zu verspüren, ohne dass deine Kräfte dich beherrscht haben?"

Ich erschauderte, als sein Schwanz gegen meine geschwollene Mitte presste. Wieder begann alles in mir sich anzuspannen und meine Kräfte zogen weiter an ihm, aber er fickte mich nicht. Noch nicht. Ich atmete langsam aus und zog meine Kräfte ab, bis nur wir beide da waren. Nur Luke und ich zusammen in einem Bett, drauf und dran, miteinander Sex zu haben.

„Voilà", sagte er und seine Finger schlangen sich um meinen Nacken. Er glitt mit einem schmerzhaft langsamen Stoß in mich. „Jetzt kann ich dich nehmen."

Jeder Zentimeter, der in mich drang, brachte mich um den Verstand. Als er vollständig in mir war, schrie ich und zog mich um ihn herum zusammen. Er bewegte sich, fickte mich, wie ich nie zuvor gefickt worden war. Sein Schwanz drang zuerst langsam in mich, dann beschleunigte er sein Tempo, bis mir meine Augen in meinen Hinterkopf rollten. Ich klammerte mich an ihn, als würde mein Leben davon abhängen, und er gab mir genau das, was ich wollte – wieder und wieder. Er hörte nicht auf und gab mir keine Verschnaufpause vom qualvollen Vergnügen. Als er lange und bewusste Atemzüge zu nehmen begann, bereitete ich mich auf den Kraftstoß seines Orgasmus vor. Wir kamen zusammen und kein einziges Mal aß ich von ihm, als die Welle von Lukes Ekstase über mich wusch.

Kapitel Einunddreißig

ZEIT ZUM FEIERN

Sonya

Was für eine Verschwendung, beschwerte sich mein Blutstein.

Ich fuhr mit meinen Fingern durch Lukes Haar, das von der Morgensonne geküsst wurde. Ich blendete das irritierende Grummeln in meinem Hinterkopf aus. Ich wollte diesen kurzen Moment einfach nur genießen, bis die Blase platzen würde. Luke hatte mir nie eine Chance gegeben, ihm von Vikki zu erzählen. Ich war mir sicher, dass er angewidert von mir sein würde, wenn er davon erfuhr. Ich würde ihn nie wieder so berühren können. Es wäre vorbei – genau wie es mit Sarah geendet hatte.

So viel sexuelle Energie und du hast sie nicht angerührt, fuhr der Blutstein fort und blendete meine innere Unruhe aus.

Seufzend stand ich auf und ließ Luke schlafen. Er schien so entspannt und friedlich. Nachdem ich mich im Badezimmer geduscht und angezogen hatte, schloss ich die Tür hinter mir und lief den Gang hinab. „Du bist so richtig nervig“, beschwerte ich mich flüsternd. „Kannst du mich nicht einmal das Gefühl genießen lassen, normal zu sein? Ich habe noch nie Sex gehabt, ohne zu essen. Ich habe nie gewusst, wie es sich anfühlt, einfach nur Lust zu verspüren und mir nicht den Kopf darüber zu zerbrechen, dass ich meinem Liebhaber das Leben aussauge. Luke hat mir etwas Wertvolles geschenkt und alles, woran du denken kannst, bist du selbst."

Der Blutstein machte ein kehliges Geräusch und ich erschrak, als ich realisierte, dass die Geräusche aus meinem eigenen Rachen kamen. *Ich könnte deinen Körper einnehmen, wenn ich wollte, aber ich bin nett. Ich weiß, dass ich deinen Körper nicht einnehmen darf – aber wenn du mich wieder hungern lässt, stellst du meine Geduld auf den Prüfstand.*

Ich schluckte trocken und kalter Schweiß rann mir den Rücken hinab. Als ich in den Wintergarten trat, sah ich Apollo bereits auf mich warten.

Ein Grinsen lag auf seinem Gesicht, während er Kaffee aus einer Porzellantasse schlürfte. Er deutete auf ein Tablett mit einer silbernen Kanne und eine Schale Zuckerwürfel. „Ich habe gehört, dass du Tee lieber magst", sagte er mit einem tiefen und hypnotisierenden Säuseln.

Mit einem höflichen Nicken schenkte ich mir eine Tasse ein. „Ja, danke."

Ich hatte nicht vorgehabt, mich der Muse zu nähern. Tatsächlich war ich mir nicht sicher, warum ich mich überhaupt von Luke gelöst und aus dem Bett gestiegen war.

In diesem Moment realisierte ich, dass Apollo mich mit einem Grinsen auf seinem Gesicht anblickte. „Tut mir leid, dass ich dich aus dem Bett gelockt habe, aber ich muss mit dir reden."

Funkelnd musterte ich die Luft um mich herum, bis ich die fahlen blauen Linien der verführerischen Kraft erblickte, die mich hierhingebracht hatte. „Echt jetzt?", fauchte ich.

Wenn du gegessen hättest, wie du es solltest, hätte ich ihm widerstehen können, sagte der Blutstein schnippisch. Apollo zuckte mit den Schultern. „Meine Tochter liegt mir sehr am Herzen. Und wenn ihre Ex mit dem gefährlichen Übernatürlichen in die Stadt kommt, den ich gejagt habe, sollte ein Vater sich Sorgen machen."

Mir wich alle Farbe aus dem Gesicht. Er wusste nicht nur, wer Luke war, sondern auch, was er war. „Gefährlich?", fragte ich quiekend.

Er ließ meine Angst mit einem Schub seiner Magie vergehen.

Zögernd ließ ich mich in einen Stuhl sinken und umklammerte meine Teetasse. „Ich weiß nicht, was du über mich gehört hast", sagte er. „Aber ich bin nicht derjenige, vor dem du dich fürchten solltest. Meine Brüder, Hades und Ares, haben die übernatürliche Community jahrhundertelang zurückgehalten. Sie sind die Monster, die du mit aufgerissenen Augen ansehen solltest."

Mein Kiefer verkrampfte sich, als meine Angst sich in brodelnden Zorn verwandelte. „Du meinst, sie haben Ordnung gehalten", sagte ich schnippisch. Meine Mutter war immer entschieden dafür gewesen, Übernatürliche der Welt vorzuenthalten. Die Sukkuben, die enthüllt wurden, wurden oftmals als Hexen oder Schlimmeres gebrandmarkt und verbrannt. Nichts Gutes rührte daraus, wenn die Welt wusste, was wir waren. „Wenn du versuchst, deine Brüder zu stürzen, stellst du dich auf die Seite des Chaos."

Er grinste und schien eher amüsiert als genervt von meiner Offenheit. „Ich verstehe, warum Derek dich mag."

Mein Stuhl knarzte, als ich aufstand und Apollos mächtige Magie, die darauf bestand, dass ich ruhig und gehalten blieb, bekämpfte. „Wann kommt er an?", fragte ich. „Die Feier ist heute Abend, oder?"

„Ja", erwiderte er und klang amüsiert. „Es wird eine große Sache werden. Ich glaube, du wirst es genießen." Er nahm einen Schluck von seinem Kaffee. „Es ist mehr als nur eine Party, das gebe ich zu. Ich habe eine Überraschung und ich habe all meine Allianzen in der übernatürlichen Community eingeladen, um das Spektakel mitzuerleben."

Angst legte ihre kalte Faust um meine Brust und mein Blut pochte in meinen Ohren. „Was für andere Übernatürliche werden da sein?"

Er stand auf und streckte sich. Sein loses Hemd presste sich gegen seine festen Muskeln. „Selbstverständlich habe ich meine liebsten Sirenen eingeladen. Sie werden in Schach gehalten werden von den Inkuben und Sukkuben, die ich in gleicher Anzahl eingeladen habe." Er zwinkerte mir zu. „Wie du selbst erlebt hast, kann ein sexueller Austausch zwischen Sukkubus und Sirene für beide Seiten von Nutzen sein."

Ich errötete und beschloss, seinen Kommentar zu ignorieren. Er war eine Muse und hatte die Kraft, in meinem Kopf herumzustöbern.

Es war zweifelsohne eine Drohung ... Dass er es Sarah und Luke sagen könnte, was Vikki und ich getan hatten. „Erpressung wirkt bei mir nicht."

„Oh, aber ich habe auch noch andere Übernatürliche eingeladen", fuhr er fort und blendete meinen Protest aus. „Es werden ein paar Hexen, Werwölfe und Vampire vor Ort sein–"

Meine Augen weiteten sich. „Was?"

Er lachte freiheraus. „Siehst du? Meine Brüder halten die übernatürliche Community so sehr zurück, dass wir nicht einmal voneinander wissen. Wie viele Rassen hast du für eine Legende gehalten, frage ich mich?"

Ich erschauderte. Ich hatte immer Witze über Vampire gemacht. Aber zu hören, dass sie echt waren, brachte mich total durcheinander. Werwölfe hörten sich einfach zu verrückt an, um wahr zu sein. „Wer wird sonst noch da sein?", schaffte ich, hervorzubringen. Er grinste. „Ein besonderer Gast, aber du musst persönlich vorbeikommen, um sie kennen zu lernen."

Apollo führte etwas im Schilde und ich mochte das Gefühl nicht, dass er mich genau da hatte, wo er mich wollte.

„Es wird alles gut", sagte Luke mit seiner sanftesten Stimme, während wir den Boulevard hinunter zum Apollo-Hotel liefen. Es nervte mich, dass die Party der Muse an einem Ort stattfand, der nach ihm benannt worden war. Aber ich hatte mich dennoch in ein atemberaubendes schwarzes Pailletten-Hängekleidchen geschmissen, welches Luke mir aus einem von Apollos vielen Wandschränken gereicht hatte. Ich hatte mich in Schale geworfen, spielte meine Rolle, aber ich war mies drauf, zumal wir nicht mit Pauken und Trompeten hineingehen konnten. Ich hasste es, mitzuspielen.

„Hey, immer langsam. Du wirst dir in diesen Schuhen noch die Knöchel brechen", sagte Luke und holte mich ein.

Ich klackerte weiter den Bordstein hinab. „Ich habe es nur satt, das Gefühl zu haben, dass ich konstant manipuliert werde", beschwerte ich mich. „Zuerst benutzt Derek meine Kräfte, um seine Frau mit einer verdammten Dämonenbrut zu schwängern, dann legt er mich rein und bringt mich dazu, ihm dabei zu helfen, einen Blutstein herzustellen. Und jetzt hat er sich mit einer skrupellosen Muse zusammengetan, um die Weltherrschaft an sich zu reißen." Ich grummelte und verschnellerte meinen Gang. „Ich weiß, dass Derek böse ist, aber Apollo ist vermutlich schlimmer. Dieser Typ ist so ein Mistkerl. Er hat Sarah als Baby allein zurückgelassen und hat es ihrer Mutter überlassen, sie allein großzuziehen. Dann, als sie ihre Kräfte verloren hat und Hilfe bei den Sirenen suchte, hat er sie ausgenutzt. Er stellte sicher, dass sie ihm den letzten Kraftstein besorgen würde, den er braucht, um seine Brüder zu stürzen."

Luke packte mein Handgelenk und zwang mich, anzuhalten. Ich hatte nicht bemerkt, dass ich beinahe in einen Sprint ausgebrochen war und kleine rote Flammen sich auf meiner Haut ausgebreitet hatten. Er funkelte, als wir ein paar neugierige Blicke ernteten. „Hör zu. Ich habe mein ganzes Leben lang mit einer blöden Prophezeiung über meinem Kopf verbracht. Ich hatte das Gefühl, dass das Schicksal es auf mich abgesehen hatte. Ich dachte, es wäre mir bestimmt, dich zu retten, und wenn ich das nicht schaffen würde, würde die Welt enden." Er schüttelte mich leicht. „Weißt du, was ich glaube? Ich glaube, diese Prophezeiung ist nicht wortwörtlich gemeint. Es ist nicht mein Job, dich der Gefahr fernzuhalten. Obwohl ich sterben würde, um dich zu beschützen. Ich glaube, mein Job ist, dich vor dir selbst zu retten. Denn wenn du deinen Verstand verlierst, wird die Welt mit dir zu Grunde gehen – und alle, die mit deinem Schicksal verbunden sind."

Ich taumelte, während ich seine Worte verdaute. Ich war mir nicht sicher, was mich mehr überraschte: die Tatsache, dass Luke gerade zugegeben hatte, dass er für mich sterben würde, oder dass er dachte, dass ich so wichtig war. „Ich weiß, dass deine Mutter dir eine verkorkste Prophezeiung gezeigt hat, aber ich glaube nicht an dieses Zeug, okay? Unsere Zukunft ist das, was wir daraus machen, und ich habe keine Angst zuzugeben, dass ich meinen Halt zusehends verliere. Es gibt ein paar echt mächtige Übernatürliche auf dieser Welt und ich bin erst zweiundzwanzig. Da kann ich nicht mithalten."

Er schüttelte seinen Kopf und seine wunderschönen blauen Augen funkelten voller Kraft und Erregung. Die Veränderung in ihm war kaum zu übersehen. Es war nicht ich, die sich weiterentwickelte. „Du musst nicht daran glauben. Ich weiß, dass du der Schlüssel für das bist, was auch immer auf uns zukommt." Er deutete die Straße hinunter zum hochragenden Hotel, an dessen Wänden sich funkelnde Lichter hinaufrankten. „Wir werden da reingehen und wir werden herausfinden, was Apollo vorhat. Es spielt keine Rolle, wenn wir genau das tun, was er will. Solange wir zusammenbleiben, werden wir die Oberhand haben."

Ich hasste, wie zuversichtlich Luke klang – als wären wir eine Art Team. Er zog mich in Richtung Hotel, aber ich sträubte mich. „Luke, es gibt da etwas, das ich dir sagen muss."

Das Leuchten in seinen Augen erlosch, als er mein Gesicht sah. „Was ist los?"

Ich schluckte trocken. Ich durfte nicht zulassen, dass Luke mich als eine Art Retterin sah. Er musste wissen, dass er sich nicht auf mich verlassen konnte. „Ich habe Vikki gevögelt. Es war, bevor wir zusammen Sex gehabt haben. Ich–"

Bevor ich weitersprechen konnte, drückte er meine Hand. „Ich weiß."

Das Hotel ohne Reuegefühle, die mich runterzogen, zu betreten, gab mir das Gefühl, dass ich vielleicht endlich bereit war, dem Wahnsinn, den Apollo uns heute Nacht eröffnen würde, entgegenzutreten.

Niemand bemerkte uns und wir liefen an den Wachen vorbei. Es handelte sich dabei um ein paar von Dereks Inkubus-Söhnen, die ich leicht erkannte. Ihre starken Gesichtszüge und das schwarze glatte Haar sowie die auffallenden Augen erinnerten mich an Nate. Aber ihre amüsierten, arroganten Blicke, als sie uns hineinbaten, versetzten mich in Rage.

„Ganz ruhig", murmelte Luke und nahm meine Hand, schlang sie um seinen Arm. „Reiß dich zusammen. Wir müssen den Feind erst einmal erfassen."

Funkelnd lehnte ich mich an ihn und versuchte angestrengt, gelangweilt auszusehen. Das war alles andere als leicht angesichts der Pracht des Apollo-Hotels. Nachdem wir einen kurzen Gang voller Juwelen und Gold hinabgegangen waren, wurden wir auf einen marmornen Balkon geführt, der vollgestopft mit Übernatürlichen war. Vor uns lag eine große Tanzfläche, in deren Mitte ein bedecktes Objekt stand. Es war mit samtenen Seilen abgesperrt. „Verschenkt er ein Auto oder so?", fragte ich grinsend.

Luke zuckte mit den Achseln. „Wer weiß. Aber ich bezweifle, dass sich darunter etwas Gutes verbirgt."

Ich versuchte die durch allerhand merkwürdigen Übernatürlichen von allen Seiten bewachte Box nicht anzustarren. Die Männer in Anzügen und mit Augen, die im Licht rot glühten, ließen mich erschaudern. „Sind das, wovon ich denke, dass sie es sind?"

Luke zog mich zur Bar. „Ich will es gar nicht wissen."

Ich schluckte trocken und versuchte, den Vampiren in die Augen zu sehen. Ich entspannte mich, als ich realisierte, dass sie nicht mich anstarrten, sondern eine Gruppe ungehobelter Männer, die den Alkohol herumreichten. Jeder hatte ein Mädchen auf dem Schoß.

Ich grinste und nahm an, dass wir soeben die Werwölfe entdeckt hatten. „Diese Übernatürlichen gefallen mir schon besser", sagte ich und nickte dem Barmann zu. „Whisky. Pur."

Ich nahm mein Getränk entgegen und begab mich zu einem der leeren Stühle, zeigte auf die andere Seite des Raumes. „Da ist Sarah."

Luke nahm einen Schluck und musterte die Menge. Sarah und Vikki tanzten zur feinfühligen Jazzmusik, die den Raum erfüllte. Eine Band schwankte hinter ihnen, als wäre die Musik nur für sie. Da Sarah Apollos Tochter war, war das vermutlich auch der Fall.

„Ich hasse Jazz", beschwerte ich mich.

Luke grinste. „Reg dich nicht auf." Er deutete mit dem Kinn hinüber. „Sieh nur. Da ist Apollo. Und er ist gut angezogen."

Ich folgte seinem Blick zum Treppengeländer und sah Apollo in einem verdammten schwebenden Thron hinabkommen. „Was zum Teufel?", fauchte ich. Ich versuchte Drähte oder etwas in der Art zu erkennen. Irgendetwas, das erklären würde, warum er schwebte. Aber alles, was ich sehen konnte, war ein nerviges arrogantes Grinsen auf seinem Gesicht. Ich blickte zum Fuß der Treppe und sah einen Kreis Frauen dastehen in glatten, enganliegenden Kleidern mit ihren Händen ausgestreckt und Handflächen nach oben gedreht. Sie sangen, während Apollo sich dem Kreis näherte. „Sind das Hexen?“, fragte ich.

Luke nickte. „Das, oder sie haben uns ein paar echt starke Halluzinogene in den Whisky geschmissen.“

Apollo hob seine Hände und die Hexen verschwanden, die Menge jubelte aufgeregt.

„Willkommen, geehrte Mitglieder der übernatürlichen Community“, begann er. Ein ‚Pst‘ ging durch die Reihen der Vampire, Werwölfe, Inkuben und Sukkuben, als Apollo die Ecken des Stoffs packte, der das mysteriöse Objekt in der Mitte des Raumes verhüllte. „Heute biete ich euch ein noch nie dagewesenes Spektakel.“

Er zog den Stoff weg und die Menge rang nach Atem.

„Heilige Scheiße“, murmelte ich und packte Lukes Arm.

Es war unmöglich, aber irgendwie stand in der Mitte des Raumes ein Aquarium, das eine sehr echte und äußerst ängstliche Meerjungfrau beheimatete.

„Was soll das?!“, kreischte Sarah und rannte zum Aquarium, presste ihre Hände daran. Als wüsste sie bereits, wer Sarah war, bewegte die Meerjungfrau ihre Flosse und drehte sich, legte ihre Hände gegen das Glas.

Apollo verschränkte seine Arme und marschierte um seine Trophäe. „Das, mein Töchterchen, ist, was getan werden muss.“ Seine bernsteinfarbenen Augen, die Sarahs so ähnlich waren, weiteten sich entschlossen. „Ich benötige die Kraft der drei Elemente, um die Übernatürlichen von ihrer endlosen Gefangenschaft zu befreien. Du hast eine Träne des Ozeans, aber sie erhält dich am Leben. Als eine Meerjungfrau nach dir suchte, habe ich sichergestellt, dass sie gefangen wird.“

Vikki eilte an Sarahs Seite und versuchte sie wegzuführen. Aber Sarah schüttelte sie ab. „Hast du davon gewusst?“, sagte sie verärgert.

Vikki schüttelte ihren Kopf. „Nein, natürlich nicht.“ Sie blickte sich im Raum um und sah zu mir. Ich versteckte mich in Lukes Schatten. Sie zeigte auf mich und ließ meinen Versuch, mich zu verstecken, scheitern. „Das ist alles ihre Schuld!“

Es fühlte sich an, als würde jeder im Saal sich zu mir umdrehen und mich anstarren. „Bring mich hier raus“, zischte ich durch zusammengebissene Zähne.

„Nö“, sagte Luke und zog mich zum Spektakel in der Mitte des Raumes. „Du wolltest die Welt retten, jetzt musst du dir die Hände schmutzig machen.“

Ich grummelte frustriert und riss mich aus seinem Griff, lief jedoch weiter. Die Reihe Hexen funkelte mich mit schaurigen Blicken an und ich bekam Gänsehaut. Ich wusste nicht viel über Zirkel, aber dieser hier schien unter Apollos Einfluss zu stehen. Die größte Hexe stellte sich mir in den Weg, funkelte mich an und sah mir in die Augen. Ihre Magie waberte in ihren Augen. Die violetten Onyx-Feinheiten waren eher hypnotisierend als angsteinflößend. „Wer hat gesagt, dass du dich dem König nähern darfst?“

Ich rollte mit meinen Augen. „Hier gibt es keinen König. Nur ein Arschloch.“

Die Menge rang empört nach Atem und gerade, als die Hexen ihre Finger erhoben, um mich mit einem Zauberspruch zu belegen, hallte Dereks Lachen von den marmornen Wänden. „Du machst dir überall Freunde, was?“

Ich sah am Aquarium vorbei und erblickte Derek mit ein paar Sirenen an seinen Armen. Er löste sich von ihnen und kam auf mich zu. „Tut mir leid, dass ich spät dran bin“, sagte er mit einem attraktiven Lachen. „Ich habe deine ... Geschenke genossen.“ Die Sirenen gaben ein synchrones Seufzen von sich. „Lasst den Sukkubus ein“, sagte Derek und wurde ernst. „Sie ist eine von meinen.“

Mit einem Grollen bahnte ich mir meinen Weg an den Hexen vorbei, die mich böse ansahen und fauchten. Ein Blick über meine Schulter schenkte mir Sicht auf einen sehr besorgten Luke. Dank ihm würde ich klarkommen. Ich hatte die Kontrolle.

„Nicht eine von deinen“, korrigierte ich und verschränkte meine Arme, funkelte Derek an. „Nicht jetzt und niemals.“

„*Au contraire*“, sagte Derek mit einem selbstgefälligen Lächeln. „Du wurdest in Seattle geboren und bist dort aufgewachsen. Die Hauptstadt meines Territoriums. Als ein Sukkubus der D'Ange-Familie stehst du unter meinem Schutz."

„Zu ihrem Glück", sagte Apollo. „Ich hätte sie mittlerweile dazu gebracht, sich die eigene Zunge rauszuschneiden, wenn sie dir nicht gefallen würde. Sie hat meinem lieben Mädchen das Herz gebrochen und jetzt läuft sie herum mit diesem Jungen an der Leine. Es ist widerlich."

Derek lachte. „Ach, Luke. Ich hätte dich fast nicht erkannt mit deiner Bräune. Wieso schließt du dich uns nicht an?"

Luke kniff seine Augen zusammen. Ein Schlag unter die Gürtellinie. Der arme Kerl war für weiß Gott wie lange in einem Kerker eingesperrt gewesen und war immer schon unnatürlich blass gewesen – aber es stand ihm. Ich glaube nicht, dass es eine Rolle spielte, wie viel Sonne er abbekam: Er würde nie braun werden.

Die Hexen ließen Luke passieren. Er wollte einen Schritt zurücknehmen, doch eine Reihe knurrender Werwölfe versperrte ihm den Weg. Er richtete sich auf und schritt an meine Seite. „Derek", sagte er in seine Richtung nickend. „Ich kann nicht sagen, dass es schön ist, dich wiederzusehen."

„Immer ein Vergnügen", sagte Derek mit einem breiten Grinsen.

Apollo klatschte in die Hände. „Großartig. Ich bin so froh, dass wir alle hier sind, um diesen wundervollen Moment zu genießen." Apollo grinste und strich übers Glas. Die Meerjungfrau wich zurück, als würde er gleich durch das Glas greifen und sie erwürgen. „Es ist Zeit."

Sarah stampfte mit ihrem Fuß auf den Boden. „Was ist hier los? Wieso hast du diese Meerjungfrau gefangen? Sieh sie dir nur an. Sie ist total verängstigt!"

Die Kiemen am Hals der Meerjungfrau blähten sich und ihre Brust flatterte wie jene eines eingesperrten Vogels. Ihre geweiteten türkisen Augen starrten Apollo mit einer schaurigen Andersartigkeit unentwegt an. Sie wusste, dass er ihr Entführer und gefährlich war.

Apollo sah mich an und streckte seine Hand aus. Eine Hexe trat an seine Seite und hielt einen Zeremonial-Dolch in ihrer Hand. Mir wich alle Farbe aus dem Gesicht. Ich mochte überhaupt nicht, worauf das hier hinauslief.

„Da ich die Macht der drei Magiequellen brauche, um zu tun, was getan werden muss, wird deine fischige kleine Freundin uns ein kleines Opfer erbringen müssen." Er ließ das Messer über das Glas gleiten und ein ohrenbetäubendes Kratzen ging durch den Raum. „Ich werde ihr das Herz nehmen."

Sarah rang entsetzt nach Atem. „Das wirst du auf keinen Fall!"

Apollo wirbelte mit einem wütenden Blick in seinen Augen zu ihr herum. „Du bist meine Tochter, aber stelle meine Geduld nicht auf die Probe. Die Welt zu verändern bedarf Opfer. Es hat bereits begonnen und jetzt können wir es nicht aufhalten. Alles, was wir tun können, ist, die Veränderung anzunehmen und uns auf eine neue Ära vorzubereiten."

Wovon redete er da? Ich fürchtete, dass ich es nicht herausfinden wollte.

Sarah richtete sich auf. „Einer unschuldigen Meerjungfrau das Leben zu nehmen, ist kein Opfer." Sie hob ihre Hand und ein blauer Edelstein erschien an ihrem Finger. „Opfer bringen bedeutet, etwas aufzugeben, das einem am Herzen liegt. Wenn ich dir wirklich etwas bedeute, nimmst du meinen Ring und verschonst das Leben dieser armen Kreatur. Das, *Vater*, ist ein Opfer bringen."

Er schnaubte höhnisch. „Sei nicht albern. Wieso liegt dir ein Fisch so am Herzen? Wenn es nach den Meerjungfrauen ginge, würdest mit ihnen schwimmen und Seegras in deinen Haaren haben." Er stach das Messer ins Glas, brach es und Wasser spritzte aus dem Leck. „Weißt du, sobald das Wasser raus ist, wird sie ersticken, weil sie ein *Fisch* ist. Sie kann keine Luft atmen."

Der ganze Raum wurde still, wartete auf Sarahs Reaktion. Die Feuer meines Blutsteins brannten in mir und wenn ich nicht gelernt hätte, Kontrolle über sie zu haben, wäre ich durchgedreht und hätte mich höchstpersönlich auf Apollo geschmissen. Aber ich wandte die neue Kraft an, die Luke mir gegeben hatte. Das hier war Sarahs Kampf und wenn sie mich brauchte, würde ich für sie da sein. Aber ich würde nicht tun, was mir nicht zu tun bestimmt war.

Einen Augenblick später wurde der Saal in ein prächtiges Blau getaucht, als Sarahs Ring zum Leben erwachte. Ihr Haar fiel in ihr Gesicht und sie hob vom Boden ab. Mit aufgerissenen Augen sah ich zu, wie sie sich verwandelte. Schuppen breiteten sich auf ihrer Haut aus und die Luft wurde stickig und dunkel, als befänden wir uns Unterwasser.

Apollo breitete seine Arme aus und legte seine Magie über sie. Er versuchte, sie zu kontrollieren, scheiterte aber gnadenlos. „Tochter!“, schrie er. „Hör auf damit!“

Sarah hörte nicht zu. Ein Lied erfüllte den Raum und ich realisierte, dass die Sirenen eine Melodie angestimmt hatten, die ich noch nie zuvor gehört hatte. Sie bestand aus verborgenem Wehklagen und Kummer und handelte von einem weit entfernten Zuhause, nach dem sie sich sehnten und das sie verloren hatten.

Die Meerjungfrau schwang ihre riesige Flosse und zerbrach das Glas, was Wasser und die Scherben des Aquariums in die Luft stieben ließ. Sie schwebten in der Luft, anstatt zu Boden zu fallen. Sarah umhüllte die Meerjungfrau mit dem Wasser, hielt sie in der sicheren Kugel voller lebensspendender Flüssigkeit.

Der Gesang wurde intensiver und Apollos wütende Schreie wurden gedämpft, als die Luft sich in Wasser verwandelte. Ich legte die Kraft meines Blutsteins instinktiv um mich und Luke. Ich war nicht die Einzige, die Kräfte besaß, um uns am Leben zu erhalten. Die Hexen sangen und blockierten die Melodie des Meeres, schlossen ihren Zirkel und Apollo in einen sicheren Kreis. Die Werwölfe waren auf die Ausgänge zugerannt und einige von ihnen schwammen jetzt im Wasser, das den Raum ausfüllte. Die Vampire ... Ich sah ihnen durch den roten Nebel meiner Kraft dabei zu, wie sie sich in die Aura der Hexen hüllten. Ich machte eine mentale Notiz, dass Vampire und Hexen auf derselben Seite zu stehen schienen. Vielleicht würde dieses Wissen in der ‚neuen Ära‘ von Nutzen sein.

Die Hexen erhoben ihre Hände und teilten das Wasser lange genug, dass Sarah stolperte. Apollo rauschte in die Öffnung und zog ihr den Ring vom Finger. Er sagte etwas zu ihr, aber die Worte schafften es nicht durch die Wasserwand zu uns.

Ein loderndes violettes Portal alter Magie öffnete sich hinter Apollo. Er schenkte seiner Tochter ein höhnisches Lächeln und warf sich dann hinein. Wenn er sein Opfer nicht hier finden würde, dann würde er es sich irgendwo anders besorgen.

Ich griff nach Lukes Hand. „Komm schon!“, drängte ich. Apollo durfte nicht mit der Träne des Ozeans davonkommen. Wenn Sarah sie nicht hatte, um sich zu erden, würde sie sich in eine Meerjungfrau verwandeln oder sterben. Mit einem einzigen Blick in ihr Gesicht, als die Meerjungfrau ihre Finger um Sarahs Arme legte, sah ich einen Regenbogen an Emotionen an die Oberfläche treten. Sarah hatte Angst.

Ich hatte erwartet, dass Vikki Sarah von der Kreatur lösen würde, die sich jetzt an sie klammerte. Aber stattdessen legte sie ihre Hände in jene ihrer Schwestern und erhob ihre Stimme, sang ein Lied, behielt das Wasser um sie herum gehüllt, während die Kraft der Hexen brutal durch die Luft jagte.

„Sie haben die Sache im Griff“, sagte Luke.

Das war alles, was ich hören musste. Sarah würde das hier dank Vikki überstehen. Sie konnte ohne ihre Träne des Ozeans überleben – jedenfalls lange genug, bis wir sie wieder zurückbekommen würden.

Mit einem Stoß kontrollierter Magie meißelte ich einen Tunnel durch das Wasser und ließ die Hexen nach Luft ringen, während ihre Blasen zu platzen begannen. Zusammen mit Luke rannte ich durch das Portal und einen Energiestoß später befanden wir uns an einem komplett anderen Ort.

„Was zum Teufel?“, fauchte ich.

Ich sah hoch und der Geruch von Wasser stieg mir in die Nase. Aber es war nicht der Geruch von Miamis Gewässern. Das sanfte Trällern einer Sprache, die ich nicht kannte, umgab uns. Die Betonung war sanfter als die Melodie einer Sirene. „Sind wir in ... Venedig?“, fragte Luke.

Ich sah mich um, überlegte, wohin Apollo und sein Hexen- und Vampirteam gegangen sein könnten. Aber alles, was ich sah, war kalte, matte Luft. Das Mondlicht erleuchtete moosige Wände. Sich langsam bewegende Menschenmassen gingen um uns herum, als wären wir nicht gerade durch ein magisches Portal gekommen. Ich wirbelte herum, aber jegliche Magie und Gefahr war verschwunden. Mir standen die Haare zu Berge. Ich konnte das Gefühl nicht abschütteln, dass wir beobachtet wurden.

Mein Blick richtete sich gen Himmel und ich erblickte einen Mann auf dem Dach stehen, dessen Augen rot glühten. Er grinste, winkte mir zu und verschwand in der Nacht, als hätte ich ihn mir eingebildet.

Wo auch immer wir waren: Das hier war Vampir-Territorium und wir hatten jede Menge neuer Probleme am Hals.

Kapitel Zweiunddreißig

SUKKUBEN KRIEGEN KEINE FALTEN

Anstatt auszuflippen, beschloss Luke, uns unseren Weg durch die schiefen Straßen zu bahnen, bis wir ein Café an der Ecke fanden und uns hinsetzten. Luke zwang mich, mich hinzusetzen, und bestellte in fließendem Venedisch einen Kaffee und sagte mir, dass man die Sprache so nannte. Das ließ mein Herz höherschlagen.

„Du sprichst Europäisch, verdammt nochmal?", keuchte ich und fand mich mit der winzigen Kaffeetasse ab.

Er lachte. „Europäisch ist keine Sprache, Schätzchen."

Ich verzog das Gesicht.

„Mach nicht so ein Gesicht", tadelte er und ließ sich im Stuhl zurücksinken. Er nahm einen Schluck von seinem Kaffee und seine Lider senkten sich. Er warf mir einen sexy Schlafzimmerblick zu. „Das gibt Falten."

„Sukkuben kriegen keine Falten", versicherte ich ihm. „Aber echt jetzt. Wieso sprichst du ihre Sprache?"

Er zuckte mit den Schultern. „Muss so ein Engelsding sein."

„Großartig", dachte ich laut und war mir nicht sicher, ob es gut oder schlecht war, dass Luke seine Kräfte zusehends entdeckte. Ich sah mich erneut um und atmete laut aus. Ich konnte nicht recht fassen, wo wir uns befanden. „Ich verstehe das nicht. Wie können wir hier sein?"

Mein Blick richtete sich auf die Dächer. Ich konnte sie nicht sehen, aber ich wusste, dass wir nach wie vor beobachtet wurden.

Luke folgte meinem Blick. „Wenn ich raten müsste, würde ich sagen, dass dein Blutstein uns hierhin gebracht hat." Er deutete mit dem Kinn auf meine Brust. „Vielleicht solltest du ihn fragen."

Schweiß brach auf meiner Stirn aus, als ich realisierte, dass mein Blutstein jetzt schon eine ganze Weile still gewesen war. „Hey, Blutstein-Stimmding. Bist du da?", zischte ich.

Luke grinste. „Echt jetzt? So redest du mit einer alten Macht in deiner Seele? Du flüsterst ihr zu und nennst sie ‚Blutstein-Stimmdings?"

Ich bedeutete ihm leise zu sein, was ihn nur laut herauslachen ließ.

Während ich die sanften Geräusche von Lukes Freude genoss, sah ich wieder hoch – und dieses Mal erblickte ich den Vampir.

Großgewachsen. Dunkel. Gutaussehend.

Definitiv gefährlich. Und er sah mir direkt in die Augen – auf eine Art, die mich meine Tasse fester umklammern ließ.

Wenn mein Blutstein nicht sprach, hieß das, dass er seine letzte Kraft dafür gebraucht hatte, um mich hierhinzubringen. Und ich hatte das Gefühl, dass der Grund diese sinnlichen roten Augen, die jetzt auf mich hinabsahen, war. Ich brauchte Antworten und es gab nur einen Weg, sie zu kriegen.

Ich erkannte diesen Vampir und er erkannte mich. Eine Rune, die ich nie zuvor gespürt hatte, erwachte zum Leben und erfüllte mich mit einer brennenden Lust, die den Kreis um meinen Nabel vervollständigte.

„Luke", flüsterte ich und wandte meinen Blick nicht von den Dächern ab. „Bleib hier. Ich bin gleich zurück."

Es sah aus, als hätte ich meinen Vierten gefunden.

Führe Sonyas Reise in Buch 3 fort: Sünden des Vampirs

SÜNDEN DES VAMPIRS
J.R. THORN
SÜNDEN DES VAMPIRS
USA TODAY BESTSELLER AUTORIN
J.R. THORN

BAND DREI

Mein Vierter ist ein verdammter Vampir?!

Xavier ist eingebildet, übereifrig und viel zu heiß für sein eigenes Wohl. Er ist genau das, was ich brauche, damit meine Albträume nicht Realität werden. Dann aber eröffnet er mir, dass es mir nicht bestimmt ist, die Zukunft zu ändern. Stattdessen soll ich die dunkle Prophezeiung erfüllen. Eine Prophezeiung, in der ich die Königin der Hölle bin – die in einen Vampir verwandelt wurde – und die Hölle davor bewahren soll, zerstört zu werden.

Wenn man mich fragt, klingt die Hölle zu zerstören nach einer guten Idee. Also werde ich Xavier etwas Verstand einbläuen müssen. Aber zuerst muss ich all meine Männer an einen Ort kriegen. Sie sind alle in der Welt verstreut und na ja, wenn wir ehrlich sind, ist die Welt so ziemlich vor die Hunde gegangen.

Jet, mein Drachen-Formwandler, hat die letzten loyalen Anhänger seines Bruders überlebt – aber sie akzeptieren seine Herrschaft nicht. Es sei denn, er holt sich das Drachenauge. Wehe, er stirbt beim Versuch, es in die Finger zu kriegen ... Oder bei dem Versuch, zu mir zurückzukommen.

Nate, mein geliebter Mensch, ist weiß der Teufel wo gefangen und von all den Leuten, die bei ihm sein könnten, ist es meine Großmutter.

Aber er steckt voller Überraschungen und es könnte sein, dass er das schwächste Glied in meinem Band ist, das den Tag retten wird.

Wenn sich alle sieben Sünden vereinen, werde ich Macht über die Hölle erlangen. Dann bestimme ich, was als Nächstes passiert.

Anmerkung der Autorin: Es handelt sich hierbei um eine heiße, Reverse-Harem-Geschichte. Sie enthält explizite Sprache und sexuelle Handlungen. Geeignet für Leser über 18 Jahre. Es handelt sich hierbei um die finale Geschichte der Blutstein-Reihe.

XAVIER

Ich habe meinen Vierten gefunden … Und er wird das Schlimmste in mir zum Vorschein bringen.

Sonya

Venedig. Von all den Orten, an denen ich landen konnte, wenn die Kacke am Dampfen war, war die romantische Stadt voller Gondolas und Gelatos definitiv nicht, was ich erwartet hatte. Es war auch der letzte Ort, wo ich meinen Vierten zu finden geglaubt hatte.

Die Runen um meinen Bauchnabel pulsierten voller Inbrunst, um den Kreis zu komplettieren. Vier Seelen, vier Teile meines Schicksals. Vier Männer, die Macht über mein Herz und meine Zukunft hatten und meine Albträume davon abhalten konnten, Realität zu werden.

Meine Hände ballten sich zu Fäusten, als ich zum ersten Mal gegen diesen Gedanken ankämpfte. Ich war von Luke, Jet und Nate so hingerissen gewesen, dass ich nicht begriffen hatte, dass ich in eine Falle getappt war. Das letzte Stück meiner Seele starrte mich von einem Dach an. Zu allem hin auch noch ein Vampir. Er strahlte Selbstbewusstsein, Arroganz und Gefahr auf eine Art aus, die mich Gänsehaut bekommen und mein Herz schneller schlagen ließ. Was für ein Schicksal schweißte mich mit einem so gefährlichen Mann zusammen?

Der Vampir mit glühenden roten Augen sah mich an und wartete mit einem nervigen zufriedenen Gesichtsausdruck. Ich brach den Augenkontakt und starrte den gezackten Stein an, aus dem das alte Gebäude gemacht war. „Ich kann runterkommen", bot er an und die schwüle Hitze hallte in seinen Worten mit.

Ich sah die Straße hinab und sah Luke etwas im Schatten vor sich hin flüstern. Er mischte sich unter die verschlafene Menge. Wie versprochen wartete er in einem ruhigen Café auf mich, anstatt mir zu Hilfe zu kommen, wie ein Märchenprinz es tun würde. Ich war kein Burgfräulein. Ich brauchte keine Hilfe. Er wusste das. Ihn aber dennoch zu sehen, wie er Ausschau nach mir hielt, ließ mein Herz etwas höherschlagen.

Er kam etwas näher und das Mondlicht erhellte seine wunderschönen, kantigen Gesichtszüge. Seiner gerunzelten Stirn nach zu urteilen, war er aber nicht allzu glücklich darüber, dass ich mich allein in Gefahr begab. Wenn er gesehen hätte, was meine Aufmerksamkeit erregt hatte, hätte er mich nie gehen lassen. Egal, ob dieser Mann, der auf mich hinabsah, einer meiner vier war oder nicht.

Ich ignorierte das Angebot des Vampirs und griff nach einem zackigen Stein, der aus der unebenen Wand hervorstach, und kletterte daran hoch. Ich würde diesen Typen auf keinen Fall auf offener Straße treffen. Jeder, der ihn sehen würde, wüsste, dass er nicht menschlich war, und unser Gespräch würde sich kurzhalten. Also vergrub ich meine Finger in eine Spalte im körnigen Stein und kletterte.

Er bot mir eine schlanke blasse Hand an, als ich oben ankam und ihn ansah. Anstatt seine Hilfe anzunehmen, stemmte ich mein Knie gegen den unnachgiebigen Stein.

Er schnaubte lachend. „Bist ganz schön stur, was?"

Missmutig wischte ich die stechenden Steinchen ab und schnappte mit meinen Zähnen. Ich nahm an, dass ein Vampir so etwas als Beleidigung aufnehmen würde. „Du bist derjenige, der hier mit Augen wie deinen rumläuft und so tut, als wäre er keine Kreatur der Nacht. Was zum Teufel soll das?" Ich trat näher und versuchte den betörenden Geruch seiner Männlichkeit auszublenden, der von ihm ausging. „Übernatürliche sollten ihre Kräfte vor Menschen verbergen."

Er grinste und zwei äußerst echte Fangzähne blitzten auf, verpassten mir Gänsehaut. „Sagt ein Sukkubus, der gerade eine Wand hochgeklettert ist."

Augenrollend sah ich hinunter. Ich hatte gedacht, ich hätte nur eine kurze Distanz zurückgelegt mit ein paar herausragenden Steinen, die mir Halt gegeben hatten. Jetzt aber sah ich, dass wir uns drei Stockwerke über dem Boden befanden und die feuchten Wände im Mondlicht glitzerten.

Okay, vielleicht hatte ich ein kleines bisschen geprotzt.

Ich zuckte zusammen, als er ohne Vorwarnung einen Finger an meinem Schlüsselbein entlanggleiten ließ. „Ich habe den Blutstein gespürt, als du angekommen bist. Aber ich sehe ihn nirgends an dir." Seine Finger wanderten etwas tiefer, begaben sich auf meinen Ausschnitt zu und ich schlug seine Hand weg. Er kicherte heiser. „Die Magie ist *in* dir. Wie faszinierend."

„Ich bin so froh, dass ich dich belustige", sagte ich gedehnt. „Wie wäre es, wenn du mir sagst, wer zum Teufel du bist?"

Er grinste und der Mond traf auf seine Fangzähne, was mich scharf einatmen ließ. „Ich sehe, dass du den Umgang mit Vampiren überhaupt nicht gewohnt bist." Er legte seinen Kopf schief. „Bin ich der Erste, den du je getroffen hast?"

Grollend schnipste ich mit den Fingern vor seinem Gesicht und rote Funken tanzten um meine Hand. Er riss seine Augen auf, als er meine Magie sah. „Ich stelle hier die Fragen. Sag mir, wer du bist und was du willst. Andernfalls wird die Sache hier düster werden." Ich wusste, warum ich hierhergebracht worden war. Meine Magie wollte, dass ich die Macht, die in meinen Runen pulsierte, komplettierte. Aber ich würde es ihm nicht leicht machen. Wenn er mein Vierter sein wollte, würde er sich das verdienen müssen.

Ein gefährliches Glitzern zog in seinen Augen auf und warnte mich, dass er etwas im Schilde führte, bevor er hochsprang und sich in Luft auflöste. Ich rang nach Luft, als ich seinen warmen Atem an meinem Nacken spürte. Ich wirbelte herum und er sah mich anzüglich an. Seine roten Augen glühten begeistert. „Mein Name ist Xavier", flüsterte er und seine Stimme liebkoste mich auf eine Art, die sich schon fast wie ein Eindringen in meine Privatsphäre anfühlte. „Und ob du es akzeptieren willst oder nicht: Du bist höchstwahrscheinlich meine Gefährtin."

Bevor ich etwas auf die dreiste Aussage erwidern konnte, traf ein Stein ihn voll in die Schläfe. Samtrotes Blut spritzte über seine Stirn und er knurrte und sah zu Boden, von wo aus das Geschoss gekommen war.

„Halt dich von ihr fern, Fangzahn-Gesicht", sagte Luke mit bedrohlicher Stimme.

Oh je. Mein Engels-Ritter in glänzender Rüstung ... oder besser, in dem zerlöcherten T-Shirt, das es geradeso durchs Portal geschafft hatte. Das silberne Mondlicht erleuchtete die Saumlinie an der Brust, die keinem anderen Zweck zu dienen schien, als zu betonen, wie durchtrainiert er war.

„Luke? Was zum Teufel machst du da?", sagte ich mit leiser Stimme und versuchte zu ignorieren, wie sehr mich sein Beschützerinstinkt anmachte.

Xavier ließ seinen Finger an der Blutspur hinabgleiten und nahm ihn dann in den Mund. Er stellte sicher, dass er mir in die Augen sah, als er das Blut ableckte. „Wer ist dein bezaubernder Freund?"

„Mein fester Freund", erwiderte ich gedankenlos. Dann erwärmte sich mein Nacken und ich errötete. Luke lachte.

Das wohl gutaussehendste Lächeln, das ich je gesehen hatte, breitete sich auf seinem Gesicht aus. „Ja", sagte er. „Ich bin ihr fester Freund und auch, wenn ich sie teile: Sicher nicht mit deinesgleichen."

Ich konnte seinen herausfordernden Ton hören. Wenn er wie ich spüren konnte, dass Xavier mein Vierter war, würde er ihn dazu auffordern, sich mich zu verdienen. Der Vampir konnte nicht einfach in mein Leben treten und einen Platz in meinem Bett gewinnen ... Es sei denn, er würde seinen Finger weiter so lecken. Er musste wirklich damit aufhören.

Xavier zog eine Augenbraue hoch und ließ seine Hand sinken. „Na, es sieht aus, als hätte ich euch auf dem falschen Fuß erwischt. Warum gehen wir nicht zu mir auf ein Glas Wein?"

Funkelnd sagte ich: „Ich trinke keinen Wein."

Er lächelte. „Oh, Schätzchen. Du bist in Venedig. Wir trinken hier alle Wein."

Er kam näher und meine Rune begann angesichts seiner Nähe zu brennen. Er war definitiv einer meiner vier – aber die rohe Arroganz in seinem Blick trieb mich zur Weißglut. Nur, weil das Schicksal ihn an mich gebunden hatte, bedeutete das nicht, dass ich mich ihm einfach hingeben würde.

„Wieso siehst du mich so an?", fauchte ich.

Er grinste und sein Blick schweifte an mir herab. Er sah sich meine Kurven an, die nur wenig verdeckt von meinen engen, Miami-freundlichen Klamotten verdeckt waren. „Wir haben nicht oft Sukkuben in Venedig. Noch weniger einen, der mit mir umgehen kann." Sein Grinsen wurde breiter. „Du kannst doch mit mir umgehen, oder?"

Meine Nägel versenkten sich tief in meine Handflächen. Wenn ich ja sagte, würde ihn das nur anstacheln. Wenn ich nein sagte, würde ich zugeben, dass ich nie mit einem Vampir geschlafen und keine Ahnung hatte, was ich erwarten sollte.

Als ich zögerte, leckte er sich langsam über die Unterlippe und ließ seine Zunge über seinen Fangzahn streifen.

Ich hatte von diesem Schwachkopf langsam echt die Nase voll und schwankte auf der Dachkante. Ich bereitete mich darauf vor, mir die Beine zu brechen, weil ich lieber runterspringen würde, als eine weitere Sekunde mit diesem Vampir zu verbringen. Er berührte meine Schulter sanft und deutete auf die Treppe. „Mit Verlaub."

Seufzend entschied ich mich für die Treppe.

Es stellte sich heraus, dass ich tatsächlich etwas für Wein übrighatte. Ich hatte nur nie den richtigen Wein gehabt.

„Was ist da drin?", fragte ich erstaunt und drehte das Glas herum, um das Licht von Xaviers Kronleuchter hineinscheinen zu lassen. Das sanfte Gold ließ es schimmern und die Funken in meinem Glas tanzen.

Er antwortete nicht und füllte stattdessen mein Glas auf.

Ich seufzte und nahm noch einen Schluck, schloss meine Augen zufrieden. Als ich sie wieder öffnete, fragte ich mich, wie ich von den

Stränden Miamis an diesen Ort gelangt war. Das Beste, was Venedig zu bieten hatte. Seine ‚bescheidene Hütte', wie er sie nannte, war ein Vampirversteck der luxuriösen Art.

„Also, eine Muse herrscht über diese Stadt?", fragte ich und ließ mich in ein teures Ledersofa sinken. Ich hätte das schlecht versteckte Bestreben meines Vierten, mich für ihn zu gewinnen, genießen sollen, aber ich wusste mir nicht zu helfen. Ich war erschöpft. Ich konnte mich umwerben lassen und Kraft tanken, oder?

Luke ignorierte sein Glas und spähte stattdessen aus dem zweigeschossigen Fenster auf die ruhigen Kanäle unter uns. „Es ist nicht im Geringsten wie New York oder Shanghai", sagte er. „Es ist zu ... friedlich."

Xavier schenkte sich ein Glas ein. Ein Glas mit etwas, das definitiv *kein* Wein war. Dann setzte er sich mir gegenüber. Es spielte keine Rolle, dass er außer Reichweite war: Die Art, wie sein Blick an mir herabwanderte, gab mir beinahe das Gefühl, dass er in mich eindrang. Ich hasste es, dass ich es mochte.

„Wir arbeiten hart daran, es dabei zu belassen", sagte Xavier mit einem anschuldigenden Ton, während er Luke ansah. „Hades betreibt die Dinge anders als Apollo, Ares oder Derek", fuhr Xavier fort.

„Immerhin ist er nur eine halbe Muse. Er besitzt etwas gesunden Menschenverstand."

Ich zog meine Augenbraue hoch und stellte mein Glas ab. „Eine halbe Muse?"

Er nickte. „Mein Meister ist ein halber Vampir und eine halbe Muse. Er schläft jahrhundertelang und ermöglicht der Vampir-Gesellschaft die Gabe der Verschleierung. So bemerken die Menschen unsere Anwesenheit nicht, es hält die Vampire bei Laune und bis vor Kurzem hat das Apollo und Ares dazu bewegt, sich aus den Vampirangelegenheiten rauszuhalten."

„Was hat sich geändert?", wollte Luke wissen, lehnte sich ans Fenster und verschränkte seine Arme.

Xavier verzog das Gesicht und verbarg seine Abneigung gegenüber Luke nicht. „Eure Ankunft ist ein Vorzeichen des Beginns einer neuen Welt, die meine Hexen vorausgesehen haben." Ich erschauderte, als er das mit derartigem Selbstbewusstsein sagte ... *Seine* Hexen. „Sie haben vorausgesagt, dass Chaos diese Stadt ereilen wird und die daraus resultierenden Flammen die Welt verschlingen werden." Sein Blick fiel auf mich und hüllte mich in eine Welle der Lust, die sich mit Verärgerung mischte. Als wäre er nicht sicher, ob er mir meine Halsader aufschlitzen oder sich in mir vergraben wollte. Meine Rune auf meinem Bauch reagierte darauf mit einem sanften Beben und ich spannte meine Schenkel an, fluchte leise. Xavier grinste angesichts meines Unbehagens. „Meine Hexen haben auch ein paar Schlüsselfiguren gesehen, die das Schicksal zu Fall verändern können. Du, meine Liebe, bist eine von ihnen." Er rückte näher und mein Rücken drückte sich durch, als sein Grinsen breiter wurde und seine Fangzähne zum Vorschein kamen. „Wenn ich dich zu meiner Gefährtin mache, würde die Vampir-Community den Vorteil bekommen, den wir brauchen, um uns dem Inkubus-König und einer verrückten Muse entgegenzusetzen."

Ich rollte mit meinen Augen. Klar war er heiß und die Rune an meinem Bauch flehte mich an, seinen Körper zu erforschen ... Aber ich war ein Sukkubus. Ich war nicht für ‚Gefährten' gemacht. Ich hatte andere Männer im Leben. „Schon wieder dieses Gefährten-Ding." Ich bedeutete Luke, sich neben mich zu setzen. Mit einem hinterhältigen Lächeln gehorchte er und ich ließ meinen Daumen über seine Unterlippe gleiten, sah in die perfekten blauen Augen, in denen so viel Schmerz, Geheimnisse und Sehnsucht lagen. „Ich bin nicht dafür gemacht, nur einen Mann zu haben." Ich liebte Luke. Genauso wie ich Jet und Nate liebte. Sie alle heilten eine Wunde tief in mir, die mich mein ganzes Leben lang geplagt hatte. Es war schwer zu glauben, dass meine Magie glaubte, Xavier wäre vergleichbar mit den Seelen, die mich erobert hatten.

„Er ist kein Mann", beobachtete Xavier und ignorierte den Punkt, den ich damit machen wollte, vollends. „Meine Hexen entgeht nichts – und niemand. Der einzige Grund, wieso sie nicht in der Lage gewesen wären, Lukes Ankunft vorherzusehen, ist, dass er ein mächtiger Übernatürlicher ist." Er stellte sein Glas auf den Tisch und die Flüssigkeit darin schwappte auf eine Art, die mir übel werden ließ. „Also, mein Freund. Was genau bist du? Wieso widersteht dieser Sukkubus mir, wo es ihr doch bestimmt ist, meine Gefährtin zu sein?

Wieso klammert sie sich an dich, wenn sie sich um mich schlingen sollte?“

Luke blendete die Provokation aus und sah mir unentwegt in die Augen. Seine Hand glitt an meinen Nacken und er zog mich in einen innigen, sinnlichen Kuss. Wärme floss durch meinen Körper und alles um mich herum drehte sich, als er sich von mir entfernte. „Du bist so viel besser als Wein“, sagte ich lächelnd.

Xavier lachte schnaubend. Anstatt auf den Punkt zu kommen, schien er wieder amüsiert.

Ich spähte zu Xavier und sah ihn mit einem düsteren Blick an. „Also, deine Hexen ...“, sagte ich absichtlich, um ihn vom Thema abzulenken. „Was haben sie sonst noch gesehen?“

Seine rubinroten Augen verdunkelten sich zum ersten Mal. Er lehnte sich auf dem Sofa zurück. „Tod“, sagte er mit einem ominösen Ton. „Diese Stadt wird die erste sein, die Dereks Wahnsinn zum Opfer fallen wird. Mit den drei Kraftsteinen sowie der Allianz mit den zwei anderen Musen wird er all die harte Arbeit, die Hades in diesen Ort gesteckt hat, ungeschehen machen.“ Sein Blick verfinsterte sich. „Ich fürchte, dass es sogar schlimmer sein wird. Sie werden kommen, um meinen Meister im Schlaf umzubringen, und ich werde nicht in der Lage sein, sie aufzuhalten. Nicht, ohne ein verfrühtes Erwachen von Hades herbeizuführen.

Ich zuckte mit den Schultern. „Okay. Dann geh und weck ihn auf.“

Er sah mich so intensiv an, dass mir jede Facette seiner Unmenschlichkeit bewusstwurde. Er blinzelte nicht, atmete nicht. Jeder Muskel in seinem Körper war angespannt und bereit, hervorzuschnellen. „Niemand kann einen schlafenden Vampir wecken. Vor allem nicht Hades. Nur die Kraft, die allen Vampiren das Leben geschenkt hat, könnte ihn aus seinem derzeitigen Zustand reißen.“ Sein Blick wanderte zu meinen Brüsten, wo sich ein fahles rotes Glühen bemerkbar gemacht hatte. Zum ersten Mal realisierte ich stumm, dass Xaviers Augen dasselbe Rot hatten wie die Kraft meines Blutsteins. „Ich befürchte, du bist die Einzige, die jene Gabe besitzt.“ Seine Augen sahen in meine. „Aber du wirst nicht in der Lage sein, meinen Meister nur mithilfe deiner Kraft aufzuwecken. Du musst mit ihm sprechen können – von Geist zu Geist.“ Er stützte seine Ellbogen auf seinen Knien ab. „Du musst ein *Vampir* werden."

Ich erschauderte und löste mich aus Lukes Armen, die fast etwas zu fest um mich geschlungen waren. „Sonya wird auf keinen Fall zu einem blutsaugenden Vampir werden", sagte er missmutig.

Ich wimmerte, als ich die Beleidigung hörte. „Bin ich so anders?", fragte ich in kaum mehr als einem Flüsterton. „Ich nehme Leuten das Leben, genauso wie ein Vampir es tut."

Luke nahm meine Hand und die Kraft seiner blauen Augen sog mich mit so einer Verzweiflung ein, dass ich nicht wegsehen konnte. „Nein, Sonya. Du bist so viel mehr als das." Seine Finger woben sich in meine. „Du gehörst mir."

Xavier erschien ohne Vorwarnung neben uns. Seine vampirische Schnelligkeit überrumpelte uns beide. Seine roten Augen glühten und mächtige Funken stoben von seinen hohen Wangenknochen.

„Verabscheust du, was du bist?", fragte er mich und schien meine Gedanken lesen zu können.

Meine erste Reaktion war, ihm dafür, dass er mir zu nahe gekommen war, eine zu zimmern. Aber in seinen Augen lag eine tiefere Emotion, die mich ruhig werden ließ. „Ja", gab ich zu. Nur Nate hatte mich dazu bringen können, mich zu öffnen, und mir das Gefühl gegeben, verstanden zu werden. Nate hatte mir Trost gespendet, aber Xavier teilte einen ähnlichen Schmerz mit mir.

Er legte seine Hand auf meine Schulter und ich konnte dieses merkwürdige Gefühl von Geborgenheit, das mich einlullte, nicht abstreifen, während ich zwischen diesen beiden starken Männern saß, die meine Runen voller Lust und Begierde zum Leben erwecken ließen. Luke, mein geplagter Engel, fand Wege, um meine Menschlichkeit hervorzubringen und meine Sukkubus-Impulse zu unterdrücken. Aber diesem starken, kühlen Griff dieses Vampirs lag ein Versprechen inne. Er verstand, wie kein anderer es könnte. „Vielleicht", flüsterte er, „wärst du keine Sklavin deiner Impulse, wenn du zu einem Hybriden wie mein Meister wirst. Darum ist er geworden, was er ist."

Meine Augen weiteten sich. „Nehmen wir an – nur so zum Spaß –, dass ich dafür zu haben bin. Wie wird man ein Vampir?"

„Sonya", begann Luke, aber ich hielt eine Hand hoch.

„Ist schon gut“, sagte ich. „Ich werde nichts Unüberlegtes tun. Ich will nur hören, was er zu sagen hat.“

Xavier grinste und seine Zunge glitt verführerisch über seine Lippen. „Das Geheimnis, wie man eine Frau verwandelt, ist eines der bestgehüteten Geheimnisse in der übernatürlichen Gesellschaft.“

Ich zog eine Augenbraue hoch. „Männer sind einfach zu verwandeln?“

Er grinste. „Ich würde es nicht einfach nennen, aber es ist kein Geheimnis. Es dauert lange und ist schmerzhaft und man braucht Glück, um das richtige Blut zu haben, das man für die Verwandlung braucht.“ Sein Grinsen wurde boshaft. „Aber Frauen werden nicht oft verwandelt. Und das aus einem guten Grund.“

„Aber mir wirst du es sagen?“, fragte ich.

Er stand auf und verschränkte seine Arme. „Vielleicht, aber ich fürchte, der Engel kann für dieses Gespräch nicht hier sein.“ Wir beide waren erschrocken darüber, dass er so mühelos erraten hatte, was Luke war – und wie er überhaupt nicht überrascht darüber war, dass Luke eine himmlische Kreatur war. Xavier zeigte den Gang hinunter. „Dein Zimmer befindet sich drei Türen runter in diese Richtung. Die Wände sind gut genug isoliert, damit unser Gespräch vertraulich und außer Hörweite ist. Sogar für ein übernatürliches Wesen. Wenn Sonya es wünscht, wird sie sich nach unserer kleinen Unterhaltung zu dir gesellen.“ Seine Augen glühten kraftvoll. „Aber wenn sie mein Angebot annimmt, darfst du nicht dazwischenfunken.“

Luke sah mich misstrauisch an. Der Schmerz in seinen Augen war nicht zu übersehen. Er hatte mich so viele Male zuvor andere Männer wählen sehen und wieder befürchtete er, dass er mich an einen anderen verlieren könnte. Es war nicht Monogamie, wonach er sich sehnte – sondern die Sicherheit, dass ich immer zurückkommen würde. Ich wollte ihm sagen, dass er ein Stück meines Herzens hatte. Dass er das immer haben würde.

Er nahm meine Hand. „Sieh mich nicht so an“, sagte er und schenkte mir ein schwaches Lächeln. „Sieh nicht so schuldig aus. Ich habe es dir schon mal gesagt und werde es nochmal sagen: Ich verstehe, was du bist. Ich verstehe, dass mit dir zusammen zu sein bedeutet, dich zu teilen. Ich liebe dich genug, um das zu tun.“ Er sah

Xavier mit einem misstrauischen Blick an. „Nicht, dass ich verstehen könnte, was dieses Fangzahn-Gesicht anzubieten hat, das auch nur im Entferntesten verlockend ist."

Ich stieß ihn lachend von mir. „Geh jetzt. Bis bald."

Xavier sah viel zu zufrieden mit sich selbst aus und Luke schlenderte den Gang hinab.

„Großartig", sagte er, als Luke außer Sichtweite war. „Lass uns Geheimnisse austauschen."

Kapitel Zwei

VAMPIR-GEHEIMNISSE

Sonya

Mein Körper wurde von einem unkontrollierbaren Schaudern heimgesucht. Ich hatte den Drang, Luke nachzurennen ... Und gleichzeitig wollte ich bleiben und herausfinden, was diese bebende, unbestreitbare Verbindung zu Xavier bedeutete. Vorausgesetzt, ich stand nicht auf der Speisekarte. Die anzüglichen Blicke, die er mir zuwarf, und die Art, wie er seine Zunge über seine Fangzähne gleiten ließ, war nicht allzu rückversichernd. Ich hatte keine Angst vor dem mächtigen Übernatürlichen. Xavier mochte ein Vampir sein, aber ich zweifelte meine eigenen Kräfte nicht an. Wenn er versuchen sollte, mich zu essen, konnte ich ihn abwehren – vermutlich.

Xavier umkreiste mich wie ein Löwe seine Beute. Er nahm jeden Schritt bewusst auf und wandte seinen rotglühenden Blick keine Sekunde von mir ab. „Spürst du es?“, fragte er, als ich ihn fasziniert ansah. Die Art, wie er sich bewegte, verriet, dass er alles andere als menschlich war.

Ich schlang meine Finger um meine Ellbogen und richtete mich auf. Meine Brüste hingen über meine Arme und Xaviers Blick richtete sich nach unten. Er sah kein bisschen beschämt aus, als seine Augen sich mit Lust füllten. Er sah mich wie ein verzweifelter Mann an, der seit einer langen Zeit keine Frau mehr gehabt hatte. Was unmöglich schien. Er verströmte Sex und pure Lust. Keine Frau wäre in der Lage, ihm länger als fünf Sekunden zu widerstehen.

„Was fühlen?“, fragte ich, obwohl mein Körper mich verriet. Meine Rune hatte sich erhitzt und eine sehnsüchtige Begierde bebte an ihrer Stelle. Er leckte seine Lippen und ging einen Schritt auf mich zu, was mein Herz einen Satz nehmen ließ.

Es spielte keine Rolle, dass ich ein Sukkubus war. Diese Kreatur war das Sinnbild von Lust und Versuchung, genauso wie jeder Sukkubus. Wenn ich unachtsam werden würde, würde er mich um den Finger wickeln.

Er kam mir so nahe, dass er mich berühren konnte, und ließ einen kühlen Finger über meinen Arm gleiten, was die kleinen Härchen daran sich aufstellen ließ. „Dein Körper reagiert auf mich“, sagte er mit einem zufriedenen Grinsen im Gesicht.

Ich versuchte, meinen Blick nicht auf die Öffnung seines geschmeidigen Hemdes wandern zu lassen, worunter sich Muskeln bis unter seine enge Gürtellinie zogen. „Du wolltest mir Vampir-Geheimnisse erzählen“, erinnerte ich ihn.

Er grinste. „Solche Geheimnisse haben ihren Preis.“

Ich funkelte ihn an. „Und was ist der Preis?“

Er lehnte sich zu mir und ließ seine Lippen an meinem Ohr hinabstreichen. Ich zuckte zusammen, als seine Fangzähne ihre kalte Gefahr gegen meine Haut pressten. „Eine Kostprobe deines erlesenen Blutes.“

Ich erschauderte. Ich hätte mir nie erträumen lassen, dass es mich anmachen würde, wenn ein Vampir an meinem Hals wäre. Mein Blut begann durch meine Adern zu rauschen. Erregung pochte in meinen Ohren. Alles, was es brauchte, damit mein Rücken sich durchdrückte, war der sanfte Atem seines Flüsterns an meinem Hals. Und dann bemerkte ich, wie seine Magie sich über mich legte.

Heiße Lust, die nicht meine eigene war, flüsterte in mein Ohr und ließ mein Blut in meine Mitte rasen. Mein Körper flehte darum, mich dem Versprechen auf Lust zu ergeben, aber ich kannte diese Droge viel zu gut. Lust verbarg die Wahrheit: Dass ein Vampir tödlich war und ich sein nächstes Opfer wäre, wenn ich unachtsam würde.

Ich schüttelte den Zauber ab. Dann ächzte ich und fiel zu Boden. Ich vergrub meine Finger im Plüschteppich und atmete tief ein, sog den kräftigen Geruch vom Flieder-Potpourri des sauberen Raumes ein. Der Geruch überdeckte den fahlen Geruch von getrocknetem Blut. Meine Nasenflügel blähten sich. Das hier war eine Vampirhöhle – trotz des Weins und all dem Luxus. Ich erdete mich mit meinen anderen Sinnen und kämpfte gegen den Bann des Vampirs an, indem ich meinen Körper mit der sengend heißen Kraft meines Blutsteins versorgte. Die stärksten Fesseln seiner Macht, die ihre Klauen in mich getrieben hatte, ließen ab.

„Willst du dieses Spiel wirklich spielen?", sagte ich warnend und zähneknirschend. Wenn er mich mit seiner magischen Lust auf die Probe stellen wollte, würde ich ihm zeigen, wie ein Sukkubus ihn in die Knie zwingen konnte. Sobald ich mich wieder von meinen erhoben hatte, natürlich.

Er schenkte mir einen herausfordernden Blick, als ich aufstand und mich aufrichtete. „Wir sind gleichartige Wesen, du und ich", säuselte er und nervte mich mit seiner unerschütterlichen Überzeugung, dass ich mich ihm jeden Moment hingeben würde. Ich stemmte meine Hände in die Hüften, um genau das nicht zu tun. „Ich zweifle deine Macht nicht an, aber ich bin der Zweitgeborene von Hades und dir zweifelsohne überlegen. Ich bezweifle, dass du–"

Ich schnipste mit meinen Fingern und sandte eine rote Welle der rohen Lust los, die sich um seinen Schwanz legte. Das sollte ihm den Mund stopfen. Seine Augen weiteten sich und eine Beule machte sich in seinen Hosen bemerkbar. Er rang nach Luft, als die mächtige Kraft meines Blutsteins ihn hart traf und ich grinste. „Du wolltest sagen?"

Er zog sein Hemd aus und eine feine Schicht von Schweiß glitzerte auf seiner Haut. Obwohl ich die Oberhand hatte, ließ mich die Tatsache, ihn oben ohne zu sehen, ins Wanken geraten. Magie hatte ihn zum perfekten männlichen Musterstück gemacht. Er war muskulös und gefährlich und spielte total in meiner Liga. Seine Muskeln spannten sich angenehm an, als er sich gegen die klebrigen Schichten meiner Magie wehrte. Sobald er das letzte bisschen meiner Kraft zerschnitten hatte, zeigte er seine Zähne. Seine Fangzähne schienen länger als vorher und das rote Glühen in seinen Augen brannte erregt.

Er schien froh darüber, dass ich kein einfaches Ziel war. „Du hast mich kalt erwischt. Das wird nicht nochmal passieren."

Bevor ich eine weitere Welle der Lust lossenden und ihn in meinen Bann ziehen konnte, verschwand er – genau wie vorher auf dem Dach. Ich wirbelte gerade rechtzeitig herum, um zuzusehen, wie er sich aus flackernden Schatten zusammenfügte. Seine Fangzähne waren so nahe an meinem Hals, dass ich erwartungsvoll und gleichzeitig erschrocken erstarrte. „Ich werde nicht zubeißen", versprach er. „Es sei denn, du willigst ein, meine Gefährtin zu sein."

Missmutig platzierte ich meine Hände auf seiner muskelbepackten Brust und schubste ihn weg. Das bezweckte genauso viel, wie wenn ich eine Ziegelsteinmauer zu bewegen versucht hätte. Ich sog Kraft aus meinem Blutstein und meine Energie brannte sich in seine Haut, aber auch das brachte nichts.

Er türmte über mir und legte seine Finger an meine Arme. Aber nicht auf eine bedrohliche Art. Seine Berührung war sanft und leicht, als hätte er Angst, mir wehzutun. Er lehnte sich zu mir, öffnete seine Lippen und atmete meine Magie ein, forderte mich heraus, provozierte mich.

Stolz breitete sich in meiner Brust aus und veranlasste mich dazu, mich auf meine Zehenspitzen zu stellen und seinen Fangzähnen zu erlauben, ihre gefährliche Kälte gegen meine Lippen zu pressen. Das war all die Ermunterung, die er brauchte, um seine Zunge über meine Unterlippe gleiten zu lassen und mich zu kosten, während er begierig grummelte.

Ich war genauso begierig darauf, zu wissen, wie er schmeckte, und ich ahmte seine Bewegung nach, führte meine Zunge über die sanfte Kante seiner Lippen zwischen den scharfen Fangzähnen hindurch. Ich bereute es in jenem Moment, als sein Griff fester wurde. Ich hatte vorher schon gedacht, dass seine Magie mächtig sei ... Ihn zu kosten ließ mich einknicken und gegen die unnachgiebigen Muskeln seiner Brust prallen.

Er schmeckte nach Glückseligkeit, Rosen und Blut – und alles, woran ich denken konnte, war, diesen Leckerbissen zu vernaschen.

Ich öffnete meine Augen und sah ihn mich ansehen, während sein ganzer Körper mit dem mächtigen Drang bebte, der in seinen rubinroten Augen glühte. Er war genauso berauscht von mir wie ich von ihm und er hielt sich zurück. Es war idiotisch, allein mit diesem Raubtier zu sein, aber als meine Hände sich um seinen Nacken schlangen und ihn in einen weiteren Kuss zogen, wusste ich, dass er mir nie wehtun würde. Die Rune, die heiß an meinem Bauch brannte, log nicht. Er war einer meiner vier.

Seine Zunge tanzte mit meiner und er zog mich fest an sich. Seine Hände pressten sich an mein Kreuz. Die harte Beule in seiner Hose drückte gegen den Stoff und bebte an meinem Unterbauch.

Ihn so nahe bei der Rune, die ihn für sich beanspruchte, zu spüren, ließ mich erschaudern und ich löste mich, um nach Atem zu schnappen.

„Das ... ist sehr angenehm“, sagte er mit einem tiefen, heiseren Flüstern. „Aber ich brauche noch immer dein Blut, wenn du wissen willst, wie man ein Vampir wird. Das ist mein Preis.“

„Wieso willst du mein Blut?“, fragte ich atemlos und spielte mit meinen Fingern an seinem Nacken herum.

Er gab angesichts der neckischen Berührung ein tiefes Grollen von sich und zog mich noch näher zu sich. „Weil Blut Magie innehat. Du hast Geheimnisse, die ich erfahren möchte.“

Geheimnisse. Was für Geheimnisse konnte ich schon haben, die ein uralter Vampir so sehr erfahren wollte?

„Willst du kein Vampir werden?“ Er legte einen Finger an mein Ohr und strich eine Haarsträhne aus meinem Gesicht.

Ich wickelte eine Locke seines schwarzen Haares um meinen Finger. Dann biss ich mir auf die Unterlippe, um mich davon abzuhalten, ihn wieder zu küssen. Ich konnte nicht abstreiten, dass Vampir zu werden seinen Reiz hatte. Als Sukkubus könnte ich hunderte Jahre lang leben, aber als Vampir hätte ich eine Ewigkeit.

Es war nicht wahrhaftige Unsterblichkeit, die mich anzog, obwohl das ein Plus war. Einige Übernatürliche jagten Vampire, folterten sie in der Hoffnung, das Geheimnis des ewigen Lebens zu lüften. Die Vampire ergaben sich dem Zwang nie. Nicht, weil sie eine stolze Rasse waren, sondern weil ihre Magie auf jegliche Art überlegen war. Vampire konnten ihre Gefühle und ihr Schmerzempfinden kontrollieren, als hätten sie einen Schalter dafür. Das war genau das, wonach ich mich sehnte. Ultimative Stärke. Ultimatives Selbstbewusstsein. Meine Gefühle präzise steuern zu können. Alles, was ich brauchte, um die Reue und die Depressionen, die täglich an mir nagten, abzustreifen.

Was mich zögern ließ, war der Schatten aus Kummer in den Augen des Vampirs. Wie war das überhaupt möglich? Wie konnte eine Kreatur, die so perfekte Kontrolle über ihre eigenen Emotionen hatte, etwas betrauern? Wieso sah er mich an, als könnte ich – ein kaputter Sukkubus – all seine Probleme beseitigen?

Ich wollte mich loslösen, aber sein eiserner Griff um meine Arme hielt mich an Ort und Stelle. Er zwang sich mir nicht auf, aber er ließ mich auch nicht los. „Warum wartest du auf Erlaubnis?“, fragte ich. Ich lallte angesichts seiner berauschenden Magie, die sich in gnadenlosen Wellen über mich legte. „Du könntest mich nehmen, wenn du wolltest.“

Er grummelte und zeigte seine Zähne. Die flüchtigen Gefühle, die ich eben gesehen hatte, wurden vom Raubtier in ihm abgelöst. „Ich bin kein Monster“, sagte er eindringlich. „Ich werde nie eine Frau – weder ihren Körper noch ihr Blut – nehmen, ohne ihre Erlaubnis zu haben.“

Mein Stolz konnte ihm die Erlaubnis nicht erteilen, meine Magie aber schon. Die Hitze meines Blutsteines waberte frustriert und sprach sich für das Bedürfnis aus, dass er meine Brust in seine Hand nehmen sollte. Ich drückte mich an ihn und meine Lippen öffneten sich voller Lust.

„Spiel nicht mit mir, Sonya“, sagte er. „Ich habe eine lange Zeit auf dich gewartet und ich werde jeden Moment davon genießen, dir klarzumachen, was du mir bedeutest.“ Seine Fangzähne streiften meinen Hals erneut und ich wusste, dass er gegen den Drang ankämpfte, mich zu beißen. Meine Schenkel spannten sich an und ich fragte mich, wie es sich anfühlen würde. Anstatt mich zu erleuchten, leckte er bis zu meinem Ohr hoch. „Du magst mich nur ein paar Stunden kennen, aber ich habe dich gekannt, seit diese Visionen vor Hunderten von Jahren begonnen haben.“

Meine Augen weiteten sich. „Visionen?“

Zögernd wich er zurück. „Ich könnte sie dir zeigen, wenn du willst.“ Ein Grinsen breitete sich auf seinen Lippen aus, das mir sagte, dass nichts Gutes daraus kommen würde, wenn ich seine Visionen sehen würde. Und ich hatte das Gefühl, dass der Begriff ‚Fantasien' weitaus zutreffender war.

Ich hätte nein sagen sollen. Stattdessen nickte ich. Mein verdammter, verräterischer Körper.

In tödlicher Stille legte er sein Handgelenk an seinen Mund. Seine Fangzähne drangen in seine Haut und eine kleine Menge Blut sammelte sich an der Stelle. Er streckte mir seinen Arm hin. „Trink, bevor ich es mir anders überlege."

Ich verzog das Gesicht. „Wenn du glaubst–"

Er verschwamm und kam mir so nahe, dass der erotische Geruch seines Blutes mir in die Nase stieg. Das samtige Blut glitzerte voller unsterblicher Magie. Es war völlig anders als menschliches Blut. Mein Magen krümmte sich angesichts der Tatsache, dass ich es *anziehend* fand.

„Na gut. Was solls!", murmelte ich und nahm dann seinen Arm in meine Hände. Vorsichtig legte ich sein Handgelenk an meinen Mund und bedeckte die Wunde mit meiner Zunge.

Lust breitete sich in mir aus. Nie zuvor hatte ich etwas Vergleichbares gespürt. Diese Kreatur, dieser Mann, war mehr als mein Ebenbürtiger. Er war ein raffiniertes Lustobjekt bis hin zu seinem genetischen Make-up. Visionen zogen vor meinem inneren Auge auf. Ein roter Nebel der Lust ließ die Anziehung, die in der Luft lag, wie erbärmliches Vorspiel aussehen. Ich blinzelte und ein Bett rückte ins Bild, zusammen mit Xavier sowie einer anderen Version von *mir*. Sie fielen auf ein riesiges Bett, auf welchem jede Menge Leute Platz gehabt hätten. Sie fielen auf die Matratze und die reine Seide sah aus wie Creme auf ihnen. Traum-Sonya setzte sich rittlings auf den Vampir und legte die Decke um ihre Hüfte, verbarg das Beste am Anblick.

Ich sah von der Kante des Traum-Bettes zu und musterte die Frau, die ich, aber auch nicht ich war. Sie wand sich auf ihm und sah so glücklich aus. Eine Sonya mit perlmuttartiger Haut und Augen, denen ein rubinrotes Glühen innelag. Fangzähne spähten unter ihren plumpen Lippen hervor und sie öffnete ihren Mund stöhnend, als Xavier seine Hand unter die Decke steckte. Sie öffnete sich ihm wie eine Blume, so voller Vertrauen und Entzückung. Er bewegte sich und legte seinen Mund an ihren Hals, versenkte seine Fangzähne in ihr. Es sah aus, als müsste es schmerzen, aber der Geruch von Lust, der den Raum erfüllte, verriet, was für eine schön-schmerzhafte Lust sein Biss auslösen konnte. Magie lag darin. Auf dieselbe Weise wie ein Sukkubus den Schmerz seiner seelenfressenden Fähigkeiten verbarg, so verführte ein Vampir seine Opfer auch mit orgastischer Lust.

Eine Hand presste sich gegen mein Kreuz und ein warmer Atem traf auf meinen Nacken, als der echte Xavier die Vision unterbrach. Ich konnte ihn durch den Nebel dieser Welt, in der ich ein Vampir und seine Gefährtin, ganz und gar bezaubert von ihm, war, nicht sehen. Seine Hände glitten tiefer und berührten meine Hüften, näherten sich zusehends der Hitze, die sich zwischen meinen Schenkeln breitmachte. „Siehst du?“, flüsterte er. „In dieser Zukunft gehörst du mir. Wir nähren uns voneinander und deine Sukkubus-Instinkte sind verdünnt zur reinsten Form von Sinnlichkeit. Kein Tod. Kein Leiden. Nur Lust.“

Traum-Sonya drückte sich an Xavier, als er sich von ihrem Hals löste. Eine Spur ihres Blutes besudelte die reinen Kissen. Er beugte sich hinunter und leckte die Wunden, während er sie auf ihren Rücken rollte und sich auf sie legte. Er zog die Decke weg und begab sich zwischen ihre Schenkel, bewegte sich und neckte sie. Sie wollte nach ihm greifen und näher an sich ziehen, schlang ihre Beine um ihn und drückte ihren Rücken durch. Aber er nahm sie nicht. Noch nicht.

Druck machte sich in meiner Mitte breit, als Xaviers Hände tiefer glitten und einen Hauch Erlösung versprachen. Meine Lippen öffneten sich, als er seine Finger über meine Jeans kreisen ließ.

Seine andere Hand öffnete den Knopf meiner Hose, dann langsam den Reißverschluss und ich lehnte mich an ihn, ergab mich der Lust, die über mich kam.

„Ist es zu viel?“, fragte er, während die Vision noch immer mit voller Gewalt weiterlief. Traum-Xavier gab ein raues Geräusch von sich und stieß dann mit einer flüssigen Bewegung in seine Liebhaberin, verschaffte ihr einen Höhepunkt. Sie schloss ihre Augen und schrie. Eifersucht überkam mich, weil ich wusste, dass Xavier mich nicht so beglücken würde. Nicht, bis ich voll und ganz sein war.

„Ich habe noch nie so ein ... Verlangen gespürt“, gab ich zu und mein Atem verschnellerte sich, als seine Finger sich in den Spalt zwischen meiner Jeans und meiner Haut hinabsenkten und in die feuchte Wärme drangen. Er bewegte sich so unausstehlich langsam, dass mein Körper sich danach sehnte, seine Finger zu packen und sie ihn mich zu stoßen. Aber er schien das Zucken meines Körpers zu bemerken und umschlang meine beiden Handgelenke mit einem festen Griff und neckte mich dann weiter.

Seine Fangzähne streiften an meinem Hals entlang und kniffen sanft zu, ohne die Haut zu ritzen. „Ich habe dir gesagt, dass mich diese Vision für Hunderte von Jahren angetrieben hat. Jetzt verstehst du, warum ich das bestgehütete Geheimnis der Vampire mit dir teilen möchte." Seine Finger bewegten sich nach unten und öffneten meine Ritze. Ich rang nach Luft. „Ich muss dich für die Ewigkeit haben." Er stieß einen einzelnen Finger in mich und ich schrie auf. „Du wirst mir gehören, aber ich werde dich nicht mit Gewalt nehmen. Ich will, dass du fühlst, was ich fühle. Ich will, dass du meine Qualen teilst." Die Grausamkeit in seinen Worten sagte mir, dass er mir die Schuld an seinem Leiden gab. Er wollte mich und verabscheute mich gleichzeitig dafür, dass ich ihn hundert Jahre lang hatte warten lassen.

Dann tat er etwas, das ich nicht hatte kommen sehen. Seine Magie zog an der Verbindung zwischen uns, bis sie weit offenstand, und alles, was ihn auffraß, floss ihn mich. All sein Leid, all sein Kummer. Jede Sekunde des Leidens und der Sehnsucht nahmen mich ein, bis schwarze Punkte vor meinen Augen tanzten. Die rohe Lust, die er für mich verspürte, ließ mich staunen, dass er mich nicht direkt auf dem Dach genommen hatte.

Ich drückte mich an ihn und rang nach Luft, als eine weitere Welle mich durchfuhr und bis zu meiner Mitte drang. Meine Jeans wurde unglaublich feucht vor Lust. „Nicht", flehte ich, aber er pumpte die hundertjährige Sehnsucht weiter in mich und stieß seinen Finger tiefer hinein. Der Druck schmerzte mehr, als dass er mir Erleichterung verschaffte. Meine feuchte Mitte zog sich mit einem heftigen Zucken um ihn zusammen.

Ich konnte nicht mehr. Ich drehte mich um und legte meinen Mund auf seinen. Meine Finger drangen in seinen engen Hosenbund. Seine geschwollene, samtige Härte pulsierte in meiner Hand, aber es waren meine Runen, die mich daran erinnerten, dass Xavier nicht mein einziger Gefährte in diesem Haus war.

„Luke“, flüsterte ich. Ich verspürte Reue darüber, dass ich seinen Namen aussprach, während ich einen anderen Mann streichelte, aber ich musste an ihn denken. *Vor allem* jetzt. Ich konnte mich nicht an einen Vampir binden. Ich konnte nicht zulassen, dass Xaviers Magie mich übermannte und mich dazu brachte, ihm zu erlauben, mich zu seiner Gefährtin zu machen. Gleich hier auf diesem ruinierten Teppich, auf dem sein Blut, das ich gekostet hatte, sowie der Beweis für meine Lust, der noch immer an meinen Schenkeln hinabglitt, glitzerte.

Xaviers ganzer Körper versteifte sich. Er zeigte seine Fangzähne und ich wusste, dass er sich kaum noch unter Kontrolle hatte. „Meine Visionen haben mir das auch gezeigt“, flüsterte er. „Du bist nicht allein in unserer Zukunft.“

Ich wusste, wie sehr sich Xavier nach mir verzehrte. Wie sehr er mich brauchte. Ich war in den letzten hundert Jahren sein einziger Lebensgrund gewesen. Er hatte nach mir gesucht. Nach dieser Frau, die seine Gefährtin werden könnte. Ohne zu wissen, wer sie war oder ob er sie je finden würde.

Ich streichelte ihn weiter. „Ich will das hier“, gab ich zu und mein Blick wanderte zur glühenden Hitze seiner Augen. „Ich–“ Meine Worte verstummen, als Xaviers Blick gefährlich wurde und über meine Schulter blickte. Ein warnendes Fauchen kroch zwischen seinen Fangzähnen hervor.

Ich drehte mich um, eine Hand noch immer an Xaviers Schwanz. Meine Jeans war offen und feucht von meiner Lust. Ich sah Luke dastehen und uns beobachten. „Du hast meinen Namen gesagt“, erklärte er.

Es war nur ein Flüstern gewesen, aber Engel hatten ein verdammt gutes Gehör. Ich errötete. Ich wollte Luke nicht wehtun. Er behauptete, dass es kein Problem für ihn war, mich zu teilen, aber es mitanzusehen ... „Luke, ich–“

Er winkte ab. „Ich bin nur gekommen, um sicherzugehen, dass er dir nicht wehtut.“ Sein Blick wanderte zu meiner Hand in Xaviers Hose.

Xavier entspannte sich und nahm mein Handgelenk sanft in seine Hand, ermutigte mich, ihn weiter zu streicheln. „Sie ist mit dir verbunden", beobachtete Xavier und seine Fangzähne glitzerten gefährlich. Er wurde unter meiner Berührung härter. „Und doch erlaubst du ihr, mich zu berühren?"

Er stichelte. Ich hätte ihn aufhalten sollen, aber die unwiderstehliche Lust seiner Vision floss noch immer durch meine Adern. Xavier fütterte mich weiterhin mit seinen Gefühlen. Seine Magie war stark und seine Begierde echt. Ich schloss meine Augen. Es fühlte sich so gut an, ihm Lust zu verschaffen. Die geschmeidige Haut unter meinen Fingern verleitete mich dazu, ihn zu streicheln, mich um ihn zu kümmern, ihm zu geben, was er für so lange Zeit begehrt hatte.

„Ich habe Sonya immer schon geteilt", sagte Luke stur. Ein Nerv zuckte an seinem Kiefer. „Ich weiß, was sie ist, und ich weigere mich, sie mit Forderungen nach Monogamie zu ersticken. Das ist so eine menschliche Beschränkung." Seine blauen Augen glühten mit seiner übernatürlichen Kraft. „Wir sind nicht sterblich, oder?"

Xavier grinste. „Ein ganz neues Konzept." Seine Fangzähne schabten an meinem Hals. „Vielleicht würde sie es genießen, wenn du dich uns anschließt. Zumal deine Umgangsformen mit übernatürlicher Sexualität ... kultiviert sind."

Als ich Xaviers Vorschlag hörte, hielt ich inne. Mit geweiteten Augen sah ich den Vampir an. Er grinste verschmitzt, aber dieser Schatten des Schmerzes war zurückgekehrt. „Ich kann sie nicht haben. Nicht, bis sie meine Gefährtin ist."

Er streichelte mein Gesicht. „Mir ist bewusst, dass dein Band mit den anderen nicht so ... permanent ist. Du möchtest dich gerne mit ihnen beratschlagen, oder?"

Trotz seiner rasenden Lust nach mir gab es nichts zu diskutieren. Er würde mich nicht nehmen, bis ich zustimmen würde, seine Gefährtin und damit ein Vampir zu werden. Eine Entscheidung wie diese konnte ich nicht fällen, ohne meine vier vorher zu konsultieren. „Ja", flüsterte ich. Nate. Jet. Ich vermisste sie. Sie mussten wissen, dass ich sie nicht vergessen hatte. Dass ich nie eine so tiefgreifende Entscheidung treffen würde, ohne ihre Meinung einzuholen.

Xavier ließ seine Finger über meine Schultern gleiten und zog meinen Ärmel runter, entblößte schweißige Haut. Seine Berührung ließ meine Vision aufflackern. Erneute Lust überkam mich in Schüben.

Xavier gluckste. „Ich fürchte, ich habe sie mit der ungestillten Begierde hunderter Jahre überfordert, Luke. Eine grausame Strafe für einen Sukkubus.“ Sein Blick funkelte herausfordernd. „Wenn du dich uns anschließt, kannst du ihr geben, was ich ihr nicht geben kann.“ Trotz all seinen Behauptungen, dass er mich leiden lassen würde, wie er es hatte, wollte er, dass ich Lust erfuhr. Selbst, wenn er nicht derjenige sein konnte, der sie mir verschaffte. Das ließ meine Schenkel sich anspannen und ein sanftes Wimmern stieß aus meinem Rachen.

Luke verzog das Gesicht. „Und wieso kannst du sie nicht ficken?“, fragte er, als wäre er irritiert. Aber angesichts Xaviers Magie in der Luft konnte ich Lukes Interesse riechen. Mich zu nehmen, während Xavier hier war, würde mich daran erinnern, dass er genauso mein Gefährte war wie Jet oder Nate – oder sogar dieser Vampir. Es wäre der ultimative Beweis, dass ich – auch wenn ich den Schwanz eines anderen Mannes in der Hand hatte – zum Engel gehörte.

Xavier grinste mit einer so teuflischen Lust, dass mir der Grund, wieso er mir nicht geben konnte, was ich wollte, augenblicklich bewusstwurde.

Wenn Xavier mich ficken würde, würde er die Kontrolle verlieren und er würde mich sein machen. Er würde mich in einen Vampir verwandeln, ob ich ihm nun die Erlaubnis gegeben hatte oder nicht.

Es war nicht bloß Sex, der jemanden in einen Vampir verwandelte. Es war die Übernahme von Lust, Biss und das Teilen von Blut – und natürlich war auch jede Menge Magie mit im Spiel.

Lust, Check.

Jede Menge Magie? Zur Hölle, ja.

Sex und Blut zu teilen ... Nie hatte ich etwas mehr gewollt.

Ich hatte das Gefühl, dass es etwas mehr bedurfte, um ein Vampir zu werden, aber das Schicksalsband der Runen sagte mir, dass ich diese Theorie besser nicht testen sollte. Wenn ich mich von Xavier ficken lassen würde, würde ich ihm gestatten, von mir zu trinken. Ich würde seins werden – was auch immer die Konsequenzen sein würden. Diese Konsequenzen beinhalteten vermutlich, dass mir Fangzähne wuchsen und ich an ein altes, magisches Band gekettet wäre, das ich noch immer nicht ganz verstand. Was würde mit Nate oder Jet passieren? Würden sie aus ihren Leben gerissen und an meine Seite gekettet? Sie verdienten mehr von mir.

Was auch immer ich mir selbst einprägte, Xaviers Magie überkam mich in kräftigen Wellen. Seine Lust und Erinnerungen flossen weiter in mich und ich ließ die Lust überhandnehmen. Sie vernebelte den Raum wie eine Droge und Lukes Hände glitten über meine Kurven, zogen meine Kleider aus, die sich plötzlich eng und hinderlich anfühlten. Ich hatte meine Hand noch immer an Xaviers Schwanz. Ich weigerte mich, loszulassen, als würde mein Leben davon abhängen.

Mir stockte der Atem, als Luke sich hinter mich stellte und seine Erektion zwischen meinen Pobacken drückte. Er begann süß, streichelte und neckte meine Arme.

Mit meiner freien Hand zog ich an der Hose des Vampirs und entblößte den Rest von ihm. Die Züge seines schweißbedeckten, muskulösen Unterbauches glitzerten im Mondlicht, das durch die vernebelten Fenster hineinschien. Die Fenster waren angesichts der sengenden Hitze von Vampir-Magie, die mit meinen Sukkubus-Kräften tanzten, beschlagen.

Ich kniete mich auf einen samtenen Polsterhocker und klammerte mich an die Kante. Dann schlang ich meine Finger um Xaviers geschmeidige Länge und bewunderte sie, bevor ich lange und bedacht darüber leckte.

Er ächzte und bevor ich seine Lust genießen konnte, presste sich Lukes Schwanz an meine Ritze. Ich hielt inne und drehte mich mit geweiteten Augen und bebendem Körper zu ihm um. Der Engel schien sich kein bisschen daran zu stören, dass ich drauf und dran war, Xavier in meinen Mund zu nehmen. Stattdessen funkelten seine Augen lusterfüllt und erregt. Er war nicht eifersüchtig und ich begriff, dass das der Fall war, weil ich ihn gerufen hatte. Ich hatte seinen Namen gesagt, als ich mich in der mächtigen Magie des Vampirs hätte verlieren können und ihn vergessen und allein zurücklassen können. Das würde ich ihm nie antun.

„Ich will dich“, ermutigte ich ihn und lehnte mich zurück, zwang ihn einen Zentimeter in mich hinein. Ich rang nach Luft, als Lukes Lust durch mich floss. Meine Finger um Xaviers Schwanz verkrampften sich. Es fühlte sich so fantastisch an, zwischen zwei Männern zu sein, die mich beide so sehr wollten – die meine vom Schicksal bestimmten Partner waren.

„Du darfst nicht essen“, warnte Luke und sein Blick wanderte zu Xavier. „Vergiss nicht, was ich dir beigebracht habe.“

Bevor ich ihn daran erinnern konnte, dass ich die Kontrolle hatte, stieß er in mich und drang ein, woraufhin ich einen Schrei ausstieß und meine Kontrolle über meine Sinne verlor.

Luke hatte recht. Wenn ich jetzt aß, würde ich die Lebenskraft eines Engels und eines Vampirs aufnehmen. Ich würde mich in einer Spirale der Lust verlieren, aus der ich nie wieder auftauchen würde. Ich war nicht bereit dafür, aber Luke hatte mir gezeigt, wie ich Sex genießen konnte, ohne mich zu laben. Mein Blutstein sandte neue Kraft durch mich, half mir dabei, den nagenden Hunger in meiner Brust zu vergessen.

„Ich könnte so einiges von dir lernen“, sagte Xavier bewundernd, als er meine Magie, die hätte unsichtbar sein sollen, beobachtete. Er sah die rohe Hitze in mir. Er legte einen Finger an mein Kinn und lenkte meine Aufmerksamkeit wieder auf das bebende Fleisch in meiner Hand. „Ich kann deine Lust spüren“, sagte er. „Nimm ihn in den Mund. Andernfalls werde ich den Engel von dir losreißen und dich selbst nehmen.“

Ich sah einen Moment lang zu ihm hoch und bemerkte die lodernden Flammen in seinen Augen. Ein Feuer, das mich an den Blutstein erinnerte und seine Magie offenbarte, die gefährlich nahe dran war, ihn einzunehmen. Wenn er dieses letzte bisschen an Kontrolle verlor, würde er mich nehmen und das Band der vier wäre komplett – dafür war ich noch nicht bereit.

Ich konnte das Band nicht vervollständigen, ohne es zuerst mit allen Involvierten zu besprechen. Aber ich konnte auch nicht der Verführung widerstehen, Xaviers wie auch meinen eigenen Hunger zu stillen. Ich würde ihn keinen Moment länger leiden lassen. Er hatte hundert Jahre gewartet und mit jeder Sekunde erfüllte mich diese qualvolle Sehnsucht mehr. Er hatte keine Frau mehr gefickt, seit die Visionen angefangen hatten. Er befürchtete, dass, wenn er es tat, er die Kontrolle verlieren und die Frau mit vampirischer Magie versorgen würde. Das würde zu einem Blutsband führen, das nicht erschaffen werden sollte.

Ich nahm ihn tief in meinen Mund, bis er in meinem Rachen war. Er zuckte angesichts der plötzlichen Lust, die mein Mund ihm verschaffte, zusammen. „Ja", keuchte er. „Mehr."

Ich versuchte mich zu konzentrieren und meine Zunge über seine sensible Haut gleiten zu lassen, aber es war schwierig, bei der Sache zu bleiben. Luke stieß weiterhin langsam in mich. Die Lust, die er mir verschaffte, zügelte das gefährliche Beißen der Begierde, das sich in mir ausbreitete. Nektar rann an meinen Beinen hinab und sammelte sich an meinen Knien. Er besudelte das Möbelstück, welches zweifellos mehr kostete als meine Monatsmiete. Meine Arme zitterten und Lust drohte, mich zusammenbrechen zu lassen.

„Ich – ich kann nicht", keuchte ich und war zum ersten Mal überfordert. Schwarze Punkte tanzten vor meinen Augen.

Xavier gab ein heiseres Lachen von sich und er verschwand. Sein stahlharter Schwanz in meiner Hand verschwand schneller, als ich ihm folgen konnte. Alles drehte sich und plötzlich lag ich auf meinem Rücken. Die Feuchte, die sich auf dem Polstersessel gesammelt hatte, klebte kalt an meinem Rücken.

Luke stolperte und grummelte, als er weggeschoben wurde, aber er war noch immer zwischen meinen Schenkeln und ich schlang sie instinktiv um sie. Dann zog ich ihn nahe zu mir und sein Schwanz stupste gegen meine geschwollene Mitte.

Xavier erschien hinter mir und ich ließ meinen Kopf zurückfallen. Er nahm mein Angebot an und vergrub sich in meinem Mund. Ich ächzte, als seine Lust mich hart traf, und ich griff nach oben, berührte seine muskulösen Arme. Er hielt mich, während ich meinen Kopf vor- und zurückbewegte und ihn tiefer in meinen Mund nahm.

Er hatte recht. Das hier war besser. Luke drang in mich ein und begann wieder zu stoßen, während seine Finger mit meiner Knospe spielten. „Sonya", sagte er keuchend, während Wellen der Lust sich zwischen uns aufbäumten. „Wenn du willst, dass ich aufhöre, schubs mich weg."

Sogar jetzt befürchtete Luke, dass ich jemand anderen mehr wollte als ihn. Als Antwort darauf schlang ich meine Beine fester um ihn und zog ihn näher. Das ermutigte ihn und er bewegte sich schneller, ließ Tränen in meinen Augen aufsteigen, während Lust mich dazu brachte, mich um ihn zusammenzuziehen.

„Wir müssen kommen", warnte Xavier. Ich wusste, dass er für immer Sex haben konnte – da Stehvermögen kein Problem für seine Art war. Aber je länger wir einander befriedigten, desto gefährlicher wurde diese Lust. Xavier war es bestimmt, mich seins zu machen. Das war in den letzten hundert Jahren sein einziger Gedanke gewesen, und mich zu spüren, brachte ihn um den Verstand. Seine Fangzähne waren noch länger geworden und sahen aus meiner exponierten Position scharf und tödlich aus. Sex, Teilen von Blut und Lust waren der einzige Weg, wie er all seine Emotionen, Erinnerungen und Visionen mit mir teilen konnte. In dem Moment, in dem das hier endete, würde die Verbindung abbrechen. Ich würde keinen Zugriff mehr auf alles haben, das mich an ihn band.

Ich wollte nicht, dass es aufhörte. Jede Sekunde, die vorbeiging, erfuhr ich etwas Neues. Als sein Schwanz über meine Zunge fuhr, zog eine Erinnerung aus dem süßen Geruch seiner Magie und Lust auf. Er war einst böse gewesen. Ein dunkler Vampir, der seinen Vater enttäuscht hatte, der wusste, dass es mehr gab als Sex und Macht. Darum hatte er eine Hexe aufgesucht, die Xavier mit Visionen einer Blutsgefährtin, die er hundert Jahre lang nicht haben konnte, fütterte. Dann hatte er sich geändert. Es war alles nur meinetwegen und zu wissen, dass er hundert Jahre warten musste, hatte ihn zermalmt. Jetzt, wo er wusste, dass ich bereits drei andere Gefährten hatte, war die Chance groß, dass er wieder zu seinen alten, dunklen Wegen zurückfinden würde. Ich konnte ihn nicht glauben lassen, dass es keine Chance gäbe. Ich wusste nicht, ob ich ein Vampir werden wollte, aber Xavier war ein guter Mann geworden. Er hatte gelernt, wie er sich von geschmacklosen, nach Metall schmeckenden Blutbeuteln aus dem Kühlschrank ernähren konnte und hatte enthaltsam gelebt, in der Hoffnung, dass mich das zu ihm führen würde. In Lust lag Magie und so hatte er sich ausgehungert, nur damit ich ihn eines Tages finden und ihn von seinen Leiden erlösen könnte.

Ich griff nach den festen Schenkeln, die sich zu meinem Mund beugten. Obwohl er so viel mehr wollte, so konnte ich ihm wenigstens das geben.

Fick mich so hart, wie du kannst, befahl ich Luke in Gedanken.

Ich klammerte mich an Xaviers Schenkel und nahm Lukes lange, fester werdende Stöße in mir auf und ließ die Lust sich in mir ausbreiten. Ich widerstand der Kraft, die sich in meinem Sukkuben-Herz absetzen wollte, und leitete sie an Xavier weiter.

Er rang nach Luft, als die Kraft ihn traf. Lukes und meine Lust waren eine starke Droge, die ihre Wirkung in ihm entfaltete, bis er in meinen Mund kam. Er zuckte, seine Länge rollte und bebte auf meiner Zunge und er kam hart.

Lukes Schrei kam gleichzeitig wie der meines neuen Liebhabers und ich verlor mich in der Wonne, die drohte, mich in die Tiefe zu ziehen.

Kapitel Drei

PAPA IST ZU HAUSE

Sonya

Nach einer langen, dringend nötigen Dusche rubbelte ich mein Haar mit einem Handtuch trocken und verließ das Badezimmer. Luke schlief tief und fest in einem Bett, in dem gut und gerne zehn Leute Platz gehabt hätten. Es schien, die meisten Vampir-Schlafzimmer boten die Möglichkeit, eine Orgie zu haben. Ich hätte Lukes Fähigkeit, so friedlich in einer Vampirhöhle zu schlafen, bewundert, wenn dieser Vampir nicht bei der Tür gestanden und mich zufrieden grinsend angesehen hätte.

„Hast du vor, hier drinnen zu schlafen?", fragte ich und war mir nicht sicher, ob ich hoffnungsvoll oder besorgt fragte. Der Dreier war atemberaubend gewesen, aber dieser ziehende Drang, unser Band zu vervollständigen, war zu stark gewesen. Ich musste die anderen hierherbringen. Aber jetzt, am helllichten Tag, schien mein Vorschlag irgendwie lächerlich.

Hey Nate, Luke, Jet, ich weiß, dass ihr alle mächtige, starke Männer seid. Aber wie wäre es, wenn ihr euch permanent an mich bindet? Ich werde ein Vampir werden und für immer leben, was euer Leben weiß Gott wie beein-

flussen wird, aber hey, was meint ihr? Wollt ihr Xavier in euer sonderbares Team einbinden und herausfinden, was passieren wird?"

Ich biss mir auf die Unterlippe. Sie würden auf keinen Fall damit einverstanden sein, oder?

Xavier räusperte sich und riss mich aus meinen Gedanken. „Nein", sagte er und stieß sich vom Türrahmen ab. „Ich schlafe nicht." Seine Augen glitzerten gefährlich. „Und wenn ich das Bett mit dir teilen würde, würdest du auch nicht schlafen."

Ich würde ihn nicht Kontrolle über dieses Gespräch haben lassen. Ich ließ das Handtuch fallen und sein Blick wanderte über meinen nackten Körper. Die Lust und die Begierde waren noch immer da, aber die Kraft seines Bluts war angesichts der Hitze des Blutsteins aus meinen Adern gewichen. Oder vielleicht war es Lukes heilende Magie gewesen. Engels-Sperma machte komische Sachen.

„Bist du böse auf mich?", fragte er und wandte seinen Blick nicht von meinem Körper ab. „Du solltest mich nicht mit deiner nackten Haut verführen. Du weißt, wie sehr ich dich begehre." Er erstarrte, als ich nähertrat. „Vielleicht hätte ich dich nicht drängen sollen", jammerte er. „Meine Kraft hat ihren eigenen Willen. Ich wollte nur, dass du verstehst ..."

Ich näherte mich ihm und presste meine Hand gegen seine Brust. Ein ungewolltes Lächeln breitete sich auf meinen Lippen aus. „Ich bin nicht verärgert. Ich bin froh, dass du es mir gezeigt hast." Ich lehnte mich zu ihm und knabberte an seinem Hals. Er ließ es zu und regte sich nicht, während ich mit ihm spielte. „Ich muss über eine Menge nachdenken."

Als er sich weigerte, sich zu bewegen – vermutlich, um sich davon abzuhalten, mich zu nehmen, während Luke schlief –, stieß ich ein enttäuschtes Seufzen aus. Ich ließ meine Hand sinken und lief zurück zum Handtuch, das auf dem Boden lag. Ich hatte mein Argument vorgetragen. Ich hatte keine Angst vor ihm und verdammt nochmal, ich konnte mich zusammenreißen.

Ein Funken Magie kitzelte meinen Po, als ich mich bückte und das Handtuch aufhob, woraufhin ich wimmerte. Ich richtete mich auf und funkelte ihn an, schlang die dünne Schutzschicht um mich und er lachte.

„Tu das nicht", fauchte ich.

Er grinste und seine Fangzähne glitzerten. Er drehte sich zum Gehen um, dann hielt er jedoch im Türrahmen inne, sah nachdenklich aus. „Kann ich dich etwas fragen, Sonya?"

Ich richtete mich auf. „Natürlich."

Er runzelte die Stirn. Sein Blick schien abwesend, als würde er eine Erinnerung hervorrufen. „Es war nicht ich, der dich hierhergebracht hat, oder?"

Stille breitete sich zwischen uns aus. Ich wandte meinen Blick ab, wollte den Schmerz in seinen Augen nicht sehen. Er hatte mir gezeigt, dass er versucht hatte, mich zu rufen, indem er gehungert hatte. Ich wusste, wie sich das anfühlte. Zu hungern war pure Selbstverletzung und brachte nichts als Schmerz. Ich wusste nicht, ob mein Blutstein das gespürt hatte, aber meine Runen schienen ihren eigenen Willen zu haben. Ich wurde von meinen Sünden und meinen vier angezogen. Was auch immer für eine alte Magie sich durch meine Adern wand, sie wollte vollständig sein. Aber ich glaubte nicht, dass es etwas gab, das Xavier hätte tun können, um mich auf seine Seite zu ziehen, bevor die Zeit reif gewesen war. Ich war zu ihm gekommen, als ich bereit gewesen war. Als ich ihn gebraucht hatte. Es fühlte sich unglaublich eigensüchtig an, weil er mich hundert Jahre lang gebraucht hatte und ich nicht da gewesen war. „Ich weiß nicht, warum mein Blutstein mich hier hingebracht hat", gab ich zu und meine Finger wanderten zu meinem Schlüsselbein. „Vielleicht ist es meine Pflicht, Hades zu beschützen, und der einzige Weg, das zu tun, ist, dieses Band zu vervollständigen, das ich nicht ganz verstehe."

Xavier sah mich mit diesen gefährlichen Augen an, in denen eine mir bekannte Energie waberte. „Ich habe solche Male zuvor schon gesehen." Sein Blick wanderte zu meinem Bauch, der von meinem dünnen Handtuch bedeckt war. Meine Runen begannen zu brennen, erkannten ihn. Er durfte mich dort berühren. Es war ihm bestimmt, mir alte Magie einzuflößen und sie durch meine Adern schießen zu lassen.

Ich erschauderte. Er hatte dieselbe Wirkung auf mich wie eine Droge. „Wirklich?", fragte ich. Niemand hatte mir je sagen können, was die Runen zu bedeuten hatten. Wann immer ich meine Mutter danach gefragt hatte, hatte sie das Thema gewechselt. Wenn sie etwas gewusst hatte, hatte sie die Geheimnisse mit ins Grab genommen.

Er warf mir ein Grinsen zu und seine strenge Miene verwandelte sich in einen arroganten und charmanten Ausdruck. „Sobald du meine Gefährtin bist, werde ich mein ganzes Wissen mit dir teilen."

Ich verzog das Gesicht. „Du weißt, was unser Band zu bedeuten hat, aber du wirst mir nichts sagen, bis ich so tief drinstecke, dass ich nicht mehr rauskommen werde?"

Er lachte und das tiefe Rumpeln ließ eine Hitze tief in meinem Bauch erwachen. „Sprich mit den anderen. Sie wissen mehr über unser Band, als ihnen bewusst ist."

Bevor ich etwas einwenden konnte, schlüpfte er in Form eines wandelnden Schattens aus dem Zimmer und meine Hand, die ihn aufzuhalten versucht hatte, hing in der Luft.

Verdammt.

Ich hatte nicht gedacht, dass ich schlafen könnte. Aber sobald ich meinen Kopf aufs Kissen gelegt hatte, war ich weggetreten. Lukes rückversichernde Wärme zu spüren, als er seinen Arm beschützerisch um mich legte, gab mir ein Gefühl von Sicherheit. Ich erwachte, schmiegte mich fest an seine Brust. Aber es war nicht sein steter Herzschlag, der mich aufrüttelte. Ich runzelte die Stirn, als ein knirschendes, unbekanntes Geräusch die friedliche Atmosphäre im Raum störte. Es hallte durch die Nacht und meine Haare standen mir zu Berge.

Schreie.

Mit einem Ruck wachte ich auf und löste mich aus Lukes Umarmung. „Was war das?", fragte ich mit noch etwas benommener Stimme. Ich wollte wieder einschlafen und nicht aufwachen, bis die Schläfrigkeit aus meinen Knochen verschwunden war. Ich hatte nicht gegessen und mein Körper begann, die Beanspruchung langsam zu spüren. Ich sog einen Hauch Kraft von meinem Blutstein, wimmerte aber, als ein Schmerz sich durch meine Brust zog. Mein Körper begann sich dafür zu rächen, dass ich mich nicht auf natürliche Weise ernährte. Die Macht des Blutsteins konnte mich bei Kräften halten, aber nicht für immer.

Luke fuhr mit einem Finger über meine Brust und bemerkte mein Unbehagen nicht. Die Gefahr hatte Vorrang. Er setzte sich auf und legte seinen Kopf schief. Er hatte ein weitaus besseres Hörvermögen als ich. Er hätte vor mir erwachen müssen. Als ich das rote Glühen in seinen Augen sah, schluckte ich trocken. Ich hatte mich nicht an ihm gelabt, aber es war unmöglich abzuschätzen, was für eine Wirkung Sex mit einem Sukkubus und einem Vampir auf seine Kräfte hatte. Ein weiterer Schrei durchbrach die Stille und dann erwachte die Stadt zum Leben, als hätte der Schrei alle aufgeweckt.

„Was zum Teufel ist hier los?", fragte ich und streckte meine Beine aus dem Bett. Ich lief zu den Fenstern, öffnete eines davon und erschauderte angesichts der Angst und Panik, die in der kalten Luft lag.

Die Stadt glühte in einem goldenen Vordämmerlicht, das gegen die zackigen Gebäude von Venedig schien. Aber es waren die rubinroten Staubpartikel, die meine Aufmerksamkeit auf sich zogen. Es war nicht nur das Funkeln von Sonnenlicht, das über den Horizont spähte, sondern Magie, die von Vampiren kam – oder einem Blutstein.

Ein dünner Hauch von Magie wand sich durch die Straßen in Form einer nebligen Kraftkugel. Sie ging von Tür zu Tür und ließ neue Schreie in jedem Haus, die sie berührte, erklingen. Menschen stolperten mit was auch immer für eine Waffe ihnen in die Hände gefallen war auf die Straße hinaus. Küchenmesser, Schläger und Autoschlüssel, zwischen Fingerknöcheln eingeklemmt, schienen die auserwählten Waffen zu sein.

„Etwas Böses geschieht hier", sagte ich zu Luke.

Er stellte sich neben mich und runzelte die Stirn angesichts der immer stärker werdenden Panik, die sich über die Stadt legte. „Glaubst du, es sind die Vampire?"

Ich deutete auf die sich windende rote Kugel, die sich durch die Straßen schlängelte. „Ist das vampirische Kraft?"

Luke schlang beschützerisch einen Arm um meine Schultern und zog mich zu sich. „Ich würde sagen, das ist Beweis dafür, dass Derek einen weiteren Blutstein in die Finger gekriegt hat. Obwohl ich nicht weiß, wie er die Kraft externalisiert hat. Apollo muss seine Hände im Spiel gehabt haben.“

Fluchend löste ich mich aus Lukes Griff. Sosehr ich in der Geborgenheit, die er spendete, versinken wollte – ich war keine Jungfrau in Nöten. Wenn Derek die Stadt angriff, dann war es, weil er wusste, dass ich hier war. Mein Chaos, mein Problem. Ich musste das wieder hinbiegen.

„Glaubst du, er versucht, mich zu vertreiben?“, fragte ich.

Luke grinste. „Nimm dich nicht so wichtig. Eine der männlichen Musen lebt in dieser Stadt, schon vergessen? Wenn Derek irgendjemanden vertreiben will, dann Hades.“

Es ergab keinen Sinn. Derek wusste bestimmt, dass der uralte Vampir schlief und nicht aufgeweckt werden konnte. Dann erinnerte ich mich an etwas, das Xavier gesagt hatte. Es würde zweierlei bedürfen, um Hades aufzuwecken: Die Kraft eines Blutsteins und ein Vampir, der Macht über ihn hatte.

Schreie in einer mir unbekannten Sprache rissen mich aus meinen Gedanken und ein Mob jagte einen der Vampire. Er war nicht zu verkennen mit seinem roten Nebel in den panischen Augen und den glitzernden Fangzähnen. Vampire waren Übernatürliche, die sich bei Tageslicht alles andere als gut schlugen. Sie lauerten von Natur aus in den Schatten, verwendeten Irreführung und Verführung ... Und sie rannten nie davon.

Dieser hier aber tat es. Er stolperte und fiel auf seine Knie, versuchte der Meute mit gezückten Waffen hinter ihm zu entkommen.

„Sie werden ihn umbringen“, fauchte ich. Ich wusste nicht, ob er ein Vampir war, der es wert war, gerettet zu werden, aber die Panik in seinen Augen ließ mich zusammenzucken. Was, wenn das ich wäre? Was wenn die Menschen wüssten, was ich getan hätte und wozu ich imstande war? Es gäbe garantiert eine Hexenjagd.

Luke packte mein Handgelenk, als ich zur Tür schritt. „Wir müssen zuerst herausfinden, was vor sich geht. Wir können nicht einfach–“

Seine Worte wurden von einem entsetzlichen Schrei unterbrochen. Ich schubste Luke beiseite und spähte wieder aus dem Fenster. Ich sah gerade noch, wie der Vampir das zersplitterte Ende eines kaputten

Schlägers umklammerte, welches ihm durch die Brust gejagt worden war. Blut spritzte aus seinem Mund und seine Augen wurden trüb. Er fiel zu Boden.

Er verwandelte sich nicht in Asche, wie ich erwartet hatte. Der Körper blieb regungslos liegen. Ich starrte mit geweiteten Augen hin, während er auf der Straße verblutete. Niemand verdiente es, so zu sterben. Der Mob schrie und jubelte triumphierend. Sie bewegten sich, als der verweilende rote Nebel sich über sie legte, und verteilten sich mit mörderischen Blicken in ihren Augen.

Ich packte Lukes Hand und zog ihn aus dem Raum. „Komm schon. Wir können nicht einfach nur hier sitzen und nichts tun." Luke folgte mir protestierend. „Wir können eine Stadt voller Leute, die gerade realisiert haben, dass Vampire existieren, nicht aufhalten."

Ich zog ihn den Gang hinunter und hielt erst inne, als ich sanfte Stimmen hörte und realisierte, dass es ein Nachrichtensender war. Ich trat ins Wohnzimmer und sah Xavier gebannt auf den Fernseher starren. Ein überraschendes Gefühl der Erleichterung machte sich in mir breit, als ich den Vampir sah. Xavier hätte mir mit seinen langen, gefährlichen Fangzähnen, die unter seinen Lippen hervorlugten, und der roten Magie um seine Handgelenke herum Angst machen sollen. Aber ich hatte eine Seite an ihm gesehen, die verletzlich war und wunderschöne Makel hatte. Als er mich ansah, lief mir ein Schauer den Rücken hinab.

„Ich verstehe nicht, wie das möglich ist", sagte er mit einem tiefen, bedrohlichen Grummeln. Er deutete auf den Bildschirm und eine wackelige Kamera zoomte auf die rote Kraftkugel, die durch die Straßen von Venedig rollte, Schreie auslöste und Leute mit Waffen aus den Häusern treten ließ. „Das ist die Kraft eines Blutsteins."

Luke stellte sich vor mich hin und sah Xaviers Aggressivität als Bedrohung an. „Es ist nicht Sonyas Schuld, wenn es das ist, worauf du anspielst."

Xavier runzelte die Stirn. „Nein, ich hätte derartige Absichten letzte Nacht gespürt. Ich weiß, dass sie keine Schuld trifft."

Mein Nacken erwärmte sich, als die Erinnerung an Xavier, der in meinem Mund explodierte, hochkam, während Luke ... „Also", platze aus mir heraus und Hitze brodelte zwischen meinen Schenkeln angesichts der Bilder vor meinem inneren Auge. „Wir wissen, dass nicht ich es bin, die eine magische, scheinbar lebende Kugel in die Straßen geschickt hat. Das lässt nur eine andere Person übrig, von der wir wissen, dass sie einen Blutstein besitzt."

Xavier funkelte uns an. „Derek ist nur ein Inkubus. Er besitzt diese Art Kraft nicht."

„Und ein König", ergänzte Luke.

Xavier zuckte mit den Achseln. „Trotzdem nur ein Inkubus. Nur etwas älter und bösartiger als der Rest."

„Was, wenn Apollo mit ihm zusammenarbeitet?", erwiderte Luke. „Ist eine männliche Muse in der Lage, einen Blutstein zu beeinflussen?"

Xavier fauchte. „Sie sind zu allem in der Lage." Er schlug mit seiner Faust auf den Tisch und der Flachbildschirm wackelte auf seinem silbernen Ständer, drohte, runterzufallen. „Verdammt. Darum brauchen wir Hades im wachen Zustand. Er ist der Einzige, der stark genug ist, um etwas gegen einen solchen Angriff unternehmen zu können."

„Wirklich?", fragte ich grinsend. „Du bist ein uralter Vampir und es gibt keinen Plan B, wenn Papa schläft?"

Xavier funkelte, was ihn unwiderstehlich aussehen ließ. Dann aber weiteten sich seine Augen, als ihm eine neue Idee kam. „Du hast recht. Hades würde uns seinem amoklaufenden Bruder nicht schutzlos aussetzen. Ich habe da eine Idee ..." Er seufzte und ließ die Worte in der Luft verhallen. „Du wirst sie nicht mögen."

Kapitel Vier

EINE VERDAMMT GUTE AUSFALLSICHERUNG

Sonya

Xavier meinte es ernst. „*Das* ist deine Idee einer Ausfallsicherung?!", kreischte ich.

Luke schnaubte höhnisch. „Was für eine schreckliche Idee. Es muss einen anderen Weg geben."

Der einzige Weg, um Übernatürliche davon abzuhalten, Venedig einzunehmen und an Hades ranzukommen, war, die Magie, die ihn zum Schlafen brachte, umzukehren. Anstatt ihn seinen Geist rehabilitieren zu lassen, ... mussten wir ihn frühzeitig aufwecken und die Magie über ganz Venedig senden.

„Vampire müssen nicht schlafen", sagte er mit glitzernden Fangzähnen und einem aufgeregten Funkeln in seinen Augen. „Aber wenn wir schlafen, werden wir stärker und kräftiger. Hades wusste, dass er als hunderte Jahre alte männliche Muse langsam die Kapazität seines Geistes ausgeschöpft hatte. Vielleicht sind seine Brüder bereits verrückt geworden, aber er hat einen Weg gefunden, um dem Wahnsinn zu entgehen. Vampirischer Schlaf ist, was ihn gerettet hat."

„Und jetzt sollen wir ihn aufwecken?", piepste ich.

Xavier sah aus dem Fenster, während das Chaos die Stadt weiter einnahm. Der rote, magische Nebel drang ein – genauso wie feindliche Übernatürliche. Wo die Menschen gegen die Vampire gewütet hatten, unterwarfen Inkuben und Sirenen sie und trieben sie fort. „Es wird hier nicht mehr lange sicher sein. Wir müssen zum Bunker."

„Bunker", wiederholte ich. „Vampire haben Bunker?"

Xavier nickte und schnappte sich eine Tasche. Er lief zum Kühlschrank und begann Blutbeutel hineinzustopfen. „Hades darf in seinen Jahren des Schlafes nicht gestört werden, also begibt er sich in die Tunnel von Venedig, wo ihn niemand suchen würde. Die Vampire werden angesichts des Angriffs dort Zuflucht gesucht haben. Wir müssen zu ihnen und alles planen."

„Wir?", sagte Luke und packte mein Handgelenk.

Es machte mir nichts aus, wenn Luke übermäßig beschützerisch war. Ich mochte es irgendwie, aber im Moment hatte ich weder die Geduld noch die Zeit für seine Macho-Gebaren. „Darüber werden wir reden, wenn wir dort sind", versprach ich ihm.

Seine eisblauen Augen sahen in meine. „Hast du gerade gehört, was er gesagt hat? Die Ausfallsicherung wird alle übernatürlichen Wesen in der Stadt in den Schlaf fallen lassen. Nur die Vampire werden wach sein, was bedeutet, dass du und ich Venedig entweder verlassen oder–"

„Oder ich zu einem Vampir werde und die Sache beende", vollendete ich den Satz für ihn.

Wir würden Venedig auf keinen Fall verlassen. Derek und Apollo machten die Straßen unsicher und suchten nach uns. Egal, wohin wir auch fliehen würden, wir würden uns nirgendwo verstecken können. Ich musste sie bekämpfen. „Das ist unsere beste Chance", sagte ich und presste eine Hand auf seine Brust. Meine Finger glitten unter seinen Kragen. Sein Herz pochte unter meiner Berührung. „Ich weiß, dass es dramatisch klingt und ich mir wirklich mehr Zeit nehmen sollte, um über etwas nachzudenken, was mich für den Rest meines Lebens verändern wird. Aber was ist der Nachteil, wenn ich ein Vampir werde? Ich werde in der Lage sein, zu überleben, ohne mich an sexueller Energie zu nähren."

Luke lehnte sich zu mir und sagte mit leiser Stimme: „Was ist mit den anderen?"

Meine Finger krümmten sich und hinterließen rote Spuren auf

seiner Haut. „Wir haben keine Zeit. Sie werden es einfach verstehen müssen." Ich sah mit geweiteten Augen zu ihm hoch. „Verstehst du es?"

Ich würde mich an Xavier binden. Ich würde den Kreis alter Magie vervollständigen, der sich um meinen Nabel rankte. Und das, ohne sie wirklich zu verstehen. Ohne wirklich zu wissen, was das mit mir oder einem meiner vier anstellen würde.

Seine Hand schlang sich um meinen Nacken und er zog mich zu sich, presste einen Kuss auf meine Stirn. „Du weißt, dass ich dich unterstütze, was auch immer du tust. Ich will nur nicht, dass du es bereust."

„Ich kann nicht mehr so weiterleben", gab ich zu. „Ich kann mich nicht mehr an anderen laben." *Ich kann nicht mehr töten.*

Seine Finger strichen durch mein Haar. „Du kannst dich an mir nähren und ich werde nicht sterben."

Ich presste meine Lippen aufeinander. Er wusste genauso gut wie ich, dass meine Kräfte mich irgendwann übermannen würden. Ich sehnte mich nach Sex und das nicht nur mit ihm, sondern mit armen Opfern, die es nicht verdienten, zu sterben. „Meine Kräfte haben Kontrolle über mich", flüsterte ich. „Nur ein einziges Mal will ich die Kontrolle haben."

Sein Blick verdüsterte sich, aber er verstand, warum ich das wollte.

„Ich werde dich nie gehen lassen", versprach ich und sah zu Xavier. „Du hast immer gesagt, dass du bereit bist, mich zu teilen."

Seine Hand schlang sich um meine Taille und er zog mich seufzend zu sich. „Das ist, weil ich weiß, dass du als Sukkubus keine Wahl hast. Wenn du ein Vampir bist, woher weiß ich dann, dass die Gefühle, die du für mich hast, bestehen bleiben? Was, wenn du eine dominierende Kraft gegen eine andere eintauschst?"

Ich wusste, was er damit meinte.

Was, wenn Xavier dich mir wegnimmt? Was, wenn sie alle dich mir wegnehmen?

Eine Explosion unterbrach unser Gespräch und die Wände erzitterten.

„Zeit zu gehen", sagte Xavier. Die Steifheit seines Körpers, als er die Tasche über seine Schulter schlang, war nicht nur die kühle Reglosigkeit eines Vampirs. Er wusste genauso wenig wie Luke, wem ich treu sein würde. Er hatte für eine so lange Zeit von mir geträumt, aber selbst er wusste nicht, was geschehen würde, wenn ich zu einem Vampir würde. Das beängstigte mich. Ich folgte dem Vampir, der aus dem Zimmer rannte. Sein Körper verschwamm angesichts seiner gewohnten Vampir-Schnelligkeit. Ich fragte mich flüchtig, ob ich mich so bewegen könnte, wenn ich mich verwandelte.

Xavier hielt in der Tür inne und wartete auf Luke und mich, sah unter seiner zaghaften, ruhigen Fassade ungeduldig aus. Ich nahm Lukes Hand und drückte sie. Angst überkam mich. Nicht nur, weil ich nicht wusste, was uns da draußen erwarten würde, sondern auch, weil es zum ersten Mal eine Zukunft gab, die ich wollte. Ich hoffte inständig, dass ich sie kriegen würde. Ich wollte meine vier mehr als alles andere. Ich war es leid, dass wir getrennt waren. Wenn wir die Sache hinter uns bringen würden, würden wir eine Familie sein.

Als würde mein Blutstein meinen verzweifelten Drang spüren, breitete sich eine Wärme in meiner Brust aus. Er hatte die Fähigkeit, mit mir zu sprechen, verloren, aber der fühlende Geist war noch immer da. Er sprach zu meinen Begierden mit seinen eigenen Hoffnungen. Wenn ich ein Vampir werden würde, würde ich die Kraft, aus der er geschaffen worden war, endlich verstehen. Ich würde die Kraft beherrschen, mit der ich geboren wurde. Und ob sie mir bekannt war oder nicht, würde ich verstehen, was für ein Schicksal mir bestimmt war. Angesichts des fernen Omens erschauderte ich. Ich lief Seite an Seite mit Luke, meinem Engel, und folgte meinem Vampir auf die Straßen, wo Übernatürliche in den Krieg gezogen waren.

Venedig hatte bereits aus dem luxuriösen Apartment von Xavier bedrohlich ausgesehen. Aber das Chaos von Nahem und in Person zu sehen, ließ mich erschaudern. Es waren nicht nur durchgeknallte Menschen, wie ich feststellen musste. Auch Sirenen, Inkuben und Apollos gesamte Armee waren gekommen, um uns umzubringen.

„Vorsicht!“, schrie Luke und schubste mich gerade rechtzeitig weg, als ein Inkubus, eingenommen von roter Magie, hinter mir auftauchte.

Der Boden erzitterte unter seinem Körper, der auf dem Boden landete. Er wirbelte herum, gab ein bedrohliches Geräusch von sich und rote Blitze schossen aus seinen wilden, verrückten Augen, rannen an seinen Wangen hinab.

Ich hätte diese Kraft überall erkannt. Mein Blutstein trieb mich an und verlieh mir eine rote Aura, die mich mit Stärke und Entschlossenheit erfüllte. Aber in den falschen Händen hatte ein Blutstein einen ganz anderen Effekt. Der Inkubus wurde fremdgesteuert. Seine Gesichtszüge waren wunderschön und seinen Bewegungen lag eine tödliche Melodie inne. Die verführerische Anziehung, die von ihm ausging, war typisch für Inkuben. Und doch war irgendetwas völlig falsch mit ihm. Rote Streifen ruinierten sein Gesicht, sahen aus wie vergiftete Adern.

„Sukkubus!“, schrie er und zeigte mit dem Finger auf mich. „Für den König!“

„Scheiße“, sagte ich leise und packte Lukes Arm. Xavier hatte gar nicht erst versucht, die sich ausbreitende Armee aus Übernatürlichen, die die Stadt einnahm, zu bekämpfen. Er verschwamm in den Straßen, hielt inne und wartete auf uns. Ungeduld ließ seine sanften Gesichtszüge sich straffen.

„Hier lang!“, schrie ich und zog Luke in Richtung des Vampirs.

Der Inkubus war nicht allein. Eine Sirene kam um die Ecke. Eine Klinge funkelte in ihrer Hand und ich erblasste. Luke zog mich gerade rechtzeitig weg. Die Klinge drang in seinen Magen und er ächzte. Frisches Blut breitete sich um das Metall in seinem Bauch aus. Er zog das Messer raus und warf es zu Boden. Es schepperte die Pflastersteine hinab und fiel dann in einen Kanal. Die Sirene, die ihn angegriffen hatte, öffnete ihren Mund, um zu singen, aber Luke holte zum Schlag aus und rammte eine Faust in ihr Gesicht. Sie ging zu Boden wie ein Papierknäuel.

Mit zittrigen Fingern packte ich Lukes Arm und zog ihn wieder in Richtung des Vampirs. „Ich hoffe, dieser Bunker ist nicht weit von hier“, fauchte ich.

Luke hinkte und ich wollte anhalten und sichergehen, dass es ihm gut ging. Aber ich ermahnte mich daran, dass das der Engel war, der es überlebt hatte, dass man ihm sein eigenes Herz rausgerissen hatte. Eine Stichwunde würde ihn nicht erledigen.

Der rote Nebel nahm die Stadt zusehends ein und schnitt uns den Weg ab. Xavier, der jetzt zwei Schritte vor uns war, sah an einer hohen Mauer hoch. „Wir werden hochklettern müssen", sagte er. „Wenn wir mit dem Nebel in Berührung kommen, habe ich das Gefühl, dass wir auch in seinen Bann geraten werden."

Ich musterte das drei Stockwerke hohe Gebäude, das sich auf eine Seite zu neigen schien, als würde der Boden darunter korrodieren. „Ich weiß nicht ..."

Bevor ich etwas einwenden konnte, schlang Xavier einen Arm um meine Taille und hob mich hoch. „Halt dich fest", sagte er und begann dann zu klettern.

Ich sah Luke und die blutige Straße kleiner werden, als Xavier mich die Wand hochtrug.

„Ich werde ihn nachher holen", versprach Xavier.

Mein Herz schmerzte, als ein Inkubus eine weitere Klinge zückte und auf Lukes Rücken zustürmte. „Pass auf!", kreischte ich und meine Hand schnellte hervor. Rote Kraft drang aus meinen Fingern und ließ den Inkubus zu Boden gehen, bevor er zustechen konnte.

Luke wirbelte herum und sah den Übernatürlichen, den ich gerade ausgeschaltet hatte, während ich eine verdammte Wand hochgetragen wurde, mit aufgerissenen Augen an.

„Das ist die Vampirkraft, Schätzchen." Er grinste an meinem Hals und die kühle Bedrohung seiner Fangzähne streifte meine Haut. „Stell dir nur mal vor, was für Kräfte du haben wirst, wenn du meine Gefährtin bist."

Ich schluckte trocken und realisierte, dass sein steifer Schwanz sich gegen meinen Unterbauch drückte. Xavier wollte mich mehr als alles andere und in seinen Armen zu sein und eine Kostprobe der Macht, die er versprach, zu kriegen, brachte meine Instinkte dazu, einlenken zu wollen.

Falls ich ein Vampir werden würde ... *Wenn* ich ein Vampir würde, hoffte ich, dass ich es überleben würde.

DER BUNKER

Sonya

Die Dächer zu erklimmen, war schwieriger als erwartet. Xavier hätte ohne uns innerhalb weniger Minuten zum Bunker kommen können, aber er kletterte wieder runter und holte Luke rauf, dann wartete er geduldig auf uns, während wir ihm im Vergleich zu einem Vampir im Schneckentempo folgten. Obwohl wir es auf die Dächer geschafft hatten, näherten sich immer wieder Feinde. Als wir am dichtesten roten Nebel vorbei waren, kletterten wir wieder auf die Straße runter, nur um dann in eine hirnlose Horde Inkuben reinzurennen. Wir hängten sie um die letzte Ecke zum geheimen Eingang unter einer der vielen Brücken ab, die die Straßen miteinander verbanden.

Ich schlüpfte durch die winzige Tür und ein moschusartiger und feuchter Geruch stob mir ins Gesicht. Ich rümpfte meine Nase. In der Finsternis gingen wir spiralförmig hinab. Nur das Glühen in Xaviers Augen erleuchtete den Weg vor uns. Vampire konnten im Dunkeln sehen, was einer der Gründe war, weshalb man sagte, dass sie in der Sonne nicht überleben konnten. Dunkelheit verschaffte ihnen einen Vorteil und sie mochten es, ihn auszunutzen.

„Wir sind fast da“, sagte Xavier, während wir durch den knöcheltiefen Matsch wateten. Er hatte uns die Physiologie eines Vampirs erklärt, während wir gelaufen waren, und hatte mir versichert, dass das Vampirsein keine Nachteile mit sich brachte. „Wir mögen Sonnenlicht genauso wie jeder andere, aber unsere Augen und Fangzähne verraten uns nur zu gerne, wenn man nicht gut darin ist, sie zu verbergen." Als wir in ein Abteil mit fahlem Licht kamen und ich sein Gesicht endlich sehen konnte, grinste er mich an. Ich erschauderte, als ich realisierte, dass er perfekte weiße Zähne hatte – keine Fangzähne weit und breit. Als ich näherkam und meinen Finger über sein Kinn gleiten ließ, formten sich Spitzen und drangen aus seinem Mund. „Tut mir leid, Schätzchen. Wenn du in der Nähe bist, verliere ich meine Kontrolle rasch."

Ich errötete und Luke schlang einen Arm um meine Taille. Es war keine eifersüchtige oder beschützerische Bewegung, sondern eher eine unbewusste, vertraute Reaktion. „Sieht aus, als wären wir bald da", sagte er und deute mit seinem Kinn auf eine rote Tür, deren Farbe abblätterte.

Xavier klopfte gegen das hohle Metall. „Ich bins."

Das Guckloch wurde von seinem Schieber befreit und rote Augen musterten erst Xavier, dann uns. Ich hatte erwartet, dass er uns ein paar Fragen stellen würde, aber wenn Xavier tatsächlich Hades rechte Hand war, dann waren Xaviers Freunde auch Freunde der Vampire.

Das Guckloch wurde verriegelt und wir standen in Stille da. Ich ging unangenehm berührt auf der Stelle und fragte mich, ob sie darüber nachdachten, ob sie uns einlassen sollten. Dann öffnete sich einen Moment später knarzend die Tür und Xavier bedeutete uns, einzutreten. „Kommt. Ich werde euch Nimra und Liam vorstellen."

Ich hatte einen nasskalten und düsteren Ort erwartet, aber in dem Moment, in dem sich die Metalltür hinter uns schloss, bemerkte ich, dass unsere Umgebung weitaus gehobener war. Ein langer Gang mit marmornen Wänden verlief in die Tiefen. Runen waren im Boden eingekerbt. Ich erstarrte, als ich die Zeichen wiedererkannte. Sie sahen genauso aus wie die Runen auf meinem Bauch ... Aber da waren mehr von ihnen. So viele Symbole, die ich nicht erkannte, und sieben, die mir bestens bekannt waren.

„Es sind Gebete", erklärte Xavier und missverstand mein Interesse.

Er sah zu Luke, als ich nichts erwiderte. „Vampire mögen den Ruf haben, nichts mehr als Dämonen zu sein, aber Vampire waren immer schon sehr in Zivilisation und Geschichte involviert. Wir haben eine Religion und die Kräfte, die uns aufrechterhalten, sind uns lieb und teuer." Er atmete tief ein. „Blut ist Leben. Und Leben ist ein Beleg für eine Seele. Wir respektieren die Schaffung dieser Seele, egal, woher sie kommt oder wohin sie geht."

Ich summte, ließ Lukes Hand los und lief zwischen dem Engel und dem Vampir. Was auch immer für eine Kraft meine Runen widerspiegelten, ich war am richtigen Ort, um zu erfahren, was für ein altes Schicksal mir bei meiner Geburt zugedacht worden war.

Kerzenleuchter erhellten den abwärts verlaufenden Gang mit Schatten und regenbogenfarbenen Punkten. „Ich wurde sozusagen von einer Nonne großgezogen", sagte ich ihm und hoffte, dass ich in die Vergangenheit eintauchen und mich in der Realität erden könnte. „Ich schätze, ich habe auch eine Schwäche für Religion."

Er grinste. „Es ist schön, dich besser kennenzulernen. Ich freue mich auf mehr solche Gespräche."

Er hielt an einer Kreuzung an, die sich in drei Gänge aufteilte. „Kommt", sagte er und führte uns den mittleren Flur hinab. „Die anderen werden euch kennenlernen wollen."

Rote Augen glitzerten wie Edelsteine, während eine Stille sich über eine aufgeregte Horde versammelter Vampire legte. Sie alle seufzten erleichtert, als sie Xavier erblickten, und spannten sich dann wieder an, als sie mich sahen. Luke packte meinen Arm. „Deine Brust glüht."

Ich sah nach unten und erblickte das nicht zu verkennende rote Leuchten in meiner Brust. Es bebte wie ein fremder Herzschlag, der nicht im Einklang mit meinem war. Schwindel ergriff mich. „Luke", flüsterte ich beinahe flehend. Panik erfasste mich.

Was, wenn Dereks Macht mich beeinflusste? Was, wenn ich eine tickende Zeitbombe war und ich meinen Verstand verlieren und zu der Sklavin würde, die er immer haben wollte?

„Alles ist gut", redete mir Xavier mit einem Lächeln gut zu. Er nahm meine Hand und zog mich in die Menge, weg von Lukes Wärme und Rückversicherung.

Die Vampire entspannten sich, als sie sahen, dass Xavier mir vertraute. Aber ich war nicht sicher, ob das schlau war. Normalerweise war es Wut oder eine hohe Dosis an sexueller Energie, die die Kraft meines Blutsteins so mächtig machte, dass sie sich zeigte. Der Sex, den ich mit Xavier und Luke am Vorabend gehabt hatte, war aus Lust gewesen und um Xaviers Visionen zu verstehen. Ich hatte nicht gegessen, also ergab es keinen Sinn, dass mein Blutstein reagierte. Etwas war hier faul.

„Vampirische Kraft funktioniert anders als deine", sagte Xavier und beantwortete meine ungestellten Fragen. „Du wirst es verstehen. Man muss sich vor Vampiren nicht fürchten – und auch nicht vor unseren Fähigkeiten."

„Unserem Fluch", korrigierte eine Frau ihn.

Xavier grinste. „Nimra", sagte er säuselnd. „Ich würde dir gerne Sonya vorstellen." Als er mich nach vorne zog, konnte ich nicht anders, als vom weiblichen Vampir eingeschüchtert zu sein. Lange Beine in engem schwarzem Leder und eine enganliegende Bluse machten sie zu einem berauschenderen Anblick als so mancher Sukkubus. Plumpe Brüste bildeten das Podest für ein rotes Juwel, welches zwischen ihnen ruhte. Es erinnerte mich an einen Blutstein, aber ich erkannte, dass es sich um einen Rubin handelte. „Nicht jeder kann den seltenen Stein finden, der uns das Leben geschenkt hat", erklärte Nimra und umschlang die Halskette, als sie bemerkte, dass ich sie musterte. „Aber wir wollen dennoch Respekt zeigen."

Ich senkte meinen Kopf. Nimra strömte sexuelle Energie, aber auch Kontrolle aus. Ich spürte, dass sie weitaus älter war als sie aussah. „Es ist schön, dich kennenzulernen", sagte ich.

Sie lächelte. Ihre kleinen, zierlichen Fangzähne glitzerten. Es ließ sie merkwürdig lieblich aussehen. „Du bist nicht wie die meisten Sukkuben, denen ich begegnet bin." Sie sah den Mann an, der an ihre Seite trat. Er schlang einen Arm um ihre Taille. „Was meinst du, Liam? Bist du damit einverstanden, dass Xavier sie in unsere Familie aufnimmt?"

Der Vampir namens Liam musterte mich mit glühenden roten

Augen, denen ein Funken Gold innelag. „Es gibt nur einen Weg, es herauszufinden." Er grinste und sah mich von oben bis unten an. „Vielleicht sollte ich eine Kostprobe von ihr nehmen, bevor sie verwandelt wird. Nur, um zu wissen, wie sie wirklich ist."

Xavier lächelte und ich bekam Gänsehaut angesichts des sehr ernst gemeint zu scheinenden Vorschlags. „Liam war einst ein Drache", erklärte er. „Lass dich nicht von ihm verunsichern. Er hat einen Teil der Unhöflichkeit der Spezies behalten."

Luke schnaubte höhnisch. „Ich habe genug Drachen ausgehalten. Ich glaube, nicht mal Vampirismus könnte ihnen die Arroganz austreiben."

Liams Augen weiteten sich, als hätte er Luke eben erst bemerkt. „Du hast nicht erwähnt, dass du noch einen Streuner mitbringen würdest. Wer ist das?"

Es war Nimra, die um uns schlich. Ihre Stiefel knarzten und waren das Einzige, das ihre ansonsten tödliche Stille durchbrach. „Ich spüre ... etwas Neues." Sie trat näher und schnüffelte. Ihre Fangzähne verlängerten sich. „Was ist er?"

„Wenn du dich benimmst", sagte Xavier, „wird er es dir vielleicht sagen."

Luke schnaubte. „Ich bin hier. Ihr könnt jetzt aufhören, mich anzusehen, als wäre ich ein schönes neues Spielzeug."

Nimra grinste und ihre Augen leuchteten auf, als sie den herausfordernden Ton hörte. „Sieht aus wie ein Spielzeug, klingt wie ein Spielzeug ..."

Eine weitere Explosion ließ das Areal erzittern und die Vampire sahen alle zur Decke. Nimra verschränkte ihre Arme und runzelte die Stirn. „Wir sollten da oben sein", beschwerte sie sich. „Das ist unsere Stadt. Wir können sie sie nicht einfach zerstören lassen."

Liam gab ein warnendes Geräusch von sich und Rauch drang aus seiner Nase. Meine Augen weiteten sich angesichts der Realisation, dass dieser Vampir mehr von seinen Dracheneigenschaften behalten hatte, als ich erwartet hätte. „Ich stimme Nimra zu. Wir sind hierhergekommen, um einen Schlachtplan zu schmieden, ganz nach Protokoll. Du bist unser Anführer."

Er neigte seinen Kopf in Xaviers Richtung. „Es ist unsere Entscheidung, aber ich bin dafür, dass wir als Masse gehen und unsere Feinde ausschalten, bevor sie es sich zu gemütlich machen."

Xavier schüttelte seinen Kopf. „Wir können diesen Kampf nicht ohne Hades gewinnen. Er muss aufgeweckt werden."

Nimra rollte mit ihren Augen. „Viel Glück damit. Der Meister soll für weitere fünfzig Jahre nicht aufwachen. Es könnte eine Bombe hier drinnen hochgehen und er würde nicht einmal mit der Wimper zucken."

Xavier sah mich an und ein Schaudern lief mir den Rücken hinab. „Die Kraft des Blutsteins treibt unseren Vampirismus an. Es ist eine ähnliche Kraft wie die der Seelen und Magie. Es wird reichen."

Liam schnüffelte in der Luft. „Sie wäre nicht in der Lage, Hades zu erreichen, ohne vorher ein Vampir zu werden. Wir haben keine Zeit, um eine Verwandlung zu vollziehen." Er blickte Xavier düster an. „Du denkst mit deinem Schwanz anstelle deines Kopfes."

Eine Hitze machte sich an meinem Schlüsselbein bemerkbar, aber ich blendete sie aus. Jeder wusste, dass Xavier die volle Absicht hatte, mich in einen Vampir zu verwandeln. Und ich hatte das Gefühl, dass er mir das Hirn rausvögeln müsste, um das zu tun. „Genug", fauchte ich. „Ich habe in dieser Angelegenheit auch ein Wörtchen mitzureden."

Liam knurrte angesichts meiner Unterbrechung. „Und was hast du zu sagen, Sukkubus?"

Ich sah zu Luke, denn uns beiden war bereits sonnenklar, dass unser Plan völlig verrückt war. „Wir müssen den Schlafbann, unter dem Hades steht, verstärken und alle Übernatürlichen in Venedig damit belegen. Das wird uns die Zeit verschaffen, die wir brauchen, um mich in einen Vampir zu verwandeln und Hades aufzuwecken."

Nimra ließ ihren Finger über den Griff ihres Dolches an ihrer Hüfte gleiten. Sie schien die Art Person zu sein, die es mochte, mit scharfen Klingen zu spielen. „Interessant", säuselte sie. „Aber dafür brauchen wir eine Hexe."

Xavier grinste Luke an. „Wir haben etwas viel Besseres."

Lukes Empörung führte dazu, dass wir uns in einem der luxuriösen Vampirzimmer verkrochen. Der Ort war für Sex geschaffen. Reihenweise Ketten und Fesseln sowie eine Schale Erdbeeren und ein Eimer mit Wein, der für menschliche Gäste gedacht war. Aber während ich Luke auf dem Samtteppich auf und ab gehen sah, wurde mir klar, dass Sex das Letzte war, woran er dachte.

„Woher wissen sie von meiner Mutter?“, fauchte er und schlug mit seiner Faust gegen die Wand, was dieser einen weiteren Riss verpasste. „Wenn sie wissen, wer sie ist – *was* sie ist –, dann hätten sie etwas tun können. Sie hat ihre Freiheit aufgegeben, um mich auf mein Schicksal vorzubereiten, aber sie hat mich nie davor gewarnt, dass Vampire versuchen könnten, mein Leben zu kontrollieren.“

Ich legte meine Hand sanft auf seine Schulter und er erstarrte, streifte meine Hand jedoch nicht ab. „Sie sind etwas herrisch, aber sie haben eine lange Zeit gelebt. Sie kennen viele Geheimnisse und haben Zugriff auf Kräfte, die wir nicht wirklich verstehen. Ich bin sicher, dass sie ihre Gründe gehabt haben, um sich nicht einzumischen.“

Wut brannte in seinen Augen. „Was, wenn sie es hätten verhindern können, dass sie ins Gefängnis wandert? Ich bin es, der den Menschen davon erzählt hat, was sie mir angetan hatte, aber wenn ich gewusst hätte, dass Übernatürliche echt sind ... Wenn ein einziger Vampir sich mir gezeigt hätte, hätte ich den Visionen meiner Mutter Glauben geschenkt. Sie hatte keine Kräfte, die ich verstehen konnte. Nicht zu diesem Zeitpunkt.“ Er zeigte mit dem Finger auf die geschlossene Tür. „Aber diese *Dinger* ... Niemand kann bestreiten, dass sie unmenschlich sind. Sogar ein sturer Bock wie ich hätte es geglaubt.“

Ich wollte ihn trösten, ihn beruhigen, und zog ihn in eine Umarmung. Er beugte sich, um sich meiner Größe anzupassen, und vergrub seine Nase an meinem Hals. Seine Finger fuhren durch mein Haar, das an meinem Rücken hinabfiel. „Du wirst es trotzdem tun, oder?“, fragte er gedämpft.

Ich seufzte und hielt ihn so fest ich konnte. Ich wusste nicht, wie ich ihm sonst hätte versichern können, dass, auch wenn ich mich mit Xavier verbinden würde, ich immer zu meinen vieren gehören würde. *Allen* von ihnen. Wir waren füreinander bestimmt, auf eine Weise, die mich vervollständigte und mir das Gefühl von Sicherheit gab. „Wieso muss alles immer so kompliziert sein?“, beschwerte ich mich. „Niemand von uns wollte so ein Leben. Es ist einfach, wie es ist.“

Er wich zurück und sein Kiefer war angespannt. Seine Finger berührten meine Ellbogen und er sah mich mit so einer Wildheit und Zuneigung an, dass ich froh war, dass er mich hielt.

„Xavier ist nicht der Einzige, der Visionen über dich hatte“, flüsterte er mit tiefer und fordernder Stimme. „Meine Mutter hat unser Leben um eine Zukunft aufgebaut, in der du mich hältst, wie du es jetzt tust. Dir und mir ist es bestimmt, die Welt zu retten.“

Ich lächelte. Jeder meiner vier war ein mächtiges Teil des Puzzles meines Herzens. Luke war Leidenschaft – fähig zu allem. Ich ließ meine Finger an seinen Armen hinaufgleiten und nahm sein Gesicht in meine Hände, führte seine Lippen an meine. Der Kuss war sanft. Einer, der eine weitaus bekanntere Verbindung zwischen uns pflegte, die jeden Tag stärker wurde. „Und genau das tun wir auch“, erinnerte ich ihn, als ich mich löste. Ich ließ einen Daumen über seine Unterlippe gleiten, die von unserem Kuss geschwollen war. „Dein Vater war ein Engel, was dir mächtige Magie verleiht, die diese Welt braucht. Und deine Mutter, sie war eine Seherin, was dich zum Einzigen macht, der die Übernatürlichen in ganz Venedig mit dem vampirischen Schlaffluch belegen kann.“

Er grollte und küsste mich erneut, biss auf meine Unterlippe, was mich zusammenzucken ließ. Er grummelte ein weiteres Mal, dann ließ er seine Zunge über die kleine Wunde gleiten. „Das bedeutet, dass ich auch in einen Schlummer fallen müsste. Was, wenn ich nie wieder aufwache?“ Ein düsterer Blick zog in seinen Augen auf. „Vielleicht ist es das, was du willst, damit du eine Ausrede hast, um mit Xavier und den anderen zusammen zu sein ohne den Störenfried.“

Ich hatte langsam genug von seiner Unsicherheit. Ohne Vorwarnung riss ich ihm sein Oberteil vom Leib und legte eine neblige rote Kraft um seine Taille, zog an seinen Jeans, bis sie sich lösten. Jetzt konnte ich seine Erektion mit meinen Fingern erforschen. „Wenn ich dir beweisen muss, dass du mir wichtig bist – dass ich *dich* will –, dann lass es uns tun. Hier und jetzt.“

Luke begann Einwände zu erheben, ächzte jedoch, als meine Finger sich um seinen Schwanz schlangen und zudrückten. „Vielleicht“, schaffte er hervorzubringen, „könnte ein bisschen Zeit miteinander nicht schaden."

Ich nahm mir nicht die Zeit, seinen Körper zu erkunden oder ihn zu necken. Das war nicht, was Luke – und auch ich – brauchte. Lukes starke Hände zogen mein Oberteil aus und ich schubste ihn zum Bett, setzte mich rittlings auf ihn und ein Knurren meldete sich in meinem Rachen. Ich war bereits feucht, aber ich war nicht stark genug, um dem Drang, mich an seiner Lust zu laben, zu widerstehen. Er schmeckte so köstlich und als ich mich auf ihn senkte und er in meinen Körper drang, öffneten sich meine Lippen stöhnend und Magie floss in meinen Blutstein, füllte ihn mit dringend benötigter Nahrung.

Luke schloss seine Augen, als ich mich senkte und einen langen, magischen Sog seiner endlosen Lebenskraft einatmete. Ich fragte mich, ob er unsterblich war oder ob es sich um endlose Magie handelte, an der ich mich für immer laben könnte. Er erschauderte angesichts der berauschenden Wirkung meiner Kraft, die den Schmerz mit Lust überdeckte, die in seine Knochen kroch. Meine Magie legte sich um ihn, genauso wie meine Muskeln sich um ihn herum zusammenzogen. Dann begann ich mich langsam und bedacht zu bewegen, um uns beiden das Wohlbefinden und die Ekstase, nach der wir uns beide sehnten, zu verschaffen.

Ich wollte für ein paar Momente einfach nur vergessen, dass uns der Weltuntergang bevorstand. Ich wollte dieses Gefühl genießen. Dieses Gefühl, Sukkubus zu sein und von einem Mann zu essen, der mich nur beglücken wollte und ganz genau wusste, wer und was ich war. Ich hasste es, ein Sukkubus zu sein, aber ich bemühte mich, eines der raren Sexerlebnisse zu genießen, während dem ich aß und mich nicht dafür hasste. Ich ließ zu, dass ich mich von ihm nährte, weil ich wusste, dass er es wollte. Er wollte bestraft werden, wollte benutzt werden, ... geliebt werden.

Luke würde davon geschwächt sein, aber seine Hände erforschten mich und schoben meinen BH hoch, um meine Brüste zu drücken. Er ermutigte mich, weiterzumachen, schneller und schneller zu werden, bis ich nach Luft rang.

„Komm mit mir", sagte er atemlos, während Lust ihn durchfuhr und mich mit mehr Kraft versorgte, als ich vertragen konnte. Rote Fäden der Lust bluteten in die Luft und glühten auf unserer Haut.

Ich hielt mich nicht zurück. Ich wollte ihm zeigen, wie viel er mir bedeutete. Luke wollte, dass ich ganz ich selbst war bei ihm, und das bedeutete, ein Sukkubus zu sein, der sich von Sex ernährte. Ich ließ mich nie voll gehen, aber dieses Mal schmiss ich die Tore meiner Macht rücksichtslos auf und Luke schrie, als raue Lust sich um seinen Schwanz schlang und durch seinen Körper floss.

Diese Explosion verschaffte mir mehr sexuelle Energie, als ich je zuvor gegessen hatte. Ich ließ die Flutwelle kommen und es war mir egal, als sie mich davontrug. Das Zimmer erfüllte sich mit roten Funken, als ich mit ihm zusammen schrie und die Lust mich so einnahm, dass meine Sicht verschwamm.

Der Orgasmus dauerte ganze dreißig himmlische Sekunden und dann war er vorbei. Ich sackte über ihn und keuchte, war schweißgebadet.

Er massierte meinen Arsch, während wir still unsere Hüften aneinanderrieben und das letzte bisschen Lust hinauspressten.

„Ich verstehe es", sagte er schließlich, als sein rasanter Herzschlag sich in ein langsames Pochen verwandelte. „Das ist, was ein Sukkubus zu sein bedeutet. Zu essen und von sexueller Energie übermannt zu werden."

Meine Sicht trübte sich rot und obwohl ich mich dem sündhaftesten aller Genüsse hingegeben hatte, so kam das übersüße Nachbeben mit einer Ladung Schuldgefühle über mich. Ich enthielt es Luke nicht vor und entfernte mich von ihm. Ich sah auf die blassen, eingefallenen Wangen. Der Preis für meine Kraft. „Ja", sagte ich mit heiserer Stimme. „Ich will mich in dir verlieren, ohne dir wehzutun." Wenn ich ein Vampir wäre, würde es keinen Preis mehr zu zahlen geben – wenn ich alle Bedenken in den Wind schlug. Ich fuhr an den kleinen Wunden auf seinem blassen Gesicht entlang. „Du magst überleben, aber das ist, was passiert, wenn ich mich völlig gehen lasse."

Er schlang seine Arme um mich und zog mich an seine Brust. Tränen brannten in meinen Augen. Er umarmte mich fest, als ich mir ein Schluchzen verkniff und zu zittern anfing. Er beruhigte mich und rieb mir meinen Rücken. „Ist schon gut“, versprach er. „Ich verstehe, warum du ein Vampir werden willst.“

Er war der Einzige, mit dem ich das hier tun konnte, und sogar jetzt zerrten Schuldgefühle an meinem Herzen, weil ich ihn verletzt hatte.

Jet, Nate, vielleicht sogar Xavier. Sie würden meine Leidenschaft nicht überleben können. Ich schloss meine Augen resignierend und war froh, dass Luke meine Entscheidung akzeptiert hatte. Aber es änderte nichts an der Angst vor dem, was kommen würde.

Wäre ich noch *ich*? Würde ich noch immer diese Gefühle für Luke und die anderen haben, wenn ich mich auf einer so fundamentalen Ebene wie Blut mit Xavier verband?

Es gab nur einen Weg, um es herauszufinden.

Kapitel Sechs

EIN BANN

Sonya

Ich versuchte Jet zuerst anzurufen. Egal, was Xavier von wegen supergeheimer Vampir-Bunker gesagt hatte, meine vier mussten hier sein dafür.

„Woher hast du dieses Handy?“, fragte ich Luke, als er mir das Gerät übergab.

Sein verschmitztes Grinsen war die einzige Antwort, die ich bekam.

Unsere Gastgemächer waren nicht mit Telefonen ausgestattet, aber dafür mit einem Mini-Kühlschrank und einem Computer mit sehr limitiertem Internetzugang. Luke rang eine Weile damit und schaffte es irgendwie, um die Firewalls herumzukommen, um nach dem Hotel zu suchen, in dem ich mich einquartiert hatte. Einquartieren war wohl der falsche Begriff. Passend war eher: ‚der Ort an dem ich gefangen gehalten worden war‘.

Als ich die Nummer wählte, beantwortete ein Mädchen mit gewundenem Shanghaiesisch den Anruf und meine Augen weiteten sich. Ich sah ihn an. „Ähm, sprichst du Englisch?“

Der gewundene Klang wurde aufgeregt und ich zuckte zusammen.

Luke kicherte und streckte seine Hand aus. „Lass mich."

Ich sah ihn mit hochgezogener Augenbraue an und reichte ihm das Handy. Er grinste mich an und begann dann ein fließendes Gespräch mit der Person am anderen Ende der Leitung.

Verdammt, das war echt heiß.

Jets Muttersprache zu hören, drehte mir den Magen um. Ich vermisste ihn und das Übelkeitsgefühl wurde nur noch stärker, als ich an Nate dachte. Ich war so beschäftigt damit gewesen, Derek zu entkommen, dass ich nicht einmal darüber nachgedacht hatte, ob es Nate gut ging. Er war die Art Mensch, die auf sich selbst aufpassen konnte ... Aber er war immer noch menschlich.

Luke nickte, verabschiedete sich und tippte auf das Display, um den Anruf zu beenden. Er grinste. „Hör auf, dir Sorgen zu machen. Du wirst noch Falten kriegen."

Ich funkelte ihn an. „Sukkuben kriegen keine Falten", erinnerte ich ihn. Ich konnte die Stirn in Falten legen, soviel ich wollte, verdammt nochmal. Er schlang seinen Arm um meine Hüfte und zog mich an seine harte Brust. Ich legte meine Wange instinktiv an seinen warmen Körper. Meine Finger glitten unter das lose Ende seines T-Shirts und prüften instinktiv, ob die Wunden, die ich ihm zugefügt hatte, noch immer da waren. Die Anspannung in meinen Schultern löste sich, als ich bemerkte, dass seine Haut sich unter meiner Berührung straffte und sich bereits vom Zerfall erholte.

„Es scheint, als ob Jet und eine kleine Fraktion von Drachen rebelliert hätten", sagte Luke mit einem tiefen Rumpeln in seiner Brust, gegen die meine Wange gedrückt war. „Ich glaube nicht, dass wir ihn erreichen können."

Meine Finger streichelten weiter über sein Schlüsselbein. Ich brauchte die Rückversicherung seines Körpers jetzt, als mein Magen sich wieder umdrehte. „Es muss etwas geben, das wir tun können." Ich schloss meine Augen. „Wenigstens konnten wir ein paar Informationen über Jet ausfindig machen. Es klingt, als ginge es ihm gut – für den Moment. Aber ich weiß nicht einmal, wo ich anfangen soll, nach Nate zu suchen." Ich biss mir auf die Unterlippe, bevor ich zugab: „Was, wenn Derek ihm wehgetan hat?" Ich ließ die unausgesprochenen

Worte zwischen uns hängen. Was, wenn ich gescheitert war, ihn zu beschützen?

Luke umarmte mich fest, als könnte seine Umarmung mich vor allem Bösen in der Welt beschützen. „Ich weiß, dass du willst, dass deine vier deine Verwandlung in einen Vampir gutheißen, und du sichergehen möchtest, dass es ihnen gut geht. Aber sieh nur, wo wir sind. Wir sind in einem Bunker am Ende der Welt und Derek lässt seinen Nebel der Bewusstseinskontrolle über die Stadt schweifen. Du wirst niemandem etwas nützen, wenn du unter Dereks Einfluss stehst."

Ich wusste, dass er recht hatte, aber nichts davon ging vonstatten, wie ich es haben wollte. Ich löste mich von ihm und die kalte Luft ersetzte seine Wärme. Seine sanften blauen Augen musterten mich, als ich mich bewegte. Die Kraft seiner Liebe lag in seinen Augen. Er würde mich immer an erste Stelle stellen, genau wie all meine vier. „Findest du, ich sollte Xaviers Angebot annehmen?", fragte ich. Das war genau das, was ich tun musste, aber ich musste von meinen vier hören, dass es in Ordnung war. Ich wollte dieses Band vervollständigen, das mich mein ganzes Leben lang geplagt hatte. Aber ich hatte Angst, dass mich das selbstsüchtig machte. Dunkelheit krallte sich noch immer in das Fundament meiner Träume und das war meine Chance, sie endlich zu vertreiben.

Er antwortete nicht sofort. Stattdessen verschränkte er seine Arme und lehnte sich an die Wand, dachte über die Frage nach. „Lass uns die Fakten durchgehen", begann er. Er hielt einen Finger hoch. „*Falls* Nate in Schwierigkeiten steckt, wird es sich dabei um etwas handeln, das Derek inszeniert hat. Der beste Weg, ihm zu helfen, ist, den Inkubus-König unschädlich zu machen." Er hob einen zweiten Finger. „Jet ringt derzeit mit der Spaltung der Drachen. Die Drachen haben sich auf Dereks Seite gestellt. Wenn also der Inkubus-König keine Macht mehr hat, werden sie sich anpassen." Er hob einen dritten Finger. „Xavier ist ein mächtiger Vampir, aber er und seine Rasse wurden in den Untergrund gejagt und das nur, weil der Inkubus-König die männliche Muse gegen ihn aufgescheucht hat. Wenn wir Hades aufwecken können, wird die Gefahr gebannt und Venedig kann wiedergewonnen und seine Ordnung wiederhergestellt werden."

Ich seufzte und schlang meine Arme um mich selbst. „Also ist der einzige Weg, allen, an denen mir etwas liegt, zu helfen, indem ich das tue. Ist es das, was du zu sagen versuchst?“

Er ballte seine Hand zu einer Faust. Er griff nach meiner Hand und legte sie über seine. Ich fühlte mich so winzig im Vergleich zu ihm. Meine Fingerspitzen schafften es kaum, sich um seine Faust zu schlingen. „Wir sind alle aus einem Grund mit dir verbunden, Sonya. Jeder von uns hat eine Kraft, die diese Welt zu einem besseren Ort machen kann. Aber du bist diejenige, die sie ausüben muss. Ich bin nichts ohne dich. Ich glaube, ich spreche für die anderen, wenn ich sage, dass sie auch so fühlen. Was auch immer du tun wirst, wir unterstützen dich. Wir alle.“

Ich drückte seine Hand und ließ sie dann los. Es war eine große Verantwortung, aber ich wusste, dass er recht hatte. Nate würde mir auf seine höhnische Art sagen, dass ich tun sollte, was ich tun musste. Jet, na ja, er würde mich vermutlich dafür schelten, dass ich seine Erlaubnis für irgendetwas brauchte. Luke und Xavier hießen meine Entscheidung gut, den nächsten Schritt zu wagen, um dieses alte Band zu festigen. Ein Vampir zu werden, um die Welt zu retten.

„Okay“, sagte ich mit so leiser Stimme, dass nur Lukes Engelsgehör es hätte vernehmen können. „Lass es uns tun.“

„Der erste Schritt“, sagte Xavier und zeigte Luke, wie er den Bann aussprechen musste, „ist, sicherzustellen, dass du die Worte richtig betonst.“ Mit einem sanften Plumpsen ließ er einen staubigen Buchband in Lukes Schoß fallen. Dann streckte er einen Finger in sein Gesicht. „Man sollte einen Zauberspruch *niemals* falsch betonen.“

Luke blickte den Vampir düster an. Erst dann wich Xavier zurück.

Jepp. Luke war ein Handydieb, ein mehrsprachiger Unsterblicher und offenbar auch ein halber Hexenmeister. Nur ein weiterer Tag in meinem verrückten Leben.

Vampire wandten selbst keine Magie an, aber sie waren die Quelle aller Hexen. Ihr Blut war voller Magie, auch wenn sie sie nicht direkt benutzen konnten – außer für ihre eigenen biologischen Fähigkeiten.

Die Vampire ließen nie Hexen in den Bunker, in dem Hades schlief. Sein Schlafplatz war ein gut gehütetes Geheimnis und dass er jemanden ohne vampirischen Ursprung in einen solchen heiligen Ort eingelassen hatte, zeigte mir, dass er mir vertraute.

Oder aber er hatte realisiert, dass keine Hexen dazuhaben, die seinen Meister beschützen würden, eine dumme Idee gewesen war. Und so würde er sich mit einem Engel mit mäßigen Zauberkräften zufriedengeben.

Luke sah das alte Buch stirnrunzelnd an und öffnete es, blätterte es durch. „Wie soll ich bitte auch nur irgendetwas davon richtig betonen? Was zum Teufel ist dieser Scheiß?"

Ich spähte über seine Schulter und stellte fest, dass die ‚Worte' gekritzelte Runen waren, die sich wie Narben über die abgewetzte Seite zogen.

„Engel können jede Sprache lesen", sagte Xavier. „Sag mir jetzt nicht, dass du keine Hexenschrift lesen kannst."

„Das ist keine Sprache", korrigierte Nimra. „Hexenschrift ist Magie in verbaler und geschriebener Form, aber sie ist keine Kommunikationsmethode. Sie ist eine Ansammlung von Kraft, was bedeutet, dass sogar ein Engel sie nicht lesen kann."

Die Bemerkung war überraschend aufschlussreich. Nimra trat in unseren kleinen Kreis. Sie hielt inne und dann begann sich ein Grinsen auf ihrem Gesicht auszubreiten und ihre Nasenflügel blähten sich wissend. Sie sah Luke und mich abwechselnd an. Ich trat betreten auf der Stelle und fragte mich, wie gut der Geruchssinn eines Vampirs wirklich war. Ich wusste, dass ich mich hätte duschen sollen.

Xavier ignorierte den leichten Zerfall in Lukes Gesicht höflich und der Engel heilte bereits. Ich wünschte, dass wir hätten warten können, bevor wir zu den Vampiren zurückgegangen waren, aber die Explosionen, die die Stadt erschütterten, wurden immer schlimmer. Derek versuchte, mich aus der Reserve zu locken und zu Hades zu gelangen. Er würde jedes wunderschöne Gebäude in Venedig zerstören, bis er hätte, was er wollte.

„Kann irgendjemand es für mich betonen? Ich kann es nicht lesen."

Xavier seufzte. „Das ist gefährlich."

„Ich dachte, du hattest gesagt, dass nur Luke den Zauber aussprechen kann?“, fragte ich. Xavier legte seinen Kopf schief und dachte nach. „Das ist wahr. Aber Hexenschrift hat Kraft. Man sollte sie nicht einfach so von sich geben.“ Er seufzte. „Aber wir haben kaum eine Wahl. Ich werde–“

Bevor Xavier es anbieten konnte, schubste Liam ihn beiseite. „Ich werde es tun.“ Sein rubinroter Blick mit einem Goldstreifen richtete sich auf mich. „Es wird nichts bringen, den Zauber auszusprechen, bevor du deinen Wecker in einen Vampir hast verwandeln können. Wenn das Lesen des Zauberspruchs bei mir schiefläuft, bin ich wenigstens ersetzbar.“

Nimra schlang ihren Arm um seinen. „Du bist nicht ersetzbar, Schatz. Du bist nur robuster.“

Ich zog beleidigt einen Mundwinkel hoch. „Hat er mich gerade einen Wecker genannt?“

Nimra bedeutete mir, still zu sein. „Sei still, du darfst noch nicht losgehen.“ Sie pikste mich in die Stirn. „Schlummertaste!“

Ich rollte mit meinen Augen und war mir nicht sicher, ob ich Nimra liebte oder hasste. Vermutlich ein wenig von beidem. Liam schien an Nimras Mätzchen gewöhnt zu sein und räusperte sich, als er den Text mit zugekniffenen Augen ansah. Er betonte jedes Wort langsam und ließ Luke genau hinhören.

Als er fertig war, wurden wir alle still und sahen uns im Raum um. Außer dem leichten Rumpeln der Bomben schien die Stadt von keinem weiteren Unheil befallen zu werden.

„Kannst du dir das merken?“, fragte Xavier Luke. „Du wirst es fehlerfrei wiedergeben müssen.“

Luke runzelte die Stirn und kratzte sich am Kinn. Er tat das immer, wenn er verlegen war. „Ja. Das kriege ich hin.“

„Gut“, sagte Xavier und klopfte Luke auf den Rücken. Mein Engel erstarrte, schlug aber nicht zurück. „Du wirst auf dich allein gestellt sein“, warnte Xavier ihn. „Wenn die Sonne aufgeht, wird Nimra dich an den höchsten Punkt der Stadt bringen, wo du den Bann auslösen kannst.“

Luke sah mich an. Er wusste, wo ich sein würde ... Beschäftigt damit, es mit einem Vampir zu treiben. „Wirst du klarkommen?“, fragte er.

Ich errötete. „Ja“, erwiderte ich. Xavier war im Moment ernst, aber ich bemerkte, wie er sich an mich lehnte. Sein Körper verriet, dass er mehr als bereit war, um zum nächsten Teil unseres Plans überzugehen. Als seine roten Augen in meine sahen, schluckte ich leer. „Ich werde klarkommen.“

Kapitel Sieben

ZUM TURM

Luke

Sonya mit dem Vampirzirkel allein zurückzulassen, war in etwa so einfach, wie mir die eigenen Augäpfel rauszureißen. Aber das war, was sie wollte – was sie brauchte.

Ich wusste, dass sie unter einer Dunkelheit litt, die ich nicht erklären konnte. Ich konnte ihre Albträume so vernünftig begründen wie dieses Band, das sie mit mir verband. Ich war eine ihrer Waffen, eine ihrer Stärken. Ein Teil ihrer Seele, die sie irgendwann verloren hatte. Sie brauchte mich und ich würde alles tun, um sicherzustellen, dass sie wieder vollständig war.

Mein Körper schmerzte noch immer angesichts der gnadenlosen Kraft, die sie durch mich gesandt hatte, als wir Sex gehabt hatten. Ich wusste, dass sie ein Sukkubus war und was das bedeutete, aber ihre erbarmungslose Macht zu spüren, war etwas ganz anderes. Sie hatte nicht realisiert, dass ihre ganze Gewalt auf mich loszuschicken mich beinahe getötet hätte. Das schädliche Gift ihres Kusses hatte mir ein Gefühl von Sicherheit gegeben, aber die überwältigende Lust, die irgendwann verfloss, ließ unerträglichen Schmerz zurück. Wäre ich menschlich gewesen, wäre ich längst tot gewesen, bevor ich ihr die

Erfüllung hätte geben können, die die sie brauchte, um das Kommende zu überleben.

Es gab mir ein Gefühl der Sicherheit, zu wissen, dass es unser Liebemachen war, das ihr dabei helfen würde, Xavier und die Verwandlung in einen Vampir zu überleben. Die Sonya, die ich kannte, würde sich verändern und eine fiese kleine Stimme in meinem Hinterkopf sorgte sich nonstop darum, inwiefern sie sich verändern würde. Vielleicht würde sie die Gefühle, die sie für mich hegte, verlieren. Vielleicht würde sie in Xaviers Bann geraten und zu seiner Sklavin werden – das zerbrechliche Band, das ich noch nicht ganz verstand, zerstören.

Oder aber vielleicht war ich ein verdammter Mistkerl, der nur an sich dachte, und sie würde endlich glücklich sein.

Es spielte keine Rolle. Ich trat auf die Straßen des von einer Schlacht zerfetzten Venedigs und folgte dem weiblichen Vampir rauchige Gassen hinab. Derek riss diese Stadt auf der Suche nach Hades und Sonya in Fetzen. Die wenigen Vampire, die es in den Bunker geschafft hatten, hatten erzählt, dass einige von ihnen verhört wurden. Dereks Inkuben hatten alle Menschen getötet, die sich widersetzt hatten, aber die Vampire ließen sie am Leben, um sie auszufragen. Sie wollten wissen, wo Hades schlief, und auch, wo Sonya sich versteckte. Derek wusste, dass sie hier war, und es war mein Job, sicherzustellen, dass er sie nicht finden würde, bis sie bereit war.

„Mach schon“, tadelte Nimra und ich beschleunigte meinen Gang.

Alles in mir schmerzte und das Letzte, was ich tun wollte, war, mit einem Vampir durch die Straßen zu laufen, um einen Zauberspruch auszusprechen. Sonya hatte zuvor schon von mir gegessen, aber nie so. Ich hatte keine Zeit, um mich hinzusetzen und meinem Körper zu erlauben, sich zu heilen. Wir hatten eine Stadt zu retten.

Als Nimra die Treppen aus Pflasterstein eines Turms voller Moos hochstieg, ächzte ich. „Können wir den Zauberspruch nicht hier unten ausführen?“

Nimra hielt inne und schnüffelte in der Luft. Ihre rubinroten Augen musterten die leeren Straßen. Die Bomben regneten einen

Moment lang nicht vom Himmel, während Dereks Männer sich ihren Weg durch die Trümmer bahnten. Wir befanden uns im Herzen der Stadt und es war keine Seele in Sicht, aber das bedeutete nicht, dass wir in Sicherheit waren. Dereks Männer konnten jede Sekunde um eine der gepflasterten Ecken kommen.

„Es ist offensichtlich, dass du nicht weißt, wie Zaubersprüche wirken", sagte Nimra und sah mich düster an. Sie deutete auf das altertümliche Gebäude. „Vampire haben Campanile di San Marco unter dem Vorwand gebaut, dass es ein Leuchtturm sei. Aber wir haben den Ort seit Jahren für Zaubersprüche benutzt. Du brauchst seine Höhe, um so viele Menschen zu erreichen."

Ich zog eine Augenbraue hoch. „Magie bedarf Höhe?"

Nimra rollte mit ihren Augen. „Es geht um Höhe wie auch um die Einstellung. Und deine ist im Moment echt lausig." Sie winkte mich zu sich und stellte ihren Stiefel auf die erste Stufe. „Die Stromversorgung wurde gekappt, also können wir den Aufzug, den fette Touristen bevorzugen, nicht benutzen. Wir nehmen die Treppe."

Mit einem Grummeln folgte ich Nimra nach drinnen und der Geruch von altem Dreck stieg mir in die Nase ... Und dann war da noch etwas anderes.

Ich war ein halber Engel. Es war ein Erbe, mit dem ich noch immer klarzukommen versuchte. Ich hätte nie gedacht, dass ich die Magie meiner Mutter ebenfalls geerbt hatte. Sie war eine Seherin und konnte in die Zukunft blicken. Das bedeutete, dass sie eine Art Hexe war. Wenn mich das zu einem Hexenmeister machte, dann war es nun mal so. Mir war egal, was ich war, solange es bedeutete, dass ich Sonya helfen konnte.

Als wir die Spitze des Turms erreichten, brannten meine Beine und mir war vor Erschöpfung schwindlig. Ich hatte mich noch immer nicht davon erholt, dass Sonya meine Kraft verschlungen hatte. Es gab nur eine Sache, die ich zum Heilen brauchte, und diese Sache hatte ich jetzt nicht: Zeit.

„Ich hoffe, ich brauche keine Energie für diesen Zauberspruch", sagte ich, während Nimra das Zauberbuch aus ihrem Rucksack zog. Sie hatte gesagt, dass ich nicht direkt daraus lesen musste, aber der Zauberspruch ohne die echten Hexenrunen nicht funktionieren würde. Es war geschriebene Kraft, was bedeutete, dass ich die Worte berühren musste, während ich sie sprach.

Sie öffnete die staubige Seite und schlug mir fest auf den Rücken. „Du musst nicht energiegeladen sein“, versicherte sie mir. „Du musst nur lange genug wach bleiben, um die Worte zu sagen.“ Sie nahm meine Hand und legte sie auf das Buch. Eine Verbindung mit *etwas* machte sich in meinen Fingern bemerkbar und ich erschauderte, als sie mir Instruktionen zurief. „Sobald du den Spruch beginnst, wirst du müde werden. Sehr müde. Alle Übernatürlichen, die nicht Vampire sind, werden davon betroffen sein. Und obwohl du eine spezielle Rasse bist, wirst du auch in den Bann gezogen werden.“

Ich sah sie an und fragte mich, ob sie sich auch nur das kleinste bisschen um den Rest von uns scherte. „Und Sonya?“, fragte ich. Nimra hielt ihr Handy hoch. „Wir werden eine Nachricht kriegen, sobald sie ihre Verwandlung begonnen hat. Wir haben keine Zeit zu verlieren. Du wirst den Zauberspruch in dem Moment beginnen, in dem ich dir sage, dass wir bereit sind.“

Auf der anderen Seite der Stadt loderte Feuer und Rauch auf und der Turm bebte unheilvoll unter meinen Füßen. „Komm schon, Sonya“, flüsterte ich, „du schaffst das.“

Kapitel Acht

EIN BAND ZUM STERBEN

Sonya

Eine vampirische Paarungszeremonie ging überhaupt nicht so vonstatten, wie ich gedacht hatte. Keine Blumen. Keine Torte. Kein *Alkohol.* Man stelle sich altertümliche, nordische Mythologie vor, wo Männer Geweihe trugen und sich mit Blut beschmiert hatten. Das schien eher dem zu entsprechen, was hier gerade verdammt nochmal vor sich ging.

Eine Vampirin, deren rote Augen im Schatten ihrer Kapuze glühten, zog einen funkelnden silbernen Dolch hervor. Xavier hielt sein Handgelenk hin und zuckte nicht einmal zusammen, als sie eine lange Linie an seinem Arm hinaufschnitt.

Er hielt sein Handgelenk über eine silberne Schüssel, in der Runen eingraviert waren, die magisch aufglühten, als sein Blut hineintröpfelte. Die Frau tauchte ihre Finger hinein und schmierte es barbarisch über Xaviers Gesicht.

Xavier grinste mich an. Seine glühend roten Augen spähten durch das verschmierte Blut. „Du bist dran", sagte er und hielt die Schüssel hin, in der die eklige Flüssigkeit schwappte. Er genoss meine überempfindliche Reaktion viel zu sehr.

Er tauchte seine Finger in das Blut, das ihm gerade aus dem

eigenen Handgelenk getropft war, und strich damit eine Linie an meinem Gesicht entlang. Meine Haut erwärmte sich unter der Kraft, die drohte, in mich zu dringen und überhandzunehmen. Ich widerstand dem schrecklichen Drang, einen Tropfen aufzulecken, der an meiner Nase hinablief. Der berauschende Geruch seines Blutes drang in meine Nase und ich schloss meine Augen, sammelte meine Stärke, bevor ich sie wieder öffnete. Der Dolch glitzerte noch immer mit seiner Kraft und ließ Rauchschwaden in die Luft steigen. Das Ritual hatte begonnen und es war eine der mächtigsten Kräfte, die ich jemals verspürt hatte.

Mein Blutstein summte angesichts der unbekannten Macht. Vampire tanzten und sangen und amüsierten sich im Hof des Bunkers. Xavier hätte dieses Ritual nur zu gerne über der Erdoberfläche abgehalten, aber sie hatten sich daran gewöhnt, es hier zu vollziehen. Nahe am schlafenden Vampirmeister, wo ihre Macht am stärksten war. Jemanden Neues zu verwandeln war kein einfacher Akt und es bedurfte der Kraft aller, um neues Blut aufzunehmen.

Da ich ein Sukkubus war, würde meine Verwandlung einfacher sein als die meisten. Ich hatte den Drang, zu trinken, um zu überleben, bereits verinnerlicht. Mein Körper würde die Veränderung, sich an Blut, anstatt an sexueller Energie zu laben, akzeptieren und auch wenn die Schüssel, die Xavier mir hinhielt, mich zum Würgen brachte, war es noch immer besser, als zu töten.

Ich tauchte meine Finger in die Flüssigkeit, die noch immer warm war, und mir drehte sich der Magen um. Aber ich zwang mich dazu, es zu ignorieren und zog eine (weitere) Linie auf der anderen Seite von Xaviers Gesicht entlang. Dann tauchte ich meine Finger erneut ein und führte das Muster an seiner muskulösen Brust weiter bis an die Stelle, wo sein Herz hätte sein sollen. Ich presste meine Hand an die Stelle. Nichts regte sich. Kein Puls. Nichts. Ich verabscheute die Tatsache, dass wir auf diesem Podium waren. Die erhöhte Plattform war mit Decken, Kissen und einem einzelnen Tisch, wo Xavier das Messer aufbewahrte, bestückt. Die Frau war verschwunden, nur ein Flüstern in den Schatten verriet, dass sie überhaupt hier gewesen war. Vampire tanzten unter uns. Die Musik war so laut, dass sie uns nicht hören könnten, aber es änderte nichts an der Tatsache, dass sie hochsehen könnten. Ich wusste, dass ich es getan hätte.

„Können wir die Lichter dimmen?“, fragte ich. Es war nicht hell, aber das warme Licht der Kerzenleuchter beleuchtete Xaviers nackten Oberkörper genug, um es so aussehen zu lassen, als ob er glühte. Er kam auf mich zu und ließ seine Finger in den Hosenbund meiner Jeans gleiten, schob seine Hände hinein und griff nach meinem Arsch, presste mich an seinen steifer werdenden Schwanz. „Das hier funktioniert nur, wenn ich von jedem Teil von dir bezaubert bin“, flüsterte er, legte seinen Kopf an meinen Hals und atmete lange ein, roch an mir. Er leckte eine Linie an meiner pulsierenden Ader entlang und Gänsehaut machte sich auf meinem ganzen Körper breit. „Du bist berauschend.“

Ich schloss meine Augen angesichts seiner harten Länge an mir, während meine Brust an seine gedrückt war. „Wird es wehtun?“, fragte ich und kämpfte gegen die ansteigende Lust an, die sich in mir bildete. Ich konnte die monumentale Veränderung, die ich akzeptierte, nicht beiseiteschieben. Ich würde meine verdammte Spezies ändern.

„Nur der erste Biss“, antwortete er ehrlich und wich von mir zurück, zog eine Hand aus meiner Jeans. Er ließ einen Finger über meine Unterlippe wandern. „Dann wirst du nur Lust verspüren – wenn du mich aufrichtig annimmst.“ Ich konnte die unerklärlichen Gefühle, die er in mir hervorbrachte, nicht abstreiten. Auch wenn ich seinen Herzschlag nicht spüren konnte, so ersetze der Takt der Musik den Rhythmus, den ich vermisste, und ich legte eine Hand an seinen Hinterkopf, um seine Lippen an meine zu führen. Ich vergrub meine Finger in seinem Haar, während meine Zunge mit seiner tanzte. Der Geruch und Geschmack ließen eine Hitze zwischen meinen Schenkeln aufwallen. Seine Fangzähne waren gefährlich scharf, aber er küsste mich gekonnt, ohne mich zu piksen.

Als er mich auf die Decken legte, schenkte ich ihm das Vergnügen, mich auszuziehen. Er zog meine Jeans an meinen Beinen herunter, ließ mein Höschen aber an. Mein Oberteil war als Nächstes dran. Er zog die Halter meines BH über meine Schultern, bis meine Nippel über den Stoff blitzten. Er nahm einen davon in seinen Mund und ich atmete schockiert ein. Ich hatte nicht erwartet, dass ein Vampir so gut mit seiner Zunge war.

Als er davon abließ, öffnete er seine Lippen und seine Fangzähne spähten gefährlich über meine Brust. Ich sah ihn erwartungsvoll an, war schockiert darüber, dass ich *wollte*, dass er mich biss. Nicht, weil mich Schmerz antörnte, sondern weil ich wusste, wie sehr er mich beißen wollte. Ich wollte Xavier Erleichterung von all den Jahren des Wartens und der Abstinenz verschaffen. Von all den Jahren, in denen er keinen Sex gehabt und kein Blut bekommen hatte.

„Du kannst mich beißen“, sagte ich atemlos, als er zögerte.

Er grinste mich an und war zufrieden, dass er meine Erlaubnis hatte. „Noch nicht“, erwiderte er. „Wenn ich dich beiße, dann, weil ich in dir bin und du mich anflehst, es zu tun.“

Begierde überkam mich und meine Kräfte stellten sich reflexartig ein, ließen seine Augen trübe werden. „Du kannst versuchen, dich an mir zu laben“, warnte Xavier. „Aber das wird deine Wonne hinauszögern. Ich muss die volle Kontrolle haben, wenn ich dich nehme und ein Blutsband mit dir schließe.“ Er zog seine Hosen runter, bis seine Erektion freikam, und ich atmete scharf ein. War er noch größer als in der vorangegangenen Nacht?

Als ich mich ihm näherte und meine Finger um seine Rute legen wollte, packte er mein Handgelenk und grinste. „Das hier ist deine Verwandlung“, erklärte er. „Ich habe die Kontrolle.“

Magie zog durch die Luft und zwickte mich wie kleine Bisse an meiner Haut. Die Vampire, die weiter unter uns tanzten, spendeten eine gute Portion ihrer nebligen Energie. Sie wurden von unserem Vorspiel angeheizt und als ich nach unten sah, bemerkte ich die Anfänge einer Orgie. Das Tanzen hatte sich in ein Aneinanderreiben verwandelt und eine Frau legte ihren Kopf in den Nacken, während ein Mann ihre Brüste aus ihrem engen Korsett befreite.

Xavier legte einen Finger an mein Kinn und lenkte meine Aufmerksamkeit wieder auf ihn zurück. „Sie sind mit uns für die Dauer des Rituals verbunden“, erklärte er. Er legte sich über mich und sein Schwanz drückte sich an meine Muschi, ließ mich nach Luft schnappen. Ich wollte mein Höschen wegreißen, aber er packte meine Handgelenke und legte sie über meinen Kopf, während er kreisende

Bewegungen machte. „Was du spürst, spüren die Frauen auch.“ Er küsste mich und seine Fangzähne schabten gegen meine Zunge, schnitten mich aber nicht. Er war abgelenkt genug, damit ich eine Hand aus seinem Griff ziehen konnte, die ich dann zwischen uns hinabgleiten ließ, um nach seinem Schwanz zu greifen. Ich massierte ihn fest und sein Körper bebte an meinem. Männliche Stimmen gaben sein Stöhnen von sich. „Und was ich spüre“, keuchte er lusterfüllt, „spüren die Männer.“

Es war irgendwie berauschend zu wissen, dass das hier keine Sexshow war, sondern ein *Teilen.*

Als Xavier sich ins Handgelenk biss und mir seine kleine Wunde hinstreckte, war mir nicht mehr so übel zumute. Dieser Mann bot mir seine eigene Lebenskraft an. Er war sich über seine Entscheidung vollends bewusst und er wollte sein Blut mit mir teilen. Ich legte meine Lippen an die Stelle, wo seine Fangzähne eingedrungen waren, und ließ meine Zunge über die Wärme gleiten. Sein Blut war schon zuvor berauschend gewesen, aber es hatte immer eine verdächtig metallische Note innegehabt. Während ich trank, verebbte der säuerliche Geschmack und hinterließ eine Süße, die mich an Rosen erinnerte.

Als ich mich seufzend löste, lächelte er. „Was war das?“, fragte ich.

„Du akzeptierst die Veränderung.“

Als wäre dieser erste entscheidende Test höchst wichtig gewesen, entspannte sich jeder Muskel in Xaviers Körper ein bisschen. Ich hatte nicht realisiert, dass er angespannt war. Er zog mein Höschen hinunter, sodass seine Haut meine berührte. Ich hatte erwartet, dass er sich wie der Rest von ihm kalt anfühlen würde – wie es bei Vampiren eben so war. Aber jetzt fühlte er sich heiß an meiner Haut an. Egal, ob er ein schlagendes Herz hatte oder nicht, er war am Leben und das bisschen Magie, das sich in ihm ausbreitete, schmiegte sich an meine.

Sein Schwanz stupste gegen meine Muschi und ich öffnete mich für ihn. „Ich nehme dich an“, sagte ich und mein Blick tanzte mit dem roten Glühen in seinen Augen. „Nimm mich und mach mich zu deiner.“

Meine Runen erwachten zum Leben, gaben den Drang wieder, ein Band vervollständigen zu wollen, das sich so sehr anspannte, dass ich schreien wollte.

Sein Kiefer spannte sich an, als er gegen den Drang ankämpfte, mich zu nehmen. Aber sogar Xaviers Beherrschung hatte ihre Grenzen. Er wollte sich Zeit mit mir lassen. Er wollte sicherstellen, dass das Ritual auf natürliche Weise voranschritt. Aber als er in mich glitt, ging jegliche Geduld flöten. Eine animalische Lust durchfuhr mich, als er sich in mir vergrub, bis unsere Haut sich berührte. „Sonya", sagte er meinen Namen stöhnend. „Du fühlst dich ..."

Es war unglaublich. Mein Rücken drückte sich durch, um ihn noch tiefer in mir aufzunehmen, und ich packte seinen Oberarm, um ihn an Ort und Stelle zu behalten. Die pure Lust von ihm ließ meine Sicht sich trüben. Die Erfüllung in seinen Augen ließ sich das alles so richtig anfühlen. „Hör nicht auf", sagte ich zu ihm und drückte mich an ihn, wippte vor und zurück. Der Takt der Musik hatte sich in einen Rhythmus verwandelt, der Xaviers Stößen glich. Nektar rann an meinem Schenkel hinab, als er seinen Schwanz hinauszog, nur um dann wieder in mich zu rammen und mich mit gefletschten Fangzähnen anzuknurren. Ich hatte sie nie länger gesehen. Ein Schrei echote von der Menge, während sie sich unserem Vergnügen anschlossen.

Er beugte sich über mich. Sein Blick war auf meinen Hals gerichtet und ich wusste, wonach er sich sehnte. Ich rollte meinen Kopf zur Seite und entblößte meinen Hals. „Nimm mich", sagte ich. „Nimm alles von mir."

Sein Atem drang heiß an meine Lippen und ließ mich erwartungsvoll erschaudern. Der Raum wurde still und die Atmosphäre spannte sich erwartungsvoll und lusterfüllt an. Xavier glitt ein Stück tiefer in mich und ein Stöhnen stieß aus meinem Rachen. Dann versenkte er seine Fangzähne vorsichtig in meinem Hals. Schmerz ließ mich weiße Punkte sehen und als er ein animalisches Stöhnen von sich gab, befürchtete ich beinahe, dass er mir den Hals aufschlitzen würde. Aber er ließ mir Zeit, um mich an den Schmerz zu gewöhnen, bevor er seine Zähne tiefer in mir versenkte. Er bewegte sich, nahm mich mit langsamen, vorsichtigen Stößen, bis seine Fangzähne ganz in meinem Hals vergraben waren. Ich erstarrte.

Er hatte recht gehabt. Es tat weh. *Verdammt weh*.

Dann begann seine Magie zu wirken. Als er den ersten langen Schluck von meinem Hals nahm und mein Blut trank, zerbarst die

Anspannung und regnete glühende rohe Kraft auf mein Gesicht hinunter und verteilte sich auf den Decken. Lusterfüllte Laute umgaben uns, eine Antwort auf das Teilen von Blut. Ich öffnete meine Augen und sah, wie sich unser Blut in einem wirbelnden Strudel vermischte, während Xavier mich in sich und ich ihn in mir aufnahm. Ich hatte sein Blut in mir, seinen Körper in mir und als er sich bewegte und ein sanftes Stöhnen von sich gab, konnte ich spüren, wie sein warmer Samen in mich floss. Der Schmerz verging so schnell, wie er gekommen war, und dann war nur noch Wonne, Euphorie und das Gefühl, unter seiner Berührung in tausend Stücke zu zerbrechen, übrig.

Lange nachdem ich mich von unserem Höhepunkt erholt hatte, leckte er über meine Wunde. Ich stöhnte, als er mich erneut biss – dieses Mal vorsichtig – und gemächlich mein Blut trank.

Lust bildete sich in mir, als er wieder in mir hart wurde, und dann machte sich ein Jucken in meinem Zahnfleisch bemerkbar. Meine Finger schnellten zu meinen Lippen hoch und ich erschrak, als ich scharfe Fangzähne spürte. Der Moment des Schreckens wurde von der Verlockung von etwas anderem, das Xavier mir geben konnte, abgelöst. Ich hatte gedacht, dass er keinen Puls hatte, aber ich hatte falsch gelegen. Da war ein Beben in seinem Körper, das mit meinem verschmolz. Eines aus alter Kraft, die ich jetzt auf einer elementaren Ebene verstand. Ich öffnete meine Lippen und er beugte sich über mich. Seine erneuten Stöße hielten inne und er schenkte mir freien Zugang zu seinem Hals.

„Nimm, was du brauchst“, grollte er, als würde er es brauchen, dass ich ihn biss, wie nichts anderes auf der Welt. „Nimm dir alles von mir, was du willst.“

Ich versenkte meine neuen Fangzähne in seine geschmeidige Haut. Flüssige Rosen und Magie flossen in meinen Mund. Ich stöhnte und Xavier begann sich wieder zu bewegen, fickte mich sanft, während ich mich an ihn klammerte und den letzten gierigen Teil meines Sukkubus-Lebens verfließen spürte. Das Gefühl wurde von der Zufriedenheit über eine vampirische Kraft abgelöst. Lust, die gestillt werden konnte. Lust, die gesättigt werden konnte. Das bot Xavier mir und ich nahm es mit offenen Armen entgegen und schlang meine Beine um seine Taille.

Das zufriedene Schnappen nach Luft unter uns sagte uns, dass der Rest der Vampir-Enklave die Explosion von Lust ebenfalls gespürt hatte und sie jetzt das Aneinanderreiben von Haut genossen. Als Xavier mich herumdrehte und sich in mir vergrub, nach meinen Brüsten griff und meinen Körper an seinen drückte, fühlte ich mich erfüllt wie nie zuvor in meinem Leben.

In meiner Ekstase bemerkte ich kaum, dass die Runen auf meinem Bauch aufleuchteten. Ihr Brennen war ein Warnzeichen. Dann durchschnitt alte, unbekannte Magie die Luft. Etwas, das noch älter war als vampirische Magie.

Mein Band war vollständig.

Kapitel Neun

ENTBEHRLICH

Luke

„Es ist vollbracht", verkündete Nimra und sah auf den leuchtenden Bildschirm ihres Handys.

Ich funkelte und riss ihr das Gerät aus den Fingern, bevor sie es wegziehen konnte. „Nein, du willst nicht sehen, wie–", begann sie, aber ich wusste, was ich erblicken würde. Ich musste es sehen. Nimra konnte nicht verstehen, dass es nichts gab, wofür es sich zu schämen gab. Ich musste einfach wissen, dass es Sonya gut ging.

Die Kamera nahm die mächtige Aura auf, die den Raum erfüllte. Die höher gelegte Plattform zeigte zwei sich regende Körper. Ich konnte Sonyas Lust sehen. Mein Körper erschauderte, als ich ihre funkelnden Fangzähne und das Vergnügen erblickte, das sie verspürte, als sie sie in ihren Liebhaber versenkte.

Ich hatte erwartet, dass Vampirsex schnell, rau und in etwa so, wie die Aufnahmen, die ich von Sonya und dem Drachen Jet gesehen hatte, vonstattengehen würde. Aber das hier war so sanft und mystisch. Die sich windenden Körper am Boden unterhalb des Podiums zeigten, dass die Vampire ihre eigene Kraft ins Ritual steckten. Sonya war zu eingenommen von ihrer Ekstase, um zu sehen, wie sie ihre Augen schlossen und ihre Körper sich senkten. Ihre Gesichter zeigten Lust, aber die schlanker werdenden Körper zeigten den Preis ihrer Lebenskraft, die sie der Magie spendeten, die Sonya in eine von ihnen verwandelte.

Sie bemerkte auch nicht, wie die Luft buchstäblich zerriss, als würde der Raum gleich in Stücke brechen. War das normal?

„Werden sie klarkommen?“, fragte ich. Ich scherte mich nur um Sonya, aber die Vampire zu sehen und was es sie kostete, um sie zu verwandeln, besorgte mich. Wenn ich den Schlafbann heraufbeschwören würde, würden alle Übernatürlichen in der Stadt in einen tiefen Schlaf fallen. Wenn die Vampire nicht sicherstellten, dass sie das Chaos beseitigen würden, würden Dereks Ressourcen nur noch mehr Truppen entsenden und dann wäre niemand da, um sie aufzuhalten.

„Der Preis ist hoch, aber sie werden überleben“, versicherte mir Nimra. „Komm.“ Sie tätschelte den staubigen Platz neben sich und eine Brise wirbelte durch die Seiten des Grimoires. Ich erwartete halbwegs, dass es davonflattern würde, aber es verhielt sich wie ein Stein und regte sich kein Stück. Als ich es in meinen Schoß hob, war ich überrascht, dass das Buch federleicht war.

„Und jetzt?“, fragte ich.

„Erinnere dich daran, als Liam die Worte vorgelesen hat. Denk an sie, bis du sicher bist, dass du sie richtig wiedergeben kannst. Dann lege deine Hand auf die Seite und rezitiere sie.“

Ich runzelte die Stirn und sah auf die Runen, die mir nichts sagten. „Wieso konnte Liam nicht mitkommen, um meine Erinnerung aufzufrischen?“, fragte ich. „Was passiert, wenn ich die Worte falsch ausspreche?“

„Du willst sie nicht falsch aussprechen.“ Sie seufzte, als ich sie finster ansah. „Liam ist eine unserer mächtigsten Ressourcen an übernatürlicher Kraft. Er war einst ein Drache, was ihn weitaus nützlicher macht als mich.“ Sie funkelte und ihr feuriger Ausdruck war komplett widersprüchlich zu ihrer Aussage. „Ich war einst ein Mensch, bevor ich verwandelt wurde. Ich habe nicht annähernd so viel Macht zu bieten. Was ich davon in meinem Blut habe, habe ich den Vampiren von Venedig zu verdanken.“ Nimras Blick schweifte in die Ferne und wurde eisern, als sie das sagte. Als wäre sie den Vampiren dankbar, aber als würde sie es hassen, dass sie den Vampiren im Gegenzug nichts zu bieten hatte. Ihre rubinroten Augen sahen entschlossen in meine und ich wusste, dass das hier ihr Moment war. Wenn ich das hier nicht gebacken kriegen würde, würde sie sich die Schuld dafür geben.

„Du kannst mir helfen“, sagte ich und Nimra richtete sich auf. „Ich kann mein Erinnerungsvermögen verbessern, wenn du mir erlaubst, deinen Grips anzuzapfen.“ Ich hielt meine Hand hin. „Es sollte nicht wehtun.“

Ohne zu zögern, nahm sie meine Hand. „Was immer du brauchst. Ich werde mein Leben dafür geben, um diese Stadt zu retten, wenn es sein muss.“

Ich gluckste. „Das wird nicht nötig sein.“

Und dann schloss ich meine Augen und konzentrierte mich.

Ich war nie in Magie trainiert worden, aber ich war mein ganzes Leben lang um sie herum gewesen. Immer, wenn meine Mutter Worte vor sich hingemurmelt hatte, waren das Zaubersprüche gewesen. Ich wusste das jetzt. Das bekannte Kitzeln auf meiner Haut, als ich ihren Gedankenpalast betrat, kam von ihrer Kraft. Ich hatte mir zuvor nie groß Gedanken darüber gemacht, aber wie sonst hätte eine gewöhnliche Sterbliche einen vollblütigen Engel verführen können, der mich dann gezeugt hatte?

Ich drang in Nimras unsterblichen Gedankenpalast ein und fand die Kapazität, die ich brauchte, um mich an die Worte, die Liam rezitiert hatte, zu erinnern.

„Ein Aufnahmegerät wäre so viel einfacher gewesen“, murmelte ich.

„Man darf keine Zaubersprüche aufnehmen“, fauchte sie zurück, ohne ihre Augen zu öffnen.

Ihre Hand drückte meine Finger fest und sie knirschte mit ihren Zähnen, als ich den Schleier, der ihren Geist von meinem trennte, hochzog. Ihre Kraft floss mit einer unerwarteten Wärme in mich. Vampire waren nicht nur eiskalt und still. Eine heiße Lebenskraft wirbelte in ihnen, wenn man wusste, wie man an sie rankam.

Liams Stimme kam mir in den Sinn und mein Mund öffnete sich, um jedes Wort zu wiederholen. Vorsichtig, langsam, ließ ich meine Finger über jede Rune gleiten, als ich die Geräusche nachahmte.

Es funktionierte. Magie bebte und breitete sich in einen weiten Bogen über die Stadt aus. Ich öffnete meine Augen und erblickte den blauen Ring über die Stadt schweben. Die Häuser unter uns verloren ihren burgunderroten Nebel und langsam wich alle Farbe vom Himmel, als die Magie sich darüberlegte.

Die Kraft des Zauberspruchs sollte rot sein.

Ich war nicht als Hexenmeister geboren worden, aber diese Kraft lebte in mir. Ich fuhr mit dem Zauberspruch fort, sprach jede Silbe mit peinlicher Genauigkeit aus. Gerade als ich zum Ende des Zauberspruchs kam, explodierte eine Bombe am Fuße des Turms und das Beben riss mich von Nimra weg. Sie kreischte, als unsere Verbindung abbrach und der Bann wie eine riesige Feder, die losgelassen worden war, in die Welt hinauspeitschte. Das langsame Schweben der blauen Welle verwandelte sich in einen brechendes Chaos aus Kraft, das in die Straßen tauchte und durch sie fegte. Schreie erfüllten die Luft, als meine Magie zuschlug.

„Scheiße", murmelte ich und klammerte mich an einen der umgestürzten Steine am Dach fest. Ich reckte meinen Hals und sah, wie Nimra keuchte. Aber sie war am Leben und noch immer auf dem Dach mit mir. Sie sah mich an. Panik und Angst lag in ihren rubinroten Augen. Beides Emotionen, die sie – wie ich mir vorstellen konnte – selten zeigte. „Ich muss zurück zum Bunker", schrie sie. „Wir treffen uns dort."

Und dann war sie weg, war nichts mehr als eine Rauchschwade, die sich den Turm hinab zog. Ich seufzte und stolperte auf die Treppe zu.

Diese verdammte Frau würde mich dazu zwingen, mir meinen Weg zurück zu Sonya zu kämpfen. Ich war soeben hochoffiziell entbehrlich geworden.

Kapitel Zehn

MEINS

Xavier

Die Visionen, in denen Sonya nackt vor mir lag, hatten mich hundert Jahre lang geplagt. Sie waren zu einer Strafe geworden, um mich zu foltern, bis ich mich daran erinnerte, warum ich litt. Hades war einst eine Muse gewesen und anstatt sich der Tortur auszusetzen, war er ein Vampir geworden. Er war der Vater aller Vampire, aller Hexen und aller Übernatürlichen, die an Vernunft und Harmonie glaubten.

Irgendwann hatten die Vampire die rebellische Natur des Blutsteins angenommen, der sie geschaffen hatte. Ich war einer von ihnen und zudem einer von Hades‘ Söhnen. Und ich hatte ihn unglaublich enttäuscht.

Jetzt starrte ich ihn an. Das friedliche und perfekte Gesicht lag auf dem Stein. Nur seine roten, glühenden Augen überzeugten mich davon, dass es sich nicht um eine Statue handelte. Das hier war mein Vater und er war mitten in seinem Schlaf, den man nicht stören können sollte.

Sonya stand neben mir mit einer ähnlichen Magie in ihren Adern. Sie verstand den Prozess einer Verwandlung in einen Vampir nicht. Keiner von uns tat das, aber die alte Sonya war gestorben und diese hier war das, was übrigblieb. Sie war so wunderschön. Ihre Haut war nur ein wenig blasser geworden und ein rubinrotes Glühen funkelte in ihren Augen. Als ich mit meinem Daumen über ihr Gesicht strich, lächelte sie mich an. Ihre winzigen Fangzähne piksten gegen ihre Unterlippe und ich wusste, dass ich mich niemals fragen müsste, ob meine Visionen wahr werden würden.

Sie gehörte mir.

Kapitel Elf

WECKER

Sonya

Ich fragte mich, worüber Xavier nachdachte, als er mich so ansah. Aber jetzt war nicht der richtige Zeitpunkt, um mein neues Band mit ihm zu erforschen. Luke hatte seinen Teil getan. Die Stadt war von seiner Magie eingenommen worden und jetzt war ich dran. Es war an der Zeit, Hades aufzuwecken.

„Bist du sicher, dass du das tun willst?", fragte Xavier und sein Daumen strich über meine Wange.

Ich bedeckte seine Hand mit meiner und lehnte mich in seine Berührung. „Das bin ich", versprach ich. Ich sah ihm in die Augen und war entschlossen, mich wegen meiner nächsten Forderung nicht merkwürdig zu fühlen. „Aber ich werde nicht anfangen, bevor ich weiß, dass es Luke gut geht."

Xavier zuckte nicht zusammen, aber sein Blick verdüsterte sich kurz. Ich hatte seine stille Hoffnung, dass ich Luke vergessen würde, wenn ich in einen Vampir verwandelt würde, zunichtegemacht. Das würde auf keinen Fall passieren. Wenn überhaupt hatte mich an Xavier zu binden, mich nur in dem bestärkt, was ich war. Der Sukkubus-Teil von mir war Vergangenheit, aber diese alte Magie, mit der ich geboren wurde, war noch immer da. Ich hatte nicht das Gefühl, dass meine Verwandlung vollends gewirkt hatte, aber ich konnte die Fangzähne, die aus meinem Mund ragten, nicht bestreiten.

„Nimra sollte uns Nachricht überbringen“, sagte Xavier und suchte in seiner Hosentasche nach dem Handy. Er zog es hervor und sah den Bildschirm stirnrunzelnd an. „Irgendetwas stimmt nicht.“

Ich sah über seine Schulter. „Was meinst du damit?“

Er zeigte mir ein Bild vom Himmel, an dem ein blauer Bogen des Lichts sich wie eine Flutwelle über die Stadt legte. Meine Augen weiteten sich. „Ich muss da hoch.“

Xavier packte meinen Arm. „Luke ist im wahrsten Sinne des Wortes ein Unsterblicher. Sogar Derek kann einen Engel nicht töten. Du hilfst ihm mehr, wenn du hierbleibst und Hades aufweckst.“ Seine Augen funkelten warnend. „Wenn du es nicht tust, werden wir alle mit meinem Vater untergehen.“

Ich gab ein missmutiges Geräusch von mir und befreite mich aus seinem Griff. Xavier erschrak. Er hatte offensichtlich nicht erwartet, dass ich stark genug war, um mich von ihm loszumachen. Ein Vampir zu sein, würde witzig werden. „Na gut“, sagte ich, „aber glaub ja nicht, dass ich das für dich tue. Luke ist mir genauso wichtig wie du und ich weiß, dass er auf sich selbst aufpassen kann. Aber ich habe gesehen, zu was Derek fähig ist.“ Ich spannte meinen Kiefer an. „Luke mag es überlebt haben, dass ihm das Herz rausgerissen wurde, aber er hat es fast nicht überlebt, dass es gebrochen wurde. Derek weiß, welche Knöpfe er drücken muss.“

Xavier entfernte sich einen Schritt von mir und gab mir den Raum, den ich brauchte. Ich hatte ihn nicht abgewiesen, aber er wusste, dass ich es würde, wenn er mich drängte. Band hin oder her. „Ich lege mein Schicksal in deine Hände, Sonya“, sagte er und sein fremder Akzent war jetzt, wo Gefühle in ihm wüteten, stärker zu hören. Er war es sich nicht gewohnt, dass jemand anderes die Kontrolle hatte. „Mein einziger Wunsch ist, dich zu beschützen.“

Ich wandte mich von ihm ab und ging auf den uralten Vampir zu, der im Stein gefangen war. Hades Arme waren vor seiner Brust verschränkt und ein funkelndes Rot strömte aus seinen Augen. „Wenn du helfen willst“, sagte ich, „dann sei still, damit ich mich konzentrieren kann.“

Ich streckte meine Hand aus und presste meine Finger sanft auf Hades. Ich hatte erwartet, dass der Stein unter meiner Hand kalt sein würde, aber in dem Moment, in dem ich Körperkontakt aufnahm, strömte Hitze durch meinen Körper. Hades war am Leben und es ging ihm gut – und er war bei Bewusstsein.

Der selbst zugeführte Fluch hielt ihn über Jahre hinweg in diesem Zustand. Aber er war sich meiner oder Xavier oder jemandem in diesem Raum nicht gewahr. Er war in seinem eigenen Kopf. Als ich meine Augen schloss, konnte ich ihn fühlen und streckte meine Hand nach ihm aus.

„Hades?“, fragte ich und die Worte hallten von den Wänden einer schaurigen, geisterähnlichen Kammer wider, während mein Geist in Hades Bewusstsein driftete.

Ein attraktiver Mann, der locker als Enddreißiger hätte durchgehen können, drehte sich um und runzelte die Stirn. Er hatte sich Gelato bei seinem Lieblingscafé gekauft – dasselbe, das ich besucht hatte, bevor ich Xavier getroffen hatte. Vielleicht hatte vampirische Magie so seine Vorteile. Hades hatte stets ein Auge auf seine Söhne, selbst wenn er schlief.

„Wer ist da?“, fauchte Hades und ein plötzlicher Wind riss ihm das Gelato aus der Hand. Es fiel zu Boden und die Leckerei schmolz auf den Pflastersteinen dahin.

Meine Anwesenheit war eine schreckliche Störung dieses friedlichen Ortes, wo Hades seinen Geist ruhen ließ, aber ich hatte keine Wahl. Derek hatte eine Armee geschickt, um ihn auszuschalten, und ich wusste nicht, was der Inkubus-König mit mir vorhatte. Was auch immer es war – ich wollte es nicht herausfinden.

„Du musst aufwachen“, drängte ich und fuhr mit meinen Fingernägeln über den Schleier dieser Vision.

In der echten Welt brach seine Statue unter meiner Berührung und große Risse breiteten sich auf dem Stein unter meinen Fingern aus. Xaviers Gefühle waren von Besorgnis und Angst durchzecht, die an mir rissen und mich ablenkten. Er würde es einfach aushalten müssen. Genau das musste passieren.

Hades spürte mich endlich und er sah in meine Augen, bevor eine bekannte rotglühende Kraft durch meine Brust schoss. Mein Rücken drückte sich durch und meine Augen weiteten sich. Mein Blick war vorübergehend in rote, flackernde Flammen getaucht. Wäre ich ein Sukkubus gewesen, wäre die Kraft zu pur für mich gewesen, um mit ihr klarzukommen. Aber Xavier hatte mich verwandelt. Ich wusste, was diese Flammen waren. Vampire schienen so kalt wie Stein, aber in ihren Adern brannte ein Feuer, das so heiß war, dass es die Welt in Schutt und Asche niederbrennen konnte, wenn es freigelassen wurde. Das hier war die rohe Kraft von Blut, von Leben und Opferdarbietung. Wenn Blut vergossen wurde, wurde Magie losgelassen.

Der Blutstein, den ich als Medaillon getragen hatte und der irgendwann von meiner Brust absorbiert worden war, war nur ein Konstrukt, um die Magie einzufassen. Als Vampir tat ich mehr, als nur die Kraft in mir zu haben. Ich verband mich mit ihr. Als rote, heiße Flammen durch meine Adern wüteten, hätte ich mich in Asche verwandeln sollen. Stattdessen ertrug ich sie und ging stärker daraus hervor. Hades Macht überleben zu können, bewahrte mich nicht vor dem Schmerz. Ein Schrei stieß aus meinem Rachen und Xaviers Hände streckten sich aus, um nach mir zu greifen. Seine Bewegungen und Gedanken waren mir genauso bewusst wie die meiner anderen vier, die vor meinem inneren Auge aufzogen. Luke, erschüttert und panisch, aber in meine Richtung rennend und ansonsten wohlauf und am Leben. Jet sinnierte über eine Gruppe murmelnder Drachenwandler nach, die ihre Sorgen tief unter Chinas Boden flüsternd von sich gaben. Er spürte mich und seine Augen musterten die Decke der Höhle. Bekannte Geräusche, die ich nicht erklären konnte, echoten durch die Luft in seiner Kammer und er runzelte die Stirn.

Meine Magie entschied, dass Jet sich nicht in direkter Gefahr befand, und suchte nach Nate. Er war der Einzige, den ich nicht finden konnte, und mir gefror das Blut in den Adern. Ich fragte mich, ob er am Leben oder tot war.

Xavier. Er war derjenige, der direkter Gefahr ausgesetzt war. Die Welt erstarrte, als ich die Situation außerhalb meines Körpers besah. Seine Arme waren ausgestreckt, sein Kiefer angespannt und seine Augen panisch geweitet. Als ich bemerkte, was er ansah, fühlte ich mit seinem untypischen Ausbruch mit. Mein Körper hatte sich in eine unnatürliche Position verdreht. Mein Kopf war zurückgefallen und rote Kraft streifte über meine Haut. Ich wusste, dass er sterben würde, wenn er mich jetzt anfasste. Ich streckte eine Hand aus und sandte einen Blitz los, was ihn auf die andere Seite des Raumes fliegen ließ. Die anderen Vampire wagten es nicht, mich anzurühren, und wichen mit geweiteten Augen und ausgefahrenen Fangzähnen an die Wände.

Die Traumwelt umgarnte mich und Hades knurrte. Sein zurückgegeltes Haar und das glattrasierte Gesicht verwandelten sich in ein Biest mit roten Augen, das wütend jaulte. „Wer bist du?", wollte er wissen. Seine Worte kamen zischend durch seine Fangzähne und es bedurfte jedem bisschen Willensstärke in mir, um mich daran zu erinnern, dass sich das alles nur in seinem Kopf abspielte. Er konnte mir nicht wehtun ... Oder?

Sein Körper verschwamm. Er bewegte sich so schnell, dass selbst meine Vampirsinne nicht mithalten konnten. Dann kam er vor meinem Gesicht zu einem Halt und packte meine beiden Handgelenke. Ich wehrte mich gegen ihn, als er an mir zog. Wenn er es schaffte, mich noch weiter in seine Welt zu ziehen, könnte ich mit ihm in den verfluchten Schlaf fallen.

„Xavier ist in Gefahr", stieß ich hervor. „Der Inkubus-König greift die Stadt an und Apollo hilft ihm dabei."

Hades spöttelte, aber sein fester Griff löste sich. „Wieso würde Apollo meine Stadt angreifen, die voller Vampire ist?" Seine Augen funkelten bedrohlich. „Auch wenn er dumm genug wäre, um das zu tun – Xavier würde niemanden in diese Stadt einlassen."

Ich rollte mit meinen Augen. „Was glaubst du, wer mich hierhergeschickt hat? Glaubst du wirklich, dass ich den streng geheimen Vampir-Bunker selbst gefunden, mich in einen Vampir verwandelt und dich ganz allein gefunden habe?"

Hades blickte mich düster an, atmete jedoch tiefer ein, um meinen Geruch aufzunehmen. „Du hast Xaviers Blut in dir. Deine Verwandlung hat vor Kurzem stattgefunden."

„Ja", sagte ich grinsend. „Gerade eben."

Er sah mit verzogenem Gesicht auf den Griff um meine Handgelenke. „Nein, das glaube ich nicht. Mein Sohn hätte dich nicht verwandelt. Er wird von den Visionen des Mädchens, das er niemals haben kann, geplagt. Er würde niemanden anderen als sie verwandeln. Das kann er nicht. Er hat es zuvor versucht und sie sind immer gestorben, weil er sie nicht akzeptieren konnte. Nicht vollständig. Sein Herz gehört einer Frau, die er noch nicht einmal getroffen hat." Er schloss seine Augen und das rubinrote Glühen seiner Kraft erleuchtete seine Augenlider. „Ich bereue es, dass ich ihn mit so einem schrecklichen Schicksal verflucht habe. Ich wollte ihm nur beibringen, wie man fühlt. Er war so kalt und grausam geworden, aber die Hexen hatten mir nicht gesagt, dass die Visionen nie vergehen würden – ohne dass sie erfüllt würden."

Ich erschauderte, als Hades mir die Wahrheit eröffnete. Xavier hatte zuvor versucht, Frauen zu verwandeln? Ich konnte mir vorstellen, wie schuldig er sich wegen diesen gescheiterten Versuchen fühlte. Es waren Schuldgefühle, die nur jemand wie ich verstehen konnte.

„Die Hexen haben falsch gelegen", flüsterte ich und Hades öffnete seine Augen. „Ich bin diejenige, die er in den Visionen gesehen hat."

Hades lehnte sich vor und zog seine Augenbrauen hoch. Seine Lippen öffneten sich und er *schnupperte* meinen Geruch erneut ein. Dieses Mal streckte er seine Zunge aus und kostete die Luft. „Das ist unmöglich", flüsterte er, aber der Schock auf seinem Gesicht sagte mir, dass er wusste, dass ich die Wahrheit sagte. „Die Hexen haben nicht erkannt, dass die Visionen eine Zukunft vorhersagten, die so unmöglich schien, bis es zu spät war. Es besteht eine größere Chance, dass ..."

Ich grinste. „Dass ein Sukkubus dazu verführt wird, zu einem Vampir zu werden?" Ich befreite mich aus seinem Griff, der sich endlich gelöst hatte. „Ja, es ist geschehen. Ob du es glaubst oder nicht." Ich wurde ernst und riss den Schleier zwischen uns etwas mehr runter. „Du musst aufwachen, Hades. Wenn du es nicht tust, wird Venedig der Bewusstseinskontrolle des Inkubus-Königs unterworfen und jeder Vampir darin auch."

Das gewann seine Aufmerksamkeit. Er grollte und der Boden unter mir erschütterte. Ich wusste nicht, ob das Beben von einer Bombe in der echten Welt rührte, oder weil Hades Zustand langsam von Traum zu Realität überging. „Ich werde einen Teil der Kraft, die du mitgebracht hast, brauchen", sagte er. „Es wird wehtun."

Ich schloss meine Augen und wappnete mich. „Tu es. Reiße das Pflaster ab."

Er zögerte und je nachdem, wie lange er geschlafen hatte, wusste er vielleicht nicht, was ein Pflaster war. Dann aber rumpelte ein tiefes Knurren durch seine Brust. Hitze breitete sich in meiner Brust aus und ein Blitz zuckte durch mein Haar. Ich verzog das Gesicht, als die gleißenden, heißen Blitze durch mich hindurchfuhren, aber ich ballte meine Hände zu Fäusten und hielt es aus.

Ich füllte meinen Kopf mit Visionen von Luke, der im Bett mit mir lag und mich anlächelte, zufrieden und glücklich war. Ich hatte das Gefühl, dass er in seinem bisherigen Leben nicht viel hatte lächeln können. Ihm Freude zu bereiten, verschaffte mir unbeschreibliches Vergnügen und ich würde ihn auf keinen Fall auf den kriegszerrütteten Straßen Venedigs sich selbst überlassen. Hades brüllte und der Schmerz seines Aufwachens wummerte in meinen Ohren. Seine Statue zerbarst.

Die Dunkelheit drohte, mich zu überwältigen, und ich kämpfte stur dagegen an.

„Luke", flüsterte ich. „Xavier. Hilf mir, die anderen zu finden."

Die vier Männer in meinem Leben. Ich wusste, dass ich keinen von ihnen jemals gehen lassen könnte.

„Was machst du da?", kreischte Nimra, als sie die heilige Kammer betrat, in der Hades schlief.

Ich war nicht mehr in der Lage, ihre Worte vollends zu verstehen – geschweige denn, was sie wollte. Alles, woran ich mich erinnerte, war, dass es ihre Pflicht gewesen war, Luke zu beschützen. Und doch war sie jetzt hier und er nicht.

Hades regte sich unter meiner Hand und stand kurz davor, zu erwachen. Als ich Nimra durch den wütenden Nebel ansah, während Hades die Kraft meines Blutsteins in sich aufnahm, um sein verfrühtes Erwachen einzuleiten, bemerkte ich, dass ihre Augen mit einem fahlen roten Nebel belegt waren, der nicht ihrer vampirischen Natur entsprach.

„Sie ist mit Dereks Bewusstseinskontroll-Nebel in Kontakt gekommen“, sagte ich zähneknirschend. Xavier wollte sie aufhalten, aber es war zu spät. Sie fauchte und ihre gefährlichen Fangzähne blitzten, bevor sie sie in seinem Hals versenkte. Xavier ächzte, als die Kraft ihres Kiefers in seine Adern vordrang und Blut an seiner Brust hinabfloss.

„Nimra!“ Ich versuchte mich von Hades loszulösen, aber die Magie zwischen uns hielt mich an Ort und Stelle fest.

Xaviers Augenlider flatterten und er ging zu Boden. Sie grinste mich mit seinem Blut über ihrem Gesicht an. „Ihr verdient einander nicht“, knurrte sie und zeigte ihre Zähne fauchend, bevor sie auf mich losging.

Ich wusste, was passieren würde, wenn sie mich berührte. Ich war zu verbunden mit dem Vater aller Vampire und nur eine Herrin über den Blutstein konnte die Kraft, die zwischen uns kursierte, überleben. Rotglühende Magie brannte durch meinen Körper und ich konnte sie so schon kaum ertragen.

Als Nimra ihre Finger um meinen Hals legte, zuckte ihr Körper zusammen und ihre Augen weiteten sich.

Ich wusste, dass es Dereks Bewusstseinskontrolle war, die sie das tun ließ, aber ich hatte das Gefühl, dass sie Luke sich selbst überlassen hatte, bevor sie infiziert worden war.

„Viel Spaß im Jenseits, Schlampe“, sagte ich und Nimra verwandelte sich in Asche.

Kapitel Zwölf

VERBÜNDETE

Luke

Hades war wach, aber etwas stimmte nicht. Mein Bann hätte alle Übernatürlichen in einen Schlaf verfallen lassen sollen, damit die Vampire sie angreifen konnten, während Hades sich seinen Bruder vorknöpfte. Aber etwas war schiefgelaufen. Die blaue Aura, die den Himmel einhüllte, ließ feinen Staub hinunterrieseln, der süß schmeckte.

Ich sah zum Horizont und spürte, dass ich etwas anderes gerufen hatte, das uns helfen würde. Meine Magie war nicht die einer Hexe, aber es gab andere Übernatürliche in dieser Welt, die ich noch nicht entdeckt hatte. Ein Jaulen erklang und ich ging in die Hocke und knirschte mit meinen Zähnen, als ich das unübliche Geräusch vernahm.

Wölfe.

Entgegen besserer Einsicht rannte ich in Richtung der Geräuschquelle und hielt erst an, als Schreie folgten. Ein Biest brach durch den roten Nebel der Bewusstseinskontrolle. Es schüttelte sein Fell und der Staub fiel zu Boden wie tote Asche seiner letzten Beute.

Prächtige blaue Augen sahen in meine, eine ähnlich engelhafte

Kraft schlummerte in jener des Wolfes. Ich streckte meine Hand aus und streifte seine Schnauze sanft, dann rannte er davon und verschwamm, war wieder verschwunden. Mehr Schreie folgten. Vielleicht hatte ich mich nicht an den Plan gehalten, aber ich grinste trotzdem. Ich hatte verdammte Werwölfe gerufen, um uns dabei zu helfen, Dereks Truppen zu bekämpfen.

Kapitel Dreizehn

ES IST VORBEI

Sonya

„Vampire können fliegen?", fragte ich Hades, während er durch die Luft wirbelte und uns die Straßen von Venedig hinabmanövrierte.

Xavier grinste und hielt neben mir inne, dann wimmerte er und justierte das Pflaster an seinem Hals. Es verblüffte mich, dass Vampire ein Pflaster brauchten, aber Vampirbisse brauchten angeblich etwas länger, um zu verheilen. Etwas von wegen ähnlicher Magie. „Nur Hades", erwiderte Xavier und warf seinem Vater einen neidischen Blick zu.

Ich verfiel in einen Sprint und hatte das Gefühl, dass ich auch fliegen könnte. Die vampirische Kraft in meinen Beinen ließ mich in den Straßen von Venedig verschwimmen. „Das ist fantastisch!", rief ich Xavier zu, der es schaffte, mit mir Schritt zu halten.

Ich hatte Hades aus den Augen verloren, als er in einer Reihe von Gebäuden verschwunden war, aber wir waren noch immer blutsgebunden. Ich konzentrierte mich und spürte, welchen Weg er genommen hatte, dann folgte ich ihm.

Ich erreichte einen äußerst schockierten Derek und eine männliche Muse, die sich vor den vor Wut schäumenden Vampir stellten.

„Verrat!“, fauchte Hades zu Apollo, seinem Bruder.

Derek war der Erste, der aus seinem Schockzustand fand. Er sah mich an und seine Augen weiteten sich, als ich meine Fangzähne zeigte. „Sonya“, flüsterte er, als wäre er todunglücklich. „Was hast du getan?“

Funkelnd stürmte ich auf ihn zu. „Was habe *ich* getan?“, fauchte ich und es war mir egal, dass meine Fangzähne mich vermutlich wie ein Monster aussehen ließen. „Ich habe getan, was getan werden musste, um euch aufzuhalten.“

Apollo legte eine Hand auf Dereks Schulter. „Er hat nur in meinem Interesse gehandelt. Wenn jemand schuldig ist, dann ich.“

Hades knurrte. „Ich interessiere mich nicht für den Inkubus. Wieso, Bruder? Wieso, nach all den Jahren, wünschst du, mich zu töten?“

Apollo machte ein langes Gesicht. „Ich hatte beabsichtigt, dich schlafen zu lassen. Sobald die Stadt sich mir ergeben hätte, hätte ich sichergestellt, dass du niemals wieder aufwachen würdest. Diese Welt verdient dich nicht, Bruder. Und du verdienst ewigen Frieden.“

Klauen drangen aus Hades Fingern. „Ich glaube, du hast etwas verwechselt, *Bruder*. Diese Welt verdient es, frei von dir zu sein.“

Ich fuhr erstaunt hoch, als Hades sich so schnell bewegte, dass ihn niemand hätte aufhalten können. Er zog an Apollos Haar und drehte daran, bis der Nacken der Muse sich in eine unnatürliche Position verrenkte. Apollos Augen weiteten sich. „Bruder, warte“, krächzte er. „Gegen dich bin ich machtlos. Das weißt du. Hab Gnade!“

Hades grummelte und seine vampirische Natur breitete rote Streifen über seinen Körper aus. Sie verwandelten ihn in eine größere, muskulösere Version seiner selbst. Seine Fangzähne wurden länger und er grollte mit purer Wut. „Du bist nicht mehr mein Bruder.“

Apollo schrie, als Hades seinen Kopf weiter herumdrehte. Er schlug mit einer unsichtbaren Welle der Kraft um sich. Die Kraft der Muse ließ mich zu Boden gehen und sandte Schmerz durch meinen Körper. Angesichts der Tatsache, dass Hades zusammenzuckte, wusste ich, dass er es auch spürte. Aber er drehte weiter. Ein ohrenbetäubendes Knirschen erklang, gefolgt von einem schmerzerfüllten

Ächzen, als die Haut um Apollos Hals riss. Im nächsten Augenblick war sein Kopf von seinem Körper abgetrennt, Blut spritzte in die Straße und der Rest seines Körpers fiel in sich zusammen.

Derek wich alle Farbe aus dem Gesicht und zum ersten Mal zog Angst auf seinem Antlitz auf. Er sah mir mit verzweifelter Hoffnung in die Augen, aber ich spannte meinen Kiefer an und das Echo von Apollos Stimme, der seine Strafe erhalten hatte, verstummte.

Hades studierte den Inkubus und machte mit einem Knurren klar, dass er die Kreatur verabscheute. „Geh mir aus den Augen, Inkubus. Du wirst deine Taten wiedergutmachen, indem du jetzt mir dienen wirst. Räum das Chaos auf, das du veranstaltet hast, oder du wirst dich meinem Bruder anschließen."

Derek schluckte leer und neigte seinen Kopf. „Ja, Hades. Danke für deine Gnade."

Xavier schlang eine Hand um meine Taille und wir liefen durch die Straßen von Venedig. Blut klebte an den Wänden und Schrecken lag in der Luft, und als ich den Wölfen begegnete, die an den Truppen von Derek nagten, schluckte ich trocken. Wir umgingen die Biester, die Genicke brachen und knurrten, uns aber ansonsten ignorierten. Ich richtete mich auf, als ich etwas hörte, das ich überall wiedererkannt hätte.

Lukes Lachen.

Ich rannte. Ich bog um die Ecke und kam zu einem Halt, als ich Luke mit zwei Wölfen ringen sah. Ihr Fell glitzerte in einem übernatürlichen Weiß, das schön gewesen wäre, wenn sie nicht alle in Blut getränkt gewesen wären.

„Es scheint, als hätte dein Engel ein paar neue Freunde gefunden", bemerkte Xavier und deutete mit seinem Kopf auf die Szene.

Luke lachte, während zwei Wölfe mit ihm rauften. Ihre strahlenden blauen Augen und auch ihr majestätisches Fell hob sie von den üblichen Biestern ab.

Als Luke mich erblickte, verstummte sein Lachen, aber ein Lächeln blieb bestehen. „Wolf-Formwandler", erklärte er. Er stand auf und wischte Dreck von seiner Hose. „Sie haben mir gesagt, dass es an der Zeit ist, ihren Teil einer alten Abmachung zu erfüllen." Als ich ihn verwirrt anstarrte, ergänzte er: „Ich gehe zurück nach Seattle. Es ist Zeit, meine Mutter zu befreien."

Mein Magen verknotete sich. Ich hatte mich gerade mit zwei meiner vier wiedervereinigt und jetzt wollte Luke mich verlassen?

„Dann werde ich mit dir gehen", erwiderte ich, ohne zu zögern. Ich griff nach Xaviers Hand. „Oder? Wir gehen mit ihm."

Xavier sah mich mit hochgezogener Augenbraue an. „Wie bitte wollen ein paar Köter eine Seherin aus dem Gefängnis in Seattle befreien? Wenn sie ausbrechen wollte, hätte sie es längst getan. Seher sind Hexen aus mächtigen Zirkeln. Sie tun nichts, was sie nicht tun wollen."

Luke sah ihn mit offenem Mund an, als hätte der Vampir etwas Unerhörtes gesagt. „Und was, wenn eine Hexe aus ihrem Zirkel verbannt wird? Was dann?"

Xavier legte seinen Kopf schief. „Dann nehme ich an, hätte sie weitaus weniger Kraft, die sie benutzen könnte."

Luke ballte seine Fäuste. „Dann braucht sie unsere Hilfe. Sie hat die ganze Zeit über im Gefängnis dahingerottet für eine Tat, die sie nicht einmal begangen hat. Sie hat mich trainiert, nicht gefoltert. Sie verdient es nicht, weiter dort zu sein."

Ich warf Xavier einen flehenden Blick zu. „Ich muss mit ihm gehen. Er hat recht. Alles hier ist wieder im Lot, oder etwa nicht? Die Bedrohung ist gebannt?"

Xavier zog seine Augenbraue hoch, als er die umgestürzten Gebäude und Leichen ansah. „Ich bin mir nicht sicher, ob man es ‚im Lot' nennen kann, aber wir befinden uns nicht mehr in unmittelbarer Gefahr, wenn es das ist, was du meinst."

Als Xavier mir ein Lächeln schenkte, das mir sagte, dass seine Entschlossenheit zu wanken begann, grinste ich und schlang meine Arme um seinen Hals. „Ich würde alles tun, für alle von euch. Das weißt du, oder?"

„Ja", flüsterte Xavier mir ins Ohr und löste mich dann von ihm, schubste mich zu Luke.

„Darum werden wir der Seherin helfen. Lasst es uns angehen."

Mit einem Seufzen schmiegte ich mich an den Engel und stupste seinen Hals mit meiner Nase an. Meine Liebe zu ihm war nicht anders als jene, die ich für Xavier verspürte, aber alles an ihm machte klar, dass es Luke war, der mich fest in seinen Armen hielt. Anstatt Xaviers kühler Leidenschaft und tödlicher Grazie spürte ich Lukes brachiale Kraft und tiefes Mysterium an meinem Körper. Ich wollte ihn küssen, aber als ich die Süße seines Blutes roch, verlängerten sich meine Fangzähne.

Luke spürte die kalte Gefahr meiner Fangzähne sich an seine Haut pressen und er wich von mir zurück. „Also", sagte er und streichelte mit seinem Daumen über mein Kinn. „Du gehörst jetzt ihm."

Er hatte mich missverstanden. Nur, weil sein Blut mich dazu brachte, ... zubeißen zu wollen, bedeutete das nicht, dass ich ein hirnloser Vampir war. Meine Augen sahen in seine und ich hasste, dass meine Augen rot glühten. Alles, was er sehen konnte, war ein Vampir. Aber ich würde ihm beweisen, dass ich immer noch die Sonya war, die er kannte. „Ich erinnere mich noch immer an uns", sagte ich eindringlich und griff nach seinen Unterarmen. Ich legte seine Hände an meinen Bauch und ließ seine Finger unter mein Oberteil schlüpfen, damit er die Magie meiner lodernden Runen selbst spüren konnte. „Das Band ist komplett, aber ich muss alle von uns an einem Ort haben." Mein Blick richtete sich auf den Himmel. Angesichts der erneut aufflackernden Furcht drehte sich mir der Magen ein weiteres Mal um. Ich hatte mein Band gerade rechtzeitig dafür gefestigt, was uns bevorstand. Derek und Apollo waren nicht die wahre Bedrohung gewesen. Die Schatten meiner Albträume waren im Anflug und jetzt wusste ich, dass sie alles andere als Träume gewesen waren.

Es waren Visionen der Zukunft gewesen.

„Ich muss uns alle wiedervereinigen", flüsterte ich und sprach den Rest meiner Gedanken nicht laut aus. Das Schicksal hatte meine Männer aus gutem Grund auseinandergehalten und sie auf dem ganzen Planeten verstreut. Es gab einen Grund, warum es mich mit einem nach dem anderen wiedervereinigt hatte. Ein Drache, ein Engel, ein Vampir und ein Sterblicher, der klüger war, als gut für ihn war, waren eine tödliche Kombination. Ich konnte nicht einfach alle von ihnen in einen Raum stecken und erwarten, dass alles gut werden würde. Nein, sie würden eine erschreckende Macht aufleben lassen, die in meiner Seele ruhte. Und es gab nur eine Person, die wusste, wie man damit umging.

Die Seherin, die ihren Sohn darauf vorbereitet hatte, mich zu retten. Lukes Mutter war der Schlüssel, um uns alle zu retten.

Kapitel Vierzehn

HEIMKEHR

Sonya

Xaviers Vorstellung vom Reisen war weitaus schneller als meine ... und beinhaltete eine reichhaltige Dosis an Magie. „Ich benutze dieses Ding auf keinen Fall", sagte ich stur und verschränkte meine Arme vor der Brust, funkelte den verrosteten Torbogen an, der uns von Seattle trennte.

Die niedrigen Tunnel unter Venedig reichten tief und mehrere Abzweigungen führten zu Portalen, die die Hexen aktiviert hatten, um zu mehreren Festungen der Übernatürlichen zu gelangen. Wegen Derek – weil er der Inkubus-König war und so – gab es ein Portal, das direkt zur Villa in Seattle führte. Ich blickte ins Wohnzimmer, in dem das reizvolle Gemälde von Silvia hing, und bekam Gänsehaut. Es war eine Ewigkeit her, seit ich zuletzt dort gewesen war, aber das war nicht, was mich nervös machte. Wir hatten Derek nicht mehr gesehen, seit Apollo getötet worden war. Er hatte so viele Truppen seiner Möchtegern-Armee zurückgepfiffen, wie er konnte, und sich zurückgezogen. Hades hätte ihn nie davonkommen lassen sollen.

„Das ist der schnellste Weg", sagte Xavier beharrlich und schlang einen Arm um meine Taille. Er sah Luke an, der das surrende Portal anfunkelte und genauso zögerte wie ich, Fuß ins Wohnzimmer des Inkubus-Königs zu setzen.

„Lasst es uns einfach hinter uns bringen“, verkündete Luke und trat dann ohne Vorwarnung durchs Portal.

Mein Herz nahm einen Sprung, sobald Luke weg war. Die Rune an der linken Seite meines Bauchnabels erwachte ohne vorherige Ankündigung zum Leben und strafte mich dafür, dass ich Luke aus den Augen gelassen hatte. Ich krümmte mich, schaffte es aber, durch den nebligen Schimmer des Portals einen Blick auf den Engel zu werfen.

Zwei Inkuben pöbelten ihn umgehend an. Einer von ihnen schlug ihm ins Gesicht und der Kopf des Engels flog zur Seite. Sein Haar fiel in sein Gesicht und er wischte es grummelnd von seiner Stirn. „Geht es dir gut?“, fragte Xavier und schien nicht zu bemerken, dass Luke angegriffen wurde.

Ich knurrte den Vampir an. „Geh einfach da rein und hilf ihm und nimm mich mit dir mit!“ Ich hatte keine Lust darauf, auch noch von Xaviers Rune bestraft zu werden.

Angesichts des schmallippigen Stirnrunzelns, das Xavier mir zuwarf, erwartete ich, dass er Einwände machen würde. Vielleicht war das Teil seines Plans gewesen, um mich nur für ihn zu haben. Aber meine Zweifel wurden beseitigt, als er seine Finger um mein Handgelenk schlang und mich durch das Portal zog.

Elektrische Funken und Magie wirbelten durch meine Adern, stellten sicher, dass ich wusste, dass ich gerade so einige Regeln der Physik brach, indem ich Zeit und Raum umging, um nach Seattle zu kommen.

Aber anders als damals, als ich ein Portal mit meinem Blutstein geschaffen hatte, war das hier halb so schlimm. Der Schmerz verging so schnell, wie er gekommen war. Vielleicht waren Hexen etwas besser darin, Portale zu schaffen, als ich.

Die Inkuben, die Luke verprügelt hatten – was er mit einem verrückten Grinsen auf seinem Gesicht zugelassen hatte –, erstarrten, als Xavier und ich aus dem Nichts erschienen.

Ich wirbelte herum und fragte mich, ob ich das Portal sehen könnte. Aber es war nichts zu sehen.

„Prinzessin?“, sagte einer von ihnen keuchend.

„Holt die Königin!“, schrie ein weiterer.

Ich drehte mich wieder um und blinzelte. Hatten sie mich gerade eine Prinzessin genannt? Wer zum Teufel war diese Königin?

Wir alle erstarrten, als Silvia in Erscheinung trat. Es bestand keinen Zweifel mehr daran, was sie war. Prächtige, wunderschöne Flügel spannten sich hinter ihr auf und sie wedelte mit ihnen. Das Licht der Kronleuchter ließ die dunklen, glänzenden Federn erstrahlen.

„Ah, mein Schätzchen. Ich hatte gehofft, dass du nach Hause kommen würdest.“ Sie spreizte ihre Arme. „Du bist endlich nach Hause gekommen.“

Ich war zu verdutzt, um zu reagieren, und nur eine Faust, die in Lukes Gesicht geschlagen wurde, rüttelte mich aus meiner erstaunten Stille. Sein Gesicht fiel angesichts der Krafteinwirkung zur Seite, aber er richtete sich wieder auf. Blut rann über seine Lippen und sein Kinn und er grinste. Er war ein Meister des Schmerzes und spielte nur mit dem Inkubus-Wachmann. „Ist das alles, was du draufhast?“, fragte er.

„Silvia!“, schrie ich und rannte zu Luke, um mich zwischen ihn und seine Angreifer zu stellen. „Sag ihnen, dass sie aufhören sollen!“ Wir waren nicht wegen ihr hier oder ihnen. Wir brauchten nur eine schnelle Mitfahrgelegenheit nach Seattle und wie es das Schicksal so wollte, waren wir in ihrem Wohnzimmer gelandet.

Die Wachen sahen sie an und sie nickte und bedeutete ihnen zu gehen. „Tut mir außerordentlich leid“, sagte sie und kam zu uns. Sie hielt inne, als sie Xavier erblickte, der starr wie der Tod hinter meinem Rücken stand. Ich hatte ihn auch nicht bemerkt. Er war gut darin, nicht gesehen zu werden, wenn er das nicht wollte. „Oh“, säuselte sie mit einem kleinen Lächeln und ihr Gesicht erhellte sich. „Ich wusste nicht, dass du noch einen mitgebracht hast.“

Xavier fletschte seine Fangzähne, aber sie schien sich nicht daran zu stören. „Ich habe von dir gehört“, fauchte er weitaus giftiger, als meiner Meinung nach angebracht war. Immerhin waren wir diejenigen, die in ihr Zuhause eingedrungen waren. Und ich hatte nicht vergessen, dass es Silvia gewesen war, die mir die Pille gegeben hatte, die mich gegen Derek immun gemacht hatte. Derek hatte dank ihr keine Kontrolle mehr über mich.

Sie neigte ihren Kopf. Eleganz lag in all ihren Bewegungen. „Das hoffe ich doch, Sohn von Hades. Nur Gutes, will ich hoffen. Es gibt nicht viele von uns auf der Erde. Ich würde es verabscheuen, wenn unser schlechter Ruf von Gerüchten zerstört würde.“ Sie sah zu Luke, als sie das sagte.

„Es tut uns sehr leid, dass wir hier eingedrungen sind“, erklärte ich und hoffte, dass meine Männer die Situation nicht eskalieren lassen würden. Obwohl ich Silvia dankbar war, wusste ich nicht viel über sie oder darüber, warum sie mir geholfen hatte – und auch nicht, ob sie es wieder tun würde. „Wenn es dir nichts ausmacht, machen wir uns einfach auf den Weg und–“

Sie richtete sich auf. „Oh, aber Schätzen. Ich habe auf dich gewartet.“ Sie hob ihre Hand und Magie summte. Mir stockte der Atem. Sie hielt uns nicht gefangen, obwohl ich das Gefühl hatte, dass sie es hätte tun können. Sie ließ ihre Finger langsam an ihre Seite sinken und ballte sie zu einer Faust. Ich hätte auf der Stelle wegrennen sollen, aber was mich an Ort und Stelle behielt, war der verzweifelte Blick in ihren Augen. „Weißt du, ich hatte gehofft, dass du mir mit etwas behilflich sein könntest, bevor du gehst.“

Kapitel Fünfzehn

MEINE JUNGS

Sonya

„Ich werde dieser Frau auf keinen Fall helfen!“, schrie ich so laut ich konnte. Es war mir egal, wer zuhörte. Ich hätte es ihr auch direkt ins Gesicht gesagt. Nein. Ich würde ihr nicht dabei helfen, meine – unsere Dämonen-Tochter zu befreien.

Offenbar hielt Derek sie irgendwo in den unteren Geschossen des Hauses gefangen. Nur die ältesten Häuser in Seattle hatten Keller und natürlich war Dereks Villa eines davon.

„Ich meine nicht, Silvia zu helfen“, sagte Luke beharrlich und stand neben Xavier, weil sie zum ersten Mal einer Meinung waren, die ich überhaupt nicht teilte.

Ich grollte frustriert. „Das ist nicht fair! Zwei gegen eine!“

Xavier grinste und verschränkte seine Arme. „Ich würde sagen, es ist mehr als fair. Wir sind machtlos gegen dich, mein Schatz. In der Überzahl zu sein, ist der einzige Weg, den man gehen kann, um dir etwas Verstand einzureden.“

Funkelnd stürmte ich in einem kleinen Kreis, was alles war, was das kleine Schlafzimmer mir erlaubte, zu tun. Silvia hatte darauf bestanden, dass wir über Nacht hierbleiben, zumal das Gefängnis geschlossen sein würde und wir die Seherin nicht einfach ohne einen Plan retten konnten. Ich hasste es, ihr zustimmen zu müssen, aber ich hasste es jetzt noch mehr, wo Luke und Xavier ihr die ganze Geschichte erzählt hatten.

„Sie muss euch mit einer Art Wahrheitsbann belegt haben“, sagte ich beharrlich. Das war die einzige Erklärung dafür, warum Luke aufgehört hatte, mit den Wachen zu spielen, und der halbnackten Frau in ihrem weißen Nachthemd mit wunderschönen Flügeln unseren ganzen Plan verraten hatte. „Jetzt hat sie euch überzeugt, dass ihr euch von mir abwenden und sie beschützen sollt!“ Ich fühlte mich so verraten. Ich hatte geglaubt, dass unser Band stärker war. Heiße Tränen stiegen mir in die Augen und drohten, an meinen Wangen hinunterzukullern.

Ich hätte die Kraft des Blutsteins benutzen können – oder meine neue, vampirische Schnelligkeit –, aber Silvia hatte in einem Punkt recht: Ich hatte nicht wirklich einen Plan. Als sie uns anbot, in einem der Schlafzimmer zu übernachten, war ich froh gewesen, dass ich meine Jungs von ihr hatte wegbringen können.

„Sie hat Hexen“, erklärte Xavier. „Venedig ist ein einziges Trümmerfeld und Hades kann keine Hexen abtreten. Ich bin mit dir mitgekommen, um dich zu beschützen, aber Silvia bietet uns einen Zirkel an – was mehr ist, als ich habe. Wir brauchen sie.“

Luke nickte zustimmend und nahm meine Hände in seine, um mein gedankenloses Auf- und Abgehen zu unterbrechen. Ich sah zu ihm hoch und hasste, wie diese kristallblauen Augen mich mit ihrer endlosen Bewunderung einnahmen. „Sonya, ich weiß, dass du glaubst, dass Silvia uns mit einem Bann belegt hat. Aber das hat sie nicht. Als ich ihre–“

„Flügel“, brachte ich zwischen zusammengepressten Zähnen hervor. „Du hast Flügel gesehen und hast plötzlich gedacht, dass sie jemand ist, dem du trauen kannst. Sie ist Mutter einer Dämonenbrut, oder etwa nicht?“

Luke lehnte sich zu mir. „Genauso wie du. Sollte ich dir nicht trauen?“

Grummelnd riss ich meine Hände los und stampfte an Xavier vorbei, um mich auf das Bett fallen zu lassen. Der Vampir legte sich neben mich und streifte mein Haar aus meinem Gesicht. Seine roten Augen glühten aufgeregt. „Warum so gute Laune?“, grollte ich.

Das ließ sein Grinsen nur noch breiter werden und entblößte seine Fangzähne. „Darf ich keine gute Laune haben, wenn ich im Bett mit meiner Gefährtin bin?“

Ich rollte mich auf den Rücken und starrte zur bronzefarbenen Decke. Das verschachtelte Muster war zu luxuriös und ließ mich mein altes, stinkendes Apartment, das ich mit Sarah gehabt hatte, vermissen. „Nein, darfst du nicht“, sagte ich.

Luke setzte sich auf meine andere Seite, legte sich auf seinen Rücken und schaute mit mir zur Decke. „Ich dachte immer, ich wäre allein“, flüsterte er. „Dass es keine anderen wie mich da draußen gibt.“

Ich hatte nicht einmal bedacht, wie sich das für Luke anfühlen musste. Seine Einsamkeit war so fühlbar, so schmerzhaft, dass ich mich zu ihm drehte und das Bedürfnis hatte, ihm dieses Gefühl irgendwie zu nehmen. Jetzt hatte sich sein Schmerz gelöst und das wegen jemandem, den ich nicht kannte und dem ich nicht wirklich trauen wollte. Wer würde willentlich einen Dämonen in die Welt schicken wollen? Und warum wollte sie, dass wir sie aus einem Gefängnis befreiten, in welches Derek sie gesteckt hatte?

„Vielleicht sollten wir eine Nacht darüber schlafen“, bot Xavier an und ließ seine Finger an meiner Hüfte hinabgleiten. Er hob mein T-Shirt an und entblößte meine Runen, die zum Leben erwachten, weil ich zwei meines Bandes so nahe war.

Luke griff instinktiv über mich und berührte seine Rune, die leuchtende Spirale links von meinem Bauchnabel. Xavier berührte seine, diejenige, die unglaublich tief saß und Hitze zwischen meinen Schenkeln entfachte. Ich fragte mich, ob seine Finger vielleicht sogar tiefer gleiten würden, um mich von einem anderen Drang zu erlösen.

Ich seufzte. „Ihr könnt mich nicht mit Sex ablenken.“ *Sie konnten mich total mit Sex ablenken.*

Luke lachte und presste seine Lippen an meinen Hals. „Ach wirklich?“, erwiderte er herausfordernd. Wie ich befürchtet hatte, glitt Xaviers Hand tiefer und ich biss die Zähne zusammen, war entschlossen, sie nicht weiter anzustacheln. Wenn ich mich wehrte, würden sie einfach – ich rang nach Luft, als Luke zubiss und Xaviers Finger über meinen Reißverschluss tanzten und Druck auf meine sensible Mitte ausübten.

„Das ist nicht fair", sagte ich erneut. Dieses Mal wurde meine Stimme rau und heiser und meine Augen schlossen sich. Ich öffnete sie wieder und versuchte mich davon abzuhalten, die Kontrolle zu verlieren. Ich war ein Sukkubus, verdammt. Ich sollte die Verführerin sein. „Hast du mich gerade gebissen?", fragte ich Luke und ein Lächeln zog auf meinem Gesicht auf.

„Stehst du seit Neustem nicht darauf?" Seine Finger wanderten unter mein T-Shirt, schlangen sich um meine Brüste und er drückte gnadenlos zu, erhob Anspruch auf mich.

Xavier unterbrach seine Bewegungen nicht. Er ließ seine Finger über meine Klamotten wandern und übte Druck auf meine Körperstellen aus, sodass meine Nerven zuckten. „Ich glaube, sie hat es sehr genossen. Vielleicht solltest du es nochmal tun", sagte Xavier hilfsbereit.

Als ich ihn mit geweiteten Augen ansah und realisierte, dass er das ernst meinte, schenkte er mir ein spitzbübisches Grinsen. „Xavier?", fragte ich. Die Frage kam mir jetzt, wo ich wusste, dass sie sich meiner Schwäche bedienen würden, hilflos über die Lippen. Ich wollte sie – sie beide – und wenn sie mich zusammen nehmen würden, würde ich nichts dagegen tun können.

„Du verstehst unser Band nicht, was?", fragte er und seine Fangzähne verlängerten sich, als er meinen Reißverschluss öffnete. Dann zog er meine Hose über meine Hüften und zog sie an meinen Beinen runter, sodass ich nichts mehr anhatte außer meinem dünnen Höschen, das bereits völlig durchnässt war. Luke zog mir währenddessen das T-Shirt über den Kopf, ließ meinen BH aber an. Meine schmerzhaft geschwollenen Nippel pressten sich gegen den Stoff.

„Ich weiß, dass wir miteinander verbunden sind", sagte ich und meine Runen leuchteten auf. „Aber ..." Ich verstummte, denn es war mehr als ein magisches Band, das mich zu ihnen zog.

Jeder meiner Männer gab mir etwas, von dem ich nie gewusst hatte, dass ich es brauchte. Luke, mit seiner Einsamkeit und dem Mysterium, das ihn umgab, war jemand, den ich trösten konnte. Jemand, dem ich helfen konnte, wo ich doch immer hilflos gewesen war. Und jemand, der mich auf einer Ebene verstand wie niemand sonst. Er war geplagt, noch kaputter als ich und spornte mich jeden Tag an, etwas besser zu werden.

Xavier hatte mir eine ganz neue Welt eröffnet. Er war Unsterblichkeit, Versagen und Vergebung in einem. Als er wieder gemächlich über mein Höschen strich, kam mir ein leises Stöhnen über die Lippen.

Lukes Haut erwärmte sich, als er das hörte, und er drückte sich an mich. Sogar durch die dicke Schicht seiner Jeans konnte ich seine harte Länge nach mir flehen spüren. Ich wollte seinen Reißverschluss öffnen, aber er packte mein Handgelenk und hielt mich davon ab. „Wir sind dran", flüsterte er und züngelte an meinem Hals entlang, um dann erneut an meiner Haut zu knabbern.

Unermessliche Lust und Begierde wallten in mir auf und ich wand mich, wollte mich der sich bildenden Anspannung entledigen, die drohte, mich entzweizureißen.

Xavier spürte mein Unbehagen und überraschte mich, indem er sich zwischen meine Beine legte und seine Fangzähne an meinem Innenschenkel entlanggleiten ließ. Die Bedrohung ließ mich erstarren und Luke lachte. „Hast du Angst? Ist doch nur ein tödlicher Vampir, da, wo du am verletzlichsten bist."

Ich hätte lachen können, aber stattdessen schluckte ich leer und mein Blick verweilte auf Xaviers Bewegungen. Er riss an meinem Höschen, vergrößerte den Druck auf meine Mitte und ließ dann seine Zunge über mich gleiten. Ein Schrei stieß aus meinem Rachen.

Luke ließ seine Hand unter meinen BH gleiten und zwackte meinen Nippel. Er ließ einen Orgasmus aufwallen, den ich nicht weiter unterdrücken konnte. Xavier knurrte, verschlang mich, zerriss den dünnen Stoff mit seinen Zähnen und schaffte es irgendwie, mich dabei nicht mit seinen scharfen Zähnen zu verletzen, während er Wellen der Lust durch jede Zelle meines Körpers sandte. Seine Zunge vollbrachte Wunder. Ich krümmte mich und Sterne tanzten vor meinen Augen, als ich mich für ein paar herrliche Momente völlig vergaß und dann auf die Matratze sank und nach Atem rang.

Als ich langsam von meinem Höhepunkt runterkam, klärte sich mein Blick und der rote Nebel meiner eigenen Kraft ließ den Raum schmoren.

„Du wirst stärker“, lobte mich Luke und bemerkte, dass ich Lust verspüren konnte, ohne zu essen. Dass ich meine eigene Erregung mit denen meines Bandes genießen konnte. Das Gefühl war so befreiend, dass sich wieder heiße Tränen in meinen Augen sammelten. Dieses Mal aber waren es Freudentränen und Emotionen brodelten in mir.

Er griff nach meinem Kinn und kippte es, sodass ich ihn ansah. Dann gab er mir einen langen, innigen Kuss. Mein Mund öffnete sich für ihn. Ich wurde in seinen Bann gezogen, als seine Zunge mit meiner tanzte und der süße Geschmack von ihm meine Sinne betörte. Als ich meine Augen wieder öffnete, bemerkte ich sein sanftes, engelhaftes Glühen.

„Du auch“, sagte ich und streichelte über seinen Wangenknochen unter seinen glühenden Augen. Ich wusste nicht, was das zu bedeuten hatte – was Luke werden würde. Aber ich wollte das Beste für ihn. Ich wollte, dass er sich mächtig fühlte, dass er sich gebraucht und in Kontrolle fühlte. Es war etwas, das er nie zuvor gehabt hatte.

Wir tauschten ein Lächeln aus und ich fasste neuen Mut. Xavier sah mich noch immer mit hungrigem Blick an. Seine Fangzähne waren immer noch länger, als ich sie je gesehen hatte. Ich war mir nicht sicher, ob er meinen Körper oder mein Blut wollte, aber ich war entschlossen, ihm eine der beiden Optionen zu geben. Ich sprang auf, drehte mich um und zog Luke vor mich. Dann zog ich seine Hosen über seine Hüften und sein geschwollener Schwanz sprang nur wenige Zentimeter von meinem Gesicht entfernt frei.

Ich wollte nichts mehr, als ihn zu nehmen, aber ich sah über meine Schulter und bemerkte, dass Xaviers Aufmerksamkeit darauf konzentriert war, was ich vor *sein* Gesicht streckte. Ich schüttelte meinen Po in seine Richtung. Er blinzelte und grinste dann.

Er brauchte keine weitere Ermutigung als das. Er öffnete seinen Reißverschluss und schmiegte seinen Schwanz an meine geschwollene, heiße Mitte. Ich stöhnte, drehte mich zurück zu Luke und nahm seinen Schwanz in meinen Mund, bevor mir der Atem stockte. Ekstase und Euphorie rasten durch mich, als Lukes Stöhnen sich mit Xaviers vermischte. Es war Musik in meinen Ohren.

Ich wirkte meine Wunder vorsichtig und präzise. Ich war ein Sukkubus und ein mächtiger dazu. Ich hatte die alte Magie des Blutsteines in meiner Brust und ein mysteriöses Band, das es mir erlaubte, meine Jungs besser zu kennen als jeder andere.

Ich sandte die rote Welle der Lust durch meinen Körper, an meinen Hüften hinunter und in meine Zunge, verabreichte beiden Männern eine kräftige Prise meiner berauschenden Lust. Sie beide erstarrten, als die Kraft sie erreichte, dann begannen sie sich wieder mit erneuter Kraft zu bewegen.

Xavier wurde unvorstellbar hart in mir und nahm mich mit langen, tiefen Stößen.

Luke schloss seine Augen und legte seinen Kopf in den Nacken, sodass ich ihn kosten und an ihm nuckeln konnte. Er war die wunderschönste, auserlesenste Kreatur und er schmeckte so köstlich. Ich nahm ihn in den Mund und massierte ihn fest, sandte eine weitere Portion Magie durch ihre Körper.

Es bedurfte Konzentration, beiden gleichzeitig Vergnügen zu bereiten, aber das Band half mir dabei. Das Band wollte, dass wir uns vereinigten – zusammen – und eins wurden. Xavier überkam eine Welle der Lust und sie drohte, ihn mitzureißen. Er widerstand mir, wollte das Liebesspiel verlängern, aber ich ließ ihn nicht. Er würde kommen, wenn ich wollte, dass er kam.

Eine weitere Welle der Kraft und sein Saft floss in mich, gerade als Lukes Süße mir in den Mund lief. Männliches Stöhnen spornte mich an, während ich meinen Männern ihren Höhepunkt verschaffte.

„Das war ...“, begann Luke und legte seinen Kopf an die Wand. Seine Finger lagen auf meinem nackten Schenkel.

„Himmlisch“, vollendete Xavier den Satz für ihn. Seine Augen waren immer noch geschlossen und er lag auf meiner anderen Seite. Er war gesättigt, seine Hände waren hinter seinem Kopf verschränkt und sein Haar noch immer nass von der Dusche.

Wir hatten alle geduscht – einer nach dem anderen, weil ich es so gewollt hatte. Ich konnte mir nicht vorstellen, dass ich zwei Männern in einer dampfigen Dusche mit mir widerstehen konnte. Nicht, wo sie doch zwei meines Bandes waren. Ich musste meinen Kopf durchlüften und darüber nachdenken, was ich von Silvias Bitte hielt, ihr dabei zu helfen, unsere Dämonen-Tochter aus Dereks Gefangenschaft zu befreien.

Ich fuhr mit meinen Fingern über meine glühenden Runen. Nur zwei von ihnen leuchteten – sie erkannten Luke und Xavier in meiner Nähe. Die sanfte Hitze leuchtete und bebte wie ein Herzschlag. Sie schienen mit dem, was wir getan hatten, genauso zufrieden zu sein wie meine Männer. Ich hätte nie gedacht, dass es sich so natürlich anfühlen würde, einen Dreier zu haben. Es war nicht geschehen, weil es mir einen Kick verschaffte, wie den meisten Leuten. Ich hatte Sex mit beiden gleichzeitig gehabt, weil es sich richtig angefühlt hatte. Sie beide brauchten mich, genauso wie ich sie brauchte.

„Wenn ihr versucht habt, mich zu beruhigen, um über Silvias Bitte nachzudenken, dann hat es funktioniert“, schaffte ich hervorzubringen. Meine Augen fühlten sich zu schwer an, um sie zu öffnen. Mein feuchtes Haar ließ mich frösteln, aber ich hatte die Kraft nicht, um es zu trocknen.

Xavier streichelte mit seinen Fingern durch mein Haar und seine rote Magie wärmte, trocknete mich aber nicht.

„Tut mir leid, Schätzchen“, gab er von sich und ein verschmitzter Blick lag in seinen roten Augen. „Wir brauchen einen Drachen, um dich trocken zu kriegen.“

Ich kniff meine Augen zusammen. Ich hatte ihm nichts von Jet erzählt. Noch nicht. Aber er schien so viel mehr über mein Band zu wissen als ich. „Und wo finden wir diesen Drachen, hm?“

Er entwirrte weiterhin mein Haar. Er ging vorsichtig vor und seine Finger glitten anmutig und so sanft durch meine Strähnen, dass ich das Ziehen kaum spürte. „Du weißt, dass ich einen Zirkel habe. Auch wenn sie mir jetzt, wo mein Vater wach ist, den Rücken zugewandt haben.“

Ich summte bedächtig und stützte mich auf meinen Ellbogen. Luke legte gemächlich einen Arm über mich und ließ sich ins Kissen sinken, löffelte mich. Er schien nicht interessiert daran, am Gespräch teilzunehmen, und bald darauf war er eingeschlafen. Seine sanften Atemzüge kitzelten meinen Rücken.

Xavier lächelte. „Du hast den Engel geschafft.“

Ich stupste ihn in die Brust und er lehnte sich zu mir und drückte mir einen Kuss auf die Lippen. „Was verschweigst du mir?", fragte ich beharrlich. Seine rubinroten Augen musterten meine, seine Finger glitten über meine Lippen und berührten meine Fangzähne, die ich größtenteils eingezogen behalten konnte. Luke hatte recht. Ich wurde stärker. Nicht einmal meine vampirische Seite übermannte mich. „Meine Hexen haben mir eine Menge gesagt, das ich mit dir teilen werde. Und ich glaube, der richtige Zeitpunkt, um zu teilen, was ich weiß, ist, wenn alle Mitglieder deines Bandes an einem Ort sind." Er grinste. „Ich will mich nicht wiederholen müssen, weißt du?"

Ich rollte mit meinen Augen. „Natürlich. Das wäre schrecklich."

Luke schlang seinen Arm fester um meine Taille, als er den scharfen Ton hörte, was mich dazu bewegte, mich zu entspannen.

Xavier sprach leiser, als wollte er den Engel nicht stören. „Ich kann dir eines sagen, Sonya: Die Runen sind eine so alte und mächtige Magie, dass sie das Schicksal verändern können." Seine Finger glitten an meinen Brüsten hinab und umkreisten meine Runen. Diejenige, die am tiefsten an meinem Bauch saß, erwachte zum Leben, als er sie berührte, und ich unterdrückte die erneute Hitze, die mich durchfuhr. „Genau das hat Lukes Mutter gesehen. Genau darum läuft eine Dämonenbrut in der Welt herum und genau darum sind wir hier. Das hier hängt alles miteinander zusammen."

Ich runzelte meine Stirn. „Ich verstehe nicht. Was hängt miteinander zusammen?"

„Du hast dabei geholfen, eine angsteinflößende Kreatur in diese Welt zu setzen. Warum, glaubst du, ist das?"

Meine Hand fuhr zu meiner Brust hoch, meine Finger legten sich über die erwärmte Hautstelle, in der eine eigenwillige Kraft bebte. „Wegen des Blutsteins."

Er lachte leise und kurz, als wäre ich eine Idiotin. „Nein, Sonya. Das ist nicht der Grund." Seine wunderschönen rubinroten Augen sahen in meine. „Es ist, weil du die Macht über die Hölle hast. Du bist die Königin der Hölle und du wirst diejenige sein, die sie retten wird."

Was. Zum. Teufel?!

Kapitel Sechzehn

KÖNIGIN DER VERDAMMTEN

Sonya

Natürlich war ich die Königin der Verdammten. Ich war ein Sukkubus, der in einen Vampir verwandelt worden war. Ich hatte Dereks Blutkanäle überlebt und die Hölle davon abgehalten, in unsere Welt einzudringen. Nicht nur, weil ich den Blutstein kontrollierte, sondern wegen der Person, die ich war.

Wegen der Runen, die mich als das kennzeichneten, *was* ich war.

Ich fasste mir an den Kopf, der zu pochen anfing.

„Tut mir leid", summte Xavier. „Du warst noch nicht bereit, es zu erfahren."

Ich ließ von meinem Kopf ab und starrte ihn mit aufgerissenen Augen an. „Ist das der Grund, warum du mich in einen Vampir verwandelt hast?"

Sein Gesichtsausdruck wurde sanfter und er sagte mit leiser Stimme: „Natürlich nicht!", dann sah er über meine Schulter, um Luke anzusehen, der noch immer tief und fest schlief. Seidenlaken waren über seine untere Hälfte geschlungen. Er war völlig weg.

„Wieso machst du dir so Sorgen, dass Luke aufwachen könnte?"

Xaviers Blick richtete sich wieder auf mich. Gefahr loderte in seinem Gesichtsausdruck. „Weil seine Kraft empfindlich ist. Er ist noch nicht bereit, die Details deines Schicksals zu erfahren. Darum hat seine Mutter ihm so viel verheimlicht. Er wird Zeit brauchen, um das alles zu verdauen. Er hat dich endlich akzeptiert. Zerstöre das nicht, ohne ihm genug Zeit zu geben, einen weiteren Schock zu verdauen."

Ich presste meine Lippen aufeinander, aber Xavier hatte ein gutes Argument. Luke hatte mich angesehen, als wären mir zwei Köpfe gewachsen, als er herausgefunden hatte, dass ich ein Sukkubus war. Es hatte lange gedauert, bis wir unser Band gestärkt hatten, und egal wie alt oder magisch es auch war, Luke würde nichts tun, was er nicht tun wollen würde. Wenn er erfuhr, dass ich die Retterin der Hölle war, war ich mir nicht sicher, was er tun würde. Ich musste ihn darauf vorbereiten.

Mal ganz außen vor gelassen, dass *ich* selbst noch nicht sicher war, was ich unternehmen würde.

„Also, was jetzt?", fragte ich und fühlte mich geschlagen. Xavier glaubte, dass Silvia die Antwort auf all unsere Probleme war, und mittlerweile hoffte ich, dass er recht hatte. Ich hatte kein Interesse daran, Lukes Mutter ohne die Kraft des Höllenfeuers zu befreien zu versuchen.

„Wir ruhen uns etwas aus", sagte er und ließ seine Hände an meinen Armen hochgleiten. „Danach werden wir Silvia helfen und dann wird sie uns Zugang zum Zirkel verschaffen, der sich mit ihr zusammen getan hat. Sie werden uns dabei helfen, Lukes Mutter zu befreien, und dann sehen wir weiter. Sie stammt von einer langen Erblinie von Hexen ab, die sich die Schlüsselmeister nennen, und wenn irgendjemand weiß, was es bedeutet, die Zerstörung von Welten zu verhindern, dann sie."

Ich ließ meine Stirn gegen Xaviers Brust sinken und er schlang seine Arme um mich. „Na gut", lenkte ich ein. „Ich werde mir anhören, was Silvia zu sagen hat."

Sowie es Morgen wurde, war mein Haar auf natürlichem Wege getrocknet und hatte sein perfektes glänzendes Schimmern inne. Ich hatte Sarah einmal mit nassem Haar ins Bett gehen sehen und realisiert, dass es eine ganz eigene Superkraft war, was mein Körper mit zerzausten Strähnen anzufangen wusste. Eine Frau wachte nun mal einfach nicht mit perfektem Haar auf, ich aber schon. Es gab so einige Vorteile daran, Sukkubus zu sein, und ich war froh zu sehen, dass ich die Mehrheit meiner Kräfte auch nach meiner Verwandlung und Wiedergeburt als Vampir behalten hatte. Wenn überhaupt hatte ich das Gefühl, dass meine Kräfte sogar stärker, kontrollierter waren. Meine Sukkubus-Natur würde mein oder das Leben anderer nie wieder bedrohen und würde mir so lange dienen, wie ich es wollte.

Silvia sah vom Ende des Speisesaales zu mir auf und nippte an ihrem Kaffee mit einem Blick in ihren Augen, der mir sagte, dass sie nicht nur von meinen mystischen Kräften wusste. Ihr verschmitztes Lächeln, das folgte, sagte mir auch, dass sie meine Jungs beobachtet hatte und ganz genau wusste, was ich mit ihnen getan hatte.

Luke verschlang ganze Teller voller Kartoffelpuffer, Eier und Speck. Währenddessen trank Xavier drei Gläser Blut. Ich nippte an meinem eigenen Glas Blut und vermisste normales Essen, genoss es jedoch, Luke beim Essen zuzusehen.

„Also, hast du deine Entscheidung getroffen?“, fragte Silvia, nachdem wir unseren Hunger größtenteils gestillt hatten. Ihr selbstgefälliger Gesichtsausdruck sagte mir, dass sie bereits wusste, dass ich umgestimmt worden war, aber das bedeutete nicht, dass ich nicht versuchen würde, einen guten Handel für uns rauszuschlagen – und wenn ich schon dabei war, ihr ein paar Informationen zu entlocken.

„Sag mir zuerst, warum Derek unsere Tochter da unten eingesperrt hat.“ Er hatte verzweifelt ein Kind mit Silvia gewollt und sobald Lilith geboren worden war, hatte er es sich zur Aufgabe gemacht, mehr Dämonen in diese Welt zu bringen. Er wollte eine Armee.

Silvia seufzte und stellte ihre leere Tasse ab. Ein gutaussehender Inkubus-Angestellter nahm sie sofort mit. „Derek hat nicht erwartet, dass unser Sprössling so ...“ Sie verstummte und ihre Augenbrauen zogen sich zusammen, während sie nach dem richtigen Wort suchte. Es war schwierig, sich auf sie zu konzentrieren, während große, wunderschöne Flügel hinter ihrem Rücken wedelten. Wenn sie auf einem normalen Stuhl gesessen hätte, wäre sie eingeengt gewesen, aber sie hatte sich für einen Hocker entschieden und saß aufrecht und elegant da.

„Menschlich?", bot Xavier an.

Sie blinzelte ihn an und nickte dann. „Ja, ich schätze, das ist das passende Wort. Lilith ist so emotional und mitfühlend. Ich glaube, das hat ihn überrascht." Sie sah auf ihre Flügel. „Ich glaube, er war auch nicht erfreut über die Veränderungen an mir, die die Geburt mit sich gebracht hat."

„Aber dich überraschte Liliths Natur nicht", sagte Luke und wischte sich Krümel vom Kinn.

Silvia nickte erneut. „Angesichts dessen, was ich bin, hatte ich erwartet, dass mein Kind Mitgefühl und Einfühlungsvermögen und all die Züge, die unsere Spezies hat, besitzen würde. Engel und Menschen teilen diese Züge, weißt du. Es gibt Unterschiede, aber wir fühlen nicht anders."

Luke hörte ihr aufmerksamer zu, als ich ihn jemals hatte jemandem zuhören sehen. Er wollte so verzweifelt mehr Informationen darüber bekommen, was er war. Vielleicht sogar eine Erklärung dafür, wieso er die Dinge fühlte, die er fühlte. „Also ... Warum hat er sie dann eingesperrt?", fragte er. „Ist sie gefährlich geworden?"

Silvia schüttelte ihren Kopf. „Nein, ganz im Gegenteil, fürchte ich. Ihre Gefühle fressen sie bei lebendigem Leibe und machen sie krank. Derek dachte, es wäre eine Krankheit, also hat er sie in Quarantäne geschickt." Sie lehnte sich auf den Tisch und rückte ihren Hocker zurück. Luke und Xavier standen mit ihr auf. Silvia legte ihre Hände auf ihre Brust und flehte: „Es ist keine Krankheit, Gefühle zu haben. Aber es wird sie auffressen, wenn ich ihr nicht beibringe, wie man mit ihnen umgeht. Bitte, helft mir, sie freizulassen." Ich sah die drei Frauen an, die eintraten. Hexen, wie ich vermutete. Jede von ihnen trug eine Halskette, ikonische Rubine an Silberketten. Silvia lief zu ihnen und winkte uns herüber. „Darf ich euch vorstellen? Die Ältesten des Blutzirkels."

Ich kniff meine Augen zusammen. „Du meinst, sie verehren den Blutstein?"

Die Größte der drei nahm einen Schritt nach vorne. Ihr metallischblondes Haar war zurückgesteckt und ließ sie um einiges jünger aussehen, als sie – wie ich vermutete – war. Sie hob ihr Kinn verteidigend. „Ich würde eher sagen, dass der Blutstein uns dient."

Silvia brach die Anspannung mit einem Lachen und die anderen Frauen hinter der Ältesten ließen ihre Schultern hängen. „Freya, du bist immer so rebellisch. Lass uns keinen schlechten Eindruck erwecken bei–" Silvia hörte auf zu sagen, was auch immer sie sagen wollte, als sie Xaviers bedrohlichen Blick sah. Stattdessen räusperte sie sich und ergänzte: „Meiner neuen Verbündeten, Sonya."

Ich streckte meine Hand aus und ignorierte Lukes Versuche, meine Aufmerksamkeit zu erhaschen und mich zu fragen, was das hier alles sollte. Silvia hatte beinahe enthüllt, dass ich die Königin der Verdammten war. „Hallo", sagte ich, „schön, dich kennenzulernen, Freya."

Meine Mutter hatte mir immer gesagt, dass es am besten war, höflich zu neuen Übernatürlichen zu sein – egal, wie sehr sie einen beängstigten, nervten oder einen dazu veranlassten, ihnen ins Gesicht schlagen zu wollen. Freya fiel in eine der letzten beiden Kategorien.

Die Hexe sah meine Hand an und verzog ihre Augen zu Schlitzen, nahm schlussendlich aber meine Hand und schüttelte sie merkwürdig, als wäre sie nicht an die Gepflogenheit gewöhnt. „Ich wünschte, ich könnte dasselbe sagen", gab sie von sich.

Ich tat die Bemerkung ab, lächelte und lehnte mich an ihrer Schulter vorbei. „Und deine Freundinnen?"

Sie deutete auf das Mädchen mit unglaublich rotem Haar – entweder war es gefärbt oder das Resultat eines magischen Experiments, das schiefgegangen war. „Das ist Olivia." Sie deutete auf das andere Mädchen, das wunderschöne grüne Augen und einen verschmitzten Gesichtsausdruck hatte. Ihr Gesicht wurde von rabenschwarzem Haar umspielt. „Und das ist Iris."

„Großartig", verkündete Silvia und ging zur Tür. „Jetzt, wo ihr euch alle kennt, lasst es uns angehen."

Silvia führte uns durch ein Labyrinth aus Gängen und ging die Treppen hinab, bis ich vollkommen verwirrt war. Ich wäre nervös gewesen, aber nach der Nacht mit Xavier und Luke war meine Kraft in

Bestform. Sie war durch den Akt, zwei der Mitglieder meines Bandes an mich zu binden, und angesichts der Tatsache, dass ich sie bei mir hatte, erneuert worden. Sie liefen zu meinen beiden Seiten. Ihre geschmeidigen Bewegungen deuteten den tödlichen Beschützerinstinkt an, den sie für mich empfanden.

Silvia erklärte, dass die Hexen des Blutzirkels auf die Magie spezialisiert waren, die den Blutstein beherrschte. Es war auch die Magie, die die Kräfte eines Vampirs leitete, aber Xavier schien nicht besorgt. Ich beschloss, dass die Hexen kaum wussten, wie sie die Kraft, die in unsere Welt floss, anzapfen konnten. Langsam begann ich die Puzzleteile zusammenzufügen.

Diese Kraft war die Hölle selbst und mit meiner Hilfe würde der Blutzirkel sie sich zunutze machen und die Dämonenbrut befreien können.

Wir begaben uns weiter runter und polierte Wände wurden zu bröckelndem Stein. Wir preschten weiter voran und unser Weg war nur von den Taschenlampen erleuchtet, die wir mitgebracht hatten. Dann erreichten wir unser Ziel.

Zwei breite Eisentüren glühten mit roter Kraft und warfen ein übernatürliches Leuchten in den Tunnel. Hitze brannte sich durch die Gänge und ließ Schweiß an meinem Nacken austreten.

„Wie hat Derek sie hier eingeschlossen?“, fragte ich und meine Stimme hallte vom Stein wider.

„Er hat auch einen Blutstein“, beklagte sich Silvia. „Ich fürchte, er hat eine Hexe gefunden, die ihn benutzen kann.“

Freyas Gesicht verzog sich, was von den Schatten, die die Taschenlampe, die ich auf ihre Füße richtete, unterstrichen wurde. „Unser Zirkel wurde gespalten. Nur Olivia, Iris und ich sind Lady Silvia noch treu. Der Rest hat sich auf Dereks Seite gestellt. Haben sich von seinen Behauptungen einer Welt, in der Übernatürliche offen leben können, einlullen lassen.“ Sie kräuselte ihre Lippen angewidert.

„Und ihr wollt das nicht?“, bohrte ich nach.

Freya funkelte mich an. „Menschen würden nicht wissen, was sie mit dir anfangen sollten. Aber sie haben jede Menge Erfahrung darin, wie man mit Hexen umgeht. Wir wären die Ersten, die ihren Zorn zu spüren kriegen würden.“

Scham zog an meinen Schultern. Daran hatte ich nicht gedacht. Hexen waren Jahrtausende lang von Menschen gequält worden. Sogar die männlichen Musen konnten ihre Spezies nicht vollends vor der schrecklichen Natur der Menschen beschützen.

„Also, wie wird die Sache ablaufen?“, wollte ich wissen.

Silvia wedelte mit ihren Flügeln und trat zurück, gab den Hexen den Raum, während diese mich umzingelten. Luke und Xavier sahen sie finster an und wichen nicht von meiner Seite.

„Wir sind Hexen des Blutzirkels. Wir können deine Magie anzapfen, um das Siegel, das an dieser Tür angebracht worden ist, zu brechen. Aber es wird wehtun“, sagte Freya und ich glaubte ihr.

Luke näherte sich mir. „Du musst das nicht tun“, flüsterte er. „Wir brauchen ihre Hilfe nicht, um meine Mutter zu retten. Ich bin mir sicher, dass wir sie aus eigener Kraft befreien können.“

Ich rollte mit meinen Augen. „Letzte Nacht wolltest du Silvia unbedingt helfen. Hast du deine Meinung jetzt plötzlich geändert?“

Er schüttelte seinen Kopf und sein Haar fiel in sein Gesicht. „Vielleicht hattest du recht. Vielleicht bin ich von meiner Begierde, zu verstehen, dass es andere wie mich gibt, geblendet worden.“ Er nahm meine Hand in seine.

„Du hast mir gezeigt, dass ich nicht allein bin. Ich brauche niemanden wie mich. Ich habe dich.“ Ich sah von ihm weg und zu Xavier, um seine Meinung zu hören. „Und du? Hast du deine Meinung geändert?“

Seine roten Augen glühten und kämpften mit seiner eigenen Aura gegen die Magie an, die von der Tür in unsere Richtung ausgespuckt wurde. „Ich glaube, du solltest tun, was du für richtig empfindest, Sonya. Diese Dämonenbrut da drinnen ist deine Tochter. Willst du ihr helfen?“

Ich hatte nicht wirklich darüber nachgedacht. Die Dämonenbrut fühlte sich nicht wie meine Tochter an. Ich hatte sie nur ein paarmal kurz getroffen und keine dieser Begegnungen war gut verlaufen. Ich kannte sie überhaupt nicht, aber war das wirklich ihre Schuld?

Mit einem tiefen Seufzen nahm ich Xaviers Hand mit meiner linken und drückte Lukes Hand mit meiner rechten. Mit ihnen an meiner Seite konnte ich alles überstehen.

Die Hexen zappelten herum. Die Rothaarige sprach zuerst. „Seid ihr sicher, dass ihr mit Sonya Händchen halten wollt, während wir ihre Magie anzapfen? Ihr werdet spüren, was sie spürt."

Meine beiden Männer hielten meine Hände noch fester und nickten umgehend. Sie würden nirgendwohin gehen.

„Dann fangen wir an", kündigte Freya an und presste ihre Hände an meine Brust, wo die Kraft meines Blutsteins verweilte.

Wärme floss augenblicklich durch meinen Körper und als Olivia und Iris ihre Hände über Freyas legten, wurde die Hitze noch intensiver, bis ich das Gefühl hatte, dass mein Inneres in Flammen stand.

Ich knirschte mit meinen Zähnen und ächzte, während die Magie unerbittlich durch mich hindurchjagte. Sie wurde stärker und brach frei, drang in die Hexen. Ich konnte meine Fangzähne nicht weiter zurückhalten und sie wurden länger. Ich öffnete meinen Kiefer und fauchte. Nur Olivia wich zurück, aber ein barsches Wort von Freya ließ sie ihre Hand wieder an ihren Platz legen.

Sobald sie genug Kraft von mir extrahiert hatten, glühten ihre Hände rot und flüssige Magie tropfte von ihnen. Sie sangen mit leisen, monotonen Stimmen und drehten sich um, pressten ihre Hände gegen die Tür. Licht flackerte, als sie das taten, und ihr Gesang wurde lauter, bis ein tiefes Rumpeln die Tunnel erfasste.

„Es funktioniert", flüsterte Silvia und die Aufregung ließ ihre Flügel flattern.

Ich erschauderte und mir war plötzlich kalt. Ich ließ meine Jungs los, um meine Arme um mich legen zu können. Auch sie fröstelten und Xavier zog mich an seine Brust. Obwohl Luke derjenige mit Heilkräften war, schien Xavier sich zuerst zu erholen. Seine Haut wurde heiß, als er mich fester an sich drückte. „Luke", schaffte ich trotz meines Kiefers hervorzubringen, der zu klappern anfangen drohte, jedoch von den Fangzähnen blockiert war. „Geht's dir gut?"

Er nickte, aber seine Lippen waren blau. „Ich werd schon wieder. Lass Xavier dich einfach aufwärmen. Ich muss mich selbst heilen." Ich nickte und richtete meine Aufmerksamkeit wieder auf die Tür, die voller Kraft strahlte. Die Hexen warfen ihre Köpfe zurück, schrien ihre Zauberformel und eine letzte Schockwelle raste durch den Tunnel, bis alles stockdunkel wurde. Die Tür öffnete sich und ich spürte es mehr, als dass ich es hörte. Der Luftdruck verschob sich und wehte gegen meine Brust. Ein modriger Geruch drang in den Tunnel, als wäre der Raum hinter den Türen für Hunderte von Jahren versiegelt gewesen. Zwei rote Augen glühten in der Ferne und blinzelten in unsere Richtung. Ich wusste, dass wir zu spät gekommen waren. Meine Tochter war ihrer dämonischen Seite zum Opfer gefallen. Sie war verrückt geworden.

Kapitel Siebzehn

DÄMONISCHE TOCHTER

Sonya

Die Dämonenbrut zu überwältigen, gestaltete sich eher schwierig. Vor allem, weil meine übliche Herangehensweise bei Feinden entweder war, sie bis in den Tod zu verführen, oder jemand anderen zu verführen, der meinen Feind für mich ausschaltete.

Wenn es um meine irregeleitete Tochter ging, wusste ich nicht, was ich tun sollte. Sie hechtete auf uns los. Ihre dämonische Seite hatte überhandgenommen und ihre roten Augen glühten wild. Ihre Zähne verlängerten sich wie eine Reihe Haifischzähne. Ich schaltete die Taschenlampe gerade rechtzeitig an, um ihr tödliches Gebiss direkt auf mich zurasen zu sehen.

Luke warf sich vor mich und hielt seinen Arm aus. Lilith biss hinein und Blut spritzte in alle Richtungen.

„Silvia!", schrie er. „Tu etwas!"

Der Engel starrte die verrückte Dämonenbrut nur erstaunt an. Dann endlich schlug sie mit ihren Flügeln und silberne Kraft, die ich nie zuvor gesehen hatte, floss durch sie. Wenn wir nicht in einem dunklen Tunnel gewesen wären, hätte ich es vielleicht nicht einmal gesehen. Sie ließ ihre Kraft in ihre Stimme fließen und befahl der Dämonenbrut: „Stopp!“

Als wäre sie geschlagen worden, ließ die Dämonenbrut ab und krümmte sich. Sie hielt sich ihren Bauch und der bemitleidenswerteste Ton stieß aus ihrem Rachen, bevor sie zu Boden fiel. Blasen breiteten sich auf ihrer Haut aus und sie wimmerte. Plötzlich schien sie weitaus hilfloser als zuvor.

Die üble Bisswunde an Lukes Arm hörte auf zu bluten, aber es würde ein paar Tage dauern, bis sie verheilt sein würde. Er zuckte zusammen, als er sein T-Shirt auszog und es um die Wunde schlang „Es verheilt besser, wenn es sich nicht gegen die Bakterien in der Luft zu schützen braucht“, erklärte er, als ich ihm zusah.

Xavier war der Erste, der etwas tat. Er hob die Dämonenbrut auf, deren Quaddeln nur noch schlimmer wurden, und warf Silvia einen ernsten Blick zu. „Also. Wir haben das Monster freigelassen“, verkündete er und war offensichtlich nicht gerade erfreut darüber. „Was willst du jetzt mit ihr tun? Damit sie sich selbst und anderen nicht schaden kann?“

Silvia seufzte. „Wir werden ihr ein anderes Gefängnis schaffen, aber dieses Mal wird sie nicht allein sein.“ Sie winkte die Hexen zu sich, die sich gegen die Steinwände pressten. Ich konnte mir vorstellen, dass sie all ihre Kräfte darauf verwendet hatten, das Siegel an der Tür zu öffnen, und nicht in der Lage waren, es mit einer Dämonenbrut aufzunehmen.

„Kommt, Mädchen. Ihr habt noch einen letzten Zauberspruch auszuführen.“

Silvia machte auf ihrem Absatz kehrt und marschierte durch die Tunnel. Ihre Flügel wedelten aufgebracht und ihr vorheriger leichter Gang war jetzt von stampfenden Schritten über den Steinboden abgelöst worden. Ich hatte das Gefühl, dass dies nicht das Resultat gewesen war, auf welches sie gehofft hatte, als sie ihre Tochter befreien wollte.

Unsere Tochter.

Ich sah das Mädchen an, das jetzt bewusstlos in Xaviers Armen lag. Die Läsionen verheilten bereits, aber sie hatte ein menschlicheres Aussehen angenommen nach dem, was Silvia mit ihr gemacht hatte. Lange, rabenschwarze Strähnen fielen auf Xaviers Arme und ihre rosafarbenen, plumpen Lippen machten offensichtlich, dass sie meine Tochter war. Die Fangzähne waren verschwunden und ihre Wangen haderten damit, einen rosafarbenen Teint anzunehmen. Ihr schlanker Körper hatte attraktive Proportionen und wenn sie eben nicht so blutrünstig gewesen wäre, hätte ich sie für ein wunderschönes unschuldiges Mädchen gehalten.

„Armes Ding", flüsterte Xavier und verlagerte ihr leichtes Gewicht in seinen Armen. „Ich hoffe, Silvia kann etwas für sie tun."

Mein Herz nahm einen Sprung, als ich hörte, dass Xavier sich um sie kümmerte. Wenn ein ungnädiger, alter Vampir sich um ein Dämonenmädchen scheren konnte, vielleicht hatte ich dann auch Platz in meinem Herzen, um dasselbe zu tun.

Sobald wir die Tunnel hinter uns gelassen hatten, erwartete uns eine nervöse Bande Bediensteter. Silvia gab ihnen fauchend Befehle, ihr Zimmer bereitzumachen, und sie traten in Aktion. Als wir die Treppen hochgingen und Silvias Schlafzimmer erreichten, hatten die Diener bereits eine Menge Gläser mit leuchtendem silbernem Wasser hochgebracht. So etwas hatte ich noch nie gesehen.

„Was ist das?", flüsterte ich zu Luke.

Seine Augen weiteten sich, als er den ersten Bediensteten den Inhalt an die Wände werfen sah. „Ich glaube, das ist Weihwasser mit Engelstein."

Ich rang nach Luft. Wo hatte Silvia all das Zeug herbekommen?

„Xavier, wenn du so nett wärst, reich mir bitte das Kind", sagte Silvia und hielte ihre Arme aus.

„Warte", wandte ich ein und lehnte mich dann näher zum Mädchen. Sie schlief noch immer und sah so unschuldig aus. Mein Herz schmerzte erneut und etwas in mir brachte mich dazu, ihr einen Kuss auf die Stirn zu drücken. Sie stöhnte und bewegte sich, öffnete ihre Augen jedoch nicht.

„Schnell", drängte Silvia.

Zögernd wich ich zurück und Luke nahm meine Hand. Ich sah Silvia dabei zu, wie sie unsere Tochter nahm und rückwärts ins Zimmer lief. Ich rang nach Luft, als sie durch einen unsichtbaren Schleier ging und ihre Flügel ein pures Weiß annahmen. Ihre Haut wurde blass und ihre Augen verloren jegliche Farbe.

Das Mädchen in ihren Armen veränderte sich ebenfalls. Sie wand sich und schrie, als hätte sie Schmerzen. Dann aber fiel sie in sich zusammen und ihre Arme hingen schlaff hinunter.

Silvia nickte den Hexen zu. „Bitte, versiegelt die Tür. Dieses Zimmer ist mit Weihwasser und Engelstein verzaubert worden. In meiner Anwesenheit wird Lilith ihrer dämonischen Seite nicht mehr zum Opfer fallen. Ich werde einen Weg finden, ihr da durchzuhelfen, aber wir brauchen Zeit." Sie richtete sich auf. „Versiegelt die Tür, damit sie nicht fliehen kann. Sie wird es versuchen, wenn sie aufwacht."

Freya bewegte sich nicht. „Aber, Majestät, das bedeutet–"

„Zweifle meine Entscheidungen nicht an", fauchte Silvia und drückte das Dämonenmädchen fester an ihre Brust. „Ich habe sie in diese Welt gesetzt und trage Verantwortung für sie. Ich werde zusehen, dass sie nicht für immer verloren ist." Ihre Augen funkelten silbern. „Ich kann sie nicht mehr viel länger bewusstlos behalten. Tut es. Jetzt!"

Freya zuckte zusammen und ich hatte das Gefühl, dass Silvia ihre Stimme nicht oft erhob. Freya kam auf mich zu und verzog das Gesicht. „Tut mir leid, Sonya. Aber ich brauche einen weiteren Kraftschub, um das Siegel heraufzubeschwören. Wenn es dir nichts ausmacht."

Ich nickte und zog den Kragen meines Oberteils weg, entblößte meine Brust. Ein blauer Fleck breitete sich an der Stelle aus, wo sie bereits vorher Kraft von mir geschöpft hatten. Aber wenn Silvia sich in ein Zimmer mit unserer eigenen Tochter einschließen würde, war das Mindeste, was ich tun konnte, die Kraft zu spenden, die vonnöten war. „Nimm, was du brauchst. Halt dich nicht zurück."

Freya nickte und sah zu meinen Männern. Sie griffen nach meinen Händen, bevor ich etwas dagegen einwenden konnte. Xavier zeigte seine Zähne. „Du wirst uns für das hier brauchen", sagte er beharrlich.

Ich hatte keine Zeit, um Einwände zu machen. Die Hexen platzierten ihre Hände wieder auf meiner Brust und begannen einen neuen Gesang. Dieses Mal war es einer, der das vorherige Erlebnis wie Training anfühlen ließ. Rotglühende Wellen durchfuhren mich und Schweiß brach an meinem Hals aus. Meine Adern glühten voller roter, lavaartiger Kraft und dann raste sie durch meine Brust und in die Hexen.

Alles davon.

Meine Sicht trübte sich und eine alles einnehmende Kälte erfasste mich, sodass ich glaubte, gleich bewusstlos zu werden. Ich taumelte auf meinen Beinen und war froh, dass meine Männer mich hielten, um mich aufrecht zu halten. Die wenige Wärme, die sie spenden konnten, floss durch ihre Finger in meinen Körper. Doch sie wurde umgehend vom Zauberspruch, der mir alle Kraft aussaugte, geplündert.

„Nehmt nicht zu viel!“, schrie Luke. „Ihr werdet sie umbringen!“

„Wir sind fast fertig“, sagte Freya zähneknirschend. „Und ... fertig.“

Die Hexen ließen mit einem sanften *Plopp* von mir ab. Ich fiel auf meine Knie und meine Männer folgten mir taumelnd. Keiner von uns konnte seinen Kopf noch aufrecht halten.

Verschwommen sah ich, wie die Hexen ihre mit meiner Kraft getränkten Finger hochhoben und das Zimmer mit roter Kraft versiegelten. Sie brauchten keine Tür, um den Raum zu verhexen. Die Öffnung schimmerte und verfestigte sich. Sie war durchsichtig, aber dick wie Glas.

Lilith regte sich, als würde sie ihre Gefangenschaft spüren. Sie knurrte. Dann schüttelte sie ihren Kopf und schien bedröppelt, aber alles an ihr war menschlich. Grüne Augen. Schwarzes Haar. Normale Zähne, die sie wie ein Tier in unsere Richtung fletschte. Sie kratzte mit ihren kurzen rosafarbenen Nägeln an der Schranke und schrie.

Ich hatte Silvia noch nie so verzweifelt gesehen, als sie auf ihre Knie sank. Ihre Flügel verwandelten sich in Asche und ihre Haut wurde unglaublich blass. Ich realisierte, dass sie ihre gesamte Magie aufgebraucht hatte, um ihre Tochter einzuschließen. „Bitte, mein liebes Kind. Mach dir keine Vorwürfe wegen dem, was kommen wird. Es war der einzige Weg.“

Lilith sah ihre engelhafte Mutter blinzelnd an und öffnete ihren Mund, um etwas zu sagen. Dann aber schloss Silvia ihre Augen und fiel auf ihre Seite. Ich hatte das Gefühl, dass sie nicht wieder aufstehen würde.

Kurz nach Silvias Aufopferung ergab ich mich der Bewusstlosigkeit. Ich glaube, sie hatte immer gewusst, dass sie ihr Leben geben müsste, um das ihrer Dämonentochter zu retten – aber es war dennoch nicht fair.

„Ich habe sie falsch eingeschätzt", sagte ich traurig in meine Hände. Ich hatte mich erholt und fand mich in unserem Schlafzimmer wieder. Das Erste, was ich tat, war, mich in einen der Sessel an der Wand des Zimmers zu setzen und zu weinen. Nie zuvor hatte ich mich wie eine größere Versagerin gefühlt.

Luke drückte mein Knie. Xavier war unten im Wohnzimmer und diskutierte unsere Bedingungen mit den treuen Mitgliedern des Blutzirkels. Jetzt, wo Silvia tot war, würde es Xavier obliegen, sicherzustellen, dass sie ihren Teil der Abmachung einhalten würden. Wenn jemand für mich verhandeln konnte, dann der uralte Vampir, der die Kraftquelle des Blutzirkels teilte.

„Es war richtig, dass du skeptisch warst", sagte Luke langsam und sanft. „Nach allem, was du durchgemacht hast, ist es klug, jemanden anzuzweifeln, den du nicht kennst." Er nahm mein Gesicht aus meinen Händen und gab mir einen süßen Kuss. „Aber ich bin froh, dass du sie falsch eingeschätzt hast. Wir konnten dabei helfen, eure Tochter zu retten."

„Aber haben wir das wirklich?", fragte ich und meine Wangen brannten noch immer von meinen Tränen. „Sie ist in diesem Zimmer mit ihrer toten Mutter gefangen und gibt mir vermutlich die Schuld daran." Ich ballte meine Hände zu Fäusten. „Sie *sollte* mir die Schuld geben. Ich bin der Grund, warum sie da drinnen ist."

„Das stimmt", sagte Luke und ließ sich auf sein Knie sinken und seine Hände an meiner Taille hochgleiten. Ich wippte auf der Kante des Sessels und wollte ihm nahe sein, hatte aber auch das Gefühl, dass ich im Moment keinen Trost verdiente. „Du bist der Grund, warum sie da drinnen ist", bestätigte er. „Und der Grund, warum sie nicht in einem dunklen Kerker sitzt, wo sie verrückt geworden wäre."

Tränen stiegen wieder in meinen Augen auf und ich wischte sie weg.

In diesem Moment meldete sich ein Schmerz in meiner untersten

Rune, die mich mit Xavier verband. Ich setze mich kerzengerade auf. „Xavier", flüsterte ich und rannte dann aus dem Zimmer.

Luke folgte dicht hinter mir, schrie mir zu, dass ich anhalten sollte, aber blinde Panik überkam mich.

Etwas stimmte nicht. Xavier war drauf und dran, mir weggenommen zu werden, und das durfte ich nicht zulassen. Ich raste die Treppen hinunter, meine Füße stolperten übereinander und ich hielt mich am Treppengeländer fest, um nicht runterzufallen. Sobald ich im Erdgeschoss ankam, sah ich, was mich panisch hatte werden lassen.

Ein verdammtes Portal.

Das rot wabernde Portal bohrte ein riesiges Loch in diese Dimension und mein Magen verknotete sich, weil ich wusste, was sich auf der anderen Seite befand. Xaviers Umriss war verschwommen, zumal er bereits ins Portal gesogen worden war. Er fiel auf seine Knie, in den staubigen roten, heißen Sand, in den er geworfen worden war. Ein Fluss aus heißer Lava rauschte viel zu nahe an ihm vorbei und drohte, ihn in Flammen zu stecken. Seine Haut dampfte bereits angesichts der Hitze.

Von der Kraft der Hölle.

Die Hexen umkreisten das Portal und sangen, schlossen es langsam um ihn herum. Darum hatten sie so viel Kraft von mir genommen. Sie hatten vor, mein Band mit dem Vampir zu brechen. Ich verstand ihr Motiv nicht, aber ich hatte keine Zeit, um ihnen die Tracht Prügel zu verpassen, die sie verdienten. Ich verkrampfte meinen Kiefer und warf mich ins Portal.

Ich prallte hart auf dem Boden auf und Hitze strömte aus allen Richtungen. Anstatt mich zu schmoren, hatte ich das Gefühl, dass meine Kräfte sich regenerierten. Jeglicher Schmerz und alle Schwäche, die ich verspürt hatte, war jetzt fort und ich sprang gerade rechtzeitig auf meine Beine, um von Lukes Körper umgeworfen zu werden, als er durch das Portal sprang, bevor es sich schloss.

Das Portal war verschwunden und das Knistern des Feuerflusses übertönte alles, was einer meiner Männer mir zu sagen versuchte. Ich musterte die Landschaft. Sie war karg. Roter Sand, der nicht aufhörte, ein Feuerfluss, der uns von der Finsternis auf der anderen Seite trennte. Dann sah ich hoch und rang nach Luft.

Schwarze Wolken, die sich am Himmel ausbreiteten und sich darin festkrallten. Es war genau das, was ich hunderte Male in meinen Albträumen gesehen hatte. Das war es. Das hier war der Zerstörer der Welten – und alles, was Xavier über mich gesagt hatte, stimmte.

Es war mir vorherbestimmt, die Hölle zu retten.

Kapitel Achtzehn

DIE SIEBEN KREISE DER HÖLLE

Sonya

„Okay, neuer Plan", verkündete Luke und kratzte eine Rune, die auf seiner Brust glühte. Die Magie hatte sich aktiviert, sodass wir einander trotz des brodelnden Flusses hören konnten. „Wir werden meine Mutter retten, nachdem wir uns selbst gerettet haben." Er sah sich die Umgebung mit zusammengekniffenen Augen an und ich war so erleichtert, zu sehen, dass unser Band ihn beschützte. Sein Haar wirbelte um sein Gesicht, aber er verbrannte nicht. „Wo zur Hölle sind wir?"

Xavier lachte, hatte sich von seiner Beinahe-Verbrennung erholt. Er zog sein T-Shirt hoch und eine wabernde, glühende Rune kam über seinem Herz zum Vorschein. „Im ersten Kreis der Hölle, würde ich sagen", erklärte er.

Luke sah zum Vampir. „Was?"

Xavier lächelte. Seine Fangzähne wurden länger und ich spürte, dass er erfreut war. Es war, als hätte er gewollt, dass das passieren würde. Er sah nach unten und zog eine Linie durch den Sand. Rote Flüssigkeit blubberte hoch. Er bückte sich und steckte seinen Finger hinein, führte ihn an seinen Mund und schloss seine Augen. „Blut. Das bestätigt, wo wir sind. Das hier ist die Ebene der Völlerei." Als ich ihn mit aufgerissenen Augen ansah, zuckte er mit den Schultern.

„Es sollte keine Überraschung sein, dass meine Sünde Völlerei ist, mein Schatz. Immerhin bin ich ein Vampir. Wir sind bekannt für unsere Genussfreude." Er stand auf und wischte sich das Blut an den Hosen ab, was einen tiefroten Streifen daran hinterließ. „Wir werden auf der dritten Ebene finden, wonach wir suchen. Kommt schon. Hier lang."

Luke und ich starrten ihm hinterher, als er auf den Fluss aus Feuer zuging. Ich schrie, als er seinen Fuß in die heißen, flüssigen Wellen steckte. Dann aber watete er hinein und drehte sich zu uns um. Seine Augen glühten rot und ein schelmischer Blick lag in ihnen.

„Du Mistkerl!", rief ich und rannte ihm hinterher.

Er packte mich in dem Moment, in dem ich in seine Reichweite gelangte, und tauchte mich in die Flammen. Ich kreischte panisch, aber die züngelnden, feuerflüssigen Flammen taten nicht weh. Tatsächlich ... fühlten sie sich gut an.

Ich rächte mich, indem ich ihm auf die Brust schlug. „Du hast mich fast zu Tode erschreckt! Was hast du dir dabei gedacht?"

Er ignorierte mich und bedeutete Luke mit einem Winken, sich uns anzuschließen. „Komm, Engel. Das ist deine einzige Chance, um die Hölle mit eigenen Augen zu sehen und nicht zu verbrennen." Xavier sah zu Boden. „Es ist auch der Ort, an dem du dich deiner dunkelsten Sünde stellen und sie endlich überkommen wirst. Es ist höchste Zeit, findest du nicht auch?"

Luke blinzelte und er blickte uns beide abwechselnd an. Die Feuer hatten unsere Kleidung verbrannt und Xaviers Rune leuchtete hell. Luke sah auf seine eigene Rune und plötzlich schien er zu begreifen.

„Sonya hat sieben Runen auf ihrem Körper", sagte er anschuldigend und erschrocken. Ich sah Xavier an. Er war es gewesen, der mir gesagt hatte, dass Luke noch nicht bereit dafür war, zu erfahren, was ich war. Aber da waren wir. In der Hölle. Buchstäblich. Und es war offensichtlich meine Magie, die sie beide am Leben erhielt.

„Ja", bestätigte Xavier und der spitzbübische Ausdruck wich aus seinem Gesicht. Er ließ mich los und watete tiefer in den Fluss abwärts.

„Ich werde es später erklären. Für den Moment musst du mit uns kommen. Oder du kannst hierbleiben und warten, bis wir weit genug weg sind, das Band seine Stärke verliert und du verbrennst. Deine Entscheidung, Engel."

„Warte, Xavier!", kreischte ich, aber er lief weiter. Er zwang mich, mich zu entscheiden. Je weiter er wegging, desto schwächer wurde unser Band. Er hielt inne, als – wie ich dachte – das Band schwach genug wurde, dass die Flammen ihn bedrohen könnten, und drehte sich um. Er sah mich mit zusammengekniffenen Augen an und wollte, dass ich eine Entscheidung fällte.

Ich atmete zittrig ein und aus. „Luke", rief ich, aber er hörte mir nicht zu. Er fiel auf seine Knie und kratzte an der Rune auf seiner Brust. Ich versuchte es erneut, ließ all meine Verzweiflung in den Ruf seines Namens einfließen. „Luke!"

Dann endlich richtete er seine blauen Augen auf mich. Ich hatte ihn nie so gesehen. Verrat lag auf seinem Gesicht und mein Herz schmerzte. „Wieso hast du es mir nicht gesagt?", fragte er.

„Luke. Ich wusste es selbst nicht bis letzte Nacht. Xavier hat mir gesagt, es dir nicht–"

Luke knurrte. Zu meiner Überraschung kam er auf seine Beine und watete in den Feuersee. Er schlang einen Arm um meine Taille und trug mich, während ich protestierend kreischte. „Komm schon. Der Mistkerl will dich doch nur für sich selbst haben. Er wollte, dass ich dich abweise und mich selbst umbringe. Das wird nicht passieren. Wir werden ihm tiefer in die Hölle folgen und wir werden die Sache hier lösen." Sein Blick richtete sich auf mich. Gefahr und Entschlossenheit lag in seinen Augen. „So oder anders."

Ich blinzelte ihn an. Ich hatte nicht das Gefühl, dass Xavier mich so ganz für sich haben wollen würde. Klar, vielleicht hielt er Informationen zurück, aber er wollte dieses Band so sehr wie ich. Die alte Magie verband uns alle und machte uns stärker. „Luke, du wirst sehen, dass du ihn falsch einschätzt", flüsterte ich, bevor ich mich aus seiner Umarmung löste. Ich griff nach seinem Arm und zog ihn tiefer in den Fluss. Xavier funkelte uns an und drehte sich um, sobald wir nahe genug waren, dass das Band ihn beschützte und wir uns weiterbewegen konnten. „Xavier", flehte ich. „Sag es ihm. Du willst, dass wir in den dritten Kreis der Hölle gehen. Warum der dritte? Wieso nicht der zweite?“

Er antwortete postwendend. „Weil der erste Kreis meine Sünde ist. Die zweite ist Lukes. Wir haben keinen Bedarf an den beiden, da wir bereits hier sind. Die dritte Ebene ist die Sünde des Neids.“ Er warf mir ein breites Grinsen zu – mit Fangzähnen und allem Drum und Dran. „Dein Sterblicher passt ohne Frage auf diese Beschreibung und wir können deinen Fluch nicht ohne ihn aufheben.“

Durch den ersten Kreis der Hölle zu kommen, war einfach. Irgendwie. Aber auch erniedrigend. Am Ende des Feuersees befand sich ein steiler Abhang, von dem ein Wasserfall aus Blut hinunterprasselte. Fragt mich nicht, wie das funktionierte. Die Hölle ergab nicht wirklich Sinn. Oh und der Clou, wie ich aus dem ersten Kreis der Hölle kommen würde? Alles, was ich tun musste, war, in das Blutbad zu springen ... und etwas davon trinken.

Okay, eine Menge davon.

Nachdem ich ungeschickt den Wasserfall hinuntergeklettert war, der sich auf halbem Wege von heißen Flammen zu Blut verwandelte, landete ich und verzog das Gesicht, als ich über eine glatte Oberfläche schlitterte – als wäre dieses Becken mit Marmor gefliest. Ich starrte auf die sanften Wellen, die vom konstanten Blutfluss des Wasserfalls erzeugt wurden, und sah Xavier mit hochgezogener Augenbraue an. „Du willst, dass ich ... trinke?“

„Wir sind in der Hölle“, erinnerte mich Xavier. „Nicht alles funktioniert hier so, wie es sollte. Das Reich, in dem du dich befindest, wird von der Sünde oder dem Bann beherrscht, der es geschaffen hat.“ Er warf mir ein Lächeln zu und ließ seine Zunge über einen seiner Fangzähne gleiten. „Ich habe eine Menge Blut in meinem Leben gehabt, Schätzchen. Du wirst dieses Blut von mir nehmen müssen, wenn du uns hier rausbringen willst.“ Er zeigte mit seinem Finger. „Fang einfach an zu trinken und hör nicht auf, bis es weg ist.“ Als ich ihn anfunkelte, seufzte er. „Versuch es einfach. Ich verspreche, es wird dir nicht wehtun.“

Missmutig über die lächerliche Idee sammelte ich das Blut in meinen Händen und schluckte es runter.

Der Wasserfall füllte das Becken weiter mit Blut und egal, wie viel von der Flüssigkeit ich auch ihn meinen Mund fließen ließ, konnte ich den Spiegel nicht weiter runterkriegen als bis zu meinen Knöcheln. Ich sah ihn an und Panik ergriff mich.

„Trink weiter!“, ermutigte mich Xavier.

Ich hielt mir meinen Bauch und mir wurde langsam übel.

„Das ist doch lächerlich!“, brüllte Luke und überraschte mich, indem er aus dem Fluss trat. Er schlang seine Finger um einen der größeren Felsen, den er kaum in seinen Armen halten konnte. Seine Knöchel färbten sich weiß und seine Muskeln spannten sich an. Er knurrte und riss den Stein raus. Mit einem Ächzen schmiss er ihn vor den Wasserfall und dämmte damit den steten Fluss ein. Er sah Xavier mit zusammengekniffenen Augen an. Der Vampir seufzte und half ihm.

Bald darauf war der Wasserfall eingedämmt und der stete Blutstrom hörte auf. Ich begann erneut und trank. Dieses Mal wurde mir nicht übel. Es war, als könnte ich alles Blut der Welt trinken und als ob es mich nur stärker machen würde. Auch wenn wir in der Hölle waren und die Gesetze der Physik – oder Mägen – nicht anwendbar waren, schien es, als würde etwas Hilfe von den Männern meines Bandes mich aus verzwickten Situationen bringen.

Sobald der Spiegel sich weit genug gesenkt hatte, dass ich meine Füße sehen konnte, tat sich der Boden auf und verschluckte mich. Luke und Xavier sprangen hinterher und fielen mit mir. Dann waren wir im zweiten Kreis der Hölle – Lukes Domäne.

Wir landeten auf noch mehr Sand. Ich versuchte, meine Füße durch den Sand zu ziehen, aber es war alles trockener, festgesetzter Dreck. Ein Jubeln erklang und die Lichter flackerten. Ich sah hoch und bemerkte, dass wir in einer Arena waren – und wir waren die Athleten.

Das Publikum von den Zuschauertribünen kreischte uns mit dämonischen Schreien und Jubelrufen zu. Klauen und glänzende Dolche wurden in die Luft gehoben. Ich nahm an, dass das dämonische Versionen dieser lächerlichen aufblasbaren Finger war, die die Leute nur zu gerne zu überfüllten Events mitbrachten.

„Xavier?“, fragte ich und meine Stimme wurde panisch hoch.

Xavier haderte damit, auf die Beine zu kommen. Seine rubinroten Augen glitzerten im fahlen Licht und er musterte unsere Umgebung. Er hob Luke hoch. Erst dann realisierte ich, dass sie nicht nackt waren – und ich auch nicht.

Ich ließ meine Finger über eine geschmeidige, aber freizügige silberne und samtene Rüstung gleiten, die meine überlebenswichtigen Organe schützte. Meine Finger glitten über meinen Bauch, der ausgeschnitten war, sodass man meine Runen sehen konnte. Nur Lukes und Xaviers Runen leuchteten auf meiner Haut. Die restlichen Runen darauf flatterten mit seichter Begierde auf, da ich für so lange Zeit von den anderen getrennt gewesen war.

Der Vampir und der Engel trugen beide funkelnde Rüstungen mit durchsichtigem rotem Schimmer. Als wären sie von einer eleganten Schicht Edelsteine bedeckt. Lukes angespannte Muskeln bewegten sich unter der Rüstung, waren durch die durchsichtige Schicht kaum zu sehen. „Was soll dieser Scheiß?", knurrte er zum Vampir. „Willst du, dass wir bis zum Tode kämpfen?"

Xavier lachte schnaubend. „Ich glaube nicht, dass wir einander bezwingen sollen." Er deutete auf das Tor, das aufging, und Männer traten ins fahle Licht. „Wir müssen sie besiegen."

Einer nach dem anderen zog seinen Helm aus und ich schlug mir meine Hand vor den Mund, um nicht laut nach Atem zu ringen.

Lukes Gesicht.

Alle von ihnen hatten Lukes Gesicht.

Mein Luke taumelte und ein Schwert erschien mittels eines Blitzes übernatürlichen Lichtes in seiner Hand. Er warf mir einen wilden Blick zu, der sich auf meine Runen richtete. „Sonya, es tut mir so leid."

Ich folgte seinem Blick und berührte die Rune, die sich links von meinem Bauchnabel befand. Sie brannte rot. Jetzt wusste ich, was Lukes Symbol bedeutete. Es war das dämonische Zeichen für Zorn.

Das hier war Lukes Hölle und wir durchlebten sie. Die Reihe bewaffneter Männer brüllte und sie zogen ihre Waffen, dann rannten sie direkt auf uns zu.

Meine Augen weiteten sich. Ich wusste nicht, wie man eine Horde von Luke-Doppelgängern bekämpfte. Ich wusste überhaupt nicht, wie man kämpfte. Es gab nur eine Sache, in der ich gut war, und ohne nachzudenken, streckte ich meine Finger aus und ließ meine Magie los. Der rote Nebel der Verführung rollte über den Sand. Langsam und gemächlich im Vergleich zu den Männern, die auf uns zustürmten. Aber in dem Moment, in dem sie in den Nebel traten, erstarben ihre Schreie und sie würgten, fielen auf ihre Knie.

„Gute Arbeit“, flüsterte Xavier. „Du kannst Luke von seiner schlimmsten Sünde befreien, Sonya. Weiter so.“

Mein Magen brannte angesichts all des Blutes, das ich getrunken hatte, um Xavier von seiner Sünde zu befreien. Die Hölle war nicht wie die natürliche Welt. Hier herrschten Parodie und andere Regeln. Um ihn vor der Völlerei zu retten, musste ich zu einem Vielfraß werden. Jetzt, im Kreis der Hölle, wo die Sünde des Zorns heiß brannte, wollte die Menge ein Gemetzel und Gewalt sehen. Es gab nur Eines, das Zorn verfliegen ließ und besser war als Gewalt ...

Sex.

Ich rang nach Luft, als Lust mich überkam. Alle der Männer, die wie Luke aussahen, sahen mich an und legten ihre Rüstungen ab. Es funktionierte.

Luke – mein Luke – sah mich nervös an. „Sonya? Bist du sicher, dass du weißt, was du da tust?“

Wusste ich, was ich da tat? Ich wollte das hysterische Lachen ausstoßen, das ich zurückhielt. Ich war drauf und dran, eine verrückte Orgie mit einer Horde Lukes zu haben. Ich wollte nichts mehr als das. Mit einem Grinsen streckte ich ihm meine Hand hin. „So lösen wir dein Wutproblem, Engel. Das ist, was Engelstein und deine Art am meisten braucht.“

Engel mussten verdammt nochmal flachgelegt werden.

Die erste Hand eines Luke-Doppelgängers glitt an meinem Bein hoch und ich erschauderte. So viele schmutzige Bilder zogen vor meinem inneren Auge auf. Überall sah ich die Lust, die ich erfahren würde. Und die Lust, die ich allen Versionen von Luke verschaffen würde, die sich nach mir verzehrten.

Dann, gerade als die Hand oben an meinem Innenschenkel angelangt war, realisierte ich, dass es ein winziges Problem gab.

Meine Rüstung fungierte als Keuschheitsgürtel.

Der erste Höllen-Luke ließ seine Finger über die glatte Rüstung gleiten, grollte frustriert und versuchte dann, meine Brüste zu berühren, die ebenfalls verdeckt waren. Ich warf Xavier einen panischen Blick zu. Luke hatte uns im ersten Kreis der Hölle geholfen. Ich hoffte, dass Xavier eine Idee hatte, was zu tun war. Vielleicht könnte er meine Rüstung zerstören? Dem Grinsen, das sich auf seinem Gesicht ausbreitete, nach zu urteilen, hatte er eine verrückte Idee. Eine, die ich nicht mögen würde. „Was? Was soll ich tun?“, fragte ich und Panik machte sich in meiner Stimme bemerkbar, als ein weiterer Luke an mir herumzupfte und mich dann frustriert anknurrte, als er mich nicht berühren konnte. Ich versuchte, ihm Vergnügen zu verschaffen, indem ich nach seinem Schwanz griff. Aber seine Rüstung war noch fester um seine Taille geschlungen als meine.

„Mein Schatz, du bist jetzt ein Vampir“, sagte Xavier, als würde das alles lösen.

Der echte Luke begriff es auch nicht. Er hob sein Schwert. „Na, wenn Sonya sie nicht verführen kann, dann–“

Xavier machte sich seine vampirische Schnelligkeit zunutze und riss Luke die Waffe aus den Händen. „Nein“, sagte er freiheraus. „Keine Gewalt. Das wird uns nur für immer hierbehalten. Deine Sünde ist nicht wie meine. Völlerei kann gesättigt werden. Zorn, aber, muss entschärft werden.“

Luke sah ihn mit hochgezogener Augenbraue an. „Aber wir sind nur aus der Völlerei gekommen, indem ... Sonya ein Vielfraß war. Wieso wäre es beim Zorn anders?“

Xavier schüttelte seinen Kopf. „Jeder Kreis der Hölle funktioniert anders.“ Er zeigte seine Fangzähne. „Meine Sünde war seit Tausenden von Jahren eine Bürde, die ich allein tragen musste. Ich habe Tod herbeigeführt und die Welt ausgesaugt. Ich hasste, was ich war.“ Er sah mich an. „Sonya teilt jetzt meine Bürde. Ich bin nicht mehr allein und das hat mich vor der Hölle bewahrt.“

Luke verzog das Gesicht. „Also werde ich von Zorn festgehalten? Ich brauche sie, um meinen Zorn zu teilen?“ Er schlug mit seiner Hand gegen die Rüstung. „Ich will diesen Zorn nicht! Ich will ihn nicht mehr! Ich bin die ganze Zeit so wütend. Auf meine Mutter, auf Detective Anderson–“

„Auf dich selbst“, flüsterte ich und Lukes Gesichtsausdruck verdüsterte sich.

Ich sah mir jeden seiner Doppelgänger an und bemerkte kleine Unterschiede an ihnen. Jeder hatte eine Narbe an einem anderen Ort. Ein Loch, wo ein Auge sein sollte. Eine sich an seinem Bein langziehende Narbe. Vielleicht war das der Zorn für jede Wunde, die verheilt war – emotional wie auch körperlich. Ich sah hoch und sah noch mehr Männer durch das große Tor der Arena eintreten und die Menge jubelte, nachdem sie unglaublich still geworden war, als ich meinen verführerischen Nebel ausgestoßen hatte.

„Dein Biss“, flüsterte Xavier. „Du kannst mit deinem Biss Lust verschaffen.“

Meine Augen weiteten sich und Erinnerungen an diesen intimsten aller Momente, den Xavier mit mir geteilt hatte, kamen in mir auf. Ein Blutkuss voller Leidenschaft, Zorn und Liebe. Das war, wie ich Luke retten würde. Ob die Hölle es wollte oder nicht.

Der erste falsche Luke, der am frustriertesten wurde, knirschte mit seinen Zähnen und seine Hand schlang sich um meinen Hals und begann zuzudrücken. Ich öffnete meinen Mund und zeigte ihm meine Fangzähne. „Komm näher“, flüsterte ich und stieß all meine Verführung und Kraft in den Befehl. Er torkelte. Sein Schwanz stand ohne Frage in seinen Hosen. Aber er gehorchte mir und kam nahe genug, sodass seine Lippen meine berührten.

Ich ließ meine Finger an seinem harten Nacken hinabgleiten und begleitete meine Berührung mit sanften Küssen. Dann drang ich mit meinen Zähnen in seine Haut. Der Instinkt, seine Adern mit vampirischem Gift zu füllen, stieg in mir hoch und ich saugte mich fester an ihn. Ich war wie eine Schlange. Das Gift in mir war bereit, um in meine Beute eingespritzt zu werden. Der falsche Luke erschlaffte und ging neben mir zu Boden. Seine Augen schlossen sich glücklich und er stöhnte erleichtert. Sein Zorn verließ ihn, als hätte er nie existiert.

Ich kam auf meine Beine und nahm den Nächsten, biss ohne Zurückhaltung in ihn. Das glitschige Gift klebte noch immer an meinen Fangzähnen. Ich arbeitete mich durch die ganze Armee und zerstörte Lukes Schmerz, seinen Zorn und seine Wut, die er nicht ablegen konnte. Nicht nur mit der Kraft eines Sukkubus, sondern mit der vampirischen Kraft der Königin der Verdammten. Als ich fertig war, wanden sich die vielen falschen Lukes befriedigt und ihr Stöhnen erfüllte die Arena. Dann tat sich der Erdboden auf und die Menge um uns buhte, als wir in den dritten Kreis der Hölle fielen. Es war an der Zeit, Nate am Spaß teilhaben zu lassen.

Kapitel Neunzehn

ZERSTÖRUNG IN DETROIT

Nate

Ich hatte es so verdammt satt, mich zu verstecken. Das Einzige, was mich davon abhielt, nach draußen zu gehen, war der Schnee. Ich hasste Schnee bis aufs Blut. Und Detroit. Und die Welt.

„Wirst du jetzt damit aufhören, nachzugrübeln?“, sagte eine bekannte Stimmte mit britischem Akzent.

Ich funkelte Sonyas Großmutter an, während sie ihren Tee trank. Verdammter Tee. Was für ein Klischee.

Anstatt ihr zu antworten, drückte ich mich in eine dunkle Ecke. Mein Lieblingsplatz zum Nachdenken und Grübeln. Ich starrte nach draußen, wo haufenweise Schnee zu Boden fiel. Mein Magen verknotete sich, als ich mich fragte, ob es Sonya gut ging. Ob unser Plan funktioniert hatte. Ob die Welt wirklich vor die Hunde ging oder ob wir es irgendwie schaffen würden.

Ob ich sie wiedersehen würde.

Sonyas Großmutter, die ich mittlerweile Omi nannte, weil sie mir keinen normalen Namen nannte außer Miss D'Ange, hatte mir geholfen, einen verrückten Plan auszuhecken, um meinen Vater davon abzuhalten, die Weltherrschaft an sich zu reißen. Ein einsamer Fernseher brabbelte über einen Aufstand in Shanghai, der sich endlich beruhigte, und von einem unerklärlichen Erdbeben in Venedig. Ich wusste, dass alles davon nichts als gelogen war. Männliche Musen waren sehr gut darin, die übernatürliche Community unerkannt zu behalten, und sogar ich war davon beeindruckt, wie eine einzige männliche Muse es schaffte, derartige Katastrophen zu verschleiern. Es war auf keinen Fall Apollo, der so etwas verheimlichen würde. Ganz im Gegenteil. Er versuchte, die Community zu entblößen, und arbeitete mit meinem Vater zusammen, um genau das zu tun.

Drachen, die sich in Shanghai auflehnten.

Derek und Apollo, die den Vampiren von Venedig den Krieg erklärten.

Ich kannte die Wahrheit – nicht, weil ich übernatürlich war. Ich war sterblicher, als gut für mich war – aber ich hatte Kontakte.

Ein aufgeregtes Klopfen klang von der Tür und ich hechtete aus meiner Nachdenkecke, um sie zu öffnen. Einer dieser Kontakte war hier. Endlich.

Omi rollte ihre Augen und nahm einen weiteren anmutigen Schluck von ihrem Tee. „Du hättest wirklich keine weitere rufen müssen. Ich bestehe darauf, dass es mir gut geht und–"

„Es geht nicht immer nur um dich, Oma", brüllte ich, obwohl ich mir mehr Sorgen um den uralten Sukkubus machte, als ich zugeben wollte. Ich wandte mich von ihr ab, damit sie meinen Gesichtsausdruck nicht sehen konnte. Ich war noch nie gut darin gewesen, Frauen meine Gefühle zu verheimlichen, Als ich die Tür öffnete, wurde ich von Erleichterung erfasst, als ich nicht nur eine, sondern zwei Hexen dastehen sah, die auf mein Rufen reagiert hatten.

Die erste war eine groß gewachsene Frau mit rosarotem Haar. Sie hob ihr Kinn in meine Richtung und sah genauso aus, wie ich sie in Erinnerung gehabt hatte. Silberne Ohrringe baumelten bis zur eleganten Kurve ihres Halses.

„Nathaniel", sagte sie und rollte meinen Namen voller Zuneigung von ihrer Zunge.

Ich lächelte und zog sie in eine Umarmung. „Hey Pink." Sie war wie eine Schwester für mich. Wir waren zusammen aufgewachsen und Pink war der Hauptgrund, warum ich so viele hilfreiche Kontakte hatte. Sie rettete mir immer den Arsch, wenn ich in Schwierigkeiten steckte, und ich war nie dankbarer für sie gewesen als jetzt.

Eine weitere Hexe trat hinter ihr hervor. Ein jüngeres Mädchen mit flachen schokoladenbraunen Wellen, die ihre Hände vor ihrem Kleid gefaltet hatte. Ich hätte sie für völlig harmlos gehalten, wenn ich den Schimmer von Magie auf ihrer Haut nicht gesehen hätte.

Die meisten Menschen würden es nie bemerken oder es damit abtun, dass ihre Einbildung sie austrickste. Der Effekt war schwach und verschwunden, bevor ich eine Chance gehabt hatte, ihn mir genauer anzusehen. Vielleicht war es, weil ich der Sohn des Inkubus-Königs war, oder vielleicht einfach, weil ich wusste, worauf ich achten musste. Aber ich konnte eine frisch gebackene Hexe erkennen, wenn ich eine sah. Vor allem, wenn sie so viel Kraft hatte wie diese hier.

Pink drückte meinen Arm und sah das Mädchen strahlend an. Ich nahm an, es handelte sich dabei um ihren neusten Schützling. „Nate, das ist Emily. Emily, das ist Nate."

Ich streckte meine Hand aus, aber das Mädchen starrte sie nur an, bis ich sie schließlich sinken ließ. „Schön, dich kennenzulernen, Emily", sagte ich und versuchte einen netten Tonfall zu bewahren. Ich sah Pink aus meinen Augenwinkeln an und sie nickte mir leicht zu, bestätigte meine Vermutungen. Dieses Mädchen hatte ihre Magie erst kürzlich erhalten und war noch immer schockiert. Die Einweihungszeremonie war ziemlich brutal.

Ich versuchte, nicht zusammenzuzucken, als ich von den Hexen in das kleine Studio geführt wurde. Oma hätte uns was Netteres besorgen können, aber der Stadtrand von Detroit sah aus wie ein Kriegsgebiet und es war unauffälliger, wenn wir in einer billigen Bude hausten als in irgendetwas Schönem. Wir konnten nicht zu weit in die anderen Städte gehen. Andernfalls wären wir vielleicht bemerkt worden. Die Leute hielten sich von Detroit größtenteils fern. Nie hatte ich einen Ort gesehen, dessen Straßen so leer waren. Die Spaltung der Wirtschaftslage war ziemlich offensichtlich. Teslas und Audis rasten vorbei – auf dem Weg zur Arbeit in den Wolkenkratzern der Innenstadt – und sie verließen die Stadt wieder, bevor die Nacht sich darüberlegte.

Neben ihnen fuhren verrostete und zerbeulte Sedans, die eher auf einen Schrottplatz als auf die Straße gehörten. Das waren die Einheimischen und die Leute, die uns halfen, sich unter sie zu mischen.

Pink machte es sich auf einem der Sofas bequem und schien sich nicht an den Fetzen, die davon hingen, zu stören. Dankbar nahm sie die Tasse Tee entgegen, die Omi ihr hinhielt. „Danke, Miss D'Ange. Es ist so schön, Sie wiederzusehen."

Oma nickte der Hexe zu, aber ich konnte nicht sagen, wie schwach sie war. Dunkle Augenringe hingen unter ihren einst leuchtenden Augen und tiefer werdende Falten zogen sich über ihre Wangen. Es musste komisch sein, jahrelang Zerfall in Menschen hervorzurufen und ihm dann eines Tages selbst zum Opfer zu fallen.

„Danke, Schätzchen. Wie laufen die Vorbereitungen?" Oma warf mir einen stirnrunzelnden Blick zu. „Ich hoffe, Nathanial war nicht zu anspruchsvoll."

Ich funkelte sie an. „Du tust so, als wäre das meine Idee gewesen."

Emily stellte sich neben Pink und hielt ihre Hände weiterhin vor sich gefaltet. Sogar als Oma ihr eine Tasse Tee anbot. Das Mädchen starrte nur darauf, bis sie die Tasse wegzog. Dann endlich sprach sie, sanft und verletzlich. „Schmerz", bemerkte sie.

Pink drückte den Arm des Mädchens. „Ja, Emily. In diesem Zimmer herrscht eine Menge Schmerz." Ein Hauch eines Lächelns zog auf dem Gesicht des Mädchens auf, als sie Pinks Lob hörte.

Ich verkroch mich in meine Nachdenkecke. Dieses Mal aber sah ich nicht dem Schnee beim Fallen zu. Mein Blick ruhte auf dem Mädchen, dessen Haut magisch schimmerte. Ich realisierte, dass sie nicht redete, weil sie sich konzentrierte. Sogar jetzt führte sie einen Zauber durch, der dabei half, die Giftstoffe aus dem leidenden Sukkubus zu ziehen. Ihre Magie suchte den Raum mit silbernen Fingern ab, fuhr durch Omis Haar und glitt über ihre eingesunkenen Wangen. Niemand schien es zu bemerken, also sah ich wieder zu Pink und kniff meine Augen zusammen. „Es war Omas Idee, das Gift zu extrahieren." Der Sukkubus hätte eine Weile länger überleben können, aber jetzt verteilte sich die Krankheit mit alarmierendem Tempo in ihrem Körper. Wir hatten eine Wunde geöffnet und das Einzige, was wir für sie tun konnten, war ein paar Giftstoffe zu entfernen.

Emily sah ruckartig zu mir, als hätte ich einen Schuss abgefeuert. Sie zuckte zusammen. „Die Mädchen sind tot", flüsterte sie, aber sie hätte es genauso gut schreien können angesichts der Tatsache, wie die Anschuldigung in meinem Kopf dröhnte.

Omi räusperte sich und stellte ihre Teetasse laut auf den Untersetzer. „Ja, wir haben menschliche Frauen mit meinen Giftstoffen infiziert. Dieselben Mädchen, an denen sich der Inkubus-König gelabt hat. Sie wären mit oder ohne unsere Hilfe gestorben."

Emily richtete ihren Blick auf den Sukkubus. „Aber du hast sie ausgesucht."

Omi presste ihre Lippen aufeinander. Es stimmte, aber ich verstand ihre Logik. Darum hatte ich ihr geholfen. Aber es änderte nichts daran, wie falsch es sich anfühlte. Wir waren es gewesen, die diese Mädchen in ihren Tod geschickt hatten, und obwohl jemand anderes ihren Platz eingenommen hätte, wenn ich den Wünschen meines Vaters nach neuen Sklavinnen nicht nachgekommen wäre, so waren es doch wir gewesen, die es getan hatten. Ein dramatisches Bild der Zerstörung in Venedig tauchte auf dem Fernsehbildschirm auf und ich griff nach der Fernbedienung, machte ihn lauter. „Darum hat Omi diese Mädchen vergiftet", erklärte ich. Der Nachrichtensprecher redete immer wieder von dem Phänomen, aber die Hexen wussten, was wirklich passiert war. Die übernatürliche Community befand sich im Krieg und mein Vater führte ihn an. „Wir können ihn nicht damit davonkommen lassen."

Pink verzog das Gesicht und überkreuzte ihre Beine, nahm einen weiteren Schluck von ihrem Tee, bevor sie etwas sagte. Sie zog eine Grimasse – vermutlich, weil der Tee zu bitter für ihren Geschmack war. Sie hatte schon immer eine Vorliebe für Süßes gehabt. „Und darum habe ich dir geholfen, Nathanial. Aber es ist an der Zeit, mehr Mitglieder des Zirkels in die Sache einzubinden. Jetzt, wo es getan ist." Sie sah zu Omi. „Miss D'Ange wird nur noch schneller zerfallen. Sie braucht allzeit eine Hexe an ihrer Seite." Sie nickte. „Und das wird Emily für sie tun, solange es nötig ist."

Oma begann Einwände zu machen, aber Pink hob eine Hand hoch.

„Ich zweifle nicht an, weshalb du Emily hierhergebracht hast", erklärte ich. „Ich weiß nur nicht, ob jemand so ... Ob sie bereit ist, alles davon zu hören.“ Das Mädchen schenkte mir bereits einen entsetzten Blick. Ihre funkelnden Augen waren weit aufgerissen. Magie strömte aus ihr – völlig unkontrolliert und in Rage. Ein Klingeln machte sich angesichts der magischen Überdosis breit und ich steckte mir einen Finger ins Ohr. „Ich bin ein Sterblicher, weißt du. Wenn sie durchdreht, werde ich nicht viel dagegen tun können.“

Pink legte ihre Hand auf Emilys Schulter und drückte sie, beruhigte ihre Magie mühelos. „Ist schon gut, Schätzchen. Erinnerst du dich daran, warum ich dich hierhergebracht habe?“

Emily biss sich auf die Unterlippe und nickte, lehnte sich zu Oma und reichte ihr die Hand. Der Sukkubus sah sie einen Moment lang an, dann griff sie nach Emilys kleinen Fingern. Daraufhin erstarrte sie und Lichter flackerten zwischen den beiden.

Ich wollte sie aufhalten, aber Pink hielt eine Hand aus und sah mich streng an.

Ich ballte meine Hände zu Fäusten und sah es wieder geschehen. Ein Sukkubus sollte sich von sexueller Energie ernähren – ihrer Hauptquelle, ihrer Lebenskraft, die in Sterblichen lebte. Die Seele war eine unendliche Quelle der Kraft, aber sie war eher wie eine Batterie, die langsam ausging und zurück zur Kraftquelle ging, um sich wiederaufzuladen. Ein Sukkubus aß von dieser Kraft und tötete ein sterbliches Opfer schließlich. Und ihre Seele wurde dazu gezwungen, aus dem Körper zu gleiten, den sie sich für ihre Lebenszeit ausgesucht hatte.

Was ich jetzt jedoch beobachtete, war das komplette Gegenteil davon. Es war ein rückwärts angewandtes Teilen von Kraft. Dieser Sukkubus, Miss D’Ange, hatte sich an so vielen Leben gelabt und zu viele Sterbliche überlebt. Die Kraft in ihr war giftig geworden und hatte angefangen, sie von innen her aufzufressen. Sie wollte nicht, dass es jemand wusste. Es kam selten vor und wenn, dann nur in den ältesten Übernatürlichen, die aßen, um zu überleben. Vampire konnten sich im Schlaf reinigen und ihre Vorräte auf natürliche Weise wiederherstellen. Aber die Sukkuben hatten keine solche Möglichkeit. Sie schützten sich, indem sie ein Schild um die Giftstoffe errichteten, die sich in ihnen ausbreiteten. Ein Sukkubus konnte Giftstoffe für Hunderte von Jahren abwehren, aber sogar Omi kam an ihre Grenzen.

Anstatt zuzulassen, dass die Giftstoffe sie von innen zerstörten, entschloss sie, sie anzuwenden – selbst wenn das ihren eigenen Tod nur beschleunigte. Pink hatte uns bereits dabei geholfen, die giftige Energie in die sterblichen Mädchen einzuflößen, die mein Vater auf dem Weg nach Shanghai getötet hatte. Und jetzt würden wir es wieder tun.

Es war nicht genug gewesen. Derek war noch immer am Leben und er musste aufgehalten werden.

Schwarzer Schlamm tropfte von Omas Nase und ich verzog das Gesicht. Sie krümmte sich und würgte. Das Gift fiel tröpfchenweise raus. Anstatt aber zu Boden zu fallen, schwebte es in der Luft und Emily sang, verwandelte die Krankheit in winzige Scherben.

Als sie fertig war, fielen die Scherben in ihre Handfläche und sie reichte sie mir. Ihre unschuldigen Augen sahen mich an, als wäre das eben das Normalste auf der Welt gewesen.

Ich fluchte und zückte ein Taschentuch, öffnete es, damit sie die Scherben hineingeben konnte. Ich würde diese Dinger auf keinen Fall berühren.

Todesscherben. Genauso so nett, wie es klang.

„Siehst du?", sagte Pink anerkennend. „Emily ist ein Naturtalent, findest du nicht auch?"

Ich funkelte sie an, faltete die Scherben vorsichtig ins Taschentuch und steckte sie in meine Gesäßtasche. „Gehts dir gut, Emily?", fragte ich und blendete Pink aus. Die Hexe vergaß zusehends, wie es war, jung zu sein.

Das Mädchen setzte einen mutigen Ausdruck für mich auf, aber ich war gut darin, Leute zu lesen. Sie stand etwas zu gerade aufgerichtet und ihre Finger ballten sich kurz zu Fäusten, bevor sie ihre Hände wieder öffnete. Sie nickte, aber ich hatte genug gesehen.

Mit zusammengekniffenen Augen sah ich zurück zu Pink. „Nach draußen. Sofort."

Ich zog mir vier Schichten über, bevor ich auf die Straßen von Detroit hinaustrat. Das einzig Gute an der Kälte war, dass sie die meisten unerwünschten Personen drinnen behielt. Ich bahnte mir meinen Weg durch den Schnee, während Pink neben mir lief und nur eine dünne Jacke anhatte. Magie umgab sie, legte ein Schild um sie, das für die meisten Sterblichen unsichtbar gewesen wäre und sie warmhielt. Sie sah mich gerade lange genug an, dass ich wusste, dass sie mehr als genug Kraft hatte, um auch mich warmzuhalten, wenn sie gewollt hätte. Aber sie ließ mich frieren.

„Du weißt, was ich gleich sagen werde", begann ich.

Sie seufzte. „Wir haben zu viele neue Anwärter, Nathanial, und du hast keine Ahnung, wie es für sie ist. Die Stimmen des Untergangs haben sich seit mehr als zwanzig Jahren zusammengebraut und sie stehen kurz davor, über unsere Köpfen hereinzubrechen." Sie sah hoch und ihre Brauen waren besorgt zusammengezogen, als fürchtete sie, dass der Himmel auf uns niederprasseln würde, während sie das sagte. „Wir müssen uns für die Herausforderung wappnen und sicherstellen, dass sie so bald wie möglich bereit sind. Todesscherben herzustellen, ist ein Kinderspiel, aber es ist eine der vielen Fähigkeiten, die Hexen wie Emily dabei helfen, ihre Magie zu erlernen."

„Du meinst, zu lernen, wie man kalt und herzlos ist", konterte ich und zog meinen Mantel etwas fester um meine Schultern. „Sie hilft einer alten Frau dabei, schneller zu sterben, indem sie die Giftstoffe ihrer Tausenden von Opfern extrahiert. Glaubst du wirklich, sie ist für so etwas bereit?" Ich blickte düster und als Pink nicht antwortete, schnaubte ich. Mein Atem war eisig und ich versuchte das unablässige Schaudern, das mich durchfuhr, zu unterdrücken. Ich war in Seattle groß geworden, aber es war niemals so schlimm gewesen. Ein eisiger Wind fand seinen Weg an meinem Nacken hinab und schlüpfte gnadenlos durch meine Schichten.

Pink rollte mit ihren Augen. „Können wir jetzt wieder reingehen? Du wirst dir noch Frostbeulen holen."

Ich ging weiter und sie trottete mir hinterher. „Sag mir, was in Shanghai wirklich vor sich geht. Und in Venedig." Ich musste wissen, dass es Sonya gut ging, und das begann damit, sicherzustellen, dass die übernatürliche Katze nicht aus dem Sack gelassen worden war.

„Soweit ich von den Drachen-Formwandlern gehört habe, hat Jet seinen Bruder Jin besiegt und er sucht nach den Geheimnissen der Hugh Modali, bevor er nach Venedig geht."

Ich zog eine Augenbraue hoch. Ich hatte Pink nichts von der merkwürdigen Anziehung, die ich zu Shanghai und Venedig verspürte, erzählt. Zuerst hatte ich gedacht, dass es etwas mit Sonya zu tun hatte. Dass ich sie vermisste. Aber an der Sache war mehr dran. Die Erwähnung dieses Drachen, diesem Jet, interessierte mich. „Was bedeutet das für meinen Vater?“

Ein Windstoß griff ihren Schild an und durchbrach ihn einen Moment lang. Ihr Haar verwuschelte kurz, dann richtete sie den Schild wieder auf. Es war offensichtlich, dass sie nur ungern über dieses Thema sprach. Ich fragte mich, was an meinem Vater sie immer so zappelig werden ließ. Ich wusste, dass er eine Wirkung auf Frauen hatte, aber Hexen konnten ihm widerstehen – größtenteils.

„Derek hat in Shanghai etwas gesucht“, sagte sie. „Ich habe Gerüchte gehört, dass es sich dabei um einen weiteren Blutstein handelt. Darum konnte er Apollo davon überzeugen, seinen Bruder anzugreifen.“

„Aber er hat nicht gewonnen“, unterbrach ich. Ich wusste, dass Sonya noch am Leben war. Ich spürte sie und jeder Knochen in meinem Körper flehte mich an, alles stehen- und liegenzulassen und so schnell zu ihr zu gelangen, wie ich konnte. Das Einzige, was mich in Detroit hielt, war das Wissen, dass ich ihr von hier aus helfen konnte. Der rebellische Hexenzirkel, der mich unterstützte, war Teil eines wachsenden Netzwerks aus Hexen, die sich nicht auf die Seite des Übernatürlichen schlugen. Stattdessen stellten sie sich hinter die Sterblichen – hinter mich.

„Nein“, bestätigte Pink und bahnte sich ihren Weg durch den knirschenden Schnee. „Er hat nicht gewonnen. Tatsächlich hat eine unserer Visionen gezeigt, dass Hades wach ist und Apollo getötet hat.“

Ich blieb wie angewachsen stehen und sah sie mit offenem Mund an. „Und mein Vater?“ Ich war mir nicht sicher, wie ich darüber fühlen würde, wenn er tot wäre. Klar, wir versuchten, ihn mit Giftstoffen zu unterwerfen, aber ich war mir nicht sicher, ob sogar das ihn töten könnte. Ich wollte nur Sonya beschützen.

Sie missinterpretierte meinen Schock und griff nach meiner Hand. Sie tätschelte sie und verschaffte mir einen Moment lang Wärme, indem sie ihren Schild kurz um mich legte. „Deinem Vater geht es gut.

Apollo muss seine Kräfte gestärkt haben, bevor er gestorben ist. Denn er zeigt keine Anzeichen von Zerfall, trotz der Giftstoffe, die er in sich aufgenommen hat." Sie legte ihren Kopf schief. „Hast du deine Meinung geändert? Wir müssen nicht wieder auf ihn losgehen. Ich bin mir sicher, dass Hades mittlerweile alles unter Kontrolle hat."

Sie kannte meinen Vater schlecht, wenn sie glaubte, dass er zurück nach Seattle gehen und so tun würde, als wäre nichts passiert. Nein. Er hatte das hier hunderte Jahre lang geplant. Er hatte eine Dämonenbrut gezeugt und die Grundlage für einen teuflischen Plan gelegt. Das war auf keinen Fall alles gewesen. Ich gab ein frustriertes Geräusch von mir und meine Wut nahm überhand, half mir dabei, die gnadenlose Kälte, die meine Nase taub werden ließ, zu vergessen. „Er wird irgendwann zu einem seiner Sklavenhäuser gehen. Wir werden ihm einfach eine weitere Dosis verabreichen."

Sie richtete ihren Blick auf mich und war erneut unergründlich. „Geht das für dich in Ordnung? Noch mehr Mädchen werden sterben."

„Natürlich geht das nicht in Ordnung für mich", sagte ich und wollte empört klingen. Dann aber machte sich ein Gefühl über meinem Herzen bemerkbar und ich griff an meine Brust, krümmte mich.

Was zum Teufel war das?

„Nathanial?", fragte Pink und klang etwas besorgt. Als ich nichts erwiderte, nahm sie einen weiteren Anlauf. „Nate?"

Ich ächzte und gleißender Schmerz erstreckte sich über meine Brust, als hätte mir jemand mit einem heißen Schüreisen in meine Brust gestochen. Ich riss mir die Schichten vom Leib, konnte die Kälte nicht mehr spüren. Mir war heiß. So verdammt heiß, dass ich kurz davor stand, innerlich zu kochen.

Als ich meine Kleidung vollständig ausgezogen hatte, erblickte ich die Quelle meines Schmerzes. Eine leuchtende Tätowierung sandte rotes Licht über meine Haut und Rauch drang in die Luft, als sie sich tiefer in meinen Körper bohrte.

„Pink?!", schrie ich. Was auch immer das war, es war nichts Gutes. Und ich hatte verdammt nochmal das Gefühl, dass ich starb.

Ihre Augen weiteten sich. „Nate, ich–" Sie schluckte trocken und sah mir in die Augen. Ich hatte sie noch nie geschlagen gesehen, aber genau das spiegelte sich in ihren Augen. „Nate, hör mir zu. Du bist drauf und dran, etwas sehr ... Unangenehmes zu erleben. Erinnere dich einfach daran, welche Person dir dieses Mal gegeben hat. Vergiss nicht, warum sie dir am Herzen liegt."

Ich schrie, als eine weitere Welle von Schmerz mich durchfuhr. Die Welt verschwamm und rotglühende Hitze hüllte mich ein, als ich im Erdboden versank. Ja, im verdammten Erdboden. Es gab nur einen Ort, der so heiß war ... Und so weit unten ...

Ich griff nach Pink, aber sie war bereits zu weit weg. Das Brausen eines roten Windes umgab mich und dann war alles, was übrig blieb Dunkelheit und Schreie.

Kapitel Zwanzig

NEID

Sonya

„Er wird sich erholen, oder?“, fragte ich und hasste, wie hoch meine Stimme geworden war. Nate war sterblich. Auch wenn mein Band ihn in der Hölle am Leben behalten konnte, war er nicht wie Luke oder Xavier. Er hatte keine übernatürlichen Kräfte, die ihm einen Kraftschub verliehen.

Xavier legte den Menschen auf den Boden und wich zurück, gab ihm Platz.

Nates Kleider hatten das Portal, das ihn hierhergebracht hatte, kaum überlebt. Trotz der düsteren Situation musste ich mich konzentrieren, um meinen Blick nicht unter seine Gürtellinie wandern zu lassen. Ich hatte meinen Menschen vermisst und auch wenn er ein Sterblicher war, hatte er einen Körper, der mit jedem Inkubus mithalten konnte.

Er ächzte, wachte jedoch nicht auf. Das schwache Geräusch, das er von sich gab, ließ mein Herz schmerzen und erinnerte mich daran, wo wir waren. Wir waren im dritten Kreis der Hölle – Nates Kreis. Und der seiner ultimativen Sünde.

Neid.

Statuen umgaben uns und starrten uns an. Jede von ihnen repräsentierte eine andere übernatürliche Spezies. Die auffälligste davon war natürlich Derek, der Inkubus-König, der über uns türmte mit seinem erigierten Schwanz. Der weiße Marmor, aus dem seine Skulptur geschaffen worden war, porträtierte ihn als den Inbegriff von Sex und Begierde. Seine Kraft glimmte in Form einer Krone auf seinem Kopf und er starrte uns mit einem missbilligenden Blick an. Vermutlich so, wie Derek seinen menschlichen Sohn oft ansah.

Es gab so viele Statuen. Neben Derek stand Nates Mutter, Silvia, mit ihren Flügeln weit ausgespannt und ihren Augen aus leblosem Stein, der mit ihrer silbernen Kraft schimmerte. Sie sah weder missbilligend noch zufrieden aus. Eher so leblos wie ihr Stein, aus dem sie gemacht war. So sah Nate seine Mutter. Sie war für ihn gestorben. Genauso, wie er für sie gestorben war. Die Statuen waren nicht alles Personen, wie ich bemerkte. Eine der männlichen Musen, in traditioneller, römischer Kleidung eingehüllt, starrte uns an. Ares. Ich erkannte ihn nur am ikonischen Schwert, das er hielt. Es glitzerte in den fernen Flammen des Höllenfeuers und sah aus, als wäre es bereit, uns niederzustrecken, wenn wir eine falsche Bewegung machten.

Der Rest reichte von Meerjungfrau über Sirene mit Schuppen über ihrem Gesicht bis hin zu Drachen mit einem menschlichen Kopf und einem Vampir mit gefletschten Fangzähnen. Dann wurde es merkwürdig. Ein Panther. Ein Wolf. Formwandler, nahm ich an.

„Vergiss nicht: Das hier ist das Gebiet des Neids“, erinnerte mich Xavier und brachte mich aus meiner Beurteilung der Statuen raus. Wenn sie Hinweise sein sollten, sagten sie mir nichts, was ich nicht schon wusste. Nate hasste seine Sterblichkeit. Er hasste, dass er machtlos war und von so vielen Erinnerungen daran, dass er auf der falschen Seite der Spezies geboren worden war, geplagt wurde. „Du musst Nate vor sich selbst retten. Du musst ihm beweisen, dass er wichtig ist.“

Ich blinzelte ihn an, dann sah ich zur bewusstlosen Person vor meinen Füßen. Nates Rune glühte auf seiner Brust und die Haut darum schwoll tiefrot an. „Er weist unser Band ab“, flüsterte ich mehr zu mir selbst als jemandem sonst. Es stach, dass Nate dagegen ankämpfte. Ich wusste, dass ich ihn allein zurückgelassen hatte, aber nicht, weil ich es so gewollt hatte.

Xavier und Luke gaben mir etwas Raum und ich kniete mich hin, strich Nate das Haar von seiner schweißnassen Stirn. „Nate, kannst du mich hören?"

Er regte sich unter meiner Berührung, wachte jedoch nicht auf. Ich wich zurück, als in der Ferne ein Heulen erklang.

„Höllenhunde", informierte mich Xavier.

Mir gefror das Blut in den Adern. „Wie bitte?"

Luke stellte sich zwischen uns. Seine Rüstung von der Arena hatte sich in ein T-Shirt und Hosen verwandelt, was er oft trug. „Du hast nie etwas über Höllenhunde gesagt. Wenn dieser Kreis der Hölle sich um Neid dreht, was haben Höllenhunde damit zu tun?"

Xavier presste seine Lippen aufeinander, bevor er antwortete: „Sie sind, wovon Nate denkt, dass er es verdient. Höllenhunde laben sich an den schwächsten Seelen. Sie sind einige der wenigen Kreaturen, die imstande sind, jemandes Existenz auszuradieren. Anstatt ewiger Verdammnis, wird er einfach ... nicht mehr existieren." Er verschränkte seine Arme. Seine Rüstung hatte sich in einen maßgeschneiderten Anzug verwandelt. Es schien, als könnten sie die Tricks der Hölle selbst anwenden, sobald meine Jungs ihre Sünde überkamen. Ich wirbelte wieder zu Nate herum und packte ihn an den Schultern, schüttelte ihn fest. „Nate! Wach auf! Du wirst nicht von Höllenhunden gefressen werden. Hörst du?! Nur über meine Leiche!"

„Sei vorsichtig, was du dir wünschst", murmelte Nate, bevor er seine Augen öffnete. Ich hatte vergessen, wie blau sie waren. Nicht wie Lukes mit ihrem Himmelblau, das so durchsichtig wie Eis sein konnte. Nates Augen waren ein tiefes Blau, das mich an den Ozean während eines Sonnenuntergangs erinnerte. Ich lächelte und nahm sein Gesicht in meine Hände, dann küsste ich ihn innig. Natürlich würde mein Nate keine Gelegenheit auslassen, um auf seine Kosten zu kommen, und zwang meinen Mund mit seiner Zunge weit auf, vertiefte den Kuss und ließ Hitze in meiner Mitte aufwallen.

Atemlos wich ich von ihm zurück. „Wenn die Tatsache, dass ich mir wünsche, dass du am Leben bleibst, Höllenhunde herkommen und mich verschlingen lässt, dann ist es das wert."

Das schien etwas in Nate zu triggern und ein verschmitzter Ausdruck zog anstelle der Verwirrung und Angst in seinen Augen auf. Er setzte sich auf und sah sich um. Seine Augen weiteten sich und er schluckte trocken. „Sonya, wo sind wir?"

Xavier antwortete und Nate zuckte zusammen. „In der Hölle und wenn du uns helfen willst, weiterzugehen, dann hör auf, dich selbst zu bemitleiden, und sieh ein, dass ein Sterblicher zu sein nicht das Ende der Welt ist."

Nate blinzelte den Vampir an und seine Augen weiteten sich, als Xavier ihn anfauchte – ganz der Vampir – und seine rubinroten Augen gefährlich glänzten.

„Das ist nicht gerade hilfreich", grollte ich.

Nates Blick wanderte zu mir und dann an mir vorbei zu Luke, der gegen eine der Statuen lehnte. „Hey. Ich kenne dich."

Luke nickte ihm langsam zu und seine Haut errötete. Das letzte Mal, an dem die beiden sich im selben Zimmer befunden hatten, hatte Luke meinen Blutstein aufgeladen ... „Jepp, ich bins. Einer von Sonyas Band, ganz wie du." Er deutete mit seinem Kinn auf Nates Rune.

Nates Finger erforschten die Tätowierung auf seiner Brust und er zuckte zusammen, als er sie berührte.

Das war ganz schön viel zu schlucken. Ich hatte eine ganze Weile gebraucht, um mich damit abzufinden, dass Nate Teil meines Bands war, er aber vermutlich keine Ahnung hatte, was das bedeutete. Sein ganzes Leben lang hatten Übernatürliche sein Leben diktiert und plötzlich stand ich da und belastete ihn mit einem übernatürlichen Schicksal. „Hey, Nate?", fragte ich kniend und legte meine Hand auf seinen Arm. Die Höllenhunde bellten erneut. Dieses Mal waren sie definitiv näher. „Als wir zusammen Liebe gemacht haben in der Bibliothek. Erinnerst du dich daran, was du mir gesagt hast?" Er blinzelte mich an und seine blauen Augen sahen zu Xavier und Luke. Er war kein Idiot. Er wusste, was sie mir bedeuteten, und vermutlich auch, was ich mit ihnen getan hatte. Natürlich wussten meine Männer, dass ich mit Nate intim gewesen war, also regten sie sich kein Stück. „Ähm ... Nicht wirklich", sagte Nate mit abwesender Stimme. Die Höllenhunde jaulten erneut, als würden sie Nates Ablenkung spüren.

Ich griff nach seinem Kinn und zwang ihn, mich anzusehen. Seine

Augen waren angsterfüllt, aber auch eine andere Emotion lag darin. Ich erkannte sie nur zu gut, weil ich sie tausende Male im Spiegel gesehen hatte. Zweifel.

Zermarternder Selbstzweifel daran, dass er meine Aufmerksamkeit verdiente. Zweifel daran, dass er auch nur ein kleines Stück Glück verdiente. Er war nicht das, was sein Vater wollte. Er war sterblich, was ihn nutzlos machte – oder jedenfalls glaubte er das. Es gab einen Grund, warum Derek Nate in der Nähe behielt. Warum er ihn damit beauftragt hatte, mich zu beobachten. Nate hatte seine eigenen Stärken und Fähigkeiten. Solche, die niemand besaß. Ich musste ihn daran erinnern.

Ich rückte näher und sprach leiser. Ich ließ Verführung in meine Worte gleiten. „Du hast mir gesagt, dass ich daran gewöhnt bin, die Verführerin zu sein. Du hast mir meine eigenen Bedürfnisse gezeigt. Mein Wunsch erfüllt, genommen – verführt zu werden", sagte ich grinsend und meine Fangzähne drangen aus ihrem Versteck, woraufhin Nates Augen sich weiteten. „Du hast mir das geschenkt und jetzt, wo ich ein Vampir bin, kannst du es mir so viele Male besorgen, wie du willst."

Ich küsste ihn, bevor er eine Chance hatte, etwas einzuwenden. Ich war nicht so geschickt wie Xavier, wenn es darum ging, jemanden mit Fangzähnen zu küssen, und ich zuckte zusammen, als ich ihn versehentlich pikste und der süße, metallische Geschmack seines Blutes in meinen Mund floss. An meinen Fangzähnen klebte noch immer Gift, nachdem sie eine ganze Armee von falschen Lukes unschädlich gemacht hatten. Nate stöhnte lusterfüllt. Ich grinste. Die erste der Statuen zerbrach und der Boden unter uns begann zu beben. Ich sah gerade rechtzeitig hoch, um die Statue des Vampirs sich in Asche verwandeln zu sehen.

„Es funktioniert", sagte Luke und zog seine Augenbrauen überrascht hoch.

Ich drehte mich zurück zu Nate und streichelte seine Wange. Seine Augen öffneten sich, als ich ihn berührte. „Siehst du?", fragte ich. „Du hast sogar die Macht über einen Vampir. Ich will dich. Ich brauche dich. Du hast mich verführt und du hast mir gegeben, was niemand sonst mir geben konnte."

Er streichelte meine Wange ebenfalls und sein Daumen glitt zu einem meiner Fangzähne. Er fragte mich nicht, wie ich es geschafft hatte, ein Vampir zu werden. Stattdessen gönnte er es mir. „Was habe ich dir gegeben, das dich mich so ansehen lässt?" Sein Blick musterte mich fasziniert, als sähe er etwas Unmögliches. Ich realisierte, dass es nichts damit zu tun hatte, was ich war, sondern dass ich ihn vergötterte. Dass ich die Wahrheit sagte, wenn ich sagte, dass ich ihn brauchte.

„Du hast mir gegeben, was ich am meisten begehrte habe", sagte ich. „Du bist ein Mensch, der sich nicht davor fürchtet, was ich bin. Ein Sterblicher, der mich trotzdem noch will. Auch wenn du ganz genau weißt, wie tief meine Sünden greifen."

Ich schlang meine Arme um seinen Hals, setzte mich rittlings auf ihn und Lust wusch durch mich. Seine härter werdende Erektion drückte sich gegen die dünne Schicht meines Höschens. Offenbar war meine Rüstung in das verwandelt worden, in dem ich mich am wohlsten fühlte: Freizügige Lingerie. Angemessen für einen Sukkubus, der in einen Vampir verwandelt worden war.

Er küsste mich und stöhnte in meinen Mund. Es war ihm egal, dass meine Fangzähne seine Zunge berührten. Ich zwang mich, sie einzuziehen, als er mich erneut küsste.

„Erzähl mir mehr", sagte er zwischen Küssen und seine Hände glitten über meine Schenkel und unter mein dünnes Gewand. Seine Daumen zogen gefährlich nahe an der Stelle, an der ich ihn wollte, Kreise. „Du bist berauschender als eine Sirene", flüsterte ich. Kurz nachdem ich die Worte gesagt hatte, zerbröselte die Statue einer Sirene. „Stärker als jeder, den ich kenne. Sogar stärker als ein Drache." Im Geiste konnte Nate sogar Jet übertrumpfen nach all dem, was er ertragen und dennoch überlebt hatte. Eine weitere Statue zerbröselte. Er presste einen Daumen fest an meine Mitte und ich versuchte, meine Beine zuzumachen, aber er war im Weg. Er lächelte mich schelmisch an und genoss mein Stöhnen. „Ich will dich mehr als jeden Übernatürlichen, Nate." Die anderen Statuen verwandelten sich in Staub, ließen nur seinen Vater, Derek, zurück, der über uns türmte. Ich blinzelte hoch und fuhr mit meinen Fingern durch Nates Haar, rollte meine Hüfte in die Richtung seiner Berührung. „Ich will dich mehr als den Sexkönig."

Rote Augen glühten in der Ferne und Rauch drang aus ihren Nasenflügeln. Die mehrköpfigen Höllenhunde waren durch den Nebel gedrungen. Dereks Statue bekam Risse und zerbröckelte. Die Höllenhunde bellten erschrocken, bevor sie sich umdrehten und ihre Schwänze einzogen.

Gerade als Nate kurz davor stand, mir einen Höhepunkt zu verschaffen, öffnete sich der Boden unter uns und dann fielen wir.

Verdammt.

Kapitel Einundzwanzig

GEHEIMNISSE IN SHANGHAI

Jet

Meinem Bruder Shanghai zu entreißen, war im Vergleich zu dem, was darauf folgte, einfach gewesen. Sonya gehen zu sehen, hatte einen kleinen Teil von mir zerstört, aber ich hatte sie gehen lassen müssen. Derek hatte zu viele Drachen auf seine Seite gezogen und Shanghai war vom Drachenfeuer auf seine Knie gezwungen worden. Ich vertraute darauf, dass Sonya stark sein würde. Dass sie in der Lage war, alles zu überstehen. Aber ich würde nicht zulassen, dass eine Stadt über ihrem Kopf zusammenbrechen würde. Als Luke sie wegzog, ließ ich ihn. Ich konnte mir die leise Stimme in meinem Hinterkopf nicht erklären, die mir sagte, dass ich Luke mit allem vertrauen konnte – sogar mit Sonyas Leben ... Vor allem mit Sonyas Leben.

Dasselbe Ziehen hatte mich in verschiedene Richtungen gezogen, hatte mich dazu gebracht, im Internet nach Venedig zu suchen – noch bevor es zu einer Kriegszone geworden war. Die Drachen, die mir treu waren, hatten Späher losgeschickt, um mehr in Erfahrung zu bringen. Sie sagten mir, dass eine der männlichen Musen tot war und dass die Vampire eine neue Königin hatten.

So wie es sich anhörte, war diese neue Königin meine Sonya.

Ich mochte nicht, wie sie sie nannten. Königin der Verdammten? Ich war mir nicht sicher, was sie getan hatte, um diesen Titel zu verdienen. Ich würde zu ihr gehen, sobald die Dinge in Shanghai geregelt waren. Ich musste darauf vertrauen, dass sie all das ohne meine Hilfe überstehen konnte, aber ich hasste die Tatsache, dass ich nicht einmal mit ihr sprechen konnte.

„Mein König", sagte eine bekannte Stimme. Einer der älteren Drachen, der meinem Bruder hunderte Jahre lang gedient hatte, verneigte sich vor dem Aufzug. Ich hatte ihn nicht mal bimmeln gehört. Das zeigte nur, wie geistesabwesend ich gewesen war.

Ich winkte ihm zu. „Komm rein, Vern. Was für Neuigkeiten hast du für mich?"

Er räusperte sich und betrat zögerlich den Raum. Er mochte es nicht, Dinge in der Suite zu besprechen. Er bevorzugte die Bibliothek oder die Schatzkammer in Jins altem Turm. Wissen und Vermögen gaben Drachen immer ein gutes Gefühl. Ich aber bevorzugte die Penthouse-Suite, wo ich mein Band mit Sonya gefestigt hatte. Ihr Geruch verweilte immer noch im Raum, obschon er jeden Tag schwächer wurde.

„Wir haben Wort aus Venedig erhalten, Majestät."

„Jet", korrigierte ich ihn gedankenabwesend. Ich war es nicht gewohnt, ‚Majestät' genannt zu werden, und ich würde mich jetzt auch nicht mehr daran gewöhnen. Ich hatte meinen Bruder nicht entthront, weil ich Macht wollte, sondern weil der alte Weg, Dinge zu tun, zu einem Ende kommen musste. Dynastien, Herrscher, Trennung der Rassen. All das musste aufhören.

Das Einzige, dem ich zustimmte, war, die übernatürliche Community den Sterblichen zu verheimlichen. Ares hatte geholfen, Shanghai zu stabilisieren, und arbeitete jetzt hart daran, den Schaden des Aufstands in Venedig zu minimieren. Es als Erdbeben zu verkaufen, war ziemlich weit hergeholt, aber eine männliche Muse war zu äußerst beeindruckenden Dingen fähig.

„Ich habe die Identität der neuen Vampirkönigin bestätigt gekriegt."

Ich erstarrte. Er musste mir nicht sagen, wer es war. Ich hatte die Veränderung in meiner Seele vor ein paar Tagen gespürt. Meine Anziehung zu Sonya war beinahe unerträglich geworden und meine Tätowierungen hatten sich auf meiner Haut gewunden und verlangt, dass ich zu ihr ging. Sie brauchte mich jetzt mehr denn je. Etwas Schlimmes war im Anflug und sie konnte es nicht allein überstehen.

„Sonya", flüsterte ich und Vern nickte zustimmend.

„Wünscht Ihr, dass ich entsprechende Vorbereitungen treffe, Majestät?"

Ich funkelte ihn an, aber der sture alte Drache würde seine Gepflogenheiten auch nicht mehr ändern. Ich war ein König und sosehr es mich irritierte, diesen Titel anzunehmen, schätzte ich seine Treue.

„Noch nicht", sagte ich seufzend. Ich konnte nicht mit leeren Händen zu Sonya gehen. Meine Mutter hatte mir gesagt, dass die Macht der Hugh Modali den Unterschied zwischen Leben und Tod machen und ich wissen würde, wenn es an der Zeit war, ihn zu finden. Jetzt war diese Zeit gekommen und angesichts der Gerüchte, die in Drachenzirkeln im Umlauf waren, waren die Worte meiner Mutter wörtlicher gemeint gewesen, als ich je zuvor realisiert hatte. Mein Band mit Sonya wurde jeden Tag stärker, aber etwas anderes plagte mich. Albträume eines dunklen Himmels, der über unseren Köpfen zusammenbrach, raubten mir den Schlaf. Sie fühlten sich nicht wie Träume an, eher wie ein schlechtes Omen.

Der Tod war uns auf den Fersen. Allen von uns. Und ich musste Sonya helfen, ihn aufzuhalten.

Auf Verns Drängen hin wartete ich, bis die Nacht aufkam, bevor ich mich aufmachte. Zwei Drachen begleiteten mich und dem Rest befahl ich, wiederaufzubauen, was Jin so bestrebt zerstören wollte. Unsere Nation, unsere Leute, sie waren jetzt gespalten. Die Kraft der Hugh Modali konnte uns wiedervereinen, aber wenn ich es nicht zurückschaffte, würden die Drachen ihre eigenen Köpfe brauchen müssen. Wir waren eine stumpfsinnige Rasse, aber ich wollte daran glauben, dass sogar Reptilien zivilisiert sein konnten.

Es gab eine Macht, die das Risiko wert war – und erforderlich, wenn ich meinen Leuten helfen wollte. Es war eine Kugel, die man

Drachenauge nannte. Besaß ein Drachen-Formwandler es, war er unaufhaltsam. Nur einer meiner Erblinie konnte es schmieden und so war es eingeschlossen worden. Meine Familie war umgebracht worden, um einen Aufstand zu verhindern – alle außer mir. Mein Vater dachte, dass er mich eines Tages dazu benutzen könnte, die Kraft für ihn zu schaffen. Was für ein Dummkopf er gewesen war.

In meiner Drachenform über mein Land zu fliegen, war das befreiendste Gefühl, das ich seit einer langen Zeit gehabt hatte. Mit zwei Drachen an meiner Seite, mit denen ich groß geworden war, war ich bereit, die Welt zu erobern.

Es dauerte zwei Flugtage, bis wir zu den Ruinen der Hugh Modali gelangten. Die Wirkung ihres Schutzschildes erfasste mich tief in meinem Bauch und ließ mich vom Himmel stürzen. Mein linker Flügel gab zuerst nach und ließ mich in einer unkontrollierten Spirale zu Boden gehen.

Zum Glück hatte ich das erwartet und war bereits niedrig geflogen. Ich fiel mit voller Wucht in Bäume und den Dreck und wirbelte Staub auf.

Meine beiden Freunde, Bo und Yan, senkten sich und kamen zu Boden. Sie hatten das Schlimmste des magischen Schutzschildes, das Drachen abhielt, umgehen können. Sie hatten die Wirkung nicht gespürt, weil sie kein Hugh-Modali-Blut hatten. Wenn sie zu weit gegangen wären, hätten ihre Herzen einfach aufgehört zu schlagen. Als halb-königliches Mitglied hatte ich wenigstens eine Warnung erhalten.

Yan verwandelte sich zuerst. Seine goldenen Schuppen verwandelten sich in Asche und nur seine Augen behielten ihren metallischen Hauch inne. „Gehts dir gut?“, fragte er mit besorgter Miene.

Ich hustete Blut, wischte es aber prompt mit meinem Arm weg. „Ja, mir gehts gut.“ Er sah mich stirnrunzelnd an. Sein jüngerer Bruder, Bo, verwandelte sich als Nächstes. Er war gerade erst sechzehn und legte diese blöde jugendliche Tapferkeit an den Tag. Er marschierte zu mir und verschränkte seine muskulösen Arme vor seiner Brust. Nicht alle seine goldigen Schuppen, die für seine Familie üblich waren, fielen ab. „Du hättest mich zuerst gehen lassen sollen. Ich hätte die Wucht abgeschwächt.“

Yan öffnete seinen Mund, um ihn zu tadeln, aber ich antwortete zuerst: „Trink den Zaubertrank und dann kannst du vorausgehen. Wie wäre es damit?"

Bo richtete sich auf. Die Phiole, deren Inhalt uns beschützen würde, hing tief an seiner Brust. Die Schnur war lang genug, damit sie um einen Drachenhals reichte. Er öffnete das Fläschchen und leerte es, ohne zu zögern. Ich grinste, als er sich verschluckte und sich krümmte, als die Magie zu wirken begann.

Ich wartete, bis er sich erholt hatte, und griff dann nach meiner Phiole, leerte sie. Yan tat es mir gleich.

Magie flackerte in meinem Bauch und verteilte sich von dort aus in meine Gliedmaßen. Es würde uns von dem Fluch, mit dem die Ruinen belegt worden waren, beschützen. Obwohl wir nicht sicher waren, für wie lange. Die Phiole war gefüllt mit Wasser, das von meiner Mutter gesegnet worden war und von einem Bach stammte, der sich nicht weit entfernt von hier befand. Sie hatte mir dieses Wissen nicht eröffnet. Sie hatte es mir eher in meine Gene und mein Erinnerungsvermögen gepflanzt. Irgendwie ... *wusste* ich einfach, was ich tun musste, um wieder nach Hause zu kommen. Aus demselben Grund wusste ich vom Drachenauge und dass es darauf wartete, dass ich mein Geburtsrecht einfordern würde.

„Komm schon", sagte Yan lächelnd. „Lass uns dein Erbe holen und dann verdammt nochmal verschwinden."

Ich stimmte ihm voll und ganz zu.

Die Ruinen zu betreten, ließen unnatürliche Schauer an meinem Rücken hinabrinnen, was definitiv etwas zu bedeuten hatte. Als ein Drachen-Formwandler gab es nicht viel, das mich erschütterte, aber das leise Heulen eines unsichtbaren Windes, der durch die untertägigen Tunnel wehte, ließ mich schneller gehen. Ich wollte keine Sekunde länger hierbleiben, als ich musste.

„Warum, glaubst du, haben die Hugh Modali unter dem Erdboden gelebt?", fragte Bo.

Sein Bruder packte ihn am Nacken. „Weil sie Idioten wie dich kilometerweit entfernt hören konnten, oder etwa nicht?"

Ich lächelte, während wir tiefer in die Tunnel vordrangen. Meine Augen veränderten sich natürlich, benutzten das Drachenfeuer in meinen Adern, damit ich im Dunkeln sehen konnte. Ein roter Hauch legte sich über meine Sicht und drang in ein weiteres Spektrum vor. Eines voller widerhallender Klangwellen, Wärmesignaturen und etwas anderem. Ich realisierte, dass die dritte Schicht, die vor meinen Augen aufwallte, die alte Magie war, die die Ruinen vor meinem Bruder und meinem Vater und anderen Drachen wie ihm schützte. Sie schnürte sich um unsere Hälse, versuchte uns zu erwürgen, aber der Schutz des gesegneten Flusses wehrte sie ab.

Bo und Yan schienen nicht in der Lage, sie zu sehen, gingen weiter, ohne anzuhalten, und berührten ihre Hälse, um sich von den erdrosselnden Strängen zu befreien. Also widerstrebte ich dem Drang, an meinen Hals zu langen, und schluckte trocken. Ich wollte sie nicht beunruhigen.

Die Erinnerungen an meine Vorfahren zogen vor meinem inneren Auge auf und erwachten angesichts der Nähe zum Land, in dem sie geboren worden waren, zum Leben. „Die Hugh Modali waren die ursprünglichen Drachen“, sagte ich mit leiser Stimme, während ich mich vor den Brüdern bewegte und meinen Instinkten erlaubte, uns den Weg zu zeigen. Die Tunnel teilten sich in drei verschiedene Richtungen auf und ein natürlicher Instinkt ließ mich nach links gehen. Ich folgte dem Gefühl, ohne zu zögern. „Am Ende dieser Tunnels befinden sich mehrere Fallen, aber wenn man den richtigen Weg kennt, findet man die Höhle.“

Bos Gesicht leuchtete auf, als er das hörte. „Eine Höhle voller Gold?“ Seine Schuppen glänzten angesichts seiner Freude über die goldigen Aussichten.

Ich lachte. „Ja, Gold, aber nicht nur das.“ Ich hielt inne, ließ Drachenfeuer in meinen Augen aufziehen, um eine Wirkung zu erzeugen. „Magie. Alte, verbotene Magie, die dazu benutzt wurde, ein mächtiges Artefakt wie das Drachenauge zu schmieden.“

Yan lächelte und schlug seinem Bruder auf den Rücken. „Hört sich nach Abenteuer an.“

Er lächelte mich an. „Zeig uns den Weg, furchtloser Anführer.“

Zufrieden darüber, dass ich sie beruhigt hatte, lief ich weiter. Wir bewegten uns so leise, wie ein Trio aus nackten Drachen-Formwandlern es konnte. Unsere nackten Füße klatschten gegen die staubigen Steine und alter Trümmer pikste in meine Fersen. Ich wollte in einen Sprint ausbrechen, aber ich war zu verwöhnt von der alten Lebensart meines Bruders. Meine Füße schmerzten und die wenigen Steine, die mir in den Weg kamen, zwackten. Zum Glück waren die Tunnel größtenteils ungestört. Die Magie wirkte auf alle Tiere, damit nichts und niemand eindringen konnte. Drachen waren nicht die einzigen Wesen, die sich verwandeln konnten.

Nachdem wir den Großteil des Abends gelaufen waren, wusste ich, dass wir nah dran waren. Ich schmatze angesichts der Trockenheit, die meinen Mund einnahm, und ignorierte die wunden Stellen, die sich in meinen Schenkeln und auch in meinem Rücken bemerkbar machten, während wir gebückt durch die niedrigeren Tunnel in Richtung Ziel streiften.

„Wie viel weiter ist es noch?", wollte Bo wissen.

Yan bedeutete ihm augenblicklich still zu sein, aber der Boden bebte als Antwort auf die Störung.

Wir waren da.

Am Ende des Tunnels funkelte Licht und ich ließ mein Drachenfeuer sich in die Sicht eines Menschen zurückverwandeln. Ich schlüpfte durch die Öffnung und atmete tief ein, als ich sah, was sich auf der anderen Seite befand.

Gold. Magie in der Form von tanzenden Flammen und, unerwarteterweise, ein schlafender Drache.

Yan und Bo prallten in mich, als sie in die Höhle traten, und duckten sich augenblicklich, als sie den riesigen Drachen erblickten. Das Lächeln auf ihren Gesichtern erstarb.

„Heilige Scheiße!", flüsterte Bo erschrocken.

Heilige Scheiße brachte es auf den Punkt. Der Drache regte sich und mein Herz setzte einen Schlag aus, als er seine riesigen Augen öffnete.

Jetzt begriff ich, warum der Schatz, nach dem ich suchte, ‚Drachenauge' genannt wurde. Denn genau das war es. Buchstäblich.

Der Drache hatte ein normales Reptilienauge, das uns träge ansah. Das andere aber war ein lebloses Objekt, das in seinem Kopf herumrollte und mit einer angsteinflößenden blauen Kraft leuchtete. Blau, die Farbe einer Flamme, wenn sie am heißesten war. Und die Quelle allen Drachenfeuers.

Wer wagt es, meinen Schlaf zu stören?, fragte eine Stimme in meinem Kopf.

Ich fasste mir gleichzeitig wie Yan und Bo an meinen Kopf. Offenbar sprach der Drache mit allen von uns.

Ich stolperte nach vorne und ließ meine Tätowierungen auf meiner Haut herumwirbeln. Sie waren mir nicht mit einer Maschine zugefügt worden. Die Tätowierungen waren ein natürlicher Teil meines genetischen Make-ups. Eine Art von Narben, die meine Formwandler-Fähigkeiten verrieten und mir meine Kraft verliehen. Niemand konnte verkennen, was ich war ... Einer der Hugh Modali. Ich konnte es nicht weiter verstecken. Genauso, wie ich meine Überraschung darüber, dass die Ruinen nicht völlig verlassen waren, verbergen konnte.

Der Drache gähnte und die Luft erzitterte angesichts der Hitze, als er sein gigantisches Maul öffnete. Ich hatte noch nie einen so großen Drachen gesehen. Drachen waren von Natur aus groß, aber dieser hier nahm die ganze Höhle ein. Goldene Magie rann über seine Schuppen und sie glitzerten mit himmlischem Licht.

Ich werde ungeduldig, Junge. Wieso bist du hierhingekommen? Der Drache kniff sein intaktes Auge zu und blickte uns an. Das Drachenauge wirbelte in seinem Schädel herum.

Yan packte meinen Arm fest. „Wir sollten gehen."

Ich befreite mich aus seinem Griff und trat auf den Schatzhaufen. Meine schmerzenden Füße versanken in den kalten Goldmünzen, während ich auf den Drachen zuging. „Entschuldige, Althergebrachter. Ich bin wegen meines Geburtsrechts gekommen, aber ich wusste nicht, dass meine Vorfahren überlebt haben." Ich bekam Gänsehaut, als der Drache mich musterte, aber ich weigerte mich, Angst oder Schwäche zu zeigen. Stattdessen lief ich weiter auf ihn zu, bis ich nur noch eine Armlänge von ihm entfernt war. Der Drache senkte seinen Kopf und seine riesigen Nüstern blähten sich. Eine schwarze Zunge rollte sich aus und kostete die Luft, die mich umgab. Meine Erinnerungen in meinem Blut hatten mir nichts über diesen Drachen erzählt. Ich wusste nicht, wer oder was er war, ob er überhaupt ein Formwandler war. Vielleicht hatte er keine menschliche Form und das hier war ein alter Verwandter ... oder Bezwinger der Hugh-Modali-Linie.

Ich erwarte nicht, dass du mich kennst, Junge. Ich bin so lange hier gewesen ohne Gespräche, ohne Diener. Der Drache schloss seine Augen und seufzte tief, was Hitze in meine Richtung ausstieß. *Ich bin froh, dass ich endlich ein paar habe. Bitte, kratze meine Schuppen an meinem linken Ellbogen. Sie haben mir jahrhundertelang keine Ruhe gelassen.*

Ich sah zu Yan und Bo, die mit den Lippen die Worte formten, dass wir schleunigst hier raussollten. Aber ich konnte nicht einfach gehen. Wir waren den ganzen Weg hierhergekommen und ich würde verdammt sein, wenn wir mit leeren Händen gingen.

Ich lief um den mächtigen Kopf des Drachen und bewegte mich auf seinen Ellbogen zu, wie er mich gebeten hatte. Ich lief langsam und wohlüberlegt, ließ mir meine Zeit, die Kreatur zu mustern und abzuschätzen, ob ich irgendwelche Schwachstellen erkennen konnte. Den einzigen Vorteil, den ich hatte, war, dass ich mich auf der Seite des Drachenauges befand. Und wenn es wirklich eine Kugel aus magischer Kraft war, konnte der Drache es vielleicht nicht dazu benutzen, um zu sehen.

„Also weißt du, wer ich bin?", fragte ich und hoffte, dass der Drache mir mehr Informationen geben würde, die ich gegen ihn verwenden könnte.

Er knurrte mich an, bis ich meinen Arm ausstreckte und die Schuppe berührte, die sich geflockt hatte. Sie hatte ihre tote Haut nicht ganz abgestreift. Ich kratzte daran und die alten Schichten lösten sich, verwandelten sich in Asche.

Der Drache seufzte erleichtert. *Natürlich. Nur einer der ursprünglichen Erblinie könnte hier reinkommen. Ich dachte, sie wären alle tot. Damals schien es eine gute Idee zu sein, meine Schöpfungen zunichtezumachen. Aber ich war so gelangweilt. Ich bereue es.*

Blut pochte in meinen Ohren und Adrenalin schoss durch meinen Körper. Das hier war nicht nur irgendein Drache. Das hier war unser Gott. Der Schöpfer aller Drachenarten: der Azur-Drache. Bevor ich das verdauen konnte, machte sich ein brennender Schmerz in meiner Brust bemerkbar und ich krümmte mich. Ich biss fest auf meine Unterlippe, um den Schrei, der aus mir stoßen wollte, zurückzuhalten.

Ich durfte nichts tun, das den Drachen aufbringen würde. Nicht, wo ich doch wusste, wozu er fähig war. Es gab einen Grund, dass ich keine Erinnerung an ihn besaß. Ich war nicht mit diesem Drachen verwandt. Er hatte mich erschaffen – genauso wie er meine Eltern und alle Drachen vor mir erschaffen hatte.

Der Boden bebte und erneute Hitze drang in die Kammer. Aber ich hatte das Gefühl, dass diese Hitze nicht vom Drachen rührte.

Die Kreatur bewegte sich. Gold und Magie umgaben meine Füße. Bo und Yan riefen mir etwas zu, aber ich konnte sie angesichts des grollenden Drachengotts kaum hören. Er öffnete sein intaktes Auge und funkelte mich an. *Was ist das? Was für Magie hast du mitgebracht, Junge?* Ich befürchtete, dass der Drache mich packen und mit einem Happs verschlingen würde. Der Schmerz, der meinen Körper einnahm, verlangte einen Preis. Ich fiel auf meine Knie und ließ den Schrei raus, den ich zurückgehalten hatte, gerade als der Erdboden sich öffnete und mich etwas hinunterzog.

Das Letzte, was ich durch den roten Nebel der Macht sah, waren Bo und Yan, die auf den Drachen zu rannten und sich verwandelten. Schuppen breiteten sich auf ihrer Haut aus und Klauen brachen durch ihre Fingernägel. Und dann schloss sich das Portal und ich fand mich in meinen Albträumen wieder, in denen der Himmel voller Rauch war, als wäre die ganze Welt niedergebrannt worden.

Kapitel Zweiundzwanzig

GIER

Sonya

„Weißt du, das ist der Teil, an dem ich frage, ob es wehgetan hat, vom Himmel zu fallen“, informierte mich Nate grinsend.

Ich rieb mir meinen Po, auf dem ich sehr ungraziös gelandet war. Ich funkelte Nate an und nahm dann Xaviers Hand, um aufzustehen. „Pech gehabt! Ich bin nicht vom Himmel gefallen. Ich bin vom dritten Kreis der Hölle gefallen.“

Nate zuckte mit den Schultern und trat eine der Goldmünzen in die Dunkelheit. Diese Schicht der Hölle war Gier und Jets Sünde, die ich ihm helfen musste, zu überkommen. Ich nahm an, dass es einfach sein würde, zumal Jet nicht wie eine gierige Person schien. Aber die Hölle log nicht. Ein Meer aus Gold glänzte in meine Richtung als Beweis dafür, wie es in Jets Herzen aussah.

„Passt schon“, sagte Nate mit einem verschmitzten Funkeln in seinen Augen. „Ich habe eine Ewigkeit darauf gewartet, diesen Spruch zu benutzen.“

Ich kniff ihm in die Wange. „Du brauchst keine Anmachsprüche bei mir.“

Er schnappte spielerisch mit seinen Zähnen nach meinen Fingern, als ich sie wegzog und ich lächelte. Aber die gute Stimmung verdunkelte sich rasch.

Luke lief durch die Münzen. Er hielt an und starrte, obwohl ich nicht sehen konnte, was seine Aufmerksamkeit erregt hatte. „Was ist da?“, fragte ich und lief an seine Seite. Ich sah auf die Stelle, die ihn zu faszinieren schien. Aber alles, was ich sehen konnte, waren Schichten über Schichten von Goldmünzen.

„Ich spüre Jet da unten“, sagte Luke und sprach leise, als befürchtete er, dass uns jemand hören könnte. Er sah mich an. Die silberne Magie in seinem engelhaften Blut waberte in seinen Augen. „Spürst du ihn nicht?“

Kalter Schweiß breitete sich auf meinem Körper aus und ich sah auf meine Runen. Ich trug noch immer meine Lingerie und die Runen von Luke, Xavier und Nate leuchteten voller gesunder Magie. Die Rune von Jet, diejenige oberhalb meines Nabels, war kalt und still. Nur das leiseste Summen versicherte mir, dass Jet irgendwo hier war. Ich ließ meine Finger über die kalte Rune gleiten und Panik drohte, mich einzunehmen.

„Jet? Wie der Drache, Jet?“, fragte Nate mit unglaublich lauter Stimme, die die düstere Stille durchbrach.

Xavier fauchte ihn an. „Sei leise, Sterblicher. Wir sind nicht allein.“

Ich bekam Gänsehaut. Also war dieses schaurige, ominöse Gefühl, dass irgendwo im fernen Nebel ein Monster lauerte, nicht nur ein Konstrukt meiner Fantasie. Großartig.

„Jet ist ein Drachen-Formwandler“, flüsterte ich und kniete mich hin. Ich ließ meine Finger über die Münzen gleiten. Sie waren überraschend warm. „Er ist Teil unseres Bands.“

Luke kniete sich hin und sein Kiefer spannte sich an, bevor er zu sprechen begann. Es war richtig, dass ich gesagt hatte, dass Jet zu ‚unserem‘ Band gehörte und nicht nur zu einem, das mir gehörte. Luke konnte ihn spüren, weil all meine Männer miteinander verbunden waren. Auch wenn diese Magie mich als ihr Medium benutzte. „Erzähl uns von ihm“, sagte Luke. „Wenn er wirklich unter all diesen Münzen begraben ist, dann hat er das Gefühl, dass Gier ihn lebendig begraben hat. Wonach hat er sich am meisten verzehrt?“

Ich biss mir auf die Unterlippe, während ich an meine kurze Zeit mit dem Drachen-Formwandler dachte. Ich hatte das Gefühl, dass er so viel mehr war, als der erste Eindruck vermittelte. „Er ist Teil der Hugh Modali, einer uralten Drachenlinie. Seine Mutter hat ihm das Erbgut vermacht. Aber sein Bruder war derjenige, der den Thron geerbt hat. Er hat Jin herausgefordert. Er hat gewonnen, aber ich glaube nicht, dass das wirklich war, was Jet wollte." Er hatte keinen Genuss daran gefunden, seinen Bruder zu töten. Jet hatte das Richtige getan, aber ich konnte mir vorstellen, dass seine Unsicherheit über seinen Anspruch auf den Drachenthron sich nicht einfach magischerweise in Luft aufgelöst hatte.

Nate gesellte sich zu uns und ließ seine Hand über die Münzen wandern, woraufhin sie sich wie Sand bewegten. „Ein abgelehntes, uneheliches Kind, dem sein Geburtsrecht verwehrt wurde, hm? Das kann ich ihm nachfühlen." Nate zwinkerte mir zu, aber in seinen Augen lag nicht viel Humor. Dieses bestimmte Leiden traf den Nagel auf den Kopf. „Ich kenne den Kerl nicht, aber wenn ich er wäre, würde ich Macht wollen. Dann könnten diejenigen, die Macht über mich hatten, mir nicht mehr sagen, was ich tun und lassen soll. Ich würde etwas wollen, das sie respektieren würden." Sein Blick richtete sich auf die Münzen. „Ich schätze, für Drachen wäre das Gold."

Xavier summte zustimmend. „Der Sterbliche hat recht. Jets Sünde ist, dass er ein verweigertes Geburtsrecht begehrt, dies aber aus all den falschen Gründen. Diese Begierde hat ihn für eine lange Zeit von innen aufgefressen. Sie ist zu seiner größten Sünde geworden." Xavier legte eine kühle Hand auf meine Schulter, die nur vom dünnen Stoff meines Dessous bedeckt war.

„Also, was tun wir?", fragte ich, bevor ein Donnern über die Gegend brauste und die Münzen aufwühlte, woraufhin das Klingen eines unendlichen Meeres aus Gold die Luft erfüllte. Was auch immer wir tun würden, wir mussten es schnell tun.

Xavier ließ von mir ab. „Ich befürchte, es ist einfach und anstrengend zugleich."

Luke seufzte tief. „Wir graben."

Jet

Ich konnte nicht atmen. Etwas Kaltes und sich Regendes drückte von allen Seiten auf mich ein. Der kalte Hauch von Metall erfüllte meinen Mund. Mein geschärfter Geruchssinn flammte angesichts des Mangels an Sauerstoff auf und ich verkniff mir den Drang, um mich zu treten. Was auch immer mich niederdrückte, bewegte sich mit mir, und wenn ich mich bewegte, würde ich das Ganze nur noch schlimmer machen.

Ich hätte dieses Gefühl überall erkannt. Es war ein wiederkehrender Albtraum, über den ich nie ganz hinwegkommen war. Goldene Münzen begruben mich lebendig. Dieselbe Messlatte für Reichtum meiner Rasse war, was mich zerstörte. In einigen meiner Träume hatte ich es geschafft, mich aus eigener Kraft auszugraben, nur um dann von schwarzen Fingern am Himmelszelt begrüßt und von ihnen verschlungen zu werden.

Aus dem hier konnte ich mich nicht rausgraben. Ich konnte mich nicht bewegen, konnte meine Brust nicht ausdehnen, um die nötigen Atemzüge zu nehmen. Ich begnügte mich mit kurzen, kleinen hyperventilierenden Atemzügen, während ich langsam erstickte. Panik drohte, mich einzunehmen, aber ein entferntes Geräusch gab mir Hoffnung. Jemand grub von oben her.

Ich war nicht allein.

Das hier war nicht wie meine Albträume. Das hier war zu echt ... Und in meinen Träumen war nie jemand gekommen, um mich auszugraben. Ich wusste instinktiv, dass Sonya da war und versuchte, zu mir zu kommen. Dieses Wissen behielt mich am Leben. Ich kämpfte um jeden kleinen Atemzug. Ich versuchte, mich zu verwandeln, und zwang meine Muskeln, sich anzuspannen, und meine Tätowierungen, sich in Schuppen zu verwandeln. Aber ich konnte meine Masse nicht in einen Drachenkörper umwandeln, wenn so viel Gewicht auf mir lastete.

Ich grummelte frustriert und war gezwungen, stillzusitzen, während Münzen über meinem Kopf weggeschaufelt wurden. Es war nicht genug, um das massive Gewicht zu reduzieren, aber glücklicherweise hatte ich meine Arme über mir gehabt, als wäre ich von oben hier reingefallen. Warme Luft berührte meine Finger. Die Münzen verschoben sich endlich und ich konnte meine Glieder oberhalb meines Handgelenks bewegen. Eine gedämpfte Stimme war zu hören, als eine Hand nach meiner griff.

„Jet! Halte durch!"

Ich hätte gelächelt, wenn in der Ferne nicht ein unverkennbares Brüllen zu hören gewesen wäre. Zu allem hin regten sich die Münzen unterhalb meiner Füße und pressten sich fest an meine Knöchel. Etwas brauste *hoch*.

Der Azur-Drache war mir hierhin gefolgt. Scheiße.

Verzweifelt bewegte ich meine Hand und hoffte, dass das Zeichen genug dafür war, dass ich verdammt nochmal hier rausmusste.

Sonya

Der arme Jet war unter einem riesigen Haufen Münzen begraben. Er hatte Glück, dass er nicht schon erstickt war, aber angesichts der Tatsache, wie er seine Hand herumwirbelte, war mir klar, dass wir nicht mehr viel Zeit hatten. Seine Tätowierungen wirbelten über seine Knöchel und verwandelten sich in Schuppen. Er wollte sich verwandeln, aber mit all den Münzen, die auf ihn einpressten, konnte er nicht.

Ich schaufelte haufenweise Münzen weg und schmiss sie beiseite. Aber egal, wie fest ich auch buddelte, es schienen immer wieder neue Münzen auf meinen Drachen-Formwandler nieder zu rieseln.

Luke, Xavier und sogar Nate halfen mir, sosehr sie konnten. Xavier verschwamm angesichts seiner vampirischen Schnelligkeit und beförderte die Münzen weiter weg von uns als nötig. Dieser Kreis der Hölle hatte Münzen, soweit das Auge reichte und ich konnte mir vorstellen, dass es egal war, wie weit der Vampir diesen Haufen wegbrachte. Die Münzen bewegten sie wie ein riesiges Meer und schienen all unsere Arbeit ungeschehen zu machen, sowie wir die Münzen weggeschaufelt hatten.

„Es ist hoffnungslos!", grollte Nate, als er seine Arme mit Münzen belud und sie aus dem Weg schaffte, nur um die Münzen dann wieder zurückrutschen zu sehen, was sein Werk ungeschehen machte.

Ich grummelte, weil wir es geschafft hatten, Jets Hand auszubuddeln, aber es schien, als könnten wir nicht weiter vordringen. Die Hölle veranstaltete irgendeinen Voodoo-Scheiß und arbeitete gegen uns.

„Luke", sagte ich mit angespannter Stimme, während sich in meinem Kopf ein Plan zusammenstellte.

Er hörte auf zu buddeln. Die Münzen unter seinen Fingern glitzerten mit seinem Blut und seine Fingerspitzen verheilten vor meinen Augen. Es schmerzte mich, dass er sich wehgetan hatte, nur um uns zu helfen, aber jedes bisschen half in diesem Augenblick und ich wusste seinen Aufwand zu schätzen. „Wenn wir einfach weitermachen, werden wir ihn erreichen", sagte Luke beharrlich. Aber ich hörte die Spur von Panik in seiner Stimme. Wir hatten es geschafft, jede Hürde zu meistern, die uns bis jetzt begegnet war, aber vielleicht hatten wir dieses Mal kein Glück.

Ich schüttelte meinen Kopf und mein Haar blieb an meiner schweißigen Stirn kleben. „Nein. Bis jetzt gab es für jede Schicht der Hölle einen Trick und dieser hier kann nicht so simpel sein, wie Jet aus niederdrückender Gier auszubuddeln." Ich biss mir auf die Unterlippe. „Was bezwingt Gier? Man kann jemanden nicht einfach rausziehen, oder? Sie müssen sich ändern."

Luke runzelte die Stirn und blickte auf seine Hände. Unter der gebrochenen Hautschicht wuchs eine neue, heilte sich.

„Schlägst du gerade vor, dass wir ihn sich selber ausbuddeln lassen?", fragte Xavier.

Ich wich von der fuchtelnden Hand zurück und kämpfte gegen meine Instinkte, die meinem Liebhaber helfen wollten, an. „Genau."

Nate und die anderen Jungs warfen mir zweifelnde Blicke zu, aber schließlich entfernten auch sie sich, sodass Jets einsame Hand herumfuchtelte, ohne dass jemand sie hielt.

Ich hoffte, dass ich recht hatte. Denn wenn ich falsch lag, würde Jet allein und unter seiner Sünde begraben sterben.

Jet

Ich spürte es, als Sonya ging. Ich hatte mich noch nie so allein gefühlt. Wieso hatte sie mich zurückgelassen? Hatte sie aufgegeben? War ihr etwas zugestoßen?

Eine kleine Stimme machte sich in meinem Kopf bemerkbar und sagte mir, dass ich dieses Schicksal verdiente. Ich war nicht gut genug. Es war mir bestimmt, die ehrwürdige Erblinie meiner Mutter fortzuführen sowie den Thron meines Vaters zu erben, und nichts davon war wahr geworden worden. Der Thron meines Vaters war mit dem Blut meines Bruders befleckt und die Erblinie meiner Mutter wurde von einem eifersüchtigen Drachengott bewacht, der sich jetzt unter meinen Füßen bewegte – bereit, mich zu verschlingen.

Das war der Moment in meinen Träumen, indem ich mich entweder geschlagen gab und mich der Hoffnungslosigkeit hingab oder ich mich selbst ausbuddelte und mich dem stellte, was als Nächstes kam. Ich war kein Versager. Ich würde auf keinen Fall einfach nur hier sitzen und mich von einem verschmähten Drachengott verschlingen lassen oder unter einem Meer von Goldmünzen ersticken.

Und so verwandelte ich mich.

Ich wusste, dass es wehtun würde. Ich sollte mich nicht verwandeln, wenn es nicht genug Platz gab, um meine riesige Masse auszustrecken. Meine Haut zerriss und verwandelte sich in Schuppen. Ich schob die Münzen mit einem Schrei von mir und benutzte meinen Schmerz, um meine Verwandlung anzutreiben.

Meine Finger verwandelten sich in Klauen und Flügel drangen aus meinem Rücken. Ich musste mich nicht vollständig verwandeln. Nur genug, um an die Oberfläche zu kommen.

Als meine Flügel durch die Oberfläche brachen und die sengende Hitze spürten, wusste ich, dass ich es fast geschafft hatte. Ich streckte meinen Arm aus, winkelte ihn an und zog mich an die Oberfläche, in die Freiheit.

Als ich den Gipfel des Münzenmeeres erreichte, atmete ich die köstliche Luft ein. Fangzähne hielten meinen Mund halboffen und meine Sicht klärte sich. Ich sah nach oben und erblickte die schwarzen, sich in den Himmel krallenden Wolken. Mir krümmte sich der Magen. Ich hatte gehofft, dass ich diesbezüglich falsch liegen würde. Es war eine Stimme, die meine Aufmerksamkeit zurück auf die Umgebung lenkte, die voller Gold glänzte. Meine Augen weiteten sich, als ich sie erblickte, und mein Magen verknotete sich.

Sonya.

Zuerst verspürte ich Freude, dann kam die Panik, als ich mich daran erinnerte, was mir aus meinem Haufen voller Goldmünzen folgen würde. „Sonya! Bleib zurück!“ Die Worte drangen halb menschlich aus mir, als ich meine Verwandlung vollzog und mich in meine Drachenform verwandelte.

Sonya

Luke riss mich gerade rechtzeitig zurück, als Münzen in alle Richtungen flogen und ein zweiter Drache aus dem Haufen schoss.

„Was zum Teufel?!“, kreischte ich und fiel auf meine Knie. Lukes Körper war über mich gebeugt wie ein Schild. Hitze machte sich bemerkbar und ich realisierte, dass wir von Drachenfeuer getroffen worden waren.

Ich fluchte und warf Luke von mir. Er ächzte. Drachenfeuer konnte mich nicht verletzen und ich dachte, dass der Schutz genauso bei den Mitgliedern meines Bandes wirkte. Aber Lukes linkes Bein war total verbrutzelt. Er wurde kreidebleich und verkniff sich einen Schrei.

Nate rannte zu uns und zog an meinem Arm. Er ließ seinen Blick zum Himmel schnellen, wo ein Schatten über uns flog. „Kommt schon!“, zischte er.

Wir krabbelten gerade rechtzeitig weg, als ein weiterer langer Schwall Drachenfeuer die Münzen an der Stelle, wo wir gerade noch gewesen waren, verbrannte. Luke stolperte hinter uns her. Sein Bein würde heilen, aber er brauchte Zeit.

Ich sah fasziniert und gleichzeitig schockiert dabei zu, wie ein Drache mit einem Gemisch aus Gold und Blau brüllte und durch die Luft raste. Er schnappte mit scharfen Zähnen und verfolgte Jet.

Der Drachen-Formwandler streifte mit wunderschönen Smaragdtönen an seinen Schuppen am Himmel entlang. Er konnte seine Position nicht einfach anpassen, um Feuer zurück zu seinem Angreifer zu speien. Jedes Mal, wenn er sich etwas neigte, um eine scharfe Wendung zu machen, zwangen in Klauen und Feuer dazu, auszuweichen.

Dann bemerkte ich etwas Merkwürdiges am Drachen, der ihn verfolgte. „Seht nur!“, schrie ich und deutete auf das blaue Auge des Drachen, in dem Kraft waberte. Es erinnerte mich an den Blutstein und ich hatte keinen Zweifel daran, dass wir der Verfolgungsjagd des Drachen ein Ende bereiten könnten, wenn wir das Auge entfernten. Xavier war der Erste, der darauf reagierte. Er zeigte seine Zähne und vergrub sie in sein Handgelenk, dann streckte er mir die blutende Wunde hin. „Nimm dir, was du brauchst, um es zu bewerkstelligen.“

Ich hinterfragte ihn nicht und nahm sein Handgelenk ohne zu zögern in meine Hand, legte meinen Mund daran. Die Kraft des Bluts des uralten Vampirs drang in meinen Körper und ließ mir vor lauter Macht schwindlig werden.

Luke und Nate legten ihre Hände an mich, sodass meine Runen erwachten. Ich grinste, als rohe Magie aus meinen Fingern zuckte und sich zu dem verwandelte, was ich brauchte: Pfeil und Bogen.

Nicht, dass ich jemals zuvor einen Pfeil abgefeuert hatte, aber hey, das hier war Magie, die meine Befehle ausführte. Ich brauchte keine Übung. Die Kraft meines Blutsteins brannte zustimmend und stolz in meiner Brust, als ich mein Band und die Willenskraft meiner Seelenverwandten beeinflusste, damit sie mir ihre Stärke liehen. Ich zog den Pfeil zurück, suchte nach dem Drachen, der mich als unwichtig erachtete und daher ignorierte, und zielte auf sein blaues Auge ... Dann ließ ich den Pfeil los.

Der sausende Pfeil flog mit Höllenfeuer durch die Luft und erfasste sein Ziel. Er entfernte die blaue Kugel von dem Drachen, dem sie gehört hatte. Die Kreatur brüllte und krümmte sich. Der Drache fiel zu Boden und ließ Münzen in alle Richtungen schießen.

Das verschaffte Jet die benötigte Zeit. Er wirbelte herum und schlug mit seinen breiten Flügeln, landete hart auf dem Boden. Seine wabernden smaragdgrünen Augen beobachteten die Situation und ich hielt meinen Atem an, während er seine Möglichkeiten abwägte.

Er sah die blaue Kugel an, die über die Münzen rollte. Ich wusste, dass sie etwas Wertvolles für ihn war. Ich spürte durch unser Band, dass das die schwerste Sünde überhaupt war und er mit der Kraft dieser Kugel etwas haben könnte, das er sein Leben lang gewollt hatte. Respekt von seinen Leuten.

Dann war da ich. Seine reptilienartigen Augen sahen mich lusterfüllt an. Er erkannte mich als seine Gefährtin. Jetzt bemerkte ich, vor was für eine Wahl er gestellt wurde, und wusste, dass ich in diesem Moment nichts tun konnte, um Jet zu helfen. Ich biss mir auf die Unterlippe, die drohte, zu zittern, und richtete mich auf. Er musste mich wählen. Er musste beschließen, dass ich mehr wert war als alles Gold der Welt und jeder Schatz, den Drachen lieb und wert hielten.

Jets Drache verschwand, bis er als Mann auf mich zulief. Er lächelte und Tätowierungen wirbelten auf seiner Haut herum, als würden sie vor Freude über seine Entscheidung tanzen. Euphorie gab mir das Gefühl, dass ich hätte fliegen können.

Er hatte mich gewählt.

Jet rannte auf mich zu und umschlang mich mit seinen Armen. Ich hatte vergessen, wie riesig er war, und bald darauf türmte er über mir und ich war fest in seinem Griff. Er fuhr mit seinen Fingern durch mein Haar und neigte meinen Kopf zurück. Sein Blick verweilte auf meinen Lippen. „Darf ich dich küssen?“, fragte er.

Ich lachte und schlang meine Finger um seinen Hals. „Wehe, wenn nicht“, erwiderte ich.

Er grinste und presste seinen Mund auf meinen, füllte mich mit seinem Geruch und seiner Kraft. Gleißende Hitze brannte durch mich. Ich hatte das angenehme Brennen von seinem Drachenfeuer beinahe vergessen.

Ein Brüllen und ein Beben unter unseren Füßen folgte und brach unseren Kuss. Jet blinzelte die Mitglieder meines Bandes an, die uns schützend umkreisten, und sah dann zum Drachen, der sich noch immer in den Münzen wand. Ich schreckte zurück, als ich realisierte, dass die Landschaft die Kreatur verschlang.

Es gab nicht viel Zeit, um darüber nachzudenken, was das zu bedeuten hatte. Denn sobald die Münzen und der Drache in einem Loch verschwunden waren, öffnete sich der Boden unter unseren Füßen und wir fielen in die Dunkelheit.

Kapitel Dreiundzwanzig

VORHÖLLE

Sonya

Während wir fielen, brodelten Erinnerungen in mir hoch. Ich hatte es gerade geschafft, durch die ersten vier Kreise der Hölle zu kommen. Jeder davon war mit einer Todsünde verbunden, die von einem Mitglied meines Bandes überwunden worden war. Aber ich wusste, dass vier meine magische Zahl war – die Grenze meiner Kräfte –, obwohl es sieben Todsünden gab.

Ein verschwommener Albtraum kämpfte damit, in der Dunkelheit Form anzunehmen, während ich im Nichts trieb. Ich wusste, dass ich nicht allein war. Lukes Hand war die erste, die mich berührte, und seine Kraft drang in mich, vergrub sich in der Rune auf meiner Haut. Xavier war der Nächste. Ein rotglühender Biss, der sich an meinem Unterbauch bemerkbar machte. Darauf folgten Nate und Jet.

Sie schlossen sich mir an und ihr Geist floss in meine Runen. Für den Rest meines Aufenthalts in der Hölle würden sie bei mir sein und mir ihre Stärke und ihre Liebe geben. Ich wusste, dass ich sie brauchen würde. Dann nahm die Erinnerung Gestalt an und ich sah, wie sich eine Szene entfaltete, die ich hunderte Male durchlebt hatte, die

Magie einer Hexe jedoch sichergestellt hatte, dass ich sie vergessen hatte, wann immer ich aufwachte.

Meine Mutter hatte eine Abmachung mit einer Hexe des Schattenzirkels getroffen und jetzt, wo ich wach war, um diesen Albtraum mitanzusehen, sah ich durch die Schatten, die das Gesicht der Hexe verbargen. Zu meiner Überraschung war sie jung und schön, aber es war naheliegend, dass jemand, der seine Seele für Macht verkaufte, eitel sein würde.

Ich kam auf meine Beine und stellte mich ihr. Meine Finger zitterten und ich ballte sie zu Fäusten. „Du“, knurrte ich.

Die Hexe drehte sich um und sah mich an, entstiegen aus dem Albtraum, in dem sie mich wieder und wieder mit Runen gebrandmarkt hatte.

Sie fauchte mich an. Ihre wunderschönen Gesichtszüge legten sich in Falten und sie gab daraufhin ein bedrohliches Geräusch von sich. „Die Schlampe ist also endlich gekommen, damit ich beenden kann, was ich angefangen habe.“ Sie hielt einen glitzernden Zeremonie-Dolch in mein Gesicht. „Du hättest sterben sollen, Kind, vor all den Jahren. Jetzt werde ich sicherstellen, dass du stirbst. Langsam, schmerzhaft, während du unter meiner Klinge um Gnade winselst.“

Sie stach auf mich ein und ich benutzte meine vampirische Schnelligkeit, um ihrem Dolch auszuweichen, mit dem sie gefährlich nahe an meine Wange gekommen war. „Hast dir also ein paar Tricks zugelegt, bevor du gestorben bist. Das wird dir auch nicht helfen.“

Ich grinste. Die Hexe dachte, dass ich hier war, weil ich tot und zur Hölle gefahren war! Das gab mir einen Vorteil. Sie wusste nicht, dass ich die Kraft der vier Sünden auf meiner Seite hatte und quicklebendig war. „Was hast du meiner Mutter angetan?“, fauchte ich und wich ihrem Dolch erneut aus. Ich hatte meine Mutter die ganze Zeit über für tot und verbrannt gehalten, aber jetzt, wo meine Erinnerungen zu mir zurückkamen, wusste ich, dass sie irgendwo hier unten sein würde. Und allein dieser Gedanke erfüllte mich mit Entschlossenheit, diese Schlampe auszuschalten.

Die Hexe fauchte. Sie ignorierte mich und ihre Lippen bewegten sich, als sie einen Zauberspruch heraufbeschwor. Ich krümmte mich, als meine drei Runen, die Stolz, Trägheit und Wollust repräsentierten, heiß zu brennen begannen. Ich hatte keine Gefährten, um diese Sünden aufzulösen, und eine Hexe des Schattenzirkels konnte meine Schwachstellen natürlich riechen. Ich fluchte und begann meinen eigenen ‚Zauberspruch' zu flüstern.

Nate. Luke. Xavier. Jet. Helft mir.

Der Boden unter meinen Füßen öffnete sich augenblicklich und dann war ich auf dem Weg zum fünften Kreis der Hölle.

Kapitel Vierundzwanzig

MUSE ALS MEERJUNGFRAU

Sarah

Es war erst ein paar Wochen her, seit ich eine Meerjungfrau geworden war, aber es fühlte sich an, als wäre eine Ewigkeit vergangen. Ich schwamm gemächlich durch die Unterströmung, wo meine Schwestern nicht oft hingingen. Ich war nicht wie sie. Ich beteiligte mich nicht an den Meerjungfrauen-Orgien und hatte auch nicht das Gefühl des Friedens, das das Meer mir verleihen sollte. Ich hatte mein vergangenes Leben aufgegeben, aber etwas band mich noch immer ans Festland. Etwas hielt mich davon ab, zu genießen, was ich jetzt war, und ein neues Kapitel anzufangen.

Es hätte nicht möglich sein sollen, aber in jener Nacht, in der mein Vater die Träne des Ozeans gestohlen und mich stehenlassen hatte, hatten Vikki und die Sirenen mich mittels eines Lieds hochgehoben und mir dabei geholfen, die Verwandlung zu überstehen. Die Meerjungfrau, die mein Vater gefangen hatte, hatte mich dann nach Hause geführt.

Ich kannte ihren Namen nicht. Oder vielleicht hatte sie keinen. Also begann ich, sie Pearl zu nennen. Es war meiner Meinung nach ein angemessener Name. Sie war eine versteckte Perle im Meer und funkelte auch wie eine.

Meine Meerjungfrau-Retterin folgte mir mit einer kleinen Distanz. Sie war immer so besorgt um mich. Ich sah über meine Schulter und bemerkte, dass Pearl mich beobachtete. Ihre Augen leuchteten mit einem sanften goldenen Hauch, der unserer Spezies innewohnt, und ihre Iriden beobachteten mich durch ihre Schlitze. Sie war wunderschön und angsteinflößend zugleich. Ihre lange Flosse glitzerte mit mystischen Schuppen, die umgarnende Magie in Wellen von sich gab, um uns für potenzielle Angreifer unsichtbar zu machen. An ihren Armen verliefen gefährliche Stacheln. Wie ich festgestellt hatte – nachdem sie einen arroganten Hai, der dachte, dass ich Mittagessen sei, abgewehrt hatte –, waren die Stacheln giftig. Ich hatte den Verhüllungszauber noch nicht ganz drauf. Sie war in körperlicher wie auch magischer Hinsicht äußerst mächtig, weshalb mein Vater sie wohl auserwählt hatte. Wie er sie an die Oberfläche gelockt hatte, wusste ich nicht.

Ich wandte mich von ihr ab und benutzte meine Flosse, um mich in die Tiefe zu treiben. Normalerweise streifte ich durch die Tunnel des Meeres und suchte nach Perlen oder verlorenen Schätzen. Der Drang, etwas zu finden, das ich verloren hatte, nahm mich ein und so suchte ich. Aber nach was, dessen war ich mir nicht sicher.

Glaubst du, du wirst es heute Abend finden?, fragte mich Pearl und ihre Stimme hallte angenehm durch meinen Kopf.

Sie fragte immer, ob ich ‚es' finden würde. Wir beide wussten, dass meine Suche aussichtslos war, aber sie ließ mich machen. Sie war mächtig genug, um mich in der Meerjungfrauenstadt zurückzubehalten, wenn sie wollte – aber das würde sie mir nicht antun. Wenn jemand wusste, wie es sich anfühlte, eingeschlossen zu sein, dann sie.

Ich hoffe es, erwiderte ich. Das Echo meiner Gedanken ihre berühren zu spüren, war irgendwie beruhigend. Obwohl ich noch nicht vollends akzeptiert hatte, dass ich jetzt eine Meerjungfrau war – permanent. Es fühlte sich einfach nicht so an, als ob dieses Leben zu mir passen würde.

Reihenweise Seetang waberte und eine Spalte im Meeresboden

erregte meine Aufmerksamkeit. Es war unmöglich, so tief unten sehen zu können, und meine Magie funktionierte nicht gut genug, um mir das Sehen im Dunkeln zu ermöglichen. Ich war besser in Echolotung und spürte meine Umgebung durch die Bilder, die in meinen Kopf stiegen und verblichen, bis ich die Vibrationen ein weiteres Mal ausstieß. Ich hatte mich an die alternative Sicht meiner neuen Welt gewöhnt. Dieses Mal blieb die Kluft im Meeresboden jedoch bestehen. Ich realisierte, dass ein rotes Glühen daraus drang, und Neugierde machte sich in mir breit. Ich schwamm näher.

Ich spürte Pearls Besorgnis, bevor sie sprach. *Gefährlich*, warnte sie. Das Wasser bewegte sich, als sie hindurchraste und sich mit aufsteigenden Blubberblasen neben mich gesellte. Sie packte mein Handgelenk und ihre Augen weiteten sich warnend. Ich löste mich aus ihrem Griff und schwamm weiter in Richtung des roten Glühens, das mich anzog und mir das Gefühl gab, zu Hause zu sein, wie kein anderer Ort auf dem Meeresboden.

Sobald ich den dünnen Film durchbrochen hatte, wusste ich, dass ich nicht mehr im Meer war. Die Veränderung von den unendlichen Tiefen zu etwas Bekannterem ging langsam vonstatten, aber bald floss das Wasser ab und mein Gewicht hielt mich am Boden. Ich stemmte mich auf meine Ellbogen und zog meine riesige Flosse hinter mir her, die jetzt auf dem geweißten Marmorboden nutzlos war.

Ich hätte mich in der Zwischenzeit an magische Portale gewöhnt haben sollen, aber mein Herz pochte gegen meine Brust und ich würgte Wasser hoch, zwang mich, wieder Sauerstoff zu atmen. Ich war schon so lange nicht mehr an die Oberfläche gegangen, dass ich beinahe vergessen hatte, wie man atmete.

Ich sah hoch und blinzelte, als ich Vikki erblickte, die auf mich hinabstarrte. Ihre Hände waren in ihre Hüften gestemmt und ihr kleiner Mund trug seinen Teil zu ihrem düsteren Gesichtsausdruck bei.

„Wurde auch langsam Zeit“, sagte sie und grinste dann, winkte jemanden herüber. Ich schreckte zurück, als ich den weiblichen Umriss in unsere Richtung rennen sah.

Sonya schnaubte und hatte ein breites Lächeln auf dem Gesicht. Sie stützte sich auf ihren Knien auf und ich schnappte nach Luft. „Hey, Süße." Sie zwinkerte mir zu. „Willkommen in der Hölle."

Kapitel Fünfundzwanzig

STOLZ UND TRÄGHEIT

Sonya

Ich sah Vikki mit hochgezogener Augenbraue an. Sie hatte gesagt, dass wir Sarah mit ihrem Stolz in die Hölle locken könnten. Es überraschte mich nicht, dass Sarahs Todsünde Stolz war. Sie war zu stolz, um mich mit jemand anderem zu teilen. Genau das machte sie zu einer unpassenden Gefährtin für mich, aber die Magie zwischen uns hatte uns dennoch zusammengeführt. Sie war dazu verdammt, eine Sünde zu sein, die niemals vergeben werden würde. Stolz war unser beider Versagen.

Wenn sie mir unrecht angetan hatte, dann hatte sie den Preis dafür bezahlt mit allem, was ihr zugestoßen war. Es würde einer Meerjungfrau nichts nützen, um die Flammen der Hölle herumzuzappeln wie der buchstäbliche Fisch auf dem Trockenen, und darum hatte Vikki noch etwas für mich tun müssen.

Die Sirene holte die Träne des Meeres hervor – ein Ring, von dem Macht ausging – und gab ihn Sarah. Nach Apollos Tod hatte Vikki sie geortet und dann nach mir gesucht. Sie hatte einfach hier unten im fünften Kreis der Hölle rumgesessen und auf mich gewartet.

Sarah blinzelte uns an und ihre Augen weiteten sich schockiert, was die merkwürdigen Schlitze in den Iriden ihrer neuen Gestalt betonte. Sie nahm den Ring entgegen und legte ihn an. Dann spannte sie ihren Kiefer an und verkniff sich ein Ächzen, als Knochen zu knacksen begannen und ihre Schuppen sich in Asche verwandelten.

Zitternd stand sie auf wackeligen Beinen und hielt sich an Vikki fest, um sich zu stützen. Ein eifersüchtiger Teil in mir meldete sich, weil sie nicht nach mir gegriffen hatte. Aber ich musste mich daran erinnern, wer Sarah für mich war. Sie war nicht meine Gefährtin. Sie war eine Sünde, die an mich gebunden war, und wenn ich meine Trümpfe nicht richtig ausspielte, würde sie mein Verderben sein in dem Moment, in dem ich mich der Hexe, die mich mit diesem Fluch belegt hatte, wieder stellte.

„Kannst du gehen?", fragte ich, fasste an meinen Bauch und zuckte zusammen. Ich hatte die Seelen meiner Gefährten in der Vorhölle absorbiert. Sie in mir zu tragen, war ein unglaublich merkwürdiges Gefühl, aber wenn ich aus der Hölle rauskommen würde, würde alles wieder gut werden. Ich musste ihre Kraft und ihre Fähigkeiten in diesem Moment annehmen – egal, wie sehr mich das beängstigte. Sarah lehnte sich fest an Vikkis Arm und sah mich mit hochgezogener Augenbraue an. „Und *du*?"

Ich spöttelte und humpelte den weißen Marmorboden hinab. Er trennte die beiden Kreise der Hölle, die sich verbunden zu haben schienen. Sarahs Stolz glitzerte hinter uns mit dem brausenden Ozean voller Meerjungfrauen, die sich um nichts scherten als sich selbst, und Vikkis Trägheit, die uns noch erwartete. Vikkis Sünde sah nicht viel anders aus als die Tiefen des Ozeans. Lange Schatten wirbelten im Nichts, soweit das Auge reichte. Außer treibendem Nebel und den rankenden Fingern aus meinen Albträumen am Himmel war da nichts. Die Dunkelheit folgte uns hinab in die Tiefen der Hölle und ich fragte mich, was passieren würde, wenn sie mich einholte. Wir liefen in Stille, bis Vikki das offensichtliche Problem ansprach. „Okay, jetzt, wo wir hier sind. Wie kommen wir hier raus?"

Ich sah sie an und bemerkte, dass ihre kurzen Haare abstanden, als hätte sie daran gezogen. Sie hatte Angst. Scheiße, ich fühlte mich zu leer, um Angst zu haben. Ich wollte Nate, Xavier, Luke und Jet hier draußen und in meinen Armen haben. Ich wollte ihre Stärke und ihre

Rückversicherung. Aber alles, was ich bei mir hatte, war ihre Kraft. Je schneller wir den tiefsten Kreis der Hölle erreichten, desto eher würde ich sie wiedersehen.

„Ich will nicht raus“, sagte ich zu ihr und lief weiter durch die wabernden Schatten. Schwarze Ranken legten sich um meine Knöchel und eine tiefdringende Kälte stieg in meinen Beinen hoch. Das Bedürfnis, mich zu einer Kugel einzurollen und einzuschlafen, nagte immer mehr an mir, je weiter wir in dieses Gebiet vordrangen, aber ich sog an der Wärme meines Blutsteins und der Kraft meiner Runen, um das Gefühl abzuschütteln. Als Sarah stolperte, griff ich nach ihr und drückte ihre Hand, sandte mit einem roten Funken Wärme in ihren Arm. Sie blinzelte mich an und lächelte.

„Sag mir jetzt nicht, dass es dir hier gefällt?“, witzelte Sarah und ihre Stimme klang kratzig. Ihr Lächeln erlosch so schnell, wie es auf ihrem Gesicht aufgezogen war, und sie rieb sich ihren Hals. Sie nahm Vikkis Hand und wir liefen weiter. Eifersucht stieg erneut in mir hoch. Nicht, weil ich Sarah nur für mich selbst haben wollte. Ich hatte vier wundervolle Männer, die mich genau so liebten, wie ich war. Es war nur, dass Sarah und ich so viel Geschichte und geteilten Schmerz zusammen hatten. Ich hasste es, dass sie sich an jemanden wie Vikki wandte. Ihre Sünde der Trägheit zeigte sich nicht als Faulheit, sondern als Widerwille einer Sirene, Schmerz anderer zu lösen. Sie suhlte sich in ihrem Kummer und das würde sie auch immer tun. So waren Sirenen nun mal. Und sie würde Sarah mit sich zu Fall bringen.

Ich spürte diese Sünden, als wären sie meine eigenen. Ein Fluch meines Bandes. Je schneller wir zu dieser Hexe kamen, desto besser.

„Wir haben noch eine Sünde, die wir aufladen müssen“, erinnerte ich sie, als ich weiter durch die Schatten lief. Es war definitiv dunkler geworden, je weiter wir vorgedrungen waren. Das Bedürfnis, anzuhalten und mich hinzulegen, ließ meine Augenlider schwer werden.

Vikki unterdrückte ein Gähnen, aber sie schaffte es, mit mir mitzuhalten. „Okay“, sagte sie. „Was für eine Sünde wäre das?“ Ich hielt inne, denn ich hörte sie, bevor ich sie sah. Stöhnen von Frauen, die sich in der besten Sünde von allen verloren hatten. Meine Lippen verzogen sich zu einem Grinsen. „Wollust – und ich glaube, wir haben sie gefunden.“

Kapitel Sechsundzwanzig

WOLLUST

Sonya

Es hätte mich nicht überraschen sollen, dass Derek sich in der Hölle wie zu Hause fühlen würde und von seiner unverzeihlichen Sünde umgeben war. Er befummelte eine Horde nackter Mädchen, die über ihm lagen, und schien sich an den kleinen Hörnern, die aus ihrer Stirn drangen, nicht zu stören. Als er mich erblickte, leuchteten seine Augen mit einem rubinroten Schimmer seiner Kraft auf und er grinste.

„Sonya, Schätzchen. Bist du gekommen, um dich uns anzuschließen?“ Er verschränkte seine Hände hinter seinem Kopf und ließ sich auf die Kissen sinken. Er seufzte, als Frauen sich gierig über ihn beugten und ihn streichelten und leckten. Er wandte seinen Blick nicht von mir ab, während sie ihn verwöhnten.

Vikki und Sarah kreischten schockiert hinter mir auf, aber mich widerte der Anblick nicht an. Ich war ein Sukkubus und ich kannte Lust besser als jede andere. Ich konnte mich nicht an Frauen laben, aber Dereks Lust webte sich durch die Luft und war potenter als eine Droge. Glücklicherweise hielt die Pille, die mir seine Frau gegeben hatte, sein Versprechen und ich stand nicht unter seiner Kontrolle – trotz der heftigen Wirkung des nackten Inkubus-Königs.

Ich ging einen Schritt näher und erschauderte, als ich realisierte, dass ich die Lust der Frauen tatsächlich spüren *konnte*. Ich hatte gehört, dass Engel verschiedene Formen annehmen konnten. Selbst gefallene Engel. Die Mädchen kicherten und klimperten mit ihren Wimpern über ihren rubinroten Augen, sahen in meine Richtung. Ich krümmte mich, als eine neue Welle ihrer Lust mich erfasste. Derek lachte wonnetrunken. „Kämpf nicht dagegen an, Liebes." Er seufzte und lehnte sich weiter zurück, fuhr mit seiner Hand durch das Haar eines Dämonen-Mädchens und legte ihren Mund an seinen riesigen Schwanz. „Komm und spiel mit", ergänzte er lusterfüllt.

„Du kannst *nicht* da rübergehen", zischte Sarah mir beharrlich zu.

Vikki nickte wie wild und stimmte Sarah zu. „Du bist ein Sukkubus. Wenn du dich in der Lust verlierst, wirst du nie hier rauskommen."

Meine Augenlider senkten sich angesichts der Kraft, die durch mich schoss. Ich hatte noch nie so viel Lust in der Luft gespürt, die mächtig genug war, um meine Schenkel sich anspannen zu lassen. Ich legte meine Finger über meinen Bauch und nährte mich an der Hitze meiner Runen, rief meine Gefährten, um die überwältigende Lust wegzuschieben und mich daran zu erinnern, wofür ich hier war.

„Derek", zischte ich und sein Name kam mir über die Lippen, als wäre er Gift. „Ich kann dich nicht vor deiner Wollust retten, aber du kannst mich von einem uralten Fluch befreien, der schon viel zu lange angedauert hat." Ich deutete auf die glühend rote Wendeltreppe in der Ferne, die nach unten in den Boden führte. Rotes Licht strömte davon in tiefen, pulsierenden Tönen und ließ keine Frage offen, wohin sie führte.

Derek rollte seinen Kopf nach hinten und beschwerte sich. „Sonya. Ich bin tot. Lass mich meine ewige Verdammnis in Ruhe genießen."

Ich blinzelte ihn an und ging stolpernd näher. Er hatte recht. Er war nicht aus Fleisch und Blut. Er war eine Seele und er glitzerte mit den verräterischen Zeichen der Toten, die für immer in der Hölle gefangen waren. „Derek!", kreischte ich. „Wie bist du gestorben? Ich habe gesehen, dass Hades dich verschont hat."

Derek grinste, weil ich zu nahegetreten war, und packte mein

Handgelenk. Er riss mich über sich und klatschte mir auf den Arsch. Der Schmerz durchfuhr mich – zusammen mit bösartiger Lust. Bevor ich mich davon erholen konnte, ließ er seine Finger über mein dünnes Höschen gleiten und Lust ergriff mich, sodass mir ein Stöhnen über die Lippen kam.

„Hades hat mich getötet, als du nicht da warst, um ihn zu verurteilen", sagte Derek und seine Worte waren ein tiefes Grollen in seinem Rachen, während er mich streichelte. Mit heftigem Druck ließ er seinen Daumen über meine Klitoris wandern und bestrafte mich dafür, dass ich ihn seinem Schicksal überlassen hatte. Ich wollte mich von ihm entfernen, aber er benutzte seine freie Hand, um meine beiden Handgelenke auf meinen Rücken zu drücken. Er war so groß, dass er mich mit einem Arm festhalten konnte, während er mich mit dem anderen schonungslos bestrafte. Er zog mein Höschen beiseite und ließ zwei Finger in mich gleiten, was mich aufschreien ließ.

Gerade bevor die Lust mich überwältigte und ich nicht mehr zu retten war, schob Sarah eine dämonische Frau beiseite und nahm mein Gesicht in meine Hände. „Sonya. Lass dich nicht von ihm einlullen. Dieser Mistkerl will nur, dass du bei ihm bleibst. Gib ihm diese Genugtuung nicht."

Meine Augenlider schlossen sich, als ich gegen die Lust ankämpfte, die ihre Klauen in mir versenkte. Hitze rankte sich an meinen Beinen hoch und meine Runen leuchteten, als meine Partner meine Not spürten. Aber es war nicht genug, um gegen das anzukämpfen, was so natürlich für mich war. Die Dämonen-Frauen küssten einander und verliehen der Symphonie der Lust damit das niederdrückende Gewicht der Sünde. Dann tat Sarah etwas Unerwartetes. Sie presste ihre Lippen auf meine. Ich ließ meine Zunge über das Seesalz, das auf ihren plumpen Lippen getrocknet war, gleiten, bevor ich mich dem Kuss hingab. Sie und ich hatten nie Lust geteilt. Es war immer etwas mehr gewesen, dass uns zueinander hingezogen hatte, und es war genug, um mich von der Kontrolle des Inkubus-Königs zu befreien.

Ich löste mich aus Dereks Griff, drehte ich mich um und trat ihm in die Eier. Er mochte nur eine Seele sein, aber er konnte es trotzdem spüren. Er ächzte und krümmte sich, hielt sich seine Juwelen. Die

Dämonen-Frauen wichen zurück in einen kleinen Halbkreis und kicherten in ihre Hände.

„Was zum Teufel, Sonya", beschwerte sich Derek und rang nach Luft. „Das war echt deplatziert. Ich habe nur versucht, dir etwas Vergnügen zu verschaffen."

„Nein", fauchte ich und rote Hitze durchfuhr meinen Körper, entledigte sich der Lust mithilfe der Macht meiner Seelenverwandten. Sie waren diejenigen, die meine Lust verdienten. Nicht dieser Widerling. „Du hast versucht, mich hier festzuhalten", sagte ich. „Komm jetzt. Du wirst mir einen letzten Gefallen tun. Es sei denn, du willst, dass ich dir wieder in die Eier trete."

Er haderte damit, auf die Beine zu kommen. Seine perfekten Muskeln spannten sich an, als er aufstand, und sein schwarzes Haar hing attraktiv über seine Stirn. Er warf mir ein Grinsen zu, als er sich langsam vom Schlimmsten meines Tritts erholte. „Du warst schon immer voller Überraschungen." Er seufzte und entfernte seine Hände, sodass sein Schwanz, der immer noch auf Vollmast stand, zu sehen war.

Es bedurfte all meiner Willensstärke, ihn nicht zu vergöttern. „Genau. Und zudem ist mein Kopf voll von den schreienden Stimmen meiner Gefährten." Es war nicht so, als ob ich sie tatsächlich hören konnte, aber vor allem Lukes Wut konnte ich *spüren*. Und jetzt, wo ich wusste, dass das seine Todsünde war, brachte es mich zum Lächeln. Derek sah mich mit hochgezogener Augenbraue an. Aber anstatt mich zu fragen, richtete er seinen Blick auf meine Runen, die so heiß glühten, dass sie durch das hauchdünne Material meines Dessous zu sehen waren. „Na, es ist sehr lange her, seit ich so einen Fluch gesehen habe." Er seufzte und richtete seinen Schwanz, schob eine Dämonen-Frau beiseite, die ihn zu streicheln versuchte. „Na, dann komm, Sukkubus. Ich mag für die Ewigkeit verdammt sein, aber ein Mal wie dieses bedeutet, dass du vielleicht eine Chance auf Erlösung hast. Das werde ich dir nicht missgönnen." Er winkte mich zu sich, als er auf die Treppe zuging. Er schnipste mit seinen Fingern und schwarzes Leder legte sich um seine Taille, formte das perfekte Paar Lederhosen, das seinen Arsch unglaublich aussehen ließ. Er hielt inne und grinste über seine muskelbepackte Schulter. „Wirst du mich nur angaffen oder werden wir uns dieser Hexe stellen?"

Sarah war die Erste, die aus ihrem Schockzustand kam und dann ihre Hände zu Fäusten ballte, bevor sie am Inkubus-König vorbeistürmte. Vikki trottete ihr nach.

Na gut. Auf zur letzten Ebene der Hölle und was auch immer für eine Verdammnis mich dort erwartete.

Kapitel Siebenundzwanzig

DIE HÖLLE IST EINE HEXE

Sonya

Ich folgte Derek in den Abgrund. Es war genau der Ort, von dem ich dachte, dass jemand wie er dort enden würde, wenn er starb. Niemals hätte ich gedacht, dass ich ihm freiwillig folgen würde.

Sarah und Vikki hielten sich aneinander, als sie vor den hellen Flammen der untersten Schicht der Hölle Halt machten. Derek, Vikki und Sarah waren meine unvergebenen Sünden und sie alle sahen genauso aus wie ihre Sünden selbst.

Derek, dessen Schwanz noch immer steif war in seinen unschicklichen Lederhosen, übernahm die Führung und lief furchtlos durch die Flammen. Vikki sah zu mir zurück und ihre Augen waren so dunkel, dass sie beinahe schwarz aussahen. Eine endlose Leere, die ihre Sünde als Sirene widerspiegelte; für immer von ihrem Schmerz konsumiert, sodass sie stehenbleiben und sich darin suhlen wollte. Sarah zog sie mit sich, warf mir nur einen abschätzigen Blick zu. Sie grollte mich an und ihr Stolz nagte noch immer an ihrem Herzen. Sie würde mir nie dafür vergeben, dass ich andere Liebhaber gebraucht hatte, um zu überleben.

Ich hielt auf der letzten Stufe der Treppe zur Hölle vor den

Flammen inne und dachte darüber nach. Vergebung. Es schien, als wäre sie wichtig.

„Sonya?", rief eine Stimme auf der anderen Seite der Flammen und riss mich aus meinen Gedanken. Meine Augen weiteten sich und mir stockte der Atem. Ich stürzte auf die wabernde Hitze zu, weil diese Stimme mich mein ganzes Leben lang in meinen Träumen verfolgt hatte.

Meine Mutter.

Ich sah sie in den größten Flammen gefangen und Ketten waren um ihre Handgelenke gelegt. Sarah war bereits an ihrer Seite und versuchte sie zu befreien, fauchte aber, als die Ketten sie verbrannten. Vikki nahm einen Schritt zurück und rief Sarah zu, dass sie aufhören sollte, dass es zu gefährlich war. Sarahs Blick verriet mir, dass sie wusste, was ich durchmachte, und dass sie mir helfen wollte. Panik zog auf ihrem Gesicht auf und Schweiß sammelte sich in ihrer Braue, weil sie die Frau, die mir so unglaublich ähnlichsah, auf Anhieb erkannte. Langes blondes Haar – wenn auch an ihrem Gesicht klebend – umrahmte ihre wunderschönen Züge. Stolz stieg in meine Brust, eine passende Sünde, die ich mir nicht verwehrte.

„Mutter!", kreischte ich, aber das Lachen einer Hexe ließ mich an Ort und Stelle erstarren. Die Hexe aus meinen Albträumen trat durch die Flammen und Schatten rankten sich um ihren Körper wie Schlangen, die sich mühelos durch die hohen roten Säulen fraßen. „Sieh mal einer an. Ich habe dich unterschätzt." Sie kniff ihre dunklen Augen böse zusammen und in ihnen spiegelte sich das Inferno, das jetzt noch heftiger um uns zu wüten schien. „Es ist Zeit, das hier zu beenden."

Derek bewegte sich zuerst. Er hatte sich in den Flammen versteckt, als hätte er darauf gewartet, dass das Böse, das er gespürt hatte, sich zeigte. Ich hätte nie gedacht, dass er mich liebte oder sich überhaupt um mich scherte, aber er stürzte sich auf die Hexe und schlang seine Finger um ihren Hals. „Du gehörst hier nicht hin", sagte er bedrohlich und drückte zu.

Die Augen der Hexe traten hervor, aber sie bewegte nur ihr Handgelenk und die Schatten katapultierten Derek von ihr. Glühende Asche flog durch die Luft, als er in den Flammen landete. Sie fraßen ihn aber nicht. Sie züngelten nur an seiner Hose, die nicht verbrannte. Er kam stolpernd auf seine Beine und richtete seinen Schwanz erneut, warf uns ein frevelhaftes Grinsen zu. Schatten bildeten eine Mauer vor ihm und versperrten ihm den Weg.

„Du kommst später dran", versprach die Hexe mit einem höhnischen Lächeln, dann sandte sie mehr Schatten, die auf meine Mutter losgingen.

Sie schreien zu hören, zerriss mein Herz in tausend kleine Stücke. Es war mir egal, ob die Flammen um sie herum mich verbrennen würden. Ich griff nach ihr, schob Sarah und Vikki aus dem Weg und riss an den Ketten. Schmerz machte sich in meinen Armen bemerkbar, aber ich machte mir die Kraft meiner Runen – meiner Seelenverwandten – zunutze, deren Seelen in mir weilten. Die für mich sterben würden, wenn ich sie darum bat. Ich hatte die Macht über Sünde – vier Sünden, zumindest –, und das war die Überzahl. Es verschaffte mir genug Stärke, um das Brennen größtenteils zu bekämpfen und meine Mutter von den schweren Ketten um ihre Handgelenke herum zu befreien, obwohl die Schatten der Hexe uns umgaben und Sarah und Vikki davon abhielten, mir zu helfen. Die Hexe kreischte wütend. „Wie kannst du die Ketten der Hölle brechen? Du verfügst nicht über die Kraft der Schatten!"

Nein, tat ich nicht. Und meine Arme sanken augenblicklich an meine Seite, als unsichtbare Nadeln mich dafür bestraften, den Bann der Hexe gebrochen zu haben. Meine Mutter schlang ihre Arme um mich und alles fühlte sich so irreal an. Wie konnte sie hier sein, am Boden der Hölle, von einer Hexe gefangen? Wie hatte sie die ganze Zeit über hier sein können?

„Mein Kind", sagte sie mit drängender Stimme, bis sie sich von mir löste und ich ihr in die Augen sah. Die Macht der Hölle stand ihr in den Augen. Ein prächtiges Rubinrot ließ sie noch umwerfender aussehen. Sie war wie ich. Hier unten wurde sie nur noch stärker ... Die Mutter der Königin der Verdammten. „Wir haben nicht viel Zeit", sagte sie zu mir und rieb meine Arme, brachte das Gefühl in ihnen zurück.

Meine Sicht trübte sich, als Tränen drohten, meine Wangen hinabzukullern. Ich konnte mich nicht daran erinnern, wann ich das letzte Mal geweint hatte. Vermutlich das letzte Mal, als ich meine Mutter gesehen hatte. „Zeit?“, wiederholte ich. Uns war die Zeit gestohlen worden. Mir war ein Leben mit einer Mutter verwehrt worden und sie hatte hier unten gelitten – wegen was? Um eine bösartige Hexe zu unterhalten, die nach einem Schlupfloch suchte, um der Hölle zu entgehen? Pech gehabt. Ich knirschte mit meinen Zähnen und als ich wieder Gefühl in meinen Fingerspitzen hatte, ballte ich meine Fäuste. Mein Blick richtete sich wieder auf die Hexe, die damit beschäftigt war, einen neuen, bösartigen Zauberspruch heraufzubeschwören, den sie auf uns losjagen konnte. „Ich muss sie töten.“

„Nein“, sagte meine Mutter und schüttelte mich so fest durch, dass meine Zähne klapperten. „So funktioniert die Hölle nicht. Wenn du ihren Körper ausschaltest, wird sie sich nur wieder erheben. Du musst sie auf dieselbe Art besiegen, wie du deine Sünden bewältigt hast.“ Sie sah auf meine Runen. Vier von ihnen brannten heiß. Die drei äußeren Runen hatten bereits begonnen, fahler zu werden und zu verschwinden. Es war mir nie bestimmt gewesen, sie alle zu überkommen. „Vier“, murmelte sie. „Vier ist genug.“

Ich musste meine Sünden zu meinem Vorteil nutzen. Diejenige, die am meisten hervorstach, brannte durch meinen Körper. Ich erkannte Lukes rohen Zorn, der meine Brust aufplustern ließ. Das Gefühl von Flügeln machte sich an meinem Rücken bemerkbar. Es hätte mich erschrecken sollen, seine Kraft so intensiv wahrzunehmen. Ich spürte seine Sünde. Ich hatte ihm dabei geholfen, seinen Zorn zu kontrollieren – nicht zu zerstören, sondern ihn für Gutes einzusetzen. Es gab so etwas wie gerechtfertigten Zorn, realisierte ich, und diese Einsicht bestärkte mich, anstatt mich fertigzumachen. Als schmerzhafte Schlitze sich an meinem Rücken bemerkbar machten, krümmte ich mich schreiend.

„Ja!“, schrie meine Mutter. „Du schaffst das! Weiter so!“

Das hatte sie gemeint mit *meine Sünden meistern*. Jede Seele der Männer in mir würde mir ihre Kraft schenken. Engelsflügel sprossen aus meinem Rücken und sogar in der Hölle schweifte ein kühlender Hauch über die frisch gewachsenen Gliedmaßen, als sie sich ausbreiteten. Ein Prickeln floss durch meinen Körper und neue Nervenbahnen erwachten zum Leben. Ich stolperte an meiner Mutter vorbei, wurde von meinen neuen Flügeln kurz etwas aus dem Gleichgewicht geworfen und ging dann auf die Hexe zu, deren Gesang nur verzweifelter geworden war. Ihre Augen weiteten sich, als sie mich erblickte. Ich grinste, weil eine verdammte Hexe des Schattenzirkels Angst vor *mir* hatte. Eine Hexe, die mich als Kind verflucht hatte, meine Mutter zu zwanzig Jahren Gefangenschaft in der Hölle verdammt hatte und drauf und dran war, mein Schoßhündchen zu werden. Das würde witzig werden.

Als ich nach ihr griff, erfüllte mich die nächste Sünde in meinem Bauch mit roher Hitze. Nates Neid. Er hatte seine Hilflosigkeit überwunden und seine Eifersucht hatte sich in eine Stärke verwandelt. Er wusste jetzt, dass seine Stärken Gerissenheit, Scharfsinn und das Verständnis dafür, wie Leute tickten, waren. Meine Welt leuchtete auf und ich sah direkt in das Innere der Hexe. Ihre Haut wurde durchsichtig und enthüllte die Schatten, die sich um ihr schwarzes Herz rankten. Das war Nates Kraft, die er mir schenkte. Zu verstehen, was diese Hexe antrieb. Es war Dunkelheit, Sünde und Hass, aber etwas anderes lag darin. Etwas, das die Hexe am Leben hatte behalten können – tief in ihrem Herzen. Ich hielt inne und starrte den winzigen, glühenden Edelstein an.

Eine Scherbe eines Blutsteins.

Ich griff danach. Meine Hand ging direkt durch ihre Brust und die Hexe schrie. Sie versuchte, sich von mir zu entfernen, aber meine vampirische Schnelligkeit hielt mühelos mit ihr mit, während ich ihren Geist attackierte. Meine Mutter hatte recht gehabt. Der Körper in diesem Reich war nur eine Illusion. Eine, die sie abstreifen und neu aufbauen konnte. Aber jetzt war es ihr Geist, den ich angriff. Ich sah, was sie dem Griff der Hölle entgehen und sie dieses Reich schaffen ließ, in dem sie meine Mutter gefangen hielt. Eine Hexe ihrer Natur verehrte die Kraft des Blutsteins, also ergab es Sinn, dass eine Scherbe davon in ihrer Seele ruhen würde – beschützt von sich windenden Schatten. Als ich meine Finger um die kalten Schatten legte, die versuchten, mir standzuhalten, lebte meine dritte Sünde auf. Habgier. Jets Drache wollte diese Fähigkeit für uns. Gier konnte dazu benutzt werden, um Ambitionen zu entfachen. Ich ließ die Kraft des Drachenfeuers durch meinen Körper brennen. Es erleuchtete meine Haut wie ein Leuchtfeuer und ließ die Schatten der Hexe unter meinen Fingern zerfallen.

Schreie und Rufe unterbrachen meine Konzentration. Derek, Sarah und Vikki schrien mich alle an und zeigten auf meine Füße, aber ich konnte nicht ausmachen, was sie sagten. Ich war zu eingenommen von Sünde und Kraft.

Gerade als ich die glitzernde rote Scherbe aus der Seele der Hexe reißen wollte, machte sich unglaublicher Schmerz in meinen Beinen bemerkbar. Ich sah runter und bemerkte, dass ich in einem höllischen Gerät aus Eisen und Feuer steckte. Riesige Zacken klammerten sich um meine Beine und fraßen sich in meine Haut bis auf den Knochen. Mein Blut floss in Strömen über das teuflische Etwas und ließ mir schwindlig werden. Mein Griff löste sich und die Hexe fiel zu Boden. Sie würgte und ließ ihre Finger über ihre Brust gleiten, aber ich hatte ihre Schatten beschädigt. Das Gefängnis, das Derek von mir abgeschirmt hatte, zerfiel und er raste zu mir, gerade als ich Sterne zu sehen begann. Er nahm mein Gesicht in seine Hände und ließ einen Finger über einen meiner Fangzähne gleiten, die sich ohne mein Wissen ausgefahren hatten. Sie schienen aus eigener Kraft gewachsen zu sein. „Sonya. Du musst diese Hexe besiegen." Er lehnte sich so nahe zu mir, dass sein süßer Geruch mich einhüllte. Obwohl ich ein Abwehrmittel gegen seine Macht genommen hatte, ließ die glatte, vollkommene Haut an seinem Hals, die mit seinem Puls pochte, mein Herz höherschlagen. „Trink", befahl er. „Nimm, was du brauchst, um zu gewinnen." Als ich nicht zubiss, sah er mich mit einem Blick an, der sagte, dass ich besser trinken und ich lieber jeden letzten Tropfen nehmen sollte. Er hatte keine Absichten, in der Hölle zu bleiben – und ich genauso wenig.

Scheiße. Der Mistkerl wollte, dass ich ihn leertrank? Ich erfüllte ihm seinen Wunsch nur zu gerne. Ohne weitere Verzögerung öffnete ich meinen Mund und versenkte meine Fangzähne in seiner schimmernden Haut. Sein süßes Blut floss meinen Rachen hinab und ich sackte gegen ihn, als der Schmerz in meinen Beinen verging. Xaviers Sünde der Völlerei war praktisch, wenn es um Blut ging. Seine Zustimmung durchfuhr meinen Körper und ließ meine Fangzähne magische Lust in mein Opfer flössen. Derek war nicht einfach zu verführen, zumal er der König des Sex und meine unvergebene Sünde der Wollust war, aber sogar sein Mund öffnete sich und sein Puls schlug schneller unter meiner Zunge.

„Scheiße", flüsterte er. „Wenn ich hier rauskomme, werde ich ein paar Vampire anheuern."

Ich drehte meinen Kopf, biss fester zu und ließ ihn ächzen, als seine Lust sich mit Schmerz verband. Ich würde nicht einfach vergessen, wer er war. Und wenn ich ein Wörtchen mitzureden gehabt hätte, würde er hier in der Hölle bleiben, wo er hingehörte.

„Weiter so, Sonya!", schrie Sarah hinter mir und ich löste mich von Dereks Hals, drehte mich um und sah sie und Vikki meiner Mutter helfen. Meine Augen weiteten sich, als ich einen Schlitz im Schleier zur echten Welt bemerkte. Ein dunkler Raum mit einem Ständer, auf dem ein Buch lag, wartete auf der anderen Seite. Ich kniff meine Augen zusammen und sah eine Frau, die sang, aber sie sah nicht aus wie eine Hexe des Schattenzirkels. Einen Augenblick später erkannte ich sie, als mir Lukes Seele sagte, wer das Portal zur Hölle geöffnet hatte. Das war Renee, Lukes Mutter, und eine verdammt mächtige Seherin. Verdammt. „Bringt sie durch das Portal!", befahl ich und drehte mich wieder zur Hexe um, die es geschafft hatte, eine bebende Kugel aus Schatten heraufzubeschwören.

Sie ignorierte mich und fuhr mit ihrem Zauberspruch fort. Ihre Lippen bewegten sich, aber kein Wort drang aus ihrem Mund. Die Flammen um uns stiegen höher und Derek krabbelte weg von mir. Ich stellte meinen Fuß auf seinen Rücken und schlug mit meinen neuen Flügeln, um mein Gleichgewicht zu halten, als er sich unter meinem Körper wehrte. „Du gehst nirgendwohin", sagte ich zu ihm. „Dich knöpfe ich mir später vor." Als er grummelte, sich aber demütig flach auf den Boden legte, benutzte ich ihn als Tritt und ging auf die Hexe zu. Die Kugel sah aus, als würde sie gleich explodieren, und ich schätzte die Situation ein. Nates Kraft zeigte mir zwei Optionen, was das hier sein konnte. Erstens: Die Hexe beschwor etwas herauf. Aber wir waren bereits in der Hölle, also nahm ich an, dass, falls sie Dämonen heraufbeschwören hätte können, die für sie kämpften, sie das schon getan hätte. Keine Seele, die sie eintauschen konnte ... Keine dämonische Unterstützung. Das ließ die zweite Option übrig: eine selbstzerstörerische Seelenbombe.

„Großartig“, murmelte ich.

Die Hexe hörte auf zu singen und öffnete ihre Augen. Dunkle Scherben waren an die Stelle ihrer Iriden gerückt und sie warf mir ein boshaftes, triumphierendes Grinsen zu. „Es ist vorbei“, fauchte sie. „Wenn ich sterbe, dann nehme ich dich mit mir mit.“

Der Blutstein, den ich vor gefühlten Ewigkeiten absorbiert hatte, brach endlich seine Stille und sprach in meinen Gedanken. *Sonya. Das ist es. Darauf haben dich deine Albträume vorbereitet. Wenn du jetzt scheiterst, können die Stimmen des Untergangs nicht weiter eingedämmt werden. Sie werden sich in Form der schwarzen Finger deiner Albträume am Himmel verteilen und die Welt verschlingen. Du musst die Hölle reinwaschen und deinen Platz als ihre rechtmäßige Herrscherin einnehmen.*

Ich ballte meine Hände zu Fäusten. „Wie bekämpfe ich sie?“, zischte ich leise.

Ein tiefes Seufzen drang durch meinen Kopf. *Du bekämpfst sie nicht.*

Überrascht zog ich eine Augenbraue hoch, realisierte aber dann, was der Blutstein meinte. Was Sünde wirklich reinwusch, war unglaublich simpel.

Vergebung.

Die Hexe riss ihre Augen auf, bevor ich meine eigenen schloss und mit meinen Flügeln schlug. Ich hatte meinen vier Gefährten ihre Sünden vergeben, aber hatte ich Sarah, Vikki und Derek vergeben? Wohl kaum. Es war nicht einfach, aber wenn ich es lebendig hier rausschaffen wollte, musste ich genau das tun.

Sarahs Stolz hatte sich zwischen uns gedrängt, aber konnte ich ihr wirklich einen Vorwurf dafür machen, dass sie mich ganz für sich haben wollte? Auch wenn ich nicht so gemacht worden wäre: Sie war übermäßig treu. Ich konnte nicht mit Hass im Herzen darüber leben, dass sie war, wie sie war. Ich musste ihr geben, was ich mir immer von ihr gewünscht hatte: Akzeptanz. Also akzeptierte ich Sarah in meinem Herzen, all ihre guten und schlechten Seiten, und spürte die kleine Rune an meiner linken Seite zum Leben erwachen. Dunkelheit floss aus ihr und wirbelte über die linke Seite meines Körpers, breitete Tätowierungen über meine Haut aus.

Es funktionierte.

Die Hexe schlug nach mir und Funken von ihrer Seelenbombe versprühten unheilvolle Schwaden in der Luft, aber Magie hatte mich bereits in einen sicheren Kokon eingehüllt. Vikki war die Nächste. Ich hatte Mitgefühl mit ihr zu haben begonnen, weil sie Sarah liebte, auch wenn Vikki eine Sirene war und immer ihrem Kummer verschrieben sein würde. Trotz ihrer Sünde der Trägheit und der Tatsache, dass sie sich in ihrem Kummer suhlte, fand sie dennoch einen Weg, um sich für Sarah stark zu machen und sie so gut wie möglich zu beschützen. Sie war ihr sogar bis in die Hölle gefolgt, um sicherzugehen, dass sie in Sicherheit war. Ich musste ihr ihre Fehler allein schon deswegen vergeben.

Ihre Rune sandte neue Kraft durch meinen Körper und hinterließ neue schwarze Spiralen auf meiner Haut. Ich bereitete mich auf die letzte Sünde vor, welche die schwierigste zu vergeben war. Derek, der Sexkönig und Spiegel meiner eigenen Fehler. Lust hatte mein Leben beinahe zerstört, aber sie hatte mich auch meinen vier Männern nähergebracht. Ohne Lust hätte ich keine Beziehung zu ihnen aufgebaut und ich hätte nicht gelernt, dass Lust Hand in Hand mit Liebe gehen kann. Dass sie sie stärker und undurchdringlich machen konnte. Ohne Derek hätte ich meinen Blutstein nicht mit neuer Kraft versorgen können und ich hätte mich nie mit meinen vier verbunden. Trotz all den schrecklichen Dingen, die er getan hatte, war ich ihm für all die anderen Dinge dankbar.

Und so waren meine sieben Sünden komplett. Überkommen, vergeben. Und die Hexe schrie, als das Feuer der Vergebung, das heißer als Höllen- oder Drachenfeuer war, in gnadenlosen Wellen aus meinem Körper schossen und mein Haar schwarz färbte, während es in mein Gesicht fiel.

Ich öffnete meine Augen und ihre Schatten wanden sich, verbrannten, nahmen die Hexe mit sich, sodass nur noch die winzige Scherbe des Blutsteins übrigblieb, für die sie ihre Seele eingetauscht hatte. Ich hob sie vom Boden auf, der voller heißer Asche glühte, machte auf meiner Achse kehrt und zog Derek mit mir zum Portal aus der Hölle.

EPILOG

Sonya

Ich konnte Derek nicht einfach zurücklassen. Nicht, nachdem ich ihm vollends vergeben hatte. Auf seine bescheuerte Art, glaube ich, hatte er versucht, ein guter Kerl zu sein. Er hatte nur normal leben wollen, anstatt sich in den Schatten zu verstecken. Das konnte ich ihm nicht übelnehmen, aber ich würde seine Methoden nie gutheißen. Ich musste mich darauf besinnen, wer er war und wie lange er ein Teil dieser Welt gewesen war. Hunderte von Jahren zu leben, lässt den eigenen Sinn für Moral wanken und vielleicht lag es an mir, ihn an seine Menschlichkeit zu erinnern. Oder zumindest kannte ich die perfekte Person, die es konnte.

„Auf keinen verdammten Fall", brüllte Nate und verschränkte seine Arme vor seiner Brust.

Ich stellte sicher, dass ich Zeit allein mit meinen Männern hatte. Diese Woche war Nate dran und ich ließ meine Finger über seine Brust gleiten, öffnete seine schützenden Arme und kuschelte mich in seine Umarmung. Meine Lippen neckten seine und ich presste ihn gegen die Wand unseres übergroßen Schlafzimmers. Ein Kingsize-Bett mit zerknitterten Decken lockte uns, uns wieder dahin zurückzubegeben, aber ich wollte ihn auf meine Art. Er würde mich nicht untergraben und mich vergessen lassen, worum ich ihn eben gebeten hatte. Also presste ich ihn an die Wand und meiner Finger glitten über seine Brust, während ich seinen Moschusduft einatmete.

Er wehrte sich gegen mich, wäre nicht in der Lage gewesen, mich von ihm wegzudrücken, selbst wenn er das gewollt hätte. Er wusste, dass er sterblich war und ich das genaue Gegenteil. Aber seine Augen leuchteten erfreut und selbstbewusst. Sein Blick glitt an mir und den neuen Tätowierungen, die sich über meinen Körper zogen, herunter. Ich war jetzt die Königin der Hölle, aber ich würde ihm nicht wehtun. Ich hatte das Zimmer an einigen Stellen polstern lassen für die Tage, an denen Nate und ich zusammenkamen. Nur um sicherzugehen, dass ich meinem Lieblingsmenschen nicht wehtun würde, wenn der Spaß etwas zu wild wurde. Ich wusste nicht, wie viel Kontrolle ich über meine neuen Kräfte hatte.

Nate erstarrte, als meine Hüften sich an seinen rieben. „Wenn du versuchst, mich zu verführen, um deinen Willen zu kriegen", begann er und seine Augen glitzerten spitzbübisch. „Dann zeig mir, wie ernst es dir damit ist."

Er wusste, dass ich mich zurückhielt. Ich ließ einen Finger an seinem Hals hochwandern und sah seine pulsierende Ader sehnsüchtig an. Zwei kleine rosafarbene Bisswunden zeigten, wo ich ihn heute früh schon gebissen hatte. Mein Biss verlieh Lust und heilte auch. Meine anderen Männer verloren ihre Bisswunden innerhalb von Sekunden. Aber Nates Körper trug seine Trophäe mindestens einen Tag lang zur Schau. Er gehörte mir und sein Blut schmeckte leckerer als jedes andere, das ich gehabt hatte. Obwohl ich das nie jemandem sagen würde – allen voran Nate. Sein Ego war bereits groß genug, jetzt, wo er seine Eifersucht gegenüber übernatürlichen Wesen überkommen hatte. „Die Seele deines Vaters kann gerettet werden, da bin ich mir sicher", murmelte ich und legte dann meine Zunge an die Stelle, wo mein Finger eben gewesen war. Als ich bei seinem Kinn ankam, kniff ich ihn sanft, sodass die Haut nicht riss. Ich war besser darin geworden, meine vampirischen Begierden zu kontrollieren, und zögerte das

Versprechen auf Sex und nach der Lust meines Bisses stundenlang hinaus. Es machte Nate verrückt und ich liebte es.

Nate war drauf und dran, scharf Konter zu geben, aber die sinnlichen Berührungen ließen ihn knurren und er schob ein Bein zwischen meine Schenkel, spreizte sie und griff besitzergreifend nach mir. Druck machte sich in meiner Mitte breit, als er seine Finger darüber gleiten ließ. Die einzige Barriere zwischen uns bildete eine Schicht meines Lieblingsdessous. „Die Königin der Hölle", neckte er und knabberte an meinem Ohr, „hat eine Schwachstelle. Wer hätte es gedacht?" Er rieb erneut hart daran und ein Schrei kam mir über die Lippen. Ungeduldig riss er den dünnen Stoff weg und steckte zwei Finger in mich.

„Noch nicht", flehte ich, aber die Lust floss bereits durch mich und drohte, mich zu überwältigen.

„Ich habe dich deinen Spaß haben lassen", sagte er mit tiefer Stimme in mein Ohr und stieß seine Finger wieder gnadenlos in mich. Er benutzte seine freie Hand, um meinen Arsch an ihn zu drücken, während er mir Lust verschaffte. „Jetzt ist es Zeit für meinen."

Meine Nägel vergruben sich in seinen Schultern und sein harter Schwanz drückte sich an meinen Schenkel. Ich wollte nach ihm greifen und seine weiche Haut an meinen Fingern spüren. Ich ließ eine Hand an seinen Hosenbund gleiten, aber er drückte mich an sich, sodass meine Hand an seine Brust gepresst blieb. „Ich könnte dich überwältigen", drohte ich, aber meine Worte verstummten, als er seinen Daumen über die Knospe meiner Mitte fahren und mich nach Atem ringen ließ.

„Was, wenn ich dich habe glauben lassen, dass ich schwach bin?", sinnierte er und presste dann seine Lippen auf meine. Er steckte seine Zunge in meinen Mund und ich öffnete mich für ihn, wollte ihn kosten. Stolz, eine Sünde, die ich vergeben, aber nie ganz überkommen hatte, wallte in mir auf und ich versuchte, ihn von mir zu schieben. Ich wollte nach seinem Schwanz greifen und ihn mir unterwerfen, aber als ich gegen ihn drückte, realisierte ich ..., dass ich mich nicht aus seinem Griff befreien konnte.

Er grinste und bewegte dann wieder seine Finger in mir, ließ Lust mit seinen Streicheleinheiten durch mich fließen. „Hab dich ganz schön reingelegt, was?“, flüsterte er und überraschte mich dann, indem er mich mit unbestreitbar *unmenschlicher* Schnelligkeit durchs Zimmer trug und mich gegen die Wand schlug. Die provisorischen Polster zerschlissen an meinem Rücken angesichts des Aufpralls und ich rang nach Luft. Er riss mein Höschen weg und zog seinen Schwanz raus, bevor er ihn in mich rammte. Er wartete nicht darauf, dass mein Körper ihn einließ. Er zog ihn raus und rammte hart in mich, fickte mich mit der Stärke und Dominanz eines Drachen.

Das war der Moment, in dem ich das fahle rote Funkeln in seinen Augen sah. Ich hätte diese Kraft überall wiedererkannt. „Leihst du dir ... Jets Kraft?“, schaffte ich, hervorzubringen, während er wieder in mich stieß und alles Weitere, was ich sagen wollte, in meinem Rachen ersterben ließ.

Er nahm meine Hand und ließ sie über die Runen an meinem Bauch gleiten. Ich hielt inne, als ich Jets erreichte. Sie glühte. „Unser Band ist nie stärker gewesen“, sagte er mir. „Ich spüre sie alle.“ Er grinste. „Ich hoffe, Jet ist im Moment allein, denn er spürt alles, was ich spüre. Du gehörst zu uns, Sonya, und wir werden die Lust, die du uns verschaffst, teilen.“

Als er einen meiner Nippel in seinen Mund nahm und den anderen mit seinem Daumen massierte, ergab ich mich, warf meinen Kopf in den Nacken und ließ ihn mich nehmen.

Ich fühlte mich nur ein bisschen schuldig nach der Nacht des besten Sex, den ich mit Nate je gehabt hatte. Wenn Jet diese Lust wirklich gespürt hatte, hoffte ich schwer, dass er währenddessen nichts Wichtiges erledigt hatte.

Natürlich war er mitten in einem wichtigen Treffen bezüglich Drachenpolitik mit hochrangigen Persönlichkeiten gewesen, umgeben von einigen der meistgeschätzten und reichsten schuppigen Formwandlern in China. Wir standen sicher und wohlbehalten in unserem Penthouse, aber es lag so viel Wut und Lust in seinen Augen, dass ich nervös herumzappelte. Ich zappelte nie herum.

„Ich habe gesagt, dass es mir leidtut“, erwiderte ich und schlug mein Bein übers Knie, versuchte lässig und unverfroren zu wirken. Die Täuschung hätte gewirkt, wenn ich meine Beine nicht schon dreimal übereinandergeschlagen und wieder gelöst hätte, seit ich angekommen war.

Ich war gerade eben durch das Portal gekommen, das Xaviers Hexen für uns erschaffen hatten. Es glitzerte mit dem rubinroten Versprechen auf Zuflucht am Ende des langen Schlafzimmers. Ich funkelte den amüsierten Vampir an, der mich durch das Portal beobachtete, während er sicher und geboren in Venedig war. Xavier wartete dort, bis ich ein schnaubendes Seufzen von mir gab, rüber marschierte und die Vorhänge auf meiner Seite des Portals zuzog. War ein bisschen Privatsphäre zu viel verlangt? Ich wusste, dass Xavier sich Sorgen um mich machte. Jet konnte gefährlich sein, aber ich konnte auf mich selbst aufpassen.

So wütend Jet auch auf mich war, war ich froh, dass ich ihn wiedersehen konnte. Meine Männer hatten alle ihr eigenes Leben, aber ich konnte auf keinen Fall lange von ihnen getrennt sein. Die beste Lösung war natürlich, Magie zu benutzen. Tief in den Tunneln unter Venedig befand sich die Festung der Vampire, welche ich jetzt unter Hades regierte. Ich war Xaviers Gefährtin und Königin der Hölle, was mir genug Macht verlieh, um die Kraft des Blutsteins zu benutzen und permanente Portale zu verschiedenen Schlafzimmern in der Welt zu schaffen. Nates Zimmer in Detroit. Lukes Zimmer in Seattle. Und natürlich Jets Penthouse in Shanghai, wo wir zum ersten Mal Liebe gemacht hatten.

Als ich mich umdrehte, war Jet nähergekommen. Hitze ging von seinem Körper aus und ließ die Luft um ihn herum flimmerte. Ich rollte mit meinen Augen. „Ich werde mir einen Drink holen. Willst du auch einen?“ Als er nichts erwiderte, lief ich an ihm vorbei und schenkte mir ein Glas von der Bar ein. Ich lehnte mich daran und schwenkte die Eiswürfel im Glas. Ich brauchte Alkohol, um Jets derzeitiges Maß an Wut zu ertragen. Seine Lust vernebelte den Raum und ließ mir schwindlig werden, aber seine Tätowierungen waberten über seine Arme und sagten mir, dass ich ihn besser nicht herausfordern sollte, wenn ich meinen Kopf behalten wollte.

Jet kniff seine Augen zusammen, als ich einen großzügigen Schluck nahm. „Ich war voll erigiert in einem Raum voller Drachen-Formwandler und habe verdammt nochmal *gestöhnt*.“

Ich spuckte meinen Drink aus und die Spritzer verteilten sich überall. Ich hätte mich entschuldigen oder wenigstens versuchen sollen, etwas demütig auszusehen. Stattdessen lachte ich hinter vorgehaltener Hand. „Heilige Scheiße“, murmelte ich.

Jet sah mich finster an und wischte sich den Whisky, den ich ihm ins Gesicht gespuckt hatte, ab. Er marschierte zu mir und griff nach meinen Hüften, woraufhin ich den Halt um mein Glas verlor und alles zu Boden ging. Er wischte es nicht auf. Hitze ging von seiner Berührung aus mit dem heißesten Drachenfeuer, das ich je von ihm gespürt hatte, und seine Augen hatten ein mir bekanntes, silbernes Glühen inne ...

Meine Augen weiteten sich. „Verbindest du dich gerade mit Luke?“ Sein Zorn wütete etwas zu arg – sogar für einen Drachen-Formwandler.

Er erschrak, als er das hörte, und sein Blick wurde abwesend, als würde er den anderen Mann außerhalb meiner Reichweite zu spüren versuchen. Er musste etwas gefunden haben, denn er fluchte und löste sich von mir. „Ich werde Luke nicht dasselbe antun, was Nate mir angetan hat. Der arme Mistkerl isst vermutlich gerade zu Abend mit seiner Mutter.“

Ich kicherte. „Ach, komm schon. Ich bin mir sicher, es ist in Ordnung.“ Anstatt auf ihn zuzugehen, zog ich den Träger meines Kleids herunter. Es war nicht so, dass ich Kleider mochte, aber Xavier hatte mir jegliche zweckmäßige Kleidung aus meinem neuen Zimmer in der Vampirhöhle gestohlen, die ich mir hatte zulegen können, und hatte sie mit wunderschönen Abendkleidern ersetzt. Er hatte mir versprochen, dass all meine Jeans und Tanktops gewaschen würden, aber er hatte ein boshaftes Grinsen auf dem Gesicht gehabt, als ich durch das Portal geschritten war. Jetzt verstand ich, warum er mich hübsch angezogen hatte. Jets Blick fiel auf meine Brust, die unter dem perlenbesetzten Stoff hervorkam. Ich sah verdammt gut aus – wie ein Geschenk, das nur darauf wartete, ausgepackt zu werden. Jets Blick nach zu urteilen, wollte er mich erst auspacken und später Fragen stellen.

Als könnte er nicht widerstehen, hob er eine Hand und ließ einen Daumen über meinen härter werdenden Nippel gleiten, woraufhin ich erschauderte. „Du wirst mich wieder in die Hölle verdammen", sagte er, doch ein Funken eines Lächelns umspielte seine Lippen. Seine Zähne verlängerten sich und wurden zu kleinen Spitzen. Seine Augen funkelten mit einem schaurigen, reptilienartigen Blick. Er schmiegte sich an meinen Hals und biss mich spielerisch. Er wusste, dass ich das mochte. „Ich kann dir nicht böse sein. Nicht, wenn du so willens bist, es wiedergutzumachen."

„Ja", versprach ich und fuhr mit meinen Fingern durch sein Haar, als er mein Kleid auszog. „Wiedergutmachung."

Er hob mich hoch und ich schlang meine Beine um seine Taille. Unser Kuss war überraschend süß und leidenschaftlich. Ich liebte Jet. Ich liebte all meine Männer. Ich war so glücklich, so vollständig.

Er löste sich von mir und sah mich mit einem so begierigen Blick an, dass ich hätte erschrecken sollen. Seine Verbindung zu Luke sandte silberne Streifen über seine Tätowierungen. „Ich könnte dir wehtun", gab er zu und presste mich gegen die Bar. Seine harte Länge liebkoste meine heiße Mitte und ließ neue Lust durch mich hindurchjagen.

„Niemals", sagte ich und öffnete meine Lippen, als meine Fangzähne aus eigenem Antrieb hervorkamen. Ich war drauf und dran, die Kontrolle zu verlieren, und wenn einer meiner Männer in diesem Moment mit mir umgehen konnte, wäre es mein Drache. „Aber ich könnte dir wehtun."

Jet stieß ein tiefes Stöhnen aus und zog seinen Schwanz raus, rieb ihn an mir und ließ meine Drohungen zu einem Wimmern werden.

Er spielte mit mir, bis ich mich auf ihm wand. Ich schlang meine Finger um seinen Hals und krümmte mich, versuchte ihn dazu zu bringen, mir zu geben, was ich wollte. Als er es endlich tat, brannte meine Haut. Seine Kraft stieß in meinen Körper und meine Seele, ließ mich angesichts der Hitze in mir explodieren. Als ich meinen Kopf in den Nacken fallen ließ und schrie, züngelten Flammen an meiner Haut und Rauch drang aus meinen Nasenflügeln.

Man hätte denken können, dass ich aus meinem ersten Fehler gelernt hatte. Aber natürlich war Luke ganz schön angepisst. Er hatte *tatsächlich* mit seiner Mutter zu Abend gegessen, als Jet mich verdammt nochmal geplündert hatte.

Anstatt meinen Fehler zu wiederholen, fanden sich all meine Männer anlässlich eines raren Treffens an einem Ort ein. Der beste Ort dafür schien Lukes Haus in Seattle. Er hatte ein Haus gegenüber dem Shop seiner Mutter an der Fortune Street gekauft. Wir alle versammelten uns im gemütlichen Wohnzimmer und nippten an unseren Drinks – außer Renee.

Renee sah nicht alt genug aus, um Lukes Mutter zu sein. Sie sah sogar jünger aus als ich, aber ich schätze, wenn man eine allmächtige Seherin war, machte man sich ums Altern keine Sorgen. Sie schnaubte genervt und war die Erste, die die Stille brach. „Na, ich könnte die Anspannung in diesem Raum mit einem Messer durchschneiden", verkündete sie, als sie aufstand.

Mein Blick fiel auf die Karten, die sie wiederholt mischte. Nate war es gewesen, der sie von ihrer fälschlichen Gefangenschaft befreit hatte. Sie war wegen Kindesmisshandlung eingebuchtet worden, nachdem sie die schreckliche Zukunft gesehen hatte, für die Luke ein furchtbares Training bedurfte, um darauf vorbereitet zu werden, was Detective Anderson mit ihm machen würde. Das hatte ihm das Leben und seinen Verstand gerettet. Aber nicht, bevor Luke es herausgefunden hatte. Zum Glück war alles, was es bedurfte, ein bisschen Hexenmagie, um eine gerichtliche Verfügung zu annullieren, und schon war sie eine freie Frau. Ich fragte Nate nicht, was er dafür getauscht hatte, damit ein rebellischer Hexenzirkel den Zauberspruch durchführte, aber ich war dankbar dafür. Es wäre schwierig für mich gewesen, genug Hexen dazu zu animieren, nach Seattle zu gehen, um zu zaubern. Die Portale, die sie erschaffen hatten, funktionierten nur für mich und diejenigen in meinem Band. Entweder hätten sie neue Portale schaffen oder nach Amerika fliegen müssen. Beide Optionen hätten Aufmerksamkeit erregt. Offenbar waren Hexen ein rares und oft gesuchtes Gut.

„Ist schon gut", sagte Nate, lehnte sich im Stuhl zurück und spreizte seine Beine. Er zwinkerte mir zu, als er bemerkte, dass ich an die Stelle glotzte, wo sein T-Shirt sich hob und sich leckere Kurven bis zum Gummizug hinabstreckten. „Wir werden uns daran gewöhnen."

Luke lachte höhnisch. „Du warst nicht derjenige, der gedemütigt wurde."

„Genug", fauchte Renee. Zu meiner Überraschung schien sie sich nicht daran zu stören, dass ihr Sohn vermutlich einen Orgasmus in Gedanken vor ihr gehabt hatte. Sie zog eine Augenbraue hoch. „Ich bin nicht prüde, weißt du. Ich bin Mutter. Ich habe auch Sex gehabt. Jede Menge davon. Und mir ist bewusst, dass es ein natürlicher Teil des Lebens ist."

Es kam selten vor, dass ein Sukkubus errötete, aber ich spürte diese untypische Hitze über meine Brust und an meinem Hals hochgleiten. „Natürlich", murmelte ich und hob schnell mein Glas und leerte es. Sie grinste und musterte uns alle. „Euer Band ist das Erste von vielen." Sie mischte ihre Karten erneut und zog dann die oberste weg, zeigte sie uns. Darauf war eine kunstvolle Rune abgebildet. Ich erkannte sie nicht wieder. „Die Stimmen des Untergangs haben begonnen. Ihr habt das Schlimmste der ersten Welle gestoppt."

Interessiert lehnte ich mich nach vorne und umklammerte mein Glas. Der Alkohol rauschte durch meine Adern, bevor er im nächsten Moment angesichts meiner Heilkräfte verdunstete. Das war der betrunkenste Zustand, den ich derweil noch erreichen konnte. „Also war es kein Zufall, dass meine Mutter und ich von einer Hexe des Schattenzirkels ins Visier genommen worden sind?"

Renee nickte und es ließ mich wünschen, dass meine Mutter hier wäre. Nach allem, was sie durchgemacht hatte, wollte sie etwas Zeit allein mit meiner Großmutter. Nate hatte Oma sicher in Detroit zurückgelassen. Ich freute mich darauf, sie wiederzusehen.

Renee atmete tief ein, bevor sie zu sprechen begann. „Die Schattenhexe, die deine Mutter eingesperrt hat, hätte das empfindliche Gleichgewicht stören können. Schattenhexen verkaufen ihre Seelen und fahren zur Hölle, falls und wenn sie sterben. Wenn sie ein Schlupfloch gefunden hätte, wäre die Hölle in zwei Teile zerfallen und hätte eine Reihe Geschehnisse losgetreten, die Tod über uns alle gebracht hätten. Weil unsere Welten näher zusammen sind, als sie sollten, war sie beinahe in der Lage, es zu bewerkstelligen.“ Sie legte die Karte auf den Boden und sie leuchtete. „Unsere Feinde werden vielerlei Formen annehmen, genauso wie die Hüter, die das Schicksal dazu auserwählt, sich zu erheben und die nächste Bedrohung zu bannen.“ Das Leuchten der Rune erstarb und Renee grinste. „Sieht aus, als wären unsere nächsten Hüter Vampire und ihre Gefährtin wird eine sterbliche Hexe sein.“

Xavier zog seine Augenbraue hoch. „Du meinst, es wird ein weiteres vampirisches Band geben, das den Blutstein benutzen wird? Vampire können sich nicht mit Hexen verbinden.“ Er schien nicht allzu glücklich darüber, zu hören, dass jemand unsere Herrschaft in Venedig anfechten könnte. Vor allem mit einer verbotenen Verbindung.

Renee schenkte ihm das breiteste Grinsen, das ich je gesehen hatte, und legte ihre Hand auf Lukes Schulter. „Xavier, du vergisst, dass mein Vater ein Vampir und meine Mutter eine Seherin war. Das macht sie zu einer Hexe.“

Xavier sah die beiden abwechselnd an und dann weiteten sich seine Augen. „Nein, das kann nicht sein.“ Er stand ruckartig auf.

Ich hatte mir nie die Zeit genommen, um die Ähnlichkeiten zwischen Xavier und Luke zu erkennen, aber die subtilen Zeichen waren da. Dieselbe Größe. Dieselben seidenen Locken. Dieselbe schlanke Gestalt, die Flammen in mir entfachte. Luke schien genauso überrascht wie der Rest von uns, als die Realisation einsickerte. „Willst du damit sagen, dass ich Engels- und Vampirblut zugleich in mir habe?“

Renee nickte. „Ja, Schätzchen.“ Sie streichelte sein Gesicht und leuchtete erfüllt von grenzenloser Liebe und Stolz. „Ich weiß nicht, wer dein Großvater war, aber ich habe genug Nachforschungen angestellt, um herauszufinden, dass es verlorene vampirische Zirkel gibt. Er stammte von einem von ihnen ab.“

„Es gibt einen guten Grund, warum diese Zirkel ausgelöscht wurden“, zischte Xavier bedrohlich, was mich überraschte. „Sich mit einer Hexe zu verbinden, vermischt magische Fähigkeiten und kreiert Kreaturen mit zu viel Macht.“

Er musterte Lukes Mutter, als würde er sie in einem neuen Licht sehen. „Warst du es, die unser Band mit Sonya geschaffen hat?“

Ihr Gesichtsausdruck verdüsterte sich, als sie die Anschuldigung vernahm. Ich ging auf sie zu und legte eine Hand auf ihren Arm. Aller Alkohol war jetzt komplett aus meinen Poren verschwunden und ich fühlte mich viel zu nüchtern, um diese neuen Informationen zu verarbeiten. „Du hast nicht nur Luke eine Vision in den Kopf gesetzt, oder?"

Renee biss sich auf die Unterlippe und nickte dann. Ihre braunen Locken fielen in ihr Gesicht und verbargen ihre Schuldgefühle vor mir, aber ich spürte sie. Als Königin der Hölle spürte ich Sünde wie eine Klinge auf meiner Haut. „Ich wusste, dass die nächste Katastrophe kommen würde. Ich habe den Spruch aufgesagt, der das Gleichgewicht des Schicksals heraufbeschwören würde." Ihre Augen sahen hoch in meine, was mich angesichts der Verzweiflung und der Magie in ihnen einen Schritt zurücknehmen ließ. „Versteht ihr denn nicht? Ich bin die Schlüsselmeisterin von Himmel, Hölle und Erde. Es ist mein Job, sicherzustellen, dass die Reiche sicher sind. Wenn ich den Bann der Hüter auslösen musste, um meine Pflichten zu erfüllen, dann war es eben so."

Ich sah meine Männer einen Augenblick lang an. Nate hatte seine Hände ineinander gefaltet und sah dabei zu, wie das Gespräch langsam angespannt wurde. Jets Tätowierungen wirbelten magisch auf seinem Körper herum und seine Iriden wurden zu reptilienartigen Schlitzen, in denen Gefahr lag. Xaviers Fangzähne waren bloßgelegt und er hatte einen bedrohlichen Blick in seinen Augen. Und schließlich Luke, in dessen Augen Schmerz lag. Ich wusste, dass ich niemals ein vollwertiges Leben führen könnte ohne sie. Ich war vollständig und dank Renee hatte ich meinen Daseinszweck gefunden. „Nein", sagte ich mit leiser Stimme. „Ich bin dankbar dafür."

Die Anspannung im Raum wich und Renees Schultern entspannten sich. „Dann ist es an der Zeit, dass die nächsten Hüter die Bühne betreten." Ihr Blick schweifte in die Ferne. Ihre Iriden verdunkelten sich und ich wusste, dass sie in die Zukunft blickte. „Sie wird sie bald treffen. Sie ist eine mächtige Hexe. Von einem längst vergangenen Zirkel, der sogar noch älter ist als die Vampire, die sie in ihren Bann ziehen wird."

Ich grinste. „Möge sie Gnade mit ihren Seelen haben."

Ende

Um über deutsche Neuerscheinungen auf dem Laufenden zu bleiben, folge J.R. Thorn auf Amazon.de.

ANMERKUNG DER AUTORIN

Danke, dass du Sonyas Reise bis zum Ende verfolgt hast! Ich hoffe, du hast sie genossen und hinterlässt mir eine Bewertung, indem du hier klickst.

Sonyas Geschichte ist weitaus beliebter gewesen, als ich mir hätte erträumen lassen. Danke an alle, die ihre Geschichte genossen haben.

Obwohl die Geschichte von Sonya an dieser Stelle endet, so ist die Blutstein-Reihe eine Welt, die immer weitergeht. Sie kommt in jeder neuen Buchreihe, die ich im Blutstein-Universum veröffentliche, vor. Die nächste Trilogie heißt ‚Königlicher Zirkel' und geht dort weiter, wo ‚Sünden des Vampirs' aufgehört hat. Du wirst sie dir nicht entgehen lassen wollen!

Um über Neuerscheinungen und Angebote auf dem Laufenden zu bleiben, abonniere

den Verteiler von J.R. Thorn oder trete meiner Lesergruppe bei!

Wenn du nur über Neuerscheinungen informiert werden willst, kannst du J.R. Thorn auf BookBub folgen, indem du hier klickst.

Als Nächstes in der Blutstein-Reihe: Der Fluch des Vampirs – Königlicher Hexenzirkel

Ein gut gemeinter Rat: Küsst nie einen Fremden.

Wisst ihr, ich habe irgendwie diesen attraktiven Mann an der Bar geküsst, weil ich dazu herausgefordert wurde. Und wie sich herausstellt, ist er eine königliche Fee, der es bestimmt ist, mein Gefährte zu werden. Jetzt wurde ich zur Akademie der Feen der Elemente geschleppt, um zu lernen, wie ich die Fähigkeiten, die ich in dieser Nacht freigesetzt habe, kontrollieren kann.

Na, einen Fremden zu küssen, wird nicht mehr so schnell vorkommen. Nein.

Lektion gelernt.

Aber irgendwie habe ich Titus auch geküsst. Und na ja, jetzt befinde ich mich in einer ganz schön chaotischen Welt. Ich brenne immer wieder Dinge runter, flute Schlafsäle und habe die Aufmerksamkeit der fiesen Mädchenbande des Campus auf mich gezogen.

Dieses Feenreich ist ein wahrgewordener Albtraum. Echt jetzt.

Aber auch hier gibt es Träume.

Äußerst heiße.

Und das in Form meiner elementaren Fee-Mentoren. Sie sollen mir dabei helfen, meine Kräfte zu kontrollieren – aber wer wird die Elemente davon abhalten, mich zu kontrollieren?

Lies mehr von Königin der Elemente, erhältlich auf Amazon.de!

PROLOG

Exos

„Sie hat nächste Woche Geburtstag." Elana lehnte sich in ihrem Stuhl am Kopfende des Ratstisches zurück und ihre silbergrauen Augen sahen erwartungsvoll in die Runde. „Ihr zu gestatten, im Reich der Sterblichen zu verweilen, ist ein Risiko, das wir nicht eingehen können."

„Dann tötet sie", schlug Mortus emotionslos vor. „Sie ist eine Abscheulichkeit."

„Genau", stimmte Zephys zu. „Das würde mehrere unserer Probleme lösen."

„Aber was, wenn sie die Eine ist?" Vape war immer die Stimme der Vernunft bei diesen Treffen. Er saß Elana gegenüber und sein weißes Haar war zu einem Dutt hochgebunden. Die Falten in seinem Gesicht verrieten seine beinahe jahrtausendealte Existenz.

„Oh, nicht das schon wieder", sagte Mortus kopfschüttelnd. „Der Fluch ist ein Mythos."

„Sag das den beinahe ausgestorbenen Seelenfeen", erwiderte mein Bruder von seinem Sitzplatz. Ich stand hinter ihm und ließ meinen Stuhl neben ihm frei. Viele wollten, dass ich mich dem königlichen Rat anschloss. Dass ich meinen Platz am Feenhof einnahm. Aber ich hatte dieses Leben nie begehrt. Ich war von Natur aus ein Kämpfer. Kein König – auch wenn mein Blut das andeutete.

„Ihre Mutter ist dafür verantwortlich.“ Eine Flamme züngelte über Blaizes Finger, während er sprach. „Ich dachte nur, ich würde es erwähnen. Erneut.“

„Das wissen wir nicht mit Sicherheit“, erinnerte Vape die Anwesenden mit strengem und doch sanftem Ton. Denn das vorliegende Thema war heikel. Eines, über das sich mehrere am Tisch aufregten. Vor allem Mortus. Die Fee, die Ophelia Snow bis zum Tode bekämpft hatte. Neunzig Prozent der Seelenfeen waren am selben Tag verschwunden. Einige behaupteten, dass es ein Zufall war. Andere warfen Ophelia vor, die zerstörerische Macht gewesen zu sein. Dass ihr Verrat das gesamte Reich der Feen erschüttert hatte.

Meine Instinkte sagten mir, dass hinter der Sache mehr steckte, als auf Anhieb zu erkennen war. Aber ich wusste nicht, was.

„Ach, komm schon. Wir alle wissen, dass Ophelia der Auslöser war, und dieses Balg wird nur genauso viele Probleme machen.“ Zephys stand auf. „Ich weiß nicht einmal, wieso wir diese Unterhaltung führen. Nichts als Zeitverschwendung.“

„Setz. Dich. Hin“, befahl Elana. Ihr Platz befand sich am oberen Ende des Tisches, was ihr eine Machtposition über den Raum gab. Als die älteste und wohl mächtigste aller Feen hatte ihre Stimme in dieser Sache eine Menge Gewicht. Trotz der Tatsache, dass sie Ophelia früher persönlich ausgebildet hatte und sie darum etwas voreingenommen war.

Trotzdem wollte ich daran glauben, dass jeder eine Chance verdiente. Sogar Claire. „Sie sollte nicht für die Sünden ihrer Mutter geradestehen müssen“, murmelte ich und wusste, dass mein Bruder mir zustimmen würde. „Ich finde, wir sollten ihr eine Chance geben.“

„Zum Glück zählt deine Stimme nicht“, spöttelte Mortus.

„Aber meine zählt“, erwiderte mein Bruder. „Und ich bin mit meinem Bruder eins. Claire sollte nicht für etwas bestraft werden, über das sie keine Kontrolle hat. Wir sollten sie ins Reich der Feen bringen.“

„Und dann was mit ihr machen?“, wollte Blaize wissen. „Sie in einen

Käfig sperren? Sie ist ein Halbling. Wir wissen noch nicht einmal, was für ein Element sie beherrschen wird."

„Ganz klar, Seele", gab mein Bruder mit sanfter Stimme von sich. „Und vermutlich noch ein weiteres." Das unterschied unsere Spezies – die Seelenfeen – von den anderen. Während die Seele unser vorherrschendes Element war, so besaß die Mehrheit von uns eine Affinität für ein weiteres. In meinem Fall war das Feuer. Im Fall von meinem Bruder Wasser. Unsere Spezies hatte deswegen einst die Macht über das gesamte Feenreich gehabt und hätte sie noch immer, wenn die Mehrheit unserer Art nicht auf mysteriöse Art und Weise am selben Tag zusammengebrochen und gestorben wäre.

Mortus schnaubte. „Großartig. Sie wird angesichts all des sterblichen Bluts, das durch ihre Adern pumpt, schwach sein."

„Oder unglaublich stark", warf Vape mit seiner rauen, alten Stimme ein. „Es gibt eine Prophezeiung über einen Halbling der fünf Elemente. Es könnte sich dabei um sie handeln."

„Du und deine Flüche und Prophezeiungen", grummelte Mortus kopfschüttelnd. „Liefere mir Beweise, alter Mann."

„Es ist in den Sternen geschrieben", war seine kryptische Antwort. Obwohl er eine Wasserfee war, so schien er auch die Gabe der Weitsicht zu besitzen. Etwas, was niemand sonst besaß. Aber für jemanden seines Alters und seiner Erfahrung ergab es beinahe Sinn, dass er nach so vielen Jahren gewisse Muster deuten konnte. Dass er ein Geschehnis voraussagen konnte, bevor es eintraf.

„Wir sollten abstimmen", sagte Elana und sah alle am Tisch an. Jedes Element hatte drei Vertreter, die vorwiegend aus königlichen Mitgliedern und einigen hochrangigen Feen mit stärkeren Fähigkeiten als andere bestanden. Stimmschilder wurden von einer Luftfee mithilfe eines Windstoßes hineingebracht und verteilten sich auf dem langen, ovalen Tisch.

„Sollen wir sie ins Reich der Feen holen?", fragte Elana. Lila bedeutete ja, Gold nein.

Mein Bruder drehte seines auf die lilafarbene Seite, Mortus und Zephys ihre auf der Stelle auf die goldene. Blaize entschied sich überraschenderweise für Lila. „Nennen wir es Neugierde", lautete seine Begründung. Mehrere anderen taten es ihm gleich und vertraten eine ähnliche Meinung. Der Raum schien zu einer unerwarteten Übereinstimmung darüber gekommen zu sein, sie ins Reich der Feen zu holen.

„Okay." Elana legte ihre Hände auf die harte Oberfläche. „Was werdet ihr mit ihr machen, wenn sie ankommt?"

„Sie zur Akademie schicken." Der Vorschlag meines Bruders schien alle Anwesenden zu schockieren.

Mortus Wangen färbten sich rot. „Um unsere Jugend zum Schlechten zu verleiten? Nein."

Jugend?, dachte ich und lachte beinahe.

Feen wurden weitaus schneller erwachsen als Menschen und besuchten die Akademie nicht vor ihrem neunzehnten Lebensjahr. Sie würde perfekt in die Menge passen, außer der Tatsache, dass sie nicht hatte mit ihren Fähigkeiten groß werden können und so in den vergangenen zwei Jahrzehnten keinen Zugriff darauf gehabt hatte.

Die meisten Feen begannen ihre Fähigkeiten früher in ihrem Leben zu benutzen, aber Ophelia hatte Claire mit einem Bann belegt, damit ihre elementare Entwicklung verlangsamt würde. Es war eine der vielen Abscheulichkeiten gewesen, die die weibliche Fee anderen angetan hatte, bevor sie gestorben war. Und es war auch der Grund gewesen, weshalb der Rat entschieden hatte, sie in der sterblichen Welt zu belassen. Sie konnte sich hier nicht selbst verteidigen. Und es gab so viele, die sie tot sehen wollten. Das Paradebeispiel dafür war die aufgebrachte Seelenfee zu meiner Linken – Mortus. Ich konnte die bösartigen Absichten, die er hatte, in seiner Aura spüren. Wenn es ihm gestattet würde, würde er den Halbling eigenhändig töten.

Claire würde einen – oder mehrere – Beschützer brauchen, um hier zu überleben. Und leider würde sie für die sterbliche Welt auch zu gefährlich sein, wenn ihre Fähigkeiten sich wie erwartet entwickeln würden. Sie saß also ... fest.

„Die Akademie." Vape kratzte sich am Kinn und dachte darüber nach. „Das würde ihr die Möglichkeit verschaffen, mehr über ihre Fähigkeiten zu erfahren. Sie ist derzeit in der menschlichen Universität eingeschrieben, oder?"

„Ja", bestätigte Elana. „Aber welchem Campus würde sie sich anschließen? Der Seelen-Campus wurde aufgelöst, nachdem ..."

„Ihre Mutter alle getötet hat?", bemerkte Mortus. „Du kannst es nicht laut sagen, aber du wirst ihrer Missgeburt erlauben, die Akademie zu besuchen? Ihr erlauben, mit den beeinflussbaren Köpfen unseres Reiches zu spielen?“ Er stand auf. „Das ist lächerlich und das weißt du auch. Ich kann dieser Diskussion nicht weiter beiwohnen.“

„Dann geh“, sagte mein Bruder mit harter Stimme. Obwohl Mortus der Älteste unserer Spezies war, hatte das königliche Blut meines Bruders die Macht des Ältesten verdrängt. „Mein Bruder und ich werden unsere Spezies an deiner Stelle vertreten.“

„Das hättest du wohl gerne“, sagte Mortus und seine schwarzen Augen richteten sich auf mich. *„Eure Majestät.“* Er verbeugte sich höhnisch. „Viel Spaß dabei, mit dem Schicksal zu spielen. Sei nicht überrascht, wenn es zurückbeißt.“ Er ging aus dem Zimmer und ich seufzte.

Dieser Mistkerl sah mich als konstante Bedrohung seiner Position an. Was er auch sollte, zumal er sich offensichtlich nicht wie ein dreihundert Jahre alter Mann benehmen konnte. Ich war nicht einmal ein Zehntel so alt wie er und ich benahm mich besser.

„Was meinst du, Exos?“, fragte Elana. „Sollte sie zur Akademie gehen?“

„Es würde ihr die Werkzeuge geben, die sie braucht, um ihre elementaren Fähigkeiten zu verbessern“, sagte ich langsam. „Aber Mortus hat ein gutes Argument vorgebracht. Wer wird ihr dabei helfen, mehr über die wichtigste aller Fähigkeiten zu lernen? Die Seele?“

Sie nickte. „Ich hätte da eine Idee.“ Ein verschmitztes Funkeln zog im Gesicht der älteren Fee auf. Ein warnendes. Ich würde ihren Vorschlag nicht mögen. Überhaupt nicht. „Ich will, dass du sie ausbildest. Und ich finde, dass du derjenige sein solltest, der sie herholen wird.“

„Wieso?“, platzte mir heraus. Ich konnte es mir nicht verkneifen.

Elanas Lippen kräuselten sich. „Weil du die mächtigste Seelenfee bist, die mir je untergekommen ist. Und wenn sie jemand beschützen kann, dann du.“

„Sie hat recht“, stimmte mein Bruder zu und sah mich mit seinen stechend blauen Augen an. Es war dieselbe Augenfarbe wie meine. „Du bist der Stärkste von uns. Wenn sie jemand kontrollieren und ausbilden kann, dann du.“ Er legte seine Hand auf meine, die auf seiner Stuhllehne lag. „Sie braucht dich, Exos.“

„Es ist eine gute Kombination“, ergänzte Vape. „Schutz und Ausbildung. Vorausgesetzt, du fühlst dich der Herausforderung gewachsen?“ Er zog eine weiße Augenbraue hoch und sein Blick bohrte sich in mich. Die alte Fee wusste, dass ich keine Herausforderung ablehnen konnte. Vor allem nicht, wenn er sie aussprach.

Ich seufzte. „Na gut. Ich werde sie aus der sterblichen Welt holen. Wir werden die Mentorschaft besprechen, wenn ich zurück bin.“

„Ausgezeichnet.“ Elana streckte ihre Arme aus. „Dann glaube ich, dass die Versammlung vertagt ist?“

„Wenn das alles mächtig schiefgeht, erinnert euch daran, dass ich dagegen war“, sagte Zephys und entfernte sich vom Tisch. „Und wenn sie stirbt, bin ich es nicht gewesen.“

Mein Bruder drückte meine Hand und ließ sie dann los. „Du wirst alles Glück brauchen, das du kriegen kannst, Exos. Versuch, nicht zu sterben. Für mich.“

Ich grinste. „Jeder, der versuchen wird, mich zu töten, verdient sein Schicksal. Nicht war, Cyrus?“

Er erwiderte mein Grinsen. „Genau.“ Wir stießen unsere Fäuste aneinander und er stand auf. „Gute Schwingungen.“

„Gute Schwingungen“, erwiderte ich.

Ich würde sie brauchen, vor allem für das, was mir bevorstand. Denn es gab sehr wenige Orte, die schlimmer waren als die Hölle – und die Welt der Sterblichen war einer davon.

Ich Glückspilz.

Lies mehr von Königin der Elemente, erhältlich auf Amazon.de!

EMPFOHLENE LESEREIHENFOLGE

Alle Bücher sind unabhängige Buchreihen, die in der fortlaufenden Folge ihrer der Ereignisse aufgelistet werden

Feen der Elemente – Lesereihenfolge

- Königin der Elemente: Bücher 1-3 (Co-Authored) (erhältlich auf Deutsch)
- Akademie der Vampirfeen (Lexi C. Foss) (erhältlich auf Deutsch)
- Akademie der Schicksalsfeen (J.R. Thorn) (erhältlich auf Deutsch)
- Königin der Winterfeen (Co-Authored) (erhältlich auf Deutsch)

Blutstein-Reihe – Lesereihenfolge

- *Schicksalsjäger (USA Today Bestseller)* (Englisch)

Sieben Sünden (erhältlich auf Deutsch)

- *Buch 1: Sünden des Sukkubus*
- *Buch 2: Sünden der Sirene*
- *Buch 3: Sünden des Vampirs*

Königlicher Zirkel (erhältlich auf Deutsch)

- *Buch 1: Ihre Vampir-Beschützer*
- *Buch 2: Ihre Vampir-Beschützer*
- *Buch 3: Ihre Vampir-Beschützer*

Akademie des Glücks (Englisch)

- *Erstes Jahr*
- *Zweites Jahr*
- *Drittes Jahr*

Non-RH-Bücher (J.R. Thorn, schreibend als Jennifer Thorn)

Noir Besserungsanstalt – Lesereihenfolge (Englisch)

- Noir Besserungsanstalt: Der Anfang
- Noir Besserungsanstalt: Das erste Verbrechen

Die Sünden des Feenkönigs – Lesereihenfolge (Englisch)

(Buch 1) Gefangen vom Feenkönig

Erfahre mehr auf: www.AuthorJRThorn.com